시의 성인 두보 글을 짓다

두보문집

杜甫文集

두보 지음

임도현 역해

박문사

두보杜甫(712~770)는 자가 자미子美이고 자호는 소릉야로少陵 野老이다. 조적祖籍은 양양襄陽인데 증조부 때 하남성 공현鞏縣으로 이주하였다. 진晉나라 대학자이자 장군인 두예杜預의 후손이며 조부는 초당初唐의 문인 두심언杜審言이다.

개원開元 19년(731) 천하를 주유하기 시작하여 이듬해에 오월吳越 지역을 노닐었다. 개원 23년(735) 고향으로 돌아와 향시에 응시하여 이듬해 낙양의 진사시험에 응시하였지만 낙방하였다. 연주사마兗州司馬로 있는 부친을 찾아뵙고는 제조齊趙 지역을 노닐었다. 천보天寶 3년(744) 이백과 만나 양송梁宋 지역을 같이 노닐었으며 우의를 다졌다.

천보 6년(747) 장안에서 과거시험에 응시하였지만 재상 이임보李林甫의 농간으로 응시자 전원이 낙방하게 되었다. 권세가에 간알하였지만 성과가 없었으며 10년 동안 장안에서 우울한 나날을 보냈다. 천보 10년(751) 현종玄宗이 태청궁太淸宮, 태묘太廟, 남교南郊에서 성대한 전례를 올렸는데 이에 관해 부賦 세 편을 지어 바쳤으며, 이로 인해 현종의 인종을 받아 집현원에서 명을 기다리며 특별 과거시험에 대기하였다. 하지만 이임보가 시험을 주관하면서 결국 관직을 얻지 못하였다.

천보 14년(755) 서하현위河西縣尉라는 관직을 받았지만 사양하였고 다시 우위율부병조참군右衛率府兵曹參軍에 임명하자 생계를 위해 받아들이기로 하였다. 그해 말 안록산의 난이 발생하여 이듬해 현종이 도망가고 태자가 영무靈武에서 즉위하여 숙종肅宗이 되었다. 이때 부주鄜州에서 피난하고 있던 두보는 숙종이 즉위하였다는 소식을 듣고는 영무로 가다가 반군에게 잡혀 장안으로 압송되었다.

지덕至德 2년(757) 4월 장안을 탈출하여 봉상鳳翔에 있던 숙종을 알현하였고 좌습유左拾遺를 배수받았다. 조정에서 방관房琯을 두둔하는 발언을 하였다가 숙종의 심기를 거슬러 화주華州로 폄적되었다. 그해 9월 장안이 수복되자 11월에 두보는 장안으로 돌아갔고 여전히 좌습유로서 관직을 수행하였다. 하지만 결국 방관의 일에 연루되어 건원乾元 원년(758) 화주사공참군華州司功參軍으로 폄적되었다. 이듬해 정국의 혼탁함을 탄식하며 관직을 그만두고 진주秦州를 떠돌았다. 이후 성도成都에 도착하여 엄무嚴武의 도움으로 초당草堂을 짓고 가족과 같이 머물렀다. 엄무의 추천으로 검교공부원외랑檢校工部員外郎이 되었다.

영태永泰 원년(765) 엄무가 죽자 두보는 성도를 떠나 대력大曆 원년(766) 기주夔州에 도착하였다. 기주도독 백무림柏茂林의 도움으로 거처를 마련하여 가족과 함께 살았으며 기주에 머무는 2년 정도의 시간 동안 4백여 수의 시를 창작하였다. 대력 3년(768) 기주를 떠나 강릉江陵, 공안公安을 거쳐 동정호에 도착하였으며 이후 담주潭州, 형주衡州 지역을 배를 타고 떠돌다가 대력 5년(770) 배에서 세상을 뜨고 말았다.

두보는 1400여 수의 시를 창작한 위대한 한시 작가로 시성詩聖, 시사詩史로 불리면서 중국뿐만 아니라 한국에서도 대대로 모범적인 한시 작가로 추앙받았다. 많은 문인이 그의 시를 학습하고 본받으려고 하였으며 조선에서는 《두시언해》가 편찬되기도 하였다.

송나라 왕기王琪와 왕수王洙가 편찬한 ≪두공부집杜工部集≫에 문장이 28편 수록되어 있는데, 부부賦 6편, 표표表 5편, 찬찬贊 1편, 장장狀 3편, 책문策問 1편, 기기記 1편, 술술述 2편, 설설說 2편, 도문圖文 1편, 제문祭文 3편, 묘지墓志 2편, 신도비神道碑 1편이다. 그리고 ≪문원영화文苑英華≫ 권131에 두보의 <천구를 읊은 부(天狗賦)> 다음에 익명으로 <월 땅 사람이 조련된 코끼리를 바친 것을 읊은 부(越人獻馴象賦)>가 수록되어 있는데, 이에 대해 청나라 계림부통판桂林府通判 왕삼汪森이 ≪월서문재粵西文載≫를 편찬하면서 이 작품을 수록하고 작자를 두보라고 명기하였다. 이 작품의 작자에 대해서는 논란이 있는데, 본 문집에서는 마지막에 수록하였다. 두보의 문장은 수량적인 면에서 많지는 않지만 다양한 형식을 고루 갖추고 있는 것이 그 특징이라 할 수 있다.

시에 있어서 두보가 절대적인 지위를 차지하는 반면에 문장에 대한 평가는 대대로 엇갈렸다. 두보 사후인 중당 때 이미 한유, 원진, 백거이 등에 의해서 두보의 시가 이백과 나란히 할 정도임을 인정받았다. 원진은 두보의 묘지명에서 "시인이 있은 이래로 오직 한 사람이 있을 뿐이다.(詩人以來, 一人而已.)"라고 하면서 이백보다 두보를 우위에 두었다. 한유는 <장적을 조롱하다(調張籍)>에서 "이백과 두보의 문장이 있으니 그 빛이 만 장만큼 높구나. 모르겠구나, 여러 우매한 아이들이 무엇 때문에 일부러 중상비방 하는지를. 개미가 큰 나무를 뒤흔드는 격이라 자신의 역량을 헤아리지 못하는 것이 가소롭다."라고 하였는데 이는 이백과 두보의 시에 대한 칭송이었다. 그리고 백거이는 <원진에게 주는 편지(與元九書)>에서 "두보의 시가 가장 많아서 전할 만한 것이 천여 수인데, 고금을 통틀어 격률을 능숙하게 운용함에 공교로움과 훌륭함을 다하여 또한 이백을 능가한다.(杜詩最多, 可傳者千餘首. 至於貫穿古今, 覷縷格律, 盡工盡善, 又過於李焉.)"라고 하여 두보의 시를 높이 평가하였다.

하지만 그의 문장은 주목받지 못하였다. 송대에 이르러서 소식, 진관, 황정견 등이 두보 시를 격찬하며 숭상하였지만 두보 문장에 대해서는 평가절하하면서 두보 시와 문장에 대한 평가가 극단적으로 갈리기 시작하였다. 소식은 "증공은 본래 문장이 천하에 오묘하였지만 운이 있는 시에는 매번 공교롭지 못했으며, 두보는 시가에 능하였지만 운이 없는 문장은 거의 읽을 만하지 않다.(曾子固文章妙天下, 而有韻者輒不工. 杜子美長於歌詩, 而無韻者幾不可讀.)"라고 하였으며, 진관은 "사람의 재주는 각기 구분과 한계가 있는데, 두보의 시는 고금에 최고이지만 운이 없는 산문은 거의 읽을 만하지 않다.(人才各有分限, 杜子美詩冠古今, 而無韻者殆不可讀.)"라고 하였고, 진사도 역시 황정견의 말을 인용하여 "시와 문장은 각기 체격이 있는데 한유는 문장으로 시를 지었고 두보는 시로 문장을 지었으니 공교롭지 못하다.(詩文各有體, 韓以文爲詩, 杜以詩爲文, 故不工耳.)"라고 하였다. 또한 두보 주석서의 집대성자인 청대 구조오 역시 ≪두시상주杜詩詳注≫의 범례에서 "두보는 시의 명성이 독보적이지만 문장은 송나라 문인들에 의해 채택되지 못하였으니 산문은 아마도 그가 잘하는 바가 아니었을 것이다.(少陵詩名獨擅, 而文筆未見采於宋人, 則無韻之文, 或非其所長.)"라고 하였다.

한편 송나라 두보 주석가인 채몽필은 이에 대해 "운이 없는 산문이라는 것은 <벌목 일을 시키다(課伐木)>의 서문과 같은 것이 그러하다.(無韻者, 若課伐木詩序之類是也.)"라고 하였으며 ≪두시상주≫에서도 이 시의 서문에 대해 "두보 시의 서문은 고졸하고 난해한 곳이 많다.(少陵詩序多古拙難解處.)"라고 하였다. 그리고 남송의 문인 유극장劉克莊 역시 "내가 두보집에서 운이 없는 산문을 보니 오직 기주시기 시 제목의 몇 줄만 매우 난삽하였는데 아마 오탈자가 있었을 것이다. 삼대례부 같은 작품은 깊이가 있고 시원시원하여 난삽한 문장을 짓는 이가 미칠 바가 아니다.(余觀杜集無韻者, 惟夔府詩題數行頗艱澀, 容有誤字脫簡. 如三大禮賦, 沉著痛快, 非鉤章棘句者所及.)"라고 하였다. 이로 보건대 두보 문장에 대한 평가에서 일반적인 문장에 관한 것과 일부 시의 서문에 관한 것이 혼재하고 있음을 확인할 수 있다.

두보 문장에 대한 이러한 부정적인 평가는 모두 두보 시의 광채에 가려져 문장이 홀대받은 결과라고 할 수 있다. 원래 두보는 생전에 시보다는 문장으로 이름을 알렸으며 스스로 문장을 자부하였다. 두보가 현종의 인정을 받아서 관직에 나아갈 수 있었던 것은 삼대례부三大禮賦를 바쳤기 때문이다. 두보는 당시 시보다는 부를 통해 현종의 눈길을 끌었으며, 자신의 자질을 드러내기 위해 시보다는 부를 더 활용하였다. 이외에도 두보는 <서악에서 봉선례를 지내는 것에 관한 부(封西岳賦)>, <북방수리를 읊은 부(雕賦)> 등을 창작하여 인재 채용을 위해 설치한 연은궤延恩櫃에 투고하기도 하였다. 그리고 <헌납사 겸 기거사인 전징에게 주다(贈獻納使起居田舍人澄)>에서는 "양웅에게 또 <하동부>가 있으니 오직 불어서 하늘로 올려 보내주길 기다린다.(揚雄更有河東賦, 唯待吹噓送上天.)"라고 하여 자신을 관직에 추천해 주기를 바라면서 양웅의 <하동부>에 자신의 작품을 비교하였다.

문장에 대한 두보의 자부심은 그의 시문을 통해서도 확인할 수 있다. <위 좌승께 받들어 드리는 22운(奉贈韋左丞丈二十二韻)>에서 "부로는 양웅과 대적하리라 생각하고 시로는 조식과 가까움을 봅니다.(賦料揚雄敵, 詩看子建親.)"라고 하면서 시와 부 두 방면에서 자신감을 드러내었으며 특히 부에서는 양웅에 필적한다고 하였다. <고 사군이 내게 준 시에 화답하다(酬高使君相贈)>에서 "《태현경》 짓는 일을 내가 어찌 감히 하겠는가? 부라면 혹 사마상여와 비슷하리라.(草玄吾豈敢, 賦或似相如.)"라고 하였는데, 고씨가 먼저 두보에게 양웅이 지은 《태현경》을 지을 수 있을 것이라고 칭찬한 것에 대해 겸손의 말로 사양하면서도 부는 사마상여에 필적할 것이라고 하였다. 또한 <북방수리를 읊은 부를 바치는 표(進雕賦表)>에서 "침울돈좌함과 때에 맞춘 민첩함에 이르러 양웅과 매고의 무리를 아마도 따라잡을 수 있을 것이다.(至於沉鬱頓挫, 隨時敏捷, 揚雄枚皐之徒, 庶可企及也.)"라고 하였다. 이상에서 보듯이 두보는 자신을 양웅과 사마상여에 비기면서 자신의 문장에 대한 자부심을 드러내었다.

또한 두보의 동시대인들 역시 두보의 문장에 대해 높이 평가했다. 두보의 시 <장년의 유력(壯遊)>에서 "지난날 내 나이 열네댓에 한묵의 마당에 나가 노닐었는데, 문인 가운데 최상 위계심 무리가 내 글을 반고 양웅 같다고 하였다.(往者十四五, 出遊翰墨場. 斯文崔魏徒, 以我似班揚.)"라고 하였는데 당시 정주자사鄭州刺史 최상崔尙과 예주자사豫州刺史 위계심魏啓心이 두보의 문장을 반고와 양웅에 비유하였음을 알 수 있다. 두보의 시 <장난삼아 문향 진소부에게 준 짧은 노래(戲贈閿鄉秦少府短歌)>에서 "마음 같이하니 골육의 친함에 못지않았고, 말할 때마다 내 문장이 최고라고 인정하였다.(同心不減骨肉親, 每語見許文章伯.)"라고 하였고 <손님이 오

다(賓至)>에서 "천하를 놀랠 문장이 어디 있으리요? 괜스레 번거롭게 강가에 거마를 멈추셨구나.(豈有文章驚海內, 漫勞車馬駐江干.)"라고 하여 당시 두보의 문장을 접하기 위해 여러 사람이 찾아왔음을 말하였다.

이러한 주위의 평가에 따라 두보는 다른 사람을 대신하거나 부탁을 받고 글을 짓기도 하였으니, <낭주자사 왕씨를 대신하여 파촉의 안위를 논해 올리는 표(爲閬州王使君進論巴蜀安危表)>, <화주자사 곽씨를 대신하여 남은 반군을 물리치는 형세의 책략을 올리는 장(爲華州郭使君進滅殘寇形勢圖狀)>, <건원 원년 화주 진사 시험 책문 다섯 문항(乾元元年華州試進士策問五首)>, <기부도독 백무림을 대신하여 주상께 감사하며 올리는 표(爲夔府柏都督謝上表)> 등을 짓기도 하였다. 특히 마지막 문장은 두보가 기주에 있을 때 지은 것으로 만년에도 문장 실력을 인정받았음을 확인할 수 있다.

1980년대에 들어서 중국에서 두보 문장의 가치에 대해 인식을 하기 시작하였으며, 일련의 연구성과들이 조금씩 나오기 시작하였다. ≪당대문학사唐代文学史≫에서 두보 문장을 평가하기를, "두보의 문장은 내용은 충실하며 형식은 변려체와 산체를 아울러 사용한 진자앙 이후의 문풍을 계승하였다. 진자앙과 다른 부분은 두보의 행문은 매번 시가의 비약적이고 모호한 장법을 사용하였으며 게다가 고졸하고 껄끄러운 어휘를 구사하였다는 것으로, 그 문장의 효과가 사람을 감동시키는 뛰어난 시와는 아주 다르다. 하지만 세심한 독자는 문장의 새롭고 기이하며 깊이 있는 구를 어렵지 않게 찾을 수 있어서 '표현이 사람을 놀라게 하지 않으면 죽어도 그만두지 않는다(語不驚人死不休)'는 특색이 그저 시에서만 드러나는 것이 아니다. 이러한 문풍은 한유에게 또한 영향을 미친 바가 있다."
라고 평가하였다.

실로 두보의 문장은 초당사걸과 비교하여 일가를 이루었다는 평
가를 받기도 하고, 이백, 독고급獨孤及과 아울러 초당의 진자앙과
중당의 한유, 유종원을 이어주는 중요한 역할을 하였다고 평가를
받기도 한다. 이백과 같은 호방하고 화려한 필력은 없지만 그렇다
고 해서 소홀하게 쓴 문장도 없으며, 이후 평이한 문장이 창작되는
것과 달리 탈속적이고 기험한 풍격을 가지고 있다. 이로 인해 두보
의 문장을 성당에서 중만당으로 넘어가는 문풍 혁신의 과정에서
자리매김할 수 있으며 당대 문장의 발전 경향을 파악하기 위해서는
반드시 연구해야 할 부분이다.

이러한 모습은 부賦에서 특징적으로 나타난다. 초당 때는 부가
육조의 문풍을 이어받아 구절마다 대구를 사용한 변려체였지만 이
백과 두보를 시작으로 장편 부에서 엄정한 대구에서 벗어나 반변반
산半騈半散의 형식을 보여주기 시작하였다. 이러한 이백과 두보의
부는 원나라 축요祝堯의 《고부변체古賦辯體》에서 "대우의 만장
함은 비록 없어졌지만 율격의 뿌리는 여전히 남아있다.(徘之蔓雖
除, 律之根故在.)"라는 평가를 받았으며, 중만당 고문운동에 영향
을 주기도 하였다. 또한 <천구를 읊은 부(天狗賦)> 등의 영물부詠
物賦에서 대구를 거의 사용하지 않으면서도 자신의 신세를 천구에
기탁한 것에서도 동일한 경향을 확인할 수 있다.

두보의 시가 일찍부터 인정을 받았고 많은 학자의 주석서가 있어
천가주千家注라는 말이 있을 정도이지만 문장에 대해서는 고래로
그다지 연구가 되어 있지 않다. 주석서로는 청나라 전겸익錢謙益의

≪전주두시錢注杜詩≫, 주학령朱鶴齡의 ≪두공부시집집주杜工部詩集集注≫, 장진張溍의 ≪독서당두공부문집주해讀書堂杜工部文集注解≫, 구조오의 ≪두시상주≫가 있다. 구조오의 ≪두시상주≫가 이전의 주석을 모으고 자신이 새로 주석을 붙였는데 시에 대한 주석만큼 완성도가 있지는 않다. 근인의 주석서로는 소척비蕭滌非의 ≪두보전집교주杜甫全集校注≫가 있다.

두보의 시에 관한 연구는 오래전부터 많이 되어 왔지만 문장에 관해서는 그다지 주목을 받지 못하였다. 심지어 문장이 난삽하다는 비평을 받으면서 저평가되기도 하였다. 두보의 시에 있는 일부 장문의 제목이나 서문은 구두도 어려울 만큼 껄끄러운 것이 사실이다. 하지만 현재 남아 있는 두보의 문장은 대부분 그가 젊었을 때 지은 것들이며, 관직 진출을 위해 노력하는 과정에서, 또는 관직 생활을 하며 충실히 직무를 수행하는 과정에서 지은 것이기에 상당히 공을 들인 흔적이 보인다. 이에 관한 보다 섬세한 연구와 객관적인 평가가 향후 이루어져야 할 것이다.

마지막으로 어려운 상황에서도 출판을 선뜻 허락해주신 박문사 사장님과 보기 좋게 책을 꾸며주신 편집부 직원들에게 감사의 말씀을 드린다.

2024년 6월 달구벌 와룡산 자락에서
임도현

1. 이 책은 두보의 부와 문장을 역주한 것이다. 저본으로는 청나라 구조오仇兆鰲 ≪두시상주杜詩詳註≫를 선택했으며, 전겸익錢謙益 ≪전주두시錢注杜詩≫, 주학령朱鶴齡 ≪두공부시집집주杜工部詩集集注≫, 장진張溍 ≪독서당두공부문집주해讀書堂杜工部文集注解≫, 소척비蕭滌非 ≪두보전집교주杜甫全集校注≫를 참고했다.

2. 단락구분은 ≪두시상주≫를 따랐으며, 각 단락의 요지를 설명한 것은 #으로 인용했고, 문장 전체에 관한 설명 및 주석은 ##로 인용했다.

3. 구두는 ≪두시상주≫ 중화서국中華書局 본(1979)을 따랐다. 역문의 문장 부호와 일부 다른 곳이 있는데, 참고할 만하기에 일부러 일치시켜 변경하지는 않았다.

4. 서명은 ≪ ≫으로 구분하고 작품명은 < >으로 구분하였으며, 구절의 인용은 " "를 사용했고 단어의 인용은 ' '를 사용했다.

5. 주석에서 원문의 어려운 한자를 풀이했으며 관련된 주석 내용과 참고문헌의 내용을 아래에 원문과 함께 소개했다.

목차

시의 성인 두보 글을 짓다

두보문집

進三大禮賦表

세 가지 큰 예를 읊은 부를 바치는 표

臣甫言, 臣生長陛下淳樸之俗,[1] 行四十載矣.[2] 與麋鹿同羣而處,[3] 浪跡於陛下豊草長林,[4] 實自弱冠之年矣.[5] 豈九州牧伯,[6] 不歲貢豪俊於外, 豈陛下明詔, 不仄席思賢於中哉.[7] 臣之愚頑,[8] 靜無所取,[9] 以此知分, 沉埋盛時,[10] 不敢依違,[11] 不敢激訐,[12] 默以漁樵之樂自遣而已.[13] 頃者,[14] 賣藥都市, 寄食友朋, 竊慕堯翁擊壤之謳,[15] 適遇國家郊廟之禮,[16] 不覺手足蹈舞,[17] 形於篇章. 漱咽甘液,[18] 游泳和氣, 聲韻寖廣,[19] 卷軸斯存,[20] 抑亦古詩之流,[21] 希乎述者之意.[22] 然詞理野質,[23] 終不足以拂天聽之崇高,[24] 配史籍以永久, 恐倏先狗馬,[25] 遺恨九原.[26] 臣謹稽首, 投延恩匭,[27] 獻納上表. 進明主朝獻太淸宮朝享太廟有事於南郊等三賦以聞.[28] 臣甫誠惶誠恐, 頓首頓首, 謹言.

신 두보가 말씀드립니다. 신은 폐하의 순박한 풍속에서 자란 것이 40년이 되었습니다. 사슴과 같이 무리 지어 지내다가 폐하의 무성한 수풀에서 이리저리 돌아다닌 것은 실로 약관의 나이부터

였습니다. 어찌 구주의 지방 장관이 해마다 지역에서 호걸과 준재를 바치지 않았으며, 어찌 폐하가 밝은 조서를 내려 중앙에서 자리에서 기울어진 채 어진 이를 생각하지 않으셨겠습니까만, 신은 우매하여 조용히 취할 바가 없었기에, 이에 본분을 알아서 성대한 시기에 파묻혀 지내며 감히 머뭇거리지도 않고 감히 격렬히 호소하지도 않은 채 묵묵히 어부와 나무꾼의 즐거움으로 스스로 위로할 뿐이었습니다. 근래에는 도성의 시장에서 약초를 팔며 벗들에게 부쳐 살았는데 외람되이 요임금 때 늙은이가 나무막대 맞히기놀이하며 노래 부르던 것을 흠모하다가 마침 나라에서 교묘의 예를 행하는 때를 만났기에 저도 모르게 손발을 들어 춤을 추고 문학작품으로 형상화하였습니다. 달콤한 음료를 입으로 마시는 듯 온화한 기운 속을 유영하는 듯하며 성운이 점차 많아지더니 권축을 이에 이루었는데 아마도 또한 고시가 변화한 모습인 듯하고 예악의 의미를 찬술하는 문장의 뜻과 비슷하였습니다. 하지만 문장의 이치가 거칠고 질박하여 끝내 숭고한 천자의 귀를 스치거나 영구히 사서에 같이 등재되기에는 부족하지만 개나 말보다 더 빨리 달려서 구천에 한을 남길까 두려워하였습니다. 신은 삼가 머리를 조아리고 연은궤에 넣어 부를 헌납하고 표를 올립니다. 밝은 주상께서 태청궁에서 제사를 올린 일, 태묘에서 제사를 올린 일, 남쪽 교외에서 예를 올린 일에 관한 부 세 편을 바치니 읽어주십시오. 신 두보는 진실로 황공하옵나이다. 머리를 숙여 삼가 말씀드렸습니다.

[해제]

이 문장은 두보가 삼대례부를 바치면서 그 경과를 서술한 표이다. 태평성세를 지내다가 재능이 있지만 발탁되지 못하고 있었는데, 경사에서 세 가지 큰 예가 행해지기에 이에 관해 세 편의 부를 지어 올리게 되었다는 내용이다. 저작 시기에 관해서는 천보 9년 겨울, 천보 10년, 천보 13년 설이 있는데, 천보 10년이 타당한 것으로 보인다.

≪두공부시집집주≫: ≪통고≫에서 "당나라 때는 남쪽 교외에서 제례를 지내고 태청궁과 태묘에 나아가 제사를 지냈는데 이를 '삼대례'라고 하였다."라고 하였다. 전겸익의 전에서 "여급공의 연보와 여동래가 삼대례부에 단 주에서 모두 ≪신당서≫의 두보 본전에 의거하여 부를 바친 것은 천보 13년이라고 했다. 황학이 말하기를, '≪구당서・현종기≫에서 천보 10년 정월 을유일이 초하루인데, 임진일 태청궁에서 제사를 올렸고 계사일 태묘에서 제사를 올렸으며 갑오일에 남쪽 교외에서 예를 올렸다고 하였다. <태묘에서 제사를 올린 것을 읊은 부>에서 '임진일에 이미 도가의 시조와 감통하였는데, 황제의 수레가 즉시 이날로 구묘에서 재계를 하였다.'라고 하였고 <남쪽 교외에서 예를 올린 것을 읊은 부>에서 '이틀간 종묘의 예가 끝났다.'라고 하였다. ≪구당서≫와 날짜가 모두 합치되니 천보 10년에 부를 바친 것이 분명하다.'라고 하였다. 조자력의 연보에서 '≪명황기≫를 살펴보니 천보 13년 2월 계유일 태청궁에서 제사를 올렸고 갑술일에 친히 태묘에서 제사를 지냈지만 남쪽 교외에서 예를 올리지는 않았다. 마땅히 ≪구당서≫로써 바로잡아야 한다.'라고 하였다. 살펴보건대, 여러 주석서에서 천보 13년에 부를 바쳤다고 기록하고 있는데 모두 ≪신당서≫ 본전의 오류를 받아들인 것이다. 하지만 부를 바친 것은 절로 큰 예를 치뤘다고 알린 뒤일 것이니 황학이 천보 9년 미리 바쳤다고 한 것은 틀렸다."라고 하였다.(通考, 唐祀南郊, 卽祠太淸宮太廟, 謂之三大禮. 錢箋, 呂汲公年譜, 呂東萊注三大賦並據新書本傳云, 獻賦在十三載. 黃鶴曰, 舊書玄宗紀, 十載正月乙酉朔, 壬辰, 朝獻太淸宮. 癸巳, 朝享太廟. 甲午, 有事於南郊. 朝享太廟賦曰, 壬辰, 旣格於道祖, 乘輿卽以是日致齋於九室. 有事於南郊賦曰, 二之日, 朝廟之禮旣畢. 與舊書甲子俱合, 則爲十載獻賦, 明矣. 趙子櫟年譜, 考明皇紀, 十三載二月癸酉, 朝獻太淸宮, 甲戌, 親饗太廟, 未嘗有事於南郊, 當以舊書爲正. 按, 諸書載十三年獻賦,

並承新書本傳之誤. 然獻賦自在大禮告成之後, 鶴謂九載預獻, 則非也.)

《보주두시》 연보변의年譜辨疑 천보 9년: 선생은 이해에 삼대례부를 바쳤다. 또 일찍이 <북방수리를 읊은 부>를 바쳤다. 살펴보건대 <북방수리를 읊은 부를 바치는 표>에서 "7세부터 시를 지었는데 40년이 되었습니다."라고 하였는데, <세 가지 큰 예를 읊은 부를 바치는 표>에서 "40년이 되었습니다."라고 한 것과 의미가 서로 같으니, 그러므로 <북방수리를 읊은 부>를 바친 것이 이해 세 부를 바친 것보다 먼저임을 알 수 있다. 만약 그 이후라고 여긴다면 반드시 <서악에서 봉선례를 지내는 것에 관한 부를 바치는 표>에서처럼 "부를 바쳐 집현원에서 처분을 기다리며 학관이 문장을 시험하도록 하셨다."라고 했을 것이다. 노은魯誾의 연보에서 "이해(천보 9년) 11월 화산을 봉했다"라고 했는데 비록 화산을 봉하라고 허락했지만 이해 사당에 화재가 나고 가뭄이 들어서 봉하는 걸 중지하라고 조서를 내린 것을 전혀 모르고 있다. 선생은 천보 13년에 비로소 <서악에서 봉선례를 지내는 것에 관한 부를 바치는 표>를 바쳐서 서악을 봉하기를 청하였다.(先生是年進三大禮賦, 又嘗進鵰賦. 按進鵰賦表云, 自七歲所綴詩筆, 向四十載矣. 與進三賦表云, 行四十載矣. 語意相同, 故知進鵰賦在是年進三賦之先. 若以爲在後, 必如進封西岳賦表云, 奏賦, 待制於集賢, 委學官試文章矣. 魯譜云, 是年十一月封華嶽, 殊不知雖許封嶽, 而是年廟災及旱, 遂詔停封. 先生十三載方進封西嶽賦而請封也.)

《분문집주두공부시》에 인용된 채흥종蔡興宗의 《두보연보》 천보 9년: 이때 나이가 39세이다. 이해 겨울 삼대례부를 바쳤다. 올리는 표에서 말하기를, "신은 폐하의 순박한 풍속에서 자란 것이 40년이 되었습니다."라고 하였고, 그 부에서 말하기를, "겨울 11월 천자께서 이미 처사의 의론을 받아들이셨다."라고 하였고, 또 말하기를, "이듬해 정월 장차 큰 예를 올리려고 하셨다"라고 하였다. …… 《구당서》를 살펴보건대 천보 10년 봄 정월 임진일 주상이 태청궁에서 제사를 올렸고 계사일 태묘에서 제사를 올렸으며 갑오일에 남쪽 교외에서 하늘과 땅에 합쳐서 제사를 지냈다. 하지만 《신당서》 열전, 문집의 기록, 옛 연보, 부 제목 아래의 주석에서는 모두 천보 13년이라고 하였는데 틀렸다.(時年三十九. 是歲冬, 進三大禮賦. 進表曰, 臣生陛下淳樸之俗, 行四十載矣. 其賦曰, 冬十有一月, 天子旣納處士之議. 又曰, 明年孟陬, 將攄大禮. …… 按唐史, 十載春正月壬辰, 上朝獻太淸宮. 癸巳, 朝享太廟. 甲午, 合祀天地於南郊. 而新書列傳, 集記, 舊譜及賦題之下注文皆作十三年, 非也.)

≪두시상주≫: 구준이 말하기를, "옛날에 교외에서 예를 올렸는데 반드시 먼저 조상의 묘에 알렸으니 하늘과 배향하여 제사하려는 뜻이었다. 대체로 제사를 알리는 예를 행하는 것은 큰 규모가 아니었다. 당나라 때 태청궁, 태묘, 남쪽 교외에서 세가지 큰 예를 함께 행했는데 아마도 옛 제도는 아닐 것이다."라고 하였다.(丘濬謂古者有事於郊, 必先告祖廟以配天享侑之意. 蓋行告祭之禮, 非大享也. 唐時太淸太廟南郊三大禮並行, 蓋非古矣.)

≪독서당두공부문집주해≫: 원주에서 다음과 같이 말했다. 연보에서 "살펴보건대 현종 천보 10년 정월 8일 임진일에 태청궁에서 제사를 올렸고 계사일에 태묘에서 제사를 올렸으며 갑오일에 남쪽 교외에서 제사를 올렸다. 두보는 당시 경사에 있으면서 삼대례부를 바쳤다. 주상이 이를 기이하게 여기고는 집현원에서 문장을 시험하는 조명을 기다리라고 명했다."라고 하였다.(原註, 年譜云, 按玄宗天寶十載正月八日壬辰, 朝獻太淸宮. 癸巳, 朝享太廟. 甲午, 有事於南郊. 公時在京師進三大禮賦. 上奇之, 命待制集賢院召試文章.)

[주석]

1 淳樸之俗(순박지속)-순박한 풍속. 원래는 요순시대의 태평성세를 지칭하는 것인데 여기서는 현종의 성세를 가리킨다.

2 行(행)-바로. 또는 장차. 四十載(사십재)-40년.
≪두시상주≫: 두보는 선천 원년에 태어났으니 천보 10년에 40세였다.(公生於先天元年, 至天寶十載爲四十歲.)

3 麋鹿(미록)-큰 사슴과 사슴. 이 구는 은거하며 살았다는 말이다.

4 浪跡(낭적)-이리저리 떠돌다. 於(어)-이 글자가 없는 판본도
있다.

≪두시상주≫: 개원 10년 두보가 막 20세였는데, 이해 북쪽으로
진 땅을 노닐었고 남쪽으로 오 땅과 월 땅을 노닐었다. 그러므로
'낭적'이라고 하였다.(開元十年, 公方二十歲, 是年北遊晉地, 南
遊吳越, 故曰浪跡.)

5 弱冠(약관)-20세.

6 九州(구주)-고대에 중국을 아홉으로 나눈 것을 말한다. 여기서
는 중국 전역을 가리킨다. 牧伯(목백)-주와 군의 장관.

≪신당서·선거지選擧志≫: 매해 11월에 주와 현의 관서에서는 자질
을 이룬 자를 천거하여 상서성으로 보낸다.(每歲仲冬, 州縣館監
擧其成者, 送之尙書省.)

7 仄席(측석)-자리에서 바로 앉지 못하고 기울어져 있다. 임금이
어진 신하를 대우하는 모습이다.

≪두시상주≫: 천보 6년 조서를 내려 천하에 하나의 기예라도
있으면 모두 궁궐로 보내게 하였다.(天寶六年, 詔天下有一藝詣
輦下.)

≪후한서·일민전逸民傳≫: 광무제는 은일한 선비에 대해 기울
여 앉았는데, 그들을 찾으면서 마치 오지 않을까 걱정하는 것
같았다.(光武側席幽人, 求之若不及.)

8 愚頑(우완)-우둔하다.

9 靜無所取(정무소취)-조용히 취하는 바가 없었다. 조정에서 두보
를 임용하려는 정황이 없었다는 말이다. 이와 달리 두보가 청정
한 마음으로 관직에 나아가려는 마음이 없었다는 뜻으로 볼 수도
있다.

10 沉埋(침매)-매몰되다. 관직에 나가지 못하고 있다는 뜻이다.

11 依違(의위)-머뭇거리다.

12 激訐(격알)-격렬하게 대들다. '訐'은 '訴'로 된 판본도 있다.

13 黙(묵)-묵묵히. 이 글자가 없는 판본도 있다. 漁樵之樂(어초지

락)-어부와 나뭇꾼의 즐거움. 전원에서 은거하는 즐거움을 가리
킨다. 自遣(자견)-스스로 위로하다.

14 頃者(경자)-근래에.
≪두시상주≫: 천보 연간에 두보는 장안에서 머물렀다.(天寶中,
公旅食於京華.)

15 竊(절)-외람되이. 堯翁擊壤之謳(요옹격양지구)-요임금 시절에
노인들이 나무막대를 맞히는 놀이를 하면서 노래를 부른 것으로
태평성세를 말한다. 여기서는 현종의 성세를 가리킨다.

16 適(적)-마침.

17 不覺(불각)-나도 모르게. 手足蹈舞(수족도무)-손과 발이 춤을
추다. 즐거워하는 모습이다.

18 漱吮(수연)-마시는 것을 뜻한다. 甘液(감액)-달콤한 음료. 술을
가리키기도 한다.
[漱吮 2구] 큰 예를 보게 되어 온화한 기운에 충만한 모습을 비유적
으로 표현한 것이다.

19 聲韻(성운)-시나 부와 같이 압운한 문학작품을 말한다. 寖廣(침
광)-점차 많아지다.

20 卷軸(권축)-문학작품을 말한다.

21 抑(억)-아마도. 古詩之流(고시지류)-고시가 변화한 모습이란
뜻으로 부를 뜻한다.
반고 <서도부西都賦> 서序: 부라는 것은 고시가 변화한 문체이
다.(賦者, 古詩之流.)

22 希(희)-영합하다. 비슷한 면이 있다는 말이다. 述者(술자)-예악
의 의미에 대해 찬술하는 것을 가리킨다.
≪예기·악기樂記≫: 창제하는 자를 일러 성스럽다고 하고 찬술
하는 자를 일러 밝다고 한다.(作者之謂聖, 述者之謂明.)

23 詞理(사리)-문장의 이치. 野質(야질)-거칠고 질박하다. 자신의
글에 대한 겸사이다.

24 天聽(천청)-천자가 듣다.

25 儵(숙)-매우 빠르다. 先狗馬(선구마)-개나 말이 달려가는 것보
다 먼저이다. "개나 말보다 먼저 달려가서 개울이나 골짜기를
메운다.(先犬馬, 塡溝壑.)"라는 말의 헐후어歇後語로 조속한 시
일 내로 죽는 것을 뜻한다.
≪열녀전列女傳≫: 양나라의 과부 고행이 말하기를, "제 남편은
불행히도 일찍 죽어서 개나 말보다 먼저 달려가서 개울과 골짜기
를 메웠습니다."라고 하였다.(梁寡高行曰, 妾夫不幸早死, 先犬
馬, 塡溝壑.)

26 九原(구원)-구천九泉. 무덤을 말한다.

27 延恩匭(연은궤)-무측천 때 장안성 문에 둔 궤에서 동쪽 면의 이
름으로 문인들이 자신이 지은 부를 이곳에 넣으면 읽어보고 관리
로 선발하였다.
≪두시상주≫에 인용된 ≪구당서≫: 무측천이 정사를 처리하면
서 백성들의 앙망함을 얻고자 하였다. 수공 연간 초에 청동을
녹여 함을 만들게 하였다. 네 면에 문을 만들고 각각 방위에 맞는
색을 칠하게 하여 합쳐서 하나의 집을 만들었다. 동쪽 면을 연은
이라고 하였으며, 부와 송을 바치거나 관작을 요구하는 자가 표
를 봉하여 넣도록 하였다.(則天臨朝, 欲收人望, 垂拱初, 令鎔銅爲
匭, 四面置門, 各依方色. 共爲一室, 東面名曰延恩, 上賦頌及許求
官爵者封表投之.)

28 朝獻(조헌)-태청궁, 경령궁景靈宮에서 천자가 친히 제사를 올리
는 것을 말한다. 太淸宮(태청궁)-현종 때 장안에 세운 노자의
사당이다. 朝享(조향)-태묘에서 천자가 친히 제사를 올리는 것
을 말한다. 太廟(태묘)-제왕의 선조를 모신 묘당. 有事(유사)-여
기서는 제사를 지냈다는 말이다. 南郊(남교)-경사 남쪽에 원구
圓丘를 쌓은 곳으로 하늘에 제사를 지냈다. 以聞(이문)-윗 사람
에게 글을 올릴 때 쓰는 상투어로 읽어달라는 말이다.

朝獻太淸宮賦

태청궁에서 제사를 올린 것을 읊은 부

冬十有一月, 天子旣納處士之議,[1] 承漢繼周,[2] 革弊用古,[3] 勒崇揚休.[4] 明年孟陬,[5] 將擄大禮以相籍,[6] 越彝倫而莫儔.[7] 歷良辰而戒吉,[8] 分祀事而孔修.[9] 營室主夫宗廟,[10] 乘輿備乎晃裘.[11] 甲子王以昧爽,[12] 春寒薄而清浮.[13] 虛閶闔,[14] 逗蚩尤,[15] 張猛馬,[16] 出騰虯,[17] 捎熒惑,[18] 墮旄頭,[19] 風伯扶道,[20] 雷公挾輈.[21] 通天台之雙闕,[22] 警溟漲之十洲.[23] 浩劫礨砢,[24] 萬仙颷颺.[25] 欻臻於長樂之舍.[26] 鬼入乎崑崙之丘.[27]

太一奉引,[28] 庖犧在右,[29] 堯步舜趨,[30] 禹馳湯驟.[31] 鬱閟宮之崔崒,[32] 拆元氣以經構.[33] 斷紫雲而竦牆,[34] 撫流沙而承霤.[35] 紛隤珠而陷碧,[36] 燿波錦而浪繡.[37] 森青冥而欲雨,[38] 翄光炯而初晝.[39]

於是翠甤俄的,[40] 藻藉舒就.[41] 祝融擲火以焚香,[42] 溪女捧盤而盥漱.[43] 羣有司之望幸,[44] 辯名物之難究.[45] 瓊漿自閟於粢盛,[46] 羽客先來於介冑.[47]

爍聖祖之儲祉,[48] 敬雲孫而及此.[49] 詔軒轅使合符,[50] 敕

王喬以視履.[51] 積昭感於嗣續,[52] 裴正辭於祝史.[53] 若胁蠻
而有憑,[54] 肅風飆而乍起.[55] 揚流蘇於浮柱,[56] 金英霏而披
靡.[57] 擬雜珮於曾巔,[58] 芝蓋歙以颯纚.[59] 中溰溰以回復,[60]
外蕭蕭而未已.[61]

　　上穆然,[62] 注道爲身,[63] 覺天傾耳,[64] 陳僭號於五代,[65] 復
戰國於千祀.[66] 曰, 嗚呼. 昔蒼生纏孟德之禍,[67] 爲仲達所
愚.[68] 鑿齒其俗,[69] 窾窳其孤.[70] 赤烏高飛,[71] 不肯止其屋,
黃龍哮吼,[72] 不肯負其圖.[73] 伊神器枲兀,[74] 而小人呴喻.[75]
曆紀大破,[76] 創痍未蘇,[77] 尙攫挐於吳蜀,[78] 又顚躓於羯
胡.[79] 縱羣雄之發憤,[80] 誰一統於亨衢.[81] 在拓拔與宇文,[82]
豈風塵之不殊.[83] 比聰廆及堅特,[84] 渾貙豹而齊驅.[85] 愁陰
鬼嘯,[86] 落日梟呼.[87] 各擁兵甲,[88] 俱稱國都.[89] 且耕且戰,[90]
何有何無.[91]

　　惟累聖之徽典,[92] 恭淑愼以允緝.[93] 茲火土之相生,[94] 非
符讖之備及.[95] 煬帝終暴,[96] 叔寶初襲.[97] 編簡尙新,[98] 義旗
爰入.[99] 旣淸國難,[100] 方覩家給.[101] 竊以爲數子自誣,[102] 敢
正乎五行攸執.[103] 而觀者潛晤,[104] 或喜至於泣.[105] 鱗介以
之鳴虞,[106] 昆蚑以之振蟄.[107] 感而遂通,[108] 罔不具集.[109]
仡神光而甜闇,[110] 羅詭異以戢育.[111] 地軸傾而融洩,[112] 洞
宮儼以巋岌.[113] 九天之雲下垂,[114] 四海之水皆立.[115] 鳳凰
威遲而不去,[116] 鯨魚屈矯以相吸.[117] 掃太始之含靈,[118] 卷

殊形而可挹.[119]

則有虹蜺爲鈎帶者,[120] 入自於東.[121] 揭莽蒼,[122] 履崆峒.[123] 素髮漠漠,[124] 至精濃濃.[125] 條弛張於巨細,[126] 覘披寫於心胸.[127] 蓋修竿無隙,[128] 而仄席已容.[129] 裂手中之黑簿,[130] 睨堂下之金鐘.[131] 得非擬斯人於壽域,[132] 明返樸於玄蹤.[133] 忽翳日而翻萬象,[134] 却浮雲而留六龍.[135] 咸警跖而壯茲應,[136] 終蒼黃而昧所從.[137] 上猶色若不足,[138] 處之彌恭.[139]

天師張道陵等泊左玄君者,[140] 前千二百官吏,[141] 謁而進曰,[142] 今王巨唐,[143] 帝之苗裔,[144] 坤之紀綱.[145] 土配君服,[146] 宮尊臣商.[147] 起數得統,[148] 特立中央.[149] 且大樂在懸,[150] 黃鐘冠八音之首,[151] 太昊斯啓,[152] 青陸獻千春之祥.[153] 曠哉勤力耳目,[154] 宜乎大帶斧裳.[155] 故風后孔甲充其佐,[156] 山稽岐伯翼其旁.[157] 至於易制取法,[158] 足以朝登五帝,[159] 夕宿三皇.[160] 信周武之多幸,[161] 存漢祖之自強.[162] 且近朝之濫吹,[163] 仍改卜乎祠堂.[164] 初降素車,[165] 終勤恤其後,[166] 有客白馬,[167] 固漂淪不忘.[168] 伊庶人得議,[169] 實邦家之光.[170] 臣道陵等, 試本之於青簡,[171] 探之於縹囊.[172] 列聖有差,[173] 夫子聞斯於老氏,[174] 好問自久,[175] 宰我同科於季康.[176] 取撥亂反正,[177] 乃此其所長.[178]

萬神開,[179] 八駿回.[180] 旗掩月,[181] 車奮雷.[182] 騖七曜,[183]

燭九垓.[184] 能事穎脫,[185] 清光大來.[186] 或曰, 今太平之人,
莫不優游以自得,[187] 況是蹴魏踏晉批周扶隋之後,[188] 與夫
更始者哉.[189]

　　겨울 11월 천자께서 이미 처사의 의론을 받아들이고는 한나라
와 주나라를 계승하여, 폐단을 제거하고 옛 후예를 등용하고는
숭고함을 새기고 아름다움을 드날렸다. 이듬해 정월 장차 큰 예를
서로 이어서 거행하려 하셨으니 상례를 뛰어넘어 어떤 것도 비할
바가 못되었다. 좋은 날을 골라서 길일에 재계하였으며 제사일을
나누어서 잘 처리하였다. 궁실을 만듦에 저 종묘를 주된 것으로
여기시어 수레를 타고 면류관과 갖옷을 갖추었다. 갑자일에 왕께
서 어둠이 밝아올 때 봄의 한기가 옅어지고 맑은 기운이 떠 있었는
데, 궁궐 문을 열고 치우 깃발을 이끌어, 용맹한 말이 늘어서고
솟아오르는 규룡이 나서니, 형혹성을 스치고 모두성이 아래로 내
려오며, 풍백이 길을 보위하고 뇌공이 수레를 끼고 있었다. 천태
의 쌍궐을 통과하여 명해와 창해의 십주를 놀라게 했는데, 계단은
아래위로 많지만 만 명의 신선은 바람 소리를 내며, 홀쩍 장락궁에
이르렀고 높다란 곤륜산으로 들어갔다.
　　태일이 받들어 이끌고 포희가 오른쪽에서 모시는데, 요임금은
걷고 순임금은 종종거리며, 우임금은 치달리고 탕임금은 잽싸게
달린다. 우뚝히 솟은 신묘에는 수목이 울창한데 원기를 쪼개서
건축한 것이다. 자줏빛 구름을 끊으며 담장이 솟아있고 흐르는
모래를 어루만지며 빗물받이가 걸려있다. 어지러이 구슬은 부서
지고 푸른 옥은 묻혀 있으며 번쩍번쩍 비단이 요동치고 수가 물결

친다. 어둑한 푸른 하늘은 비가 올 듯하고 붉게 빛나는 불빛에 막 낮이 된 듯하다.

이에 물총새 깃털 의장은 높고 환하며 화려한 문양의 깔개는 펼쳐져 둘렀다. 축융이 불을 던져 향을 사르고 계녀가 쟁반을 받들어 손을 씻고 입을 헹군다. 무리를 지은 담당자들이 천자의 행차를 바라는데 이름난 기물을 판명하기란 어려울 정도이다. 경장은 제기에 담은 곡물과 절로 섞여있고 신선 같은 손님은 갑옷을 입은 호위병보다 먼저 와 있다.

성스러운 조상인 노자가 쌓은 복이 빛나니 먼 후손이 여기에 이르러 공경한다. 헌원에게 조서를 내려 부절을 합치게 하고 왕교에게 칙령을 내려 신발을 살펴보게 한다. 이어진 후사에게는 밝은 감응을 쌓아주게 하고 축사에게는 올곧은 말로 보좌하게 한다. 마치 기운이 가득하여 의지할 바가 있는 듯 하더니 엄숙한 돌개바람이 갑자기 일어난다. 대들보에 드리운 술이 드날리고 황금빛 꽃이 무더기로 뒤집힌다. 높은 산꼭대기에 여러 패옥이 있는 듯하고 지초 장식 수레 덮개가 기울어지며 너울너울 펄럭인다. 내부는 쉬이익 되돌며 다시 생겨나고 바깥은 휘이잉 그치지 않는다.

주상은 조용히 생각하다가 도에 집중하여 몸가짐을 바로하니 하늘이 귀를 기울이는 걸 느끼고는, 다섯 조대에서 황제를 참칭하였지만 천 년 만에 전국시대를 전복시켰음을 진술하신다. 말씀하시기를, "오호! 예전에 백성이 조조의 화를 당했으며 사마의 때문에 근심했었다. 착치처럼 그 풍속을 유린하고 알유처럼 그 고아를 해쳤으니 붉은 까마귀가 높이 날아도 그 지붕에 앉으려 하지 않았고 누런 용이 포효해도 그 책을 짊어지려 하지 않았다. 이 천하가 안절부절하였고 소인들이 즐거워하며 순종했다. 율력이 크게 깨지고 상처가 아물지 않았다. 여전히 오나라 촉나라에 잡아채이고 또 변방의 갈호족에게 뒤집혀졌다. 설령 군웅이 발분했지만 누가 사통팔달의 길에서 통일했는가? 탁발과 우문의 시기에도 어찌 풍진이 달랐겠는가? 유청과 모용외 및 부견과 이특에 이르러서는 비휴 표범과 섞여서 같이 치달렸다. 어둑한 곳에서 귀신이 흐느꼈고 석양에 올빼미가 울었다. 각자 병기와 갑옷을 가지고 모두 나라의 수도를 칭했다. 한편으로 경작하고 한편으로 전쟁을 했으니 무엇이 있고 무엇이 없었던가?"

"여러 성군의 아름다운 법도를 생각하니 맑음과 신중함을 공손히 하며 계속 이어졌다. 이는 불과 흙이 상생한 것이지 부적과 참휘로 이루어진 것이 아니다. 수나라 양제는 끝내 포악했고 진후주가 갓 이어받았을 때는 역사서가 아직 새로웠기에 의로운 깃발이 이에 들어왔다. 이미 나라의 어려움을 맑게 하고 바야흐로 집안의 생필품을 보게 되었다. 외람되이 몇몇 사람들이 스스로 망언을 한 것이라고 여기고는 감히 오행이 집행하는 바로 바로잡았으니, 살펴보는 자는 속으로 깨달았고 혹자는 기쁨이 지극하여 눈물을 흘렸다. 물고기와 갑각동물이 이로써 악기틀에서 울렸고 곤충과 벌레가 이로써 잠에서 깨도록 뒤흔들었으니, 감응하여 마침내 깨우쳤고 갖추어 모이지 않은 것이 없었다. 높다랗게 신령한 빛이 번쩍이고 늘어놓은 듯한 기이한 현상이 많았다. 지축이 기울어 흔들렸고 동궁이 장엄하게 우뚝 솟으니, 구천의 구름이 아래로 드리웠고 사해의 물이 모두 일어났으며, 봉황이 배회하며 떠나지 않고 고래가 씩씩하게 기운을 빨아들였다. 태초의 생명체를 다 쓸어 모았고 서로 다른 형상을 망라하여 끌어올 수 있었다."

그러자 무지개로 고리 달린 띠를 만든 자가 있어서 동쪽에서 들어와, 아득한 하늘을 걷고 공동산을 밟으니, 흰 머리칼은 빽빽하고 지극한 정수는 깊다. 크고 작음에 있어 느슨하게 하고 팽팽하게 하는 이치를 말씀하시니, 마음속에서 다 쏟아내기를 기대한다. 대체로 긴 장대 같은 기운은 빈틈이 없고 자리에 비스듬히 앉아 이미 용의를 갖추었다. 손안의 검은 장부를 찢고 당 아래의 금빛 종을 보시니, 아마도 장수의 영역으로 이 사람을 이끄시는 것 같고 오묘한 도리에서 질박함으로 돌아감을 분명히 하시는 것 같다. 갑자기 해가 어둑해지고 만물이 진동하자 뜬구름을 돌려 육룡에 머무르신다. 모두 두려워서 펄쩍 뛰면서 이 감응을 장엄하게 여기고 끝내 다급해 하더니 그가 간 곳을 몰랐다. 주상은 여전히 안색이 만족하지 않은 듯하여 처신이 더욱 공손하였다.

천사 장도릉 등은 좌현군에 이른 자인데 천이백 관리의 앞에 서서 알현하고는 진언하여 말하였다. "거대한 당나라의 현재 왕은 현원황제의 후예이며 땅의 기강이십니다. 흙의 기운이 임금의 복식에 짝하며 궁음은 존귀하고 신하는 상음입니다. 숫자에서 기원하여 역법을 얻었으니 중앙에 우뚝히 섰습니다. 또 대악이 걸려 있어 황종이 여덟 악기의 머리에 관을 씌우고, 태호가 열어 청륙에서 천년의 상서로움을 바칩니다. 오래 되었도다, 귀와 눈을 부지런히 힘쓴 것이, 어울리는도다, 도끼 문양 의복에 띠를 크게 한 것. 그리하여 풍후와 공갑이 그 보좌에 충당되고 산계와 기백이 그 옆에서 보위하고 있습니다. 제도를 바꾸고 법을 만듦에 있어서 아침에는 오제의 수준에 오르고 저녁에는 삼황과 함께 머무르기에 충분합니다. 주 무왕의 많은 행운을 믿겠고 한 고조의 스스로 강력함을 보존하셨으며, 또 근래 왕조들의 명목만 있던 것을 이에 사당에서 새로 점을 쳐 개혁하였습니다. 애초에 흰 수레로 항복했는데 끝내 그 후사를 힘써 구휼하였고, 흰 말의 나그네가 있었는데 진실로 쇠락했던 이들을 잊지 않았습니다. 아아 보통 사람이 의론을 할 수 있으니 실로 나라의 빛입니다. 신 도릉 등은 한번 푸른 죽간에서 그 근본을 찾고 담청색 주머니에서 그 근거를 찾아 보았습니다. 역대 제왕에게 차이가 있었으니 공자는 노자에게 이 이치를 들었으며, 좋은 질문이 절로 오래되었으니 재아의 질문은 계강자의 질문과 같은 부류였습니다. 어지러움을 물리치고 올바름으로 돌리는 것을 취했으니 바로 이것이 그 우수한 바입니다."

수많은 신이 흩어지고 여덟 준마가 돌아가니, 깃발은 달을 덮고 수레는 우레를 떨치며, 일곱 별보다 높이 날아서 구천 하늘에서 비춘다. 섬기기를 잘하여 절로 그 모습이 드러났기에 맑은 빛이 크게 오신 것이다. 혹자가 말하기를, "지금 태평성세의 사람 중에 누구도 한가롭고 느긋하여 자득하지 않을 수 없다. 하물며 위나라와 진나라를 밟고 후주와 수나라를 친 후에 저 다시 시작하는 것을 함께 함에랴."라고 하였다.

[해제]

이 부는 천보 10년 현종이 노자의 사당인 태청궁에서 봉헌한 일을 읊은 것이다. 현종이 태청궁으로 행차하는 모습, 봉헌하자 노자의 신령이 감응하여 내려오는 모습, 현종이 혼란을 평정하고 태평성세를 이루게 되었음을 아뢰는 모습, 장도릉이 현종의 치적을 칭송하는 모습 등을 차례로 묘사하였다. 노자의 업적을 칭송하기 보다는 당시 현종이 처사 최창의 의론을 받아들여 북위와 수나라의 후예에게 준 관작을 폐하고 은나라, 주나라, 한나라의 후예에게 관작을 봉한 일을 언급하면서 이로써 당나라가 주나라와 한나라의 정통을 잇게 되었음을 송찬하였다.

≪두시상주≫: ≪태진경≫에서 "삼청에는 각기 정해진 지위가 있으니 성인은 옥청에 오르고 진인은 상청에 오르며 선인은 태청에 오른다. 태청에 태청궁전이 있다."라고 하였다. ≪당회요≫에서 "태청궁은 성조현원황제(노자)를 제사지내고 혼성자극의 음악을 연주한다."라고 하였다. ≪자치통감≫에서 "천보 8년 5월 태백산인 이혼 등이 상주하기를, '신인을 만났는데 금선동에 옥판석기가 있다고 하였으니 성스런 군주께서 복을 받고 장수할 징조입니다.'라고 하니 어사 왕홍을 선유곡에 들어가 찾도록 하여 그것을 얻었다. 9월에 태청궁을 배알하였다. 천보 9년 10월 태백산인 왕현익이 상주하기를, '현원황제를 만났는데 보선동에 진귀한 보물과 부적이 있다고 하셨습니다.'라고 하니 형부상서 장균 등을 가서 찾도록 명하여 그것을 얻었다. 당시 주상이 도교를 숭상하고 불로장생을 흠모하였기에 곳곳에서 다투어 부적과 상서로움을 알렸고, 여러 신하는 매일 그러함을 표를 올려 경하하였다. 천보 10년 봄 정월 임진일에 주상이 태청궁에서 제사를 올렸고 계사일에 태묘에서 제사를 올렸으며, 갑오일에 남쪽 교외에서 하늘과 땅에 함께 제를 올렸다."라고 하였다.(太眞經, 三淸之間, 各有正位, 聖登玉淸, 眞登上淸, 仙登太淸. 太淸有太淸宮殿. 唐會要, 太淸宮薦享聖祖玄元皇帝, 奏混成紫極之樂. 通鑑, 天寶八載五月, 太白山人李渾等上言, 見神人言金仙洞有玉板石記, 聖主福壽之徵. 命御史王珙入仙遊谷, 求而獲之. 九月, 謁太淸宮. 九載十月, 太白山人王玄翼上言, 見玄元皇帝言寶仙洞有妙寶眞符, 命刑部尙書張均等往求得之. 時上崇道敎, 慕長生, 故所在爭言符瑞, 羣臣表賀無虛日. 十載春正月壬辰, 上朝獻太淸宮. 癸巳, 朝享太廟. 甲午, 合祭天地於南郊.)

[주석]

1 處士(처사)-관직을 하지 않고 은거하고 있는 사람을 말하는데 여기서는 최창崔昌을 가리킨다. 그는 북위와 수나라의 후예에게 관작을 봉하지 말아야 한다고 아뢰었다. 논의를 통해 그 의론은 결국 채택되었고 은나라, 주나라, 한나라의 후예에게 관작을 봉

했다.

≪두시상주≫에 인용된 ≪자치통감≫: 천보 9년 8월 처사 최창이
상소하여 말하기를 "국가는 마땅히 주나라와 한나라를 계승하여
흙의 기운으로 불의 기운을 대신해야 합니다. 후주와 수나라는
모두 정통 왕위가 아니니 그 자손이 이왕후(전대 왕조의 후예)가
되어서는 안됩니다."라고 하였다. 이 일을 아래로 내려보내 공경
이 모여서 의론하였는데 집현전 학사 위포가 말하기를, "모여
의론하는 날 밤 네 개의 별이 미수眉宿에 모였으니 하늘의 뜻이
분명합니다."라고 하였다. 주상이 이에 은나라, 주나라, 한나라
의 후예을 찾아 삼각(전대 왕조 후예 중 봉작을 받는 이)으로
삼고 한공, 개공, 휴공을 폐하도록 명하였다. 주에서 "한공은 북
위北魏의 후예이고 개공은 후주의 후예이며 휴공은 수나라의
후예이다."라고 하였다.(天寶九載八月, 處士崔昌上言, 國家宜承
周漢, 以土代火, 周隋皆閏位, 不當以其子孫爲二王後. 事下公卿
集議, 集賢殿學士衛包言, 集議之夜, 四星聚於尾, 天意昭然. 上乃
命求殷周漢後爲三恪, 廢韓介酇公. 注, 韓, 元魏後. 介, 周後. 酇,
隋後.)

2 承漢繼周(승한계주)-한나라를 계승하고 주나라를 잇다. 그들의
후예에게 관작을 주어 그 정통성을 계승해야 한다는 말이다.

3 革弊(혁폐)-폐단을 혁신하다. 用古(용고)-옛 후예를 등용하다.
또는 옛 제도를 이용하다.

4 勒崇(늑숭)-숭고한 업적을 새겨서 기리다. 揚休(양휴)-아름다
움을 드날리다. 이와 달리 양기로 만물을 기르다는 뜻으로 풀이
하기도 한다.
≪예기·옥조玉藻≫ "盛氣顚實揚休"의 공영달 소: '양'은 양기
이고 '휴'는 기른다는 뜻이다. 왕성한 양의 기운이 만물을 기른다
는 뜻이다.(揚, 陽也. 休, 養也. 盛陽之氣生養萬物也.)

5 明年(명년)-이듬해. 여기서는 천보 10년을 가리킨다. 孟陬(맹
추)-정월. '추'는 정월의 별칭이다.

≪예기·월령月令≫ 정현 주: 맹춘은 해와 달이 추자 별자리에 모이고 북두칠성이 인寅의 자리에 서는 때이다.(孟春者, 日月會於陬訾, 而斗建寅之辰也.)

6 攄(터)-시행하다. 大禮(대례)-태청궁, 태묘, 남쪽 교외에서 지내는 세 가지 예를 말한다. 相籍(상자)-서로 이어지다. '籍'은 '藉'와 통한다.

7 越彝倫(월이윤)-상례를 뛰어넘다. 평소의 예보다 더욱 성대하게 준비했다는 말이다. 儔(주)-비견되다.
    ≪두시상주≫: 이는 친히 제례를 행한다는 말이다. 그 예가 가장 크기에 '막주'라고 하였다.(此謂親行祭禮也. 斯禮最大, 故曰莫儔.)

8 歷(력)-선택하다. 良辰(양진)-좋은 날. 길일. 戒吉(계길)-길일을 택해 재계하다.

9 分祀事(분사사)-제사일을 분담하다. 孔修(공수)-잘 처리하다.

10 營室(영실)-궁실을 경영하다. 또는 별자리 이름으로 보기도 한다. 主(주)-중요하다. 이 구는 종묘의 관리를 궁실 경영의 첫 번째로 삼아야 한다는 말이다.
    ≪시경·용풍鄘風·정지방중定之方中≫ "定之方中, 作於楚宮"의 정현 전: '초궁'은 종묘를 말한다. 정성이 저녁에 하늘 가운데에 와서 이에 바르게 되면 궁실을 지을 수 있다. 그러므로 이 별을 영실이라고 한다. 정성이 저녁에 하늘 가운데에 와서 바르게 된다는 것은 소설 때를 말한다.(楚宮, 謂宗廟也. 定星昏中而正於是, 可以營制宮室, 故謂之營室. 定昏中而正, 謂小雪時.)

11 乘輿(승여)-수레를 타다. 또는 천자의 수레. 冕裘(면구)-면류관과 갓옷. 천자가 의례에서 착용하는 복식이다.

12 甲子(갑자)-갑자일. ≪서경·목서牧誓≫에 "때는 갑자일 어둠이 밝아오는데 무왕이 아침에 상나라의 교외 목야에 이르렀다.(時甲子昧爽, 王朝至於商郊牧野.)"라는 말이 있는데 이를 습용한 것이다. 昧爽(매상)-어둠이 밝아오다. 동틀 무렵을 가리킨다.

13 春寒薄(춘한박)-봄의 한기가 옅어지다. 봄날씨가 풀렸다는 말이다. 淸浮(청부)-맑은 기운이 뜨다. 상서로운 기운이 있음을 말한다.

14 虛(허)-여기서는 문을 연다는 말이다. 閶闔(창합)-궁궐의 문.

15 逗(두)-이끌다. 蚩尤(치우)-치우기蚩尤旗라는 혜성을 가리키는데 여기서는 깃발과 같은 천자의 의장을 말한다.
《두시상주》: 살펴보건대 별 중에 치우기가 있는데 그래서 이를 빌려 사용한 것이다.(按, 星有蚩尤旗, 故借用之.)
《진서晉書·천문지天文志》: (요성妖星 중) 여섯 번째를 치우기라고 하는데 혜성과 비슷하며 뒤쪽이 굽었다. 깃발을 상징한다.(六曰蚩尤旗, 類彗而後曲, 象旗.)

16 張(장)-펼치다. 늘어서 있다. 猛馬(맹마)-용맹한 말. 천자를 호위하는 기마병을 가리킨다.

17 騰虯(등규)-높이 솟아오르는 규룡. 천자가 탄 말을 가리킨다.

18 捎(소)-스치다. 닿다. 熒惑(형혹)-화성으로 남쪽에 위치하며 형벌을 주관한다.
《두시상주》: 《춘추위·문요구》에서 "형혹은 남방에 위치하며 예를 어기면 벌을 주기 위해 나타난다."라고 하였고, (양웅의) <우렵부>에서 "형혹은 황제의 명령을 담당하고 천호는 활을 발사한다."라고 하였다.(春秋緯文耀鉤, 熒惑位南方, 禮失則罰出. 羽獵賦, 熒惑司命, 天弧發射.)

19 旄頭(모두)-묘수昴宿이며 천자의 행차길을 틔우는 것을 상징한다. 이로써 황제 의장 중에서 선두에 선 기병을 가리킨다.
《진서晉書·천문지天文志》: 묘수의 일곱 별은 하늘의 귀이다. 또 모두라고 한다. 묘수와 필수 사이는 하늘의 길이다. 천자가 나서면 모두와 한필(천자 의장의 깃발)이 앞에서 달려나가는데, 이는 그 뜻이다.(昴七星, 天之耳也. 又爲旄頭. 昴畢間爲天街. 天子出, 旄頭罕畢以前驅, 此其義也.)

20 風伯(풍백)-바람의 신. 扶道(부도)-길을 호위하다.

21 雷公(뇌공)-우레의 신. 挾輈(협주)-수레를 끼다. 수레를 호위한
  다는 말이다.

[風伯 2구] 천자의 행차를 호위하는 대열의 위용을 표현한 것이다.

21 天台(천태)-지금의 절강성에 있는 산의 이름.

22 溟漲(명창)-명해와 창해. 큰 바다를 의미한다. 十洲(십주)-도교
  에서 큰 바다에 신선이 사는 열 곳의 명승으로 선경을 가리킨다.
  ≪해내십주기海內十洲記≫: 한 무제가 듣기에 서왕모가 말하기
  를, "팔방의 큰 바다에 조주, 영주, 현주, 염주, 장주, 원주, 유주,
  생주, 봉린주, 취굴주 등 이 열 개의 주가 있는데 인적이닿지
  않은 곳이다."라고 하였다.(漢武帝旣聞王母說八方巨海之中有祖
  洲, 瀛洲, 玄洲, 炎洲, 長洲, 元洲, 流洲, 生洲, 鳳麟洲, 聚窟洲,
  有此十洲, 乃人跡所稀絶處.)

[通天台 2구] 멀리서 보이는 태청궁이 높아 천태산과 통할 것 같고
  신선이 사는 십주와 같다는 말이다.
  두보 <옥대관玉臺觀> 제2수: 궁궐은 여러 상제와 통할 것이고
  하늘과 땅은 십주에 닿을 것이다.(宮闕通群帝, 乾坤到十洲.)

24 浩劫(호겁)-궁의 큰 계단을 가리킨다. 礧砢(뇌라)-돌이 많이 쌓
  인 모양인데 여기서는 높이 이어진 계단을 형용한다.

25 萬仙(만선)-만 명의 신선. '仙'은 '山'으로 된 판본도 있다. 颼飀
  (수류)-바람이 부는 소리. 이 구는 호종하는 관원을 형용한 것으
  로 볼 수도 있고, 태청궁이 선경과 같음을 형용한 것으로 볼 수도
  있다.

26 欻(홀)-문득. 홀연히. 臻(진)-이르다. 長樂(장락)-원래는 한나
  라 무제가 지은 궁궐인데 여기서는 태청궁을 가리킨다.
  ≪한무고사漢武故事≫: 주상이 건장궁, 미앙궁, 장락궁을 지었는
  데 모두 수레길이 연결되어 있으며, 지붕 아래에 대들보를 겹으
  로 하고 공중으로 복도를 만들어 길로 가지 않아도 되었다.(上起
  建章未央長樂三宮, 皆輦道相屬, 懸棟飛閣, 不山徑路.)

27 嵬(외)-높다. 崑崙(곤륜)-원래는 서왕모가 사는 산의 이름인데

여기서는 태청궁을 가리킨다.

≪목천자전穆天子傳≫: 목천자가 곤륜산에 올라가 황제의 궁을 구경하였다.(天子升於崑崙之丘, 以觀黃帝之宮.)

#≪두시상주≫: 이 단락은 제사를 올리러 갈 때 행차길의 의장과 호위가 성대함을 서술하였는데, 먼저 지난 겨울의 일을 서술하여 제사를 시작한 연유를 되짚었다. '혁폐'는 북주와 수나라의 후예를 물리치는 것이고 '용고'는 주나라와 한나라의 후예를 방문하는 것이다. '창합'은 궁궐문이고 '치우'는 깃발이다. '용맹한 말'은 뒤따르는 기병이고 '솟구치는 규룡'은 천자의 말이다. '형혹성을 스친다'는 것은 남쪽을 향해 간다는 말이고 '모두성이 아래로 내려온다'는 것은 엄숙하게 선봉에서 달려간다는 말이다. '길을 보위하고' '수레를 끼고 있다'는 것은 호종하고 벽제하는 이가 많다는 말이고, '쌍궐'과 '십주'는 묘당의 경관을 멀리서 바라본 것이다. '호겁'은 계단을 말하고 '만선'은 시종하는 관원을 가리킨다. '장락'과 '곤륜'은 태청궁을 비유한다.(此敍往朝獻時, 路次儀衛之盛. 先述舊冬事, 乃追原肇祀之由. 革弊, 罷周隋之後. 用古, 訪周漢之裔. 閶闔, 殿門也. 蚩尤, 旗幟也. 猛馬, 後騎也. 騰虬, 御馬也. 捎熒惑, 向南行. 墮旄頭, 肅前驅. 扶道挾輈, 扈蹕多人. 雙闕十洲, 遙望廟景. 浩劫, 謂堦級. 萬仙, 指從官. 長樂崑崙, 比太淸宮也.)

28　太一(태일)-천신의 이름이다. 奉引(봉인)-앞에서 수레를 인도하다.

≪사기·봉선서封禪書≫: 천신 중에 존귀한 자가 태일인데 태일을 보좌하는 이를 일러 오제라고 한다. 옛날 천자는 봄과 가을에 동남쪽 교외에서 태일에 제사를 지냈다. 태뢰를 준비하고 이레동안 단을 쌓으며 팔방으로 귀신이 통하는 길을 만들었다.(天神貴者, 太一. 太一佐曰五帝. 古者天子以春秋祭太一東南郊. 用太牢, 七日爲壇, 開八通之鬼道.)

≪한서·교사지郊祀志≫ "禮月之夕, 奉引復迷"의 장소章昭 주

注: '봉인'은 앞에서 수레를 인도하는 것이다.(奉引, 前導引車.)

29 庖犧(포희)-복희씨이며 삼황 중의 한 명이다. 在右(재우)-좌우에서 시중든다는 말이다. '右'는 '左'로 된 판본도 있다.

《한서·율력지律曆志》: 포희는 천명을 계승하여 왕이 되었기에 모든 왕의 우두머리이다. 처음의 덕은 나무에서 시작되었기에 태호의 제왕이 되었다. 그물을 만들어 물고기를 잡아 희생을 취하였기에 천하에서는 포희라고 불렀다.(炮犧繼天而王, 爲百王先. 首德始於木, 故爲帝太昊. 作罔罟以田漁, 取犧牲, 故天下號曰炮犧.)

30 趨(추)-종종걸음으로 가다.

31 驟(취)-재빨리 달리다.

[堯步 2구]

《후한서·조포전曹褒傳》 "三五步驟, 優劣殊軌" 주: 《효경구명결》에 "삼황은 걷고 오제는 재빨리 달리고 삼왕은 치달린다."라고 하였다. 송균의 주에서 "걷는다는 것에 설명하자면, 덕이 높고 도가 완비되면 일월이 걸어가고, 때와 일이 두루 순순하면 일월이 또한 재빨리 달리고 삼가 생각함이 다하지 않으면 일월이 치달리니 이것이 우열이다."라고 하였다.(孝經鉤命決曰, 三皇步, 五帝驟, 三王馳. 宋均注云, 步謂德隆道備, 日月爲步. 時事彌順, 日月亦驟. 勤思不已, 日月乃馳. 是優劣也.)

32 鬱(울)-수목이 울창하다. 閟宮(비궁)-신령한 묘당을 가리킨다. 崒峯(율줄)-우뚝 솟은 모양.

《시경·노송魯頌·비궁閟宮》 "閟宮有侐" 공영달 소: '비'는 닫혀있다는 뜻이다. 선조의 모친인 강원의 묘당이 주나라에 있었는데 항상 닫혀있었기에 무탈하였다.(閟, 閉也. 先妣姜嫄之廟在周, 常閉而無事.)

《시경·노송·비궁》 "閟宮有侐" 정현 전箋: '비'는 신령하다는 뜻이다. 강원의 신령이 의지하는 곳이었기에 묘당을 '신궁'이라고 하였다.(閟, 神也. 姜嫄神所依, 故廟曰神宮.)

33 拆(탁)-터지다. 쪼개다. '坼'으로 된 판본도 있다. 元氣(원기)-천
지가 구분되지 않았을 때의 혼연한 기운. 經構(경구)-건물을
짓다.

34 紫雲(자운)-자줏빛 구름. 노자가 함곡관을 지나갈 때 윤희가 자
줏빛 기운을 보았는데, 노자가 있는 곳의 상서로운 기운을 가리
킨다. 竦牆(송장)-담이 우뚝하다.
    ≪태평어람≫에 인용된 ≪관령내전關令內傳≫: 윤희가 일찍이
누대에 올라 동쪽 끝을 바라보니 자줏빛 기운이 서쪽으로 오는
것을 보았다. 윤희가 말하기를 "마땅히 성인이 경사를 지나갈
것이다."라고 하였다. 과연 청우가 끄는 수레를 타고 오는 노자를
만났다.(尹喜常登樓, 望見東極, 有紫氣西邁. 喜曰, 應有聖人過京
邑. 果見老君, 乘靑牛車來過.)
    ≪자치통감≫ 천보 13재 정월: 태청궁에서 아뢰기를 학사 이기가
현원황제(노자)가 자줏빛 구름을 타고 가는 것을 보고는 국운이
창대할 것이라고 보고했다고 하였다.(太淸宮奏, 學士李琪見玄元
皇帝乘紫雲, 告以國祚延昌.)

35 流沙(유사)-서쪽 변방의 사막을 가리킨다. 노자가 윤희에게
≪도덕경≫을 전수하고 유사의 서쪽으로 떠났다고 한다. 承霤
(승류)-처마에서 떨어지는 빗물을 받는 빗물받이. 궁중건축의
장식이다.
    ≪열선전≫: 노자 또한 윤희의 기이함을 알고는 그를 위해 책을
지어 주었으며, 후에 노자와 함께 유사를 노닐었다.(老子亦知其
奇爲著書授之, 後與老子俱遊流沙.)

36 紛(분)-이리저리 많이 있다는 뜻이다. 隳珠(휴주)-구슬을 깨트
리다. 구슬이 여기저기 박혀 있다는 뜻이다. ≪두공부시집집주≫
에서는 '隳'를 '隋'로 해놓고는 "'휴'로 된 판본도 있다. 옛날에는
통용했다.(一作隳, 故通用.)"라고 하여 수주隋珠를 뜻하는 것으
로 보고 있지만 취하지 않는다. 陷碧(함벽)-푸른 옥이 파묻히다.
푸른 옥이 박혀있다는 말이다.

≪두시상주≫: ('碧'자는) 아마 마땅히 '璧'으로 되어야 할 것이다.(恐當作璧.)

37 爐(곽)-밝다. 波錦(파금)-비단이 물결치듯 화려하다는 말이다. 浪繡(낭수)-수 놓은 것이 물결치듯 화려하다는 말이다.

38 森(삼)-어둑하다. 靑冥(청명)-푸른 하늘. 이 구는 종묘의 삼엄한 모습을 묘사한 것이다.

39 焃(혁)-붉은색. 光炯(광형)-빛이 나다. 이 구는 종묘의 화려한 모습을 묘사한 것이다. 종묘가 높다란 모습을 묘사한 것이라는 설이 있지만 취하지 않는다.

#≪두시상주≫: 이 단락은 장차 제사를 올릴 때 종묘로 들어가는 장엄한 모습을 기술하였다. '태을'은 수레를 인도하는 자이고 '포희'는 희생을 감독하는 자이다. '걷고' '종종거리고' '치달리고' '잽싸게 달리는' 것은 오르내리는 것이 절도에 맞는 것이다. '신묘'가 '건축되었다'는 것은 종묘의 건축양식이 존귀하여 엄중하다는 것이다. '자줏빛 구름'과 '흐르는 모래'는 노자의 자취를 상상한 것이다. '구슬' '벽옥' '비단' '수'는 진설한 것이 휘황찬란함을 보여준다. '푸른 하늘'은 궁정이 깊숙하다는 말이고 '빛나는 불빛'은 종묘 건물이 높다랗다는 말이다.(此記將朝獻時, 入廟肅雍之象. 太乙, 導車者. 庖犧, 視牲也. 步趨馳驟, 升降合節. 閟宮經構, 廟制尊嚴也. 紫雲流沙, 想聖祖遺跡. 珠碧錦繡, 見陳設輝煌. 靑冥, 言宮庭深邃. 光炯, 言廟宇軒昂.)

40 翠蕤(취유)-물총새 깃털로 만든 의장을 가리킨다. 俄的(아적)-높고 밝다.
   ≪두공부시집집주≫: ≪설문해자≫에서 "'적'은 밝다는 뜻이다."라고 하였고 서해가 말하기를, "그 빛이 환하다는 말이다."라고 하였다.(說文, 的, 明也. 徐鍇曰, 其光的然也.)

41 藻藉(조적)-화려한 무늬로 장식한 깔개. 舒就(서취)-펼치고 두르다.
   ≪주례·춘관·전서典瑞≫: 왕은 대규를 꽂고 진규를 쥐고 깔개

는 오색으로 다섯 번 두르고서 해에 제사를 지낸다.(王搢大圭,
執鎮圭, 繅藉五采五就, 以朝日.)
≪주례·춘관·전서≫ "繅藉五采五就" 정현 주: 깔개에는 오색
무늬가 있는데 이것으로 옥 밑에 깐다. '繅'는 '조율'의 '조'로
읽는다. '오취'는 다섯 번 두른다는 말이다. 한 번 두르는 것이
일취이다.(繅有五采文, 所以藉玉. 繅, 讀爲藻率之藻. 五就, 五帀
也. 一帀爲一就.)

42 祝融(축융)-불의 신.

43 溪女(계녀)-원래는 신녀를 뜻하는데 여기서는 제례를 시종하는
궁녀를 가리킨다. 捧盤(봉반)-쟁반을 받쳐 들다. 盥漱(관수)-손
을 씻고 입을 헹구다.
≪두공부시집집주≫: 이하의 <녹장봉사>에서 "계녀가 꽃을 씻
어 흰 구름을 물들인다."라고 하였다. 풍반이 말하기를, "도가
서적에 12계녀가 있는데 바로 12음신이다."라고 하였다. 살펴보
건대 ≪도교영험기≫에서 "능주 천사정에 12옥녀가 있는데 바로
지하의 음신이다."라고 하였다. 아마 옥녀가 계녀일 것이다.(李
賀, 綠章封事, 溪女浣花染白雲. 馮班曰, 道書有十二溪女, 卽十二
陰神. 按, 道敎靈驗記, 陵州天師井有十二玉女, 乃地下陰神. 豈玉
女卽溪女耶.)

44 羣(군)-무리를 짓다. 有司(유사)-일을 담당하는 사람. 望幸(망
행)-천자의 행차를 기다리다.

45 辯(변)-분별하다. 이 구는 좋은 기물이 이루 다 거명할 수 없을
정도로 많다는 말이다.

46 瓊漿(경장)-신선이 마시는 음료이다. 맛있는 술을 비유한다. 閒
(한)-사이에 있다. 섞여 있다는 말이다. 粢盛(자성)-제사에 바치
기 위해 제기에 담은 곡물.

47 羽客(우객)-신선. 介冑(개주)-갑옷과 투구. 여기서는 호위병을
가리킨다.

#≪두시상주≫: 이 단락은 종묘에 있을 때 일을 집행하고 기물을

준비하는 경건함을 기술하였다. '취유' 2구는 천자가 막 왕림한
것이고 '축융' 이하는 관리와 담당자가 일찍 준비하는 모습이
다.(此記在廟時, 執事備物之虔. 翠蕤二句, 天子初臨. 祝融以下,
官司夙給也.)

48　爍(삭)-빛나는 모양. 聖祖(성조)-노자를 가리킨다. 儲祉(저지)-
　　쌓은 복.
　　《두공부시집집주》: 《당서·현종기》에 따르면, 천보 2년 정
　　월 현원황제에게 '대성조'라는 호칭을 더했으며 3월 임자일에
　　현원궁에게 향례를 드리고 장안의 현원궁을 태청궁으로 바꾸었
　　고, 천보 8년 6월 태청궁을 배알하고는 현원황제에 호칭을 더해
　　'성조대도현원황제'라고 하였다.(唐書玄宗紀, 天寶二年正月, 加
　　號玄元皇帝曰大聖祖. 三月壬子, 享於玄元宮, 改西京玄元宮曰太
　　淸宮. 八載六月, 朝謁太淸宮, 加玄元皇帝號曰聖祖大道玄元
　　皇帝.)

49　敬雲孫(경운손)-운손이 공경하다. 운손은 원래 9대손인데 여기
　　서는 먼 후손을 가리킨다. 노자와 당 왕실은 같은 이씨이다. 及此
　　(급차)-이곳에 이르다. 황제가 태청궁에 온 것을 말한다.
　　《두시상주》: '경운손'은 운손이 공경을 다한다는 말이다.(敬雲
　　孫, 言雲孫致敬也.)

50　軒轅(헌원)-황제黃帝의 이름. 여기서는 제례를 거행하는 관원을
　　비유한다. 合符(합부)-부절을 합치다.

51　王喬(왕교)-한나라 때 섭현의 현령을 지냈는데 매번 조회에 참
　　여할 때 신발로 만든 오리를 타고 날아왔다고 한다. 여기서는
　　제례를 거행하는 관원을 비유한다. 視履(시리)-신발을 살펴보
　　다. 밟아온 자취를 살펴본다는 뜻으로 상서로운 조짐이 있는지
　　본다는 말이다.
　　《후한서·방술전方術傳》: 왕교는 하동 사람이다. 현종 때에 섭
　　현의 현령이 되었다. 왕교는 신통술이 있었다. 매월 초하루와
　　보름에 항상 섭현으로부터 조정에 이르러 조회하였는데, 황제는

그가 자주 왔지만 수레와 말이 보이지 않는 것을 기이히 여겨, 몰래 태사로 하여금 그를 살펴보게 하였다. 태사가 말하기를 그가 도착할 때마다 동남쪽에서 오리 두 마리가 날아온다고 하였다. 이에 오리가 오는 것을 기다려 그물을 펼쳤으나, 신발 한쪽만을 얻었을 뿐이었다. 곧바로 조서를 내려 상방에 살펴보게 하니, 현종 4년에 상서성의 관속들에게 하사한 신발이었다.(王喬者, 河東人也. 顯宗世, 爲葉令. 喬有神術, 每月朔望, 常自縣詣臺朝. 帝怪其來數, 而不見車騎, 密令太史伺望之. 言其臨至, 輒有雙鳧從東南飛來. 於是候鳧至, 擧羅張之, 但得一隻舃焉. 乃詔尙方診視, 則四年中所賜尙書官屬履也.)

≪주역·이履≫ "視履考祥" 공영달 소疏: : '상祥'은 징조를 말한다. 상구는 이괘의 가장 높은 곳에 있기에 '이'의 도가 이미 완성되었다. 그러므로 밟아온 행실의 선악과 득실을 살펴서 그 화복의 징조를 고찰하는 것이다.(祥謂徵祥, 上九處履之極, 履道已成, 故視其所履之行善惡得失, 考其禍福之徵祥.)

52 昭感(소감)-밝은 감응. 嗣續(사속)-계속 이어지는 후사.

53 裵(비)-보좌하다. '匪'로 된 판본도 있다. 正辭(정사)-올바른 말. 祝史(축사)-제사를 관장하는 관리를 말한다.

≪좌전·환공桓公 6년≫ "祝史正辭, 信也." 공영달 소: 축관과 사관은 그 말을 바르게 하여 귀신을 속이지 않는데, 이는 그들이 믿음직하기 때문이다.(祝官史官正其言辭, 不欺鬼神, 是其信也.)

54 肸蠁(힐향)-기운이 가득한 모양. 여기서는 신령한 기운이 가득 퍼져 있는 모양을 뜻한다. 이와 달리 벌레 이름으로 보는 설도 있는데 의미는 유사하다. 有憑(유빙)-의지할 곳이 있다. 신이 내려올 분위기가 갖추어졌다는 뜻이다.

≪문선·좌사左思·촉도부蜀都賦≫ "景福肸蠁而興作" 여향呂向 주: 힐향은 습한 곳에 사는 벌레로 모기 같은 종류가 그것이다. 그 무리를 멀리서 바라보면 마치 기운이 퍼져있는 것과 같다. 큰 복이 일어나면 마치 이 벌레가 무리 지어 나는 것과 같이

많다는 말이다.(肸蠁, 濕生蟲, 蚊類, 是也. 其群望之, 如氣之布寫
也. 言大福之興, 有如此蟲群飛而多也.)

55 風飆(풍표)-빠른 바람. 돌개바람. 乍起(사기)-갑자기 일어나다.

56 流蘇(유소)-채색실로 만들어 수레 덮개나 의장에 드리운 술. 浮
柱(부주)-대들보 위의 기둥.

≪문선·장형張衡·동경부東京賦≫ "飛流蘇之騷殺" 이선李善
주: '유소'는 오색 실을 섞어서 말 장식을 만들어 드리운 것이다.
(流蘇, 五綵毛雜之以爲馬飾而垂之.)

≪해록쇄사海錄碎事≫: ≪권유록≫에서 "유소라는 것은 바로
실을 돌돌 말아서 아름답게 꾸민 공인데 오색을 엇섞어서 만들
며 중심을 같이해서 아래로 드리운 것이 그것이다."라고 하였
다.(倦游錄, 流蘇者, 乃盤線繪繡之毯, 五色錯爲之, 同心而下垂
者, 是也.)

≪문선·양웅揚雄·감천부甘泉賦≫ "抗浮柱之飛棟" 여향 주:
'부주'는 대들보 위의 기둥이다.(浮柱, 梁上柱也.)

57 金英(금영)-금빛 꽃. 대체로 국화를 가리킨다. 霏(비)-많다. 披
靡(피미)-초목이 뒤집어지는 것을 말한다.

58 擬(의)-추측하다. 雜珮(잡패)-여러가지 패옥. 曾巓(층전)-높은
산의 꼭대기.

59 芝蓋(지개)-지초로 장식한 수레 덮개. '芝'는 '孔'으로 된 판본도
있는데 공작을 뜻한다. 欹(의)-기울다. 颯纚(삽리)-너풀대는 모
양. 또는 긴 모양.

60 中(중)-태청궁 내부를 말한다. 漎漎(총총)-바람이 빠르게 부는
모양. 回復(회복)-되돌며 다시 바람이 생겨나다.

≪문선·양웅·감천부≫: 바람이 빨리 불어 수레를 도와준다(風
漎漎而扶轄兮)

61 外(외)-태청궁 바깥을 말한다. 蕭蕭(소소)-바람이 부는 소리.
[若肸蠁 8구] 노자의 신령이 하늘에서 내려오는 분위기를 묘사한
것이다.

#≪두시상주≫: 이 단락은 바로 신령을 공경스레 기다린다는 내용인데 기운이 성대하여 마치 존재하는 듯하다는 뜻이 있다. '부절을 합치고' '신발을 살펴보는' 것은 신령이 오는 것을 살피는 것이다. '밝은 감응'과 '올곧은 말'은 황제의 정성을 표현하는 것이다. '힐향' 이하는 상하전후에서 구하면서 신이 우리에게 복을 내려 주기를 기대하는 것이다. '약'자 한 자를 사용하여 이렇게 많은 비유가 끝이 없게 하는 글자로 만들었다.(此乃顯望神靈, 有洋洋如在之意. 合符視履, 盼其至也. 昭感正辭, 達帝誠也. 肸蠁以下, 求諸上下前後, 冀神之我享也. 用一若字, 作如許摩擬不盡之詞.)

62 上(상)-주상. 현종을 가리킨다. 穆然(목연)-조용히 생각하는 모양. 공손한 모양.

63 注道(주도)-도에 집중하다. 爲身(위신)-몸을 다스리다. 몸가짐을 단정히 하는 것이다.

64 傾耳(경이)-귀를 기울이다. 이 구는 하늘이 귀를 기울여 들을 것을 느꼈다는 말로, 현종이 진심을 다해 진술할 준비가 되었다는 뜻이다.

65 陳(진)-진술하다. 僭號(참호)-황제를 참칭하다. 五代(오대)-남조의 네 나라(송, 제, 양, 진)와 수나라를 가리킨다.

66 復戰國(복전국)-전국시대를 전복시키다. 전국시대 이래로 혼란스런 정국을 종식시켰다는 말이다. 千祀(천사)-천 년. 전국시대부터 당나라 건립까지 대체로 천 년이다.

67 蒼生(창생)-백성. 纒(전)-옭아매다. 孟德(맹덕)-위나라 조조의 자.

68 仲達(중달)-위나라 사마의司馬懿의 자. 진나라 개국군주 사마염의 조부이다.

69 鑿齒(착치)-전설상의 야인으로 아주 흉포하다. 맹수의 이름이라고 하기도 한다.
≪산해경山海經·해외남경海外南經≫ 곽박郭璞 주: 착치는 또한 사람인데 이가 끌과 같고 길이가 대여섯 자이다. 그래서 그것으로 이름을 삼았다.(鑿齒亦人也, 齒如鑿, 長五六尺, 因以名云.)

≪회남자淮南子·본경훈本經訓≫ 고유高誘 주: 착치는 짐승의 이름으로 이의 길이가 세 자이고 그 모습이 끌과 같다.(鑿齒, 獸名, 齒長三尺, 其狀如鑿.)

70 窫窳(알유)-전설상의 동물로 사람을 잡아먹었다.
≪이아·석수釋獸≫: 알유는 모양이 추와 같고, 호랑이 발톱을 가졌으며, 사람을 잡아먹고, 나는 듯이 달린다.(猰㺄, 類貙虎爪食人飛走.)

71 赤烏(적오)-고대의 상서로운 동물이다.
≪상서대전尙書大傳≫: 주나라 무왕이 은나라 주임금을 정벌할 때 맹진에서 열병을 하였는데 불이 무왕의 거처로 오더니 붉은 까마귀로 변했으며 다리가 세 개였다.(武王伐紂, 觀兵於孟津, 有火流於王屋, 化爲赤烏, 三足.)

72 黃龍(황룡)-고대의 상서로운 동물이다. 哮吼(효후)-큰 소리로 울다.
≪두시상주≫에 인용된 ≪상서중후尙書中候≫: 순임금이 황하에 벽옥을 넣어 제사를 지내니 오색의 상서로운 빛이 머물렀고 황룡이 책을 짊어지고 나와 펼쳐놓고는 제단 가장자리를 왔다갔다했다.(舜沉璧於河, 榮光休至, 黃龍負卷舒圖, 出入壇畔.)

73 負其圖(부기도)-그 책을 짊어지다. 천명을 알리는 책을 전해준다는 뜻이다.

74 神器(신기)-천하. 또는 나라의 권위. 臲卼(얼올)-동요하며 불안한 모양.

75 小人(소인)-여기서는 혼란을 틈타 기회를 노리는 자를 가리킨다. 呴喻(구유)-화락하며 기뻐하는 모양.

76 曆紀(역기)-율법. 이 구는 정치가 혼란해서 율력이 어그러졌다는 말이다.

77 創痍(창이)-상처. 蘇(소)-소생하다.

78 攫挐(확나)-낚아채다. 공격하는 모습이다.

79 顚躓(전질)-엎어지다. '躓'은 '蹶'로 된 판본도 있다. 羯胡(갈호)

-변방 이민족의 이름. 동진을 위협했던 후조後趙의 석륵石勒이
갈족이었다.

80 縱(종)-설령. 發憤(발분)-떨쳐 나서 분투하다. '憤'은 '讚'로 된
판본도 있다.

81 一統(일통)-하나로 통일하다. 亨衢(형구)-사통팔달의 큰 도로.

82 拓拔(탁발)-북위北魏의 성씨. 宇文(우문)-북주北周의 성씨.
≪두시상주≫: 후위는 탁발씨로 16명의 군주에게 왕위가 전해졌
고 분리되어 동위와 서위가 되었다. 후주는 우문씨로 5명의 군주
에게 왕위가 전해졌고 수나라에 선양했다.(後魏, 拓跋氏, 祚傳十
六主, 分而爲東西魏. 後周, 宇文氏, 祚傳五主, 禪位於隋.)

83 風塵(풍진)-전란을 가리킨다. 不殊(불수)-다르지 않다. 마찬가
지라는 말이다. '殊'는 '雜'으로 된 판본도 있다. 이 구는 여전히
전란이 있었다는 말이다.

84 比(비)-기다리다. 그러한 때가 되었다는 말이다. 聰廆(총외)-동
진의 유총劉聰과 전연의 모용외慕容廆. 堅特(견특)-전진의 부견
苻堅과 촉의 이특李特.
≪두시상주≫: 유총은 자가 원명이며 영가 4년 황제를 참칭하며
즉위했다. 전연 모용외는 연왕에 봉해져서 49년간 재위했으며
그의 손자 모용준이 황제를 참칭하여 무선황제의 시호를 받았다.
전진 부견은 자가 영고로 승평 원년 대진천왕이라고 참칭했다.
촉 이특은 자가 원휴이고 기류 사람인데, 촉 땅을 점거하였고
그의 아들 이웅이 참위하여 그에게 경황제의 시호를 내렸다.(劉
聰, 字元明, 以永嘉四年僭卽皇帝位. 前燕慕容廆, 封燕王, 在位四
十九年, 及雋僭號, 僞諡武宣皇帝. 前秦苻堅, 字永固, 以升平元年
僭稱大秦天王. 蜀李特, 字元休, 起流人, 據蜀, 其子雄僭位, 追諡
景皇帝.)

85 渾(혼)-섞이다. 貔豹(비표)-비휴와 표범. 사나운 맹수인데 여기
서는 북방 이민족을 비유한다. 齊驅(제구)-나란히 달리다. 함께
활개를 쳤다는 뜻이다. 이 구는 16국 시기 혼란한 상황을 말한

것이다.

86 愁陰(수음)-어둑한 곳.

87 梟呼(효호)-올빼미가 울다.

[愁陰 2구] 음산한 분위기를 표현한 것으로 정국이 혼란스러워 민심이 피폐한 것을 비유적으로 나타낸 것이다.

88 兵甲(병갑)-병기와 갑옷.

89 稱國都(칭국도)-나라의 수도를 칭하다. 나라를 세워 황제를 참칭했다는 말이다.

90 且耕且戰(차경차전)-둔전에서 경작하면서 전쟁을 벌였다는 말이다.

91 何有何無(하유하무)-무엇이 있고 무엇이 없는가? 아무것도 남아난 것이 없다는 말이다. 이와 달리 "누가 부유하고 누가 가난한가"라고 풀이할 수도 있다.

#≪두시상주≫: 이하 두 단락은 현종이 뜻을 진술한 것을 대신 한 것인데 대체로 기원하는 말에 근거하여 넓혀나간 것이다. 이 단락은 여러 조대의 혼란으로 백성들의 화가 극도에 달했음을 말해 백성들이 치세를 바란지 이미 오래되었음을 보여준다. '오대'는 송, 제, 양, 진, 수를 말하고 '전국'은 남북조가 침략한 것을 비유한다. 위진 시기부터 기만과 폭력으로 나라를 취했으니 오나라와 촉나라가 한창 대등했고 다섯 오랑캐가 다투어 일어났으며 16국이 분쟁했으니 사백여 년 살륙의 운세가 치솟았다.(此下兩段, 代爲玄宗陳意, 蓋據祝辭而敷暢之也. 此言列朝之亂, 禍極生民, 見望治之已久. 五代, 謂宋齊梁陳隋. 戰國, 比南北朝侵伐. 自魏晉以詐力取國, 故吳蜀方平, 五胡競起, 十六國紛爭, 而四百餘年之殺運熾矣.)

≪두보전집교주≫에 인용된 장원張遠 설: 이 단락은 한나라 이후의 참칭이 비정통의 제위와 같음을 서술하였는데 이로써 성대한 당나라가 정통성을 획득했다는 올바름을 일으킨다.(此歷敍漢後僭竊於閏位, 以起盛唐得統之正.)

92 累聖(누성)-역대의 여러 성군. 당나라 선대 군주를 말한다. 徽典
(휘전)-아름다운 법도.

93 淑愼(숙신)-맑고 신중하다. 允緝(윤집)-이어지다.

94 火土之相生(화토지상생)-오행에서 불이 흙을 낳는다는 화생토
火生土의 이치를 말한 것으로, 여기서는 주나라와 한나라의 화덕
火德을 당나라의 토덕土德이 이어받았다는 뜻이다. 이와 달리 수
나라의 화덕을 이어받았다고 보는 설도 있지만 문맥과 맞지 않
는다.
≪두시상주≫에 인용된 ≪역대기운도歷代紀運圖≫: 수나라는
화덕으로 왕이 되었고 당나라는 토덕으로 왕이 되었다.(隋以火
德王, 唐以土德王.)

95 符讖(부참)-미래를 예언하는 문서나 징험. 備及(비급)-초래하
다. 이상 두 구는 당나라가 중흥한 것은 오행으로 인한 자연스러
운 것이지 참언가의 예언에 따른 것이 아니라는 말이다.
≪두시상주≫에 인용된 ≪후한서·광무본기光武本紀≫: 광무제
는 적복부로 즉위하였고 이로 인해 참문 사용을 믿었다.(帝以赤
伏符卽位, 由是信用讖文.)

96 煬帝(양제)-수나라의 군주. 빈번한 전쟁을 일삼아 수나라를 패
망하게 만들었다.

97 叔寶(숙보)-남조 진나라 후주後主의 이름이다. 향락을 일삼아
진나라를 패망하게 만들었다. 襲(습)-왕위를 계승하다.

98 編簡(편간)-역사서. 또는 왕의 조서. 尙新(상신)-여전히 새롭다.
아직 틀을 갖추지 못했다는 말이다. 이 구는 진나라와 수나라는
아직 새로운 역사를 만들거나 황제의 조칙을 내리기에는 부족했
다는 말로 당나라의 개국을 정당화하는 말이다.

99 義旗(의기)-의로운 깃발. 당 고조가 봉기한 것을 말한다. 爰(원)
-이에.

[煬帝 4구]
≪두시상주≫: 진 후주는 이름이 숙보이다. 왕위를 이어받은 지

오래되지 않아 수 문제가 정벌했다. 이때 황제의 조칙이 여전히 새로웠기에 이에 양제가 포악했으며 당 고조가 또 일어나 정벌하였다.(陳後主, 名叔寶. 襲位未久, 而隋文伐之. 斯時編簡尙新, 乃煬帝暴虐, 唐高又起而伐之矣.)

100 淸(청)-맑게 하다. 없앴다는 말이다. 이 구는 당 태종이 난리를 평정한 것을 말한다.
≪두시상주≫: '국난'은 이건성과 이원길의 일을 가리킨다.(國難, 指建成元吉之事.)

101 覩(도)-목격하다. 家給(가급)-집의 생필품이 풍족한 것을 말한다.
≪구당서·예의지禮儀志≫: 태종이 말하기를, "의론하는 자들은 봉선을 큰 전례로 여기지만 짐의 본심은 그저 천하를 태평하게 하고 집집마다 풍족하고 사람마다 만족하게 하는 것이다."라고 하였다.(太宗曰, 議者以封禪爲大典, 如朕本心, 但使天下太平, 家給人足.)

102 竊(절)-외람되다. 겸사이다. 數子(수자)-몇몇 사람. 한나라 때 도참설을 주장했던 이를 가리킨다. 誣(무)-망언을 하다.
≪한서·교사지郊祀志·찬贊≫: 장창이 수덕에 근거하였고 공손신과 가의가 고쳐서 토덕이라고 여겼으나 끝내 분명하지 못했다. 효무제 때 예악법도가 흥성하여 태초 연간에 제도를 바꾸었는데, 아관과 사마천 등은 여전히 공손신과 가의의 말을 따라서 복색의 제도는 마침내 황덕을 따랐다. 이들은 오덕의 전해짐이 싸워 이길 수 없는 바를 따른다는 원리에 근거하여 진나라가 수덕에 있었기에 한나라가 토덕에 의지하여 이길 수 있었다고 하였다. 유향 부자가 생각하기에 황제가 '진震'에서 나왔기에 포희씨가 처음으로 목덕을 받았고 그 후로 어머니가 자식에게 전해주고 끝나면 다시 시작하여 신농, 황제로부터 요, 순, 삼대를 거쳐서 한나라가 화덕을 얻게 되었다고 하였다.(張蒼據水德, 公孫臣賈誼更以爲土德, 卒不能明. 孝武之世, 文章爲盛, 太初改制, 而兒寬司馬遷等猶從臣誼之言, 服色數度, 遂順黃德. 彼以五德之

傳從所不勝, 秦在水德, 故謂漢據土而克之. 劉向父子以爲帝出于
震, 故包犧氏始受木德, 其後以母傳子, 終而復始, 自神農黃帝下
歷唐虞三代而漢得火焉.)

103 正(정)-바로잡다. '貞'이나 '負'로 된 판본도 있다. 五行攸執(오
   행유집)-오행이 집행하는 바. 이 구는 당나라의 흥성이 오행의
   올바른 집행에 따른 결과라는 말이다.

104 觀者(관자)-세상의 이치에 대해 살펴보는 지식인을 말한다. 潛
   晤(잠오)-자신도 모르는 새 깨닫다.

105 喜至(희지)-즐거움이 지극해지다.

106 鱗介(인개)-물고기와 갑각류. 以之(이지)-이 때문에. 당나라가
   세상을 평정한 것을 말한다. 鳴虡(명거)-편종이나 편경을 걸어
   놓은 틀에서 울다. 이 구 앞에 '刿'이 더 있는 판본도 있다. 이
   구는 악기틀에 물고기나 갑각동물로 장식한 것을 말하는데, 아악
   을 통해 천자의 교화가 이런 미물에까지 미치는 것을 상징한다.

107 昆蚑(곤기)-곤충과 벌레. '기'는 다리가 없는 벌레를 말한다. 振
   蟄(진칩)-겨울잠에서 깨우다. 이 구는 천자의 교화가 벌레까지
   일깨울 정도라는 말이다.
   ≪주례·대사악大司樂≫: 모두 여섯 번 음악을 연주하는데, 한
   번 연주하면 날짐승과 하천의 신에 이르고, 두 번 연주하면 짧은
   털 짐승과 산림의 신에 이르며, 세 번 연주하면 물고기와 구릉의
   신에 이르고, 네 번 연주하면 털 짐승과 물가 평탄한 곳의 신에
   이르며, 다섯 번 연주하면 갑각동물과 땅의 신에 이르고, 여섯
   번 연주하면 기린, 봉황, 거북, 용의 영험한 동물과 천신에 이른
   다.(凡六樂者, 一變而致羽物及川澤之示, 再變而致羸物及山林之
   示, 三變而致鱗物及丘陵之示, 四變而致毛物及墳衍之示, 五變而
   致介物及土示, 六變而致象物及天神.)

108 感(감)-감응하다. 감동하다.

109 罔(망)-없다. 具集(구집)-갖추어 모이다. 다 모이다.

110 仡(흘)-높이 솟다. 谽閜(함하)-갈라지는 모양. 불빛이 번쩍이는

것을 형용한 말이다.

111 羅(라)-늘어놓다. 많다는 뜻이다. 詭異(궤이)-기이한 것. 상서로운 현상을 말한다. 戢翕(즙습)-많이 모인 모양.

112 融洩(융설)-유동하는 모양. '洩'은 '曳'로 된 판본도 있다.

113 洞宮(동궁)-신선이 사는 곳. 여기서는 태청궁을 가리킨다. 儼(엄)-장엄하다. 嶷岌(억급)-높이 솟은 모양.

114 九天(구천)-하늘의 가장 높은 곳.

115 立(립)-서다. 조수가 밀려오는 것을 형용한 것으로 보인다.

116 威遲(위지)-서성거리는 모양.
   ≪두시상주≫: 여기서 봉황이 '위지'하다고 말한 것은 바로 느긋하게 선회하며 난다는 뜻이다.(此處言鳳威遲, 乃從容迴翔之意.)

117 鯨魚(경어)-고래. 여기서는 상서로운 동물이다. 屈矯(굴교)-씩씩하고 재빠른 모양. 相吸(상흡)-서로 숨을 들이쉬다.

118 摠(소)-다 아우르다. 太始(태시)-천지가 개벽하여 만물이 생성한 때. 含靈(함령)-영혼을 가지고 있는 생명체.

119 卷(권)-다 아우르다. 殊形(수형)-서로 다른 모습. 또는 기이한 모습. 挹(읍)-이끌다.

#≪두시상주≫: 이 단락은 당나라가 일어나 안정을 이루었기에 상서로움이 모두 모였음을 말하여 신령이 마땅히 내려와야 함을 보여주었다. '휘전'은 개국의 훌륭한 정치를 말하고 '윤집'은 여러 임금이 이어서 일어난 것을 말한다. 당나라를 토덕으로 화덕을 계승하였는데 그 상생을 취하면서 싸워 이기는 것을 취하지 않았으니 이는 참위가 언급하지 않은 것이다. 이에 진나라와 수나라는 음탕함과 폭력으로 망했고 당나라가 어짊과 의로움으로 일어날 수 있었으니 저 참위가 또 어찌 믿을 만하겠는가? 추연이 시종오덕의 설을 제창한 이후로 장창, 가의, 유향 등 여러 사람이 각기 오행의 같고 다름을 쥐고서 스스로 망언을 하였는데, 지금 하루아침에 일어나서 그것을 바로잡았다. 대연력을 정리하고 개원례를 정한 것과 같은 일을 했으니 살펴보는 자는

태평함을 즐겁게 보게 되었다. 또한 아악을 만들었으니 종을 매단 틀에 물고기와 갑각동물을 장식하여 우렛소리가 잠에서 깨도록 뒤흔든 것을 본떴다. 일시에 화락한 기운을 느끼니 신령한 빛이 모습을 드러내고 기이한 동물이 자주 발생하였다. 천지산천과 날고 헤엄치는 신령한 동물까지 밝게 감응하지 않는 것이 없었다. 무릇 예전의 생명체 중 나타나지 않았던 것이 지금에 이르러 기이한 형상이 이미 겹겹으로 나타났다.(此言唐興致治, 畢集禎符, 見神靈之宜降. 徽典, 謂開創美政. 允緝, 謂繼起諸君. 唐以土德繼火, 取其相生, 不取相勝, 此符讖家所未及言者. 乃陳 隋以淫暴而亡, 唐能以仁義而興, 彼符讖又安足信乎. 自鄒衍倡始 終五德之說, 厥後張蒼賈誼劉向諸子, 各執五行同異以自誣. 今一 旦起而矯正之, 如修大衍曆, 定開元禮, 而觀者喜見太平矣. 且又 制爲雅樂, 象鱗介於鐘簴, 效雷奮以振蟄, 一時和氣所感, 神光見 象而異物頻生, 推之天地山川, 飛潛靈異, 無不昭應. 凡向之含靈 未洩者, 至此則殊形已疊見也.)

120 虹蜺(홍예)-무지개. 鈎帶(구대)-고리 달린 허리띠. 이 구는 강림하는 노자의 모습을 형용한 것이다.

121 入自於東(입자어동)-들어오는 것이 동쪽에서부터이다. 동쪽에서 왔다는 말이다.

122 揭(게)-걷다. 들다. 莽蒼(망창)-아득하고 끝이 없는 모양. 하늘을 가리킨다. 이 구는 하늘의 아득한 기운을 걷어올리고 왔다는 말이다.

123 履(리)-밟다. 崆峒(공동)-전설의 신선인 광성자가 공동산에 머물렀는데 황제黃帝가 그를 찾아가 도에 관해 물었다고 한다. ≪장자·재유在宥≫: 황제가 즉위하여 천자가 되었는데 19년이 되자 명령이 천하에 행해졌다. 광성자가 공동산 위에 있다는 말을 듣고는 가서 그를 만났다.(黃帝立爲天子, 十九年, 令行天下, 聞廣成子在於空同之上, 故往見之.)

124 素髮(소발)-흰 머리카락. 漠漠(막막)-빽빽한 모양. 이 구는 노자

의 모습을 형용한 것이다.

125 至精(지정)-지극히 정미하고 신묘하다. 濃濃(농농)-짙은 모양.
≪도덕경≫: 유심하고 어둑한데, 그 안에 정묘함이 있다.(窈兮冥
兮, 其中有精.)

126 條(조)-진술하다. 弛張(이장)-한 번 느슨하게 하고 한 번 팽팽하
게 하다. 문무를 다스리는 도리를 비유한다. 巨細(거세)-큰 부분
과 미세한 부분.
≪예기·잡기雜記≫: 팽팽하게 당기기만 하고 느슨하게 하지 않
으면 문무가 할 수 없고, 느슨하게만 하고 팽팽하게 당기지 않으
면 문무가 하는 것이 없다. 한 번 팽팽하게 당기고 한 번 느슨하게
하는 것이 문무의 이치이다.(張而不弛, 文武弗能也. 弛而不張, 文
武弗爲也. 一張一弛, 文武之道也.)

127 覬(기)-바라다. 披寫(피사)-기울여 쏟아내다. 다 전달한다는 말
이다.

128 修竿(수간)-긴 장대. 노자의 기운이 긴 것을 비유한다.
사마상여 <대인부大人賦>: 격택 별의 기운을 가진 긴 장대를
세우고 번쩍이는 화려한 깃발장식을 묶었다.(建格澤之修竿兮,
總光耀之采旄.)

129 仄席(측석)-자리에 기대어 앉다. 고대 제왕이 어진 이를 예의에
맞춰 맞이할 때 앉는 자세이다. 容(용)-용의를 갖추다. 이와 달리
'받아들이다'의 뜻으로 풀이하기도 한다.
≪한서·진탕전陳湯傳≫: 진탕이 말하기를, "신이 듣기에 초나
라에 자가 자옥인 성득신成得臣이 있었는데 문공이 그를 맞이할
때 자리에 기대어 앉았다고 합니다."라고 하였다.(湯曰, 臣聞楚
有子玉得臣, 文公爲之仄席而坐.)

[修竿 2구]
≪독서당두공부문집주해≫: '수간'은 원기가 길다는 것이다. 성
대한 다스림이 틈이 없이 길기에 자리 하나 까는 좁은 땅에서
이미 여러 신을 받아들였다는 말이다.(修竿, 元氣長也. 言盛治綿

長無間, 而片席之地, 已容諸神也.)

130 裂(렬)-찢다. 없애다. 黑簿(흑부)-검은 책. 도교에서 인간의 죄
를 적어놓은 명부인 것으로 보인다. 이 구는 이곳 사람의 죄를
평가하여 사해준다는 뜻으로 아래에서 장수하게 한다는 내용과
연결된다.
≪두시상주≫: ≪유양잡조≫에 "죄를 적은 명부에는 검은색, 녹
색, 흰색 장부, 붉은 책이 있다."라고 하였다. ≪진선통감≫에서
"노자가 장도릉에게 옥함에 담긴 도교서적 3권을 주었는데 제목
이 '삼팔사죄멸흑부'라고 되어 있었다. 초도현조 장진인이 두
번 절하고 그것을 받았다."라고 하였다. ≪갈선공전≫에 "칠품재
법이 있는데 그 중 하나가 팔절재이다. 노자에게 자신의 죄를
사죄하여 검은 장부를 없애는 법이다."라고 하였다.(酉陽雜俎,
罪簿有黑綠白簿, 赤丹編簡. 眞仙通鑑, 老君授張道陵以玉函素書
三卷, 題曰三八謝罪滅黑簿, 超度玄祖章眞人, 再拜受之. 葛仙公
傳, 有七品齋法, 一曰八節齋. 謝玄祖及己身之罪, 滅黑簿之法也.)

131 睨(예)-보다. 金鐘(금종)-금빛의 종. 화려한 음악을 상징한다.
이 구는 화려함을 추구하는 것을 경계하는 것으로 아래에서 질박
함으로 돌아간다는 내용과 연결된다.

132 得非(득비)-아마도. 擬(의)-가리키다. 이끈다는 말이다. 斯人
(사인)-이 사람. 현종을 가리킨다. 당나라 백성을 가리키는 것으
로 볼 수도 있다. 壽域(수역)-천수를 누리는 태평성세.

133 明(명)-이치를 밝히다. 返樸(반박)-질박함으로 돌아가다. 玄蹤
(현종)-오묘한 도리.

134 翳日(예일)-해가 가려지다. 翻萬象(번만상)-만물을 뒤흔들다.

135 却浮雲(각부운)-뜬 구름을 되돌리다. 노자가 타고온 구름을 되
돌려 돌아가는 것을 말한다. '雲'은 '空'으로 된 판본도 있다.
留六龍(유륙룡)-육룡에 머물다. 육룡을 탄다는 말이다. 육룡은
노자의 수레를 끄는 것이다.

136 咸(함)-모두. 태청궁에 있는 이들을 가리킨다. 躡跖(섭척)-놀라

펄쩍 뛰다. 壯(장)-장엄하게 여기다. 茲應(자응)-이러한 감응. 노자가 강림했다가 돌아간 것을 말한다.

137 蒼黃(창황)-다급해하다. 불안해 하다. 昧所從(매소종)-노자가 간 곳을 모른다는 말이다.

138 上(상)-주상. 현종을 가리킨다. 色(색)-안색.

139 處之(처지)-그곳에 머물다. 그것에 처신하다. 彌恭(미공)-더욱 공손하다.

#≪두시상주≫: 이 단락은 신령한 조상이 내려온 것을 말하였는데 탄식하며 듣고 희미하게 보는 상황이 있다. 무지개로 만든 띠는 무지개를 타고 왔다는 말이고, 동쪽에서 왔다는 것은 초봄의 월령이다. '망창'은 천상이고 '공동'은 선계이다. '막막'은 신의 모습이고 '농농'은 신의 뜻이다. '장이'는 다스림의 도를 진술하는 것이고 '피사'는 심법을 전하는 것이다. '수간'은 신이 기운을 탄 것으로 '측석'은 신이 자리에 기댄 것이다. 책을 찢은 것은 사람을 평가하는 것이고 종을 바라보는 것은 장차 세상을 경계하려는 것이다. '수역' '현종'은 성스러운 마음이 인자함을 보여주는 것이고 '예일' '각운'은 신선의 종적이 왔다 가는 것을 말한 것이다. '섭척' '창황'은 시종하는 관리가 두려워 탄식하는 것이고 '용색' '미공'은 천자가 공경을 드리는 것이다.(此言神祖來格, 有愴聞優見之狀. 蜺帶, 駕蜺而來. 自東, 初春之令. 莽蒼, 天上. 崆峒, 仙界. 漠漠, 神容. 濃濃, 神意. 張弛, 陳治道. 披寫, 傳心法. 修竿, 神乘氣. 仄席, 神依位. 裂簿, 思度人. 睨鐘, 將警世. 壽域玄蹤, 見聖心仁愛. 翳日却雲, 言仙跡卷舒. 躡跖蒼黃, 從官愓息. 容色彌恭, 天子致敬也.)

140 天師(천사)-도가의 학술이 뛰어난 자를 칭하는 말이다. 동한의 장도릉이 오두미교를 제창했는데 그 신봉자들이 장도릉을 칭할 때 사용하였다. 張道陵(장도릉)-장릉이라고도 한다. 泊(기)-이르다. 도달하다. 左玄君(좌현군)-≪설부說郛≫에 수록된 도홍경 陶弘景의 ≪진령위업도眞靈位業圖≫에 따르면 제사중위第四中

位의 맨 앞에 태청태상노군太淸太上老君이 있으며, 좌위左位의
맨 앞에 정일진인삼천법사장도릉正一眞人三天法師張道陵이 있
다. 아마도 좌현군은 좌위의 선두를 지칭하는 호칭인 것으로 보
인다. 이와 달리 도가에서 양생술을 수련하는 의식에서 도열해있
는 좌현진인이라고 보는 설도 있다.

≪두시상주≫: ≪진고≫에서 "장릉은 자가 보한이고 패국 풍 사
람이다. 장생의 도를 배워 ≪구정단경≫을 얻었다. 촉 땅에 이름
난 산이 많다는 이야기를 듣고는 바로 명학산에 들어가 도가
서적 20편을 지었으며 신선이 되어 떠나갔다."라고 하였다. ≪정
일경≫에서 "장릉은 학명산에서 도를 배웠으며 태상노군의 강림
에 감응하였다. 정일명위법을 전수받아 비로소 사람과 귀신을
구분하였다. 24곳의 묘당을 설치하였고 계귀단이 있었는데 아직
도 존재한다."라고 하였다.(眞誥, 張陵, 字輔漢. 沛國豐人. 學長生
之道, 得九鼎丹經, 聞蜀中多名山, 乃入鳴鵠山, 著道書二十篇, 仙
去. 正一經, 陵學道於鶴鳴山, 感太上老君降, 授正一明威法, 始分
人鬼, 置二十四治, 有戒鬼壇, 見在.)

≪운급칠첨雲笈七籤·조진의朝眞儀≫: 좌현진인은 왼쪽에 있고
우현진인은 오른쪽에 있다.(左玄眞人在左, 右玄眞人在右.)

≪독서당두공부문집주해≫: 좌현군은 그의 제자와 속관이다.(左
玄君, 其弟子屬官也.)

141 前(전)-앞으로 나오다. 千二百官吏(천이백관리)-≪진령위업
도≫에서 제사중위의 좌위에 천이백관군장리千二百官君將吏가
포함되어 있는데 이를 가리키는 것으로 보인다. 천이백관군장리
아래 주석에 "두 줄기의 연기가 변해 만들어진 것이다.(二條氣化
結成.)"라는 말이 있다.

142 謁(알)-알현하다. 進(진)-진언進言하다.

143 今王(금왕)-지금의 왕. 현종을 가리킨다. 巨唐(거당)-거대한 당
나라.

144 帝(제)-현원황제 노자를 가리킨다. 苗裔(묘예)-후손.

≪두시상주≫: '제'는 현원황제를 가리킨다.(帝, 指玄元皇帝.)

145 坤(곤)-땅. 紀綱(기강)-여기서는 기강을 잡는 사람을 말한다.

146 土(토)-흙의 기운. 당나라는 토덕土德으로 창건하였다. '上'으로
된 판본도 있다. 配(배)-짝하다. 君服(군복)-임금의 복식. 이 구
는 천자의 복식이 토덕과 어울려 누런색으로 하였다는 말이다.
≪한서·율력지律歷志≫: '황'은 중앙의 색이며 군주의 복식이
다.(黃者, 中之色, 君之服也.)

147 宮尊臣商(궁존신상)-궁음은 높고 신하는 상음이다. 임금과 신하
를 오음의 궁음과 상음에 해당시켜 말한 것이다. 이 구는 당나라
의 군신관계가 법도에 맞아 조화를 이루고 있다는 말이다.
≪사기·악서樂書≫: 궁은 임금이고 상은 신하이며 각은 백성이
고 치는 노역이며 우는 재물이다.(宮爲君, 商爲臣, 角爲民, 徵爲
事, 羽爲物.)

148 起數(기수)-숫자에서 기원하다. 율력을 계산하기 시작한다는 뜻
이다. '數起'로 된 판본도 있다. 得統(득통)-역법을 얻다. '통'은
정월 초하루를 정하는 것을 말한다. 또는 역법의 기본이 되는
숫자를 뜻하기도 한다.
≪신당서·역지曆志≫: 대체로 역법은 숫자에서 기원하는데 숫
자는 자연의 운용으로 그 운용은 무궁하여 통하지 않는 곳이
없다. 이것으로 음률에 사용하거나 ≪주역≫에 사용하면 모두
들어맞게 할 수 있다. 하지만 그 요체는 천지의 기운을 살피는
데 있으니 이로써 네 계절의 추위와 더위를 알고 하늘의 일월성
신의 운행을 살펴서 서로 참고하여 합치할 따름이다.(蓋曆起於
數. 數者, 自然之用也. 其用無窮而無所不通, 以之於律於易, 皆可
以合也. 然其要在於候天地之氣, 以知四時寒暑, 而仰察天日月星
之行運, 以相參合而已.)
≪예기禮記·단궁檀弓≫ "周人尙赤"의 공영달 소疏: 건자(11월)
의 달을 정월로 하였는데 이를 천통이라고 한다.(建子之月爲正
者, 謂之天統.)

≪한서·율력지≫: 통법은 1539인데 윤법(19)에 일법(81)을
곱해서 통법을 얻는다.(統法, 千五百三十九, 以閏法乘日法, 得
統法.)

149 特立(특립)-우뚝 솟다. 中央(중앙)-가운데. 오행에서 가운데가
토土이다. 이 구는 당나라의 기본이 토덕임을 말한 것이다.

150 大樂(대악)-전아하고 장중한 음악을 가리키는데 제왕의 제사나
조회 등의 전례에 사용되었다. 在懸(재현)-걸려있다. '현'은 원
래 편종이나 편경등을 걸어놓는 대이다. 여기서는 음악이 연주된
다는 말이다.
≪예기·악기樂記≫: 대악은 천지와 함께 조화롭고 대례는 천지
와 함께 절도에 맞다.(大樂與天地同和, 大禮與天地同節.)

151 黃鐘(황종)-12악률 중의 첫 번째이다. 冠八音之首(관팔음지수)
-여덟 악기의 머리에 관을 씌우다. 여덟 악기의 음률을 관장하여
음을 정확하게 했다는 말이다. '팔음'은 쇠, 돌, 흙, 가죽, 실, 나
무, 호리병, 대나무 등 여덟 종류의 재료로 만든 악기를 말한다.
≪사기·율서律書≫: 황종은 길이가 8촌 1분이고 궁음에 해당한
다.(黃鐘, 長八寸十分一, 宮.)
≪사기색은史記索隱≫: 황종은 역법의 처음이고 궁음은 오음의
우두머리이다. 11월은 황종을 궁음으로 삼아야 소리가 그 올바
름을 얻는다.(黃鐘爲曆之首, 宮爲五音之長, 十一月以黃鐘爲宮,
則聲得其正.)

152 太昊(태호)-복희씨伏羲氏. 봄의 신이다. 斯啓(사계)-열다. 봄이
되었다는 말이다. '계'는 입춘을 뜻하기도 한다.
≪한서·위상전魏相傳≫: 동쪽의 신 태호는 벼락을 타고 다니며
규를 들고 봄을 주관한다.(東方之神太昊, 乘震執規司春.)

153 靑陸(청륙)-청도靑道. 해와 달이 동쪽을 운행하는 궤적을 말한
다. 이로써 봄을 가리킨다. 千春(천춘)-천 년.
≪한서·율력지≫: 태양이 청륙을 가면 봄이라고 한다. 봄은 청
양이므로 청륙이라고 한다.(日行東陸, 謂之春. 春爲青陽, 故曰

青陸.)

154 曠(광)-오래 되다. 勤力(근력)-힘을 부지런히 사용하다.
《사기·오제본기五帝本紀》: 마음과 힘, 귀와 눈을 부지런히 하
고 물, 불, 재물을 절제하여 사용하였기에 토덕의 상서로움을
가지고 있었고, 그래서 황제라고 불렸다.(勞勤心力耳目, 節用水
火材物, 有土德之瑞, 故號黃帝.)

155 宜(의)-어울리다. 적합하다. 大帶(대대)-옛날 귀족이 예복에 차
던 허리띠의 일종. 주로 흰 천으로 만들었다. 斧裳(부상)-흰색과
검은색을 번갈아 넣어 꽃무늬로 장식한 옷. 그 무늬 모양이 도끼
와 같았는데 일을 처리함에 과단성이 있음을 상징하였다.
《주례》 가공언賈公彦 소疏: 대대는 대부 이상이 차며 흰 천으
로 만든다. 사는 무명을 사용하니 바로 '신'이다.(大帶, 大夫已上,
用素. 士, 用練, 卽紳也.)
《서경·익직益稷》 "黼黻絺繡"의 채침蔡沉 주: '보'는 도끼 모
양과 같은데 그 과단성을 취한 것이다.(黼若斧形, 取其斷也.)

156 風后(풍후)-황제黃帝의 신하. 孔甲(공갑)-황제黃帝의 사관. 하
나라 제왕의 이름이기도 한데 내용과 맞지 않는 것으로 보인다.
《사기집해史記集解》에 인용된 《제왕세기帝王世紀》: 황제가
꿈을 꾸었는데 큰 바람이 불어서 천하의 먼지가 모두 사라졌다.
또 꿈을 꾸었는데 어떤 사람이 천 균의 쇠뇌를 쥐고 만 무리의
양을 몰았다. 황제가 깨서 탄식하며 말하기를, "바람은 호령하며
집정하는 것이다. 먼지의 '垢'자에서 흙[土]을 제거하면 '후后'
자가 남는다. 천하에 아마도 성이 풍이고 이름이 후인 자가 있으
리라. 천 균의 쇠뇌는 힘이 남다른 것이고 수만 무리의 양을 모는
것는 백성을 잘 기를 수 있다는 것이다. 천하에 아마도 성이 력이
고 이름이 목인 자가 있으리라."라고 하였다. 이에 두 가지 점에
의거하여 이들을 찾았는데, 바다 모퉁이에서 풍후를 찾아 재상으
로 등용하였고, 큰 못에서 역목을 찾아 장군으로 진용했다.(黃帝
夢大風吹, 天下之塵垢皆去. 又夢人執千鈞之弩, 驅羊萬群. 帝寤

而歎曰, 風爲號令執政者也. 垢去土, 后在也. 天下豈有姓風名后者哉. 夫千鈞之弩, 異力者也. 驅羊數萬群, 能牧民爲善者也. 天下豈有姓力名牧者也. 於是依二占而求之, 得風后於海隅, 登以爲相. 得力牧於大澤, 進以爲將.)

≪두시상주≫: ≪제왕세기≫에서 "역목, 상선, 봉호, 공갑 등이 있는데, 어떤 이는 스승으로 삼고 어떤 이는 장군으로 삼았다."라고 하였다. ≪칠략≫에서 "반우서라는 것은 그 전언인데 공갑이 한 것이다. 공갑은 황제의 사관이다."라고 하였다.(帝王世紀, 力牧常先封胡孔甲等, 或以爲師, 或以爲將. 七略, 盤盂書者, 其傳言, 孔甲爲之. 孔甲, 黃帝之史也.)

157 山稽(산계)-황제黃帝의 스승. 岐伯(기백)-황제의 의사.

≪포박자抱朴子≫: (황제黃帝가) 천상역법을 정밀하게 하려고 산계와 역목을 방문했고 점치는 것을 강구하려고 풍후를 찾았으며 신체의 진료를 드러내기 위해 기백과 뇌공을 얻었다.(精推步則訪山稽力牧, 講占候則詢風后, 著體診則受岐雷.)

≪회남자≫: 황제가 천하를 다스릴 때 역목과 태산계가 그를 보좌하였으며 이로써 일월의 운행 법칙을 궁구하였다.(黃帝治天下而力牧太山稽輔之, 以治日月之行律.)

≪운급칠첨≫: 당시 신선의 우두머리가 있었는데 기산 아래에서 나왔기에 기백이라고 불렀다. 초목의 약 성질과 맛에 대해 잘 말했으며 큰 의사가 되었다.(時有仙伯, 出於岐山下, 號岐伯. 善說草木之藥性味, 爲大醫.)

≪두시상주≫에 인용된 ≪제왕세기≫: 황제가 뇌공과 기백에게 명하여 경맥을 논하게 하고 (어려운 질문에 대한 답을 정리하여) ≪난경≫을 만들었으며 아홉 종류의 침을 만들도록 하였다.(黃帝命雷公岐伯, 論經脈, 爲難經, 敎制九針.)

[風后 2구] 재능 있는 여러 신하가 현종을 보필하고 있다는 말이다.

158 易制取法(역제취법)-제도를 바꾸고 법을 만들다.

159 五帝(오제)-고대 전설에 나오는 다섯 제왕으로 여러가지 설이

있다. 황제黃帝, 전욱顓頊, 제곡帝嚳, 당요唐堯, 우순虞舜이 한가
지 설이다.

160 三皇(삼황)-고대 전설에 나오는 세 제왕으로 여러가지 설이 있
다. 복희伏羲, 신농神農, 황제黃帝가 한가지 설이다.

[至於 3구] 현종이 새로운 규범과 제도를 만든 것이 삼황오제 때의
것과 같은 수준이라는 말이다.

161 周武(주무)-주나라 무왕.

162 漢祖(한조)-한나라 고조.

[信周武 2구] 현종이 주나라와 한나라의 전통을 회복하여 계승하였
다는 말이다.

≪신당서·왕발전王勃傳≫: 현종이 조서를 내려 당나라가 한나
라를 계승하고 수나라 이전의 제왕을 물리치게 하고는 개공과
휴공을 폐하고 주나라와 한나라를 존숭하여 이왕후를 만들고
상나라로써 삼각을 만들었으며 경성에 주나라 무왕과 한나라
고조의 사당을 세웠다.(玄宗下詔以唐承漢, 黜隋以前帝王, 廢介
酈公, 尊周漢爲二王後, 以商爲三恪, 京城起周武王漢高祖廟.)

163 近朝(근조)-앞에서 언급한 위진남조와 수나라를 가리킨다. 濫吹
(남취)-남우충수濫竽充數의 고사로 실질은 없이 명목만 채우고
있음을 말한다.

≪한비자≫: 제나라 선왕이 사람을 시켜 우를 불게 하면 반드시
삼백 명이 한꺼번에 불었다. 남곽처사가 왕을 위해 우를 불기를
청하자 선왕은 기뻐하였으며 수백 명분의 식량을 그에게 주었다.
선왕이 죽고 민왕이 즉위했는데 한 사람씩 연주하는 걸 듣기
좋아했으며 남곽처사는 이에 도망갔다.(齊宣王使人吹竽, 必三百
人. 南郭處士請爲王吹竽, 宣王說之, 廩食以數百人. 宣王死, 湣王
立, 好一一聽之, 處士逃.)

164 改卜(개복)-새로 점을 치다. 여기서는 제사의 내용을 혁신했다
는 말이다. 당나라 이전의 적폐를 해소하고 주나라와 한나라를
받들었음을 말한다.

165 降素車(항소거)-흰 수레로 항복하다. 진나라 자영이 한나라에
항복한 것으로 한나라가 수립했음을 말한다.
≪사기·진시황본기≫: 자영이 곧장 줄로 목을 매고는 흰 말과
흰 수레로 천자의 옥새와 부절을 받들고서 지도의 옆에서 항복하
였다. 패공은 이에 함양으로 들어갔고 궁실과 창고를 봉한 뒤
패상으로 군대를 되돌렸다. 한 달여 뒤에 제후의 병사가 이르렀
고 항적이 합종국의 우두머리가 되어 자영과 진나라 여러 공자
황족을 죽였다.(子嬰卽係頸以組, 白馬素車, 奉天子璽符, 降軹道
旁. 沛公遂入咸陽, 封宮室府庫, 還軍霸上. 居月餘, 諸侯兵至, 項
籍爲從長, 殺子嬰及秦諸公子宗族.)
166 勤恤(근휼)-힘써 구휼하다. 其後(기후)-그 후예. 이 구는 현종이
한나라의 후예를 다시 우대한 것을 말한다.
167 有客白馬(유객백마)-흰 말을 탄 손님이 있다. ≪시경·주송·유
객有客≫의 내용을 인용한 것이다. 이 시는 주나라가 상나라를
멸망시킨 후 주임금의 장형인 미자微子를 송宋에 봉해주었는데
미자가 종묘에 들어가 선왕께 제사를 지내자 주나라에게 그를
예로써 대우한 것을 노래하였다. 이 구는 주나라가 수립했음을
말한다.
≪시경·주송·유객有客≫의 정현 전箋: 성왕이 은나라를 멸하
고는 무강을 죽이라고 명을 내렸으며, 미자가 은나라의 후예가
되도록 명하였다. (미자가) 그 명을 받고는 조정으로 와서 알현하
였다.(成王旣黜殷, 命殺武庚, 命微子代殷後. 旣受命來朝而見也.)
168 固(고)-진실로. 漂淪(표륜)-쇠락하다. 여기서는 주나라의 후예
를 가리킨다. 이 구는 현종이 주나라의 후예를 잊지 않고 우대했
다는 말이다.
[初降 4구] 현종이 주나라와 한나라의 후예를 우대했다는 말이다.
이에 관해 수나라 후예와 관련을 짓는 설이 있는데 취하지 않
는다.
≪두시상주≫: 여본중의 주에서 ≪예기·교특생≫의 "흰 수레를

타는 것은 그 소박함을 존중하는 것이고 이로써 신명과 교접하는
바이다."를 인용하였고, 또 ≪시경·주송≫의 "객이 있네 객이
있네. 또한 그 말이 희구나."를 인용하고는 "<모시서>에서는 미
자가 와서 종묘를 알현한 시라고 여겼다."라고 하였다. 주학령의
주에서 ≪사기·진시황본기≫에서 자영이 흰 말과 흰 수레로 지
도 옆에서 투항한 일을 인용하고는 "수나라 공제가 당나라에 왕
위를 전해주었기에 자영의 고사를 사용하였다."라고 하였다. 지
금 살펴보건대, '초항소거'는 자영이 한나라에 항복한 일을 사용
하여 수나라 후예를 비유하였고, '유객백마'는 미자가 주나라에
들어간 일을 사용하여 주나라와 한나라의 후예를 비유하였다.
이와 같이 해야 비로소 위 문장의 '개복사당'의 뜻과 부합한다.
≪자치통감≫에서 "천보 12년 여름 5월 다시 위나라, 주나라,
수나라의 후예로서 삼각으로 삼았다."라고 하였다.(呂注引郊特
牲, 素車之乘, 尊其樸也, 所以交於神明也. 又引周頌, 有客有客,
亦白其馬. 序以爲微子來見祖廟之詩. 朱注, 引秦本紀, 子嬰白馬
素車降軹道旁. 隋恭帝傳位於唐, 故用子嬰事. 今按, 初降素車, 用
子嬰降漢, 以比隋後. 有客白馬, 用微子入周, 以比周漢之後. 如此
方與上文改卜祠堂意相合. 通鑑, 天寶十二載夏五月, 復以魏周隋
後爲三恪.)

≪두공부시집집주≫: ≪사기·진시황본기≫를 살펴보건대 "자
영이 흰 말과 흰 수레로 천자의 옥새를 받들어 지도 옆에서 투항
하였다."고 하였다. 수나라 공제가 당나라에 왕위를 전해주었기
에 여기서 자영의 흰 수레의 고사를 이용하였다. '근휼기후', '표
륜불망'은 비록 공호를 폐지하더라도 여전히 은혜를 더해주어야
한다고 풍간한 것이다.(按秦本紀, 子嬰白馬素車, 奉天子璽符, 降
軹道旁. 隋恭帝傳位於唐, 故此用子嬰素車事. 勤恤其後, 漂淪不
忘, 諷以雖廢公號猶當加恩也.)

169 伊(이)-발어사. 庶人(서인)-보통사람. 주석 1번에 있는 최창崔
昌을 가리킨다. 得議(득의)-주나라와 한나라의 후예를 봉하는

일을 의론한 것을 말한다.

≪두공부시집집주≫: '서인'은 처사 최창을 말한다.(庶人, 謂處士崔昌.)

170　邦家(방가)-나라.

≪시경·소아·남산유대南山有臺≫: 즐거운 저 군자는 나라의 빛이다.(樂只君子, 邦家之光.)

171　本(본)-근본을 따져보다. 靑簡(청간)-푸른 죽간. 역사서를 가리킨다.

172　縹囊(표낭)-담청색 주머니. 책을 담은 주머니를 말한다.

173　列聖(열성)-여러 성인. 有差(유차)-차이가 있다. 이 구는 여러 성인도 등급이 있다는 뜻으로 공자보다 노자가 존중되어야 함을 말한다.

174　夫子(부자)-공자. 老氏(노씨)-노자.

175　好問(호문)-좋은 질문. 오제의 본질에 대한 질문을 가리킨다.

176　宰我(재아)-공자의 제자인 재여宰予. 同科(동과)-같은 종류이다. 季康(계강)-계강자. 춘추시대 노나라의 정경正卿인 계손비季孫肥.

≪사기·중니제자열전仲尼弟子列傳≫: 재아가 오제의 덕에 대해 물었는데, 공자가 말하기를, "너는 그런 걸 물을 만한 사람이 못된다."라고 하였다.(宰我問五帝之德. 子曰, 予非其人也.)

≪공자가어孔子家語≫: 계강자가 공자에게 물어 말하기를, "오래전에 오제의 이름을 들었는데 그 실질을 모르겠습니다. 무엇을 오제라고 하는지 묻고자 합니다."라고 하였다. 공자가 말하기를, "예전에 제가 노담에게 이런 말을 들었습니다. '하늘에 나무, 물, 쇠, 물, 흙의 오행이 있는데 때를 나누어 화육하니 이로써 만물을 이루었다. 그 신을 일러 오제라고 한다. 옛날의 왕은 조대를 바꾸면 호칭을 바꾸었는데 오행에서 그 법도를 취했다. 오행으로 왕을 바꾸면 끝과 시작이 서로 생기게 하니 또한 그 뜻을 본뜬 것이다. 그러므로 그 중 현명한 왕이 된 자는 죽어서 오행과 짝하

였다. 이 때문에 태호는 나무에 짝하고 염제는 불에 짝하였으며, 황제는 흙에 짝하고 소호는 쇠에 짝하였으며 전욱은 물에 짝하였다.'"라고 하였다.(季康子問於孔子曰, 舊聞五帝之名, 而不知其實. 請問何謂五帝. 孔子曰, 昔丘也, 聞諸老聃曰, 天有五行, 木火金水土, 分時化育, 以成萬物, 其神謂之五帝. 古之王者, 易代而改號, 取法五行. 五行更王, 終始相生, 亦象其義. 故其爲明王者, 而死配五行. 是以太皞配木, 炎帝配火, 黃帝配土, 少皞配金, 顓頊配水.)

[列聖 4구] 오행에 맞추어 왕조가 계승되어야 한다는 것은 공자가 노자에게서 배운 것으로, 이의 본질에 대해 오래도록 궁금해했다는 말이다. 이를 통해 현종이 화덕을 토덕으로 이으면서 주나라와 한나라의 후예를 우대한 것의 훌륭함을 노자의 가르침에서 발견했음을 말하였다.

177 取(취)-취하다. '敢'으로 된 판본도 있다. 撥亂反正(발란반정)-어지러움을 물리치고 올바름으로 돌아가다. 현종이 세 왕조의 후손을 폐하고 주나라와 한나라의 후예를 봉한 것을 말한다.

178 其所長(기소장)-그 우수한 바.

#≪두시상주≫: 이 단락은 도관이 답하며 칭송하는 말인데 황제가 제사의 전범을 헤아려 바로잡은 것을 표창하였다. '천사'와 '현군'은 법관과 도사를 가리킨다. '대악'은 감응을 소리로 나타냈다는 말이고 '태호'는 제사를 제때에 맞췄다는 말이다. '광재' 4구는 제사를 함께 지내는 여러 신하가 옛 사람에 부끄럽지 않다는 말이다. 주나라와 한나라를 언급한 곳 이후는 이왕후가 와서 제사를 도울 수 있었다는 말이다. 공자가 노자에게 들었다는 것은 노자가 마땅히 존중되어야 함을 보여준다. 재아가 오제의 덕을 물었다는 것은 역대로 마땅히 논변되었음을 보여준다. '어지러움을 물리치고 올바름으로 돌렸다'는 것은 제사에서 예를 올리며 한 말을 가리키는데 바로 앞에서 말한 '제도를 바꾸고 법을 만든다'는 것이다.(此設爲道官答頌之辭, 嘉帝能釐正祀典也. 天

師玄君, 指法官道士. 大樂, 感以聲. 太昊, 祭以時. 曠哉四句, 言與
祭諸臣, 不愧古人. 周漢以下, 言二王之後, 得來助祭. 夫子聞老氏,
見聖祖當尊. 宰我問帝德, 見歷代宜辯. 撥亂反正, 指祭祀之禮言,
卽所云易制取法也.)

≪독서당두공부문집주해≫: 이 단락은 당 왕조를 칭송한 것으로
곧장 은나라, 주나라, 한나라의 정통을 이어받고 아울러 삼각을
봉한 일이 마땅함을 보여준다.(此段稱訟本朝, 見宜直接殷周漢
統, 幷封三恪事.)

179 萬神(만신)-수많은 신. 주석 25번의 '萬仙'과 같은 뜻으로 보면
현종과 같이 온 관원들을 가리키는 것이다. 開(개)-길을 터주다.
이 구는 노자의 신령이 하늘로 올라가기 위해 수많은 신이 길을
터준다는 말이다. 이와 달리 노자와 같이 온 수많은 신령이 흩어
져 사라졌다고 풀이할 수도 있다.

180 八駿(팔준)-여덟마리 준마. 원래는 주목왕이 탄 수레를 끌던 말
인데, 여기서는 노자가 탄 수레를 가리킨다. 回(회)-다시 하늘로
돌아가는 것을 말한다.

181 旗掩月(기엄월)-깃발이 달을 덮다. 여기서 달은 천자의 깃발에
그려진 것을 말한다.
≪석명釋名≫: 아홉 깃발의 이름 중에 해와 달을 그린 것을 '상'
이라고 한다. 그 끄트머리에 해와 달을 그렸으며 천자가 세우는
것이다.(九旗之名, 日月爲常. 畵日月於其端, 天子所建.)

182 車奮雷(거분뢰)-수레가 우레를 떨치다. 수레가 가는 소리가 우
레처럼 들린다는 말로 수레가 많음을 과장하여 표현한 것이다.

183 鶱(건)-높이 날다. 七曜(칠요)-해와 달, 금성, 목성, 수성, 화성,
토성을 가리킨다.

184 燭(촉)-비추다. 九垓(구해)-높은 하늘을 가리킨다.

185 能事(능사)-섬기기를 잘하다. 종묘에 제사를 정성껏 잘 지낸다
는 말이다. 穎脫(영탈)-송곳의 끄트머리가 주머니 밖으로 튀어
나오다. 모수毛遂의 고사를 이용한 것으로 빼어난 능력이 저절로

드러난다는 말이다.

186 淸光(청광)-맑은 빛. 노자를 비유한다. 또는 여러 상서로운 일을 가리킬 수도 있다. 大來(대래)-성대하게 오다.

187 優游(우유)-한가롭고 여유롭다.

188 蹴魏(축위)-위나라를 발로 차다. 踏晉(답진)-진나라를 밟다. 批周(비주)-후주後周를 손으로 치다. 抶隋(질수)-수나라를 매질하다. '抶'은 '抌'로 된 판본도 있다. 한나라 이후 당나라 이전까지 황제를 참칭했다고 여긴 왕조를 물리치고 그 후예의 작호를 폐한 것을 말한다.

189 夫(부)-'乎'로 된 판본도 있다. 更始(갱시)-다시 시작하다. 삼각을 행하여 은나라, 주나라, 한나라의 정통을 다시 회복한 것을 말한다. 현종이 태자가 되기 전에 위후의 반란을 평정한 것을 뜻한다는 설도 있지만 취하지 않는다.
　　≪사기·제태공세가齊太公世家≫: (무왕이) 구정을 옮기고 주나라 정치를 정리하니 천하사람들과 새로운 시대를 다시 시작하게 되었다.(遷九鼎, 修周政, 與天下更始.)
#≪두시상주≫: 마지막 단락은 당나라 여러 선왕의 덕행이 경사스러움을 내려줌이 넓고 오래되었기에 먼 조대에 구할 필요가 없음을 말하였다. 신이 흩어지고 난새 수레가 돌아가니 제사가 이미 끝나서 신이 상서로움을 내려주었다. '혹왈' 이하는 별도로 전환하는 말을 한 것인데, 이러한 태평시대에 백성이 모두 복을 누리고 있는데 하물며 창업이 계속 일어나고 현명한 성군이 대를 이어 나타나니 상서로움은 또한 군주가 스스로 이룬 것일 따름이지 신이 내려준 것과는 관계 없다고 말하였다. '영탈'은 정성이 위로 통했다는 말이고 '대래'는 아름다운 상서로움이 이어서 왔다는 말이다. '축위' 구는 고조와 태종의 공이고 '갱시' 구는 황제가 위후의 난을 평정한 것이다. '후'자와 '여'자를 완미하면 곧장 구분됨을 알 수 있다.(末言唐之世德, 流慶弘長, 不必求之遠代也. 神散鑾回, 祭祀已畢, 神其降祥矣. 或曰以下, 另作轉語, 言當此太

平之世, 民皆食福, 況乎開創繼起, 賢聖代興, 則吉祥亦人主所自
致耳. 非關神降也. 穎脫, 謂精誠上通. 大來, 謂嘉祥洊至. 蹴魏句,
高祖太宗之功. 更始句, 帝平韋后之亂. 玩後字與字, 便見分別.)

##《두시상주》: 당시 도가의 조종을 존중하고 받들어 황제가 숭상
하며 제사지낼 것을 명하였는데 이는 본래 불경스런 일에 속한
다. 이 부는 앞에서는 반란을 평정하여 다스림을 이룬 것을 말하
면서 신선의 아득한 일은 언급하지 않았고, 뒤에서는 제사의 전
범을 바로잡은 것을 말하면서 부절에 응답하여 보답으로 내려준
다는 글은 언급하지 않았으며, 끝에서는 다시 시작함을 반복해서
찬미하면서 황제가 위로 조상의 덕을 계승할 수 있어서 경사와
상서로움이 모두 스스로 이룬 것임을 보여주었다. 풍론이 은미하
니 대체로 부의 형식 중에서 준칙을 갖춘 것이다.(當時尊奉道祖,
帝號崇祀, 本屬不經. 此賦, 前言戡亂致治而不及神仙杳冥之事,
後言釐正祀典而不及符應報錫之文, 末復推美於更始, 見帝能上
承祖德, 則慶祥皆其自致也. 諷論隱然, 蓋賦體之有典則者.)

朝享太廟賦

태묘에서 제사를 올린 것을 읊은 부

初高祖太宗之櫛風沐雨,[1] 勞身焦思,[2] 用黃鉞白旗者五年,[3] 而天下始一. 歷三朝而戮力,[4] 今庶績之大備.[5] 上方采厖俗之謠,[6] 稽正統之類,[7] 蓋王者盛事. 臣聞之於里曰,[8] 昔武德已前,[9] 黔黎蕭條,[10] 無復生意. 遭鯨鯢之蕩汨,[11] 荒歲月而沸渭.[12] 袞服紛紛,[13] 朝廷多聞者,[14] 仍亘乎晉魏[15]. 臣竊以自赤精之衰歇,[16] 曠千歲而無眞人,[17] 及黃圖之經綸,[18] 息五行而歸厚地,[19] 則知至數不可以久缺,[20] 凡材不可以長寄.[21] 故高下相形,[22] 而尊卑各異,[23] 惟神斷繫之於是,[24] 本先帝取之以義.[25]

壬辰,[26] 旣格於道祖,[27] 乘輿卽以是日致齋於九室,[28] 所以昭達孝之誠,[29] 所以明繼天之質.[30] 具禮有素,[31] 六官咸秩.[32] 大輅每出,[33] 或黎元不知,[34] 豐年則多,[35] 而筐筥甚實.[36] 旣而太尉參乘,[37] 司僕扈蹕,[38] 望重闈以肅恭,[39] 順法駕之徐疾.[40] 公卿淳古,[41] 士卒精一.[42] 黙宗廟之愈深,[43] 抵職司之所密.[44] 宿翠華於外戶,[45] 曙黃屋於通術.[46] 氣凄凄於前旒,[47] 光靡靡於嘉栗.[48] 階有賓阼,[49] 帳有甲乙.[50] 升降之際,⁵¹ 見玉柱生芝,⁵² 擊拊之初,⁵³ 覺鈞天合律.⁵⁴

簨簴仡以碬礚,⁵⁵ 干戚宛而婆娑.⁵⁶ 鞉鼓塤箎爲之主,⁵⁷ 鐘磬竽瑟以之和.⁵⁸ 雲門咸池取之至,⁵⁹ 空桑孤竹貴之多.⁶⁰ 八音循通,⁶¹ 旣比乎旭日升而氛埃滅,⁶² 萬舞凌亂,⁶³ 又似乎春風壯而江海波. 鳥不敢飛, 而玄甲崝嶸以岳峙,⁶⁴ 象不敢去, 而鳴佩剡爥以星羅.⁶⁵

已而上乾豆以登歌,⁶⁶ 美休成之旣享.⁶⁷ 璧玉儲精以稠疊,⁶⁸ 門闌洞豁而森爽.⁶⁹ 黑帝歸寒而激昂,⁷⁰ 蒼靈戒曉而來往.⁷¹ 熙事莽而充塞,⁷² 羣心噓,⁷³ 以振蕩.⁷⁴ 桐花未吐,⁷⁵ 孫枝之鸞鳳相鮮,⁷⁶ 雲氣何多, 宮井之蛟龍亂上.⁷⁷

若夫生弘佐命之道,⁷⁸ 死配貴神之列,⁷⁹ 則殷劉房魏之勳,⁸⁰ 是可以中摩伊呂,⁸¹ 上冠夔皐.⁸² 代天之工,⁸³ 爲人之傑.⁸⁴ 丹靑滿地,⁸⁵ 松竹高節.⁸⁶ 自唐興以來, 若此時哲,⁸⁷ 皆朝有數四,⁸⁸ 名垂卓絶.⁸⁹ 向不遇反正撥亂之主,⁹⁰ 君臣父子之別.⁹¹ 突葉文武之雄,⁹² 注意生靈之切.⁹³ 雖前輩之溫良寬大,⁹⁴ 豪傑果決.⁹⁵ 曾何以措其筋力與韜鈐,⁹⁶ 載其刀筆與喉舌.⁹⁷ 使祭則與食則血,⁹⁸ 若斯之盛而已.

爾乃直於主,⁹⁹ 索於祊.¹⁰⁰ 警幽全之物,¹⁰¹ 散純道之精.¹⁰² 蓋我后常用,¹⁰³ 惟時克貞.¹⁰⁴ 膋以蕭合,¹⁰⁵ 酌以茅明.¹⁰⁶ 馘以慈告,¹⁰⁷ 祝以孝成.¹⁰⁸ 故天意張皇,¹⁰⁹ 不敢殄其瑞,¹¹⁰ 神姦妥帖,¹¹¹ 不敢秘其情,¹¹² 而撫絶軌,¹¹³ 享鴻名者矣.¹¹⁴

於以奏永安,[115] 於以奏王夏.[116] 福穰穰於絳闕,[117] 芳菲菲於玉牶.[118] 沛枯骨而破聾盲,[119] 施夭胎而逮鰥寡.[120] 園陵動色,[121] 躍在藻之泉魚,[122] 弓劍皆鳴,[123] 汗鑄金之風馬.[124] 霜露堪吸,[125] 禎祥可把.[126] 曾宮歊歊,[127] 陰事儼雅.[128] 薄清輝於鼎湖之山,[129] 靜餘響於蒼梧之野.[130]

上窅然漠漠,[131] 惕然兢兢.[132] 紛益所慕,[133] 若不自勝. 瞰牙旗而獨立,[134] 吟翠駁而未乘.[135] 五老侍祠而精駴,[136] 千官逖聽以思凝.[137] 於是二丞相進曰,[138] 陛下應道而作,[139] 惟天與能.[140] 澆訛散,[141] 淳樸登.[142] 尙猶日愼業業,[143] 孝思烝烝.[144] 恐一物之失所,[145] 懼先王之咎徵.[146] 如此之勤恤匪懈,[147] 是百姓何以報夫元首,[148] 在臣等何以充其股肱.[149] 且如周宣之教親不暇,[150] 孝武之淫祀相仍.[151] 諸侯敢於迫脅,[152] 方士奮其威稜.[153] 一則以微弱內侮,[154] 一則以輕舉虛憑.[155] 又非陛下恢廓緒業,[156] 其瑣細亦曷足稱.[157]

丞相退, 上蹋天蹐地,[158] 授綏登車.[159] 伊瀍洞槍櫐,[160] 先出爲儲胥.[161] 本枝根株乎萬代,[162] 睿想經緯乎六盧.[163] 甲午,[164] 方有事於采壇紺席,[165] 宿夫行所如初.[166]

애초에 고조와 태종께서 바람으로 빗질하고 비로 목욕하며 몸을 수고롭게 하고 생각을 골똘히 하여, 누런 부월과 흰 깃발을 사용한 지 오 년 만에 천하가 비로소 통일되었다. 세 황제를 지나면서 힘을 합쳤기에 지금 여러 업적이 크게 갖추어졌다. 주상께서 바야흐로 순박한 풍속의 노래를 채집하고 정통의 이치를 헤아리셨는데 대체로 왕이 된 자의 성대한 일이었다. 신이 여항에서 듣기에, "옛날 무덕 연간 이전에는 백성들이 쇠락했으며 다시 살려는 뜻이 없었다. 거세게 날뛰는 고래를 만나 오래도록 내버려진 채 격렬한 물결에 휩쓸렸지만, 임금이 입은 옷은 잡다하게 많았고 조정에는 올바르지 않은 이가 많았던 것이 진나라와 위나라에서 이어졌다."라고 하였다. 소신이 외람되이 여기기에 붉은 정령의 한나라가 쇠락하고서 천년이 헛되었고 천명을 받은 천자가 없었는데, 경사에서 국가의 대사가 이루어짐에 이르러서야 오행이 기운을 내쉬며 두터운 흙으로 돌아갔으니, 지극한 도리는 오래도록 결핍될 수 없으며 평범한 재질이 오래도록 깃들일 수 없음을 알겠다. 그러므로 높음과 낮음이 서로 드러나고 존귀한 것과 비천한 것이 각기 다르니, 오직 신령한 판단이 근거한 것이 바로 이러한 점이고 본래 선제가 취한 것은 의로움 때문이었다.

임진일에 이미 도가의 시조와 감통하였는데, 황제의 수레가 즉시 이날로 구묘에서 재계를 하였으니 이로써 큰 효도의 정성을 밝히고 이로써 하늘을 잇는 본질을 밝혔다. 예를 갖춤에 평소 하던 것이었으니 육부의 관원은 모두 질서정연했다. 천자가 탄 대로가 비록 나가더라도 혹 백성들은 낌새를 알지 못할 정도였고, 풍년이었기에 풍성해서 광주리가 심히 가득 찼다. 잠시 후 태위가 수레를 보좌하고 사업이 호종하며 길을 텄으니, 겹겹의 태묘 문을 바라보며 숙연하고 공손했으며 천자 수레인 법가의 속도에 맞추었다. 공경은 순후하고 예스러웠으며 사졸은 깨끗하고 순일하였다. 종묘 깊숙이 들어갈수록 어둑했는데 밀집한 관원이 있는 곳에 이르렀다. 바깥 문에서 물총새 깃 장식 수레에서 머물며 재계하고 누런 덮개의 수레가 태묘로 통하는 길에 이르자 날이 밝았다. 면류관의 장식에는 기운이 서늘하고 잘 익은 술에는 빛이 어지러웠다. 빈조의 계단이 있고 갑을의 장막이 있는데, 오르내릴 때 옥 기둥에서 지초가 난 것을 보았으며 경쇠를 치기 시작하자 균천이 음률에 맞았음을 느꼈다.

순거는 높이 들려 맹수가 으르렁거리고 방패와 도끼는 완곡하게 너울거린다. 도, 고, 훈, 지가 주선율을 연주하고 종, 경, 우, 슬이 조화시킨다. <운문>과 <함지>로 그 지극함을 취하고 공상과 고죽으로 그 많음을 귀하게 여긴다. 팔음이 순통하니 이미 해가 솟아올라 더러운 기운이 사라진 것과 나란하고, 만무가 어지러우니 또한 봄바람이 세서 강과 바다에 파도가 이는 것과 비슷하다. 새가 감히 날지 못할 정도로 철갑은 훤히 밝으며 산처럼 우뚝하고, 코끼리가 감히 지나가지 못할 정도로 울리는 패옥이 반짝이며 별처럼 늘어섰다.

잠시 후에 당에 올라 노래를 부르며 제수품을 가득 담은 제기를 올린 뒤 원만히 완수하여 흠향이 끝났음을 찬미한다. 벽옥은 정령을 담은 채 **빽빽**하게 쌓여 있고 문의 난간은 훤히 열려 어둑하게 시원하다. 겨울의 신 흑제가 추위를 되돌리며 격앙되었고 봄의 신 창령이 새벽을 알리며 왔다. 좋은 일은 끝도 없이 가득하고 무리의 마음은 모여서 요동친다. 오동꽃이 아직 나오지 않았지만 끄트머리 가지의 난새와 봉황은 서로 선명하며, 구름 기운이 얼마나 많은지 태묘 우물의 교룡이 어지러이 솟아오른다.

한편 살아서는 왕명을 보좌하는 도를 크게 드날리고 죽어서는 고귀한 신령의 반열에 배향되니, 은교, 유정회, 방현령, 위징의 공훈이며 이는 가운데로는 이윤과 여상에 접근한 것이고 위로는 기와 설을 이고 있는 것이다. 천명을 대신하는 공교로움과 인도를 행하는 걸출함으로 이들의 초상이 땅에 가득하고 소나무와 대나무의 높은 절개이다. 당나라가 일어난 이래로 이와 같은 시대의 현명한 이는 모두 대대로 넷씩 헤아릴 정도로 많았으며 탁월한 명성을 드리웠다. 만일 올바름으로 돌아가며 어지러움을 없애는 군주, 군신과 부자의 구별, 대대로 나타난 문무의 웅장함, 백성을 중시하는 절실함을 만나지 못했다면, 비록 전배 신하의 온화함과 우수함, 관대함 및 호걸스러움, 과단성이 있어도 일찍이 어찌 그 근력과 책략을 이용하고 그 붓과 혀를 사용할 수 있었겠으며, 제사에 참여하고 흠향하여 먹는 것이 이처럼 성대할 수 있었겠는가?

이에 신주에 올바르게 제를 올리고 묘당 문에서 신을 구하니, 피와 털의 희생을 조심하고 순수한 도리의 정기를 흩뿌린다. 대체로 우리 임금께서 늘 사용하던 것이니 때맞춰 올곧을 수 있었다. 기름을 대쑥과 합쳐 태우고 술을 띠풀로 맑게 걸렀다. 귀신은 자비로움으로 고하고 죽은 효성으로 이루어졌다. 그러므로 하늘의 뜻이 크게 펼쳐져 감히 그 상서로움을 없애지 못하고 해로운 귀신은 조용해져 감히 그 마음을 감추지 못하니, 그래서 먼 행적을 어루만지고 큰 이름에 제사를 지내게 되었다.

이에 <영안>을 연주하고 이에 <왕하>를 연주하니 복이 붉은 궐문에 가득하고 향기가 옥 술잔에 짙다. 말라붙은 뼈가 왕성해지고 귀가 멀고 눈이 먼 자가 사라졌으며, 갓 난 아이와 태아에게까지 복이 베풀어지고 홀아비와 과부에게까지 복이 이르렀다. 제왕의 무덤에 빛이 일렁이며 마름에 있는 못의 물고기가 뛰어오르고 활과 검이 모두 울어 청동으로 주조한 바람 탄 말을 땀흘리게 한다. 서리와 이슬은 마실 수 있고 복과 상서로움은 움켜쥘 수 있다. 층층 묘당은 슬피 흐느끼고 제사 일은 엄정하다. 정호의 산에 맑은 빛이 옅어지고 창오의 들에 남은 소리가 조용해졌다.

주상께서 아득히 막막해하고 구슬피 경계하더니, 그리워하는 바가 어지러이 더해지자 스스로 이길 수 없는 듯하셨다. 상아 깃발을 보며 홀로 서서 푸른 말에 탄식하며 타지 못하셨다. 다섯 원로가 제사를 시중들다가 정신이 놀라고 수많은 관리가 멀리서 듣고 있다가 생각을 집중하였다. 이에 두 승상이 나아가서 말하기를, "폐하께서는 도에 응하여 일어나셨으니 하늘이 재능이 뛰어난 이를 천거한 것입니다. 부박함과 거짓됨은 흩어지고 순박함이 이루어졌는데도, 여전히 매일 신중하시어 두려워하시고 효성스러운 생각이 두터우시니, 하나의 물건이라도 제자리를 잃을까 걱정하시고 선왕의 징계를 두려워하십니다. 이처럼 근심함을 게을리하지 않으시니 백성은 어떻게 임금님께 보답할 수 있을 것이며 신 등은 어떻게 다리와 팔이 되어 보좌할 수 있겠습니까? 또 예컨대 주나라 선왕이 친족을 교화시킬 겨를이 없었고 한나라 무제가 예에 맞지 않는 제사를 지속하였기에 제후가 감히 협박하였고 방사가 그 위세를 떨쳤는데, 하나는 미약하여 내부적으로 서로 업신여겼기 때문이고 하나는 가볍게 처신하여 헛된 것에 의지하였기 때문입니다. 또한 폐하께서 사업을 확장하실 것이 아니니 그 잗다란 것을 또한 어찌 언급할 만하겠습니까?"라고 하였다.

승상이 물러나자 주상께서 하늘에 몸을 굽히고 땅에 살살 걷듯 불안해 하시다가 수레 끈을 받아 수레에 오르셨는데, 저 길게 이어진 울타리가 앞서 나아가 교외의 제단을 둘러쌌다. 만 대에 뿌리와 가지가 기반하게 되었으니 천지 사방에 황제의 깊은 생각이 이리

저리 미쳤다. 갑오일에는 채색 제단과 짙푸른색 자리에서 제례를
지낼 터이니 처음처럼 저 행차하신 곳에서 재계하고 지내시리라.

[해제]

이 글은 천보 10년 현종이 태묘에서 제례를 올린 것을 읊은 것이다.
태묘에는 고조와 태종 등의 신주가 있고 여러 신하가 배향되어 있었다.
선왕의 노력으로 오늘의 태평성세에 이르게 되어 이렇게 태묘에서
제례를 올리게 되었다고 말한 뒤, 천자가 행차하는 모습, 제례를 준비
하여 올리는 모습, 상서로운 현상으로 복을 내리는 모습을 차례로 서술
하였다. 마지막에는 제례가 끝나고도 여전히 부족할까 근심하는 현종
의 말을 적은 뒤 승상이 이에 현종의 정성을 칭송하는 말을 하며 글을
맺었다.

[주석]

1 櫛風沐雨(즐풍목우)-바람으로 머리를 빗질하고 비에 목욕하다.
   고생하는 것을 비유적으로 표현한 것이다.
   ≪장자·천하天下≫: 세찬 비에 목욕하고 거센 바람에 빗질한
   다.(沐甚雨, 櫛急風.)
2 勞身焦思(노신초사)-몸을 수고로이 하고 생각을 골똘히 하다.
3 黃鉞(황월)-황금으로 장식한 도끼로 천자의 의장이다. 白旗(백
   기)-흰 깃발. 전쟁에서 주사령관이 사용하는 깃발이다. 오행에
   서 흰색은 전쟁을 주관한다. '旗'가 '旄'로 된 판본도 있다.
   ≪상서·목서牧誓≫: 왕은 왼손으로 누런 도끼를 들고 오른손으
   로 흰 깃발을 들고 지휘한다.(王左杖黃鉞, 右秉白旄以麾.)
4 三朝(삼조)-고종, 중종, 예종을 가리킨다. 戮力(육력)-힘을 모으
   다. 협력하다.
   ≪두공부시집집주≫: '삼조'는 고종, 중종, 예종을 가리킨다.(三
   朝, 指高宗中宗睿宗.)

5 庶績(서적)-여러 업적. 大備(대비)-크게 갖추다. 다 갖추었다는
   말이다.

6 上(상)-주상. 현종을 가리킨다. 厖俗(방속)-돈후한 풍속.
   ≪두시상주≫: '방'은 두텁다는 뜻이다.(厖, 厚也.)

7 稽(계)-헤아리다. 正統(정통)-주나라와 한나라의 정통을 말한
   다. 類(류)-사리. 법식.

8 臣(신)-두보를 가리킨다. 당시 두보는 관직이 없었지만 통상 왕
   에게 올릴 때 자신을 지칭하는 말로 사용하였다. 里(리)-여항
   閭巷.

9 武德(무덕)-당 고조의 연호이다. 그 이전은 수나라를 말한다.

10 黔黎(검려)-백성. 蕭條(소조)-쇠락하다.

11 鯨鯢(경예)-고래. 여기서는 폭정을 일삼는 무리를 비유한다. 蕩
   汨(탕율)-재빨리 움직이다.
   ≪두시상주≫: ≪좌전·선공宣公 12년≫에서 "옛날에 현명한 왕
   이 불경한 이를 정벌할 때 그 고래를 잡아서 흙으로 파묻는다."라
   고 하였고, 주에서 "경예는 큰 물고기 이름으로 의롭지 않은 사람
   이 작은 나라를 탐식하는 것을 비유한다."라고 하였다.(左傳, 古
   者明王伐不敬, 取其鯨鯢而封之. 注, 鯨鯢, 大魚名, 以喩不義之人
   呑食小國.)

12 荒(황)-버려지다. 歲月(세월)-오랜 기간을 가리킨다. 沸渭(비
   위)-물결이 험하게 솟구치는 모양.

13 袞服(곤복)-천자가 입는 옷이다. 천자를 상징한다. 紛紛(분분)-
   많은 모양.

14 多閏(다윤)-올바르지 않은 이가 많다. '閏'은 '정正'과 대립되는
   개념으로 올바르지 않은 이를 가리킨다.
   ≪한서·왕망전王莽傳≫ 찬贊에서 "餘分閏位" 주: 왕망이 정당
   한 왕의 지위를 얻지 못한 것이 마치 세월의 여분으로 윤달이
   된 것과 같다.(莽不得正王之位, 如歲月之餘分爲閏也.)

15 仍亘(잉궁)-이어지다.

[袞服 3구] 위진시대 때 천자가 많이 있었고 궁중에 신하가 많았지만
제대로 통치하지 못해 정통성을 획득하지 못했는데 그런 상황이
수나라 때까지 계속 이어졌다는 말이다.

16 竊(절)-외람되이. 겸손의 표현이다. 赤精(적정)-붉은 정기. 한나
라 유방을 가리키며 여기서는 한나라를 말한다. 衰歇(쇠헐)-쇠
락하여 망하다.
≪한서·애제기哀帝紀≫ "赤精子之讖"의 안사고顔師古 주: 응
소가 말하기를 "고조는 붉은 용의 정기에 감응하여 태어났기에
스스로 적제의 정기라고 하였다."라고 하였다.(應劭曰, 高祖感赤
龍而生, 自謂赤帝之精.)

17 曠(광)-비다. 헛되다. 眞人(진인)-천명을 계승하여 혼란을 종식
시킬 황제를 뜻한다.
장형張衡 <남도부南都賦>: 바야흐로 지금 천지가 어그러지고
황제가 정치를 어지럽히며 승냥이와 호랑이가 잔인하게 살육하
니 진인이 변혁으로 천명에 응할 때이다.(方今天地之睢剌, 帝亂
其政, 豺虎肆虐, 眞人革命之秋也.)

18 黃圖(황도)-경사. 수도를 뜻한다. 經綸(경륜)-국가의 대사를 처
리하다. 이 구는 당나라가 건국되어 치세를 이루었음을 말한다.

19 息五行(식오행)-오행이 숨을 쉬다. 오행이 운행한다는 말이다.
歸厚地(귀후지)-두터운 흙으로 돌아가다. 당나라가 토덕土德으
로 창업한 것을 말한다.
≪두시상주≫: '식'은 생식한다는 뜻이다. 당나라가 토덕으로 왕
이 되었기에 '귀후지'라고 하였다.(息, 生息也. 唐以土德王, 故云
歸厚地.)

20 至數(지수)-지극한 도리. 또는 진정한 본령. 久缺(구결)-오래도
록 없는 채로 있다.

21 凡材(범재)-평범한 재주. 長寄(장기)-오래도록 기탁하다. 이 구
는 위진부터 수나라까지 여러 황제는 평범한 인물이어서 오래도
록 황위를 지킬 수 없었다는 말이다.

22 高下相形(고하상형)-높고 낮음이 서로 드러나다. 차이가 확연히 드러난다는 뜻이다.

23 尊卑各異(존비각이)-존귀한 이와 비천한 이는 각기 다르다. 당나라와 그 이전 평범한 조대는 절로 구분된다는 말이다. '各'이 '必'로 된 판본도 있다.

24 神斷(신단)-신령한 판단. 繫(계)-매달리다. 근거한다는 말이다.

25 先帝(선제)-당 고조와 태종을 가리킨다. 取(취)-천하를 통치하게 된 것을 말한다.

#≪두시상주≫: 첫 단락에서는 조종의 공덕이 제사를 올리는 근본임을 서술하였다. 위진 이래로 나라는 모두 비정통의 왕위였는데 오직 당나라가 한나라를 계승하여 그 올바름으로 통일할 수 있었다. '신령한 판단'과 '의로움으로 취했다'는 것은 수나라를 정벌하는 거사를 가리킨다.(首敍祖功宗德, 爲朝享之本. 魏晉以來, 國皆閏位, 惟唐繼漢, 得統斯正. 神斷義取, 指伐隋之擧.)

26 壬辰(임진)-현종이 태묘에 제사를 올리기 전날로 태청궁에서 노자에게 제사를 올린 날이다.

27 格(격)-신과 감응하다. 道祖(도조)-도교의 조상. 노자를 가리킨다.
≪서경·열명說命≫: 우리의 열조를 보우하고 천신과 감응한다.(佑我烈祖, 格于皇天.)
≪두공부시집집주≫: 당나라는 현원황제 노자를 조상으로 섬기므로 '도조'라고 하였고 또 '현조'라고도 한다.(唐祖玄元皇帝, 故稱道祖, 又稱玄祖.)

28 乘輿(승여)-천자의 수레. 致齋(치재)-재계하다. 九室(구실)-구묘九廟. 선왕의 신주를 모신 태묘이다.
송 왕응린王應麟 ≪소학감주小學紺珠·구묘九廟≫: 무덕 원년 처음 4묘를 세웠고 정관 7년에 7묘를 세웠으며 개원 10년에 태묘를 증설하여 9실을 만들었다.(武德元年始立四廟, 貞觀七年立七廟, 開元十年增太廟爲九室.)

29 達孝(달효)-효에 통달하다. 지극한 효성을 말한다.
   ≪예기禮記·중용中庸≫: 무왕과 주공은 아마도 효에 통달했으
   리라. … 죽은 사람 섬기기를 산 사람 섬기듯이 하였고 없는 사람
   섬기기를 있는 사람 섬기듯이 하였으니 효의 지극한 경지이다.
   (武王周公, 其達孝乎. … 事死如事生, 事亡如事存, 孝之至也>)
30 繼天(계천)-하늘의 뜻을 잇다.
   ≪춘추곡량전春秋穀梁傳·선공宣公 15년≫: 천하의 주인인 자
   는 하늘이고, 하늘의 뜻을 이어받은 자는 임금이니, 임금이 보존
   하고 있는 바는 천명이다.(爲天下主者, 天也. 繼天者, 君也. 君之
   所存者, 命也.)
[所以 2구] 천자가 태묘에서 제사를 지내는 것은 자식으로서 부모를
   모시는 도리를 다함과 동시에 천자로 계승한 뜻을 받든 것이라는
   의미이다.
31 其禮(구례)-예를 갖추다. 有素(유소)-평소에 이미 다 준비되었
   다는 뜻이다.
32 六官(육관)-육부의 관원. 咸秩(함질)-모두 질서정연하다.
33 大輅(대로)-황제가 타는 수레의 이름. 每(매)-비록.
   ≪예기·악기樂記≫: 이른바 대로라는 것은 천자의 수레이다.(所
   謂大輅者, 天子之車也.)
34 黎元(이원)-백성. 이 구는 황제의 행차를 백성들이 알지 못했다
   는 뜻으로 백성들이 힘들까 염려하여 행차에 동원하지 않았다는
   말이다.
[大輅 2구]
   ≪한서·교사지郊祀志≫ "大路所歷, 黎元不知." 안사고 주: '대
   로'는 천자가 하늘에 제사 지낼 때 타고 가는 수레이다. '백성이
   몰랐다.'라고 한 것은 요역이나 비용 징수가 없어서 아래에서
   수고롭지 않았다는 말이다.(大路, 天子祭天所乘之車也. 黎元不
   知, 言無徭費, 不勞於下也.)
35 多(다)-풍성하다. 성대하다.

36 筐筥(광거)-모난 광주리와 둥근 광주리. 여기서는 제례용품을 담은 용기를 말한다.

≪시경·주송周頌·양사良耜≫ "或來瞻女, 載筐及筥." 정현 전箋: '광'과 '거'는 기장을 담는 것이다. 풍년이면 비록 비천한 자라도 기장을 먹는다.(筐筥, 所以盛黍也. 豐年之時, 雖賤者, 猶食黍.)

37 旣而(기이)-잠시 후에. 太尉(태위)-관명으로 재상에 해당한다. 參乘(참승)-천자의 수레에 보좌하여 탑승하는 것을 말한다.

≪한서·백관공경표百官公卿表≫: 태위는 진나라의 관리로 금인장에 자줏빛 인끈을 찼으며 군사일을 관장하였다.(太尉, 秦官, 金印紫綬, 掌武事.)

≪한서·문제기文帝紀≫ "令宋昌驂乘" 안사고 주: 수레를 타는 법도는 존귀한 자가 왼쪽에 있고 모는 자는 가운데 있으며 또 한 명은 수레의 오른쪽에 있어서 기우는 것을 대비한다. 이로써 전쟁일에서는 '거우'라고 칭하고 그 나머지에는 '참승'이라고 한다. '참'자는 3이라는 뜻인데 대체로 세 명이라는 것을 취해서 그 이름의 뜻으로 삼은 것이다.(乘車之法, 尊者居左, 御者居中, 又有一人, 處車之右, 以備傾側. 是以戎事則稱車右, 其餘則曰驂乘. 驂者, 三也. 蓋取三人爲名義耳.)

38 司僕(사복)-수레 모는 일을 담당하는 관원. 당나라 때 구시九寺 중의 하나인 태복太僕의 관원을 가리키는 듯하다. 扈蹕(호필)-호종하면서 길을 트다. '필'은 행차의 선두에서 길을 트는 것이다.

39 重闉(중인)-겹겹의 문. 여기서는 태묘의 문을 가리킨다.

≪설문해자≫: '인'은 성궐의 겹문이다.(闉, 城闕重門也.)

40 法駕(법가)-천자가 제례 때 타는 수레의 규모를 말한다. 徐疾(서질)-느린 것과 빠른 것. 속도.

≪두공부시집집주≫: ≪한구의≫에서 "감천궁에서 하늘과 땅에 제사를 지낼 때는 대가를 준비하고, 다른 곳에서 하늘에 제사

지낼 때는 법가를 준비하며, 땅에 제사 지내거나 오교, 명당, 종
묘에서 제사 지낼 때는 소가를 준비한다."라고 하였다. ≪소학감
주≫에서 "한나라 때 대가는 81대이고 법가는 36대이며 소가는
12대였다."라고 하였다.(漢舊儀, 祀天地於甘泉宮備大駕, 祀天法
駕, 祀地五郊明堂宗廟小駕. 小學紺珠, 漢大駕八十一乘, 法駕三
十六乘, 小駕十二乘.)

41 淳古(순고)-순박하고 예스럽다.

42 精一(정일)-순수하다.

43 黕(담)-어둑하다. 愈深(유심)-더욱 깊숙이 들어가다.

44 抵(저)-이르다. 職司(직사)-일을 담당하고 있는 관원.

45 宿(숙)-제사를 지내기 전에 제주祭主가 따로 거처하면서 재계하
는 것을 말한다. 翠華(취화)-물총새 깃털로 장식한 깃발이나
수레덮개로 천자의 의장이다. 外戶(외호)-태묘의 바깥문을 말
한다.

46 曙(서)-날이 밝다. 黃屋(황옥)-누런 수레 지붕으로 천자의 수레
를 가리킨다. 通術(통수)-태묘로 통하는 길. '術'는 '길'이라는
뜻으로 음이 '수'이다.
송宋 정대창程大昌 ≪연번로演繁露≫: '황옥'은 천자의 수레 덮
개 안쪽을 누렇게 한 것이다.(黃屋者, 天子車蓋以黃爲裏也.)

47 淒淒(처처)-서늘한 모양. 前旒(전류)-천자가 쓴 면류관에 드리
운 장식.

48 靡靡(미미)-빛이 어지럽게 비추는 모양. 嘉栗(가속)-상서롭고
엄숙하다. ≪좌전≫에서 인용한 말로 여기서는 '旨酒' 즉 맛이
좋은 술을 가리킨다. 제수품이다. 이와 달리 좋은 곡식을 뜻할
수도 있는데 마찬가지로 제수품이다.
≪좌전·환공桓公 6년≫ "嘉栗旨酒" 두예 주: '가'는 상서롭다는
뜻이고 '속'은 경건하다는 뜻이다.(嘉, 善也. 栗, 敬謹也.)

49 階(계)-묘당으로 오르는 계단. 賓阼(빈조)-'빈'은 묘당의 왼쪽
계단이고 '조'는 오른쪽 계단이다.

≪상서·주서周書≫: 대로는 빈계 앞에 있고 철로는 조계 앞에
있다.(大輅在賓階面, 綴輅在阼堦面.)

50 甲乙(갑을)-한 무제가 만든 장막으로 화려하게 장식을 했는데
갑장甲帳은 신이 거주하는 곳이고 을장乙帳은 자신이 거주하는
곳이었다.

≪한서·서역전西域傳≫ 찬贊: (무제가) 통천대를 만들고 갑을
의 장막을 세웠다.(作通天之臺, 興造甲乙之帳.)

51 升降(승강)-묘당에 오르내리다.

52 玉柱生芝(옥주생지)-옥 기둥에 지초가 생기다. 상서로운 징조
이다.

≪두공부시집집주≫: ≪한서≫에서 "무제가 제사를 크게 일으켰
는데 원봉 6년 감천궁 안에 지초가 생겼으며 줄기가 9개이고
잎이 이어져 있었기에, <지방가>를 만들었다."라고 하였다. ≪구
당서≫에서 "천보 7년 3월 대동전의 기둥에 옥빛 지초가 생겼다.
천보 8년 6월에 또 옥빛 지초가 생겼다."라고 하였다.(漢書, 武帝
大興祠祀, 元封六年, 甘泉宮中産芝, 九莖連葉. 作芝房之歌. 舊唐
書, 天寶七載三月, 大同殿柱産玉芝. 八載六月, 又産玉芝.)

53 擊拊(격부)-치다. 악기를 연주하는 것이다.

≪서경·익직益稷≫ "予擊石拊石" 채침蔡沈 전傳: 세게 치는 것
을 '격'이라고 하고 가볍게 치는 것을 '부'라고 한다. '석'은 경쇠
이다.(重擊曰擊, 輕擊曰拊. 石, 磬也.)

54 鈞天(균천)-하늘의 중앙. 여기서는 천상의 음악을 뜻하며 태묘
에서 연주되는 음악을 가리킨다.

≪사기·조세가趙世家≫: 조간자가 깨어나서는 대부에게 말하
기를, "내가 천제의 거처에 갔는데 매우 즐거웠다. 온갖 신과
균천에서 노닐었으며 아홉 차례 음악이 연주되고 만무를 보았는
데 하은주 삼대의 음악과 달랐고 그 소리가 사람의 마음을 울렸
다."라고 하였다.(趙簡子寤, 語大夫曰, 我之帝所, 甚樂. 與百神遊
於鈞天, 廣樂九奏萬舞, 不類三代之樂, 其聲動人心.)

#≪두시상주≫: 이 단락은 천자가 탄 난새 수레가 당초에 나가서 태묘에서 경건하게 머물렀음을 말하였다. '달효'와 '계천'은 부모에게 제사를 지내는 것과 황제에게 제사를 지내는 것이 같은 이치라는 말이다. '태위'는 승상을 가리키고 '사업'은 수레와 말을 주관하는 자이다. '공경'과 '사졸'은 시종 드는 문무관원이니 바로 아래의 '현갑' '명패'를 한 자들이다. 묘당이 깊으니 전각이 삼엄하고 직책을 맡은 이가 빼곡하니 담당자가 정성을 다하는 것이다. 의장이 바깥에서 멈추었고 천천히 걸어서 들어간다. 기운이 서늘하고 빛이 어지러운 것은 멀리서 바라보니 신이 있는 듯하다는 말이다. 옥 기둥에 지초가 생기는 것은 이에 앞서 환히 감응한 것이고, 균천이 음률에 맞다는 것은 음악이 비로소 연주된다는 것이다.(此言鑾輿初出, 虔宿齋宮也. 達孝繼天, 享親享帝, 一理也. 太尉, 指丞相. 司僕, 主車駕者. 公卿士卒, 文武從官, 卽下文玄甲鳴佩者. 廟深, 殿宇森嚴. 職密, 執事誠恪. 儀仗外停, 徐步而入也. 氣淒光靡, 望之如在也. 玉柱生芝, 前此昭感. 鈞天合律, 聲樂始奏也.)

55 虡簴(순거)-편경이나 편종을 거는 틀을 말한다. 仡(흘)-우뚝 솟다. 또는 용맹한 모양. 碣磍(갈할)-맹수가 화난 모양. 여기서는 순거에 장식한 동물을 말한다.

≪예기·명당위明堂位≫ "夏后氏之龍簴" 정현 주: 순거는 편종이나 편경을 거는 곳이다. 가로로 된 것을 '순'이라고 하는데 물고기 모양으로 장식한다. 세로로 된 것을 '거'라고 하는데 짐승이나 새 모양으로 장식한다.(虡簴, 所以懸鐘磬也. 橫曰虡, 飾之以鱗屬. 植曰簴, 飾之以羸屬羽屬.)

양웅 <감천부甘泉賦> "金人仡仡其承鐘簴兮" 여연제呂延濟 주: '흘'은 용맹한 모양이다.(仡, 壯勇貌.)

양웅 <장양부長楊賦> "建碣磍之簴" 맹강孟康 주: '갈할지거'는 맹수를 새겨 만든 것인데 그리하여 그 모습이 분노하여 매우 화가 나있다.(碣磍之簴, 刻猛獸爲之, 故其形碣磍而盛怒也.)

56 干戚(간척)-방패와 도끼를 들고 추는 춤. 宛(완)-완곡하다. 婆娑
(파사)-너울거리는 모양. 춤추는 동작이다.
≪예기·명당위≫ "朱干玉戚" 정현 주: '주간'은 붉은 큰 방패이
고 '척'은 도끼이다.(朱干, 赤大盾也. 戚, 斧也.)
57 鞉(도)-자루가 있는 작은 북. 塤(훈)-흙을 구워서 부는 악기.
'壎'으로 쓰기도 한다. 篪(지)-대나무로 만든 피리의 일종.
58 鐘(종)-편종. 磬(경)-경쇠. 竽(우)-대나무로 만든 관악기. 생황
과 비슷하다. 瑟(슬)-거문고와 비슷한 현악기.

[鞉鼓 2구]

≪두시상주≫: ≪예기·악기≫에서 "성인이 도, 고, 강, 갈, 훈,
지를 만들었는데 이 여섯 악기는 덕음의 소리이다. 연후에 종,
경, 우, 슬로 조화롭게 하고, 방패, 도끼, 소꼬리, 꿩깃으로 춤을
추게 하였으니 이것이 선왕의 종묘에서 제사 지내는 방식이다."
라고 하였다. 정현의 주에서 "여섯 악기는 모두 질박한 소리이니
그래서 '덕음'이라고 하였다. 질박함으로 근본을 삼은 뒤에 종,
경, 우, 슬 네 가지의 화려한 음을 사용하여 그 조화로움을 도운
것이다."라고 하였다.(記, 聖人作爲鞉鼓椌楬壎篪, 此六者, 德音
之音也. 然後鐘磬竽瑟以和之, 干戚旄翟以舞之. 此所以祭先王之
廟也. 注, 六者, 皆質素之聲, 故云德音. 旣用質素爲本, 然後用鐘
磬竽瑟四者華美之音, 以贊其和.)

59 雲門(운문)-주나라 여섯 악무 중의 하나로 황제黃帝가 만들었다
고 한다. 咸池(함지)-고대 무악의 이름. 요임금이 지었다고 하기
도 하고, 황제의 음악인데 요임금이 증수增修했다고도 한다. 또
는 주나라 여섯 악무 중 요임금이 만들었다고 하는 대함大咸과
같은 것으로 보기도 한다. 取之至(취지지)-지극함을 취하다. 가
장 좋은 것을 모았다는 말이다.
≪주례·대사악大司樂≫ "以樂舞教國子, 舞雲門大卷大咸大磬
大夏大濩大武" 정현 주: 이는 주나라가 보존한 여섯 왕조의 음악
이다. 황제가 만든 것을 운문대권이라고 한다. 황제는 만물의

이름을 지어서 백성을 밝게 하고 재물을 줄 수 있었기에 그 덕이
마치 구름이 생겨나는 것과 같아서 백성들이 동족을 가질 수
있게 되었음을 말한다. 대함은 함지인데 요임금의 음악이다. 요
임금은 형법을 지극히 공평하게 하여 백성들에게 규범을 제시할
수 있었기에 그 덕이 펼쳐지지 않는 곳이 없음을 말한다.(此周所
存六代之樂. 黃帝曰雲門大卷. 黃帝能成名萬物, 以明民共財, 言
其德如雲之所出, 民得以有族類. 大咸, 咸池, 堯樂也. 堯能殫均刑
法, 以儀民, 言其德無所不施.)

60 空桑(공상)-전설 속의 산인데 금슬의 재료가 난다고 한다. 孤竹
(고죽)-외따로 자란 대나무. 이것으로 관악기를 만들었다. 貴之
多(귀지다)-많은 것을 귀하게 여기다.
《주례·대사악》: 외따로 자란 대나무로 만든 관악기, 운화산의
나무로 만든 금슬, 운문의 춤을 동지일에 지상의 원구에서 연주
한다. … 뿌리 말단의 대나무로 만든 관악기, 공상산의 나무로
만든 금슬, 함지의 춤을 하지일에 소택지의 방구에서 연주한다.
(孤竹之管, 雲和之琴瑟, 雲門之舞, 冬日至, 於地上之圓丘奏之. …
孫竹之管, 空桑之琴瑟, 咸池之舞, 夏日至, 於澤中之方丘奏之.)
《예기·예기禮器》: 의례에서는 많은 것을 귀하게 여긴다.(禮有
以多爲貴者.)

61 八音(팔음)-쇠, 돌, 실, 대나무, 호리병, 흙, 가죽, 나무 등 여덟
가지 종류의 재료로 만든 악기.
《주례·대사大師》 "皆播之以八音" 정현 주: '금'은 종과 박이
다. '석'은 경쇠이다. '토'는 훈이다. '혁'은 북과 노도이다. '사'는
금과 슬이다. '목'은 축과 어이다. '포'는 생이다. '죽'은 관악기
소이다.(金, 鐘鎛也. 石, 磬也. 土, 塤也. 革, 鼓鞀也. 絲, 琴瑟也.
木, 柷敔也. 匏, 笙也. 竹, 管簫也.)

62 比(비)-나란하다. 비견되다. 旭日(욱일)-갓 떠오른 태양. 氛埃
(분애)-탁한 기운. 세속의 기운.

63 萬舞(만무)-고대 춤의 이름. 먼저 병기를 들고 무무武舞를 추고

후에 깃털과 악기를 쥐고 문무文舞를 춘다. 凌亂(능란)-어지러운 모양. 여기서는 춤동작이 갖가지로 많다는 말이다.

≪시경・패풍邶風・간혜簡兮≫ "方將萬舞" 모전毛傳: "방패와 깃털로 만무를 추는데 이로써 종묘와 산천에 제사 지낸다.(以干羽爲萬舞, 用之宗廟山川.)

≪시경・패풍邶風・간혜簡兮≫ "方將萬舞" 진환陳奐 소疏: 간무는 방패와 도끼를 들고 추고 우무는 깃털과 소꼬리를 들고 춘다. '방패'와 '깃털'만 말한 것은 한 가지 기물만 들어서 설명한 것이다. 간무는 무무이고 우무는 문무이다. '만'이라고 한 것은 또 두 춤을 겸하여 이름한 것이다.(干舞有干與戚, 羽舞有羽與旄, 曰干曰羽者, 擧一器以立言也. 干舞, 武舞. 羽舞, 文舞. 曰萬者, 又兼二舞以爲名也.)

64 玄甲(현갑)-철갑. 호위병사를 가리킨다. 嶢嶤(효료・효교)-훤히 밝은 모양. 또는 깊고 비밀스러운 모양. 岳峙(악치)-산이 우뚝 솟다.

≪두시상주≫: '효료'는 마땅히 '효륙磽磟'이다. 지금의 자서에는 '嶢嶤' 2글자가 없다. ≪정자통≫에서 "'磽磟'는 본래 '효료㝩寥'이다. 반악의 <호뢰부>에서 '어둑한 골짜기가 탁 트여 환하다.'라고 하였는데, 주에서 '트여 밝은 모양이다.'라고 하였다."라고 하였다.(嶢嶤, 當卽磽磟. 今字書無嶢嶤二字. 正字通, 磽磟, 本作㝩寥. 潘岳, 虎牢賦, 幽谷豁以㝩寥. 注, 開明貌.)

≪독서당두공부문집주해≫: '효료'는 깊고 비밀스럽다는 말이다.(嶢嶤, 深密也.)

65 鳴佩(명패)-울리는 패옥. 신하들이 허리에 차는 장식이다. 剡爚(염약)-번쩍이는 모양. 星羅(성라)-별이 늘어서다. 많다는 뜻이다.

≪두시상주≫: '염약'은 빛나는 모양이다.(剡爚, 光耀貌.)

#≪두시상주≫: 이 단락은 태묘에서 승당의 음악을 연주하는데 헌정하는 음악이 성대함을 말하였다. '순거'는 악기를 펼쳐놓은 것이

고 '간척'은 악무를 진열한 것이다. '도고' 이하는 여러 악기가
아울러 펼쳐졌음을 보여주고, '팔음' 이하는 소리와 용모가 크게
갖추어졌음을 보여준다. '악치'와 '성라'는 호종하는 신하의 행
렬이 엄정하여 나태하지 않음을 말하였다.(此言奏假廟中, 薦樂
殷盛也. 簨簴, 張樂器. 干戚, 陳樂舞. 鞉鼓以下, 見衆音並宣. 八音
以下, 見聲容大備. 岳峙星羅, 言扈從班聯, 整肅不懈.)

66 已而(이이)-잠시 후에. 上乾豆(상건두)-제수품을 가득 담은 제
기를 올리다. 登歌(등가)-제례를 지낼 때 악사樂師가 당에 올라
서 노래하는 것을 말한다.

≪예기·왕제王制≫ "乾豆"의 정현 주: 납제사를 지내면서 제사
의 제기에 제물을 가득 담는 것을 말한다.(謂臘之以爲祭祀豆實
也.)

≪주례·대사大師≫ "帥瞽登歌"의 정현 주: 정사농이 말하기를
"'등가'는 노래하는 자가 당에 있는 것이다."라고 하였다.(鄭司
農曰, 登歌, 歌者在堂也.)

67 美(미)-찬미하다. 休成(휴성)-아름답게 이루어지다. 제사가 원
만하게 진행된 것을 말한다. 또한 신이 흠향한 것을 찬미하는
곡의 이름이기도 하다. 旣享(기향)-신이 흠향하는 것이 끝나다.

≪한서·예악지禮樂志≫: 당에 올라 노래하고 두 번 마친 뒤 내
려오면 <휴성>의 음악을 연주하는데 신명이 이미 흠향한 것을
찬미하는 것이다.(登歌再終下, 奏休成之樂. 美神明旣饗也.)

68 璧玉(벽옥)-제례품의 하나이다. 儲精(저정)-정령의 기운을 담
다. 稠疊(조첩)-빽빽하게 중첩되다. 많다는 뜻이다.

≪자치통감·천보 3년≫: 태청궁과 태묘에서 지내는 제사에서
사용되는 희생과 옥은 모두 하늘과 땅에 제사 지낼 때와 같았다.
(太淸宮太廟上所用牲玉, 皆侔天地.)

69 門闌(문란)-문과 난간. 태묘의 문을 가리킨다. 洞豁(동활)-훤하
게 탁 트이다. 森爽(삼상)-어둑하면서도 시원하다. '삼'은 삼엄
한 기운을 말한다.

70 黑帝(흑제)-겨울을 주관하는 신이다. 歸寒(귀한)-추위를 되돌리다. 추위가 물러난다는 말이다. 激昂(격앙)-기세가 높다. 이 구는 겨울이 물러나는 시기이지만 여전히 한파가 기승을 부린다는 말이다.

71 蒼靈(창령)-봄을 주관하는 신이다. 청제靑帝라고도 한다. 戒曉(계효)-새벽을 알리다. 봄이 와서 만물을 깨운다는 뜻이다.

[黑帝 2구] 아직 차가운 한기가 있기는 하지만 봄이 와서 만물이 소생하고 있다는 말이다.

≪두시상주≫: ≪예기·월령≫에서 "맹동의 달은 그 황제가 전욱이고 그 신이 현명이다."라고 하였고 주에서 "이는 검은 정령의 임금이고 물을 담당하는 신하이다."라고 하였다. 또 "맹춘의 달은 그 황제가 태호이고 그 신이 구망이다."라고 하였고 주에서 "이는 푸른 정령의 임금이고 나무를 담당하는 신하이다."라고 하였다. '흑제'는 전욱을 말하고 '창령'은 태호를 말한다.(月令, 孟冬之月, 其帝顓頊, 其神玄冥. 注, 此, 黑精之君, 水官之臣. 又, 孟春之月, 其帝太皥, 其神勾芒. 注, 此, 蒼精之君, 木官之臣. 黑帝, 謂顓頊. 蒼靈, 謂太皥.)

72 熙事(희사)-상서로운 일. 莽(망)-많다. 充塞(충색)-가득 채우다.

73 羣心(군심)-무리의 마음. 신하나 백성의 마음을 가리킨다. 嚘(우)-무리를 짓다. 또는 웃는 모양. '歔'로 된 판본도 있다.

74 振蕩(진탕)-요동치는 모양.

75 桐花(동화)-오동나무 꽃. 봉황은 오동나무 열매를 먹는다고 한다.

76 孫枝(손지)-나무줄기의 끝에 자라난 새 가지.

≪두시상주≫: '손지'는 본래 대나무를 말한다. 장형의 <응문>에서 "그 손지를 자를 수 있다."라고 하였고, 정현의 ≪주례≫ 주에서 "손죽은 가지나 뿌리의 끝에서 자란 것이다."라고 하였으며, 백옥섬의 시(<춘일음주(春日飲酒)>)에서 "산 앞뒤로 비둘기가 암컷을 부르고 집 남북으로 대나무가 손주를 낳았다."라고 하였

는데 모두 대나무를 말한 것이다. 유독 혜강의 <금부>에서 "이에 손지를 잘라 담당할 바를 헤아린다."라고 하였는데 오동나무에 도 '손지'라고 할 수 있다.(孫枝, 本言竹. 張衡, 應問, 曰, 可剖其孫 枝. 鄭玄, 周禮注, 孫竹, 枝根之末生者. 白玉蟾詩, 山後山前鳩喚 婦, 舍南舍北竹生孫. 皆言竹也. 獨嵆康琴賦云, 乃斲孫枝, 準量所 任. 則桐亦可稱孫枝矣.)

77 宮井(궁정)-태묘의 우물을 가리킨다. 蛟龍(교룡)-우물의 장식 이다.
≪두공부시집집주≫에 인용된 대연지戴延之 ≪서정기西征記≫: 태극전 앞에 금으로 장식한 우물 난간, 금으로 장식한 박산, 금으 로 장식한 도르래가 있었는데 교룡이 우물 위에서 산을 이고 있었다.(太極殿前有金井欄金博山金轆轤, 蛟龍負山於井上.)
#≪두시상주≫: 이 단락은 예물을 준비하여 제례를 올렸음을 말하고 아울러 묘당의 당시 경물을 묘사하였다. 겨울의 월령이 물러나도 여전히 춥기에 '격앙'이라고 말하였고, 봄의 월령이 새로워서 일을 주관하기에 '내왕'이라고 말하였다. 좋은 일이 가득하다고 한 것은 모든 담당자가 바삐 모시기 때문이고, 무리의 마음이 요동친다고 한 것은 모든 관원이 두려워하기 때문이다. 끄트머리 가지의 난새와 봉황은 대나무가 엇갈려 비추는 것을 말하고, 태 묘 우물의 교룡은 우물 도르래가 높이 솟은 것을 말한다.(此言備 物以享, 兼寫廟中時景. 冬令退而猶寒, 故曰激昂. 春令新而主事, 故曰來往. 熙事充塞, 百司趨蹌. 羣心振蕩, 千官悚惕. 孫枝鸞鳳, 謂竹樹交映. 宮井蛟龍, 謂井轤高峙.)

78 若夫(약부)-주제를 전환할 때 사용하는 말이다. 弘(홍)-높이 드 날리다. 佐命(좌명)-왕의 명령을 보좌하다.

79 配(배)-배향되다. 貴神(귀신)-귀한 신령. 귀한 자의 묘당을 말한 다. 이 구는 훌륭한 신하가 황제의 묘당에 배향된다는 말이다. ≪독서당두공부문집주해≫: 이는 공신이 배향된 영광을 말하였 다.(此言功臣配享之榮.)

≪공자가어孔子家語≫: 살아서는 상공이 되고 죽어서는 귀한 신령이 된다.(生爲上公, 死爲貴神.)

≪주례·사훈司勳≫: 무릇 공이 있는 자는 왕의 깃발인 태상에 그 이름을 적고 (죽어서는) 선왕에 대한 제사인 대증에 배향되며 사훈이 이를 신령에게 아뢴다.(凡有功者銘書於王之太常, 祭於大烝, 司勳詔之.)

80 殷劉房魏(은류방위)-≪두공부시집집주≫에서는 은교殷嶠, 유문정劉文靜, 방현령房玄齡, 위징魏徵이라고 하였다. 은교는 이세민의 부하 장수로 개국공신이며 고조의 묘당에 배향되었다. 유문정은 개국공신으로 재상을 지냈으며 고조의 묘당에 배향되었다. 방현령은 개국공신으로 재상을 지냈으며 태종의 묘당에 배향되었다. 위징은 개국공신으로 재상을 지냈지만 황제의 묘당에 배향되지는 않았다. 아마 두보의 착오인 듯 보인다. 한편 유씨 중에 고조의 묘당에 배향된 이로는 유정회劉政會가 더 있는데, 그는 태종 때 능연각에 초상이 그려진 반면에 유문정은 후에 선종 때에 추가로 그려졌다. 아래의 내용에 비추어보면 유정회가 더 타당한 것으로 보인다.

≪두공부시집집주≫: 은교殷嶠(자가 개산開山), 유문정, 방현령, 위징은 모두 태종의 종묘에 배향되었다. ≪당서≫에 보인다.(殷開山劉文靜房玄齡魏徵, 皆配享太宗廟廷, 見唐書.)

81 中(중)-상고로 거슬러 가는 중간쯤의 시기를 가리킨다. 摩伊呂(마이려)-이윤伊尹과 여상呂尙을 스친다. 그들에 필적한다는 뜻이다. 이윤은 상나라 탕임금의 신하이고 여상은 주나라 무왕의 신하였다.

82 冠夔高(관기설)-기와 설을 이고 있다. 그들 바로 아래에 있다는 말이다. 기와 설은 순임금의 어진 신하로 기는 음악을 담당하였고 설은 사도司徒였다. '高'은 '契'로도 쓴다.

83 代天(대천)-천명을 대신하다.

≪상서尙書·고요모皐陶謨≫: 하늘의 일은 사람이 대신한다.(天

工, 人其代之.)

84 爲人(위인)-인간의 도리를 행하다.

85 丹靑(단청)-그림. 여기서는 당나라 태종이 능연각凌烟閣을 세우고 그곳에 그려놓은 개국공신 24명의 초상을 가리킨다. 은교, 유정회, 방현령, 위징이 모두 포함되었다.

86 松竹(송죽)-소나무와 대나무. 신하의 곧은 절개를 상징한다.

87 時哲(시철)-당대의 현명한 신하.

88 數四(수사)-넷을 한 단위로 해서 헤아리다. 많다는 뜻이다. ≪독서당두공부문집주해≫: '수사'는 뜻을 알 수 없다.(數四, 字意未詳.)

89 卓絶(탁절)-빼어나다.

90 向(향)-만일. 反正(반정)-올바름으로 돌아가다. 군주가 나라를 부흥한다는 말이다. 撥亂(발란)-난리를 평정하다. 主(주)-군주. ≪한서·고조본기≫: 고조가 미천한 신분에서 일어났지만 어지러운 세상을 다스리고 올바른 도리로 돌아가게 했다.(帝起細微, 撥亂世, 反之正.)

91 別(별)-분별. 군신간과 부자간에 지켜야 할 도리를 말한다.

92 奕葉(혁엽)-대대로. 당 고조와 태종을 가리킨다는 설이 있다.

93 注意(주의)-중시하다. 生靈(생령)-백성. 인민.

94 前輩(전배)-앞선 인물. 앞에서 말한 개국공신을 가리킨다. 溫良(온량)-온화하고 선량하다. 寬大(관대)-대범하다.

95 果決(과결)-과감한 결단.

96 何(하)-뒤에 '足'이 더 있는 판본도 있다. 措(조)-놀리다. 사용하다. 韜鈐(도검)-고대의 병서인 ≪육도六韜≫와 ≪옥검편玉鈐篇≫의 병칭으로 책략을 가리킨다.

97 載(재)-싣다. 활용한다는 뜻이다. 刀筆(도필)-칼과 붓. 옛날의 서사도구로 문장을 상징한다. 喉舌(후설)-목구멍과 혀. 말하는 기관으로 언술을 상징한다. 이 구는 신하가 자신의 문장과 언변을 활용한다는 말이다.

98 祭則與(제즉여)-제사를 지내면 참여하다. 食則血(식즉혈)-흠향을 하면 피를 흘리다. 동물 희생을 죽여서 피를 이용하여 제사를 지내기 때문에 나온 말이다.

≪한서・고제기高帝紀≫ "血食" 안사고 주: 제사를 지내는 자는 늘 피비린내가 나니 그래서 '혈식'이라고 하였다.(祭者尙血腥, 故曰血食也.)

#≪두시상주≫: 이 단락은 배향된 공신을 말하여 숭고한 보답의 심원함을 보였다. '탁절' 이상은 신하가 군주를 보좌할 수 있음을 말하였고, '불우' 이하는 군주가 사람을 임용할 수 있음을 말하였다. '좌명'은 진정한 군주를 보좌하는 것이고 '귀신'은 늘어서서 빛나는 별이 된다는 것이다. 화란을 없애니 이윤과 여상에 비유하였고 문치를 일으키니 기와 설에 비유하였다. '단청'은 능연각의 그림을 말하고 '송죽'은 능연각 앞의 경물을 가리킨다. 어지러움을 없애고 올바름으로 돌아간다는 것은 세상을 구제할 재능을 말한 것이고 '군신부자'는 조정의 기강을 떨쳤음을 말한 것이다. '대대로 나타난 문무'는 고조와 태종이 창업한 노고이고 '백성에게 뜻을 기울인다'는 것은 포악함을 정벌하고 백성을 구제하는 뜻이다. '전배'는 바로 은교, 유문정, 방현령, 위징을 가리킨다.(此言配享功臣, 見崇報之遠. 卓絶以上, 言臣能佐主. 不遇以下, 言君能任人. 佐命, 輔眞主. 貴神, 爲列星. 戡禍亂, 比伊呂. 興文治, 比夔卨. 丹靑, 謂凌烟圖畫. 松竹, 指閣前景物. 撥亂反正, 言濟世之才. 君臣父子, 言皇綱之振. 突葉文武, 兩朝開創之勞. 注意生靈, 伐暴救民之志. 前輩, 卽指殷劉房魏.)

99 爾乃(이내)-이에. 直(직)-직제直祭. 익은 고기로 제사를 지내는 것을 말한다. 主(주)-제사를 받는 대상을 말한다.

100 索(색)-신령을 찾다. 祊(방)-묘당의 문.

[爾乃 2구]

≪예기・교특생郊特牲≫ "直祭祝於主, 索祭祝於祊." 정현 주: '직'은 바르다는 말이다. 익은 고기를 바칠 때를 말하는데 익은

것을 올바른 것으로 여긴다. '색'은 귀신을 찾는다는 말이다. 묘
당의 문에서 제사를 지내는 것을 '방'이라고 한다.(直, 正也. 謂薦
熟之時也, 以熟爲正. 索, 求神也. 祭於廟門曰祊.)

101 幽全(유전)-'유'는 희생의 몸 안쪽에 있다는 뜻으로 피를 가리키
고 '전'은 희생의 몸 전체를 덮고 있다는 뜻으로 털을 가리킨다.
이로써 희생을 통째로 바친다는 의미를 가지며 이는 정성을 다하
는 것을 상징한다.
≪예기·교특생≫: 털과 피는 희생 내부에 있는 것과 온몸을 덮
고 있는 것으로 알리는 것이다. 희생 내부에 있는 것과 온몸을
덮고 있는 것으로 알린다는 것은 순수함의 도리를 귀하게 여기기
때문이다.(毛血, 告幽全之物也. 告幽全之物者, 貴純之道也.)

102 純道(순도)-순수함의 도리. 희생을 순수한 상태로 바치는 도리
를 말한다.

103 我后(아후)-우리의 선왕.

104 克貞(극정)-곧을 수 있다.

105 膋(료)-내장 사이에 있는 지방.
≪예기·교특생≫: "取膟膋燔燎" 정현 주: '료'는 내장 사이의
지방인데 대쑥과 함께 불사른다.(膋, 腸間脂也. 與蕭合燒之.)
≪예기·교특생≫: 대쑥에 곡식을 섞어서 태우면 그 냄새에서
나는 양의 기운이 담장과 지붕에 도달한다. 그러므로 이미 익힌
고기를 바친 뒤에는 대쑥에 곡식을 섞은 것을 태운다.(蕭合黍稷,
臭陽達於墻屋, 故旣奠然後焫蕭合羶薌.)

106 酌(작)-술.
≪예기·교특생≫: 술을 짤 때 띠풀을 사용하면 맑은 술이 된다.
(縮酒用茅, 明酌也.)

107 嘏(하)-제례에서 신령의 말을 대신 전해주는 사람을 말한다.

108 祝(축)-제례에서 신령에게 말을 전해주는 사람을 말한다.
[嘏以 2구]
≪예기·예운禮運≫: 축을 하는 사람은 효성으로 고하고 신령의

말을 하는 사람은 자비로움으로 고하니 이것을 일러 큰 상서로움
이라고 하며 이것이 예를 크게 이룬 것이다.(祝以孝告, 嘏以慈告.
是謂大祥, 此禮之大成也.)

109 張皇(장황)-장대하다.

110 殄(진)-없애다.

111 神姦(신간)-해로움을 주는 귀신을 말한다. 妥帖(타첩)-조용하
     다. 평정하다.
     ≪좌전・선공宣公 3년≫: 초자가 솥의 크기와 무게에 대해 물으
     니 (왕손만이) 대답하며 말하기를, "덕에 달렸지 솥에 달린 것이
     아닙니다. 옛날 하나라에 덕이 있을 때 먼 곳의 지방에서 사물의
     그림을 보내왔고 구주의 장관이 청동을 바쳐서 솥을 주조한 뒤
     사물의 형상을 새겼는데 각종 사물이 모두 그려지게 되었으며
     백성들로 하여금 해로운 귀신에 대해 알게 하였습니다. 그래서
     백성들이 강이나 산에 들어가도 상서롭지 않은 존재를 만나지
     않게 되었습니다."라고 하였다.(楚子問鼎之大小輕重焉. 對曰, 在
     德不在鼎. 昔夏之方有德也, 遠方圖物, 貢金九牧, 鑄鼎象物, 百物
     而爲之備, 使民知神姦. 故民入川澤山林, 不逢不若.)

112 秘(비)-감추다. 情(정)-'精'으로 된 판본도 있는데 이미 운자로
     사용하였다. 이 구는 해로운 귀신의 실상에 대해 다 알게 하여
     백성이 피해를 보지 않도록 했다는 말이다.

113 撫(무)-'無'로 된 판본도 있다. 絶軌(절궤)-멀리 있는 자취. 선왕
     의 업적을 말한다.

114 享(향)-제사를 지내다. 鴻名(홍명)-위대한 이름. 선왕을 가리
     킨다.

#≪두시상주≫: 이 단락은 제사에서 그 정성을 지극하게 해서 신령
 이 모두 감응하게 되었음을 말하였다. 위 단락에서 '제수품을
 가득 담은 제기'와 '벽옥'을 말해 진헌한 의식을 이미 서술하였
 는데 이 단락에서는 그 공경스런 일의 시종을 모두 거론하였다.
 '불진서'는 상서로움을 겹겹으로 보여준다는 말이고 '불비정'은

망령된 현상이 없어졌다는 말이다.(此言祭極其誠, 致神靈咸格. 上文乾豆璧玉, 已敍進獻之儀, 此則備擧其始終祇事也. 不殄瑞, 疊見嘉祥. 不秘情, 無所變幻矣.)

115 於以(어이)-이에. 永安(영안)-제례가 원만히 이루어진 것을 찬미하는 음악.

≪한서·예악지≫: 황제가 동쪽 건물에서 술을 마신 뒤 똑바로 앉으면 <영안>의 음악을 연주하는데 제례가 이미 이루어졌음을 찬미하는 것이다.(皇帝就酒東廂, 坐定, 奏永安之樂, 美禮已成也.)

116 王夏(왕하)-주나라 음악의 제목으로 왕이 출입할 때 연주하는 것이다.

≪주례·종사鍾師≫ "王夏" 정현 주: 두자춘이 말하기를, "왕이 출입할 때 <왕하>를 연주한다."라고 하였다.(杜子春云, 王出入奏王夏.)

117 穰穰(양양)-성대한 모양. 絳闕(강궐)-붉은 궐문. 여기서는 태묘를 가리킨다.

≪시경·집경執競≫: 종과 북을 댕댕 울리고 경쇠와 관악기를 쟁쟁 울리니 내리는 복이 성대하고 내리는 복이 가득하다.(鐘鼓鍠鍠, 磬管鏘鏘. 降福穰穰, 降福簡簡.)

118 菲菲(비비)-자욱한 모양. 玉斝(옥가)-옥 술잔.

≪예기·명당위明堂位≫: 하후씨는 잔을 사용하였고 은나라는 가를 사용하였으며 주나라는 작을 사용하였다.(夏后氏以琖, 殷以斝, 周以爵.)

119 沛枯骨(패고골)-말라붙은 뼈를 성대하게 하다. 병약한 자를 살린다는 말이다. 破聾盲(파농맹)-귀가 먼 자와 눈이 먼 자를 낫게 하다.

120 施夭胎(시요태)-갓 태어난 아이와 태아에게 복이 베풀어지다. 逮鰥寡(체환과)-홀아비와 과부에게 복이 미치다.

121 園陵(원릉)-제왕의 묘지.

122 藻(조)-물풀의 일종.

≪시경·어조魚藻≫ "魚在在藻, 有頒其首." 정현 전箋: '조'는 물풀이다. 물고기가 물풀에 의지한 것은 사람이 밝은 임금에 의지한 것과 같다. 밝은 임금이 있을 때 물고기는 어디에 있는가? 마름에 있어서 이미 그 본성을 회복했기에 머리가 살지게 되었다.(藻, 水草也. 魚之依水草, 猶人之依明王也. 明王之時, 魚何所處乎. 處於藻, 旣得其性, 則肥充其首頒.)

≪두공부시집집주≫: 당나라는 고조의 이름 이연을 피했으므로 '천어'라고 하였다.(唐諱淵, 故曰泉魚.)

123 弓劍(궁검)-활과 검. 황제黃帝의 고사를 인용한 것으로 여기서는 선왕의 유품을 가리킨다.

≪한서·교사지郊祀志≫: 황제가 수산의 구리를 캐서 형산 아래에서 솥을 주조하였다. 솥이 완성되자 용이 수염을 드리우고 내려와 황제를 맞이했다. 황제가 올라타니 여러 신하와 후궁이 따라서 용에 올라탔는데 70여 명이었다. 용이 이에 위로 올라가자 남아있던 하급 신하들은 올라타지 못했는데 이에 모두 용의 수염을 잡으니 용의 수염이 빠져 떨어졌고 황제의 활도 떨어졌다. 백성이 황제를 우러러 쳐다보았지만 이미 하늘로 올라가 버렸으며 이에 그 활과 용의 수염을 껴안고 울부짖었다. 그래서 후세에는 그곳을 정호라고 이름하였다.(黃帝采首山銅, 鑄鼎於荊山下. 鼎旣成, 有龍垂胡髥下迎黃帝. 黃帝上騎, 羣臣後宮從上龍七十餘人. 龍廼上去, 餘小臣不得上, 廼悉持龍髥, 龍髥拔墮, 墮黃帝之弓. 百姓卬望黃帝, 旣上天, 乃抱其弓與龍頷號. 故後世因名其處曰鼎湖)

≪열선전≫: (황제黃帝는) 스스로 죽는 날을 택해 여러 신하와 작별인사를 했으며 죽는 날에 이르러서는 돌아와 교산에 매장되었다. 산이 무너졌는데 관은 비었고 시신은 없었으며 오직 검과 신발이 그 안에 있었다.(自擇亡日, 與群臣辭, 至於卒, 還葬橋山. 山崩, 柩空無尸, 唯劍舄在焉.)

124 汗(한)-땀을 흘리다. 風馬(풍마)-바람을 타고 달리는 말.
  [弓劍 2구] 선왕의 유품에서 기운이 뻗어 나와 청동 말을 타고 질주
     하는 듯한 기상이 생겨났다는 말이다.
125 霜露(상로)-서리와 이슬. 선친에 대한 슬픔을 상징한다.
     ≪예기·제의祭義≫: 서리와 이슬이 내렸을 때 군자가 그것을
     밟으면 반드시 애달픈 마음이 생기는데 그것이 차가운 것을 말
     하는 것은 아니다.(霜露旣降, 君子履之, 必有悽愴之心, 非其寒
     之謂也.)
126 禎祥(정상)-상서로움. 把(파)-움켜쥐다.
127 曾宮(층궁)-높은 궁궐. 여기서는 태묘를 가리킨다. 歔欷(허희)-
     흐느끼다.
128 陰事(음사)-제사를 가리킨다. 儼雅(엄아)-엄숙하고 장중하다.
129 薄(박)-엷어지다. 鼎湖(정호)-황제黃帝가 솥을 만든 곳의 호수
     를 말한다. 山(산)-'上'으로 된 판본도 있다.
130 蒼梧(창오)-순임금이 죽었다는 곳이다. 野(야)-'下'로 된 판본
     도 있다.
     ≪사기·오제본기五帝本紀≫: (순임금이) 39년을 재위하다가 남
     방으로 순수를 떠났는데 창오의 들에게 죽었으며 장강 남쪽 구의
     산에 묻혔으니 이것이 영릉이다.(踐帝位三十九年, 南巡狩, 崩於
     蒼梧之野, 葬於江南九疑, 是爲零陵.)
  [薄淸 2구] 제례가 끝났음을 말하였는데, 황제黃帝와 순임금을 빌려
     태묘의 선왕을 비유하였다.
  #≪두시상주≫: 이 단락은 제사가 끝나고 은혜가 베풀어져 감응이
     사람과 사물에 미친 것을 말하였다. '강궐'은 상서로움을 바라보
     는 것이고 '방가'는 복 받은 술을 마시는 것이다. '고골' 이하는
     은혜가 베풀어져 두루 미쳤음을 말하였다. '못의 물고기'와 '청
     동 말'은 정성이 동물을 움직이게 했다는 것이고, '맑은 빛'과
     '남은 소리'는 신령이 능침으로 돌아가는 것이다. '정호'와 '창오
     의 들'은 모두 빌린 말에 속한다.(此言祭畢推恩, 而感及人物. 絳

闕, 望禎符. 芳嫈, 飮福酒. 枯骨以下, 恩施遍逮也. 泉魚金馬, 誠能
動物. 淸輝餘響, 神歸陵寢. 鼎湖蒼野, 皆屬借言.)

131 上(상)-주상. 현종을 가리킨다. 이 글자가 없는 판본도 있다. 窅
然(묘연)-아득한 모양. 漠漠(막막)-혼미한 모양.

132 惕然(척연)-슬픈 모양. 兢兢(긍긍)-경계하는 모양.

133 紛益(분익)-어지러이 더해지다. 갑자기 많아졌다는 말이다. 所
慕(소모)-그리워하는 바. 선왕에 대한 그리움을 말한다.

[上窅然 4구] 선왕에 대한 제례가 끝난 뒤에도 아직 선왕에 대한
그리움이 밀려와 현종이 어찌할 줄 모르는 모습을 형용한 것
이다.

134 瞰(감)-보다. 牙旗(아기)-상아로 장식한 깃발. 천자의 의장이다.

135 吟(음)-탄식하다. 翠駁(취박)-고대 전설에 나오는 신령스러운
동물인데 여기서는 천자의 말을 가리킨다.

[瞰牙旗 2구] 현종이 태묘를 떠나가지 못하고 아쉬워하는 모습을
형용한 것이다.

136 五老(오로)-다섯 명의 원로. 다섯 별의 정령으로 볼 수도 있다.
侍祠(시사)-제례 거행을 돕다. 精駭(정해)-정신이 놀라다.
≪죽서기년竹書紀年≫: (요임금이) 순 등을 데리고 수산에 올랐
다가 황하 물가를 따라가는데 다섯 노인이 그곳에서 노닐고 있었
다. 아마도 다섯 별의 정령이었을 것이다.(率舜等升首山, 遵河渚,
有五老游焉, 蓋五星之精也.)

137 千官(천관)-제례에 동반한 관리를 가리킨다. 逖聽(적청)-멀리
서 듣다. 공경한 모습으로 모시는 것을 말한다. 以(이)-'而'로
된 판본도 있다. 思凝(사웅)-생각이 집중되다. 골똘히 생각한다
는 말이다.

[五老 2구] 현종의 갑작스런 행동에 대해 주위 관원들이 놀란 모습을
형용한 것이다.

138 二丞相(이승상)-두 명의 승상.
≪두공부시집집주≫: 당시 이임보와 진희열이 좌우승상이었다.

(時李林甫陳希烈爲左右丞相.)

139 應道而作(응도이작)-하늘의 도리에 응하여 일어나다. 천명을 받
고 천자가 되었다는 말이다.

140 天與能(천여능)-하늘이 재능이 뛰어난 자를 천거하다. 하늘이
현종의 능력을 인정하여 천자가 되도록 했다는 말이다.

141 澆訛(요와)-부박함과 거짓됨.

142 淳樸(순박)-순수함과 소박함. 登(등)-상승하다. 진작되다.

143 尙猶(상유)-여전히. 오히려. 業業(업업)-위태롭고 두려운 모양.

144 烝烝(증증)-두터운 모양.
왕인지王引之 ≪경의술문經義述聞・상서尙書≫: (≪상서・요전
堯典≫에서) '증증'이라고 말한 것은 효덕이 두텁고 아름답다는
말이다.(謂之烝烝者, 言孝德之厚美也.)

145 失所(실소)-있어야 할 자리를 잃어버리다.
≪후한서・노공전魯恭傳≫: 하나의 사물이라도 그 있어야 할 곳
을 얻지 못한 것이 있다면 하늘의 기운이 이 때문에 어그러진다.
(一物有不得其所者, 則天氣爲之舛錯.)

146 咎徵(구징)-허물에 대해 나타나는 징조.
≪서경・홍범洪範≫: 허물에 대한 징조에 대해 말하자면, 미친
것에는 항상 비가 내리고 참람한 것에는 항상 해가 내리쬐며,
게으른 것에는 항상 날이 덥고 성급한 것에는 항상 추우며, 무지
몽매한 것에는 항상 바람이 분다.(曰咎徵, 曰狂, 恒雨若. 曰僭,
恒暘若. 曰豫, 恒燠若. 曰急, 恒寒若. 曰蒙, 恒風若.)

147 勤恤(근휼)-근심하다. 匪懈(비해)-나태하지 않다.

148 元首(원수)-군왕.

149 在(재)-입장이나 처지를 나타낸다. 股肱(고굉)-넓적다리와 팔
뚝. 보좌하는 신하를 비유한다.
≪서경・익직益稷≫: 신하는 짐의 손발이고 귀와 눈이다.(臣作朕
股肱耳目.)

150 周宣(주선)-주나라 선왕. 教親(교친)-혈육을 교화시키다. 不暇

(불가)-여가가 없다. 이 구는 주나라 선왕이 올바른 도리로 집안 사람을 잘 이끌지 못했다는 말이다. 선왕의 아버지는 여왕厲王이고 아들은 유왕幽王인데, 모두 무도한 군주로 이름이 났다.

≪시경·소아·황조黃鳥≫ 정현 전箋: (주 선왕이) 남녀 간의 예의로 친족을 교화시킴에 지극하지 못했고 형제를 연결시킴에 견고하지 못한 것을 풍자한 것이다.(刺其以陰禮教親而不至, 聯兄弟而不固.)

151 孝武(효무)-한나라 무제의 시호諡號. 淫祀(음사)-예의 제도에 맞지 않는 제사. 相仍(상잉)-계속되다. 빈번하다.

≪예기·곡례曲禮≫: 제사 지낼 바가 아닌데 제사를 지내는 것을 일러 '음사'라고 한다.(非其所祭而祭之, 名曰淫祀.)

≪사기·효무본기≫: 통천대를 만들고 그 아래에 제사 도구를 두고서 신선을 불러 들였다.(作通天之臺, 置祠具其下, 招徠神仙之屬.)

152 迫脅(박협)-겁박하다. 주나라 선왕이 노나라 무공武公의 차남 희戲를 좋아하여 장자인 괄括를 폐하고 그를 왕으로 삼아 의공懿公이 되었다. 이에 대해 주위에서 예에 어긋난다고 만류했지만 강행하였다. 괄의 아들 백어伯御가 의공을 시해하고 즉위하자 주나라 선왕은 백어를 살해하였고 의공의 동생 칭稱을 다시 즉위시켰다. 이후로 제후들이 자주 왕명을 어기게 되었다고 한다.(≪사기·노주공세가魯周公世家≫ 참조)

153 威稜(위릉)-위력. 위세.

≪두공부시집집주≫: 방사는 문성과 오리 등과 같은 자이다.(方士, 如文成五利之屬.)

≪사기·효무본기≫: 제나라 사람 소옹이 귀신을 부리는 방술로 주상을 알현하였다. 주상에게는 총애하는 왕부인이 있었는데 부인이 죽자 소옹은 방술로 밤에 왕부인과 부뚜막신의 모습을 불러 내었으며 천자가 장막 안에서 그것을 보았다. 이에 바로 소옹을 문성장군에 배수했으며 하사한 물품이 매우 많았고 빈객의 예로

대우하였다.(齊人少翁以鬼神方見上. 上有所幸王夫人, 夫人卒, 少翁以方術蓋夜致王夫人及竈鬼之貌云, 天子自帷中望見焉. 於是乃拜少翁爲文成將軍, 賞賜甚多, 以客禮禮之.)

≪사기·효무본기≫: 난대는 교동왕의 궁인으로 옛날에 문성장군과 같은 스승 아래 있었다. … 난대가 무제에게 말하기를, "… 신의 스승님이 말하시길, '황금을 만들 수 있고 황하가 터지면 막을 수 있으며, 불사약도 만들 수 있으며 신선도 오게 할 수 있다. …'라고 하였습니다."라고 하였다. 이때 주상은 한창 황하가 터진 것과 황금을 만들지 못한 것을 근심하였기에 이내 난대를 오리장군에 배수했다. 한 달 남짓 후에는 인장을 네 개 얻었다.(欒大, 膠東宮人, 故嘗與文成將軍同師. … 大言曰, … 臣之師曰, 黃金可成, 而河決可塞, 不死之藥可得, 僊人可致也. … 是時, 上方憂河決而黃金不就, 乃拜大爲五利將軍. 居月餘, 得四印.)

154 微弱內侮(미약내모)-힘이 미약하여 내부적으로 서로 업신여기게 하다. 위에서 말한 친족을 교화시키지 못해서 제후가 협박했다는 내용과 관련이 있는 말이다. 이에 대해 주 선왕 말기에 강융에게 대패한 것을 말한다는 설이 있지만 취하지 않는다. '微言勸內'로 된 판본도 있다. 이는 은미한 말로 공납을 권고한다는 뜻이다.

155 虛憑(허빙)-헛된 것에 의지하다. 한 무제가 신선술을 맹신했다는 말이다.

156 恢廓(회곽)-넓히다. 緖業(서업)-사업.

157 瑣細(쇄세)-자질구레한 것. 曷足稱(갈족칭)-어찌 말할 만하겠는가?

#≪두시상주≫: 이 단락은 효로써 천하를 다스렸는데 앞 왕조에는 비할 만한 것이 없음을 말하였다. 승상을 대신하여 진술한 말은 칭송하는 가운데 간쟁하는 바가 있다. '응도' 이하는 선조를 본받아 성실히 정사를 볼 수 있음을 말하였고, '주선' 이하는 마땅히 옛일을 거울삼아 오늘날을 통치해야 함을 말하였다. '내모'는

강융에게 패한 것과 같은 것이고, '허빙'은 신선에 관한 설을
믿고 받든 것을 말한다.(此言孝治天下, 非前代可方. 代丞相陳詞,
頌中有規. 應道以下, 能法祖勤政. 周宣以下, 當鑒古御今. 內侮,
如敗績姜戎之類. 虛憑, 謂信奉神仙之說.)

158 跼天蹐地(국천척지)-넓은 하늘 아래서 몸을 굽히고 두터운 땅
위에서 조심조심 걷는다. 항상 조심하여 불안해하는 모습이다.
≪시경・소아・정월正月≫: 하늘이 높다고 하지만 감히 몸을 숙
이지 않을 수 없고, 땅이 두텁다고 하지만 감히 살살 걷지 않을
수 없다.(謂天蓋高, 不敢不局. 謂地蓋厚, 不敢不蹐.)

159 授綏(수수)-수레 손잡이 끈을 받다.

160 澒洞(홍동)-길게 이어지다. 또는 가득하다. '澒'은 '鴻'으로 된
판본도 있다. 槍纍(창루)-나무로 엮은 울타리.

161 儲胥(저서)-원래는 짐승을 가두는 울타리를 뜻하는데 여기서는
제단을 둘러싸는 것을 말한다. 이와 달리 별궁을 가리킨다는 설
도 있다.

[伊澒洞 2구] 태묘를 둘러싸고 있는 호위대가 먼저 교외의 제단으로
가서 둘러쌌다는 말이다.

≪두시상주≫: (≪문선≫에 실린 양웅의) <장양부>에서 "나무
를 둘러 울타리를 만들어 동물을 가두는 우리로 삼았다."라고
하였는데, 이선이 말하기를, "나무를 둘러 그 바깥에 난간을 세
웠고, 또 대나무 난간으로 바깥에 가두는 우리를 만들었다."라
고 하였다. 위소가 말하기를, "'저서'는 울타리 종류이다."라고
하였다. 여연제가 말하기를, "짐승을 둘러서 나가지 못하게 한
것이다."라고 하였다. 한 무제 원봉 2년에 진나라 임광궁으로
인해 통천궁, 영풍궁, 저서궁, 노한궁을 증축했다고 하니 '저서'
는 바로 별궁이다.(長楊賦, 木擁槍纍, 以爲儲胥. 善曰, 木擁柵其
外, 又以竹槍纍爲外儲胥也. 韋昭曰, 儲胥, 藩落之類. 濟曰, 擁禽
獸, 使不得出. 漢武帝元封二年, 因秦林光宮, 增通天迎風儲胥露
寒, 則儲胥乃別宮也.)

162 本枝(본지)-뿌리와 가지. 조상과 후손을 나무에 비유한 것이다.
根株(근주)-기반하다. 이 구는 태묘에서 제사 지내며 조상을 기린 것을 염두에 두고 한 말이다.

163 睿想(예상)-황제의 깊은 생각. 經緯(경위)-가로와 세로. 이리저리 주도면밀하게 궁리하는 것을 말한다. 六虛(육허)-상하와 사방. 천지를 가리킨다. 이 구는 이튿날 교외에서 천지에 제사 지내는 것을 염두에 두고 한 말이다.

164 甲午(갑오)-천보 10년 정월 10일로 태묘에 제사 지낸 이튿날이다.

165 有事(유사)-여기서는 제례를 지내는 일을 말한다. 采壇(채단)-채색한 제단. '采'는 '綵'로 된 판본도 있다. 紺席(감석)-짙푸른 색의 자리. 둘 다 교외 제단을 형용한 것이다.
≪문헌통고文獻通考≫에 인용된 ≪한구의漢舊儀≫: 황제가 스스로 걸으면 여러 신하가 뒤따르는데 재계는 모두 백 일이며 다른 제사에는 나가지 않는다. 하늘에 제사 지내는 곳은 자줏빛 단이 있는 장막인데 고황제가 하늘에 배향되며, 당 아래에 있으면서 서쪽으로 짙푸른 자리를 향한다.(皇帝自行, 羣臣從, 齋皆百日, 他祠不出. 祭天紫壇幄帷, 高皇帝配天, 居堂下, 西向紺席.)

166 宿(숙)-제사를 지내기 전에 제주가 따로 거처하면서 재계하는 것을 말한다. 行所(행소)-행재소. '所'는 '在'로 된 판본도 있다.
#≪두시상주≫: 마지막 단락은 돌아가며 길을 턴 후에 교외의 제단에서 제사를 지낼 것이라고 말하였다. '홍동'은 넓은 땅이다. '창루'는 나무를 꽂아 울타리를 만든 것이고 '저서'는 제단 바깥에 울타리로 두른 것이다. '만대'는 안으로 선왕에게 제사를 지내는 것이고 '육허'는 밖으로 천지에 제사를 지내고자 하는 것이다.(末言旋蹕之後, 有事於郊壇也. 澒洞, 空曠之地. 槍纍, 植木爲柵. 儲胥, 壇外藩衛也. 萬代, 謂內祀祖先. 六虛, 欲外饗天地.)

##≪두시상주≫에 인용된 장진張溍 설: 살펴보건대 이때 이임보가 나라를 담당하고 있었다. 두보가 이 부를 올리면 반드시 재상에

게 보고하게 되어 있으니 그래서 작품에 아울러 승상을 언급하였다. 하지만 그릇되어 아첨하는 말을 쓰려고 하지는 않았다. 위에서 살아서는 왕명을 보좌하고 죽어서는 신령이 배향된다고 하였으니 이름난 신하가 본받을 만함을 보여주었고, 아래에서는 임금에 보답하고 팔다리에 충당한다고 하였으니 직책에서 아무 일도 하지 않고 녹봉만 받아가는 것이 근심할 만함을 보여주었다. 또 제후가 협박하고 방사가 위세를 부린다고 하였으니 대권은 다른 사람의 손에 맡겨서는 안되며 임금의 마음이 미혹되어서는 안됨을 보였다. 이미 임금에게 경계하였고 또 그 신하에게 풍간하였으니 문장의 품격이 천고에 탁월하다.(按是時, 林甫當國. 公進此賦, 須關白宰臣, 故篇中兼及丞相. 然不肯謬作諛詞. 上言生佐命而死配神, 見名臣可法也. 下言報元首而充股肱, 見尸位可憂也. 且云諸侯迫脅, 方士威稜, 見大權不可旁落, 君心不宜蠱惑也. 旣箴於君, 又諷其臣, 文章品格, 卓然千古矣.)

有事於南郊賦

남쪽 교외에서 예를 올린 것을 읊은 부

蓋主上兆於南郊,[1] 聿懷多福者舊矣.[2] 今玆練時日,[3] 就陽位之美,[4] 又所以厚祖考,[5] 通神明而已. 職在宗伯,[6] 首崇禋祀.[7] 先是, 春官修頌祇之書,[8] 獻祭天之祀, 令泰龜而不昧,[9] 俟萬事之將履, 掌次閱壇邸之則,[10] 封人考壇宮之旨,[11] 司門轉致乎牲牢之繫,[12] 小胥專達乎懸位之使.[13]

二之日,[14] 朝廟之禮旣畢, 天子蒼然視於無形,[15] 澹然若有所聽.[16] 又齋心於宿設,[17] 將旰食而匪寧.[18] 旌門坡陀以前驚,[19] 轂騎反覆以相經.[20] 頓曾城之軋軋,[21] 軼萬戶之熒熒.[22] 馳道端而如砥,[23] 浴日上而如萍.[24] 掣翠旄於華蓋之角,[25] 彗黃屋於鈎陳之星.[26] 神仙戌削以落羽,[27] 魑魅幽憂以固扃.[28] 戰岐慄華,[29] 擺渭掉涇.[30] 地回回而風淅淅,[31] 天泱泱而氣清清.[32] 甲胄乘陵,[33] 轉迅雷於荊門巫峽,[34] 玉帛清逈,[35] 霈夕雨於瀟湘洞庭.[36]

於是乘輿需然乃作,[37] 翳夫鸞鳳將至,[38] 以沖融寥廓,[39] 不可乎彌度,[40] 聲明通乎純粹,[41] 溟涬爲之垠堮.[42] 馴蒼螭而蜿蜒,[43] 若無骨以柔順, 奔烏獲之黝糾,[44] 徒有勢於殺縛.[45] 朱輪竟野而杳冥,[46] 金鑣成陰以結絡.[47] 吹堪輿以軒轅,[48] 搶寒暑以前卻.[49] 中營密擁乎太陽,[50] 宸睠眇臨乎長薄.[51] 熊羆弭耳以相舐,[52] 虎豹高跳以虛攫.[53] 上方將降帷宮之綝纚,[54] 屏玉軑以蠛略.[55] 人門行馬,[56] 以供乎合沓之場,[57] 皮弁大裘,[58] 始進乎穹崇之幕.[59] 衝牙鏘鏘以將集,[60] 周衛轇轕以咸若.[61] 月窟黑而扶桑寒,[62] 田燭稠而曉星落.[63]

蕭定位以告潔,[64] 藹嚴上而淸超.[65] 雲菡萏以張蓋,[66] 春葳蕤以建杓.[67] 簪裾斐斐,[68] 樽俎蕭蕭.[69] 方面曲折,[70] 周旋寂寥.[71] 必本於天, 王宮與夜明相射,[72] 動而之地,[73] 山林與川谷俱標.[74]

於是官有御,[75] 事有職, 所以敬鬼神, 所以勤稼穡,[76] 所以報本反始,[77] 所以度長立極.[78] 玄酒明水之上,[79] 越席疎布之側.[80] 必取先於稻秔麴糱之勤,[81] 必取著於紛純文繡之飾.[82] 雖三牲八簋,[83] 豐備以相沿,[84] 而蒼壁黃琮,[85] 實歸乎正色.[86]

先王之丕業繼起,[87] 信可以永其昭配,[88] 羣望之徧祭在斯,[89] 示有以明其翼戴.[90] 由是播其聲音以陳列,[91] 從乎節奏以進退.[92] 韶夏濩武,[93] 采之於訓謨,[94] 鐘石陶匏,[95] 具之於梗概.[96] 變方形於動植,[97] 聽宮徵於砰磕.[98] 英華發外, 非因乎篾簴之高,[99] 和順積中,[100] 不在乎雷鼓之大.[101]

既而牸胑胝胃,[102] 柴燎窟塊.[103] 騬羴犖赫,[104] 葩斜晦潰.[105] 電纏風升,[106] 雪颼星碎.[107] 拂勿伀淡,[108] 眇溟蕤淬.[109] 聖慮岑寂,[110] 玄黃增霈,[111] 蒼生顧昂,[112] 毛髮清籟.[113] 雷公河伯,[114] 咸騊駼以修聳,[115] 霜女江妃,[116] 乍紛綸而唵曖.[117]

執籥秉翟,[118] 朱干玉戚.[119] 鼓瑟吹笙,[120] 金支翠旌.[121] 神光倏斂,[122] 祀事虛明.[123] 於是渚沱乎渙汗,[124] 紆餘乎經營.[125] 浸朱崖而灑朔漠,[126] 洵暘谷而濡若英.[127] 耆艾涕而童子儛,[128] 叢棘坼而狴犴傾.[129] 是率土之濱,[130] 覃酺釀以涵泳,[131] 非奉郊之縣,[132] 獨宴慰以縱橫.[133] 玄澤澹泞乎無極,[134] 殷薦綢繆乎至精.[135] 稽古之時,[136] 屢應符而合契,[137] 聖人有作,[138] 不逆寡而雄成.[139]

爾乃孤卿侯伯,[140] 雜羣儒三老,[141] 儼而絕皮軒,[142] 趨帳殿,[143] 稽首曰,[144] 臣聞燧人氏已往,[145] 法度難知,[146] 文質未變.[147] 太昊氏繼天而王,[148] 根啟閉於厥初,[149] 以木傳子,[150] 擄終始而可見.[151] 洎虞夏殷周,[152] 茲煥炳蕙蒨.[153] 秦失之於狼貪蠶食,[154] 漢綴之以蛇斷龍戰.[155] 中莽茫夫何從,[156] 聖蓄縮曾不眷.[157]

伏惟道祖,[158] 視生靈之磔裂,[159] 醜害馬之蹄齧,[160] 呵五精之息肩,[161] 考正氣之無轍.[162] 協夫貽孫以降,[163] 使之造命更挈,[164] 累聖昭洗,[165] 中祚觸蹶.[166] 氣慘黷乎脂夜之

妖,[167] 勢回薄乎龍蛇之蟄.[168]

伏惟陛下, 勃然憤激之際,[169] 天關不敢旅拒,[170] 鬼神為之嗚咽.[171] 高衢騰塵,[172] 長劍吼血.[173] 尊卑配,[174] 宇縣刷.[175] 插紫極之將頹,[176] 拾淸芳於已缺.[177] 鑪之以仁義,[178] 鍜之以賢哲.[179] 聯祖宗之耿光,[180] 捲戎狄之影撤.[181] 蓋九五之後,[182] 人人自以遭唐虞,[183] 四十年來,[184] 家家自以為稷卨.[185] 王綱近古而不軌,[186] 天聽貞觀以高揭.[187] 蠢爾差僭,[188] 燦然優劣.[189] 宜其課密於空積忽微,[190] 刊定於興廢繼絶.[191] 而後視數統從首,[192] 八音六律而維新,[193] 日起算外,[194] 一字千金而不滅.[195]

上曰, 吁.[196] 昊天有成命,[197] 惟五聖以受.[198] 我其夙夜匪遑,[199] 實用素樸以守.[200] 吁嗟乎麟鳳,[201] 胡為乎郊藪.[202] 豈上帝之降鑒及玆,[203] 玄元之垂裕於後.[204] 夫聖以百年為芻豰,[205] 道以萬物為芻狗.[206] 今何以茫茫臨乎八極,[207] 眇眇託乎羣后,[208] 端策拂龜於周漢之餘,[209] 緩步闊視於魏晉之首.[210] 斯上古成法,[211] 蓋其人已朽,[212] 不足道也.

於是天子默然而徐思,[213] 終將固之又固之,[214] 意不在抑殊方之貢,[215] 亦不必廣無用之祠.[216] 金馬碧雞,[217] 非理人之術,[218] 珊瑚翡翠,[219] 此一物何疑.[220] 奉郊廟以為寶,[221] 增怵惕以孜孜.[222] 況大庭氏之時,[223] 六龍飛御之歸.[224]

대체로 주상께서 남쪽 교외에서 단을 설치하여 제사를 지내고 많은 복을 생각하신 것이 오래였다. 올해 시와 일을 선택해 아름다운 남쪽으로 나아가서 또 이로써 선조의 뜻을 두텁게 하고 신명과 통하게 하였다. 그 일은 종백에게 있었고 먼저 섶을 태워 연기를 피워올리는 예를 받들었다. 이에 앞서 춘관이 땅의 신령을 칭송하는 글을 작성하고 하늘의 신령에 대한 제사를 봉헌했다. 큰 거북으로 점을 쳐서 분명하게 하고 만사가 장차 시행되기를 기다리게 하였다. 장차는 모포를 깐 탁자와 봉황깃털 장식 병풍에 관한 규범을 살펴보고, 봉인은 흙으로 쌓은 임시 궁궐의 요지를 살펴보며, 사문은 희생을 묶어서 가져오고 소서는 악기를 걸어놓는 등급의 임무를 전담하여 전달하였다.

둘째 날 태묘의 예가 끝난 뒤 천자는 푸르스름하게 형체가 없는 것에서 보셨고 조용히 마치 들은 바가 있는 듯하셨다. 또한 숙소에서 마음을 깨끗이 하시고 늦게 식사를 하셨지만 편안치 않으셨다. 깃발 꽂은 문에서 구불구불 앞으로 달려 나가고 활을 가진 기병이 반복해서 서로 지나갔다. 덜컹거리던 높은 성과 같은 수레를 멈추고 만 개의 횃불이 번쩍이며 지나갔다. 황제의 길은 반듯하여 숫돌과 같고 목욕을 마친 해는 떠올라 평실과 같았다. 화개 별자리에서 비취 깃털 깃발을 뽑고 구진 별자리에서 수레의 누런색 지붕을 털었다. 신선이 형형하게 날개옷을 입고 내려오니 도깨비가 깊이 근심하여 굳게 문을 잠갔다. 기산과 화산이 전율하고 위수와 경수가 뒤흔들렸으며, 땅이 드넓어 바람이 쏴아 불고 하늘이 탁 트여 기운이 맑디맑았다. 갑옷과 투구를 쓴 병사가 뛰어오르니 형문과 무협에 빠른 번개가 치는 듯하고, 규장과 비단이 깨끗하고 높으니 소상과 동정에 저녁 비가 갠 듯하였다.

이에 황제의 수레가 성대하게 일어나니, 아아 난새와 봉황이 장차 이르는데, 넘치도록 가득하고 드넓어서 끝내 잴 수가 없으며, 그 소리와 광채가 순수함에 통하니 혼돈의 기운이 이 때문에 가지런히 정리되었다. 푸른 용을 몰아 구불구불 가니 마치 뼈가 없는 듯 유순하고, 오획을 이리저리 달리게 하니 그저 죽일 듯 묶어놓은 기세가 헛되이 있을 뿐이다. 붉은 수레바퀴는 들판을 다하여 아득하고 금빛 말머리 장식은 그늘을 이루어 서로 연결되어 있다. 앞이 들렸다 뒤가 들렸다 달려가니 하늘과 땅에 바람이 불고, 앞으로 갔다가 뒤로 갔다가 하니 추위와 더위를 빼앗는다. 중앙의 군영에서 태양 같은 이를 조밀하게 둘러싸니 천자의 돌아봄이 뒤덮은 초목에 높이 임하신다. 곰과 말곰이 귀를 접고 서로 핥고 있으며 호랑이와 표범이 높이 뛰면서 허공을 움켜쥐고 있다. 주상이 장차 성대한 행궁에 내려오시니 옥으로 장식한 수레를 물리치고 천천히 걸으신다. 사람으로 만든 문과 말을 막는 목책이 바글바글한 곳에 설치되고, 흰 사슴 가죽 모자를 쓰고 검은 양 갖옷을 입은 천자가 비로소 높다란 장막에 들어오신다. 패옥이 짤랑거리며 장차 모이고 호위병이 엇섞어서 모두 순응한다. 월굴은 어둑하고 부상은 차가우며 야전의 촛불은 빽빽하고 새벽 별은 진다.

공손하게 자리를 정하여 정결함을 고하고 성대하게 상제를 엄숙하게 대하니 맑고 고아하다. 구름이 연꽃 모양으로 펼쳐져 덮고 봄기운이 자욱한데 북두성이 세워졌다. 비녀와 옷자락은 무늬가 선명하고 술잔과 제기는 서늘하니, 사방에서 곡절이 있다가도 진퇴읍양할 때는 적막하다. 반드시 하늘에 근본하여 해의 제단과 달의 제단이 서로 비추고, 움직여 땅으로 나아가니 산림과 시내 계곡이 모두 표양된다.

이에 관원은 맡은 일이 있고 일에는 직분이 있어, 이로써 귀신을 공경하고 이로써 농사일을 부지런히 하며, 이로써 근본에 보답하고 처음으로 돌아가며 이로써 길고 짧음을 헤아려 가장 높은 표준을 세운다. 현주와 명수를 좋은 것으로 여기고 부들방석과 성긴 베옷을 옆에 둔다. 반드시 멥쌀과 찰기장으로 만든 누룩을 우선시하는 부지런함을 취하고 반드시 띠를 두르고 무늬를 수놓은 것을 붙이는 장식을 취한다. 비록 세 가지 희생과 여덟 가지 제기가 풍성히 갖춰져 서로 이어져 있지만 푸른 벽옥과 누런 옥으로 실제로는 올바른 색으로 돌아간다.

선왕의 훌륭한 공업을 이어서 일으키니 진실로 그 빛난 배향을 영원히 할 수 있고, 이곳에서 무리를 바라보며 두루 제사 지내니 이로써 그 보좌를 분명히 함이 있음을 보여준다. 이로 말미암아 악기를 진열하여 음악을 퍼트리고 진퇴하면서 절주로 따르니, <소>, <하>, <호>, <무> 음악은 《상서》에서 따오고 종, 석, 도, 포 악기는 거개 갖추었다. 동물과 식물의 온갖 형태를 변화시키니 큰 소리의 궁음과 치음을 듣는다. 영화로움이 바깥으로 발하지만 악기 틀이 높아서 그런 것은 아니고 화순함이 마음속에 쌓이지만 뇌고가 커서 그런 것은 아니다.

잠시 후에 희생의 배에 피와 내장지방을 넣고 묶은 뒤 섶으로 태우고 굴을 파서 덩어리를 묻으니, 타닥타닥 붉게 갈라지고, 밝은 부분은 기울어지고 어두운 부분은 무너진다. 번개가 휘감고 바람이 치솟으며 눈이 휘몰아치고 별이 부서지는 듯하여, 이리저리 휘감고 아득히 퍼진다. 황제께서 조용히 근심하시니 하늘과 땅에 빗기운이 더해지고, 백성들이 공경스레 우러러보니 머리카락 같이 세미한 소리까지 맑게 들린다. 뇌공과 하백은 모두 빨리 달리다가 곧게 서 있고, 상녀와 강비는 마침 빙글빙글 돌다가 모습을 감춘다.

피리를 쥐고 꿩 깃털을 잡고 붉은 방패와 옥 도끼를 들고, 슬을 튕기고 생을 부는데 금빛 지주에 물총새 깃털 장식 깃발 세웠다. 신령스런 빛이 갑자기 거두어지니 제사 일이 깨끗하고 맑다. 이에 어려움을 없앰에 끝없이 쏟아지고 경영함에 곡절이 많으니, 붉은 절벽에 젖어 들고 북방 사막에 뿌려지며, 양곡에 물결이 세차고 약목의 꽃을 적신다. 노인은 눈물을 흘리고 어린아이는 춤을 추며, 가시덤불은 갈라지고 감옥은 뒤집힌다. 하늘 끝 물가에 이르는 영토가 널리 흥겹게 모여 먹고 마셨으니, 교외 제사를 받은 현만 유독 종횡으로 즐거웠던 것은 아니다. 어진 은택이 무극까지 넘치고 성대한 바침이 지극한 정령에 간곡하였다. 옛날을 헤아려보면 누차 부명에 응험하고 부계와 맞았는데, 성인이 일어나니 소수를 배척하지 않고 이미 이룬 것에 웅거하지도 않는다.

이에 고, 경, 후, 백이 여러 유자 및 삼로와 섞여서 엄숙하게 가죽 장식 수레를 지나 장막 궁전으로 종종걸음으로 달려와 머리를 조아리고 말하기를, "신이 듣기에 수인씨 이전에는 법도를 알기 어려웠고 형식과 실질이 변하지 않았다고 합니다. 태호씨가 하늘을 이어 왕이 되었으니 그 초기에 열고 닫음을 근본해서 목덕木德으로 자손에게 전하여 끝과 처음을 펼쳤기에 볼만했습니다. 유우씨, 하나라, 은나라, 주나라에 이르러서 밝게 빛나고 아름다워졌습니다. 진나라는 이리처럼 탐욕스럽고 누에처럼 잡아먹었기에 실패하였고, 한나라는 뱀을 자르고 용과 싸우는 일로 점철했습니다. 중간에는 망망하여 무엇을 따르겠습니까? 성인이 몸을 움츠려 일찍이 돌아보지 않았습니다."

"엎드려 생각건대 도가의 시조 노자께서 백성이 찢기는 것을 보시고, 해로운 말이 발길질하고 물어뜯는 것을 추하게 여기시고, 오정이 일하지 않음을 질타하고 올바른 기운이 운행되지 않음을 살피시어, 자손에게 계승되도록 도우신 이래로 명운을 장악함에 오덕이 갈마들게 하시고, 여러 성인이 깨끗이 씻게 하셨지만 중간에 국통이 들이받혀 넘어지니, 기운이 지야의 요사스러움에 어두워지고 기세가 용사의 재앙에 의해 되돌려졌습니다."

"엎드려 생각건대 폐하께서 발끈 떨쳐 일어났을 때 궁궐에서는 감히 무리지어 저항하지 못했고 귀신이 그 때문에 흐느꼈습니다. 큰길에 먼지가 크게 일었고 긴 검은 큰소리 지르며 피를 뿌렸습니다. 존비가 어울리게 배치되고 천하가 깨끗이 씻겨, 기울어져 가는 자극궁을 바로 세우고 이미 사라져버린 맑은 향기를 수습했습니다. 어짊과 의로움으로 불리고 현명함과 명철함으로 단련하여, 밝게 빛나는 조종을 잇고 드날리던 오랑캐를 말아버렸습니다. 대체로 천자님이 즉위한 이후로 사람마다 절로 당우를 만나게 되었고 사십 년 동안 집집마다 절로 직과 설로 여기게 되었습니다. 왕의 기강은 고금의 법도에 제약받지 않았고 하늘의 들음은 올바른 도리를 높이 세웠습니다. 무지하게 법도를 잃었다가 우열이 분명해졌습니다. 마땅히 아주 미세한 부분까지 엄밀함을 검증하여 사라지고 끊어진 것을 일으켜 잇도록 수정하여 정하시면, 후에는 역수가 모두 처음을 따르고 팔음과 육률이 새로워져서 하루하루가 계산을 하지 않아도 일어나고 한 글자가 천금이라 사라지지 않을 것을 보실 것입니다."라고 하였다.

주상이 말씀하시기를, "아, 하늘에 정해진 명이 있으니 오직 다섯 성인이 받으셨다. 나는 밤낮으로 쉴 틈도 없이 실로 소박함으로 분수를 지키고 있다. 아아, 기린과 봉황은 교외의 택지에서 무엇을 하는가? 어찌 상제께서 이곳을 내려다보실 것이며, 현원께서 후대에 업적을 남겨주시겠는가? 대저 성인은 백 년을 메추라기와 새끼새로 여기고 도가 있는 이는 만물을 지푸라기나 개로 여겼다는데, 지금 어찌하면 팔극을 아득히 굽어보고 사방의 제후에 멀리 의탁하면서, 주나라와 한나라 이후에 시초를 바로하고 거북 껍질을 쓰다듬으며 위나라와 진나라의 머리에서 천천히 걸으며 두루 볼 수 있을까? 상고시대에 법을 이루었으나 대체로 그 사람들은 이미 사라졌기에 말할 만하지 않구나."라고 하셨다.

이에 천자가 말을 하지 않으면서 조용히 생각하시고는 끝까지 공고히 하고 또 공고히 하셨다. 그 뜻은 이역의 공물을 억제하는 데 있지 않고 또한 쓸데없는 사당을 넓힐 필요도 없었다. 금마와 벽계가 사람을 다스리는 방법이 아니며 산호와 비취 이것도 같은 물건이니 무얼 의심하겠는가? 교외의 묘당 받드는 것을 보배로 여기고 더욱 부지런히 공경함을 더하리라. 하물며 대정씨의 시대에 육룡을 타고 날아 돌아갔음에랴.

[해제]

이 부는 현종이 천보 10년 남쪽 교외에서 하늘과 땅에 함께 제사를 지낸 일을 읊은 것이다. 제사를 지내기 위해 재계한 뒤 성대한 행차를 하고 예물을 음악과 함께 올린 것을 서술한 뒤 당나라가 주나라와 한나라의 정통을 이은 왕조임을 말하고는 하늘이 마땅히 상서로움을 내릴 것이라고 하였다.

≪신당서·예악지禮樂志≫: 현종이 이미 <개원례>를 정하고 천보 원년에 마침내 남쪽 교외에서 하늘과 땅에 함께 제사를 지냈다.(玄宗 旣已定開元禮, 天寶元年, 遂合祭天地於南郊.)

1 主上(주상)-현종을 가리킨다. 兆(조)-제단을 설치하고 제사를 지내는 것을 말한다. 南郊(남교)-장안 남쪽의 교외. 현종은 천보 원년부터 줄곧 남쪽 교외에서 하늘과 땅에 함께 제사를 지냈다. ≪예기·표기表記≫ "后稷兆祀" 정현 주: '조'는 사방 교외의 제사지내는 곳이다.(兆, 四郊之祭處也.)

2 聿懷(율회)-유념하다. '율'은 어조사로 뜻이 없다.

3 今玆(금자)-올해.

4 就(취)-나아가다. 陽位(양위)-남쪽을 가리킨다. ≪예기·교특생(郊特牲)≫: 남쪽 교외에 제사를 지내며 남쪽으로 나아간다.(兆於南郊, 就陽位也.)

5 祖考(조고)-돌아가신 선조.

6 宗伯(종백)-제사를 담당하는 관직명이다.

7 禋祀(인사)-제사 방식 중의 하나로 섶을 태워 연기를 피워올린 뒤 거기에 희생이나 비단 등을 태우는 것이다. ≪주례·춘관春官·대종백大宗伯≫: 연기를 피워올리는 의식으로 호천상제에 제사지낸다.(以禋祀祀昊天上帝.)

8 春官(춘관)-예부禮部로 의례를 주관하는 곳이다. 修(수)-글을 짓다. 글을 쓰다. '倏'로 된 판본도 있다. 頌祇(송기)-땅의 신령을 칭송하다.

9 泰龜(태구)-큰 거북. 점을 치는 데 사용하는 거북은 큰 것을 좋다고 여겼다. 不昧(불매)-어둡지 않다. 좋은 점괘가 나왔다는 말이다.

10 掌次(장차)-주나라 천관天官의 속관으로 왕이 행차하여 머물 때의 기물을 담당하였다. 氈邸(전저)-모포를 깐 탁자와 봉황 깃털로 장식한 병풍. 왕이 제례를 행하러 갈 때의 의전이다. ≪주례·천관·장차掌次≫: 왕이 행차했을 때의 규범을 관장하여 기물을 펼치고 설치하는 일을 담당한다. 왕이 상제에게 크게 제사를 지낼 때는 모포를 깐 탁자를 펼치고 봉황 깃털 장식 병풍

을 설치한다.(掌王次之灋, 以待張事. 王大旅上帝, 則張氈案, 設
皇邸.)

11 封人(봉인)-주나라 지관地官의 속관으로 왕이 제사 지내는 곳
   의 제단과 그곳을 두르는 담장을 담당하였다. 壝宮(유궁)-흙으
   로 담장을 둘러 만든 왕궁. 왕이 행차하다가 잠시 쉴 때 머무는
   장소이다.
   《주례・지관・봉인封人》: 왕이 제사 지낼 때 제단과 그것을
   둘러싼 낮은 담장을 설치하는 일을 담당하는데, 경계를 만들면서
   흙을 쌓고 나무를 심는다.(掌設王之社壝, 爲畿, 封而樹之.)

12 司門(사문)-주나라 지관의 속관으로 문의 개폐를 담당하였는데,
   제례에 사용하는 희생을 묶어서 가져오면 이를 관리하기도 하였
   다. 轉致(전치)-전달하여 가져오다. 牲牢(생뢰)-제사에 사용하
   는 희생.
   《주례・지관・사문司門》: 제사에 사용하는 희생을 묶으면 문
   지기가 그것을 관리한다.(祭祀之牛牲繫焉, 監門養之.)

13 小胥(소서)-주나라 춘관春官의 속관으로 음악을 관장하였다. 專
   達(전달)-전담하여 전달하다. 懸位(현위)-종이나 경磬을 매달
   때 지위에 따라 차등을 두는 것을 말한다.
   《주례・춘관・소서小胥》: 악기를 걸어놓는 위치를 관리한다.
   왕은 4면에 걸고 제후는 3면에 걸며 경대부는 2면에 걸고 사는
   한 면에만 걸어서 그 소리를 분별한다.(正懸樂之位, 王宮懸, 諸侯
   軒懸, 卿大夫判懸, 士特懸, 辨其聲.)

#《두시상주》: 이 단락은 먼저 경계를 기약하여 담당자가 공경하고
근엄할 것을 서술하였다. 이때는 하늘과 땅에 함께 제사를 지내
기에 예관이 먼저 조리 있게 진술하고 진헌하였다. '장차'는 출행
시 재계하는 장소와 행궁을 담당하고 '봉인'은 왕이 행차하는
길의 초목을 담당하며, '사문'은 희생과 섶을 담당하고 '소서'는
음악과 연주를 담당한다.(此敍先期戒飭, 執事者恪勤. 是時用天
地合祭, 故禮官先條陳而進獻. 掌次, 伏下宿設帷宮. 封人, 伏下馳

道長薄. 司門, 伏下胇臂柴燔. 小胥, 伏下聲音節奏.)

14 二之日(이지일)-둘째 날. 태묘에서 제사를 지낸 날을 말한다. 이
   와 달리 태청궁과 태묘에서 제사를 올린 이틀을 가리킨다는 설도
   있다.

15 蒼然(창색)-푸르스름한 모양. 어렴풋한 모습. 無形(무형)-제사
   받은 영령을 가리킨다.

16 澹然(담연)-조용한 모양.

[天子 2구] 현종이 태묘에서 제사를 지낸 뒤 그 영령을 보고 그들의
   소리를 들은 것 같다는 말로 제사에 정성을 다했기에 응답이
   있었음을 말한다.
   《예기·곡례상曲禮上》: 소리 없는 것에서 듣고 형체가 없는
   것에서 보다.(聽於無聲, 視於無形.)

17 宿設(숙설)-왕이 제사를 지내기 위해 재계하고 머무는 곳을 말
   한다. 또는 지난밤 설치한 숙소.

18 旰食(간식)-해가 진 뒤에 밥을 먹다. 왕이 업무에 정진하여 정해
   진 시간보다 늦게 식사하는 것이다. 匪寧(비녕)-편안치 않다. 아
   직 더 제사를 지내야겠다고 생각하였기 때문이다.

19 旌門(정문)-왕이 행차할 때 머무는 장막에 깃발을 꽂아 문으로
   표시한 것을 말한다. 坡陀(파타)-기복이 있는 모양. 구불구불한
   모양. 前鶩(전무)-앞으로 달려가다.

20 彀騎(구기)-활로 무장한 기병.

21 頓(돈)-주둔하다. 멈추다. 曾城(층성)-높은 성. 여기서는 높은
   수레를 비유한다. 軋軋(알알)-수레가 가는 소리. 또는 나아가기
   힘든 모양.

22 軼(질)-빨리 달리다. 熒熒(형형)-밝은 모양. 여기서는 횃불의 모
   습을 가리킨다.

23 馳道(치도)-천자가 행차하는 넓은 길. 砥(지)-숫돌.

24 浴日(욕일)-갓 떠오른 해를 가리킨다. 萍(평)-평실萍實. 물풀의
   열매이다.

≪회남자·천문훈天文訓≫: 해가 탕곡에서 나와 함지에서 목욕한다.(日出於暘谷, 浴於咸池.)

≪설원說苑·변물辨物≫: 초나라 소왕이 장강을 건너는데 말박만한 크기의 물건이 곧장 왕의 배에 부딪치더니 배 중간에 멈추었다. 소왕이 크게 놀랐으며 공자를 찾아가서 물어보도록 하였다. 공자가 말하기를, "이것의 이름은 평실인데 가운데를 갈라서 먹을 수 있습니다. 패자만이 이를 얻을 수 있으니 이는 상서로운 조짐입니다."라고 하였다.(楚昭王渡江, 有物大如斗, 直觸王舟, 止於舟中. 昭王大怪之, 使聘問孔子. 孔子曰, 此名萍實, 令剖而食之, 惟霸者能獲之, 此吉祥也.)

25 掣(철)-뽑다. '製'로 된 판본도 있다. 翠旌(취정)-물총새 깃털로 장식한 깃발. 황제의 의장이다. 華蓋(화개)-별자리 이름.

26 彗(혜)-털다. 黃屋(황옥)-누런색 수레 지붕으로 황제의 수레를 가리킨다. 鉤陳(구진)-별자리 이름.

27 神仙(신선)-여기서는 제례에 참석한 관원을 비유한다. '仙'은 '山'으로 된 판본도 있다. 戌削(술삭)-깡마른 모습. 형형한 자태를 표현한 것이다. 落羽(낙우)-날개옷을 입은 신선이 내려오다.

28 魍魎(망량)-도깨비. '鬼魅'로 된 판본도 있다. 幽憂(유우)-깊이 근심하다. 固扃(고경)-굳게 빗장을 잠그다.

≪두공부시집집주≫: 도깨비가 깊이 숨어 나오지 않는다는 말이다.(言鬼魅深伏而不出.)

29 戰岐慄華(전기률화)-기산岐山을 떨게 하고 화산華山을 떨게 하다.

30 擺渭掉涇(파위도경)-위수渭水를 뒤흔들고 경수涇水를 요동치게 하다. 이상 두 구는 천자의 위엄을 과장하여 표현한 것이다.

31 回回(회회)-드넓은 모양. 淅淅(석석)-바람이 부는 모양.

32 泱泱(앙앙)-탁 트인 모양. 淸淸(청청)-'靑靑'으로 된 판본도 있다.

33 甲冑(갑주)-갑옷과 투구. 천자의 호위병을 가리킨다. 乘陵(승릉)

-오르고 넘어가다.

34 荊門(형문)-지금의 호북성에 있는 산으로 장강 가에 있다. 巫峽
(무협)-장강 중상류에 있는 협곡의 이름.

35 玉帛(옥백)-규장圭璋과 속백束帛으로 고대에 제례, 회맹, 조회
등에 사용하던 기물이다. 淸迥(청형)-깨끗하고 높다랗다.

36 霽(제)-비가 개다. 瀟湘(소상)-지금의 호남성에 있는 강.

[甲冑 4구]

≪두시상주≫: 형문과 무협은 강이 험하고 급해서 소리가 있고,
소상과 동정은 물이 맑고 푸르러서 빛이 난다. 형문과 무협은
기주에 있고 소상과 동정은 호남에 있다.(荊門巫峽, 川峻急而有
聲. 瀟湘洞庭, 水澄碧而生色. 荊巫在夔州, 湘洞在湖南.)

#≪두시상주≫: 이 단락은 천자가 재계하고 머물 때 호위하는 의장
의 정연하고 엄숙함을 서술하였다. '이지일'은 전날의 두 제사이
다. '재심'과 '간식'은 천자가 정성을 다했다는 말이다. '정문'과
'구기'는 행재소의 호종이다. '알알'은 수레의 소리이고 '형형'은
불빛이다. 치도에 임해서 해가 떴으니, 태묘에서 왔는데 아직
여명이었다. 물총새 깃털 깃발을 뽑고 누런색 수레 지붕을 터는
것은 바깥에 의장을 멈춰놓은 것이다. '낙우'는 신선이 내려온
것이고 '고경'은 도깨비가 종적을 감춘 것이다. '전기' 2구는 산
천이 진동한다는 말이고 '지회' 2구는 천지가 화순하다는 말이
다. 번개가 치는 것은 갑옷 입은 병사의 행군 소리를 비유하고,
비가 갰다는 것은 규장과 속백이 깨끗함을 비유한다.(此敍天子
齊宿, 儀衛之整嚴. 二之日, 前兩祭也. 齋心旰食, 天子致誠. 旌門
縠騎, 行在扈從也. 軋軋, 車聲. 熒熒, 火光. 臨馳道而日上, 來自太
廟, 尙屬黎明也. 猰去翠旃, 彗除黃屋, 停儀仗於外也. 落羽, 羽衣
下降. 固扃, 魍魅藏跡. 戰岐二句, 言山川震悚. 地回二句, 言天地
豫順. 轉雷, 象甲士之行聲. 霽雨, 比玉帛之精彩.)

37 乘輿(승여)-천자의 수레. 霈然(패연)-성대한 모양. 作(작)-움직
이기 시작한다는 말이다.

38 翳(예)-발어사이다. 鸞鳳(난봉)-난새와 봉황으로 상서로움을 보여주는 신물이다.

≪두시상주≫: '예'는 발어사이다.(翳, 發語詞.)

39 沖融(충융)-기운이 가득히 퍼져 있는 모양. 寥廓(요곽)-드넓은 모양. 하늘.

40 乎(호)-'以'로 된 판본도 있다. 彌度(미탁)-전체 높이를 측정하다.

41 聲明(성명)-소리와 광채. 난새와 봉황이 날아오는 상황을 표현한 것이다.

42 溟涬(명행)-천지가 만들어지기 전의 혼돈된 상태. 또는 물이 아득히 많은 모양. 垠堮(은악)-가장자리. 경계. 기운이 경계를 형성해 그 안에서 통제되고 있음을 말한다.

43 駟(사)-원래는 수레를 끄는 네 마리 말인데, 여기서는 수레를 끌도록 몬다는 뜻이다. 蒼螭(창리)-푸른 용. 천자의 수레를 모는 말을 비유한다. 蜿蜒(완연)-구불구불하게 가는 모양.

44 烏獲(오획)-전국시대 진秦나라 장사의 이름이다. 여기서는 천자의 수레를 모는 이들을 가리킨다. '獲'은 '攫'으로 된 판본도 있다. 之(지)-'而'로 된 판본도 있다. 黝蟉(유료)-구불구불하게 가는 모양.

≪두공부시집집주≫: 살펴보건대 '오확'이 비록 ≪한서≫에 보이기는 하지만 이곳에서 사용된 뜻과 맞지 않는다. 마땅히 ≪문수≫본을 옳은 것으로 해야 한다. 대체로 '획'과 '확'은 글자가 비슷해서 잘못된 것이리라. '유료黝蟉'는 마땅히 '유료蚴蟉'일 것이다. 용이 지나가는 모양이다. <상림부>에서 "청룡이 동쪽 방에서 꿈틀거린다."라고 하였다.(按, 烏攫字, 雖見漢書, 然此處用之不倫, 當以文粹本爲正, 蓋獲攫字相近而訛耳. 黝蟉, 宜作蚴蟉. 龍行貌. 上林賦, 靑龍蚴蟉於東廂)

≪사기·진본기秦本紀≫: 무왕은 힘이 있고 놀이를 좋아했는데 장사 임비, 오획, 맹열이 모두 높은 관직에 이르렀다.(武王有力,

好戲. 力士任鄙烏獲孟說皆至大官.)

45 殺縛(살박)-죽일 듯이 세게 묶다. 혹독하게 대하는 것이다. 이 구는 말과 수레가 잘 달려가기 때문에 굳이 말을 단단히 묶어 통제할 필요가 없다는 말이다.

46 朱輪(주륜)-붉은 수레바퀴. 천자의 수레를 가리킨다. 竟野(경야) -들판을 다하다. 들판을 가득 채우고 있다는 말이다. 眇冥(묘명) -아득한 모양.

반고 <동도부東都賦>: 거대한 전차가 들에 가득하다.(元戎竟野.)

47 金鑁(금종)-금으로 장식한 말 머리 장식. '鑁'은 '鍐'과 같다. 成陰(성음)-그늘을 만들다. 많다는 말이다. 結絡(결락)-줄로 서로 연결되어 있다는 말이다.

채옹 《독단獨斷》: '종'은 말 머리 장식이다. 높이와 넓이가 각 네 치이고 흰 꽃과 같은 모양인데 말갈기 앞에 있다.(鑁者, 馬冠也. 高廣各四寸, 如玉華形. 在馬騌前.)

48 堪輿(감여)-하늘과 땅. 軒輵(헌지)-'헌'은 수레의 앞이 들리는 것이고 '지'는 수레의 뒤가 들리는 것이다. 수레가 잘 가는 모습이다. '輵'는 '輊'로 된 판본도 있다. 이 구는 수레가 달릴 때 바람이 절로 분다는 말이다.

《회남자》 "堪輿行雄以知雌" 허신許愼 주: '감'은 하늘의 이치이고 '여'는 땅의 이치이다.(堪, 天道也. 輿, 地道也.)

《시경·소아·육월六月》 "如輊如軒" 주희 주: '지'는 수레가 뒤가 들려 엎어질 듯이 하면서 앞으로 가는 것이고, '헌'은 수레가 앞이 들려 뒤로 끌려가듯이 뒤로 가는 것이다. 무릇 수레는 뒤에서 보면 '지'와 같아야 하고 앞에서 보면 '헌'과 같아야 조화를 이루며 갈 수 있다.(輊, 車之覆而前也. 軒, 車之却而後也. 凡車從後視之如輊, 從前視之如軒, 然後適調也.)

49 搶(창)-빼앗다. 前卻(전각)-앞으로 가는 것과 뒤로 가는 것. 이 구는 수레가 달릴 때 추위와 더위를 잊게 된다는 말로 그만큼 빠르다는 뜻이다.

≪두공부시집집주≫: '창'은 빼앗는다는 뜻이다.(搶, 爭取也.)

50 中營(중영)-숙영지의 가운데. 천자의 행궁을 말한다. 密擁(밀옹)
-빽빽하게 두르다. 太陽(태양)-천자를 가리킨다.

51 宸眷(신권)-하늘이 돌아보다. 천자의 은총을 비유한다. 眇臨(묘
림)-높은 곳에서 굽어보다. 長薄(장박)-서로 연결되어 자란 초
목의 덤불. 여기서는 천자가 행차한 곳의 초목을 가리키는데,
백성들을 비유하는 것으로 보인다.

52 熊羆(웅비)-곰과 큰곰. 弭耳(미이)-귀를 숙이다. 순종하는 모습
이다. '弭'는 '彌'로 된 판본도 있다. 舐(지)-핥다.

53 虛攫(허확)-빈 것을 움켜 쥐다. 호랑이와 표범이 실상 위해를
가하지 않는다는 말이다.

54 上(상)-주상. 현종을 가리킨다. 帷宮(유궁)-장막으로 만든 행궁.
제례를 지내기 위해 설치한 임시 궁궐이다. 綝縭(침리)-성대한
모양.
≪주례·천관·장사掌舍≫ "爲帷宮, 設旌門" 정현 주: 왕이 행차
하다가 낮에 멈춰서 익힘의 장을 펼칠 때 만약 밥을 먹거나 쉬면
장막을 펼쳐 행궁을 만들고 깃발을 세워 문을 표시한다.(王行,
晝止有所展肄, 若食息, 張帷爲宮, 則樹旌以表門.)

55 屏玉軑(병옥대)-옥으로 장식한 수레바퀴를 물리치다. 천자가
수레를 타지 않고 걸어가려는 것이다. '軑'는 '軟'로 된 판본도
있다. 蠖略(확략)-천천히 걸어가는 모양. '蠖'은 '蠼'으로 된
판본도 있다.

56 人門(인문)-사람을 세워서 문을 만든 것. 行馬(행마)-난간을 세
워서 말이 지나가지 못하게 만든 것.
≪주례·장사≫ "無宮, 則共人門" 정현 주: 왕이 행차하다가 좋
은 경관을 맞닥뜨려서 만약 멈추어 노닐며 볼 때는 주위 호위병
을 늘어세우게 되니, 장대한 사람을 세워 문을 표시한 것이다.(王
行有所逢遇, 若住遊觀, 陳列周衛, 則立長大之人以表門.)
≪두공부시집집주≫: 혹자가 말하기를, "'행마'는 집 주위에 나

무릎 교차시켜 무리를 막는 것이다."라고 하였다. ≪한관의≫에서 "광록훈의 문 바깥에 특히 행마를 설치하고 깃발을 세워 구분한다."라고 하였다. 후세 신하들이 행마를 사용한 것은 이것에서 시작하였다.(或曰行馬, 遶舍交木以禦衆. 漢官儀, 光祿勳門外, 特施行馬以旌別之. 後世人臣得用行馬始此.)

57 合沓(합답)-많이 모여 있는 모양.

58 皮弁(피변)-흰 사슴 가죽으로 만든 모자. 大裘(대구)-검은 양의 가죽으로 만든 옷. 둘 다 천자가 제례를 올릴 때의 복식이다. ≪예기・교특생郊特牲≫: 제사 지내는 날 왕은 흰 사슴 가죽 모자를 쓰고 제사를 알리는 말을 듣고 백성에게 천제를 존중함을 보여준다.(祭之日, 王皮弁以聽祭報, 示民嚴上也.)
≪주례・천관・사복司服≫: 왕이 호천상제에 제사를 지낼 때는 검은 양가죽 옷을 입고 면류관을 쓴다.(王祀昊天上帝, 則大裘而冕.)

59 穹崇(궁숭)-높은 모양.

60 衝牙(충아)-패옥을 이루는 한 부분의 명칭이다. 여기서는 제례를 시종 드는 이들의 장식이다. 鏘鏘(장장)-패옥이 부딪히며 나는 소리.
≪두시상주≫: ≪예기・옥조≫에서 "무릇 허리띠에는 반드시 패옥이 있어야 하고 패옥에는 반드시 충아가 있어야 한다."라고 하였다. ≪대대례기≫에서 "패옥은 위에 한 쌍의 형이 있고 아래에 한 쌍의 황과 충아가 있는데 대합진주를 그 사이에 넣는다."라고 하였다. 한나라 명제의 ≪삼례도≫>에서 "황 가운데를 충아로 가로지르고 푸른 구슬로 우를 만든다."라고 하였다.(玉藻, 凡帶必有佩玉. 佩玉必有衝牙. 大戴禮, 佩玉, 上有雙衡, 下有雙璜衝牙, 玭珠, 以納其間. 漢明帝, 三禮圖曰, 璜中橫以衝牙, 以蒼珠爲瑀.)
≪예기・옥조≫ 공영달 소: 무릇 패옥은 반드시 위에 형에 묶어서 아래로 두 줄을 늘어뜨리고는 대합진주를 꿴 뒤, 하단 앞뒤로 황을 달고 중앙 하단에는 충아를 단다. 움직이면 충아가 앞뒤로

황을 건드려서 소리가 난다. 닿는 옥은 그 모양이 어금니와 비슷하기에 충아라고 하였다.(凡佩玉必上繫於衡, 下垂二道, 穿以蠙珠, 下端前後以縣於璜, 中央下端縣以衝牙. 動則衝牙前後觸璜而爲聲. 所觸之玉, 其形似牙, 故曰衝牙.)

61 周衛(주위)-천자를 둘러싸고 보위하는 호위병을 말한다. 轇轕(교갈)-교차하며 엇섞여 있는 모양. 또는 먼 모양. 以(이)-'而'로 된 판본도 있다. 咸若(함약)-모두 순종하다. 천자의 교화에 응하여 만물이 본성에 순응하고 있음을 말한다.

≪서경·고요모皐陶謨≫: 고요가 말하기를, "아, 신하를 알아보는 데 달렸고 백성을 안돈하는 데 달렸습니다."라고 하니. 우가 말하기를, "아, 모두 이와 같게 되는 것은 요임금도 이를 어려워하셨을 것입니다."라고 하였다.(皐陶曰, 都, 在知人, 在安民. 禹曰, 吁, 咸若時, 惟帝其難之.)

≪두시상주≫: '약'은 순종한다는 뜻이다.(若, 順也.)

62 月窟(월굴)-달이 지는 곳에 있다는 전설의 굴이다. 扶桑(부상)-해가 뜨는 곳에 있다고 하는 전설의 나무이다.

≪회남자淮南子≫: 태양이 탕곡에서 나와 함지에서 목욕하고 부상을 스친다.(日出於暘谷, 浴於咸池, 拂於扶桑.)

63 田燭(전촉)-고대에 제례를 지낼 때 야외에 켜놓은 초. 稠(조)-빽빽하다. 星(성)-'河'로 된 판본도 있다.

≪예기·교특생≫: 제례를 지내는 날에는 장사를 지내는 이도 통곡하지 않고 상복을 입지 않으며, 길을 깨끗이 쓸고 새로운 흙을 깔며, 고을 사람들은 들에 불을 밝힌다.(祭之日, 喪者不哭, 不敢凶服, 氾掃反道, 鄕爲田燭.)

#≪두시상주≫: 이 단락은 교외의 제단으로 갈 때 겪은 상황을 서술하였다. 난새와 봉황을 타고 오는데 신령이 멀리 있어 잴 수가 없지만, 오직 이러한 소리와 광채만이 통할 수 있으니 멀어서 이르지 못할 것이 없을 수 있다. '창리'는 봄에 수레를 이끄는 푸른 용이고 '오획'은 수레를 모는 이가 모두 용맹한 군사라는

말이다. '주륜'은 천자의 수레이고 '금종'은 천자의 말이다. 한 번 앞쪽이 들리고 한 번 뒤쪽이 들리면 하늘과 땅에 바람이 부는 것 같고, 간혹 앞으로 가고 간혹 뒤로 가면 추위와 더위를 빼앗을 수 있다고 했으니 수레가 매우 빨리 달린다는 말이다. '태양'은 천자를 가리키고 '장박'은 천자의 원림을 지나간다는 말이다. 곰과 호랑이는 원림의 동물이다. 행궁에 내려와 수레를 물리친 것은 걸어서 앞으로 나아가는 것이다. 문과 말을 지나서 모자와 갖옷을 입은 것은 당시 장차 제례를 올리려는 것이다. '충아'는 제례를 시중드는 자들이고 '주위'는 호위하는 무사들이다. '월흑' 2구는 새벽이 되려는 때를 적은 것이다.(此敍往赴郊壇時所歷之景事. 乘鸞鳳而來, 神靈非可遙及, 惟此聲明所通, 故能無遠不達. 蒼螭, 春駕蒼龍也. 烏獲, 御皆勇士也. 朱輪, 御輦. 金鑁, 御馬. 一軒一輊而堪輿若吹, 或前或却而寒暑可搶, 言其馳驟迅速也. 太陽, 指天子. 長薄, 經御苑也. 熊虎, 卽苑中物. 降帷屏軒, 步行而前. 歷門馬, 服弁裘, 時將祭獻矣. 衡牙, 侍祠者. 周衛, 武衛軍. 月黑二句, 記眜爽之候.)

64 定位(정위)-제사를 받는 여러 신의 자리를 정한다는 말이다. 告潔(고결)-정결함을 고하다. 제례의 정결함을 신에게 알린다는 말이다. '潔'은 '絜'로 된 판본도 있다.

《예기·예운禮運》: 교외에서 천제에게 제사를 지내니 이로써 하늘의 지위를 정한다.(祭帝於郊, 所以定天位也.)

《통전》: 남쪽 교외에서 하늘에 제사를 지내면 땅을 배향하는데 하늘과 땅의 위치는 모두 남향을 하고 땅이 동쪽에 있으며, 제수를 함께 흠향한다.(祭天南郊則以地配, 天地位皆南向, 地在東, 共牢而食.)

65 藹(애)-성대한 모양. 嚴上(엄상)-위에 있는 신령에게 엄숙히 대하다. 淸超(청초)-맑고 고아하다.

66 菡萏(함담)-연꽃. 張蓋(장개)-넓게 펴져서 덮다.

67 葳蕤(위유)-화려하고 아름다운 모양. 建杓(건표)-북두칠성이

서다. '표'는 북두칠성의 자루 부분의 세 별을 가리킨다. 예로부
터 북두칠성의 자루 부분이 가리키는 방향을 '건'이라고 한다.
정월에는 인寅의 방향에 서게 된다.

≪설문해자≫: '표'는 북두칠성의 자루이다. 북두칠성의 자루
가 동쪽을 향하면 천하가 모두 봄이다.(杓, 斗柄也. 斗柄東而天
下皆春.)

68 簪裾(잠거)-비녀와 옷자락. 제례를 시종드는 관원의 복식을 가
리킨다. 斐斐(비비)-무늬가 선명한 모양.

69 樽俎(준조)-제사에 사용한 술잔과 그릇. 蕭蕭(소소)-서늘한 모
양. 제례의 엄숙한 분위기를 표현한 것이다.

70 方面(방면)-사방. '面'은 '回'로 된 판본도 있다. 曲折(곡절)-제
례 음악이 고저억양을 따라 연주되는 것을 말한다.

71 周旋(주선)-제례에서 나아갔다 물러나며 읍양揖讓하는 행동을
말한다. 寂寥(적료)-고요하다.

72 王宮(왕궁)-태양에 제례를 올리는 제단. 夜明(야명)-달에 제례
를 올리는 제단. 射(사)-비추다. 마주보고 있다는 말이다.

≪예기·제법祭法≫: '왕궁'은 태양에 제사를 지내는 것이고 '야
명'은 달에 제사를 지내는 것이다.(王宮, 祭日也. 夜明, 祭月也.)

73 之地(지지)-땅의 신령에게로 나아가는 것을 말한다.

≪예기·예운≫: 대저 예는 반드시 하늘에 근본하고, 움직여 땅
으로 나아가며 펼쳐져 일로 나아가며 변하여 때를 따른다.(夫禮
必本於天, 動而之地, 列而之事, 變而從時.)

74 標(표)-높이 드날리다. 신이 받들어지는 것을 말한다.

[必本 4구] 하늘과 땅의 모든 신령이 제사에 받들어지고 있다는
말이다.

≪두시상주≫: 한나라 곡영의 소에서 "하늘에 제사를 지내면 천
문이 따르고 땅에 제사를 지내면 지리가 따른다."라고 했는데,
삼광(해, 달, 별)이 천문이고 산과 내가 지리이다. ≪예기·제법≫
에서 "산림, 시내와 계곡, 구릉은 백성이 재물과 일용품을 취하

는 곳이다. 이러한 종류가 아니면 제례의 전적에 기록될 수 없다."라고 하였다.(漢谷永疏, 祀天則天文從. 祀地則地理從. 三光, 天文也. 山川, 地理也. 祭法, 山林川谷丘陵, 民所取財用也. 非此族也, 不在祀典.)

#《두시상주》: 이 단락은 하늘과 땅에 함께 제사를 지내고 온갖 신을 배향함을 말하였다. '정위'는 교외 제단에 있는 신의 자리를 말하고, '엄상'은 신에게 엄숙히 공경한다는 말이다. 구름이 덮었다는 것은 신이 장차 강림하는 것이고 북두성이 세워졌다는 것은 봄날 밤의 별을 말한 것이다. '비녀와 옷자락'은 시종하는 관원이고, '술잔과 제기'는 제례용품이다. '곡절'은 오르내림에 절도가 있는 것이고 '적료'는 제사 음악을 연주할 때 말을 하지 않는 것이다. 해와 달은 하늘에 배향되고 산과 내는 땅에 배향되니 각기 그 부류를 따른다.(此言天地並祭而享乃百神. 定位, 郊壇神位. 嚴上, 嚴敬於神. 雲蓋, 神將降. 建杓, 春夜星. 簪裾, 從官. 樽俎, 祭品. 曲折, 升降有度. 寂寥, 奏假無言. 日月配天, 山川配地, 各從其類也.)

75 官有御(관유어)-관원에게는 맡아서 처리해야 할 일이 있다.
《예기·예운》: 나라에 예가 있으면, 관원에게 맡은 일이 있고 일에는 직분이 있어야 하며, 이에 예에 차례가 있게 된다.(國有禮, 官有御, 事有職, 禮有序.)

76 稼穡(가색)-씨를 뿌리고 수확하다. 농사일을 말한다.
《좌전·양공襄公 7년》: 교외에서 후직에게 제사를 지내 농사일을 기원한다. 이 때문에 경칩에 교외에서 제사를 지내고 제사를 지낸 이후에 밭을 간다.(郊祀后稷, 以祈農事. 是故啓蟄而郊, 郊而後耕.)

77 報本(보본)-근본에 보답하다. 근본이 되는 하늘과 조상에게 감사의 뜻을 전하는 것이다. 反始(반시)-처음으로 돌아가다. 근본에 대해 잊지 않는다는 말이다.
《예기·교특생》: 만물은 하늘에 근본하고 사람은 조상에 근본하니 이것이 상제에 배향되는 이유이다. 교외에서의 제사는 크게 근본에 보답하고 처음으로 돌아가는 것이다.(萬物本乎天, 人本乎祖. 此所以配上帝也. 郊之祭也, 大報本反始也.)

78 度長(탁장)-길이를 헤아리다. 立極(입극)-가장 높은 표준을 세우다. 교외의 제례를 통해 근본을 중시하는 표준을 세웠다는 말이다. 이와 달리 동지에 해그림자를 재서 날짜를 측정하는 규圭를 세우는 것으로 보는 설도 있지만 택하지 않는다.
≪두시상주≫: 동지는 해가 길어지기 시작하는데, 표극을 세워 그것을 측정한다.(冬至, 日初長, 建立表極以測度之也.)

79 玄酒(현주)-제례에 사용하는 술인데, 물을 사용한다. 明水(명수)-제례에 사용하는 깨끗한 물인데, 달빛에 내린 이슬을 모은 것이다. 上(상)-좋은 것으로 여기다. 숭상하다.
≪예기·교특생≫: 술이 맛있지만 현주와 명수를 좋은 것으로 여기는 것은 다섯 가지 맛의 근본을 귀하게 여기기 때문이다. 화려한 꽃무늬로 수 놓은 것이 아름답지만 성긴 베옷을 좋은 것으로 여기는 것은 베 짜는 여인의 공로의 처음으로 돌아갔기 때문이다. 골풀로 짠 자리와 대자리가 편안하지만 부들방석과 볏짚 자리를 좋은 것으로 여기는 것은 신령이 그것을 깨끗한 것으로 여기기 때문이다.(酒醴之美, 玄酒明水之尙, 貴五味之本也. 黼黻文繡之美, 疏布之尙, 反女功之始也. 莞簟之安, 而蒲越稾鞂之尙, 明之也.)
≪주례·추관秋官·사훤씨司烜氏≫: 거울을 가지고 달빛 아래에서 명수를 취한다.(以鑑取明水於月.)

80 越席(활석)-부들로 짠 방석. '越'은 음이 '활'이고 부들과 비슷한 식물로 자리를 엮을 수 있다. 疏布(소포)-성긴 베옷. 側(측)-옆에 두다. 가까이 두고 사용한다는 말이다. '列'로 된 판본도 있다.

81 稻秫(도출)-멥쌀과 찰기장. 여기서는 술을 담그는 재료이다. 麴蘖(국얼)-누룩.

82 紛純(분순)-띠로 가장자리를 두르다. 방석이나 자리의 가장자리

를 장식하는 것이다.

84 三牲(삼성)-제례에 사용하는 세 가지 희생으로 소, 양, 돼지이다. 八簋(팔궤)-제례에 사용하는 여덟 가지 그릇이다.

≪예기・제통祭統≫: 그릇에 세 가지 희생을 놓고 여덟 가지 제기를 가득 채우니, 아름다운 제물이 완비되었다.(三牲之俎, 八簋之實, 美物備矣.)

84 豐備(풍비)-풍성하게 준비하다. 相沿(상연)-서로 이어지다.

85 蒼璧(창벽)-푸른 벽옥. 黃琮(황종)-누런색 옥. 둘 다 하늘과 땅에 제례를 올릴 때 사용하는 기물이다.

≪주례・대종백大宗伯≫: 창벽으로 하늘에 예를 올리고 황종으로 땅에 예를 올린다.(以蒼璧禮天, 黃琮禮地.)

86 正色(정색)-순수하고 올바른 색. 푸른색, 붉은색, 누런색, 흰색, 검은색을 말한다.

#≪두시상주≫: 이 단락은 교외 제사가 중요하기에 기물을 갖추어서 지내는 것을 말하였다. '소이'를 네 번 중첩 사용하여 제사를 지내는 이유에 대해 근원을 되짚었다. '맑은 물'과 '부들방석'은 옛 제례가 매우 소박했다는 것이고, '누룩'과 '무늬를 수놓은 것'은 후세에 화려함을 더했다는 것이다. '상연'은 근래에 장식을 더했음을 보여주고 '정색'은 옛것을 회복한다는 본래의 뜻을 보여준다.(此言郊祀之重, 故備物以享. 疊用四所以, 乃推原致祭之故. 明水越席, 古禮甚樸. 麴糵文繡, 後世增華矣. 相沿, 見近代之彌文. 正色, 見復古之本意.)

87 丕業(비업)-큰 공업.

88 信(신)-진실로. 永(영)-영원히 하다. 昭配(소배)-종묘에 배열된 신주의 차례를 말한다. 여기서는 당나라 선왕을 가리킨다.

≪한서・율력지律曆志≫: 천지와 함께 배향되다.(昭配天地)

89 羣望(군망)-천자나 제후에게 제사를 받는 산천과 성신을 말한다. '망'이라고 한 것은 그곳에 친히 가서 제사를 지내는 것이 아니라 멀리서 바라보며 제사를 지낸다는 뜻이다. 徧祭(편제)-

두루 제사를 지내다.

≪상서·순전舜典≫: 산천을 바라보며 여러 신에게 두루 제사를 지낸다.(望於山川, 徧於群神.)

90 翼戴(익대)-보좌하고 받들다.

91 聲音(성음)-음악 소리를 가리킨다. 陳列(진렬)-악기를 늘어놓는 것을 말한다.

92 節奏(절주)-음악 가락. 進退(진퇴)-나아가고 물러나다. 제사를 지내며 이동하는 것을 말한다.

93 韶夏濩武(소하호무)-'소'는 순임금의 음악이고 '하'는 우임금의 음악이며, '호'는 상나라 탕임금의 음악이고 '무'는 주나라 무왕의 음악이다.

≪주례·대사악大司樂≫ "大韶大夏大濩大武"의 정현 주: <대소>는 순임금의 음악인데 그의 덕이 요임금의 도를 이을 수 있음을 말한다. <대하>는 우임금의 음악인데 우임금이 치수를 하며 땅을 건사하였기에 그 덕이 중원을 크게 할 수 있음을 말한다. <대호>는 탕임금의 음악인데, 탕임금은 너그러움으로 백성을 다스려 그 사악함을 제거하였기에 그 덕이 천하가 편안한 거처를 얻을 수 있게 함을 말한다. <대무>는 무왕의 음악인데, 무왕이 주왕을 토벌하여 그 해로움을 제거하였기에 그 덕이 무공을 이룰 수 있음을 말한다.(大韶, 舜樂也, 言其德能紹堯之道也. 大夏, 禹樂也, 禹治水傳土, 言其德能大中國也. 大濩, 湯樂也. 湯以寬治民而除其邪, 言其德能使天下得其所也. 大武, 武王樂也, 武王伐紂以除其害, 言其德能成武功.)

94 訓謨(훈모)-≪상서≫에 있는 <대우모大禹謨>, <고요모皐陶謨>, <이훈伊訓> 등의 편명을 가리킨다.

95 鐘石陶匏(종석도포)-종, 경쇠, 흙을 구워 만든 악기, 박으로 만든 악기를 가리킨다. 쇠(金), 돌(石), 현(絲), 대나무(竹), 박(匏), 흙(土), 가죽(革), 나무(木)로 만든 악기를 팔음八音이라고 한다.

96 梗槪(경개)-대략.

97 方形(방형)-'方'이 '万'으로 된 판본도 있는데, 그것을 따른다.
'만형'은 만물의 형상이다. 動植(동식)-동물과 식물. 이 구는 동
물과 식물의 모든 형상을 본떠 음악을 연주한다는 의미이다.
98 宮徵(궁치)-'궁'과 '치'는 오음五音의 요소로 여기서는 오음을
가리킨다. 硑磤(팽개)-큰 소리.
99 簨簴(순거)-악기를 매다는 틀.
100 積中(적중)-마음속에 쌓이다.
101 雷鼓(뇌고)-큰 북의 이름이다. '雷'가 '霆'으로 된 판본도 있다.
[榮華 4구] 음악의 성대함보다는 제사를 지내는 정성을 추구한다는
말이다.
≪예기・악기樂記≫ "和順積中而英華發外" 공영달 소: 좋은 일
을 생각한 시간이 오래되니 화순함이 마음속에 쌓이고 언사와
성음이 바깥으로 발현되니 영화함이 몸 바깥으로 드러난다는
말이다. 이는 올바른 음악으로 인한 것이다. 만약 간사한 음악이
라면 거스름이 마음속에 쌓이고 음란한 소리가 바깥으로 드러난
다.(謂思念善事日久, 是和順積於心中, 言詞聲音發見在外, 是英
華發於身外. 此據正樂也. 若其姦聲, 則悖逆積中, 淫聲發外也.)
#≪두시상주≫: 이 단락은 제사 지낼 때 연주하는 음악의 성대함을
말하였다. '소배'는 당나라 창업 군주이다. '편제'는 해, 달, 여러
신을 합친 것이다. '소하' 구는 역대를 아우른 것이고 '종석' 구는
팔음을 갖춘 것이다. '영화' 구와 '화순' 구는 정성이 음악 연주보
다 우선한다는 말이다.(此言祭時奏樂之盛. 昭配, 唐開創之帝, 徧
祭, 合日月諸神. 韶夏, 兼歷代. 鐘石, 具八音. 英華和順, 言誠意在
作樂之先.)
102 旣而(기이)-잠시 후에. 膟膋(율료)-제사 지낸 희생의 피와 내장
의 지방. '膟'은 '臠臠'으로 된 판본도 있는데 '저민 고기'라는
뜻이다. 脧(규)-희생의 배. 胃(견)-얽어매다. 묶다.
≪예기・제의祭義≫ "取膟膋乃退" 정현 주: '율료'는 (희생의)
피와 내장지방이다.(膟膋, 血與腸間脂也.)

103 柴燎(시료)-섶으로 태우다. 제사를 지낸 뒤 희생을 섶으로 태워서 그 연기를 하늘로 피워올리는 것이다. 이로써 신이 흠향하게한다. 窟塊(굴괴)-굴을 파서 덩어리를 묻다. 땅의 신에게 흠향하는 행위인 것으로 보인다.
≪예기・제법祭法≫: 태단(남쪽 교외에서 하늘에 제사를 지내는제단)에서 섶으로 태워 하늘에 제사 지내고 태절(북쪽 교외에서땅에 제사를 지내는 제단)에서 땅에 묻어 땅에 제사 지낸다.(燔柴於泰壇, 祭天也. 瘞埋於泰折, 祭地也.)

104 騞砉(획획)-불에 타면서 갈라지는 소리이다. 擘赩(벽혁)-붉은빛으로 쪼개지다. 또는 그런 모습을 형용한 것일 수도 있다. 이구는 '騞擘砉赩'로 된 판본도 있다.
≪장자≫ "砉然嚮然, 奏刀騞然" 곽상 주: '획砉'은 껍질과 뼈가서로 분리되는 소리이고, '획騞'은 '획砉'보다 소리가 큰 것이다.(砉, 皮骨相離聲. 騞, 聲大於砉也.)

105 葩斜晦潰(파사회궤)-이 구의 뜻에 대해서는 정확하게 알 수 없다. ≪두시상주≫에서는 희생을 태운 향기와 연기가 퍼지는 모습으로 보았는데, 문맥으로 보아 불태우고 땅에 묻은 뒤의 모습으로 보인다. '潰'는 '潰'로 된 판본도 있다.

106 電繵(전전)-번개가 휘감아 치다. 風升(풍승)-바람이 솟구치다.

107 雪颯(설삽)-눈보라가 휘몰아치다. 星碎(성쇄)-별빛이 부서지다.

108 拂勿俓濙(불물정형)-뜻을 정확히 알 수 없다. ≪두시상주≫에서는 기운이 가까운 곳에서 휘감는 모습으로 보았다. '俓'이 '徑'으로 된 판본도 있고, '濙'이 '儚'으로 된 판본도 있다.

109 眇溟(묘명)-멀리 어둑한 모양. 葰淬(총취)-뜻을 정확히 알 수없다. ≪두시상주≫에서는 기운이 퍼져 있는 모양으로 보았다.≪두공부시집집주≫에서는 '漎萃'로 되어야 한다고 하였다.
≪두공부시집집주≫: '총취'의 뜻은 자세히 알 수 없는데 아마'총쵀'로 되어야 할 것이다. <오도부>에서 "모시옷과 가는 삼베옷이 어지럽고 많다."라고 하였고, 주에서 "모두 어지럽게 많은

모양이다"라고 하였다. 이는 아마 옮겨 판각하는 이가 잘못하여 두 글자의 부수를 바꿔 쓴 것이리라.(葰淬, 未詳, 疑當作滋萃. 吳都賦, 絟衣綌服, 雜沓滋萃. 注云, 皆紛擾貌. 此或傳刻者誤以草旁水旁倒書之耳.)

[電繂 4구] 제례가 끝난 뒤 신령이 감응하여 그 기운이 원근에 가득한 모습을 표현한 것으로 보인다.

110 聖慮(성려)-황제의 생각. 당시 제례를 올린 현종이 제례를 마친 뒤 골똘히 생각하는 것이다. 岑寂(잠적)-조용한 모양.

111 玄黃(현황)-하늘과 땅을 가리킨다. 增霈(증패)-빗기운이 많아지다. 하늘이 은택을 내리는 징조를 말한다.
《두보전집교주》: '증패'는 단비가 더해져 많아진 것이다.(增霈, 增多甘霖.)
《독서당두공부문집주해》: 천지가 은택을 더해준 것을 말한다.(謂天地增澤.)

112 蒼生(창생)-백성. 顒昂(옹앙)-우러러보다. 하늘의 복을 기원하는 모습이다.

113 淸籟(청뢰)-맑은 소리. 이 구는 신이 감응하며 바람이 부니 그 조그마한 소리까지 다 들린다는 뜻이다. 이와 달리 여러 가지 설이 있다.
《두보전집교주》: 위의 현종의 엄숙한 모습과 아래에 묘사된 뇌공, 하백, 상녀, 강비 등 신의 엄숙하고 공경스런 모습과 연관해 보면 '모발청뢰'는 제사 때의 엄숙하고 조용한 모습을 말하여 세미한 소리도 모두 들린다는 뜻인 것 같다.(聯繫上文玄宗穆然之狀及下文所描繪的雷公河伯霜女江妃等神的嚴肅恭謹之態, 毛髮淸籟, 似言祭祀時肅靜之狀, 意謂細小的聲響皆能聽見.)
《두시상주》: 바람이 소슬하게 머리카락에 분다는 말이다.(言風颯然而吹髮也.)
《독서당두공부문집주해》: 털이나 머리카락 같은 미세한 사물까지 모두 맑은 소리를 듣는다는 말이다.(言毛髮細物, 皆聽淸籟.)

114 雷公(뇌공)-우레를 주관하는 신. 河伯(하백)-황하의 신.

115 駓騃(비사)-빠르게 이동하는 모양. 修聳(수용)-몸을 곧추세우고 있는 모양.

116 霜女(상녀)-서리를 주관하는 신. 江妃(강비)-상수의 신.
장화張華 ≪박물지博物志≫: 순임금이 죽은 뒤 두 왕비가 눈물을 흘려 대나무를 적셨는데 얼룩이 되었다. 왕비가 죽어 상수의 신이 되었기에 상비라고 하였고 또 강비라고도 한다.(舜死, 二妃淚下染竹, 卽斑. 妃死爲湘水神, 故曰湘妃, 又曰江妃.)

117 乍(사)-마침. 막. 紛綸(분륜)-춤추듯 빙글빙글 도는 모양. 또는 어지러이 많은 모양. 晻曖(엄애)-어둑한 모양. 또는 성대한 모양.
#≪두시상주≫: 이 단락은 제사 지낼 때 희생을 바치는 예를 말하였다. '규견'은 희생의 배에 피와 내장지방을 넣고 묶는 것이다. 섶을 태워서 연기를 올려보내고 덩어리를 굴에 넣고 희생을 묻는다. '획획벽혁'은 불타는 소리이고 '파사회궤'는 향기와 연기가 비껴 흩어지는 것이다. '번개'와 '바람'은 그 연기가 곧장 위로 올라가는 것이다. '눈'과 '별'은 그 연기가 옆에 떨어지는 것이다. '불물정형'은 가까이서 휘감는 것이고 '묘명총취'는 멀리 퍼져 있는 것이다. '잠적'은 엄숙히 공경을 드리는 것이고, '증패'는 비가 장차 내리려는 것이다. '옹앙'은 우러러보며 뜻이 간절한 것이고 '청뢰'는 신이 강림하여 바람이 부는 것이다. '뇌공'과 '상녀'는 하늘의 신을 가리키고, '하백'과 '강비'는 땅의 신을 가리킨다. '비사'는 달리는 모양이고 '수용'은 서 있는 모양이다. '분륜'은 빙빙 도는 모습이고 '엄애'는 유심한 모습이다.(此言祭時薦牲之禮. 胜胃, 謂納膟膋于牲腹而胃結之也. 柴燎以達氣, 窟塊以埋牲. 駓耆霹赫, 燔烈之聲. 葩斜晦潰, 香氣斜散也. 電風, 其氣直上. 雪星, 其氣旁落. 拂勿倥傯, 近而縈繞. 眇淏葰淬, 遠而布濩也. 岑寂, 穆然致敬. 增霈, 雨澤將施. 顒昂, 仰望意濃. 淸籟, 神降而風生也. 雷公霜女, 指天神. 河伯江妃, 指地祇. 駓騃, 行貌. 修聳, 立貌. 紛綸, 踊躍之象. 晻曖, 幽深之狀.)

118 執籥(집약)-피리를 쥐다. '籥'은 '籹'로 된 판본도 있다. 秉翟(병적)-꿩 깃털을 쥐다.

≪두시상주≫: ≪두공부시집집주≫에는 '약'으로 되어 있다. 구본에는 '불籹'로 되어 있는데, 마땅히 이는 '불帗'자의 잘못이다.(朱作籥, 舊作籹, 當是帗字之訛.)

≪두시상주≫: 여러 판본에는 대부분 '집불執籹'로 되어 있다. 살펴보건대, 악무에는 '불籹'은 보이지 않는다. ≪주례·지관≫에 "무사는 불무帗舞 가르치는 것을 관장하며 사직의 제례에서 인도하여 춤을 춘다."라고 하였고 정현의 주에서 "'불帗'은 다섯 색으로 나뉜 비단으로 지금의 영성무자가 가지고 있는 그것이다."라고 하였다. ≪주례≫에서 또 말하기를, "약사는 국자에게 깃털 춤을 추고 피리 부는 것을 가르치는 것을 관장하며 제사를 지내면 깃털과 피리의 춤을 춘다."라고 하였다. 주학령이 ≪시경≫에 의거하여 '집약병적'이라고 하였는데 비교적 완성도 있는 의견이다. ≪시경·간혜簡兮≫에 "왼손으로 피리를 쥐고 오른손으로 꿩 깃털을 쥔다"라고 하였다.(諸本多作執籹. 按, 樂舞不見有籹. 周禮地官, 舞師, 掌敎帗舞, 帥而舞社稷之祭. 鄭玄注, 帗, 析五采繒, 今靈星舞子持之, 是也. 周禮又云, 籥師, 掌敎國子舞羽吹籥, 祭祀則鼓羽籥之舞. 朱長孺依詩, 作執籥秉翟, 較爲見成. 詩, 左手執籥, 右手秉翟.)

119 朱干(주간)-붉은색을 칠한 방패. 玉戚(옥척)-옥으로 장식한 도끼.

≪예기禮記·명당위明堂位≫: 주공이 태묘에서 …… 붉은 방패와 옥 도끼를 들고 면류관을 쓰고 <대무> 춤을 추었다.(周公於大廟 …… 朱干玉戚. 冕而舞大武.)

120 鼓瑟(고슬)-슬을 연주하다.

121 金支(금지)-금빛 지주支柱. 翠旌(취정)-물총새 깃털로 장식한 깃발. 모두 악기의 장식이다.

≪한서·예악지禮樂志≫ <방중가房中歌> "金支秀華, 庶旄翠

旌” 주: 악기 위의 여러 장식물 중에 유소와 우보가 있는데, 황금으로 지주를 삼는다. 그 머리 부분이 펼쳐져 있는 모습이 초목의 꽃과 같다. ‘서모취정’은 오색으로 나뉜 깃털을 물총새 깃털로 장식한 깃대에 모아서 깃발을 만든 것이다.(樂上衆飾, 有流遡羽葆, 以黃金爲支, 其首敷散, 若草木之秀華也. 庶旄翠旌, 謂析五采羽注翠旌之首而爲旌耳.)

122 倏斂(숙렴)-갑자기 거두어지다. 갑자기 사라지다.

123 虛明(허명)-깨끗하고 맑다.

124 澝沱(답타)-물이 솟아 넘치는 모양. 또는 길게 이어진 모양. 渙汗(환한)-험액險阨을 흩트려 없애다. 황제의 호령을 가리킨다. ≪주역·환괘渙卦≫ “渙汗其大號” 공영달 소: 사람이 험액을 만나서 놀라 무서워하고 힘이 들면 몸에서 땀이 나므로 땀으로 험액을 비유한다. 구오는 존귀한 곳에 있으면서 올바름을 행하는 것이니 호령하는 가운데에 있어서 호령을 행해 험액을 흩어 없앨 수 있다.(人遇險阨驚怖而勞, 則汗從體出, 故以汗喻險阨也. 九五處尊履正, 在號令之中, 能行號令以散險阨者也.)

125 紆餘(우여)-이리저리 구불구불하다. 두루 미치는 모양이다. 經營(경영)-책략을 세우는 것을 말한다.

126 朱崖(주애)-붉은 절벽. 남방지역을 가리킨다. 朔漠(삭막)-북방의 사막.

127 洶(흉)-물살이 거세다. 暘谷(양곡)-전설의 지명으로 태양이 뜨는 곳이다. 동쪽 지역을 가리킨다. 濡(유)-적시다. 若英(약영)-약목若木의 꽃. 약목은 서쪽 끝 지방에서 나는 전설상의 나무이다. 서쪽 지역을 가리킨다.
≪서경·요전堯典≫ “暘谷” 공영달 전: ‘양’은 밝다는 뜻이다. 해가 골짜기에서 나오면 천하가 밝아지기에 양곡이라고 하였다.(暘, 明也. 日出於谷而天下明, 故稱暘谷.)
≪산해경山海經·태황북경太荒北經≫ “若木” 곽박郭璞 주: 곤륜서 서쪽 끝에서 자라며 그 꽃이 붉게 빛나며 아래로 땅을 비춘

다.(生崑崙西附西極, 其華光赤下照地.)

128 耆艾(기애)-나이 많은 사람. 노인. 涕(체)-눈물을 흘리다. 감동
한 모습이다. '悌'로 된 판본도 있다. 儛(무)-춤추다.

129 叢棘(총극)-가시나무 덤불. 감옥을 가리킨다. 坼(탁)-쪼개지다.
무너지다. 猰犴(폐안)-호랑이와 비슷한 짐승으로 감옥 문에 세
워놓았다고 한다. 여기서는 감옥을 가리킨다. '犴'은 '牢'로 된
판본도 있다. 傾(경)-뒤집히다. 이 구는 황제가 사면령을 내려
죄수들이 풀려났다는 말이다.

130 率土之濱(솔토지빈)-바닷가에 이르는 땅으로 천하를 가리킨다.
≪시경·북산北山≫: 바닷가에 이르는 땅까지 왕의 신하가 아닌
것이 없다.(率土之濱, 莫非王臣.)

131 覃(담)-퍼지다. 酺醵(포거)-황제가 백성들에게 연회를 베풀어
즐겁게 술을 마시고 음식을 먹게 하는 것을 말한다. 涵泳(함영)-
무젖다.
≪두시상주≫에 인용된 ≪당기唐紀≫: 개원 11년 11월 남쪽 교외
에서 제사를 지내고는 제사를 모신 관원에게는 공훈의 품계를
하사하였으며 천하에는 3일의 연회를 베풀었고 경성에는 5일의
연회를 베풀었다. 천보 10년 정월 남쪽 교외에서 제사를 지내고
크게 사면하였으며 제사를 모신 노인에게 곡식과 비단을 하사하
고 3일의 연회를 베풀었다.(開元十一年十一月, 有事於南郊, 賜奉
祠官勛階, 天下酺三日, 京城五日. 天寶十載正月, 有事於南郊, 大
赦, 賜侍老粟帛, 酺三日.)

132 奉郊之縣(봉교지현)-교외의 제사를 받든 현. 교외 제사를 지낼
장소와 여러 방편을 제공한 지역 단위를 말한다.
≪한서·성제기成帝紀≫ "赦奉郊縣長安長陵" 응소應劭 주: 하
늘에 대한 제례는 장안성 남쪽에서 올렸고 땅에 대한 제례는
장안성 북쪽에서 올렸다. 장릉의 영역 안의 두 현이 교외 제사를
성실히 받들었기에 일절 모두 사면하였다.(天郊在長安城南, 地
郊在長安城北. 長陵界中二縣, 有奉郊之勤, 故一切幷赦之.)

133 獨(독)-유독. 宴慰(연위)-연회로 위로하다.

134 玄澤(현택)-어진 은택. 성은聖恩. 澹泞(담저)-맑고 깊다. 통해
　　흐르다. 無極(무극)-끝이 없는 상태를 말한다.

135 殷薦(은천)-성대한 바침. 성대하게 제례를 올린 것을 말한다. 綢
　　繆(주무)-간곡하다. 극진히다. 至精(지정)-지극한 정령. 하늘과
　　땅의 신을 가리킨다.

136 稽(계)-헤아리다. 살펴보다.

137 應符(응부)-부명符命에 응험하다. 하늘이 내린 징조가 영험하다
　　는 말이다. 合契(합계)-부계符契와 들어맞다. 땅의 부절과 합치
　　한다는 말이다.
　　양웅 <극진미신劇秦美新>: 천명을 받들어 순종하여 총애와 존
　　숭을 다 받았으며 하늘과 신령한 부명을 함께 나누고, 땅과 영험
　　한 부계를 합하여, 억조의 백성을 다스리고 만세에 이르는 규모
　　를 세워, 기이하거나 특이하거나 불가사의한 변화가 나타나면
　　하늘과 땅에 제사를 올렸다.(奉若天命, 窮寵極崇, 與天剖神符, 地
　　合靈契, 創億兆, 規萬世, 奇偉倜儻譎詭, 天祭地事.)

138 有作(유작)-일어나다. 진작하다.

139 逆寡(역과)-많은 수를 믿고 적은 수를 배척하다. 雄成(웅성)-이
　　미 이룬 것에 웅거하여 만물 위에 군림하다.
　　≪장자·대종사大宗師≫: 옛날의 진인은 많은 무리에 기대어 적
　　은 수를 거스르지 않았고 이미 이룬 것에 의지하여 타인 위에
　　군림하지 않았으며, 부정한 방법으로 선비를 도모하지 않았다.
　　(古之眞人, 不逆寡, 不雄成, 不謩士.)

　#≪두시상주≫: 이 단락은 제사가 끝난 뒤 은택을 베푼 일을 말하였
　　다. '집약' 4구는 제례가 끝났음을 알리는 음악이다. 신령스런
　　빛이 홀연 거두어졌다고 한 것은 하늘로 돌아간 것이다. '환한'은
　　생각한 은택이 넘친다는 말이고 '경영'은 황제의 통달한 생각이
　　두루 미치고 상세하다는 말이다. '주애' 2구는 사방에 두루 미친
　　것을 말하고, '기애' 구는 늙은이와 어린아이에 두루 미친 것을

말하며 '총극' 구는 사면령이 죄수에 미친 것을 말한다. '솔토'
4구는 위 문장을 아울러 잇고 '현택' 2구는 제사에 공을 돌린
것이다. '응부', '합계'는 신령이 황제에게 모여 있음을 보여주고
'불역', '불응'은 사람의 마음에 잘 협력했음을 보여준다.(此言祭
畢覃恩之事. 執篇四句, 告成之樂. 神光忽斂, 返歸太虛矣. 澳汗,
言思澤汪濊. 經營, 言睿慮周詳. 朱崖二句, 言普及四方. 耆艾句,
言周及老幼. 叢棘句, 言赦及囚徒. 率土四句, 總承上文. 玄澤二句,
歸功祭祀. 應符合契, 見鍾靈在帝. 不逆不雄, 見善協人情.)

140 爾乃(이내)-이에. 孤卿(고경)-고대 재상에 해당하는 삼공三公
을 보좌하는 관직명이다. 侯伯(후백)-후작과 백작.
≪두시상주≫: 천자에게 세 명의 고, 아홉 명의 경, 다섯 명의
후, 아홉 명의 백이 있었다.(天子有三孤九卿五侯九伯.)
≪한서·백관공경표百官公卿表≫: 태사, 태부, 태보가 삼공인데
천자의 일에 참여하여 앉아 정사를 의론하며 아우르지 않는 것이
없다. 그러므로 하나의 직책으로 관명을 삼지 않았다. 또 세 소직
少職을 세워 보좌하도록 하였으니 소사, 소부, 소보인데 이것이
고경이다. 6경과 더불어 아홉 명이다.(太師太傅太保, 是爲三公,
蓋參天子, 坐而議政, 無不總統, 故不以一職爲官名. 又立三少爲
之副, 少師少傅少保, 是爲孤卿, 與六卿爲九焉.)

141 三老(삼로)-나라의 원로로 교화를 담당하였다.

142 儼(엄)-엄숙하다. 絶(절)-지나가다. 皮軒(피헌)-호랑이 가죽으
로 장식한 수레로 천자의 수레이다.
사마상여司馬相如 <상림부上林賦> "前皮軒" 곽박郭璞 주: '피
헌'은 호랑이 가죽으로 장식한 수레인데 천자가 나가면 도거가
다섯 대이고 유거가 아홉 대이다.(皮軒, 以虎皮飾車. 天子出, 道
車五乘, 游車九乘.)

143 趨(추)-종종걸음으로 가다. 공경한 태도로 이동하는 모습이다.
帳殿(장전)-장막으로 만든 궁전. 천자가 제례를 행하기 위해 설
치한 행재소를 가리킨다.

144 稽首(계수)-머리를 조아리다.

145 燧人氏(수인씨)-전설상의 고대 제왕으로 불을 만들어 백성을 즐겁게 하였다고 한다. 已往(이왕)-이전에.
≪두시상주≫에 인용된 ≪제왕세기帝王世紀≫: 수인씨가 죽고 포희씨가 계승하여 왕이 되었다.(燧人氏没, 庖犧氏繼之而王.)

146 知(지)-'和'로 된 판본도 있다.

147 文質(문질)-형식과 실질. 또는 화려함과 질박함. 이것이 변하지 않았다는 것은 문명의 발전이 없었다는 말이다.

148 太昊氏(태호씨)-복희씨伏羲氏이고 포희씨包犧氏라고도 한다. 팔괘를 만들었고 백성들에게 어로와 수렵을 가르쳤다.
≪한서·율력지律曆志≫: 포희씨가 하늘을 계승하여 왕이 되어 모든 왕의 수령이 되었다. 처음의 덕이 목에서 시작하였기에 제 태호라고 하였다. 신농씨가 화덕火德으로 목덕木德을 계승하였기에 염제라고 하였다.(庖犧氏繼天而王, 爲百王先. 首德始於木, 故爲帝太昊. 神農氏以火承木, 故爲炎帝.)

149 根(근)-근본하다. 啓閉(계폐)-열고 닫음. 오행으로 이어지는 황제의 순차가 이루어지는 것을 말한다. 厥初(궐초)-그 처음.

150 以木傳子(이목전자)-목덕으로 자손에게 왕위를 전하다.

151 攄(터)-펼치다.

152 洎(기)-이르다. 虞夏殷周(우하은주)-유우씨有虞氏, 하나라, 은나라, 주나라. 유우씨는 요임금에게 선양 받은 순임금을 말한다.

153 玆(자)-이에. 煥炳(환병)-밝게 빛나다. 蔥蒨(총천)-화려하고 아름답다.

154 失(실)-잃어버리다. 오덕五德으로 왕위가 이어지는 것이 끊어졌다는 말이다. 狼貪(낭탐)-이리처럼 탐욕스럽다. 蠶食(잠식)-누에가 뽕잎을 먹듯이 탐욕스럽게 영토를 점령했다는 말이다.

155 蛇斷龍戰(사단용전)-뒤엉켜 전쟁을 벌였다는 말이다.

156 中莽茫(중망망)-중간의 시기는 막막했다. 한나라 이후로 당나라 때까지 왕의 기운이 없었다는 말이다. '莽茫茫'으로 된 판본

도 있다.

157　蓄縮(축축)-수축되다. 움츠러들다. 眷(권)-돌아보다. 돌보다.
#≪두시상주≫: 이 단락은 고대 제왕의 통치 순서를 미루어 당나라
가 통치하는 것의 정당함을 보여주었다. 모자를 벗는다는 말은
제례 의복을 벗는다는 것이고 장막에서 종종걸음친다는 말은
제례 궁전에서 물러난다는 것이다. 앞에 오제가 있었는데 태호가
맨 처음이었고 후에 삼왕이 있었으며 주나라에 이르러서 끝났으
니 모두 오덕이 번갈아 가며 왕성했던 것이다. 영씨의 진나라는
비정통적인 왕위였고 양한은 토벌을 일삼았는데 이는 토덕으로
수덕을 이긴 것이다. 위진 이래로는 정통성이 없었으니 그래서
'망망'이라고 하였다. 여러 조대동안 진정한 군주가 나지 않았기
에 그래서 '축축'이라고 하였다. 난리가 극에 이르러 다스려지니
하늘의 뜻이 당나라에 있게 되었다.(此上推曆數, 見唐統之正. 絕
弁, 釋祭服. 趨帳, 退齋宮也. 前有五帝, 太昊居首, 後有三王, 至周
而終, 皆五德迭旺者. 嬴秦閏位, 兩漢征誅, 此以土剋水也. 魏晉以
下無統, 故曰莽茫. 數代不生眞主, 故曰蓄縮. 亂極而治, 天意將在
唐矣.)

158　伏惟(복유)-엎드려 생각하다. 아랫사람이 윗사람에게 의견을 개
진할 때 사용하는 겸사이다. 道祖(도조)-도가의 시조. 노자를 가
리킨다. 당나라 이씨의 시조이기도 하다.

159　生靈(생령)-백성. 磔裂(책렬)-찢기다. 고통받다.

160　醜(추)-추하게 여기다. 害馬(해마)-해로운 말. 해로운 존재를 비
유한다. 蹄齧(제설)-발길질하고 깨물다.
≪장자·서무귀徐無鬼≫: 어린아이가 말하기를, "대저 천하를
다스린다는 것은 또한 말을 기르는 것과 어찌 다르겠습니까? 또
한 그 해로운 말을 제거하면 될 따름입니다."라고 하였다.(小童
曰, 夫爲天下者, 亦奚以異乎牧馬者哉. 亦去其害馬者而已矣.)

161　呵(가)-질책하다. 五精(오정)-오방五方의 별. 息肩(식견)-맡은
바 일을 그만 두다.

162 正氣(정기)-올바른 기운. 광명정대한 작풍. 無轍(무철)-운행되지 않다.

163 貽孫(이손)-자손이 계승할 수 있도록 하다. 以降(이강)-이후로.

164 造命(조명)-명운命運을 장악하다. 更絜(경설)-바꾸어서 연결하다. 오덕으로 왕위가 계승되는 일이 그동안 끊어졌는데 다시 이루어지도록 한 것을 말한다.

165 累聖(누성)-여러 성인. 현종의 선왕을 가리킨다. 昭洗(소세)-깨끗이 씻다.

166 祚(조)-임금의 지위. 국통國統. 觸蹶(촉궐)-들이받혀 넘어지다. 이 구는 무후와 위후가 국정을 농단한 것을 말한다. 이와 달리 무후만 가리킨다는 설도 있는데, 결국 같은 의미이다.
≪두공부시집집주≫: 측천무후가 당나라를 혁신하여 주나라로 만든 것을 말한다.(謂則天武后革唐爲周.)

167 慘黷(참독)-어두운 모양. 脂夜(지야)-지방과 밤의 요사스러운 정기로 사람을 혼미하게 만드는 것이다. 妖(요)-요사스럽다.
≪한서·오행지五行志≫: 사람의 배 안에 살이 쪄서 심장을 감싸고 있는 것이 지방이다. 심장이 혼약해지면 생각이 혼미해지니 그러므로 지야의 요사스러움이 있게 된다. 일설에는 여인의 물건이 밤이 되면 요사스러워진다는데 여인이 씻은 물이 밤에 사람의 옷을 더럽히는 것과 같으니 음란함의 상징이다.(在人腹中, 肥而包裹心者脂也, 心區霧則冥晦, 故有脂夜之妖. 一曰, 有脂物而夜爲妖, 若脂水夜汙人衣. 淫之象也.)

168 回薄(회박)-되돌리다. 龍蛇之孼(용사지얼)-용과 뱀의 재앙. 황제가 혼미할 때 생기는 재앙으로 대체로 여인의 요사스러움을 가리킨다.
≪한서·오행지≫: 황제가 중정中正하지 않는다는 것은 왕의 도를 세우지 못하는 것을 말하는데, 눈은 밝지 못하며, 징벌은 오래도록 혼미하여 지극히 약해지니, 때로는 사요(짐승을 쏴 맞힘으로 생기는 요사스러움이나 재난)가 생기고 때로는 용과 뱀의 재

앙이 생긴다. … ≪주역≫에서 "구름이 용을 따른다"라고 하였고 또 "용과 뱀의 겨울잠은 이로써 몸을 보존하는 것이다."라고 하였다. 음기가 움직이니 그러므로 용과 뱀의 재앙이 있게 된다.(皇之不極, 是謂不建, 厥咎眊, 厥罰恒陰, 厥極弱. 時則有射妖, 時則有龍蛇之孽. … 易曰, 雲從龍. 又曰, 龍蛇之蟄, 以存身也. 陰氣動, 故有龍蛇之孽.)

[氣慘黷 2구] 무후와 위후로 인해 국정이 혼란했던 것을 말한다.

#≪두시상주≫: 이 단락은 제왕의 선조가 창업의 근본이 됨을 되짚어 근원을 밝힌 것이다. '책렬'은 육조의 난을 가리키고 '해마'는 백성에게 환란을 입힌 군주를 가리킨다. 오정을 질책하고 올바른 기운을 살피니 이로부터 성왕이 탄생하였다. '조명'은 고조와 태종을 가리키고 '누성'은 고종, 중종, 예종을 가리킨다. '촉궐'은 무후와 위후를 가리키고 '지야'와 '용사'는 여인의 요사스러움을 가리킨다.(此追原聖祖爲發祥之本. 磔裂, 指六朝之亂. 害馬, 指斁民之主. 呵五精而考正氣, 從此誕毓聖王也. 造命, 指高祖太宗. 累聖, 指高宗中睿. 觸蹶, 指武韋兩后. 脂夜龍蛇, 皆女妖也.)

169 勃然(발연)-화가 나서 안색이 변한 모양. 憤激(분격)-분노하여 격동하다. 현종이 위후의 난리에 분노한 것이다.

170 天關(천관)-궁궐을 가리킨다. '關'은 '闕'로 된 판본도 있다. 旅拒(여거)-무리 지어 저항하다. 이 구는 현종이 위후를 진압할 때 위후의 무리가 감히 저항하지 못했다는 말이다.

171 嗚咽(오열)-흐느끼다. 이 구는 현종의 기세가 귀신도 놀랄 정도였다는 말이다.

[天關 2구]

≪구당서·현종본기玄宗本紀≫: (현종이) 경자일 밤에 유유구劉幽求 등 수십 명을 이끌고 궁원 남쪽에서 들어왔고 총감 종소경이 또 정부丁夫와 공장工匠 백여 명을 이끌고 따라왔다. 나뉘어 파견된 만여 기병이 현무문으로 가서 우림장군 위파와 고숭을 죽이고 그 머리를 가지고 오니 군중이 환호하며 크게 결집했다.

백수문과 현덕문을 공격하여 빗장을 부수고 진입하였는데 만명의 좌기병은 동쪽에서 들어왔고 만 명의 우기병은 서쪽에서들어와서 능연각 앞에서 합류하였다. 당시 태극전 앞에 중종의 영구를 호위하던 만여 기병이 있었는데 시끌벅적한 소리를 듣고는 모두 갑옷을 입고 응전했다. 위서인은 당황해하며 궁궐호위군 비기의 군영으로 달려 들어갔다가 반란을 일으킨 병사에 의해 죽었다.(庚子夜率幽求等數十人自苑南入, 總監鍾紹京又率丁匠百餘以從. 分遣萬騎往玄武門殺羽林將軍韋播高嵩, 持首而至, 衆歡叫大集. 攻白獸玄德等門, 斬關而進, 左萬騎自左入, 右萬騎自右入, 合於凌煙閣前. 時太極殿前有宿梓宮萬騎, 聞譟聲, 皆披甲應之. 韋庶人惶惑走入飛騎營, 爲亂兵所害.)

≪두공부시집집주≫: 현종이 임치왕이었을 때 위후의 난리를 토벌하여 평정한 것을 말한다.(謂玄宗爲臨淄王時, 討平韋后之亂.)

172 高衢(고구)-큰길. 騰塵(등진)-먼지가 솟구치다.

173 長劍吼血(장검후혈)-장검을 힘차게 휘두르며 사람을 베는 것이다.

174 尊卑配(존비배)-관직의 서열에 따라서 배치하는 것을 말한다.

175 宇縣(우현)-우주. 천하를 가리킨다. 刷(설)-씻어내다.

176 揷(삽)-꽂다. 바로 세운다는 말이다. 紫極(자극)-원래는 별자리 이름인데 궁궐을 가리킨다. 頹(퇴)-무너지다.

177 淸芳(청방)-맑은 향기.

178 鑪(로)-쇠를 달구어 다듬는 것을 말한다. 여기서는 천하를 다스리는 것을 비유한다.

179 鍛(단)-달구어진 쇠를 두들겨 단단하게 만드는 것이다. 천하를 다스리는 것을 비유한다. 賢哲(현철)-훌륭한 신하를 가리킨다.

180 聯(련)-잇다. 耿光(경광)-밝은 빛.

181 戎狄(융적)-변방 이민족을 가리킨다. 影撇(표별)-기세를 부리며 날뛰는 것을 말한다.

182 九五(구오)-원래는 ≪주역≫ 괘효 자리의 명칭으로 '구'는 양효

를 가리키고 '오'는 아래에서의 순서를 가리킨다. 건괘乾卦 구오
의 내용으로 인해 제왕의 자리를 의미하게 되었다. 여기서는 현
종이 즉위한 것을 뜻한다.

≪주역·건괘乾卦≫ "九五, 飛龍在天, 利見大人" 공영달孔穎達
소: 구오를 말하자면 양기가 왕성해 하늘에 이르렀다는 것이다.
그러므로 "나는 용이 하늘에 있다"라고 한 것이다. 이는 절로
그러한 상이니 성인에게 용의 덕이 있어서 날아올라 하늘의 지위
에 있는 것과 같다.(言九五, 陽氣盛至於天, 故云飛龍在天. 此自然
之象, 猶若聖人有龍德飛騰而居天位.)

183 唐虞(당우)-요임금과 순임금. 여기서는 그들이 다스리던 태평성
세를 가리킨다.

184 四十年(사십년)-현종이 선원先天 원년 즉위한 뒤 지금의 제사를
지낸 천보 10년까지 정확히 40년이다.

185 稷卨(직설)-후직后稷과 설契로 요순시대의 훌륭한 신하이다.

186 不軌(불궤)-답습하지 않다. 이 구는 현종이 고금의 법도에 얽매
이지 않고 상황에 맞게 정치를 하였다는 말이다.

187 天聽(천청)-하늘의 들음. 하늘이 아래 세계를 보고 들어서 백성
을 보살피는 것을 말한다. 貞觀(정관)-올바른 도리. 高揭(고걸)-
높이 들다.

≪서경·태서泰誓≫: 하늘이 보는 것은 우리 백성이 보는 것으로
부터 하고 하늘이 듣는 것은 우리 백성이 듣는 것으로부터 한다.
(天視自我民視, 天聽自我民聽.)

≪주역·계사하繫辭下≫: 천지의 도가 정관이다.(天地之道, 貞
觀者也.)

≪주역·계사하繫辭下≫ "天地之道, 貞觀者也" 공영달 소: 하늘
이 덮어주고 땅이 실어주는 도는 올바름으로 통일됨을 얻는다.
그러므로 그 공은 만물이 보는 바가 될 만하다.(天覆地載之道以
貞正得一, 故其功可爲物之所觀也.)

188 蠢爾(준이)-무지하여 꿈틀거리는 모양. 差僭(차참)-본분을 뛰

어넘어서 법도를 잃다.

189 燦然(찬연)-밝은 모양. 優劣(우열)-뛰어난 것과 열등한 것.

 [蠢爾 2구] ≪두시상주≫에서는 뒤의 내용과 관련하여 역법이 어긋
나서 그 잘못됨을 분명히 알게 되었다고 풀이하였다. 이와 달리
앞의 내용과 연결하여 예전에 참람하여 법도에 어긋났던 것이
지금 바로잡혀 그 시비를 분명히 알게 되었다고 풀이할 수도
있다.

190 課密(과밀)-엄밀함을 검증하다. 空積(공적)-아주 적은 양을 말
한다. 忽微(홀미)-아주 적은 양을 말한다.

 ≪한서·율력지律曆志≫ "其和應之律, 有空積忽微" 맹강孟康
주: '공적'은 정현이 일 촌을 수천으로 나눈 것과 같다. '홀미'는
있는 듯 없는 듯 머리카락보다 가는 것이다.(空積, 若鄭氏分一寸
爲數千. 忽微, 若有若無, 細於髮者也.)

191 刊定(간정)-수정하여 정하다. 興廢繼絕(흥폐계절)-없어진 것을
일으키고 끊어진 것을 잇는다.

 ≪두공부시집집주≫: "흥폐계절"은 은나라, 한나라, 주나라의 후
예를 구해 삼각(전대 왕조의 후예를 왕후로 봉하는 것)으로 삼은
것을 말한다. ≪신당서·왕발전≫을 살펴보니 왕발은 역법에 아
주 정통했는데 일찍이 "왕이 될 자가 토덕을 타고 왕이 되면
오십 세대이고 천 년이다. 금덕을 타고 왕이 되면 사십구 세대이
고 구백 년이다. 수덕을 타고 왕이 되면 이십 세대이고 육백 년이
다. 목덕을 타고 왕이 되면 삼십 세대이고 팔백 년이다. 화덕을
타고 왕이 되면 이십 세대이고 칠백 년이다. 이것이 천지의 일정
한 법칙이다. 황제부터 한나라까지 오덕의 운세가 마침 한 바퀴
돌았으며 토덕이 다시 당나라로 귀착되었다. 당나라는 마땅히
주나라와 한나라를 계승해야지 북주北周와 수나라의 단명한 국
운을 이어받아서는 안된다."라고 하고는 위진 이후가 진정한 왕
의 정통이 아니라 모두 오행의 사악한 기운이라고 배척하였으며
마침내 ≪당가천세력≫을 지었다고 한다. 여기서 "간정어흥폐계

절"은 아마도 왕발의 설을 위주로 한 것이리라.(興廢繼絶, 謂求
殷漢周後爲三恪. 按唐書, 王勃曆數尤精, 嘗謂王者乘土王, 世五
十, 數盡千年. 乘金王, 世四十九, 數九百年. 乘水王, 世二十, 數六
百年. 乘木王, 世三十, 數八百年. 乘火王, 世二十, 數七百年. 天地
之常也. 自黃帝至漢, 五運適周, 土復歸唐. 唐應繼周漢, 不可承周
隋短祚. 乃斥魏晉以降, 非眞土正統, 皆五行沴氣, 遂作唐家千歲
曆. 此云刊定於興癈繼絶, 蓋主子安之說.)

≪두시상주≫: 반고의 <서도부>에서 "안으로는 금마문金馬門과
석거각石渠閣의 관서를 설치하고 밖으로는 악부와 협률에 관한
일을 일으켜서, 사라진 것을 일으키고 끊어진 것을 이어서 왕의
대업을 윤색하였다."라고 하였고 이선의 주에서 "남겨진 문물을
흥기하여 대업을 빛나게 하였다는 말이다."라고 하였다. 두보의
부에서는 바로 이 말을 사용하였다. 옛 주에서 ≪논어・요왈堯曰
≫의 "망한 나라를 일으키고 끊어진 세대를 잇는다.(興滅國, 繼
絶世.)"라는 말을 인용하여 현종이 주나라와 한나라의 후예를
찾아 불러들인 것을 증빙하였는데 아래 위의 문장과 통하지 않는
다.(西都賦, 內設金馬石渠之署, 外興樂府協律之事, 以興廢繼絶,
潤色鴻業. 李善注, 言能發起遺文, 以光贊大業也. 杜賦正用其語.
舊引論語興滅繼絶, 以證玄宗詔求周漢之後, 於上下文不貫.)

[課密 2구] 현종이 즉위한 뒤 문물과 예악제도 등을 새롭게 혁신한
것을 말한다. 이와 달리 역법만을 이야기한 것이라는 설도 있으
나 취하지 않는다.

192 覯(도)-보다. 數統從首(수통종수)-역수가 모두 처음을 따르다.
역법을 계산할 때 근본에서 시작한다는 말로 그 계산이 정확하다
는 것을 의미한다.

≪한서・율력지≫: 수라는 것은 일, 십, 백, 천, 만으로 사물을
헤아려 성명의 이치에 순응하는 것이다. ≪상서≫에서 "먼저 숫
자를 세워 만물을 명명한다."라고 하였다. 본래 황종의 수에서
생겨나는데 1에서 시작하여 세 배를 하고 삼과 삼을 곱하며 12번

을 반복하면 177,147이 되는데 이로써 오행의 수가 완비된다.(數者, 一十百千萬也, 所以算數事物, 順性命之理也. 書曰, 先其算命. 本起於黃鐘之數, 始於一而三之, 三三積之, 歷十二辰之數, 十有七萬七千一百四十七, 而五數備矣.)

≪독서당두공부문집주해≫: 처음으로 거슬러 올라간다는 말이다.(遡始.)

193 八音(팔음)-원래는 쇠, 돌, 실, 대나무, 호리병, 흙, 가죽, 나무 여덟 가지 재료로 만든 악기를 말하는데 널리 음악을 가리킨다.

六律(육률)-여섯 가지 음으로 양률陽律에는 황종黃鐘, 대족大蔟, 고세姑洗, 유빈蕤賓, 이칙夷則, 무역無射이 있고, 음률陰律에는 대려大呂, 협종夾鐘, 중려中呂, 임종林鍾, 남려南呂, 응종應鐘이 있다.

194 日起算外(일기산외)-날짜가 계산을 하지 않아도 일어나다. 역법이 저절로 정확히 맞아들어간다는 말이다.

195 一字千金(일자천금)-한 글자가 천금이다. 귀중하게 여겨진다는 말이다.

[而後 4구] 개원 연간에 일행과 장열이 역법을 새로 만든 것을 말한 것이라는 설이 있으나, 문맥상 향후의 일로 보는 것이 좋다.

≪두공부시집집주≫: ≪당서·역지曆志≫를 살펴보니 개원 연간에 일행 스님이 제가의 역법에 정통했는데 인덕력(당 고종 때의 역서)은 사용한 지 이미 오래되어서 해와 별의 운행과 점점 차이가 났다고 말했다. 현종이 불러서 보고는 새로운 역법을 만들도록 명하였다. 대연의 수에 의거하여 설을 만들고는 천상에 징험하였는데 경서와 사서에 기록된 절기와 세시, 날짜의 간지명, 별자리의 위치와 비교해서 고찰한 것이 모두 들어맞았다. 개원 15년에 초안이 완성되었으나 일행이 죽었으며 장열이 역관들과 함께 순차적으로 완성했다고 한다. '과밀' 이하는 아마도 이를 가리켜 한 말이리라.(按唐書, 開元中, 僧一行精諸家曆法, 言麟德曆行用旣久, 晷緯漸差. 玄宗召見, 令造新曆. 大衍數立術以應之,

較經史所書氣朔日名宿度可考者皆合. 十五年草成而一行卒, 張
說與曆官等次成之. 課密以下, 蓋指此而言也.)

#≪두시상주≫: 이 단락은 현종에게 공을 돌려 당나라의 국통을 진
흥할 수 있었음을 말하였다. '분격'은 위후가 어지럽힌 궁을 악하
다고 여긴 것이다. 궁중의 세력이 저항하지 않았기에 곧장 궁궐
로 들어갔는데, 귀신이 흐느낀 것은 황제의 책략을 예측하지 못
했기 때문이다. '등진'과 '후혈'은 병사를 모아 죄인을 도륙한
것을 말한다. 임금과 신하의 도리를 다시 바로하였기에 '존비가
어울리게 배치되고' 지방이 말끔해졌기에 '천하가 깨끗이 씻겼
다.' '인의'는 개원 연간의 선정을 말하고, '현철'은 요숭姚崇과
송경宋璟 같은 명신을 말한다. '연조'는 내치를 이룬 것이고 '권
융'은 외환을 제거한 것이다. '당우'와 '직설'은 임금이 밝고 신
하가 어질다는 것이다. '근고불궤'는 구태연한 자취에 얽매이지
않는다는 말이고 '정관고걸'은 하늘의 돌보심이 오래도록 이어
진다는 말이다. '차참'과 '우열'은 역법이 어긋난 것을 말한다.
'과밀'은 역법을 만드는 일을 엄숙하게 한다는 것이고, '간정'은
역법을 다스리는 책을 편찬한다는 것이다. '팔음'과 '육률'을 말
한 것은 역법과 음률이 서로 통하기 때문이다. '일자천금'은 지금
의 것을 분명히 하여 훗날까지 전해지게 된다는 말이다.(此歸功
玄宗, 能振興唐祚. 憤激, 惡韋后亂宮. 天關不拒, 直入宮禁. 鬼神
嗚咽, 廟謀不測也. 騰塵吼血, 謂擁兵戮罪. 再定君臣, 故尊卑配.
廓淸畿甸, 故宇縣刷. 仁義, 謂開元善政. 賢哲, 謂姚宋名臣. 聯祖,
修內治. 捲戎, 攘外患. 唐虞稷卨, 君明臣良也. 近古不軌, 陳迹弗
拘. 貞觀高揭, 天眷久屬也. 差僭優劣, 謂曆數舛訛. 課密, 謹造曆
之事. 刊定, 垂治曆之書. 八音六律, 曆律相通也. 一字千金, 信今
傳後矣.)

196 吁(우)-탄식하는 소리.

197 昊天(호천)-하늘. 成命(성명)-이미 정해진 명운. 하늘이 천자로
임명하는 운명을 말한다.

≪시경·주송周頌·호천유성명昊天有成命≫: 하늘에 정해진 천명이 있어서 두 왕께서 받으셨네. 성왕은 감히 평안함을 구하지 않고 밤낮으로 천명에 기초함에 간곡하였네.(昊天有成命, 二后受之. 成王不敢康, 夙夜基命宥密.)

≪시경·호천유성명≫ 모서毛序: <호천유성명>은 하늘과 땅에 교외에서 제사를 지내는 것이다. 나는 밤낮으로 하늘의 위엄을 두려워한다는 말이다.(昊天有成命, 郊祀天地也. 我其夙夜畏天之威.)

198 五聖(오성)-당나라 고조, 태종, 고종, 중종, 예종을 가리킨다. 受(수)-천명을 받았다는 말이다.

≪두시상주≫: '오성'은 고조부터 예종까지이다.(五聖, 自高祖至於睿宗.)

199 夙夜(숙야)-아침저녁. 하루종일. 匪遑(비황)-쉴 틈이 없다.

200 實(실)-실로. 守(수)-자신의 본분을 지킨다는 말이다.

≪노자≫: 본질을 드러내고 순박함을 지켜 사사로움을 없애고 욕심을 줄인다.(見素抱樸, 少私寡欲.)

≪장자·마제馬蹄≫: 모두 무지하여 그 덕이 떠나지 않고 모두 욕심이 없으면 이를 소박이라고 한다. 소박하면 사람의 본성이 얻어진다.(同乎無知, 其德不離, 同乎無欲, 是謂素樸. 素樸而民性得矣.)

201 吁嗟乎(우차호)-탄식하는 말이다. 麟鳳(인봉)-기린과 봉황. 나라가 잘 다스려지면 나타나는 상서로운 동물이다.

≪문선文選·현량소賢良詔≫ "麟鳳在郊藪" 이선 주: ≪예기≫에서 "성왕이 이로써 순종하였기에 봉황과 기린이 모두 교외 택지에 있었다."라고 하였다.(禮記曰, 聖王所以順, 故鳳凰麒麟, 皆在郊藪.)

202 胡爲(호위)-무엇을 하는가? 郊藪(교수)-교외의 초택지.

203 降鑒(강감)-내려다보다. 하늘이 세상을 굽어살피는 것이다. 及玆(급자)-이에 이르다.

204 玄元(현원)-노자를 가리킨다. 당나라 고종이 노자에게 태상현원 황제太上玄元皇帝라는 칭호를 추존했다. 垂裕(수유)-후인에게 업적이나 명성을 남기는 것을 말한다.

205 鶉轂(순구)-메추라기와 새끼새. 이 구는 성인은 메추라기가 살 듯이 일정한 거처가 없고 새끼새가 먹듯이 조금만 먹는다는 뜻으로 자신의 분수에 맞게 순리대로 산다는 말이다.
≪장자·천지天地≫: 성인은 메추라기가 살 듯이 하고 새끼새가 먹듯이 하며 새가 날 때 드러나지 않듯이 하니, 천하에 도가 있으면 만물과 더불어 모두 번창하고 도가 없으면 덕을 수양하며 한가하게 지낸다.(聖人鶉居而鷇食, 鳥行而無彰, 天下有道則與物皆昌, 無道則修德就閒.)

206 芻狗(추구)-지푸라기와 개. 또는 지푸라기로 만든 개. 원래는 제례를 지낼 때 사용하기 위해 지푸라기로 엮은 개를 가리키는데 후에 아무 쓸모도 없는 존재를 비유하게 되었다. 이 구는 도가 있는 자는 인간과 만물을 기르지만 자연에 맡기며 보답을 기대하지 않는다는 말이다.
≪노자≫: 천지가 어질지 않아 만물을 지푸라기나 개로 여기고 성인이 어질지 않아 백성을 지푸라기나 개로 여긴다.(天地不仁, 以萬物爲芻狗. 聖人不仁, 以百姓爲芻狗.)
≪노자≫ 하상공河上公 주: 하늘이 베풀고 땅이 교화시킴에 어짊과 은혜로 하지 않고 절로 그러함에 맡겨둔다. 천지가 만물을 만들었고 사람이 가장 귀한데 천지가 사람을 지푸라기나 개와 같이 본다는 것은 그들의 보답을 요구하거나 바라지 않는다는 것이다. 성인이 만민을 사랑하여 양육함에 어짊과 은혜로 하지 않고 하늘과 땅을 본받아 절로 그러함에 맡겨둔다. 성인이 백성을 지푸라기나 개로 여기는 것은 그들의 예의를 요구하거나 바라지 않는다는 것이다.(天施地化, 不以仁恩, 任自然也. 天地生萬物, 人最爲貴, 天地視之如芻草狗畜, 不責望其報也. 聖人愛養萬民, 不以仁恩, 法天地行自然. 聖人視百姓如芻草狗畜, 不責望其

禮意.)

≪장자·천운天運≫: 지푸라기 개가 아직 진설되지 않았을 때는 상자에 담고 수놓은 천으로 싸서 제례를 올리는 시축이 재계하고 가지고 간다. 이미 진설한 뒤에는 행인이 그 머리와 몸뚱아리를 밟고 잡풀을 주워가는 사람이 가져다가 태워버릴 따름이다.(夫 芻狗之未陳也, 盛以篋衍, 巾以文繡, 尸祝齊戒以將之. 及其已陳 也, 行者踐其首脊, 蘇者取而爨之而已.)

207 茫茫(망망)-아득한 모양. 八極(팔극)-팔방의 끝. 천하를 가리킨다.

208 眇眇(묘묘)-아주 먼 모양. 羣后(군후)-사방의 제후와 구주의 책임자.

[茫茫 2구] 현종이 천하를 다스리고 있다는 말이다.

209 端策拂龜(단책불구)-시초를 바로하고 거북껍질을 어루만지다. 점을 치기 위해 공손하게 용의를 단정히 한다는 뜻이다. 시초와 거북껍질은 점을 치는 도구이다.

≪초사·복거卜居≫: 정첨윤鄭詹尹이 바로 시초를 바로하고 거북껍질을 어루만지며 말하기를 "그대는 무엇이 알고 싶은가?"라고 하였다.(詹尹乃端策拂龜, 曰君將何以敎之.)

210 緩步闊視(완보활시)-느긋하게 걷고 넓게 보다. 느긋한 모습이다. '緩視闊步'로 된 판본도 있다.

[端策 2구] 주나라와 한나라의 정통을 잇고 위나라와 진晉나라의 비정통성을 극복하겠다는 말이다.

211 成法(성법)-이미 이루어진 법.

212 已朽(이후)-이미 썩다. 이미 죽고 없다는 말이다.

[斯上古 3구] 상고시대의 법을 본받아야 하지만 시대가 멀고 사람은 죽고 없어서 알 수 없다는 말이다. 현종에 대해 겸손하게 표현한 것이다.

#≪두시상주≫: 이 단락은 소박함을 숭상하였으니 명을 이루어 상서로움이 내려올 수 있음을 말하였다. 처음에 '우'라고 한 것은

천명을 받기 어려움을 탄식한 것이다 두 번째로 '우차'라고 한
것은 상서로움이 이를 수 있음을 바란 것이다. '성' 자와 '도'
자 이하는 전해 들은 말을 대신 한 것으로 다음과 같은 말이다.
상고시대에는 몸이 메추라기나 새끼새와 같았으니 귀천을 하나
로 볼 수 있었고 사람이 지푸라기나 개와 같았으니 생사에 달관
할 수 있었다. 지금 이미 천하를 통치하지만 장차 어찌하면 주나
라와 한나라와 나란할 것이며 위나라와 진나라를 능가할 것인
가? 아마도 반드시 하늘에 감응하고 복록을 영접하는 큰 도가
있어야 할 것이다. 상고시대 같은 때에 법을 이루었지만 시대가
멀고 사람은 없어졌으니 또한 말할 만하지 않게 되었다. '하이'
두 자는 아래의 '묵연서사'를 일으킨다. '소박'이라고 한 것은
천보 연간에 사치스러웠음을 풍자한 것이고 '인후'라고 한 것은
노장사상의 허무함을 보여준 것이다. 혹자는 주나라와 한나라가
상고의 법을 만들어서 당시 현인과 성인이 대신 일어난 것을
가리킨다고 하는데, 그렇다면 어찌 사람이 죽어 말할 수 없다고
할 수 있겠는가?(此言崇尙樸素, 可以凝命而降祥. 初曰吁, 歎天命
難膺也. 再曰吁嗟, 羨祥符可致也. 聖道以下, 代作轉語. 言上古之
世, 身同鶉鷇, 則貴賤可以一視, 物等芻狗, 則生死可以達觀. 今旣
撫有天下, 將何以並周漢而駕魏晉乎. 蓋必有格天迓休之大道焉.
若上古成法, 世遠人亡, 亦不足道矣. 何以二字, 起下黙然徐思. 曰
素樸, 諷天寶之奢侈. 曰人朽, 見老莊之虛無也. 或指周漢爲上古
之法, 當時賢聖代作, 豈可云人朽莫道乎.)

213 於是(어시)-이에. 黙然(묵연)-말을 하지 않는 모양. 徐思(서사)
-천천히 생각하다. 골똘히 생각하다.

214 固之(고지)-공고히 하다. 도리를 굳게 지킨다는 말이다.
《두시상주》: 《노자》에서 "그 뿌리를 깊게 하고 그 뿌리를
굳게 하는 것이 오래 살 수 있는 도리이다."라고 하였는데 이것이
'공고히 한다'는 것이다. 이는 허정함에 이르러 지키면서 그 정신
을 수양하면 바로 (《노자》 1장에서) 이른바 "늘 욕망이 없어서

그 오묘함을 본다"라는 것이다. 또 "싸우면 이기고 지키면 굳어진다."라고 하였는데 이것이 '또 공고히 한다'는 것이다. 이는 한 번 근본을 지켜서 그 명을 세우면 바로 (≪노자≫ 1장에서) 이른바 "늘 욕망이 있어서 그 관건을 본다"라는 것이다. 훌륭한 경전의 전부가 한 구 속에 다 있다.(道德經曰, 深根固柢, 長生久視之道. 是固之也. 是致虛守靜, 以養其神, 卽所謂常無欲以觀其妙也. 又曰, 以戰則勝, 以守則固. 是又固之也. 是得一守母以立其命, 卽所謂常有欲以觀其竅也. 全部丹經, 盡於一句中矣.)

215 抑(억)-억누르다. ≪두공부시집집주≫에는 '仰'으로 되어 있으며 ≪두시상주≫에서도 이를 따른다고 하였다. 殊方之貢(수방지공)-이역에서 보내온 공물. 귀한 물건을 가리킨다. 이 구는 이역에서 귀한 물건을 보내오더라도 그것에 개의치 않는다는 말이다. 이와 달리 '仰'으로 된 판본을 따르면 귀한 물건을 탐하지 않겠다는 말이다.

216 廣(광)-넓히다. 無用之祠(무용지사)-쓸데없는 묘당. 이 구는 형식적이고 사사로운 복을 비는 제사는 지내지 않는다는 말이다.

217 金馬碧雞(금마벽계)-말 모양의 금과 닭 모양의 청옥인데 상서로운 신령을 가리킨다.
≪한서・교사지郊祀志≫: 혹자가 익주에 금마와 벽계의 신이 있는데 제사를 지내 모실 수 있다고 하니, 이에 간대부 왕포를 보내 부절을 가지고 구해오도록 하였다.(或言益州有金馬碧雞之神, 可醮祭而致. 於是遣諫大夫王褒使持節而求之.)

218 理人之術(이인지술)-사람을 다스리는 방법.

219 珊瑚翡翠(산호비취)-산호와 비취. 귀한 물건이다.

220 一物(일물)-같은 물건. 산호와 비취도 금마와 벽옥과 마찬가지라는 말이다.

221 奉郊廟(봉교묘)-교외의 묘당에서 제사를 받들다.
≪두시상주≫에 인용된 안옥顏鈺의 설: '교묘'는 '무용지사'에 호응하고 '위보'는 '수방지공'에 호응한다.(郊廟, 應無用之祠. 爲

寶, 應殊方之貢.)

222 怵惕(출척)-두려워하다. 공경하는 모습이다. 孜孜(자자)-부지
런히 힘쓰다.

223 大庭氏(대정씨)-전설에 나오는 고대의 황제인데 여기서는 현종
을 가리킨다.
≪두시상주≫: ≪장자≫에서 "옛날 용성씨와 대정씨가 그물을
엮어 사용하도록 했는데, 이러한 때에 바로 다스림이 지극해졌
다."라고 하였다. 이 부에서 대정씨를 인용한 것은 바로 현종을
가리킨다.(莊子, 昔容成氏大庭氏結網而用之, 若此時則至治也.
賦引大庭, 卽指玄宗.)

224 飛御(비어)-날며 타고 다니다.

#≪두시상주≫: 마지막 단락은 하늘과 조상을 공경히 섬기는 것이
음란한 제사로 복을 기원하는 것과 다르다는 것을 말하였다. 앞
단락은 황제의 말을 가설하여 말했는데 이 단락 또한 황제의
뜻을 대신 서술하였다. 공고히 하고 또 공고히 한다는 것은 소박
함을 굳게 지킨다는 것이다. 쓸데없는 사당을 넓히지 않는 것은
음란한 제사가 사람을 다스릴 만한 것이 아니기 때문이다. 이역
의 공물을 바라지 않는다는 것은 기물 완상을 물리침을 의심하지
않기 때문이다. 오직 교외의 묘당을 공경함이 노자에게 제사를
지내고 선조에 제사를 지내는 올바른 이치이다. 하물며 이러한
지극한 다스림이 이루어진 때에 용을 타고 하늘로 다니니 바로
마땅히 어짊과 효성을 다 아울러서 하늘과 선조에 우러러 답해야
할 것이다. 이 두 단락은 아마도 당시 신선을 받들고 상서로움을
구한 것 때문에 말한 것이리라.(末言敬事天祖, 異於淫祀祈福者.
上文設爲帝詞, 此又代摹帝意. 固之又固, 堅守素樸也. 不廣無用
之祠, 淫祀非可治人也. 不仰殊方之貢, 玩物却之無疑也. 惟郊廟
怵惕, 爲享帝享親之正理. 況當此至治之時, 乘龍御天, 正當仁孝
兼盡, 以仰答乎天祖. 此二條蓋爲當時奉仙求瑞而發歟.)

進封西岳賦表

〈서악에서 봉선례를 지내는 것에 관한 부〉를 바치는 표

臣甫言, 臣本杜陵諸生, 年過四十, 經術淺陋, 進無補於明時, 退嘗困於衣食, 蓋長安一匹夫耳. 頃歲,[1] 國家有事於郊廟,[2] 幸得奏賦, 待罪於集賢,[3] 委學官試文章,[4] 再降恩澤,[5] 仍猥以臣名實相副,[6] 送隸有司,[7] 參列選序.[8] 然臣之本分, 甘棄置永休,[9] 望不及此. 豈意頭白之後, 竟以短篇隻字,[10] 遂曾聞徹宸極,[11] 一動人主,[12] 是臣無負於少小多病,[13] 貧窮好學者已. 在臣光榮, 雖死萬足, 至於仕進, 非敢望也. 日夜憂迫, 復未知何以上答聖慈, 明臣子之效.[14] 況臣常有肺氣之疾, 恐忽復先草露,[15] 塗糞土,[16] 而所懷冥寞,[17] 孤負皇恩.[18] 敢攄竭憤懣,[19] 領略不則,[20] 作封西岳賦一首以勸, 所覬明主覽而留意焉.[21] 先是御製岳碑文之卒章曰,[22] 待余安人治國, 然後徐思其事.[23] 此蓋陛下之至謙也. 今玆人安是已, 今玆國富是已, 況符瑞翕集,[24] 福應交至,[25] 何翠華之默默乎.[26] 維岳, 固陛下本命,[27] 以永嗣業.[28] 維岳, 授陛下元弼,[29] 克生司空.[30] 斯又不可寢已.[31] 伏惟天子, 需然留意焉.[32] 春將披圖視典,[33] 冬乃展采錯事,³⁴ 日尚浩闊,³⁵ 人匪勞止,³⁶ 庶可試哉.³⁷ 微臣不任區區
懇到之極,³⁸ 謹詣延恩匭獻納,³⁹ 奉表進賦以聞.⁴⁰ 臣甫誠
惶誠恐, 頓首頓首, 謹言.

    신 두보가 아룁니다. 신은 본래 두릉의 선비인데 나이가 마흔이
넘었지만 경술이 천근하여, 나아가서는 밝은 시대에 보탬이 없고
물러나서는 의복과 음식에 늘 곤궁하니, 대체로 장안의 한 필부일
따름입니다. 근년에 나라에서 교외의 묘당에서 제례를 지냈기에
다행히 부를 바칠 수 있어서 집현원에서 처분을 기다리며 학관이
문장을 시험하도록 하셨는데, 다시 은택을 내려주시어 또 외람되
이 신의 명분과 실질이 서로 맞도록 담당자에게 보내시어 선발
시험에 참여하였습니다. 하지만 신의 본분으로는 내팽개쳐서 영
원히 쉬는 것도 달게 여겼기에 기대하는 바가 이에 미치지 않았으
니, 백발이 되고서 결국 짧은 글로 마침내 일찍이 북극성에 두루
알려져 주상전하를 한 번 감동시킬 줄 어찌 생각했겠습니까? 이는
신이 어려서 병이 많았고 빈궁하지만 배우기를 좋아했다는 사실
에도 감당할 수 없는 것입니다. 신에게는 영광이니 비록 죽더라도
만 번 만족하며 관직에 나아가는 것까지는 감히 바라는 바가 아닙
니다. 밤낮으로 근심하고 초조하였으며 또 어찌하면 성스럽고 어
짊에 위로 답하여 신하의 진심을 밝힐지 모르겠습니다. 하물며
신은 항상 폐병이 있었기에 갑자기 다시 풀 위의 이슬보다 먼저
사라지고 거름을 바르게 되어 가슴에 품은 바가 적막해져 황은을
저버릴까 두려웠습니다. 감히 분개함을 다 펼치고 큰 법칙을 깨우
쳐서 <서악에서 봉선례를 지내는 것에 관한 부> 한 편을 지어

권설하니 밝은 주상께서 보시고 유념해주시길 바랍니다. 앞서 천자께서 지으신 서악의 비문 마지막 부분에서 "내가 백성을 편안히 하고 나라를 다스린 뒤에 천천히 그 일을 생각하겠다."라고 하셨는데, 이는 대체로 폐하의 지극한 겸양이십니다. 지금 백성이 편안해짐이 이와 같고 지금 나라가 부유해짐이 이와 같습니다. 하물며 상서로운 징조가 모이고 복을 내릴 징조가 교차하며 이르고 있으니 어찌 물총새 깃털로 장식한 천자의 수레가 조용히 있을 수 있겠습니까? 저 서악은 진실로 폐하의 운명의 근본이어서 이로 인해 왕업 계승을 길이 할 수 있습니다. 저 서악은 폐하에게 큰 신하를 내려주어 사공을 생길 수 있게 하였습니다. 이는 또한 숨길 수 없는 것입니다. 엎드려 생각건대 천자께서는 은혜로이 유념해주십시오. 봄에는 전적을 펼쳐 보시고 겨울에는 직책을 펼쳐서 일을 처리하시니 날은 여전히 넉넉하고 사람은 수고스럽지 않기에 거의 한번 해볼 만합니다. 미천한 신이 구구하게 간절한 지극함을 이기지 못하고 삼가 연은궤로 가서 헌납하오니 표를 받들어 부를 바쳐 아룁니다. 신 두보는 진정 황공하옵나이다, 머리를 조아리고 머리를 조아리며 삼가 말씀드렸습니다.

[해제]

이 표는 두보가 <서악에서 봉선례를 지내는 것에 관한 부>를 지은 뒤 이를 헌납하며 그 배경을 적어 현종에게 같이 올린 것이다. 두보가 삼대례부를 바친 뒤 현종의 인정을 받아 조정의 관리 선발 시험에 참여하게 되었지만, 이에 만족하지 않고 이 부를 바쳐서 관직을 얻고자 하였다. 하지만 표에서는 자신에게 그런 바람이 있는 것은 아니고 그저 황제의 은혜에 감당하지 못한다고 하였으며, 근년에 상서로운 조짐이 나타나니 서악에서 봉선례를 올리는 일을 다시 시도해야 하겠기에 이를 권고하는 내용의 부를 지어 올린다고 하였다. 천보 13년 겨울에 지은 것으로 추정한다. 이와 달리 천보 12년에 지었다고 보는 설도 있다.

≪구당서·예의지禮儀志≫: 현종은 을유년에 태어났기에 화산을 운명의 근본으로 삼았다. 선천 2년 7월 왕위를 바로잡았고 8월 계축일에 화산의 신을 봉해 금천왕으로 삼았다. 개원 10년 동도 낙양에 행차한 김에 또 화산의 사당 앞에 비를 세웠는데 높이가 오십여 자였다. 또 화산 위에 도사의 도관을 세우고 공덕을 수양했다. 천보 9년에 이르러 또 장차 화산에서 봉선을 행하려고 어사대부 왕홍을 시켜 험로를 개척하여 제단을 설치하도록 명했는데 마침 사당에 화재가 나서 그만두었다.(玄宗乙酉歲生, 以華岳當本命, 先天二年七月正位, 八月癸丑, 封華岳神爲金天王. 開元十年, 因幸東都, 又於華岳祠前立碑, 高五十餘尺. 又於獄上置道士觀, 修功德. 至天寶九載, 又將封禪於華岳, 命御史大夫王銑開鑿險路, 以設壇場, 會祠堂災而止.)

≪보주두시·연보변의年譜辨疑≫ 천보십삼재갑오天寶十三載甲午조: ≪구당서·현종본기≫를 살펴보니 이해 2월 무인일에 우상 겸 문부상서 양국충이 사공 서리가 되었고 나머지는 예전과 같았으며 갑신일에 사공 양국충이 책명을 받았다. 그리고 두보의 <<서악에서 봉선례를 지내는 것에 관한 부>를 바치는 표>에서 "저 서악은 폐하에게 큰 신하를 내려주어 사공을 생길 수 있게 하였습니다."라고 하였고 또 "근년에 나라에서 교외의 묘당에서 제례를 지냈기에 다행히 부를 바칠 수 있어서 집현전에서 처분을 기다리며 학관이 문장을 시험하도록 하셨는데, 다시 은택을 내려주시어 또 외람되이 신의 명분과 실질이 서로 맞도록 담당자에게 보내시어 선발 시험에 참여하였습니다."라고 하였으니 <서악에서 봉선례를 지내는 것에 관한 부>를 바친 것은 마땅히 이해에 있었으며 대체로 하서위에 제수되지 않았을 때이다. 노씨의 연보에서 "이 부는 마땅히 서악에서 봉선례를 올리기 전에 있었으며 본기에서 화악에서 봉선례를 올린 일은 천보 9년에 있었으니 또한 마땅히 살펴봐야 한다."라고 하였다. 노씨는 아마 천보 9년에 묘당에

화재가 나고 가뭄이 들어 봉선례를 올리는 일을 그만두도록 조서 내린 것을 살펴보지 않은 것 같다. 그러므로 두보가 부를 바친 것은 이해이다.(按舊史, 是年二月戊寅, 右相兼文部尙書楊國忠守司空, 餘如故. 甲申, 司空楊國忠受册. 而先生進封西岳賦表云, 維岳, 授陛下元弼, 克生司空. 又云, 頃歲, 有事於郊廟, 幸得奏賦, 待制於集賢, 委學官試文章, 再降恩澤, 乃猥以臣名實相副, 送隷有司, 參列選序. 則進封西岳賦, 當在是年, 蓋未授河西尉也. 魯譜云, 此賦當在未封西岳前, 而紀封華岳在九載, 又當考也. 魯蓋不考九載廟災及旱, 詔停封. 故先生進賦在今年.)

 ≪두공부시집집주≫: ≪구당서≫에 따르면, 천보 9년 정월 여러 신하가 서악에서 봉선례를 올리기를 상주하자 그를 따랐으며, 2월에 서악 묘당에 화재가 났고 당시 오래도록 가물었기에 서악에서 봉선례를 올리는 일을 중단하도록 하였다. 현종이 <서악비>를 직접 지었는데 "천보 11년 맹동에 사당 아래에 수레를 세웠다. 덕에 보답하려는 바람에 오래도록 힘썼지만 받들어 봉하는 예를 올릴 겨를이 없었다."라고 하였다. 살펴보건대 표에서 "나이가 마흔이 넘었다"라고 하였고 또 "사공을 생길 수 있게 하였다"라고 하였으니 천보 12년 겨울에 올린 것이 틀림없다. 대체로 먼저 사당에 화재가 나고 가뭄 때문에 봉선례를 올리는 일을 중단했는데, 이 때에 이르러 두보가 비로소 부를 바치며 청한 것이다.(舊唐書, 天寶九載正月, 群臣奏封西岳, 從之. 二月, 西岳廟災, 時久旱, 制停封西岳, 玄宗御製西岳碑. 十有一載, 孟冬之月, 停鑾廟下, 久勤報德之願, 未暇崇封之禮. 按, 表云, 年過四十, 又云篤(克의 잘못)生司空, 爲十二載冬所上無疑. 蓋先以廟災及旱停封, 至是公始進賦以請也.)

[주석]

1 頃歲(경세)-근년에.
2 有事(유사)-여기서는 제례를 올렸다는 말이다. 郊廟(교묘)-교외의 묘당. 하늘과 땅 및 여러 신에게 제례를 올리는 곳이다. 천보 10년 정월 현종은 3일에 걸쳐 노자의 사당, 종묘, 교외 묘당

에서 제례를 올렸는데, 두보는 이에 관한 부 세 편을 지어 올렸다.

3 待罪(대죄)-처분을 기다리다. 두보가 올린 부를 현종이 보고는 기이하게 여기고는 집현원에서 다음 처분을 대기하도록 하였다.

4 委(위)-위탁하다. 學官(학관)-교육을 담당하는 관리.

5 再降恩澤(재강은택)-다시 은택을 내리다. 현종이 두보에게 관리 선발 시험에 응시하도록 한 것을 말한다.

6 猥(외)-외람되이. 名實相副(명실상부)-명분과 실질이 서로 들어맞다.

7 送隷(송례)-보내다.

8 參列(참렬)-참여하다. 選序(선서)-이부에서 관리 선발 및 승급 시험을 치르는 것을 말한다.

9 甘(감)-달게 여기다. 棄置(기치)-내버려두다.

10 短篇隻字(단편첩자)-짧은 글. 삼대례부를 가리킨다.

11 聞徹(문철)-두루 알려지다. 宸極(신극)-북극성. 조정을 상징한다.

12 人主(인주)-군주. 현종을 가리킨다.

13 無負(무부)-감당하지 못하다.

14 效(효)-진심전력으로 행함.

15 先草露(선초로)-풀의 이슬보다 먼저하다. 일찍 죽는다는 말이다.

16 塗糞土(도분토)-거름을 바르다. 죽어 몸이 썩는다는 말이다.

17 所懷(소회)-가슴에 품은 바. 두보의 충심을 가리킨다. 冥寞(명막)-적막하다. 사라지다.

18 孤負(고부)-저버리다.

19 攄竭(터갈)-다 펼치다. 憤懣(분만)-분개하다. 현종이 서악에서 봉선례를 올리지 못해 안타까워하는 마음을 말한다.

20 領略(영략)-깨우치다. 丕則(비칙)-큰 법칙.

21 覬(기)-바라다.

22 御製(어제)-황제가 짓다. 岳碑文(악비문)-천보 11년 10월 현종이 낙양에 갔다가 화산의 묘당에 들렀을 때 직접 비문을 지었다.

하지만 이 비문은 당시 재상인 장열張說의 문집에도 들어있다.

23 其事(기사)-그 일. 서악에서 봉선례를 올리는 일을 말한다.

24 符瑞(부서)-상서로운 징조. 翕集(흡집)-모이다.

25 福應(복응)-복을 내릴 징조. 交至(교지)-일제히 이르다.

26 翠華(취화)-물총새 깃털로 장식하는 것으로 천자의 수레를 가리 킨다. 黙黙(묵묵)-조용하다. 구본에는 '脉脉'으로 되어 있었는데 ≪두공부시집집주≫에서 바꾸었다. 이 구는 이제 현종이 서악에 서 봉선례를 올리러 가야 한다는 말이다.

27 固(고)-본래. 本命(본명)-본래의 운명. 운명의 근본.
   현종 <서악태화산비명西嶽太華山碑銘>: 소자의 삶을 주셨다. 그 해는 병술년이고 달은 중추이니 소호의 성덕을 이어받았고 태화의 본명에 부합한다. 그러므로 늘 신령한 산을 자나 깨나 생각하고 신령한 교유를 은약하였다.(予小子之生也, 歲丙戌, 月 仲秋, 膺少皞之盛德, 協太華之本命. 故常寤寐靈岳, 胝蠁神交.)

28 永(영)-오래도록 하다. 嗣業(사업)-왕업을 계승하다.

29 元弼(원필)-큰 신하. 재상. 여기서는 왕국충을 가리킨다.

30 克(극)-할 수 있다. 司空(사공)-최고 관직으로 태위太尉, 사도司 徒, 사공司空을 삼공三公이라고 했으며 실제 직책은 없었다. 천 보 13년 2월에 양국충이 사공이 되었다. 이와 달리 곽자의를 가 리킨다는 설도 있지만 곽자의는 지덕 2년에 사공을 한 사실을 감안하면 잘못인 것으로 보인다.
   ≪구당서·현종본기≫: (천보 13년 2월) 갑신일에 사공 양국충이 책명을 받았다. 하늘에서는 황토비가 내렸고 조복을 적셨다.(甲 申, 司空楊國忠受冊, 天雨黃土, 霑於朝服.)
   ≪독서당두공부문집주해≫: 곽자의를 말한다. 두보가 올바른 사 람을 경모한 것이 이와 같다.(謂郭子儀, 公傾慕正人如此.)

31 寢(침)-숨기다.

32 霈然(패연)-비가 많이 내리는 모양으로 황제의 은택을 비유한다.

33 披圖視典(피도시전)-전적을 펼쳐 보다.

34 展采錯事(전채조사)-직책을 펼쳐서 일을 처리하다. '錯'은 음이
   '조'이고 '措措'와 통한다.
   ≪사기·사마상여열전≫: 그런 다음에 진신 사대부의 책략을 섞
   어 해와 달의 남은 빛과 빼어난 불꽃을 빛나게 하시어 관직을
   펴고 일을 처리하였다.(後因雜薦紳先生之略術, 使獲燿日月之末
   光絶炎, 以展采錯事.)

35 浩闊(호활)-여유가 있다. 넉넉하다.

36 匪(비)-아니다. 勞止(노지)-수고롭다. '지'는 뜻없는 조사이다.

37 庶(서)-거의.

38 不任(불임)-감당하지 못하다. 區區(구구)-간절한 모양. 懇到(간
   도)-간절함.

39 延恩甌(연은궤)-무측천 때 장안성 문에 둔 궤에서 동쪽 면의 이
   름으로 문인들이 자신이 지은 부를 이곳에 넣으면 읽어보고 관리
   로 선발하였다. 獻納(헌납)-바치다.

40 聞(문)-군주에게 알리다.

⑥

封西岳賦 幷序

서악에서 봉선례를 지내는 것에 관한 부 - 서를 병기하다

上旣封泰山之後,¹ 三十年間,² 車轍馬跡至於太原,³ 還
於長安. 時或謁太廟,⁴ 祭南郊,⁵ 每歲孟冬, 巡幸溫泉而
已.⁶ 聖主以爲王者之體,⁷ 告厥成功,⁸ 止於岱宗可矣.⁹ 故
不肯到崆峒,¹⁰ 訪具茨,¹¹ 驅八駿於崑崙,¹² 親射蛟於江
水,¹³ 始爲天子之能事壯觀焉爾.¹⁴ 況行在,¹⁵ 供給蕭然,¹⁶
煩費或至,¹⁷ 作歌有慚於從官,¹⁸ 誅求坐殺於長吏,¹⁹ 甚非
主上執玄祖醇釀之道,²⁰ 端拱御蒼生之意.²¹ 大哉聖哲,²²
垂萬代則,²³ 蓋上古之君, 皆用此也. 然臣甫愚, 竊以古
者,²⁴ 疆場有常處,²⁵ 贊見有常儀,²⁶ 則備乎玉帛而財不匱
乏矣.²⁷ 動乎車輿而人不愁痛矣.²⁸ 雖東岱五岳之長,²⁹ 足
以勒崇垂鴻,³⁰ 與山石無極,³¹ 伊太華最爲難上,³² 至於封
禪之事, 獨軒轅氏得之.³³ 夫七十二君,³⁴ 罕能兼之矣. 其
餘或蹴踏風雲,³⁵ 碑版祠廟,³⁶ 終么麼不足追數.³⁷ 今聖主,
功格軒轅氏,³⁸ 業纂七十二君,³⁹ 風雨所及, 日月所照, 莫
不砥礪.⁴⁰ 華近甸也,⁴¹ 其可悆乎.⁴² 比崴,⁴³ 鴻生巨儒之
徒,⁴⁴ 誦古史, 引時義云,⁴⁵ 國家土德,⁴⁶ 與黃帝合,⁴⁷ 主上

本命,⁴⁸ 與金天合.⁴⁹ 而守闕者亦百數.⁵⁰ 天子寢不報,⁵¹ 蓋謙如也.⁵² 頃或詔厥郡國,⁵³ 掃除曾巔,⁵⁴ 雖翠蓋可薄乎蒼穹,⁵⁵ 而銀字未藏於金氣.⁵⁶ 臣甫誠薄劣,⁵⁷ 不勝區區吟詠之極,⁵⁸ 故作封西嶽賦以勸. 賦之義, 預述上將展禮焚柴者,⁵⁹ 實覬聖意,⁶⁰ 因有感動焉. 其詞曰,

惟時孟冬, 乃休百工.⁶¹ 上將陟西岳,⁶² 覽八荒,⁶³ 御白帝之都,⁶⁴ 見金天之王, 既刊石乎岱宗,⁶⁵ 又合符乎軒皇.⁶⁶ 玆事體大,⁶⁷ 越不可載已.⁶⁸

先是, 禮官草具其儀,⁶⁹ 各有典司,⁷⁰ 俯叶吉日,⁷¹ 欽若神祇.⁷² 而千乘萬騎, 已蠻略佁儗,⁷³ 屈矯陸離,⁷⁴ 惟君所之. 然後拭翠鳳之駕,⁷⁵ 開日月之旗.⁷⁶ 撞鴻鐘,⁷⁷ 發雷輀.⁷⁸ 辯格澤之修竿,⁷⁹ 決河漢之淋漓.⁸⁰ 彍天狼之威弧,⁸¹ 隳魍魎之霏霏.⁸² 赤松前驅,⁸³ 彭祖後馳.⁸⁴ 方明夾轂,⁸⁵ 昌寓侍衣.⁸⁶ 山靈秉鉞而踉蹡,⁸⁷ 海若護蹕而參差.⁸⁸ 風馭冉以縱巘,⁸⁹ 雲螭絪而遲跜.⁹⁰ 地軸軋軋,⁹¹ 殷以下折,⁹² 原隰草木, 儼而東飛.⁹³ 岐梁閃倏,⁹⁴ 涇渭反覆,⁹⁵ 而天府載萬侯之玉,⁹⁶ 上方具左纛黃屋,⁹⁷ 已焜煌於山足矣.⁹⁸

乘輿尙鳴鸞和,⁹⁹ 儲精澹慮,¹⁰⁰ 華蓋之大角低回,¹⁰¹ 北斗之七星皆去.¹⁰² 屆蒼山而信宿,¹⁰³ 屯絶壁之清曙.¹⁰⁴ 既臻夫陰宮,¹⁰⁵ 犀象硏兀,¹⁰⁶ 戈鋋窸窣,¹⁰⁷ 飄飄蕭蕭,¹⁰⁸ 洶洶如也.¹⁰⁹

於是太一抱式,[110] 玄冥司直.[111] 天子乃宿祓齋,[112] 就登
陟,[113] 駢素虬,[114] 超崱屴.[115] 天語秘而不可知,[116] 代欲聞
而不可得.[117] 柴燎上達,[118] 神光充塞.[119] 泥金乎菡萏之
南,[120] 刻石乎青冥之北.[121]

上意由是茫然,[122] 延降天老,[123] 與之相識. 問太微之所
居,[124] 稽上帝之遺則.[125] 颯弭節以徘徊,[126] 撫八紘而驪
黑.[127] 忽風翻而景倒,[128] 澹殊狀而異色.[129] 曶若褰袪開
帷,[130] 下辯宸極者.[131] 久之, 雲氣翕以迴複,[132] 山嶝嶪而
未息.[133] 祀事孔明,[134] 有嚴有翼.[135] 神保是格,[136] 時萬時億.

爾乃駐飛龍之秋秋,[137] 詔王屬以中休.[138] 觀羣后於高
掌之下,[139] 張大樂於洪河之洲.[140] 芬樹羽林,[141] 莽不可
收.[142] 千人舞, 萬人謳.[143] 麒麟跧跧而在郊,[144] 鳳凰蔚跂
而來遊.[145] 雷公伐鼓而揮汗,[146] 地祇被震而悲愁.[147] 樂師
拊石而具發,[148] 激越乎遐陬.[149] 羣山爲之相峽,[150] 萬穴爲
之倒流.[151] 又不可得載已.[152]

久而景移樂闋,[153] 上悠然垂思曰,[154] 嗟乎. 余昔歲封泰
山,[155] 禪梁父,[156] 以爲王者成功, 已纂終古.[157] 當鑒前
史,[158] 至於周穆漢武, 豫游寥闊,[159] 亦所不取.[160] 惟此西
岳, 作鎮三輔,[161] 非無意乎. 頃者,[162] 猶恐百姓不足,[163] 人
所疾苦, 未暇瘞斯玉帛,[164] 考乃鐘鼓.[165] 是以視岳於諸
侯,[166] 錫神以茅土.[167] 豈惟壯設險於甸服,[168] 報西成之農

扈,[169] 亦所以感一念之精靈, 答應時之風雨者矣.[170]

今玆冢宰庶尹,[171] 醇儒碩生,[172] 僉曰,[173] 黃帝顓頊,[174] 乘龍游乎四海, 發軔匝乎六合,[175] 竹帛有云,[176] 得非古之聖君,[177] 而太華最爲難上, 故封禪之事, 鬱沒罕聞.[178] 以予在位,[179] 發祥隤祉者,[180] 焉可勝紀.[181] 而不得已, 遂建翠華之旗,[182] 用塞雲臺之議.[183] 矧乎殊方奔走,[184] 萬國皆至, 玄元從助,[185] 淸廟獻歆也.[186]

臣甫舞手蹈足曰,[187] 大哉鑠乎.[188] 眞天子之表,[189] 奉天爲子者矣.[190] 不然, 何數千萬載, 獨繼軒轅氏之美.[191] 彼七十二君,[192] 又疇能臻此.[193] 蓋知明主聖罔不克正,[194] 功罔不克成, 放百靈, 歸華淸.[195]

주상께서 이미 태산에서 봉선례를 올리신 후 삼십 년간 수레의 바퀴 자국과 말의 발자국이 태원에 이르렀다가 장안으로 돌아오셨고, 때로는 혹 태묘를 배알하시고 남쪽 교외에서 예를 올리셨으며, 매년 맹동에는 온천궁을 순행하였을 뿐입니다. 성스런 군주가 왕이 된 자의 예를 행하고 그 공을 이루었음을 알리는 데는 태산으로 그치면 됩니다. 그러므로 공동산에 가거나 구자산을 방문하고 곤륜산에서 여덟 준마를 달리고 장강에서 친히 교룡을 쏘려 하지 않아도 애당초 천자의 능사로 웅위한 경관이 될 따름입니다. 하물며 행차하시는 곳에 공급하는 물량으로 소란스러워지고 번다한 경비가 혹 지대해지며, 노래를 만드느라 호종하는 관리를 부끄럽게 하고, 강제 징수하느라 고위 관원을 연좌하여 죽이니, 주상이 노자의 순박돈후한 도를 쥐고 바른 몸으로 공수하여 백성을 다스리는 뜻이 심히 아닙니다. 크시도다, 성스럽고 현철한 이여, 만대의 모범을 드리우셨도다. 대체로 상고의 임금은 모두 이를 사용하였습니다. 하지만 신 두보가 어리석게도 생각건대 옛날 제단을 만들 때도 정해진 장소가 있었고 접견할 때도 정해진 예의가 있었으니 옥과 비단을 다 갖추되 재물이 부족해지지 않았으며 수레를 움직이되 사람이 고통으로 근심하지 않았습니다. 비록 동쪽 태산이 오악의 으뜸이어서 숭고한 이름을 새기고 큰 업적을 드리워서 산의 바위와 영원토록 전해지기에 충분하지만, 저 태화산은 가장 오르기 어려워서 봉선의 일에 있어서는 유독 헌원씨만 하였고 저 일흔두 임금은 거의 겸할 수 없었으며, 그 나머지는 혹 바람과 구름 속에 넘겨졌고 비석과 사당은 끝내 세미하여 좇아 헤아릴 만하지 않습니다. 지금 성스런 군주께서 공적은 헌원씨에 필적하고 공업은 일흔두 임금을 계승하였으며 비바람이 미치는 곳과 해와 달이 비치는 곳은 어디라도 수레가 가서 닿지 않은 곳이 없는데, 화산은 도성의 근교이니 어찌 부끄럽겠습니까? 근년에 박학하고 위대한 유자 무리가 옛 역사를 말하고 시사에 대한 논의를 이끌어서 말하기를, "이 나라는 토덕이니 황제黃帝와 합쳐지고, 주상의 운명의 근본은 금천과 합쳐집니다."라고 하면서 궐문을 지킨 자가 또한 수백 명이었습니다. 천자께서는 숨기고 대답하지 않으셨으니 대체로 겸손하시기 때문입니다. 근래 혹 그 지역에 조서를 내려 충충 꼭대기를 청소하게 하셨는데, 비록 물총새 깃털 수레가 푸른 하늘에 가까이 갈 만하였지만 은빛 글자를 금빛 기운 속에 두지 못하였습니다. 신 두보는 진실로 재주가 저열하지만 성심껏 읊조리고자 하는 마음의 극한을 이기지 못했기에 <서악에

서 봉선례를 올리는 것에 대한 부>를 지어 권설합니다. 부의 뜻은 주상께서 장차 예를 펼치고 섶을 태우는 일을 미리 상술한 것이니, 진실로 성스런 뜻에 이로 인해 감동하는 바가 있기를 바랍니다. 그 내용은 다음과 같습니다.

때는 초겨울 10월 모든 일을 멈추니, 주상은 장차 서악을 올라 팔황을 둘러보시려고 백제의 도읍으로 수레를 몰아 금천의 왕을 보려 하셨다. 이미 태산의 바위에 새겼으며 또한 헌원 황제와 징조가 합치했기에 이 일은 규모가 컸으며 이루 다 기록할 수 없을 정도였다.

이에 앞서 예관은 그 의례를 처음 갖추었고 각기 시행하는 관리가 있었으며, 허리를 굽혀 길일을 선택하여 천신과 지신에 공경히 순종했다. 수레 천 승과 기마 만 기가 이미 가다 멈추다 지체되었고 씩씩하게 울쑥불쑥하며 오직 임금이 가는 곳을 따랐다. 연후에 취봉 수레를 어루만지고 일월 깃발을 펼쳤으며, 큰 종을 치며 우렛소리 같은 소리를 내는 수레를 출발시켰다. 긴 장대처럼 길게 뻗은 격택을 분간하니 넘실거리는 은하수를 가로질렀으며, 천랑에 위호로 활을 겨누고 어지러운 망량을 떨어뜨렸다. 적송자가 앞에서 달려가고 팽조가 뒤에서 치달렸으며, 방명이 수레를 보위하고 창우가 옷을 받들었다. 산의 신령은 도끼를 쥐고 달려나가고 해약은 행차를 보호하며 들쑥날쑥하였으며, 풍어는 차례대로 울쑥하였고 운리는 이리저리 구불거렸다. 지축은 우르릉거리며 대부분 아래로 꺾였으며, 들판과 습지의 초목은 질서정연하게 동쪽으로 날렸다. 기산과 양산이 보였다 사라졌다 했으며 경수와 위수가 동탕했다. 천부는 만 명 제후의 옥을 실었고 상방은 좌독과 황옥을 갖추었으니 이미 산기슭에 번쩍이고 있었다.

승여가 여전히 방울을 울리면서 정신을 모으고 생각을 담담히 하는데, 화개의 대각은 서성이고 북두의 칠성은 모두 떠났다. 푸른 산에 이르러 이틀 밤을 묵고 깎아지른 산의 맑은 새벽에 머물렀다. 이미 저 깊은 궁에 도착하니 무소뿔과 상아가 높이 솟아있고 창과 작은 창이 쟁쟁거리며 바람이 휘익 불고 초목이 우수수 날려 소리가 거대했다.

이에 태일이 도식을 껴안고 현명이 일을 맡아보았다. 천자가 곧 머물며 몸을 깨끗이 재계하고는 나아가 올라가는데 흰 규룡을 나란히 하여 높은 곳을 넘어갔다. 하늘의 말은 비밀스러워 알 수 없었고 대대로 들으려고 해도 할 수 없었던 것이었다. 섶을 태워 위로 보내니 신령스런 빛이 가득 찼으며, 연봉우리 남쪽에서 금을 칠하고 푸르고 유심한 곳 북쪽에서 바위에 새겼다.

주상의 뜻이 이로 인해 아득해지자 천로를 내려오게 요청하여 그와 알게 되었다. 태미가 있는 곳을 묻고는 상제가 남기신 규범을 고찰하였다. 재빨리 수레를 멈추고 서성이면서 팔굉을 어루만지니 깜깜해졌는데, 홀연 바람이 불어 태양이 뒤집혔으며 동탕하며 정황이 달라지고 모습이 바뀌었다. 옷자락을 들어올린 듯 장막을 걷은 듯 환해지자 아래로 북극성을 알아보았다. 오랜 후에 구름 기운이 뭉게뭉게 두르며 겹쳐졌고, 산봉우리의 소리가 높다란 곳에서 그치지 않았다. 제례 일은 매우 고결하여서 엄숙하고 공경스러웠기에, 신령이 내려오신 것이 때로는 만이고 때로는 억이었다.

이에 솟구쳐 달리던 비룡을 멈추고 시종 관원을 불러 중도에 쉬었다. 고장 아래에서 여러 제후를 만나고 넓은 황하 물섬에서 장대한 음악을 펼쳤다. 무성하게 세워둔 깃털 덮개는 숲을 이룬 듯 성대하여 이루 거둘 수 없었으며, 천 명이 춤추고 만 명이 노래하였다. 기린이 뛰어다니며 교외에 있고 봉황이 씩씩하며 다채로운 모습으로 와서 노닌다. 우레의 신 뇌공이 북을 치며 땀을 흩날리니 땅의 신 지지가 몸이 뒤흔들려 슬퍼하며 근심하고, 악사가 경석을 어루만져 모두 소리를 내니 먼 구석에서 격동한다. 여러 산이 이 때문에 서로 스치고 온갖 구멍에는 이 때문에 거꾸로 물이 흐른다. 또한 다 기록할 수가 없구나.

한참 후에 태양이 옮겨가고 음악이 끝나자 주상은 아득히 생각을 드리우며 말하기를, "아아, 내가 예전에 태산에서 봉례를 올리고 양보산에서 선례를 올리면서 왕이 된 자가 공업을 이루었고 이미 선왕의 도를 계승했다고 여겼다. 선대의 역사를 살펴보니 주나라 목왕과 한나라 무제가 드넓은 곳을 순수했다는 내용에 이르렀는데 또한 내가 하지 못했던 바이다. 이 서악에 진을 설치하고 삼보를 만든 것이 뜻이 없는 것은 아니구나. 얼마 전에는 여전히 백성이 풍족하지 않아 인민이 고통받는 바를 염려하여 이 옥과 비단을 재물로 묻고 종과 북을 칠 겨를이 없었다. 이로써 제후의 예를 서악에 보여주고 띠풀로 싼 흙을 신에게 준다. 어찌 다만 전복에 험요지를 장대하게 설치하여 가을 풍년을 이룬 농사 관리에게 답하는 것일 뿐이겠는가? 또한 이로써 일념의 정령에 감응하여 때에 맞춘 비바람에 답한다."

"지금 총재, 서윤, 순유, 석생이 모두 말하기를, '황제와 전욱이 용을 타고 사해를 다녔고 수레 쐐기를 풀어 육합을 돌았는데 역사서에 그런 말이 있으니 옛날의 성군 또한 그런 일이 어찌 없었겠습니까? 하지만 화산은 가장 오르기 어려웠기에 봉선의 일은 전혀 없었으며 들은 적도 없습니다. 재위함을 칭송하면서 상서로운 징조가 나타나고 복이 내려온 것을 어찌 다 이루 적을 수 있겠습니까?'라고 하였다. 그래서 부득이하여 마침내 물총새 깃털 장식 깃발을 세우고 운대의 논의에 보답하였는데, 하물며 각지에서 달려와서 만국이 모두 이르렀으며 노자가 좇아 도와주시고 청묘에서 흐느끼셨다."라고 하셨다.

신 두보는 손으로 춤추고 발을 구르면서 말하기를, "크도다, 성대함이여. 진정한 천하의 의용이니 하늘을 받들어 아들이 되셨도다. 그렇지 않다면 어찌 수천수만 년 동안 유독 헌원씨의 아름다움을 계승하였는가? 저 일흔두 임금은 또 누가 여기 올 수 있었는가? 대체로 밝은 군주의 성스러움은 바르게 할 수 없는 것이 없고 공덕은 이룰 수 없는 것이 없으니, 모든 신령을 놓아 화청궁으로 귀의하게 하셨음을 알겠다."라고 하였다.

[해제]

이 부는 현종이 서악인 화산에서 봉선례를 올리기를 권하면서 지은 것으로, 서문에서는 현종이 서악에서 봉선례를 올리는 것이 합당함을 주장하였고 부에서는 현종이 봉선례를 올리고 여러 신하가 경하드리는 내용을 상상하여 기술하였다. 대체로 천보 13년에 지은 것으로 추정한다.

≪독서당두공부문집주해≫: 이 서는 한나라 사람의 작품에 핍진하니, 두보가 매번 사마상여와 매승에 자부한 것이 마땅하다.(此序逼眞漢人, 宜公每以相如枚乘自命.)

[주석]

1 上(상)-주상. 현종을 가리킨다. 封泰山(봉태산)-태산에서 봉선례를 올리다. 현종은 개원 13년 11월에 태산에서 봉선례를 올렸다.

≪신당서·현종본기≫: (개원 13년) 11월 경인일에 태산에서 봉례를 올렸고 신묘일에 사수산에서 선례를 올렸으며, 임진일에 대사면을 내렸다.(十一月庚寅, 封于泰山. 辛卯, 禪于社首. 壬辰大赦.)

2 三十年間(삼십년간)-개원 13년(725)부터 천보 13년(754)까지를 말한다.

3 車轍馬跡(거철마적)-수레의 바퀴자국과 말의 발자국. 현종의 행차를 가리킨다. 현종은 개원 20년에 북동쪽 변방으로 태원을 순수하고 장안으로 돌아왔다.
≪두공부시집집주≫에 인용된 ≪자치통감≫: 개원 11년 (정월) 기사일에 천자의 수레가 동도 낙양을 출발하여 북쪽을 순방했다. 신묘일에 병주에 도착하여 북도를 설치하고 병주는 태원부가 되었고 자사는 윤이 되었다. 3월 경오일에 황제의 수레가 경사에 도착했다. 개원 20년 겨울 10월 임오일에 주상이 동도 낙양을 출발하여 신축일에 북도 태원에 도착했으며 12월 신미일에 서경 장안으로 돌아왔다.(開元十一年己巳, 車駕自東都北巡. 辛卯, 至并州, 置北都, 以并州爲太原府, 刺史爲尹. 三月庚午, 車駕至京師. 二十年冬十月壬午, 上發東都, 辛丑, 至北都. 十二月辛未, 還西京.)

4 謁太廟(알태묘)-태묘를 배알하다. 조상의 종묘에서 예를 올렸다는 말이다.

5 祭南郊(제남교)-남쪽 교외에서 제를 올리다. 하늘과 땅 및 여러 신에게 제례를 올렸다는 말이다.

6 巡幸(순행)-행차하다. 溫泉(온천)-장안 옆 여산驪山에 있는 화청궁을 가리킨다. 그곳에 온천이 있다.

7 聖主(성주)-성스러운 군주. 王者之體(왕자지례)-왕이 된 자가 하늘에 올리는 예.

8 厥(궐)-그. 成功(성공)-공업을 이루다.

9 止(지)-그치다. 岱宗(대종)-태산. 동악으로 오악의 으뜸이다. 이

구는 왕이 된 자가 하늘에 예를 올리고 공업을 이룬 것을 알리기 위해서는 오악 중에서 태산에서만 행하면 된다는 말이다.

10 崆峒(공동)-지금의 감숙성에 있는 산으로, 황제黃帝가 이 산에 살고 있는 광성자廣成子를 찾아가서 도를 물었다고 한다.

≪사기·오제본기≫: 천하에 불순한 자가 있으면 황제가 쫓아가서 정벌했으며 평정이 되면 그곳을 떠났으니, 산의 초목을 제거하여 길을 내며 일찍이 편안하게 머물지 못했다. 동으로는 바다에 이르러 환산에 오르고 태산에 이르렀으며, 서쪽으로는 공동산에 이르러 계두산에 올랐으며, 남쪽으로는 장강에 이르러 웅산과 상산에 올랐으며, 북쪽으로는 훈육족을 쫓아내고 부산에서 제후와 부절을 맞추었으며, 축록의 들에 도읍을 세웠다.(天下有不順者, 黃帝從而征之, 平者去之, 披山通道, 未嘗寧居. 東至于海, 登丸山, 及岱宗. 西至于空桐, 登雞頭. 南至于江, 登熊湘. 北逐葷粥, 合符釜山, 而邑于涿鹿之阿.)

11 具茨(구자)-지금의 하남성에 있는 산. 황제黃帝가 대외大隗를 만나러 간 적이 있었다.

≪장자·서무귀徐無鬼≫: 황제가 장차 구자산으로 대외를 만나려고 했는데, 방명이 수레를 몰고 창우가 참승이 되었으며 장약과 습붕이 말 앞에서 길을 인도하고 곤혼과 활계가 수레 뒤를 따랐다.(黃帝將見大隗乎具茨之山. 方明爲御, 昌寓驂乘, 張若諧朋前馬, 昆閽滑稽後車.)

12 驅(구)-몰다. 八駿(팔준)-여덟 마리 준마로 주 목왕이 천하를 주유할 때 타고 다닌 것이다. 崑崙(곤륜)-서쪽 끝에 있는 산의 이름이다. 주 목왕이 이곳에서 서왕모를 만났다.

≪사기·조세가趙世家≫: 고랑이 형보를 낳고 형보가 조보를 낳았다. 조보는 주 목왕의 총애를 받았다. 조보는 준마 여덟 마리를 골랐으며 도림의 준마 도려, 화류, 녹이와 함께 목왕에게 바쳤다. 목왕은 조보에게 말을 몰게 하여 서쪽을 순수하다가 서왕모를 만나서는 즐거워하여 돌아가기를 잊었다.(皐狼生衡父, 衡父生造

父. 造父幸於周繆王. 造父取驥之乘匹, 與桃林盜驪驊騮綠耳, 獻
之繆王. 繆王使造父御, 西巡狩, 見西王母, 樂之忘歸.)

13 親射(친석)-친히 화살을 쏴 맞히다. 한 무제가 양부강에서 교룡
을 쏴서 잡은 적이 있다.
≪한서·무제기≫: (원봉元封) 5년 겨울 남쪽을 순수하였다. …
스스로 양부강을 찾아서 친히 강 속의 교룡을 쏴 맞춰 잡았다.(五
年冬, 行南巡狩. … 自尋陽浮江, 親射蛟江中, 獲之.)

14 始(시)-애초에. 能事(능사)-잘하는 일. 壯觀(장관)-웅장한 경
관. 이 구는 천자가 하는 일은 굳이 천하를 주유하지 않아도 훌륭
한 일이 된다는 말이다.

15 行在(행재)-행재소. 천자가 궁을 떠나 외지에서 머무는 임시 궁
궐이다.

16 供給(공급)-천자가 외지를 돌아다닐 때 필요한 물자를 조달하는
것이다. 蕭然(소연)-소란스러운 모양. 물자 조달을 위해 분란이
일어나는 모습이다.

17 煩費(번비)-번다한 비용. 대량으로 지출하다. 至(지)-지대하다.
예상외로 많다는 말이다.

18 作歌(작가)-노래를 만들다. 신하들이 천자 행차의 위용을 칭송
하기 위해 노래하는 것을 말한다. 從官(종관)-천자의 행차를 보
위하는 관리. 이 구는 천자 행차를 칭송하는 관리의 노래가 명실
상부하지 않아 부끄럽다는 말이다.

19 誅求(주구)-행차에 보급하기 위해 백성들로부터 세금을 과도하
게 걷는 것을 말한다. 坐殺(좌살)-연좌하여 죽이다. 長吏(장리)-
고위 관원.

[況行在 3구]
≪독서당두공부문집주해≫: 순행의 폐해를 다 말하였다.(說盡巡
幸之害.)

20 甚非(심비)-매우 아니다. 玄祖(현조)-노자. 醇釀(순농)-기풍이
순박하고 돈후하다.

≪독서당두공부문집주해≫: ('현조'는) 노자이다.(老子.)

21 端拱(단공)-몸을 바르게 하고 두 손을 모으다. 공손한 자세이다.
御蒼生(어창생)-백성을 다스리다.

22 聖哲(성철)-노자를 가리킨다.

23 萬代則(만대칙)-만 대의 모범. 오랜 시간 지켜온 규범.

24 竊(절)-외람되이. 겸손한 표현이다.

25 疆場(강장)-'단장壇場'의 오류인 것으로 보인다. 제사나 의례
를 치르기 위해 단을 설치하는 것을 말한다. 常處(상처)-일정한
장소.

26 贊見(찬견)-접견하다. 常儀(상의)-일정한 의례. 정해진 의례.

27 玉帛(옥백)-옥과 비단. 제례, 회맹, 조회 등에 참여할 때의 예물
이다. 匱乏(궤핍)-부족하다.

28 車輿(거여)-수레. 이 구는 천자가 행차할 때 비용을 대거나 용역
을 제공하기 위해 백성들이 힘들어하지 않는다는 말이다.

[竊以 5수]

≪한서·교사지郊祀志≫: 옛날에 제단을 설치할 때는 일정한 장
소가 있었고 희생을 태워 흠향할 때는 일정한 쓰임이 있었으며
접견할 때는 일정한 예의가 있었기에, 희생과 옥과 비단은 비록
다 갖추어도 재물은 부족해지지 않았고 수레와 신하가 비록 움직
여도 비용으로 수고롭지 않았다. 이 때문에 매번 그 예를 행해도
옆에서 돕는 이는 기뻐 즐거워하였고 천자의 수레가 지나가는
곳을 백성들은 알지 못했다.(古者, 壇場有常處, 燎禋有常用, 贊見
有常禮, 犧牲玉帛雖備而財不匱, 車輿臣役雖動而用不勞, 是故,
每擧其禮, 助者歡說, 大路所歷, 黎元不知.)

29 東岱(동대)-동악 태산.

30 勒崇(늑숭)-숭고한 이름을 새기다. 垂鴻(수홍)-큰 업적을 드리
우다.

31 無極(무극)-끝이 없다. 이 구는 산의 바위에 천자의 숭고한 이름
과 큰 업적을 새겨 놓으면 그 바위와 함께 영원하다는 말이다.

32 太華(태화)-화산을 가리킨다.

33 軒轅氏(헌원씨)-황제黃帝.

34 七十二君(칠십이군)-상고시대에 태산에서 봉선례를 올린 제왕
을 말한다.
≪사기・봉선서封禪書≫: 진 목공 즉위 9년에 제 환공이 이미
패자가 되었으며 규구에 제후를 모아놓고는 봉선례를 올리려고
하였다. 관중이 말하기를, "옛날에 태산에 봉례를 올리고 양보산
에 선례를 올린 이는 72명이었는데 제가 기억하는 것은 12명입
니다."라고 하였다.(秦繆公卽位九年, 齊桓公旣覇, 會諸侯於葵丘,
而欲封禪. 管仲曰, 古者封泰山, 禪梁父者, 七十二家, 而夷吾所記
者十有二焉.)

35 其餘(기여)-황제黃帝와 72명의 제왕 이외의 왕을 가리킨다. 蹶
踣(궐북)-넘어지다.

36 碑版(비판)-비석. 祠廟(사묘)-사당.

37 么麽(요마)-세미하다. 하찮다. 追數(추수)-쫓아 헤아리다. 생각
할 만하다.

38 格(격)-필적하다.

39 纂(찬)-계승하다.

40 砥礪(지려)-닳다. 도로가 닳는다는 말로 여기서는 천자가 행차
한다는 말이다.

41 華(화)-화산. 近甸(근전)-도성의 근교.

42 其可恧乎(기가뉵호)-어찌 부끄러워할 만하겠는가? 현종이 화산
에서 봉선례를 올리는 것은 부끄럽지 않다는 말이다.
≪한서・사마상여열전≫: 공경합니다, 상서로운 징조가 이곳에
이르렀지만 여전히 적다고 여기시고 감히 봉선에 대해 말씀하지
않으십니다. 대체로 주나라 무왕은 흰 물고기가 배 안으로 뛰어
들어오자 그것을 상서롭다고 여겨 불에 태워 제를 지냈는데, 이
경미한 것을 상서로운 조짐으로 하여 태산에 올라 봉선례를 지냈
으니 또한 부끄러운 일이 아니었겠습니까? 나아가고 물러감의

도리가 어찌 이리 다릅니까?(欽哉, 符瑞臻玆, 猶以爲薄, 不敢道
封禪. 蓋周躍魚隕杭, 休之以燎, 微夫斯之爲符也, 以登介丘, 不亦
恧乎. 進攘之道, 何其爽與.)

43 比歲(비세)-근년에. 천보 9년을 가리킨다.

44 鴻生(홍생)-박학한 선비. 巨儒(거유)-학식이 고심한 유자.

45 時義(시의)-당시의 정세에 관한 의론.

46 國家土德(국가토덕)-나라가 토덕으로 건립되다.

≪신당서·왕발전王勃傳≫: 황제부터 한나라까지 오덕의 운세
가 마침 한 바퀴 돌았으며 토덕이 다시 당나라로 귀착되었다.
당나라는 마땅히 주나라와 한나라를 계승해야지 북주北周와 수
나라의 단명한 국운을 이어받아서는 안된다.(自黃帝至漢, 五運
適周, 土復歸唐. 唐應繼周漢, 不可承周隋短祚.)

47 與黃帝合(여황제합)-황제黃帝와 합치하다. 황제 역시 토덕으로
제왕이 되었다.

≪사기·오제본기≫: 토덕의 상서로움이 있어 황제黃帝라고 불
렸다.(有土德之瑞, 故號黃帝.)

48 本命(본명)-운명의 근원. 태어날 때 받은 오행의 기운 등을 말한
다. 현종은 을유년에 태어났는데 '유'는 오행에서 금金과 서쪽에
해당한다.

49 與金天合(여금천합)-금천과 합치하다. 현종은 선천 2년에 화산
의 신을 금천왕에 봉했다.

≪구당서·예의지禮儀志≫: 현종은 을유년에 태어났기에 서악
인 화산을 운명의 근본으로 삼았다. 선천 2년 7월 왕위를 바로잡
았고 8월 계축일에 화산의 신을 봉해 금천왕으로 삼았다.(玄宗乙
酉歲生, 以華岳當本命, 先天二年七月正位, 八月癸丑, 封華岳神
爲金天王.)

50 守闕者(수궐자)-궐문을 지키는 자. 여기서는 앞의 내용을 상주
하기 위해 궐문에 모여든 유자를 가리킨다. 百數(백수)-백을 단
위로 헤아리다. 수백 명이라는 말이다.

≪독서당두공부문집주해≫: 글을 올린 사람을 말한다.(謂上書人.)

51 寢(침)-숨기다. 不報(불보)-대답하지 않다. 현종이 이러한 상주에 대해 대답하지 않았다는 말이다. 하지만 실제로는 현종이 이를 허락했으며 필요한 조치를 명령했다.

52 謙如(겸여)-겸손하다.

53 頃(경)-얼마 전에. 厥郡國(궐군국)-그 지역. 화산을 담당하는 지역을 가리킨다.

54 掃除(소제)-청소하다. 曾巓(층전)-층층 산봉우리. 화산을 가리킨다. 천보 9년 어사대부 왕홍을 시켜 화산에 오르는 험로를 개척하여 제단을 설치하도록 명했다.

55 翠蓋(취개)-물총새 깃털로 장식한 수레덮개로 천자의 수레를 가리킨다. 薄(박)-가까이 가다. 蒼穹(창궁)-푸른 하늘. 이 구는 천자의 수레가 하늘 높은 곳까지 갈 만하다는 뜻으로, 당시 서악에서 봉선례를 지낼 여건이 충분했다는 말이다.

56 銀字(은자)-은빛 글자. 봉선례에서 은빛으로 쓴 글자를 말한다. 金氣(금기)-금빛 기운. 화산을 가리킨다. 금은 오행에서 서쪽을 상징한다. 이 구는 결국 화산에 봉선례를 올리지 못했다는 말이다.

57 薄劣(박렬)-재능이 적고 졸렬하다.

58 不勝(불승)-이기지 못하다. 감당하지 못하다. 區區(구구)-성심성의껏.

59 展禮(전례)-현종이 화산에서 봉선례를 펴는 것을 말한다. 焚柴(분시)-섶을 태우다. 제례를 올린 후 희생을 태워서 그 연기를 통해 하늘에 흠향하는 것을 말한다.

60 覬(기)-바라다.

61 百工(백공)-모든 일. 이 구는 '百工乃休'로 된 판본도 있다. ≪예기·월령月令·계추季秋≫: 이 달에 서리가 비로소 내리면 모든 일을 그만둔다.(是月也, 霜始降, 則百工休.)

62 陟(척)-오르다.

63 八荒(팔황)-세상의 팔방 먼 곳을 말한다.

64 御(어)-수레를 몰다. 白帝(백제)-서쪽을 관장하는 신이다. 오행
에서 흰색은 서쪽을 상징한다.
≪두공부시집집주≫에 인용된 ≪동천기洞天記≫: 화산은 태극
총선의 하늘이니 바로 소호이며, 백제가 되어 서악을 다스린다.
(華山, 太極總仙之天, 卽少昊, 爲白帝, 治西岳.)

65 刊石(간석)-바위에 공적을 새기다. 자신의 공을 하늘에 알리는
것이다. 岱宗(대종)-태산. 현종은 개원 13년에 태산에서 봉선례
를 올렸다.

66 合符(합부)-징조가 같다. 또는 부절이 합치되다. 軒皇(헌황)-헌
원씨軒轅氏로 황제黃帝이다.
≪한서·교사지郊祀志≫: 황제가 동쪽 태산에서 봉례를 올리고
범산에서 선례를 올렸다. 부서符瑞가 합치된 연후에 죽지 않았
다.(黃帝封東泰山, 禪凡山, 合符然後不死.)

67 玆事(자사)-이 일. 태산에서 봉선례를 올린 것을 말한다. 體大
(체대)-규모가 크다.

68 越(월)-뜻 없는 어조사이다. 載(재)-기록하다.

#≪두시상주≫: 첫 단락은 서악에서 봉선례를 올리는 뜻을 서술하였
다. '대종'은 이에 앞서 일찍이 태산에서 봉선례를 올린 것을
말한다. '합부'는 상서로움이 황제와 같다는 말이다.(首敍封岳之
意. 岱宗, 前此曾封泰山也. 合符, 祥瑞同於黃帝也.)

69 草具(초구)-처음 갖추다.

70 典司(전사)-담당하는 관리.

71 叶吉日(협길일)-길일에 합치되다. 길일을 택했다는 말이다.

72 欽若(흠약)-공경하고 순종하다. 神祇(신지)-하늘의 신과 땅의 신.

73 蠖略(확략)-행렬이 가다가 멈추다 하는 모양. 怡儗(치의)-앞으
로 나아가지 못하는 모양.

74 屈矯(굴교)-씩씩하고 재빠른 모양. 陸離(육리)-엇갈려 들쑥날
쑥한 모양.

75 拭(식)-어루만지다. 翠鳳之駕(취봉지가)-물총새 깃털과 봉황
모양으로 장식한 수레. 천자의 수레이다.

76 日月之旗(일월지기)-고대 제왕의 의장으로 해와 달을 그려놓은
깃발이다.

77 撞(당)-치다. 鴻鐘(홍종)-큰 종. '鴻'은 '鳴'으로 된 판본도 있다.

78 發(발)-출발하다. 雷輜(뇌치)-우렛소리와 같이 큰 소리를 내며
달려가는 수레. '치'는 원래 짐을 싣는 수레이다.

79 格澤(학탁)-별자리 이름. 이 별이 나타나면 씨를 뿌리지 않아도
수확할 수 있다고 한다. 修竿(수간)-긴 장대. 별의 기운이 길게
뻗은 것을 비유한다.
≪독서당두공부문집주해≫: '수간'은 그 빛이 멀리 뻗어있다는
것이다.(修竿, 其光綿亘也.)

80 決(결)-가로지르다. 河漢(하한)-은하수. 淋漓(임리)-물이 많은
모양.

81 彉(확)-활시위를 당기다. 天狼(천랑)-별자리 이름으로 침략을
주관한다. 威弧(위호)-별자리 이름으로 활과 같이 생겼다.

82 魍魎(망량)-도깨비. 霏霏(비비)-많은 모양.

83 赤松(적송)-적송자赤松子로 신선이다.

84 彭祖(팽조)-신선으로 팔백 세까지 살았다고 한다.

85 方明(방명)-옛날 일곱 성인 중의 하나로 황제黃帝가 구자산具茨
山의 대외大隗를 만나러 갈 때 수레를 몰았다. 夾轂(협곡)-수레
바퀴를 끼다. 수레를 호위한다는 뜻이다.

86 昌寓(창우)-옛날 일곱 성인 중의 하나로 황제黃帝가 구자산의
대외를 만나러 갈 때 수레에 배승했다. 侍衣(시의)-옷을 시중
들다.

87 秉鉞(병월)-도끼를 들다. 踉蹡(양장)-달리는 모양. 또는 뒤뚱거
리는 모양.

88 海若(해약)-바다의 신. 護蹕(호필)-황제의 행차를 보위하다.
'필'은 행차할 때 앞길을 트는 것이다. 參差(참치)-분답하게 이

리저리 움직이는 모양.

89 風馭(풍어)-바람의 힘으로 달려가는 신령한 수레. 冄(염)-차근
차근 나아가다. 縱巘(종송)-우뚝한 모양. 또는 많은 모양.

90 雲螭(운리)-용을 가리키며 말을 비유한다. 縒(치)-가지런하지
않다. 遲跜(지니)-구불거리는 모양. '跜'는 '蚭'로 된 판본도 있
다. ≪두공부시집집주≫에서는 '遲'가 '기虁'로 되어야 한다고
했다. '虁跜' 역시 구불거리는 모양이다.

91 軋軋(알알)-우르릉거리다.

92 殷(은)-많다. 이 구는 천자의 행차 대열 때문에 지축이 무너질
정도라는 말이다.

93 儼(엄)-가지런하다. 이 구는 천자의 행차가 동쪽으로 가는데 순
풍인 서풍이 불어 초목이 동쪽으로 날린다는 말이다.

94 岐梁(기량)-기산과 양산. 모두 섬서성에 있는 산이다. 閃倏(섬
숙)-보였다 안보였다 하다. 천자의 행렬로 인해 산이 진동할 정
도임을 과장하여 표현한 것이다.

95 涇渭(경위)-경수와 위수. 장안 인근을 흐르는 강이다. 反覆(반
복)-뒤집히다. 천자의 행렬로 인해 강물이 뒤집힐 정도임을 과
장하여 표현한 것이다.

96 天府(천부)-조정의 창고인데 제례품을 보관한다. 玉(옥)-제후
가 천자를 알현할 때의 예물이다.

97 上方(상방)-상방尙方과 같으며 궁중에서 사용하는 물건을 만드
는 관청이다. 左纛(좌독)-수레 가로대의 왼쪽에 세운 소꼬리 장
식. 黃屋(황옥)-누런색으로 장식한 수레 덮개로 천자의 수레를
가리킨다.

98 焜煌(혼황)-번쩍거리는 모양. 山足(산족)-산기슭.

#≪두시상주≫: 다음 단락은 의장과 호위대의 성대함을 서술했다.
'천승만기'는 호종하는 자가 많다는 말이다. '봉가' 4구는 천자의
수레가 나가고 수레와 깃발이 둘러쌌다는 말이며, '학탁' 4구는
천상이 드리우고 산 요괴가 엎드렸다는 말이다. '적송' 4구는

당시의 호종을 비유하고 '산령' 4구는 온갖 신령이 비호한다는 말이다. 지축이 아래로 꺾였다는 것은 수레와 기병이 많음을 형용한 것이고 초목이 동쪽으로 날린다는 것은 순풍으로 쏠린다는 말이다. '기량'과 '경위'는 산천을 두루 거쳤음을 말한다. '만후'는 서악을 배알하는 예이고 '좌독'은 의장에 사용되는 것이다. (次敍儀衛之盛. 千乘萬騎, 扈從者衆. 鳳駕四句, 鑾輿出而車旗擁也. 格澤四句, 天象垂而山妖伏也. 赤松四句, 比當時從官. 山靈四句, 言百靈呵護. 地軸下折, 狀車騎之多. 草木東飛, 言順風相向. 岐梁涇渭, 言經歷山川. 萬侯, 覲岳之禮. 左纛, 儀仗所用者.)

99 乘輿(승여)-천자의 수레이다. 鸞和(난화)-'난'과 '화'는 모두 수레에 단 방울이다. '和'는 '輿'로 된 판본도 있다.
《한서·가의전賈誼傳》 "行以鸞和" 안사고 주: '난'과 '화'는 수레 위의 방울이다.(鸞和, 車上鈴也.)

100 儲精(저정)-정신을 모으다. 澹慮(담려)-생각을 맑게 하다.

101 華蓋(화개)-별자리 이름으로 제왕의 자리를 상징한다. 이와 달리 제왕의 수레에 있는 일산 덮개로 볼 수도 있다. 大角(대각)-별자리 이름으로 임금을 상징한다. 이와 달리 일산 덮개의 큰 모서리로 볼 수도 있다. 低回(저회)-서성이다. 머물러 있다는 말이다.

102 北斗之七星(북두지칠성)-북두칠성. 임금을 상징한다. 이와 달리 천자의 의장 깃발로 볼 수도 있다.

[華蓋 2구] 별자리를 묘사하여 천자가 서악에 도착하였을 때 날이 밝았음을 표현한 것으로 보인다. 이와 달리 천자의 수레는 여전히 머물러 있고 깃발만 물리친 것으로 볼 수도 있다.

103 屆(계)-이르다. 도착하다. 蒼山(창산)-푸른 산. 화산을 가리킨다. 信宿(신숙)-이틀 밤을 묵다.

104 絶壁(절벽)-화산을 가리킨다. 淸曙(청서)-맑은 새벽.

105 臻(진)-이르다. 陰宮(음궁)-서악의 묘당. 이와 달리 천자가 재계하며 머무른 곳으로 보는 설도 있지만 합당하지 않다.

106 犀象(서상)-무소뿔과 상아. 천자의 의장으로 보인다. 이와 달리

무소와 코끼리 모양의 장식으로 볼 수도 있다. 硉兀(율올)-우뚝
한 모양.

≪독서당두공부문집주해≫: 천자의 수레가 나갈 때 호종하는 의
장대이다.(鹵簿.)

107 戈鋋(과연)-창과 작은 창. 천자의 의장이다. 窸窣(실솔)-병기가
부딪치며 나는 소리.

108 飄飄(표표)-바람이 부는 모양. 蕭蕭(소소)-초목이 바람에 흔들
리는 소리.

108 洶洶(흉흉)-소리가 큰 모양.

 #≪두시상주≫: 이 단락은 서악에 도착하여 황제가 묵은 것을 기록
했다. '난화'는 수레가 가는 것이 느긋하다는 것이다. '저담'은
정신을 모으고 생각을 맑게 했다는 것이다. '개저회'는 천자의
수레가 여전히 머물러 있다는 말이고, '칠성거'는 깃발이 모두
떠났다는 말이다. '음궁'은 재계하며 묵은 장소이다. '율올'은
거대한 짐승의 모습이고, '실솔'은 갑옷과 병기의 소리이다.(此
記至岳而御宿也. 鸞和, 駕行從容. 儲澹, 斂神澄思. 蓋低徊, 言御
蓋尙留. 七星去, 謂旌旗屏去也. 陰宮, 齋宿之地. 硉兀, 巨獸之狀.
窸窣, 甲仗之聲.)

110 太一(태일)-천신의 이름이다. 태을太乙이라고도 한다. 抱式(포
식)-도식을 껴안다. 길흉에 관해 점을 보는 것이다.

≪사기·봉선서封禪書≫: 천신 중 귀한 자가 태일이다.(天神貴者
太一.)

≪두시상주≫: ≪당서·예문지≫에 ≪태을식경≫이 있다. '포식'
은 태을이 내려와 구궁도식을 행한 것을 가리킨다.(唐藝文志, 有
太乙式經. 抱式, 指太乙下, 行九宮圖式.)

≪후한서·장형전張衡傳≫: 신이 듣기에 성인이 악률과 역법을
밝게 살펴서 길흉을 정하는데 거북점과 시초점으로 거듭하고
구궁을 더한다고 합니다.(臣聞聖人明審律歷以定吉凶, 重之以卜
筮, 雜之以九宮.)

111 玄冥(현명)-겨울의 신이다. 司直(사직)-일을 담당하다. 태일을
    보좌한다는 뜻이다.
    ≪두시상주≫: '사직'은 한나라 관직명으로 당나라 때도 있었다.
    여기서는 사령을 말한다.(司直, 漢官名. 唐亦有之, 此言司令也.)

112 祓齋(불재)-몸을 깨끗이 하고 재계하다.

113 就(취)-나아가다. 登陟(등척)-높은 곳을 오르다.

114 騈(변)-나란히 하다. 素虯(소규)-흰색 용. 여기서는 천자가 타고
    가는 말을 비유한다.

115 超(초)-넘어가다. 崱屴(즉력)-높은 산.

116 天語(천어)-하늘의 말.

117 代(대)-대대로. '世'와 같다. 당 태종 이세민의 휘를 피한 것이다.
    또는 대신하여.

[天語 2구]
    ≪한서·교사지郊祀志≫: (한 무제가) 태산 아래 동쪽에서 봉례
    를 지내는데 태일에게 제사를 지내는 예와 같았다. 제단의 넓이
    는 한 장 이 척이고 높이는 구 척이며, 그 아래에 옥첩서가 있는데
    책의 내용은 아무도 몰랐다. 예를 마친 후 천자가 오직 시중봉거
    자후와 함께 태산에 올라 또한 봉례를 지내는데 이 일은 모두
    비밀이었다.(封泰山下東方, 如郊祠泰一之禮. 封廣丈二尺, 高九
    尺, 其下則有玉牒書, 書祕. 禮畢, 天子獨與侍中奉車子侯上泰山,
    亦有封, 其事皆禁.)
    ≪한서·교사지≫: (한 무제가) 예를 드리려고 중악 태실(숭산)
    에 오르는데, 따르는 관리들이 산 위에서 마치 '만세'라고 말하는
    것을 들은 것 같았다. 위에 있는 사람에게 물어보니 위에 있는
    사람은 말하지 않았고, 아래에 있는 사람에게 물어보니 아래 있
    는 사람도 말하지 않았다.(禮登中嶽太室, 從官在山上聞若有言萬
    歲云, 問上, 上不言, 問下, 下不言.)
    ≪한서·교사지≫: (진시황이) 양보산에서 선례를 지냈는데 그
    예는 대부분 태축이 옹성에서 상제에게 제사 지낼 때 사용했던

것을 채용했으며, 이것을 밀봉하여 숨긴 뒤 모두 비밀에 부쳤기에 대대로 기록할 수 없었다.(禪於梁父, 其禮頗采泰祝之祀雍上帝所用, 而封臧皆祕之, 世不得而記也.)

118 柴燎(시료)-섶을 태우다. 희생과 제물을 태워 연기를 하늘로 보내 신이 흠향하게 하는 것이다.

119 充塞(충색)-가득하다.

120 泥金(이금)-고대 제왕이 봉선례를 행할 때 사용한 옥첩을 봉할 때 금실로 싸고 수은과 금가루 이긴 것으로 봉하는 것을 말한다. 菡萏(함담)-연봉우리. 화산의 연화봉蓮花峰을 가리킨다.

121 刻石(각석)-바위에 새기다. 공적과 봉선례의 기록을 새기는 것이다. 靑冥(청명)-푸르고 유심한 곳. 화산 봉우리를 가리킨다.

#《두시상주》: 이 단락은 서악에 올라 봉선례를 올린 것을 기록하였다. '태을'은 신단의 자리이고 '현명'은 겨울 정령을 맡은 바이다. '소규'는 황제의 말이고 '즉력'은 산이 높은 것이다. '천어'는 신령에게 축수하는 책문이고 '신광'은 산의 신령이 와서 흠향하는 것이다. 서악에 연화봉이 있기에 '함담'이라고 하였고, 산 위에 오래된 나무가 많기에 '청명'이라고 하였다.(此記登岳而封禪也. 太乙, 神壇之位. 玄冥, 冬令所司. 素虬, 御馬. 崱屴, 山峻也. 天語, 祝神之策. 神光, 山靈來享. 岳有蓮花峰, 故曰菡萏. 山上多古樹, 故云靑冥.)

122 由是(유시)-이로 인해. 봉선례를 마친 결과를 말한다. 茫然(망연)-아득한 모양.

123 延(연)-초청하다. 天老(천로)-황제黃帝의 신하. 재상을 가리킨다는 설도 있지만 다음의 내용으로 보아 틀린 것으로 보인다.

124 太微(태미)-별자리로 여러 별이 오제五帝의 별자리를 중심으로 병풍처럼 두르고 있다.
초사楚辭 <원유遠游>: 풍융을 불러 앞에서 인도하게 하고는 태미가 있는 곳을 물었다.(召豐隆使先導兮, 問太微之所居.)

125 稽(계)-고찰하다. 遺則(유칙)-남긴 규범.

126 颯(삽)-갑자기. 弭節(미절)-수레를 멈추다. 속도를 조절하다.
127 撫八紘(무팔굉)-팔굉을 어루만지다. 사방 먼 곳까지 살펴본다는
     뜻이다. 飄黑(암흑)-깜깜하다.
     ≪회남자·지형훈墜形訓≫: 구주 바깥에 바로 팔인이 있고, …
     팔인 바깥에 팔굉이 있다.(九州之外, 乃有八殯. … 八殯之外而
     有八紘.)
128 風翻(풍번)-바람이 불다. 景倒(경도)-태양이 뒤집히다. 태양 위
     로 올라갔다는 말이다.
129 澹(담)-동탕하다. 殊狀(수상)-정황이 달라지다. 異色(이색)-물
     색이 변하다.
130 囧(경)-빛나다. 환하다. '炯'으로 된 판본도 있다. 褰袪(건거)-옷
     자락을 들어올리다. 開帷(개유)-휘장을 걷다.
131 宸極(신극)-북극성.
 [颯弭節 6구] 제례를 마친 뒤 현종의 정신이 하늘 위로 올라간 모습
     을 형용한 것이다.
132 蓊(옹)-모여들어 밀집한 모양. 迴複(회복)-중첩되어 둘러싸다.
133 山嘑(산호)-산에서 나는 소리. 주석 116번에 인용한 한 무제가
     숭산에 올랐을 때 들었던 만세 소리를 가리키는 것일 수도 있다.
     嶪(업)-높고 험한 모양.
 [雲氣 2구] 하늘 위로 올라갔던 현종의 정신이 다시 화산으로 내려왔
     을 때 여전한 주위 모습을 형용한 것이다.
134 孔明(공명)-매우 순결하다. 매우 완비되다.
135 嚴(엄)-엄숙하다. 翼(익)-공경하다.
136 神保(신보)-신령. 格(격)-이르다. 도달하다.
 [祀事 4구] 제례를 정결하고 공경스럽게 지냈기에 수많은 신령이
     강림했다는 말이다.
     ≪시경·소아·초자楚茨≫: 축관이 종묘 문에서 제사를 지내니
     제사 일이 매우 순결하네. 선조가 강림하시고 신령이 흠향하시
     네. 효성스런 자손에게 경사가 있어 큰 복으로 보답받으니 만수

무강하리라.(祝祭于祊, 祀事孔明. 先祖是皇, 神保是饗. 孝孫有慶, 報以介福, 萬壽無疆.)

#《두시상주》: 이 단락은 제례가 끝났을 때의 경물을 기록하였다. '천로'는 재상을 가리킨다. '태미' 2구는 산의 신령이 하늘에 오른 것을 말한다. '미절' 6구는 하늘의 경물과 모습인데 황홀한 것이 직접 보는 것과 같다. '운기' 6구는 신령이 남아 있는 듯 상서로움을 내려주게 되었다는 것이다.(此記祭畢時景. 天老指宰相. 太微二句, 言山靈陟天. 弭節六句, 空中景象, 恍惚如見也. 雲氣六句, 靈爽若存, 嘉祥是錫矣.)

137 爾乃(이내)-이에. 부에서 전환을 나타내는 발어사이다. 飛龍(비룡)-천자의 말을 비유한다. 秋秋(추추)-솟구쳐 오르다. '湫'로 된 판본도 있는데 물이 깊은 곳인 여울이다.

《두공부시집집주》: 구본에는 '비룡지추'로 되어 있는데 틀렸다.(舊本作飛龍之湫, 誤.)

《한서·예악지禮樂志》 <방중가房中歌> "飛龍秋游上天" 소림蘇林 주: '추'는 나는 모양이다.(秋, 飛貌.)

138 王屬(왕속)-왕을 시종하는 관원. 中休(중휴)-중도에 쉬다.

《목천자전穆天子傳》"命王屬休" 곽박郭璞 주: 왕의 관원에게 쉬라고 한 것이다.(令王之徒屬休息也.)

《독서당두공부문집주해》: '왕속'은 백관을 말한다.(王屬, 謂百官.)

139 覲(근)-만나다. 보다. 羣后(군후)-여러 제후와 지방 장관. 高掌(고장)-화산의 동쪽 봉우리인 선인장仙人掌을 가리킨다. 신선의 손바닥 모양이 있다고 한다.

《수경주水經注》: 화산은 본래 하나의 산으로 황하를 가로막고 있어서 황하가 지나가며 굽어서 흘렀다. 황하의 신 거령이 손으로 치고 발로 밟아서 가운데를 여니 두 개가 되었다. 지금 손바닥과 발바닥의 흔적이 여전히 화산 봉우리에 남아있다.(華岳本一山, 當河, 河水過而曲行, 河神巨靈手盪腳蹋, 開而爲兩, 今掌足之

跡, 仍存華嚴.)

140 張大樂(장대악)-대악을 진설하다. 대악은 고대의 전아하고 장중
한 음악으로 제왕의 제사나 조회 등 전례에 사용한 것이다. 洪河
(홍하)-넓은 황하.

141 芬樹羽林(분수우림)-성대하게 세워놓은 우보羽葆가 숲과 같다.
우보는 제왕의 의장으로 새 깃털을 엮어서 장식한 수레 덮개이
다. '芬'은 '분紛'과 통하여 많다는 뜻이다.
  ≪한서·예악지≫ "芬樹羽林" 안사고顏師古 주: 세워놓은 우보
가 그 성대함이 숲과 같아서 분연히 아주 많다는 말이다.(言所樹
羽葆, 其盛若林, 芬然衆多.)

142 莽(망)-무성하다. 많다.

143 謳(구)-노래하다.

144 麒麟(기린)-'騏驎'으로 된 판본도 있다. 踆踆(준준)-달려가다.

145 蔚跂(울기)-웅장하고 다채롭다. '跂'는 구본에는 '跋'로 되어 있
었는데 ≪두공부시집집주≫에서 고쳤다.
  ≪두공부시집집주≫: 어떤 판본에서 '발'로 되어 있는데 아마도
'기'일 것이다.(或云跋, 疑作跂.)

146 雷公(뇌공)-우레의 신. 伐鼓(벌고)-북을 치다. 揮汗(휘한)-땀을
흩뿌리다. 힘쓰는 모습이다.
  ≪논형論衡·뇌허편雷虛篇≫: 그림을 그리는 장인이 우레의 모
습을 그리는데, 첩첩이 북을 연이어놓은 모습과 같다. 또 사람
한 명을 그리는데 마치 장사의 모습과 같으며 뇌공이라고 한다.
왼손으로는 연이어놓은 북을 당기고 오른손으로는 몽둥이를 밀
어 마치 그것을 치는 모습과 같다. 그 뜻은 우렛소리가 우렁차게
나는 것을 연이어놓은 북을 치는 뜻으로 삼은 것이다.(圖畫之工,
圖雷之狀, 纍纍如連鼓之形. 又圖一人, 若力士之容, 謂之雷公. 使
之左手引連鼓, 右手推椎, 若擊之狀. 其意以爲雷聲隆隆者, 連鼓
相扣擊之意.)

147 地祇(지기)-땅의 신. 被震(피진)-흔들리다.

≪주례周禮·춘관春官·대사악大司樂≫: 만약 음악이 여덟 번 연주하면 땅의 신이 모두 나온다.(若樂八變, 地祇皆出.)

148 樂師(악사)-음악을 관장하는 관직명으로 대사악大司樂의 부관 이다. 拊石(부석)-경석磬石을 치다. 具發(구발)-모두 소리를 내다.

≪주례·춘관·악사樂師≫: 국학의 직무를 관장하고 국자에게 어릴 적 배우는 춤을 가르친다.(掌國學之政, 以敎國子小舞.)

149 激越(격월)-격동하다. 遐陬(하추)-먼 곳의 모퉁이. 앞 구의 형식 과 비교해서 이 구 앞에 주어 두 글자가 빠진 것으로 보인다.

150 爲之(위지)-이 때문에. 연주하는 음악 소리를 가리킨다. 崆(창)- 서로 스치다.

≪강희자전康熙字典·崆≫: ≪정운≫에서 "초와 량의 반절로 음은 창이다. 산이 서로 스치는 모양이다."라고 하였다.(正韻, 楚 兩切, 音搶. 山相摩貌.)

151 萬穴(만혈)-만 개의 구멍. 여기서는 수많은 물길을 뜻한다. 倒流 (도류)-거꾸로 흐르다.

152 載(재)-기록하다.

#≪두시상주≫: 이 단락은 여러 제후를 조회하고 음악을 연주한 것 을 말하였다. '왕속'은 시종하는 관원이고 '군후'는 왕공이 다 모인 것이다. '고장'은 화산의 봉우리이고 '홍하'는 황하가 휘도 는 것이다. '장악' 이하는 사람과 사물을 느끼게 하고 산천을 움직일 수 있다는 말이다.(此言朝羣后而作樂也. 王屬, 侍從之官. 羣后, 王公畢集. 高掌, 華山之巖. 洪河, 黃河迴繞也. 張樂以下, 言 能感人物而動山川.)

153 景移(경이)-해가 옮겨가다. 시간이 흘렀다는 말이다. 樂闋(악결) -음악이 끝나다.

154 垂思(수사)-생각을 드리우다. 생각에 잠기다.

155 封泰山(봉태산)-태산에서 하늘에 제사를 지내다. 현종은 개원 13년에 태산에서 봉선례를 올렸다.

≪구당서 · 현종본기≫: 개원 13년 동악을 봉해 천제왕으로 삼았다.(開元十三年, 封東岳爲天齊王.)

156 禪梁父(선양보)-양보산에서 땅에 제사를 지내다.
≪두공부시집집주≫: 양보산은 태산 옆의 작은 산이다.(梁父, 泰山旁小山.)
≪두공부시집집주≫에 인용된 ≪백호통白虎通≫: '봉'은 북돋워 높이는 것이고 '선'은 넓게 두터운 것이다. 태산의 높이를 북돋워 하늘에 보답함을 보여주고, 양보산의 터를 넓혀 땅에 보답함을 보여준다.(封者, 增高也. 禪者, 廣厚也. 增泰山之高, 以示報天. 禪梁父之阯, 以示報地.)

157 纂終古(찬종고)-선왕을 계승하다. '종고'는 옛날을 뜻하는데 여기서는 옛 왕의 도를 가리킨다.

158 鑒(감)-살피다.

159 豫游(예유)-'예'는 천자가 가을에 순수巡狩하는 것이고 '유'는 봄에 순수하는 것이다. 여기서는 천자가 널리 세상을 돌아보는 것을 말한다. 寥闊(요활)-드넓다.

160 不取(불취)-현종이 하지 못했던 것이라는 말이다.

161 作鎭(작진)-진을 만들다. 三輔(삼보)-서한 때 경사 주위에 설치한 세 요충지로 경조京兆, 우부풍右扶風, 좌풍익左馮翊이다.

162 頃者(경자)-얼마 전에.

163 不足(불족)-생활이 풍족하지 않다.

164 未暇(미가)-여유가 없다. 瘞(예)-제례를 지낸 후 희생과 제례품을 땅을 묻는 것을 말한다. 玉帛(옥백)-옥과 비단. 여기서는 제례 때 신에게 바치는 것이다.

165 考(고)-치다.

[頃者 5구] 현종이 서악에서 봉선례를 올리려고 했다가 백성들의 고통을 먼저 해결한 뒤에 하겠다면서 연기했던 것을 말한다.

166 視岳於諸侯(시악어제후)-제후에 대한 예를 서악에 보여주다. 서악에 대한 제례를 제후의 격에 맞추어 올린다는 말이다.

≪예기・왕제王制≫: 천자가 명산대천에 제례를 올리는데, 오악에는 삼공의 예를 보여주고 사독에는 제후의 예를 보여준다.(天子祭名山大川, 五嶽視三公, 四瀆視諸侯.)

167 錫神以茅土(석신이모토)-띠풀로 싼 흙을 신에게 주다. 제후에 봉할 때 그 방위에 맞는 색의 띠풀로 싼 흙을 하사하는데, 여기서는 서악의 신을 봉했다는 말이다.

≪서경・우공禹貢≫ "厥貢惟土五色" 공안국孔安國 전傳: 왕이 된 자는 다섯 색깔의 흙을 봉해서 사社를 만들고 제후를 세울 때는 각각 그 방위에 해당하는 색깔의 흙을 떼어 주어서 사社를 세우게 하였다. 누런 흙으로 덮고 흰 띠풀로 싸니, 띠풀은 그 깨끗함을 취한 것이고 누런색은 왕이 된 자가 사방을 덮는다는 의미를 취한 것이다.(王者, 封五色土爲社, 建諸侯, 則各割其方色土與之, 使立社. 燾以黃土, 苴以白茅, 茅取其潔, 黃取王者覆四方.)

168 設險(설험)-험요지를 설치하다. 甸服(전복)-왕성王城을 둘러싼 사방 천 리의 구역으로 경사 인근 지방을 가리킨다.

≪주역・감괘坎卦≫: 왕공이 험요지를 설치하여 그 나라를 지킨다.(王公設險, 以守其國.)

≪서경・우공≫ "五百里甸服" 공안국 전: 규획한 사방 천 리의 안쪽을 전복이라 한다. 천자를 위하여 밭을 일구어 세금을 내며 왕성과의 거리가 오백 리였다.(規方千里之內, 謂之甸服. 爲天子服治田, 去王城面五百里.)

≪한서・엄조전嚴助傳≫ "古者封內甸服" 안사고 주: '봉내'는 왕도王都 인근 사방 천 리 이내를 말한다. 전복은 주로 왕의 토지를 담당하며 이로써 제사의 물품을 공급한다.(封內, 謂封圻千里之內也. 甸服, 主治王田, 以供祭祀也.)

169 西成(서성)-가을의 풍년. 오행에서 서쪽은 가을을 상징한다. 農扈(농호)-농사를 관장하는 관리.

≪서경・요전堯典≫ "平秩西成" 공영달 소: 가을의 방위는 서쪽

에 있는데 이때 만물이 성숙한다.(秋位在西, 於時萬物成熟.)
≪좌전·소공昭公 17년≫ "九扈爲九農正" 두예杜預 주: 농사 관리에는 아홉 종류가 있다. 춘호 반춘, 하호 절현, 추호 절람, 동호 절황, 극호 절단, 행호 책책, 소호 책책, 상호 절지, 노호 안안이다. 아홉 관리로 아홉 농사일의 명칭을 삼았는데, 각기 그 마땅히 해야 할 일을 따라서 백성에게 일을 가르친다.(扈有九種也. 春扈鳻鶞, 夏扈竊玄, 秋扈竊藍, 冬扈竊黃, 棘扈竊丹, 行扈唶唶, 宵扈嘖嘖, 桑扈竊脂, 老扈鷃鷃. 以九扈爲九農之號, 各隨其宜以敎民事.)

170 應時(응시)-시기에 맞추다.

#≪두시상주≫: 이 단락은 서악에 제사를 지내 이로써 공덕에 보답함을 말하였다. 이미 태산에서 봉선례를 올렸으니 서악만 유독 빠트릴 수 없게 되었다. '작진삼보'는 공이 사직에 있다는 것이고 '서성농호'는 공이 오곡에 있다는 것이며, '응시풍우'는 공이 인민에게 있다는 것이다. 이는 모두 봉선례를 올릴 수밖에 없는 이유이다. '주목한무'는 전인에게서 본받을 수 있다는 것이고, '백성질고'는 백성의 고통을 구휼할 수 있다는 것이다.(此言祀岳所以報功德. 旣封泰山, 則西岳不可獨缺矣. 作鎭三輔, 功在社稷. 西成農扈, 功在五穀. 應時風雨, 功在生民. 此皆不可不封者. 周穆漢武, 能鑒於前人. 百姓疾苦, 能恤乎民隱.)

171 今玆(금자)-지금. 冢宰(총재)-주나라의 관직명으로 재상에 해당한다. 庶尹(서윤)-여러 관원. 백관百官을 가리킨다. 또는 그 우두머리를 가리키기도 한다.

172 醇儒(순유)-학식이 순수하고 순정한 유자. 碩生(석생)-뛰어난 유생.

173 僉(첨)-모두.

174 顓頊(전욱)-상고시대 제왕의 이름으로 오제五帝 중의 한 명이다. 황제黃帝의 손자라고 한다.
≪두시상주≫에 인용된 ≪한서·교사지郊祀志≫: 황제는 태산에

서 봉례를 올렸고 정정산에서 선례를 올렸으며, 전욱은 태산에서 봉례를 올리고 운운산에서 선례를 올렸다.(黃帝封太山, 禪亭亭, 顓頊封太山, 禪云云.)

175 發軔(발인)-수레의 쐐기를 풀다. 수레를 출발시켰다는 말이다. 匝(잡)-돌다. 六合(육합)-천지사방.

176 竹帛(죽백)-죽간과 비단. 사서史書를 가리킨다.

177 得非(득비)-어찌 아니겠는가?

178 鬱沒(울몰)-전혀 없다. 罕聞(한문)-드물게 듣다. 듣지 못했다는 말이다.

178 予(여)-칭송하다.

180 發祥(발양)-상서로운 징조를 드러내다. 隤祉(퇴지)-복을 내려 주다.

181 焉(언)-어찌. 勝紀(승기)-기록을 감당하다.

182 翠華(취화)-물총새 깃털로 장식한 수레 덮개. 천자의 수레를 가리킨다.

183 塞(색)-만족시키다. 雲臺(운대)-한나라 궁중의 높은 누대 이름으로 광무제가 이곳에 여러 신하를 모아놓고 정사를 논의하였다. 이 구는 당나라 현종이 여러 신하의 건의를 받아들여 서악에서 봉선례를 올렸다는 말이다.

184 矧(신)-하물며. 殊方(수방)-먼 지역.

185 玄元(현원)-노자를 가리킨다. 從助(종조)-좇아와 돕다. 이 구는 현종이 앞날 노자의 사당인 태청에서 제례를 올려 노자가 강복한 것을 말한다.

186 淸廟(청묘)-태묘太廟. 제왕의 종묘. 歔歆(허희)-흐느끼다. 이 구는 현종이 앞날 청묘에서 제례를 올려 선조의 영령이 흠향한 것을 말한다.

#≪두시상주≫: 이 단락은 여러 신하의 논의를 따라서 봉선례를 올리게 되었음을 말하였다. 위 단락부터 여기까지는 모두 현종의 말을 대신하여 추측한 것이다. 황제와 전욱은 동악에서 봉선례를

올렸지만 서악에서는 봉선례를 올리지 않았는데, 이 행사는 바로 상고 때부터 시행되지 않았던 것이다. 하물며 신령스런 징조가 이어서 도달하고 사방의 나라가 마음을 귀의하고 있으니 산에 올라 봉선례를 올리는 것이 마침 그 때를 만나게 되었다. '운대의 논의'는 바로 총재 무리가 말한 것이다. '현원'은 태청에서 제례를 올린 것을 가리키고 '청묘'는 태묘에서 제례를 올린 것을 가리킨다.(此言從衆議而擧封禪. 自上段至此, 皆代擬玄宗之詞. 黃帝顓頊, 有東禪而無西封, 此擧乃曠古所未行者. 況祥符洊至, 方國歸心, 則登封適會其時矣. 雲臺議, 卽冢宰輩所言者. 玄元, 指太淸之獻. 淸廟, 指太廟之享.)

187 舞手蹈足(무수도족)-손으로 춤추고 발을 구르다. 기뻐하는 모습이다.

188 鑠(삭)-성대하다.
≪두시상주≫: '삭'은 성대하다는 뜻이다.(鑠, 盛也.)

189 表(표)-의용儀容.

190 奉天爲子(봉천위자)-하늘의 뜻을 받들어 아들이 되다. 현종이 하늘의 뜻을 이어서 천자가 되었다는 말이다.
≪춘추번로春秋繁露≫: 하늘이 보우하여 아들로 삼았기에 천자라고 칭한다.(天祐而子之, 號稱天子.)

191 獨(독)-유독. 홀로. 軒轅氏(헌원씨)-황제黃帝.

192 七十二君(칠십이군)-태산에서 봉선례를 올렸던 옛 임금들이다. 주석 33번 참조.

193 疇(주)-누가. 臻此(진차)-이곳에 이르다. 서악에서 봉선례를 올린 것을 말한다.

194 罔不(망불)-하지 않는 것이 없다. 克(극)-할 수 있다.

195 華淸(화청)-장안 인근 여산에 있는 화청궁華淸宮.
≪두공부시집집주≫: '화청'은 궁의 이름이다.(華淸, 宮名.)

#≪두시상주≫: 이 단락은 황제의 덕을 찬미하면서 송양으로 맺었다. '봉천위자'는 천운에 응하여 왕위에 올랐음을 보여주고, '독

계헌원'은 모든 왕을 뛰어넘었다는 말이다. 신령이 화청궁으로 귀의하였으니 황제가 장차 여산의 온천으로 행차하게 되었다. (此歸美帝德, 以頌揚作結. 奉天爲子, 見應運而興. 獨繼軒轅, 言度越百王. 靈歸華淸, 帝將遊幸驪山湯池矣.)

≪두시상주≫: 옛날 천자가 순방함에 오악에 제례를 올리기는 했지만 봉선례를 올리는 일은 없었다. 관자가 그 설을 만든 이래로 진시황이 마침내 처음 거행했다. 당 태종의 말이 훌륭하니, "진시황이 봉선례를 올리고 한나라 문제가 봉선례를 올리지 않았는데, 그렇다고 후세에서 어찌 문제의 어짊이 진시황에 미치지 못한다고 생각하겠는가?"라고 하였다. 식견이 천고에 뛰어나다 할 만하다. 당시 위징과 여러 신하가 의례를 논의하였지만 그 잘못을 밝혀 결단할 수 없었기에 고종이 다시 거행하였다. 현종 때에 이르러 여러 신하가 분분히 아첨의 말로 이끌었으며 두보 역시 부를 지어 주상에게 권고하였으니, 아마도 또한 사마상여의 여습이 아니겠는가? 당나라 때 봉선의 그릇됨을 힘껏 질책한 이는 유종원 한 명일 뿐이었다.(古者天子巡方, 有祭岳而無封禪. 自管子創爲其說, 始皇遂起而行之. 善乎唐太宗之言曰, 秦始皇封禪而漢文帝不封禪, 後世豈以文帝之賢, 不及始皇. 可謂識高千古矣. 當時魏徵與諸臣議禮, 不能明決其非, 故高宗復擧而行之. 迨明皇時, 群臣紛紛導諛, 少陵亦作賦以勸上, 其亦司馬長卿之餘習歟. 唐世力闢封禪之謬, 惟柳宗元一人而已.)

7

進鵰賦表
〈북방수리를 읊은 부〉를 바치는 표

臣甫言, 臣之近代陵夷,¹ 公侯之貴磨滅,² 鼎銘之勳不復炤燿於明時.³ 自先君恕預以降,⁴ 奉儒守官,⁵ 未墜素業矣.⁶ 亡祖故尙書膳部員外郎先臣審言,⁷ 修文於中宗之朝,⁸ 高視於藏書之府,⁹ 故天下學士到於今而師之.¹⁰ 臣幸賴先臣緒業,¹¹ 自七歲所綴詩筆,¹² 向四十載矣,¹³ 約千有餘篇. 今賈馬之徒,¹⁴ 得排金門上玉堂者,¹⁵ 甚衆矣. 惟臣衣不蓋體, 嘗寄食於人, 奔走不暇, 祇恐轉死溝壑,¹⁶ 安敢望仕進乎. 伏惟明主哀憐之.¹⁷ 倘使執先祖之故事,¹⁸ 拔泥塗之久辱,¹⁹ 則臣之述作, 雖不能鼓吹六經,²⁰ 先鳴數子,²¹ 至於沉鬱頓挫,²² 隨時敏捷,²³ 揚雄枚皋之徒,²⁴ 庶可企及也.²⁵ 有臣如此, 陛下其舍諸.²⁶ 伏惟明主哀憐之, 無令役役,²⁷ 便至於衰老也. 臣甫, 誠惶誠恐, 頓首頓首, 死罪死罪. 臣以爲鵰者,²⁸ 鷙鳥之殊特,²⁹ 搏擊而不可當,³⁰ 豈但壯觀於旌門,³¹ 發狂於原隰.³² 引以爲類,³³ 是大臣正色立朝之義也.³⁴ 臣竊重其有英雄之姿,³⁵ 故作此賦, 實望以此達於聖聰耳.³⁶ 不揆蕪淺,³⁷ 謹投延恩匭進表獻上以聞,³⁸

謹言.

　신 두보가 말씀드립니다. 신의 가까운 선조는 쇠락하여 공후의 귀함이 없어져서 솥에 새긴 공훈이 다시 밝은 시대에 빛나지 않습니다. 선군 두서와 두예 이래로 유학을 받들고 관직을 지켜서 선대의 유업이 실추되지 않았습니다. 돌아가신 조부 상서 선부원외랑 두심언은 중종의 조정에서 문서를 작성했으며 책을 소장한 곳에서 고아하게 보았기에 천하의 학사가 지금까지도 스승으로 여기고 있습니다. 신은 다행히 선조의 유업에 힘입어 7세부터 시를 지었는데 대략 40년이 되었으며 천여 편이 됩니다. 지금 가의나 사마상여와 같은 무리가 금문을 열고 옥당에 오른 자가 매우 많습니다. 신은 옷이 몸을 다 덮지 못하고 일찍이 다른 이에게 빌어먹느라 분주하게 다녀 겨를이 없었고 그저 산의 골짜기에 구르며 죽을까 걱정할 뿐이었으니 어찌 감히 관직에 임용됨을 바랐겠습니까? 엎드려 생각건대 밝은 군주가 이를 애달피 여겨 주십시오. 만일 선조의 옛일을 붙잡고 진흙 속에 있는 오랜 치욕을 벗기시면 신이 지은 글이 비록 육경을 고쳐시키지는 못하지만, 여러 사람보다 먼저 울어서 침울돈좌함과 때에 맞춘 민첩함에 이르러 양웅과 매고의 무리를 아마도 따라잡을 수 있을 것입니다. 신이 이와 같은데 폐하께서 어찌 저를 버리시겠습니까? 엎드려 생각건대 밝은 군주가 이를 애달피 여겨 끝도 없는 노고로 곧장 노쇠함에 이르게 하지 말아 주십시오. 신 두보는 진정 황송하옵고 머리를 조아리며 죽을죄를 지었습니다. 신이 생각건대 북방수리는 맹금류 중에서 매우 **빼어난**데 쳐서 잡는 것을 당할 수가 없습니다. 어찌 그저 깃발 문의 장관이고 들판에서의 맹렬함만 있겠습니까? 이를 이끌어 부류로 삼았으니 이는 대신이 안색을 바로하고 조정에 서있다는 뜻입니다. 신이 외람되이 그에게 영웅의 자태가 있음을 중히여겨 이 부를 지었으니, 실로 이로써 성스러운 밝은 귀에 전달되기를 바랍니다. 거칠고 천박함을 헤아리지 않고 삼가 연은궤에 넣어표를 바치고 헌상하여 아룁니다. 삼가 말씀드렸습니다.

[해제]

이 표는 두보가 <북방수리를 읊은 부>를 지어 올리면서 그 연유를 설명한 것이다. 두보의 선조가 예전에 훌륭한 업적으로 천자를 보필했지만 근세에 들어서 쇠락하였는데, 두보는 선조의 유업을 이어받아훌륭한 재능이 있기에 부디 발탁해주기를 바란다는 뜻을 서술하였다. 대체로 천보 13년에 지은 것으로 추정한다. 천보 9년에 지은 것이라는설도 있지만 타당하지 않은 것으로 보인다.

《두공부시집집주》: 살펴보건대, 표에서 "7세부터 시를 지었는데대략 40년이다."라고 하였는데 앞의 <세 가지 큰 예를 읊은 부를 바치는 표>에서 "신은 폐하의 순박한 풍속에서 자란 것이 40년이 되었다."라고 한 것과 그 말뜻이 서로 비슷하니 아마도 같은 시기에 바친 것이리라. 황학의 연보에서는 천보 9년에 편재하였는데, 혹 그럴 수도 있다.(按, 表云, 自七歲所綴詩筆, 向四十載矣, 與前進三賦表云, 生長陛下淳樸之俗, 行四十載矣, 其語意相類, 疑是同時所上者. 黃鶴譜編九載, 或然.)

《두시상주》: 지금 살펴보건대, 표에서 "7세부터 시를 지었는데대략 40년이다."라고 하였으니 그 작성 연대의 순서는 세 가지 큰 예를읊은 부를 바친 이후이며 응당 천보 13년에 지은 것이다. 황학이 천보9년이라고 여긴 것은 합당하지 않다. 안사고가 (《한서》 주에서) 말하기를, "'조'는 큰 맹금류이다. '취'라고도 하는데, 검은색이며 깃촉은화살깃을 만들 수 있다."라고 하였다. 장자열張自烈(자가 이공爾恭)의

≪정자통≫에서 "'조'는 호 땅의 수리인데 매와 비슷하지만 크다. 황토색이며 털이 길고 깃촉이 짧다. 민간에서는 '조조'라고 부른다. 공중을 선회하다가 기러기나 고니를 쳐서 잡아먹는다. 풀숲에 이 새의 털이 있으면 뭇새가 반드시 절로 떨어진다. 이 새 중 빼어난 것을 '해동청'이라고 한다. 불경에서는 '게라도'라고 한다. 두보의 <북방수리를 읊은 부를 바치는 표>에서 '북방수리는 맹금 중에서 매우 빼어난데 쳐서 잡는 것을 당할 수가 없다. 이를 이끌어 부류로 삼았으니 이는 대신이 안색을 바로하고 조정에 서있다는 뜻이다.'라고 하였으니, 두보가 대체로 이로써 스스로를 비유해 말한 것이다."라고 하였다.(今按, 表中云, 自七歲綴筆, 向四十年. 其年次又在進三大禮賦後., 應是天寶十三載所作. 黃鶴以爲九載者, 未合. 顔師古曰, 鵰, 大鷙鳥也. 一名鷲, 黑色, 翮可箭羽. 張爾恭正字通云, 鵰, 胡地鷙鳥, 似鷹而大. 土黃色, 毛長翅短. 俗呼皂鵰. 盤旋空中, 搏擊鴻鵠食之, 草中有鵰毛, 衆鳥必自落. 鵰之俊曰東海靑. 梵書名揭羅闍. 杜少陵進鵰賦表, 鵰者, 鷲之殊特, 搏擊而不可當. 引以爲類, 是大臣正色立朝之義也. 公蓋以自況云.)

[주석]

1 近代(근대)-조부나 부친 등 가까운 선조. 陵夷(능이)-쇠락하다. 두보의 부친 두한杜閑은 조의대부朝議大夫, 연주사마兗州司馬, 봉천령奉天令을 지냈고 조부 두심언杜審言은 수문관학사修文館學士, 상서선부원외랑尙書膳部員外郎을 지냈다.

2 公侯之貴(공후지귀)-공후의 귀함. 두보의 13대 선조인 두예杜預는 당양후當陽侯에 봉해진 일이 있다. 磨滅(마멸)-사라지다.

3 鼎銘之勳(정명지훈)-솥에 새길 만한 공훈. 조정에 기록될 만한 업적. 炤燿(소요)-빛나다. 明時(명시)-정치가 청명한 시대. 현종 때를 가리킨다.

4 先君(선군)-자신의 선조를 칭하는 말이다. 恕預(서예)-두예와 두서. 두서는 두보의 14대 선조로 자가 무백務伯이고 두예의 부친이다. 위나라 명제明帝 때 산기시랑散騎侍郎, 황문시랑黃門侍

郎, 홍농태수弘農太守 등을 역임했다. 두예는 자가 원개元凱이다. 서진西晉 수립 이후 하남윤河南尹, 탁지상서度支尙書, 진남대장군鎭南大將軍, 사례교위司隸校尉 등을 역임했다. ≪춘추좌씨경전집해春秋左氏經傳集解≫를 저술했다.

5 奉儒(봉유)-유학을 받들다. 守官(수관)-관직을 수행하다.

6 素業(소업)-선대의 유업.

7 亡祖(망조)-돌아가신 조부. 先臣(선신)-신하가 이미 돌아가신 선조를 임금에게 칭하는 호칭.

8 修文(수문)-문서를 작성하다. 두심언은 수문관학사를 지냈다.

9 高視(고시)-고아하게 보다. 높은 곳에서 보다. 藏書之府(장서지부)-서적을 보관한 관청. 두심언은 저작랑著作郞을 지냈다.

10 學士(학사)-원래는 국학國學에서 공부하는 학생을 일컫는 말이었는데, 이후 일반 학생을 통칭하게 되었다.

11 緖業(서업)-가업. 유업.

12 綴(철)-시나 문장을 짓는다는 말이다.

13 向(향)-대략.

14 賈馬(가마)-가의賈誼와 사마상여司馬相如. 모두 한나라 때의 유명한 문인이다.

15 排金門(배금문)-금마문金馬門을 밀치다. 금마문은 원래 한나라 궁문의 이름으로 학사가 천자의 조명詔命을 기다리던 곳이다. 玉堂(옥당)-한나라 궁궐 이름으로, 여기서는 당나라 궁전을 가리킨다.

16 祇(지)-다만. '只'로 된 판본도 있다. 轉死溝壑(전사구학)-산의 골짜기에서 구르며 죽다. 궁핍하게 살다가 비참하게 죽는 것을 말한다.

17 明主(명주)-밝은 군주. 여기서는 현종을 가리킨다. '天子'로 된 판본도 있다. 이 구 뒤에 '明主'가 더 있는 판본도 있다.

18 倘使(당사)-만일. 先祖之故事(선조지고사)-선조의 옛일. 두보의 선조가 조정에서 천자를 보필한 것을 말한다.

19 拔(발)-뽑다. 여기서는 없앤다는 뜻이다. 泥塗(이도)-진흙. 관직
   에 오르지 못하고 힘겹게 살고 있음을 비유한다.

20 鼓吹(고취)-선양宣揚하다. 六經(육경)-≪시경≫, ≪서경≫, ≪주
   역≫, ≪예기≫, ≪악기樂記≫, ≪춘추春秋≫ 등 유가경전을 말
   한다.

21 先鳴(선명)-먼저 울다. 남보다 먼저 입언立言하며 주장을 펼친
   다는 말이다. 數子(수자)-앞에서 말한 당대에 인정받아 궁궐에
   오른 이들을 가리킨다.

22 沉鬱(침울)-감정이나 글의 내용이 깊고 빽빽한 것을 말한다. 頓
   挫(돈좌)-글의 기세에 기복이 많은 것을 말한다.

23 隨時(수시)-적절한 때에 응하다. 敏捷(민첩)-생각이 재빨라
   얼른 글을 지어내는 것을 말한다. 이 뒤에 '而'가 더 있는 판본
   도 있다.

24 揚雄枚皋(양웅매고)-양웅과 매고. 모두 서한의 저명한 문인이다.

25 庶(서)-아마도. 企及(기급)-필적하다.

26 舍(사)-저버리다. 내치다. 諸(저)-'之乎'의 합사이다.

27 役役(역역)-쉼 없이 수고로이 고생하다.

28 臣(신)-이 글자가 없는 판본도 있다. 鵰(조)-맹금류의 새로 북방
   수리이다. 항라머리검독수리라고 하기도 한다.

29 鷙鳥(지조)-매나 수리와 같은 맹금류. 殊特(수특)-매우 빼어
   나다.

30 搏擊(박격)-새나 짐승이 다른 동물을 쳐서 잡는 것이다. 不可當
   (불가당)-당할 수 없다.

31 旌門(정문)-임금이 야외에 행차했을 때 임시 숙소에 깃발을 세
   워서 만든 문이다. '정'은 깃발이다.

32 發狂(발광)-맹렬하다. 原隰(원습)-넓은 들.

[豈但 2구] 북방수리가 다른 동물을 쳐서 잡는 것은 그저 임금의
   사냥터에서 장관을 제공하거나 들판에서 맹렬함을 보여주기 위
   한 것이 아니라는 말로, 조정에서 갖춰야 될 신하의 의용을 뜻한

다는 다음의 말을 이끌어낸다.

33 爲類(위류)-부류로 삼다. 비슷한 점이 있다고 생각한다는 말이다.

34 正色(정색)-안색을 바로하다. 진지한 표정이다. 立朝(입조)-조정에 서다. 조정의 관원이 된다는 말이다.

35 竊(절)-외람되이. 重(중)-중하게 여기다.

36 聖聰耳(성총이)-성스러운 제왕의 밝은 귀. '耳'는 '矣'로 된 판본도 있는데, '성총'으로도 같은 뜻이 된다. '耳'를 문장 종결 어기사로 볼 수도 있다.

37 揆(규)-헤아리다. 蕪淺(무천)-거칠고 얕다. 자신의 글에 대한 겸손한 표현이다.

38 延恩匭(연은궤)-무측천 때 장안성 문에 둔 궤에서 동쪽 면의 이름으로 문인들이 자신이 지은 부를 이곳에 넣으면 읽어보고 관리로 선발하였다. 獻上(헌상)-주상에게 바치다. '上'은 '賦'로 된 판본도 있다. 聞(문)-군주에게 알리다.

鷵賦

북방수리를 읊은 부

當九秋之淒淸,¹ 見一鶚之直上.² 以雄材爲己任,³ 橫殺
氣而獨往.⁴ 梢梢勁翮,⁵ 肅肅逸響.⁶ 杳不可追,⁷ 俊無留賞.⁸
彼何鄕之性命,⁹ 碎今日之指掌.¹⁰ 伊鶩鳥之累百,¹¹ 敢同
年而爭長.¹² 此鷵之大略也.

若乃虞人之所得也,¹³ 必以氣槀冬冥,¹⁴ 陰乘甲子.¹⁵ 河
海蕩潏,¹⁶ 風雲亂起. 雪洉山陰,¹⁷ 冰纏樹死.¹⁸ 迷向背於八
極,¹⁹ 絶飛走於萬里.²⁰ 朝無以充腸,²¹ 夕違其所止.²³ 頗愁
呼而蹭蹬,²⁴ 信求食而依倚.²⁵ 用此時而椓杙,²⁶ 待尤者而
綱紀.²⁷ 表狃羽而潛窺,²⁸ 順雄姿之所擬.²⁹ 欻捷來於森
木,³⁰ 固先擊於利觜.³¹ 解騰攫而竦神,³² 開網羅而有喜.³³
獻禽之課,³⁴ 數備而已.³⁵

及乎閩隷受之也,³⁶ 則擇其淸質,³⁷ 列在周垣.³⁸ 揮拘攣
之掣曳,³⁹ 挫豪梗之飛翻.⁴⁰ 識畋遊之所使,⁴¹ 登馬上而孤
騫.⁴² 然後綴以珠飾,⁴³ 呈於至尊.⁴⁴ 搏風槍櫐,⁴⁵ 用壯旌
門.⁴⁶ 乘輿或幸別館,⁴⁷ 獵平原.⁴⁸ 寒蕪空闊,⁴⁹ 霜仗喧
繁.⁵⁰ 觀其夾翠華而上下,⁵¹ 卷毛血之崩奔.⁵² 隨意氣而電落,⁵³

引塵沙而晝昏.[54] 豁堵墙之榮觀,[55] 棄功効而不論.[56] 斯亦足重也.

至如千年孽狐,[57] 三窟狡兔.[58] 恃古塚之荊棘,[59] 飽荒城之霜露. 迴惑我往來,[60] 趑趄我場圃.[61] 雖靑骹帶角,[62] 白鼻如瓠.[63] 蹙奔蹄而俯臨,[64] 飛迅翼以遐寓.[65] 而料全於果,[66] 見迫寧遽.[67] 屢攬之而穎脫,[68] 便有若於神助. 是以嘵哮其音,[69] 颯爽其慮.[70] 續下韝而繚繞,[71] 尙投跡而容與.[72] 奮威逐北,[73] 施巧無據.[74] 方蹉跎而就擒,[75] 亦造次而難去.[76] 一奇卒獲,[77] 百勝昭著.[78] 宿昔多端,[79] 蕭條何處.[80] 斯又足稱也.

爾其鶬鴰鳽鴘之倫,[81] 莫益於物, 空生此身.[82] 聯拳拾穗,[83] 長大如人. 肉多奚有,[84] 味不足珍.[85] 輕鷹隼而自若,[86] 託鴻鵠而爲隣. 彼壯夫之慷慨,[87] 假强敵而逡巡.[88] 拉先鳴之異者,[89] 及將起而遄臻.[90] 忽隔天路, 終辭水濱. 寧掩羣而盡取,[91] 且快意而驚新.[92] 此又一時之俊也.

夫其降精於金,[93] 立骨如鐵. 目通於腦,[94] 筋入於節.[95] 架軒楹之上,[96] 純漆光芒,[97] 掣梁棟之間,[98] 寒風凜洌.[99] 雖趾蹻千變,[100] 林嶺萬穴.[101] 擊叢薄之不開,[102] 突杈枒而皆折.[103] 又有觸邪之義也.[104]

久而服勤,[105] 是可吁畏.[106] 必使烏攫之黨,[107] 罷鈔盜而潛飛.[108] 梟怪之羣,[109] 想英靈而遽墜.[110] 豈比乎虛陳其

力,[111] 叨竊其位.[112] 等摩天而自安,[113] 與搶榆而無事者
矣.[114]

　故其不見用也, 則晨飛絶壑,[115] 暮起長汀.[116] 來雖自負,
去若無形.[117] 置巢巇嵲,[118] 養子青冥.[119] 倏爾年歲,[120] 茫
然闕廷.[121] 莫試鉤爪,[122] 空回斗星.[123] 衆雛倘割鮮於金
殿,[124] 此鳥已將老於巖扃.[125]

　청량한 가을에 곧장 오르는 수리 한 마리를 보니, 씩씩한 재주를
자신의 소임으로 삼아 차가운 기운을 가로지르며 홀로 날아간다.
굳센 날개의 깃촉과 쉬이익하는 경쾌한 소리, 아득히 쫓아갈 수
없고 씩씩하여 잡아두고 감상할 수 없다. 저 어느 고을의 생명체이
든 오늘의 발톱에 부서질 것이고, 이 수백의 맹금이 감히 대등하게
우위를 다툴 수 있겠는가? 이것이 북방수리의 대략이다.
　이에 우인이 잡게 되는데, 필시 기운이 겨울 하늘로부터 받고
음기가 갑자의 세월을 타서, 강과 바다가 크게 일렁이고 바람과
구름이 어지럽게 일어났으며, 눈이 산 그늘에 엉기고 얼음이 죽은
나무를 휘감았기에, 팔극에서 앞뒤를 분간할 수 없고 만 리에 날짐
승 들짐승이 사라져서, 아침에는 배를 채울 수 없고 저녁에는 그
머물 곳을 잃어버리고서는, 자못 근심스레 소리치며 난처해하고
되는대로 먹을 것을 구하며 의지하고 있으니, 이때를 틈타 말뚝을
박고 좋은 놈을 기다리며 그물을 치고는, 미끼 새를 내놓고 몰래
살펴보면서 씩씩한 자태가 가는 곳을 따르다가, 갑자기 빽빽한
숲에서 재빠르게 나와서 반드시 날카로운 부리를 먼저 친다. 솟구

치며 움켜쥐는 것을 제지하노라니 정신이 놀랍지만 그물을 열어 보니 기쁨이 있다. 새를 바쳐야 하는 과업은 수량을 갖추고서야 그만둔다.

민례가 그것을 받은 뒤에 그중 바탕이 맑은 놈을 골라서 담장에 늘어놓고, 묶여서 견제하는 것을 휘둘러서 날아오르려는 억센 기운을 좌절시키면, 사냥에서 부림 받을 것을 알아서 말 위에 올라 홀로 높이 날게 된다. 그런 다음에 구슬 장식을 엮어 지존에게 바치면, 창을 꽂은 울타리에서 바람을 치고 날아올라 깃발 문에서 씩씩함을 발휘한다. 수레를 타면 혹 별관으로 행차하거나 평원에서 사냥을 하는데, 추운 황무지는 공활하고 서릿발 같은 의장은 요란하다. 보노라니 그것이 물총새 깃털 장식을 끼고서 아래위로 날다가 마구 휘날리는 짐승의 털과 피를 말아 올리는데, 의기를 따라 번개처럼 내리꽂으니 먼지 모래를 일으켜 낮에도 어둑하다. 담장처럼 늘어서 영광스레 보는 장관을 시원하게 하고는 그 공적을 버리고 논하지 않으니, 이 또한 중히 여길 만한 것이다.

천년 묵은 사악한 여우와 세 군데 굴을 파는 교활한 토끼 같은 것은, 오래된 무덤의 가시나무를 믿고서 황량한 성의 서리와 이슬을 맘껏 먹으며, 우리가 왕래하는 곳에서 어른거리고 우리의 타작마당과 원포에서 왔다 갔다 한다. 비록 (매는) 검푸른 발에 뿔이 있고 흰 코가 표주박 같아서, 내달리는 말을 재촉하며 아래로 굽어보고 날쌘 날개로 날아서 멀리까지 기탁하여, 결과와 온전하기를 생각하지만 다급하게 되면 도리어 두려워하니, 누차 잡으려 해도 빠져나가 마치 신령이 돕는 듯하다. 이에 (북방수리가) 끼익 소리를 내며 재빠르게 판단하니, 끊임없이 버렝이에서 내려와 맴돌고 또 몸을 놀리는 것이 느긋한데, 위엄을 떨치며 도망가는 놈을 쫓자

기교를 부리려 해도 방법이 없어, 한창 발을 헛디디고는 잡히니 또한 창졸간에 도망갈 수 없구나. 한 번의 기이함으로 결국 잡아 백전백승이 분명하니, 예전에 많았던 것들이 적막해져 어디에 있는가. 이 또한 칭송할 만하다.

한편 왜가리, 재두루미, 너새, 역새 무리는 어느 것도 만물에 도움이 되지 않고 그 몸을 공연히 자라게 했으니, 구부정한 채 이삭을 주워 먹고 사람만큼 크게 자라, 살집이 많지만 어디 쓸 것이며 맛도 귀할 것이 아니구나. 매와 새매를 경시하며 자득하여 큰기러기와 고니에 의탁하여 이웃이 되었는데, 저 장부의 강개함은 만일 강력한 적을 만난다면 뒤로 물러난다. 먼저 울음을 우는 특이한 놈을 치려고 장차 일어나서 잽싸게 오게 되면 홀연 하늘길 너머로 가서 끝내 물가를 떠나는데, 어찌 무리를 다 쳐서 모조리 잡아버리겠는가? 잠시 뜻을 즐겁게 할 뿐이라 놀라움이 새롭다. 이것이 또한 한때의 빼어남이다.

쇠에서 정기를 내려받고 철과 같은 뼈를 세워, 눈은 뇌와 통하고 근육은 관절에 들어가, 당 앞의 기둥 위에 세워놓으면 새까맣게 빛을 발하고 동량 사이를 날아다니면 찬바람이 매섭게 일어난다. 비록 들어 올리는 발이 천 번 변하고 숲과 고개의 굴이 만 개일지라도, 열리지 않는 덤불을 쳐서 나뭇가지를 뚫으면 모두 부러진다. 또한 사악함을 들이받는 의리가 있다.

오래도록 부지런히 일하니 이는 감탄할 만한데, 먹이를 빼앗는 까마귀 같은 무리로 하여금 훔치며 몰래 나는 것을 반드시 못하게 하고 올빼미 같은 기괴한 무리로 하여금 빼어난 이를 생각하여 두려워하며 떨어지게 하리니, 어찌 헛되이 그 힘을 과시하고 함부로 그 지위를 훔치는 자들에게 비할 것이며, 하늘을 스치면서 스스로 편안해 하는 자와 같고 느릅나무에 닿을 정도이면서 일이 없는 자들과 함께하겠는가?

그러므로 그것이 쓰이지 않으면 새벽에 깎아지른 절벽에서 날다가 저녁에 긴 모래섬에서 일어나며, 올 때는 비록 자부하지만 갈 때는 모습이 없는 듯이 한다. 높은 산봉우리에 둥지를 두고 푸른 하늘에서 새끼를 기르니, 순식간에 세월이 흘러 조정에 대해 망연해진다. 누구도 갈고리 같은 발톱을 시험하지 않아 그저 북두성을 맴돌 뿐이다. 뭇새가 비록 금빛 궁전에서 고기를 갈라 나누더라도 이 새는 이미 장차 바위틈의 빗장에서 늙어가려고 하였다.

[해제]

이 부는 북방수리에 대해 묘사한 것이다. 두보는 삼대례부를 바쳐서 현종의 인정을 받아 집현원에서 조명을 기다리며 과거 시험을 보게 되었지만 아직 관직을 받지는 못하였다. 이에 이 부를 지어 바쳐 관직에 곧장 기용되기를 바랐다. 대체로 북방수리의 용맹한 모습을 4구와 6구의 정제된 형식으로 핍진하게 묘사하였는데, 이로써 자신의 재능을 비유적으로 표현하였다. 대체로 천보 13년에 지은 것으로 추정한다. 앞의 <<북방수리를 읊은 부>를 바치는 표>의 해제에 자세한 내용이 있다.

[주석]

1 九秋(구추)-가을. 가을 석 달이 90일이기 때문에 이렇게 불렀다. 또는 음력 9월로 늦가을을 가리킬 수도 있다. 凄淸(처청)-처량하고 맑다. ≪두공부시집집주≫에는 '淸'이 '凉'으로 되어 있는데 ≪두시상주≫에서는 잘못이라고 지적하였다.

2 鶚(악)-물수리. 여기서는 북방수리를 가리킨다. 直上(직상)-곧장 위로 날아오르다.

3 雄材(웅재)-씩씩한 재주. 己任(기임)-자신의 소임. 자신의 본분.

4 橫殺氣(횡살기)-차가운 기운을 가로지르다. 또는 살기를 맘껏 뿌리다. '살기'는 음의 기운 또는 숙살肅殺의 기운.
≪예기禮記·월령月令≫: (중추의 달은) 음의 기운이 점차 성대해지고 양의 기운이 날로 쇠해진다.(殺氣浸盛, 陽氣日衰.)

5 梢梢(초초)-굳센 모양. 勁翮(경핵)-강건한 깃촉.

6 肅肅(숙숙)-수리가 날아가는 소리. 또는 날개를 퍼덕이는 소리. 逸響(일향)-상쾌한 소리.
≪시경·소아·홍안鴻雁≫ "肅肅其羽"의 모전毛傳: '숙숙'은 날개 소리이다.(肅肅, 羽聲也.)

7 杳(묘)-아득하다.

8 留賞(유상)-잡아두고 감상하다. 이 구는 북방수리는 사람이 잡아두고서 완상할 수 없다는 말이다.

9 彼(피)-저것. 북방수리의 사냥감을 가리킨다. 性命(성명)-생명체.

10 指掌(지장)-손가락과 손바닥. 여기서는 북방수리의 발과 발톱을 뜻한다.

11 伊(이)-이것. 여러 맹금류를 가리킨다. 鷙鳥(지조)-맹금류. 累百(누백)-수백 마리.
공융孔融 <천예형표薦禰衡表>: 맹금이 수백 마리라도 수리 한 마리만 못하다.(鷙鳥累百, 不如一鶚.)

12 同年(동년)-동등하다. 대등하다. 爭長(쟁장)-패권을 다투다.

#≪두시상주≫: 이 단락은 북방수리의 씩씩함과 기이함을 서술하였는데 먼저 그 대강을 기술했다. '경핵'은 나는 모습이고 '일향'은 나는 소리이다. '불가추'는 빠르게 날아간다는 말이고, '무류상'은 만물을 움켜쥐는 신령한 존재라는 말이다.(此敍鶚之俊異, 先擧其大槪. 勁翮, 飛狀. 逸響, 飛聲. 不可追, 去之疾. 無留賞, 攫物神也.)

13 若乃(약내)-부에서 의미를 전환할 때 사용하는 접속사. 어떠한

상황이 되었음을 말한다. 虞人(우인)-산택山澤과 원림을 관리하는 관원.

14 稟(품)-받다. 여기서는 그러한 때가 되었다는 말이다. 冬冥(동명)-겨울, '冬'은 '玄'으로 된 판본도 있다.
≪두시상주≫: 겨울의 신이 현명이라서 '동명'이라고 하였다.(冬神玄冥, 故曰冬冥.)

15 甲子(갑자)-세월. 때.

16 蕩潏(탕휼)-크게 일렁이다.

17 洰(호)-엉기다. 또는 차다, 채워서 막다.

18 纆(전)-휘감다.

19 迷向背(미향배)-앞과 뒤를 구분하지 못하다. 八極(팔극)-팔방의 먼 곳. 이 구는 북방수리가 자신이 어디에 있는지 어디로 갈지를 모른다는 말로 막막한 상황을 묘사한 것이다.

20 絶飛走(절비주)-날아가는 날짐승과 달려가는 들짐승이 사라지다. 북방수리의 먹잇감이 없는 것을 말한다.

21 充腸(충장)-배를 채우다.

22 違(위)-멀어지다. 所止(소지)-머물 곳.

24 蹭蹬(층등)-기가 죽은 모양. 곤경에 빠져 실의한 모양.

25 信(신)-되는대로. 依倚(의의)-의지하다. 기대다.

26 此時(차시)-이러한 때. 북방수리가 추운 겨울에 갈 곳을 잃어버리고 굶주리고 있는 때를 말한다. 椓杙(탁익)-말뚝을 박다. 그물을 칠 준비를 하는 것이다.

27 尤者(우자)-뛰어난 것. 수리 중 좋은 것을 가리킨다. 綱紀(망기)-벼리를 펴서 그물을 치다.

28 表(표)-드러내다. 보이게 하다. 狎羽(압우)-미끼 새. 사냥꾼이 미끼 새를 내놓고 매가 그것을 잡아먹으러 오면 잡는다. '狎'은 '神'으로 된 판본도 있다.

29 順(순)-따라가다. 수리가 오고 있는 모습을 계속 지켜보는 것이다. 雄姿(웅자)-씩씩한 자태. 북방수리를 가리킨다. 所擬(소의)-

가고자 하는 곳.

30 欻(훌)-갑자기. 捷來(첩래)-갑자기 나오다. 森木(삼목)-빽빽한
   숲. 이 구는 우인의 행동이다. 이와 달리 수리의 행동으로 보는
   설도 있지만 취하지 않는다.

31 固(고)-반드시. 擊(격)-치다. '繫'로 된 판본도 있다. 利觜(이자)
   -날카로운 부리.

[表狘羽 4구]

   《독서당두공부문집주해》: 미끼 새로 유인한 것을 말한다.(謂
   以囮誘之.)

32 解(해)-제지하다. 또는 그물에서 풀다. '보다'는 뜻으로 풀이하
   기도 하지만 취하지 않는다. 騰攫(등확)-솟구치며 움켜쥐다. 북
   방수리가 그물에 잡혀 버둥대는 모습이다. 竦神(송신)-정신을
   놀라게 하다.

   《두시상주》: '해'는 보다는 뜻이다. '등확'은 솟구쳐 올라 움켜
   쥐며 치는 것이다.(解, 見也. 騰攫, 騰躍而攫搏也.)

   진림陳琳 <격오장교부곡문檄吳將校部曲文>: 맹금이 칠 때는 먼
   저 높은 데서 움켜쥔다.(鷙鳥之擊, 先高攫.)

33 開(개)-열다. 그물을 열어 잡힌 수리를 꺼내는 것이다.

34 獻禽(헌금)-새를 바치다. '禽'은 '令'으로 된 판본도 있다. 課(과)
   -과업. 과세.

35 數備(수비)-수량을 갖추다. 바칠 수만큼 잡았다는 말이다. 已
   (이)-그만두다.

#《두시상주》: 이 단락은 우인이 북방수리를 잡는 법을 말하였는
데, 곤경에 빠진 선비를 취하는 것은 굶주림과 추위를 당한 북방
수리를 잡는 것과 같다. 말뚝을 박고 그물을 맨 뒤 새를 드러내어
미끼로 삼는다. 바야흐로 마음이 향해서 갑자기 오니 배고파서
먹을 걸 가리지 않게 된 것이다. '우자', '옹자'는 북방수리를
가리킨다. 몰래 살펴보다가 놀라고 기뻐하는 것은 우인을 가리킨
다. '압우'는 길들인 날짐승이다. '수비'는 북방수리 잡는 것이

여러 차례가 된 후에 그만둔다는 말이다.(此言虞人取鵰之法. 取士於困頓之中, 猶獲鵰於飢寒之際. 椓杙以繫網, 表禽以爲餌. 方心擬而忽來, 飢不擇食矣. 尤者雄姿, 指鵰鳥. 潛窺竦喜, 指虞人. 狃羽, 狃熟之家禽. 數備, 以鵰備異數而後已也.)

36 閩隷(민례)-새를 사육하는 관리. '閩'은 '司' 또는 '閑'으로 된 판본도 있다.
《주례·추관秋官》: 민례는 새를 기르는 일을 담당하는데 새를 번식시키고 훈련시킨다.(閩隷, 掌役畜養鳥而阜蕃敎擾之.)

37 淸質(청질)-맑은 성질. 좋은 수리를 가리킨다.

38 周垣(주원)-담장. 여기서는 궁원을 가리킨다.

39 拘攣(구련)-묶다. 掣曳(체예)-끌다. 수리가 깃털을 끌며 사람을 경계하는 모습이다. 이와 달리 수리를 끌면서 길들이는 모습으로 보는 설도 있다.

40 豪梗(호경)-거세고 억세다. 북방수리의 본성을 말한다. 飛翻(비번)-날다.

[揮拘 2구]
《독서당두공부문집주해》: 끈과 고리로 길들인다는 말이다.(謂條鏃以馴之.)

41 畋遊(전유)-사냥하며 노닐다. 이 구는 수리가 길이 들어 사냥에 사용될 것을 알게 되었다는 말이다.

42 鶱(건)-높이 날아오르다.

43 綴(철)-엮다. 장식하다. 珠飾(주식)-구슬 장식, '珠'는 '殊'로 된 판본도 있다.

44 至尊(지존)-황제.

45 搏風(박풍)-바람을 치다. 바람을 타고 날아오른다는 뜻이다. 槍櫐(창루)-창을 꽂아 만든 울타리. 천자가 야외에서 머무는 곳이다.

46 用壯(용장)-씩씩함을 발휘하다. 旌門(정문)-깃발을 꽂아 만든 문. 천자가 야외에서 머무는 곳이다.

47 乘興(승여)-수레를 타다. 수리가 천자와 동행한다는 말이다. 幸
(행)-행차하다. 別館(별관)-별궁.

48 獵(렵)-사냥하다.

49 寒蕪(한무)-춥고 황량한 곳. 사냥터를 말한다.

50 霜仗(상장)-서릿발과 같은 천자의 의장. 군기가 삼엄함을 표현
한 것이다. 喧繁(훤번)-시끄러운 소리.

51 翠華(취화)-물총새 깃털로 장식한 깃발이나 수레 덮개. 천자의
의장이다. 上下(상하)-위아래로 날아다니다.

52 卷(권)-말다. 물결 같은 것을 크게 일으키다. 毛血(모혈)-사냥당
한 날짐승의 털과 들짐승의 피. 崩奔(붕분)-거세게 들이치다. 이
구는 북방수리가 사냥한 짐승의 피와 털이 마구 휘몰아친다는
말이다.
반고班固 <서도부西都賦>: 많고 많은 주살이 서로 얽히니, 털과
피가 비바람처럼 떨어져 들에 뿌려지고 하늘을 가린다.(颷颷紛
紛, 矰繳相纏. 風毛雨血, 灑野蔽天.)

53 電落(전락)-번개가 치다. 북방수리가 잽싸게 날아 내려오는 것
을 표현한 것이다.

54 晝昏(주혼)-낮이 어둑해지다. 이 구는 북방수리가 날면서 이는
먼지가 자욱하다는 말이다.

[觀其 4구]
≪독서당두공부문집주해≫: 씩씩한 수리의 사냥이 신의 경지에
들었음을 묘사하였다.(寫俊鶻之獵入神.)

55 豁(활)-시원하게 하다. 크게 만족시킨다는 뜻이다. 堵墻(도장)-
담장. 담장처럼 늘어선 많은 구경꾼을 말한다. 榮觀(영관)-영광
스런 볼거리. 장관.
≪예기·사의射義≫: 공자가 확상의 원포에서 활을 쏘니 대체로
구경하는 자가 담장과 같았다.(孔子射於矍相之圃, 蓋觀者如堵牆.)

56 功效(공효)-공덕. 이 구는 북방수리가 사냥을 잘 하고서도 그
공을 내세우지 않는다는 말이다.

#≪두시상주≫: 이 단락은 북방수리를 훈련시켜 수렵에 제공함을
말하였는데, 선비는 반드시 길러진 뒤에 쓰이게 되니 북방수리가
먼저 연습한 뒤에 시험할 수 있는 것과 같다. '주원'은 궁중의
원림이다. '체예'는 조련하는 것이고, '좌경'은 순종하게 하는
것이다. '창루'와 '정문'은 사냥하는 장소이다. '상하'와 '분붕'은
솟구쳐 날아 친다는 말이고, '전락'과 '주혼'은 갑작스럽고 어둑
해졌다는 말이다.(此言畜鵰以供校獵. 士必養而後有用, 猶鵰先習
而後可試. 周垣, 御苑. 挈曵, 調習之. 挫梗, 馴服之也. 槍櫐旌門,
田獵之場. 上下奔崩, 言飛騰而搏擊. 電落晝昏, 言倏忽而杳冥.)

57 孽狐(얼호)-사악한 여우.

58 三窟狡兎(삼굴교토)-세 개의 굴을 파는 교활한 토끼. ≪전국책
戰國策·제책齊策≫에 나오는 교토삼굴狡免三窟의 고사를 이용
한 것이다.

≪전국책·제책≫: 교활한 토끼가 굴이 세 개는 되어야 겨우 그
죽음을 면할 수 있습니다. 지금 임금께서는 굴이 하나밖에 없어
서 편히 누워 있을 수 없습니다. 임금을 위해 두 개의 굴을 더
파기를 청합니다.(狡兎有三窟, 僅得免其死耳. 今君有一窟, 未得
高枕而臥也. 請爲君復鑿二窟.)

59 恃(시)-믿다. 荊棘(형극)-가시나무.
≪두시상주≫에 인용된 환담桓譚 ≪신론新論≫: 옹문주가 맹상
군을 알현하여 말하기를, "무덤에는 가시나무가 자라고 그 안에
여우굴과 토끼굴이 있습니다."라고 하였다.(雍門周見孟嘗君曰,
墳墓生荊棘, 狐兎穴其中.)

60 迴惑(회혹)-보였다 사라졌다 하다. 我往來(아왕래)-우리가 왕
래하다. 여기서는 사람이 다니는 길을 가리킨다.

61 趑趄(자저)-머뭇거리다. 서성거리다. 場圃(장포)-타작마당과
채마밭.

62 靑骹(청교)-검푸른 정강이. 角(각)-새 다리에 뒤쪽으로 솟아난
발톱을 말한다.

부현傅玄 <촉도부蜀都賦>: 매는 유성처럼 번쩍이고 내달리는 번개처럼 날며 빛나며, 검푸른 정강이에 흰 깃털이 눈과 서리가 날리는 듯하다.(鷹則流星耀景, 奔電飛光. 靑骸素羽, 飄雪繁霜.)

63　瓠(호)-표주박.

64　蹴(축)-재촉하다. 奔蹄(분제)-내달리는 말발굽. 사냥마를 가리킨다. 俯臨(부림)-아래로 굽어보다.

65　迅翼(신익)-재빠른 날개. 以(이)-'而'로 된 판본도 있다. 遐寓(하우)-먼 곳에 기탁하다. 먼 곳까지 날아간다는 말이다.

66　料(료)-생각하다. 예측하다. 全於果(전어과)-예상하는 성과와 완전히 들어맞다.

67　見迫(견박)-다급해지다. 寧(녕)-도리어. 遽(거)-두려워하다. 허둥대다.

68　攬(람)-잡다. 穎脫(영탈)-원래는 송곳의 날카로운 끝이 주머니를 뚫고 나온다는 뜻으로 뛰어난 재주를 비유하는 말인데, 여기서는 여우와 토끼가 매의 공격을 피해 달아나는 것을 비유한다.

[雖靑骸 8구] 평범한 매가 사냥에 나서지만 결국 잡지 못하는 상황을 표현하였다.

69　嘵嘷(효효)-북방수리가 내는 소리를 가리킨다.

70　颯爽(삽상)-빠르고 분명하다. 북방수리의 판단력을 표현한 것이다. 慮(려)-생각.

71　下韝(하구)-버렁이에서 내려오다. 사냥하기 위해 날아오른다는 뜻이다. 버렁이는 사냥매를 팔뚝에 앉히기 위한 가죽토시이다. 繚繞(요요)-선회하는 모양.

72　投迹(투적)-몸을 던지다. 이리저리 날아다니는 모습이다. 容與(용여)-느긋한 모양.

73　奮威(분위)-위엄을 떨치다. 逐北(축배)-도망가는 사냥감을 쫓다.

74　施巧(시교)-교묘한 기술을 펼치다. 無據(무거)-방법이 없다. 이 구는 여우와 토끼가 도망가려고 온갖 노력을 해도 소용없다는 말이다.

75 蹉跎(차타)-발을 헛디디는 모양. 就擒(취금)-사로잡다.

76 造次(조차)-순식간에.

77 一奇(일기)-한 번의 기이한 행동. 북방수리가 사냥감을 한 번 공격하는 것을 말한다. 卒(졸)-끝내.

78 昭著(소저)-환히 드러나다.

79 宿昔(숙석)-예전에. '宿'은 '夙'으로 된 판본도 있다. 多端(다단)-여러 종류. 여우와 토끼와 같은 사냥감이 많았다는 말이다.

80 蕭條(소조)-텅 빈 모양. 이 구는 북방수리가 다 잡아서 사냥감이 남지 않았다는 말이다.

#≪두시상주≫: 이 단락은 북방수리의 효능이 매보다 뛰어남을 말했는데, 나라의 원흉은 큰 재주가 아니면 제거할 수 없으니 여우와 토끼 같은 묵은 요물은 반드시 큰 힘이라야 소멸시킬 수 있는 것과 같다. 검푸른 발과 흰 코를 가진 매는 그저 사냥감을 생각할 수 있을 뿐 쫓아가 잡을 수 없으니 여우와 토끼가 도망가는 것이 신들린 듯하다. '哮哮' 이하는 북방수리가 특별히 제압할 수 있음을 보여준다.(此言鵰之効能, 勝於鷹隼. 國家巨猾, 非大才不克剪除, 猶狐兎宿妖, 必大力方能勦滅. 青骹白鼻之鷹, 但能料物而不能追取, 以狐兎之脫走如神耳. 嘵哮以下, 見鵰能制勝出奇.)

81 爾其(이기)-부에서 전환을 나타낼 때 사용하는 접속사이다. 鶬鴰鴇鶂(창괄보역)-왜가리, 재두루미, 너새, 역새. 모두 물새이다.

82 此身(차신)-이 몸. 물새를 가리킨다.

83 聯拳(연권)-구부린 모양. 拾穗(습혜)-이삭을 주워 먹다.

84 奚有(해유)-무슨 소용이 있는가?

85 不足(불족)-'乃不'로 된 판본도 있다. 珍(진)-맛있는 음식.

86 輕鷹隼(경응준)-매와 새매를 경시하다. 自若(자약)-득의하다.

87 壯夫(장부)-허세 부리는 물새를 비유한다. 慷慨(강개)-호방하고 격앙되다.

88 假(가)-만일. 强敵(강적)-매나 수리를 가리킨다. 逡巡(준순)-뒷걸음치는 모양.

89 拉(랍)-꺾다. 치다. 先鳴之異者(선명지이자)-먼저 울음을 우는 기이한 것. 위에 말한 물새 중 선봉에 선 것을 말한다.

90 遄臻(천지)-재빠르게 도착하다. '遄'은 '復'로 된 판본도 있다.

91 寧(녕)-어찌. 掩羣(엄군)-무리를 다 잡아버리다.

92 快意(쾌의)-기분을 즐겁게 하다. '快'는 '決'로 된 판본도 있다.

#≪두시상주≫: 이 단락은 북방수리가 위엄을 쌓을 줄 알아 평범한 새는 치지 않음을 말했는데, 쓸데없는 하찮은 재주와는 군자가 더불어 재능을 다투지 않으니, 왜가리와 재두루미가 둔하여 북방수리와 물수리가 민첩함을 다투지 않는 것과 같다. 왜가리와 재두루미가 매와 새매를 경시하고 큰기러기와 고니에 의탁하여 본래 큰 몸집을 자부하고 있지만, 북방수리를 보면 뒤로 물러나니 마치 강한 적을 대하여 뒤로 물러나는 것과 같다. 이때 북방수리가 그 먼저 우는 놈을 보고 장차 일어나서 그것을 치면 저들은 마침내 멀리 떠나가서 그 날카로움을 피한다. 이들은 비록 함부로 쳐서 많이 취한 것은 아니지만 또한 족히 새로운 놀라움으로 기이함을 보여준다.(此言鵰能蓄威, 不擊凡鳥. 庸才碌碌, 君子不與爭能, 猶鶬鴰蠢蠢, 鵰鶚不與鬭捷. 鶬鴰之輕鷹隼託鴻鵠, 本以長大自命, 然望鵰却步, 如對强敵而逡巡矣. 斯時鵰鳥見其先鳴, 將欲起而拉之, 彼遂遠去以避其鋒, 此雖未嘗濫擊多取, 亦足以驚新示異矣.)

93 降精(강정)-정기를 내려받다. 金(금)-쇠. 오행에서 가을을 뜻한다.
≪독서당두공부문집주해≫: 가을 하늘의 차가운 기운이다.(金天殺氣.)

94 目通於腦(목통어뇌)-눈이 뇌에 통하다. 눈이 움푹하다는 뜻이다.

95 節(절)-관절. 이 구는 관절에 근육이 있을 정도로 튼튼하다는 말이다.

96 架(가)-세우다. 軒楹(헌영)-당 앞의 기둥.

97 純漆(순칠)-새까맣다. 光芒(광망)-발산하는 빛.

98 掣(체)-재빠르게 날다.

99 凜冽(늠렬)-매섭다.

100 趾蹻(지교)-발을 들어올리다. 千變(천변)-천 번 변하다. 이 구는 사냥감이 될 동물이 다양하다는 말이다.

101 萬穴(만혈)-만 개의 굴. 사냥감이 있는 곳이 많음을 말한다.

102 叢薄(총박)-빽빽한 덤불.

103 突(돌)-뚫다. 杈枒(차야)-나뭇가지.

104 觸邪(촉사)-사악한 것을 들이받아 물리치다.
양부楊孚 ≪이물지異物志≫: 동북쪽 변방에 해치라는 짐승이 있는데 뿔이 하나이고 성격이 충성스럽다. 사람이 싸우는 것을 보면 정직하지 않은 자를 들이받고 사람이 논쟁하는 것을 들으면 옳지 않은 자를 문다.(東北荒中有獸, 名獬豸, 一角, 性忠. 見人鬪則觸不直者, 聞人論則咋不正者.)

#≪두시상주≫: 이 단락은 타고난 기질의 기개가 특히 씩씩함을 말하였는데, 북방수리가 강한 힘으로 사악함을 들이받는 것은 선비가 바른 기운으로 간악함을 물리치는 것과 같다. '강정' 4구는 그 모습을 묘사한 것이고, '가헌' 4구는 그 정신을 표현한 것이며, '지교' 4구는 그 기백을 칭송한 것이다.(此言生質氣概之特雄. 鵰以勁力而觸邪, 猶士以正氣而斥奸. 降精四句, 摹其狀貌. 架軒四句, 擬其神采. 趾蹻四句, 稱其魄力.)

105 服勤(복근)-부지런히 복무하다.

106 吁畏(우외)-감탄하다.

107 烏攫之黨(오확지당)-까마귀처럼 먹이를 빼앗는 무리. 탐관오리 등을 비유한다.
≪한서·황패전黃霸傳≫: 관리가 청사를 나가 길옆에서 밥을 먹는데 까마귀가 그 고기를 빼앗았다.(吏出食於道旁, 烏攫其肉.)

108 罷(파)-그만두다. 鈔盜(초도)-노략질하다.

109 梟怪之羣(효괴지군)-올빼미처럼 괴이한 무리. 올빼미는 예로부터 나쁜 새로 여겨졌다.

110 英靈(영령)-재능이 뛰어난 자. 여기서는 북방수리를 가리킨다.
遽墜(거추)-두려워하며 추락하다. '遽'는 '虛'로 된 판본도 있다.

111 比乎(비호)-'非'로 된 판본도 있다. 虛陳其力(허진기력)-그 힘
을 헛되이 내보이다.
≪논어・계씨季氏≫: 공자가 말하기를, "구야, 주임이 말하기를,
'힘을 펼쳐서 관직에 나아갔는데 직무를 수행할 수 없으면 그만
두라.'라고 하였다."라고 하였다.(孔子曰, 求, 周任有言曰, 陳力
就列, 不能者止.)

112 叨竊其位(도절기위)-함부로 그 지위를 훔치다. 능력에 걸맞지
않은 지위에서 제 역할을 하지 않고 봉록만 축내는 것을 말한다.
≪논어・위령공衛靈公≫: 장문중은 그 지위를 훔친 자일 것이다.
유하혜가 능력이 있음을 알고도 지위를 함께 하지 않았으니.(臧
文仲其竊位者與, 知柳下惠之賢而不與立也.)

113 等(등)-같다. 摩天(마천)-하늘을 스치다. 관직이 높은 것을 묘사
한 것이다.

114 搶楡(창유)-느릅나무에 닿다. ≪장자≫의 고사를 인용하여 소인
이 대인의 뜻을 알지 못하는 것을 말한다.
≪장자・소요유逍遙游≫: 쓰르라미와 산비둘기가 (붕새를) 비웃
으며 말하기를, "우리가 재빨리 일어나서 날면 느릅나무나 다목
까지 닿는데, 때로는 거기에 이르지 못하고 땅에 떨어질 따름이
다. 어찌 구만 리를 가서 남쪽으로 가겠는가?"라고 하였다.(蜩與
學鳩笑之曰, 我決起而飛, 搶楡枋, 時則不至, 而控於地而已矣, 奚
以之九萬里而南爲.)

[豊比 4구] 힘과 지위를 과시하지도 않고, 높이 있더라도 안일하지
않으며 낮게 처신하여 일을 하지는 않겠다는 말이다.

#≪두시상주≫: 이 단락은 그것이 먹이를 얻으면 보답할 수 있음을
말하였는데, 북방수리와 물수리가 날면 까마귀와 올빼미는 자
취를 감추니, 올바른 이가 기용되면 소인이 숨는 것과 같다. 힘
을 과시하고 지위를 훔친다는 것은 당시 자리만 차지하고 봉록

을 얻어먹는 부류를 분명히 풍자한 것이다.(此言其得食而能報稱. 鵬鶹飛而烏梟匿形, 猶正人用而僉壬屛迹. 陳力竊位, 明刺當時素餐尸位之流.)

115 絶壑(절학)-깎아지른 절벽.

116 長汀(장정)-긴 모래섬.

117 無形(무형)-모습이 없다. 어디로 갔는지 모른다는 말이다.

118 巀嶪(절얼)-높다란 산봉우리.

119 養子(양자)-새끼를 기르다. 靑冥(청명)-푸른 하늘.

120 倏爾(숙이)-빠른 모양. 年歲(연세)-세월.

121 茫然(망연)-아득한 모양. 관심이 없는 모양. 闕廷(궐정)-궁궐.

122 鈎爪(구조)-갈고리 같은 발톱.

123 回(회)-맴돌다. 선회하다. 斗星(두성)-북두성. 천자를 상징한다.

124 衆雛(중추)-뭇 새. 조정의 관원들을 비유한다. 倘(당)-만일. 설령. 割鮮(할선)-고기를 나누다. 먹을 것을 나눠 가지는 모습이다. 金殿(금전)-궁궐을 가리킨다.

125 此鳥(차조)-북방수리를 가리킨다. 巖扃(암경)-바위틈 속의 빗장. 은일하는 곳을 가리킨다.

#≪두시상주≫: 마지막 단락은 기용되지 않아 몸을 숨기는 것을 말하였는데, 쓰이고 버려짐에 행하고 숨는 뜻과 부합함이 있다. '깎아지른 절벽'과 '긴 모래섬'은 물가에 자취를 숨기는 것이고, '높은 산봉우리'와 넓은 하늘은 산림에 몸을 의탁하는 것이다. '조정에 대해 망연하다'는 것은 지존에게 다시 가지 않는다는 것이고, '아무도 시험하지 않고' '그저 맴돈다'는 것은 자부한 재주가 끝내 버려지는 것을 아쉬워하는 것이다. '뭇새'는 당시 관원을 비유하고 '바위틈의 빗장'은 늙어서 물러나 한가롭게 지내는 것을 스스로 비유한 것이다.(末言不用而潛身, 有合用舍行藏之義. 絶壑長汀, 遯迹水濱. 巀嶪杳冥, 託足山林. 茫然闕庭, 不復呈於至尊. 莫試空回, 惜其負才終棄. 衆雛, 比當時仕宦者. 巖扃, 自喩身老退閑也.)

≪두공부시집집주≫: 마지막 부분은 이 새가 시험당할 수 없음을 가슴 아파하였는데, 깃들인 뜻이 매우 탄식스럽다.(卒章傷此鳥 之不得見試, 寓意可感.)

≪두시상주≫: 두보가 세 번 부를 바쳤지만 조정에서 기용하지 않았기에 다시 북방수리에 기탁하여 뜻을 깃들였다. 강개하고 격앙하는 그런 기운은 비록 백 번 꺾이더라도 굽히지 않았다. 문장 전체는 모두 비유에 속하는데, 비장한 느낌은 있지만 연민에 구걸하는 모습은 없다. 남긴 글을 반복해서 읽어보니 또한 마땅히 가을 기운을 가로지르며 바람과 서리를 떨치는 듯하다. (公三上賦而朝廷不用, 故復託鵰鳥以寄意. 其一種慷慨激昂之氣, 雖百折而不回. 全篇俱屬比喻, 有悲壯之音, 無乞憐之態. 三復遺 文, 亦當橫秋氣而厲風霜矣.)

9

天狗賦 幷序

천구를 읊은 부 – 서를 병기하다

天寶中, 上冬幸華淸宮,[1] 甫因至獸坊,[2] 怪天狗院列在諸獸院之上,[3] 胡人云, 此其獸猛健無與比者.[4] 甫壯而賦, 尙恨其與凡獸相近.

澹華淸之莘莘漠漠,[5] 而山殿戌削.[6] 縹焉天風,[7] 崛乎回薄.[8] 上揚雲旓兮,[9] 下列猛獸.[10] 夫何天狗嶙峋兮,[11] 氣獨神秀. 色似狻猊,[12] 小如猿狖.[13] 忽不樂, 雖萬夫不敢前兮, 非胡人焉能知其去就.[14] 向若鐵柱敧而金鎖斷兮,[15] 事未可救. 瞥流沙而歸月窟兮,[16] 斯豈踰晝.[17] 日食君之鮮肥兮,[18] 性剛簡而淸瘦.[19] 敏於一擲,[20] 威解兩鬪.[21] 終無自私,[22] 必不虛透.[23]

嘗觀乎副君暇豫,[24] 奉命于畋.[25] 則蚩尤之倫,[26] 已脚渭戟涇,[27] 提挈丘陵,[28] 與南山周旋.[29] 而慢圍者戮,[30] 實禽有所穿.[31] 伊鷹隼之不制兮,[32] 呵犬豹以相躔.[33] 麾乾坤之翕習兮,[34] 望麋鹿而飄然.[35] 由是天狗捷來,[36] 發自於左,[37] 頓六軍之蒼黃兮,[38] 劈萬馬以超過.[39] 材官未及唱,[40] 野虞未及和.[41] 囚觸矢與流星兮,[42] 圍要害而俱破.[43] 洎千蹄之迸集兮,[44] 始拗怒以相賀.[45] 眞雄姿之自異兮, 已歷塊而高臥.[46] 不愛力以許人兮,[47] 能絶甘以爲大.[48] 旣而羣有噉咋,[49] 勢爭割據.[50] 垂小亡而大傷兮,[51] 翻投跡以來預.[52] 劃雷殷而有聲兮,[53] 紛胆破而何遽.[54] 似爪牙之便禿兮,[55] 無魂魄以自助.[56] 各弭耳低回,[57] 閉目而去.

每歲, 天子騎白日,[58] 御東山,[59] 百獸蹴踏以皆從兮,[60] 肆猛仡銛銳乎其間.[61] 夫靈物固不合多兮,[62] 胡役役隨此輩而往還.[63] 惟昔西域之遠致兮,[64] 聖人爲之豁迎風,[65] 虛露寒.[66] 體蒼虯,[67] 軋金盤.[68] 初一顧而雄才稱是兮,[69] 召羣公與之俱觀. 宜其立閶闔而吼紫微兮,[70] 却妖孽而不得上干.[71] 時駐君之玉輦兮,[72] 近奉君之渥歡.[73]

使昊處而誰何兮,[74] 備周垣而辛酸.[75] 彼用事之意然兮,[76] 匪至尊之賞闌.[77] 仰千門之崚嶒兮,[78] 覺行路之艱難. 懼精爽之衰落兮,[79] 驚歲月之忽殫.[80] 顧同儕之甚少兮,[81] 混非類以摧殘.[82] 偶快意於校獵兮,[83] 尤見疑於蹻捷.[84] 此乃獨步受之於天兮,[85] 孰知羣材之所不接.[86] 且置身之暴露兮,[87] 遭縱觀之稠疊.[88] 俗眼空多,[89] 生涯未愜.[90] 吾君倘憶耳尖之有長毛兮,[91] 寧久被斯人終日馴狎已.[92]

천보 연간에 주상이 겨울에 화청궁에 행차하셨는데, 내가 그 김에 수방에 이르렀다가 천구원이 여러 수원의 위에 있는 것을 괴이하게 여겼다. 호인이 말하기를, "이는 그 짐승이 용맹하고 강건하여 비할 짐승이 없기 때문이다."라고 하였다. 내가 이를 장하게 여기고 부를 지었는데, 여전히 그것이 뭇 짐승과 비슷함을 한탄하였다.

성대하고 빽빽한 화청궁이 요동치며 산의 궁전이 깎아지른 듯 솟아있는데, 하늘의 바람에 드날리고 높이 솟아 휘감는다. 위로는 구름 깃발이 나부끼고 아래로는 사나운 짐승이 줄지어 있는데, 어찌나 천구는 우뚝하고 기운이 유독 빼어난지, 모습은 마치 사자와 같고 크기는 원숭이 같구나. 갑자기 즐거워하지 않아 화를 내면 비록 만 명의 장부라도 감히 앞으로 다가가지 못하고 호인이 아니면 어찌 그 거취를 알 수 있겠는가? 만일 철 기둥이 기울고 쇠사슬이 끊어지면 사태는 구제할 수 없을 것이고, 순식간에 유사를 지나 월굴로 돌아가리니 그것이 어찌 하루를 넘기겠는가? 매일 임금의 생선과 고기를 먹으니 성질이 강직하고 간결하면서도 깡마른데, 민첩하게 한 번 몸을 내던지면 위엄으로 싸우는 양쪽을 해결하고는, 끝내 사사로움은 없으며 매번 헛되이 도약하지 않는다.

태자의 한가로운 노닒을 일찍이 보았는데 사냥터에서 명령을 받드니, 치우의 무리가 이미 위수를 밟고 경수를 창으로 찔렀으며 구릉을 잡아끌고 남산을 빙 두르고는, 포위에 태만한 자는 죽였지만 실로 날짐승은 빠져나가는 것이 있었다. 이 매와 새매가 제압하지 못하고 사냥개와 표범을 질책하여 사냥감의 자취를 살피게 해도, 하늘과 땅에서의 재빠름에 움츠러들고 가볍게 치달리는 사불상과 사슴을 바라본다. 이에 천구가 재빨리 와서 왼쪽에서부터 튀어 나가니, 당황하는 여섯 군대를 진동시키고 만 마리 말을 가로지르며 뛰어넘어 지나가자, 재관이 미처 고함치지 못하고 야우가 미처 화답하지 못하는데, 효시와 유성보다 빨리 날아 중요한 곳을 포위하여 모두 쳐부순다. 천 마리가 모두 모이고서 비로소 노기를 누르며 서로 경하하지만, 진정 씩씩한 자태가 절로 남다르니 이미 흙덩이를 넘듯 재빨리 가서 편안히 누워있다. 자신의 힘을 아끼지 않고 남에게 허여하니 좋은 것을 사양할 수 있음을 큰 도리로 여긴다. 잠시 후에 무리가 먹게 되자 형세가 나눠 차지하기를 다투는데, 장차 작은 놈은 도망가고 큰 놈은 다치게 되니 날렵하게 몸을 던져 와서 간섭한다. 갑자기 우레를 크게 울리듯 소리를 지르고 분분히 간담을 깨트리니 그들은 어찌하겠는가? 마치 발톱과 어금니가 모두 빠진 듯하고 자신을 도울 혼백이 사라진 듯하니, 각기 귀를 늘어뜨린 채 배회하고 눈을 감고 떠나간다.

매해 천자가 밝은 태양을 타고 동쪽 산으로 갈 때, 온갖 짐승이 졸졸 모두 따르는데 사나운 것이 그 사이에서 날카로운 발톱을 수고롭게 하고 있구나. 대저 신령스런 것은 본디 자주 등장하면 안되는 법인데 어찌하여 고생스럽게 이 무리를 따라 왔다 갔다 하는가? 옛날 서역 멀리서 가지고 올 때 성인이 그를 위해 영풍루를 틔우고 노한루를 비우고는, 푸른 용을 갈라서 금빛 쟁반을 짓눌렀지. 처음에 한 번 돌아보고는 씩씩한 재주가 이에 걸맞았기에 여러 공을 불러서 그들과 함께 같이 구경하였지. 마땅히 천구가 궐문에 서고 자미궁에서 소리 지르며, 사악한 것을 물리쳐 위로 치받지 못하게 하였기에, 때때로 임금의 옥 수레를 멈추게 하고 가까이에서 임금의 두터운 은택을 받들었지.

평범한 개처럼 행동하도록 하는데 누가 어쩌겠는가? 둘러싼 담장에 갇혀서 고달파하고 있는데, 이는 저 담당자의 뜻이 그러한 것이지 지존의 관심이 다했기 때문은 아니다. 높다란 천 개의 문을 올려다보며 갈 길의 험난함을 깨닫고는, 정신이 쇠락해짐을 두려

워하고 세월이 문득 다 가버린 것에 놀란다. 동반자가 매우 적음을
돌아보고 비슷하지도 않은 것들과 섞인 채 시들어간다. 어쩌다가
사냥하면서 뜻을 즐겁게 하지만 씩씩함과 민첩함으로 인해 더욱
질시를 받는다. 이는 오히려 하늘에서 받은 독보적인 것이니 누가
평범한 재주가 범접할 수 없는 것임을 알겠는가? 잠시 몸을 바깥
에 두고 빽빽이 모인 사람이 마음대로 보게 되었는데, 세속의 눈은
헛되이 많은 것이고 생애는 즐겁지 않다. 우리 임금이 만약 뾰족한
귀에 긴 털을 기억하신다면 어찌 오래도록 이런 사람에 의해 종일
토록 길들어 순종할 뿐이겠는가?

[해제]

이 부는 화청궁의 동물원에 있는 천구에 대해 읊은 것이다. 사냥터
에서는 어느 짐승보다 뛰어난 능력을 가지고 있지만 관리하는 관원이
평범한 개처럼 여겨 대중의 구경거리가 될 뿐임을 탄식하였는데 이를
통해 능력 있는 자가 발탁되지 못하는 양상을 애달파하였다. 앞에 있는
<북방수리를 읊은 부>와 내용이 유사하여 비슷한 시기에 지었다는
설과 천보 6년에 지었다는 설이 있다.

≪두시상주≫: 서에서 '천보 연간에'라고 말했는데 그 작성 연대의
선후는 고찰할 수 없다. 지금 비슷한 부류로 붙여서 <북방수리를 읊은
부> 뒤에 편재한다. ≪산해경≫에서 "음산에 짐승이 있는데 모양이
삵과 같고 머리가 희며 그 이름이 천구이다."라고 하였다. ≪신씨삼진
기≫에서 "백록원 위에 진 양공 때 천구가 내려왔는데, 그 위에 도적이
있었지만 천구가 짖어서 보호하였다."라고 하였다. 천구성은 전쟁을
주관한다. 당시 궁궐의 개를 이로 이름하였는데, 전쟁의 조짐이 보였
다. 부에서 '월굴'과 '유사'라고 말한 것은 이 동물이 대체로 서역에서
왔기 때문이다.(序言天寶中, 其年次先後不可考矣. 今以類相附, 故編在
鵬賦之後. 山海經, 陰山有獸焉, 其狀如貍, 白首, 其名天狗. 辛氏三秦記,

白鹿原上, 秦襄公時有天狗來下, 其上有賊, 天狗吠而護之. 天狗星主兵象, 當時御狗以此命名, 兵戈之兆見矣. 賦言月窟流沙, 此物蓋自西域來也.)

≪보주두시·연보변의年譜辨疑≫ 천보 6년: 이해 두보가 천하의 인재를 구한다는 조명에 응했다가 물러나서 <천구를 읊은 부>를 지었다. 서에서 "천보 연간에 주상이 겨울에 화청궁에 행차하셨는데, 내가 그 김에 수방에 이르렀다가 천구원이 여러 수원의 위에 있는 것을 괴이하게 여겼다."라고 하였고 또 "여전히 그것이 뭇 짐승과 비슷함을 한탄하였다."라고 하였으며, 부에서 "우리 임금이 만약 뾰족한 귀에 긴 털을 기억하신다면 어찌 오래도록 이런 사람에 의해 종일토록 길들어 순종할 뿐이겠는가?"라고 하였으니 대체로 자신을 비유한 것이다. ≪구당서≫를 살펴보건대, 천보 6년 겨울 10월에 온천에 행차하여 화청궁으로 이름을 바꾸었고 이듬해 겨울 두보는 또 동도 낙양에 이르렀으니 이 부가 금년에 지었음을 알겠다.(是年先生應詔退下, 作天狗賦. 序云, 天寶中, 上冬幸華淸宮, 甫因至獸坊, 怪天狗院列在諸獸院. 又云, 尙恨其與凡獸近. 賦云, 吾君儻意耳尖之有長毛兮, 寧久被斯人終日馴狎已. 蓋喩己也. 案舊史天寶六載冬十月, 幸溫泉, 改爲華淸宮, 明年冬公又至東都, 故知賦在今年作.)

[주석]

1 上(상)-주상. 현종을 가리킨다.
2 獸坊(수방)-황실의 원림에 동물을 기르던 곳. 현종은 수방을 여산驪山 화청궁에 만들었는데 여산 서북쪽 산등성이에 있었다.
3 天狗院(천구원)-황실에서 천구라는 개를 기르던 곳. 화청궁의 수방에서는 천구원이 가장 높았고 말을 기르던 어마원御馬院이 가장 낮았다.
4 猛健(맹건)-사납고 건실하다. '健'은 '捷'으로 된 판본도 있다.
5 澹(담)-움직이다. 요동치다. 華淸(화청)-화청궁. 莘莘(신신)-성대한 모양. 漠漠(막막)-빽빽하게 나열한 모양.

≪두시상주≫: 사마상여의 <장문부>에서 "우두커니 서 있는 이를 뒤흔들며 새벽을 기다린다."라고 하였고, ≪문선≫의 이기 주에서 "'담'은 움직인다는 뜻이다."라고 하였다. 첫 구에서 갑작스럽게 '담'자를 사용한 것은 여기에 근본한다. 화청궁의 경관을 바라보니 성대하고 **빽빽**하여 마치 일렁일렁 요동치는 듯하다는 말이다.(長門賦, 澹偃蹇而待曙兮. 李奇注, 澹, 猶動也. 起句突用澹字本此. 言望華淸景象, 莘莘漠漠, 有似澹然搖動也.)

6 山殿(산전)-산속의 궁전. 화청궁을 말한다. 戌削(술삭)-깎아놓은 듯 솟아있다.
　　≪두시상주≫: '산전'은 바로 화청궁이다.(山殿, 卽華淸宮.)

7 縹(표)-나부끼다. 드날리다. 건물이 날렵하게 지어져 있다는 말이다. 焉(언)-'與'로 된 판본도 있다.

8 崛(굴)-높이 솟다. 回薄(회박)-빙빙 휘감다.

9 雲旗(운소)-구름을 그린 깃발. 또는 구름처럼 휘날리는 깃발. '소'는 깃발 끝에 펄럭이는 장식이다.

10 列(렬)-나열하다. '刻'으로 된 판본도 있다.

11 嶙峋(인순)-산이 우뚝한 모양.

12 色(색)-모습. 狻猊(산예)-사자.

13 猿狖(원유)-둘 다 원숭이 종류이다.

14 胡人(호인)-서역 사람. 천구를 길들이고 관리하는 사람이다. 焉(언)-어찌. 其(기)-천구를 가리킨다. 去就(거취)-행동거지.

15 向若(향약)-만약. 鐵柱(철주)-쇠로 만든 기둥. 천구를 매어 놓은 곳이다. '柱'는 '樹'로 된 판본도 있다. 攲(기)-기울다. 金鎖(금쇄)-쇠사슬. 천구를 매어 놓은 것이다.

16 瞥(별)-눈 깜짝할 사이에. 流沙(유사)-중국 서북부의 사막. 月窟(월굴)-달이 서쪽으로 져서 머문다는 전설의 장소.

17 斯(사)-이것. 천구가 고향인 서역으로 돌아가는 것을 말한다. 踰晝(유주)-낮을 넘기다. 하루가 지나간다는 말이다.

18 日(일)-매일. 鮮肥(선비)-생선과 고기. 맛있는 음식.

19 剛簡(강간)-강하고 간결하다. 淸瘦(청수)-깡마르다.

20 一擲(일척)-한 번 내던지다. 한 번 몸을 움직인다는 말이다.

21 解(해)-풀다. 해결하다. 兩鬪(양투)-싸움하는 양쪽.

22 自私(자사)-사사로움.

23 虛透(허투)-헛되이 도약하다.

#≪두시상주≫: 첫 단락은 화청궁의 수방에서 사납고 건실한 모습을 볼 수 있었음을 서술하였다. 빼어남이 뭇 짐승과 다르니 천구원이 여러 동물의 거처보다 위에 있다. 사슬을 풀고 나오면 순식간에 서쪽으로 돌아갈 듯하다는 것은 바로 늙은 천리마가 구유에 엎드려 있지만 뜻은 천 리에 있다는 의미이다. 고기를 먹어도 몸이 깡마른 것은 모습의 기이함이고, 한 번 몸을 던져 싸움을 해결하는 것은 재주의 씩씩함이다. '사사로움이 없다'는 것은 바로 아래 내용의 '힘을 아끼지 않는다'는 것이고, '헛되지 않는다'는 것은 바로 아래 내용의 '중요한 곳을 쳐부순다'는 것이다. (首敍華淸獸房, 得觀猛健之狀. 神秀異於羣獸, 故狗院在諸坊之上. 脫鎖而出, 便欲瞬息西歸, 卽老驥伏櫪, 志在千里意. 食肥身瘦, 形之異. 一擲解鬪, 才之雄. 無私, 卽下文不愛力. 不虛, 卽下文破要害.)

24 副君(부군)-태자. 暇豫(가예)-여가의 즐김.

25 畋(전)-사냥.

26 蚩尤(치우)-황제黃帝와 탁록涿鹿에서 전투를 벌였다가 패배한 전설상의 인물인데, 여기서는 용맹한 군사를 비유한다. 倫(륜)-무리.

양웅 <감천부甘泉賦>: 치우의 무리가 간장검을 차고 옥 도끼를 쥐고는 어지러이 날고 펄쩍펄쩍 달렸다.(蚩尤之倫, 帶干將而秉玉戚兮, 飛蒙茸而走陸梁.)

27 脚渭(각위)-위수에 발을 딛다. 戟涇(극경)-경수에 창을 찌르다. 경수와 위수는 장안 주위를 흐르는 강으로 이 구는 병사들이 사냥하기 위해 그 인근을 다닌다는 뜻이다.

28 提挈(제설)-끌다. 이 구는 병사들이 산과 구릉을 진동시키며 달린다는 뜻이다.

29 南山(남산)-장안 남쪽의 종남산을 가리킨다. 周旋(주선)-휘감다.

30 慢圍(만위)-사냥감을 포위하는 데 태만하다. 戮(륙)-죽이다. 이 구는 사냥의 군기가 엄숙하다는 말이다.

31 禽(금)-날짐승. 사냥감이다. 所穿(소천)-뚫고 빠져나가는 것.

32 伊(이)-이것. 鷹隼(응준)-매와 새매. 사냥매이다.

33 呵(가)-꾸짖다. 犬豹(견표)-개와 표범. 또는 표범 같은 개. 사냥을 돕는 동물들이다. 相躔(상전)-사냥감의 자취를 자세히 보다. ≪두시상주≫: '견표'는 개 중에서 표범과 비슷한 것이다.(犬豹, 犬之似豹者.)

34 蹙(축)-움츠러들다. 翕習(흡습)-재빠른 모양. 이 구는 하늘과 땅의 사냥감이 빨라서 사냥매나 사냥개가 위축되었다는 말이다.

35 麋鹿(미록)-사불상四不象과 사슴. 사불상은 사슴 종류이다. 飄然(표연)-가볍게 재빠르다.

[伊鷹 4구] 일반 사냥개와 사냥매 등이 재빠른 사냥감을 잡지 못하고 구경만 하고 있다는 말이다.

36 捷來(첩래)-재빨리 오다.

37 發(발)-튀어 나오다. 自(자)-~로부터.

38 頓(돈)-뒤흔들다. 배제하다. 六軍(육군)-천자가 거느리는 군대. 당나라 때는 좌우용무左右龍武, 좌우신무左右神武, 좌우신책左右神策으로 금군禁軍을 가리켰다. 蒼黃(창황)-당황한 모양.

39 劈(벽)-가르다. 超過(초과)-뛰어넘다.

40 材官(재관)-하급 무관. 唱(창)-소리 지르다.

41 野虞(야우)-고대에 산림을 관장하던 관원. 和(화)-소리쳐 화답하다.
≪예기禮記·월령月令≫ "命野虞無伐桑柘" 정현 주: '야우'는 사냥터와 산림을 주관하는 관원을 말한다.(野虞, 謂主田及山林之官.)

[材官 2구] 천구가 재빨리 나가니 다른 병사들이 미처 따라가며 호응하지 못한다는 말이다.

42 駉(경)-빠르다. 骲矢(효시)-소리를 내며 날아가는 화살.

43 要害(요해)-중요한 곳. 여기서는 사냥감을 잡을 수 있는 핵심적인 장소를 말한다.

44 洎(기)-어떠한 상황이 되다. 千蹄(천제)-천 개의 발굽. 천자의 사냥 병사를 가리킨다는 설, 사냥개를 가리킨다는 설, 사냥한 동물을 가리킨다는 설 등이 있다. 迸集(병집)-모이다. '迸'은 '並'으로 된 판본도 있다.

45 拗怒(요노)-노기를 누르다. 사냥하던 기운을 삭이는 것이다. 이 행동의 주체에 대해 다른 사냥개나 사냥 병사로 보는 설과 천구로 보는 설이 있다. 相賀(상하)-서로 축하하다. 사냥을 잘한 것에 대해 축하하는 것이다.

반고班固 <서도부西都賦>: 천자의 군대가 분발하여 뒤쫓자 모든 짐승이 놀라 벌벌 떤다. 우르릉 쿵쾅 번쩍번쩍 우레가 내달리고 번개가 치는데, 초목이 땅에 문드러지고 산과 연못이 뒤집힌다. 병사들은 열 마리 짐승 중 두셋을 짓뭉개고서야 노여움을 억제하고 잠시 쉰다.(六師發逐, 百獸駭殫. 震震爚爚, 雷奔電激. 草木塗地, 山淵反覆. 踤蹋其十二三, 乃拗怒而少息.)

46 歷塊(역괴)-흙덩이를 지나가다. 매우 빠르다는 뜻이다. 高臥(고와)-편안히 누워있다.

왕포王褒 <성주득현신송聖主得賢臣頌>: 도시를 지나가고 나라를 넘어가는데 재빠르기가 흙덩이를 지나가는 것과 같다.(過都越國, 蹶如歷塊.)

47 愛力(애력)-힘을 아끼다. 許人(허인)-다른 사람에게 허여하다. 이 구는 천구가 다른 사람을 위해 힘을 아끼지 않고 다 쓴다는 뜻이다.

48 絶甘(절감)-맛있는 음식을 먹지 않다. 다른 이에게 좋은 것을 양보하는 모습이다. '甘'은 '等'으로 된 판본도 있다.

≪한서·사마천전司馬遷傳≫: 제가 생각건대 이릉은 평소 사대부와 좋은 음식을 먹지 않고 적은 양을 나누었기에 사력을 다할 사람을 얻을 수 있었으며, 비록 옛날 이름난 장수도 그를 뛰어넘지 못합니다.(愚以爲李陵素與士大夫絶甘分少, 能得人之死力, 雖古名將不過也.)

≪한서·사마천전≫ 안사고顔師古 주: 스스로 맛있는 음식을 끊고 무리와 그것을 나누고서 그 적은 양을 함께 하였다는 말이다.(自絶旨甘而與衆人分之, 共同其少多也.)

49 旣而(기이)-오래지 않아. 羣(군)-사냥개 무리를 가리킨다. 噉咋(담색)-먹고 씹다. 사냥감을 나눠 먹는 것을 말한다.

50 割據(할거)-나누어 차지하다.

51 垂(수)-장차. 小亡(소망)-작은 것은 도망가다. 大傷(대상)-큰 것은 다치다. 이 구는 사냥개들이 사냥한 동물을 먹으려고 다투는 모습을 표현한 것이다.

52 翻(번)-재빨리. 投跡(투적)-몸을 내던지다. 달려오는 것을 말한다. 來預(내예)-와서 간여하다. 천구가 사냥개들의 싸움을 해결한다는 말이다.

53 劃(획)-갑자기. 雷殷(뇌은)-우레가 울리다. 천구의 울음소리를 비유한 것이다.

54 胆破(담파)-간담이 깨지다. 일반 사냥개가 천구에게 혼이 났다는 말이다. 何遽(하거)-어찌하겠는가?

55 爪牙(조아)-발톱과 어금니. 禿(독)-다 빠지다.

56 自助(자조)-스스로를 돕다. 스스로 정신 차리게 한다는 말이다.

57 各(각)-일반 사냥개를 가리킨다. 弭耳(미이)-귀를 처지게 하다. 순종하는 모습이다. 低回(저회)-배회하다. 서성거리다.

#≪두시상주≫: 둘째 단락에서는 사냥하면서 낚아채고 깨무는 재주를 마음대로 부릴 수 있었음을 말하였다. '부군'은 동궁 즉 태자를 말하고 '치우'는 장수와 군사를 가리킨다. 날짐승이 빠져나가고 사슴이 도망친다는 것은 매와 사냥개의 기예가 다한 것이다.

'첩래' 8구는 천구의 신속함과 용맹함을 극단적으로 말한 것이고, '천제' 6구는 사냥개 무리가 축하를 받지만 이 천구는 공로를 자처하지 않음을 말하였으며, '군유' 10구는 여러 사냥개가 먹을 것을 다투는데 화내며 꾸짖어 흩어지게 함을 말하였다. '요노'는 각기 부끄러움을 아는 것이고, '절감'은 먹을 것을 취하는 데 급급하지 않는 것이다. 작은 놈은 도망가고 큰 놈은 상처를 입었다는 것은 그들이 공도 없으면서 먹을 것을 취하는 것을 풍자한 것이다.(次言有事田獵, 得騂獷噬之才. 副君, 謂東宮. 蚩尤, 指將士. 禽穿鹿走, 鷹犬之技窮矣. 捷來八句, 極言天狗之迅厲勇悍. 千蹄六句, 言羣獸見賀, 而此不居功. 羣有十句, 言諸獸爭食, 而憤叱以散. 拗怒, 各知愧恨也. 絶甘, 不急於取食. 小者亡走, 大者被傷, 譏其無功而就食也.)

58 天子(천자)-현종을 가리킨다. 騎白日(기백일)-밝은 해를 타다. 황제의 행차를 미화한 것이다.

59 御(어)-황제가 행차하다. 東山(동산)-여산驪山을 가리킨다. 여산은 장안 동쪽에 있었다.

60 百獸(백수)-온갖 동물. 황제의 행차에 따라가는 여러 짐승을 가리킨다. 趨蹌(추창)-바싹 따르면서 춤추는 모양.

61 肆猛(사맹)-거리낌 없이 사납다. '肆'는 '四'로 된 판본도 있다. 仡(흘)-고생하다. 또는 우뚝한 모양. 앞의 '맹'과 붙여서 용맹한 모양으로 보기도 하는데 취하지 않는다. 銛銳(섬예)-날카롭고 예리하다. 천구의 어금니와 발톱을 가리킨다. 이 구는 현종의 행차에 따르는 여러 짐승 무리에 용맹한 천구가 섞여 있다는 말이다.

≪두시상주≫: '사'는 제멋대로라는 뜻이다. '맹흘'은 기운과 힘을 말하고 '섬예'는 발톱과 어금니를 말한다.(肆, 恣肆也. 猛仡, 言氣力. 銛銳, 言爪牙.)

62 靈物(영물)-신령한 물건. 여기서는 천구를 염두에 둔 말이다. 固(고)-본디. 不合多(불합다)-많아서는 안된다. 이 구는 천구같이

신령한 짐승이 함부로 이리저리 동원되어서는 안된다는 말이다.

63 胡(호)-어찌. '故'로 된 판본도 있다. 役役(역역)-고생하는 모양.
이 구는 천구가 이런 행차에 섞여 다니고 사냥에 투입되어서는
안된다는 말이다.

64 遠致(원치)-멀리서 가지고 오다.

65 聖人(성인)-황제를 가리킨다. 爲之(위지)-천구를 위해. 豁迎風
(할영풍)-영풍루를 트이게 하다. 영풍루는 한나라 무제가 세운
누대이다.

66 露寒(노한)-한나라 무제가 세운 누대이다.

67 體(체)-나누다. 가르다. 蒼虬(창규)-푸른 용. '虬'는 '螭'로 된
판본도 있다.
≪공자가어孔子家語·문례問禮≫ "體其犬豕牛羊" 왕숙王肅 주:
'체'는 희생의 몸을 나누어서 바치는 것이다.(體, 解其牲體而
薦之.)

68 軋金盤(알금반)-금 쟁반을 짓누르다. 좋은 쟁반에 많이 담았다
는 말이다.

[聖人 4구] 한나라 때 천구를 서역에서 가지고 와서 궁궐의 누대에
두고는 푸른 용을 썰어서 금 쟁반 가득 담아서 먹이로 주었다는
말이다.

69 稱是(칭시)-이에 걸맞다. 천구가 이런 대접을 받을 만했다는 말
이다.
≪두시상주≫: '칭시'는 임금의 돌아봄에 족히 어울린다는 말이
다.(稱是, 足以稱君之顧盼也.)

70 閶闔(창합)-궁궐의 문. 吼(후)-큰 소리로 울다. 紫微(자미)-원
래는 별자리 이름인데 황제의 궁궐을 가리킨다.

71 却(각)-물리치다. 妖孽(요얼)-요사스럽고 사악한 것. 上干(상
간)-위로 치받다. 위협하는 모습이다.

72 玉輦(옥련)-옥으로 장식한 수레. 황제의 수레를 가리킨다.

73 渥歡(악환)-두터운 총애. 이 구는 황제의 관심을 받는다는 말이다.

#≪두시상주≫: 이 단락은 기이한 재주로 임금 앞에 가까이 가서 총애를 받을 수 있었음을 말하였다. '동산'은 여산 지역에 있다. 사나운 영물이 헛되이 평범한 짐승과 대오를 이루고 있으니 있어야 할 자리를 잃은 것과 같아졌다. 하지만 먼 곳에서 와서 군왕의 돌아봄을 얻을 수 있어 자미궁에서 소리 질러 사악한 무리를 물리쳤다. 이것이 바로 대우를 받아 기운을 토해내던 때이다.(此言異材得近君前, 幸之也. 東山在驪山之地, 猛健靈物, 乃徒與衆獸爲伍, 似失所矣, 然來自遠方, 得邀君王之顧眄, 吼紫微而却羣妖, 此正遭逢吐氣時也.)

74 使昊處(사격처)-평범한 개가 바라보며 머무는 것과 같게 하다. 천구로 하여금 평범한 개처럼 활동하도록 대한다는 말이다. '昊'은 '臭'로 된 판본도 있다. 誰何(수하)-누가 어찌하겠는가? 또는 누구를 질책하겠는가?

≪두시상주≫: 주학령의 주에서 "≪설문해자≫에 따르면 '격'은 개가 바라보는 모양인데 뜻은 '견犬'을 따르고 음은 '목目'을 따른다. 다른 판본에는 '취처'로 되어 있는데 틀렸다."라고 하였다. 지금 살펴보건대 만일 '취처'로 되어 있다면 또한 근본하는 바가 있으니, 혜강의 시(<여산거원절교서與山巨源絶交書>)에서 "시끌벅적하고 먼지가 날리며 악취 나는 곳"이라고 하였다.(朱注, 說文, 昊, 犬視貌. 从犬目聲. 他本作臭處, 誤也. 今按, 若作臭處, 亦有所本. 嵇康詩, 囂塵臭處.)

75 備周垣(비주원)-궁원의 담장 안에 갖춰놓다. 천구를 궁원에 가둬둔다는 말이다. 辛酸(신산)-마음을 괴로워하다.

76 彼(피)-저. 천구를 관리하는 관원을 가리킨다. 用事(용사)-일 처리. 또는 천구를 부리는 일.

77 至尊(지존)-황제를 가리킨다. 賞闌(상란)-칭찬이 다하다.

≪두시상주≫: '상란'은 '술자리가 다해 가다'의 '다해 간다'와 같은 것으로, 흥이 다했다는 뜻이다.(賞闌, 猶酒闌之闌, 意興盡也.)

[彼用 2구] 천구가 궁원에 갇혀 평범한 개처럼 부림을 당하는 것은

관원의 의도이지 황제의 관심이 다해서 그런 것은 아니라는 말이다.

78 千門(천문)-천 개의 문. 궁궐을 가리킨다. 嶒嶒(능층)-높다란 모양. '嶒'은 '嶒'으로 된 판본도 있다.

79 懼(구)-두려워하다. 精爽(정상)-정신.

80 忽殫(홀탄)-갑자기 다하다.

81 同儕(동제)-같은 무리. 동등한 재능을 가진 무리.

82 非類(비류)-비슷한 재능을 가지고 있지 않은 자. 자기보다 못한 부류. 摧殘(최잔)-꺾이고 쇠잔하다.

83 偶(우)-우연히. 快意(쾌의)-뜻을 즐겁게 하다. 校獵(교렵)-사냥하다.

84 尤(우)-특히. 見疑(견의)-의심을 받다. 질시를 받다. 蹻捷(교첩)-굳셈과 민첩함.

85 此(차)-이것. 천구의 굳셈과 민첩함을 가리킨다. 獨步(독보)-유일무이하다.

86 羣材(군재)-평범한 재능을 가진 무리. 不接(불접)-가까이하지 못하다.
≪두시상주≫: '불접'은 발꿈치를 이어서 달릴 수 없다는 말이다.(不接, 不能接踵而馳也.)

87 置身(치신)-몸을 두다. 머물다. '置'는 '致'로 된 판본도 있다. 暴露(포로)-외부에 노출되다. 바깥에 드러낸 채 있다. 천구가 외부에 노출되어 군중의 구경거리가 되는 것을 말한다.

88 縱觀(종관)-마음대로 바라보다. 군중이 천구를 구경하는 것이다. 稠疊(조첩)-빽빽하다. 구경하는 이가 많은 것을 말한다.

89 俗眼(속안)-세속의 눈. 천구를 구경하는 사람을 말한다.

90 生涯(생애)-천구의 삶을 가리킨다. 愜(협)-즐겁다.

91 倘(당)-만약. 耳尖(이첨)-귀가 뾰족하다. 長毛(장모)-털이 길다. 뾰족한 귀와 긴 털은 천구의 모습이다.
≪두시상주≫: 귓가의 긴 털은 바로 당시 본 천구의 모습이다.(耳邊長毛, 卽當時所見之犬形.)

92 寧(녕)-어찌. 斯人(사인)-이 사람. 천구를 관리하는 관원을 가리
   킨다. 馴狎(순압)-길들어 순종하다. 길들어 업신여김을 당하다.

#≪두시상주≫: 이 단락은 씩씩한 자태가 빈 궁실에서 늙어가는 것
   을 염려하고 그것을 애석해한 것이다. '수하'는 칭찬하고 선발해
   줄 이와 관계없다는 뜻이고, '주원'은 궁실의 담에 갇혀있다는
   말이다. 담당자가 막고 억누르려는 뜻이 있기에 지존이 비록 알
   아주려 해도 도리가 없다. 이로 인해 임금의 문은 만 리 떨어져
   있고 세월은 헛되이 지나가서, 고립된 채 쇠락하니 진실로 마음
   이 아프다. '쾌의' 이하는 또 그 뜻을 대신 서술한 것이다. 평범한
   재주를 가진 이들이 그의 씩씩함과 민첩함을 질시하니, 이미 여
   러 짐승으로부터 질투를 받았는데 이들이 마음대로 본다 한들
   생애에 도움이 되지 않고, 여러 사람에게 헛되이 사랑을 받는
   것이니 그저 군왕이 기억해주어서 세상 사람의 경시를 면하기를
   바랄 뿐이다. 선비는 자신을 알아주는 자에게 뜻을 펴고 자신을
   알아주지 않는 자에게는 굽히는 법이니, 또한 이와 같다.(此恐雄
   姿老於空院, 惜之也. 誰何, 無與獎拔者. 周垣, 隔以院牆也. 自當
   事者有沮抑之意, 至尊雖欲識賞而無由矣. 從此君門萬里, 歲華虛
   擲, 孤立摧殘, 良可傷已. 快意以下, 又代摹其意. 群材疑其踶捷,
   旣見猜於諸獸, 縱觀無益生涯, 空受憐於衆人, 惟望君王記憶, 以
   免世人之輕狎耳. 士伸於知己而屈於不知己, 亦猶是也.)

##<두시상주≫: 옛날에 여나라의 큰 개를 주나라에 바쳤을 때 임금
   과 신하가 대놓고 경계하였다. 당나라의 수방에는 먼 곳에서 온
   여러 동물이 그 안에 갖추지 않은 것이 없었는데, 당시에는 결국
   일상적인 일로 여기게 되었다. 이 부에서는 엄중한 말로 풍자하
   지 않았는데, 대체로 별도로 하나의 뜻을 취해서 개탄함을 기탁
   했을 따름이다.(昔者旅獒貢周, 君臣動色誥誡. 唐之獸坊, 遠方諸
   畜, 無不充牣其中, 在當時竟視爲故常矣. 賦中不作莊語諷刺, 蓋
   別取一義以寄慨耳.)

畫馬讚

말 그림에 지은 찬

韓幹畫馬,[1] 毫端有神.[2] 驊騮老大,[3] 騕褭淸新.[4] 魚目瘦
腦,[5] 龍文長身.[6] 雪垂白肉, 風廛蘭筋.[7] 逸態蕭疏,[8] 高驤縱
恣.[9] 四蹄雷雹,[10] 一日天地. 御者閑敏,[11] 云何難易.[12] 愚夫
乘騎, 必動顚躓.[13] 瞻彼駿骨,[14] 實惟龍媒.[15] 漢歌燕市,[16]
已矣茫哉.[17] 但見駑駘,[18] 紛然往來. 良工惆悵,[19] 落筆雄
才.[20]

한간의 말 그림에 붓끝이 신령하니, 화류는 노대하고 요뇨는
청신하며, 어목은 머리가 야위었고 용문은 몸이 긴데, 눈 속에
흰 살을 드리우고 바람 속에 난초 같은 근육을 움츠린다. 표일한
자태가 청려하여 마음껏 높이 치달려, 네 발굽은 번개가 치는 듯
우박이 내리는 듯해 하루에 천하를 달리는데, 말을 모는 이가 익숙
하여 민첩하면 "무엇이 어려운가?"라고 말하고, 어리석은 이가
타고 달리면 반드시 걸핏하면 넘어진다. 저 빼어난 뼈를 보면 실로
용의 매개인데, 한나라의 노래와 연나라의 구매가 끝났고 아득해
졌으니, 다만 노둔한 말이 분연히 왕래하는 것만 보여, 훌륭한
장인이 애달파하며 뛰어난 재능으로 붓을 놀렸구나.

이 글은 한간의 말 그림에 대해 지은 것이다. 그림 속 준마가 훌륭한 자태를 가지고 빨리 달릴 수 있음을 칭송한 뒤, 한나라와 연나라 때처럼 인정받지 못한 채 노둔한 말만 많이 보이는 현실을 가슴 아파하였다. '찬讚'은 문체의 이름으로 인물이나 작품을 송찬하는 것을 주요 내용으로 한다. 창작시기는 천보 건원 연간으로 추정하는 설이 있지만 확실치는 않다.

≪두시상주≫: 한간은 두보와 동시대 사람이다. 이는 반드시 천보 건원 연간에 지었을 것이다. 지금은 압운한 문장으로 분류하여 편차하였기에 부 뒤에 엮어 둔다.(韓幹, 公同時人, 此必天寶乾元間作. 今以韻語類編, 故綴於賦後.)

1 韓幹(한간)-당나라 때의 화가로 말을 잘 그렸다.

당唐 장언원張彦遠 ≪역대명화기歷代名畫記≫: 한간은 대량 사람이다. 우승 왕유가 그의 그림을 보고 그를 받들고 추천했으며 관직은 태부시승에 이르렀다. 사람과 동물을 잘 그렸는데 특히 말 타는 모습에 뛰어났다. 처음에 조패를 사사했으며 후에 스스로 홀로 뛰어나게 되었다. 두보의 <단청의 노래-조패 장군에게 드리다(丹靑引贈曹將軍霸)>에서 "제자 한간이 일찌감치 입실의 경지에 올라 그 역시 말을 잘 그려 색다른 형상을 다 펼쳤지만, 한간은 오로지 살만 그리고 뼈는 그리지 않아 화류마의 기상을 시들게 하였다."라고 하였다. 내 생각에 두보가 어찌 그림을 아는 자이겠는가? 그저 한간이 그린 말이 비대했기에 살을 그렸다는 핀잔이 있게 되었다. … 당시 주상(현종)이 기예를 좋아하였고 한간이 같은 시기에 살았기에 마침내 그 준마를 다 그리게 하였으니 <옥화총>, <조야백> 등의 그림이 있게 되었다. 당시 기왕, 설왕, 영왕, 신왕의 마구간에 모두 좋은 말이 있었는데 한간이 모두 그 그림을 그렸다. 이에 고금에 독보적인 존재가 되었다. 안록산의 난에 걸출한 말의 씨가 모두 끊어지자 한간은 평범하게 살며 일을 잊었다. 어느 날 어떤 사람이 집으로 찾아와서는 귀신의 사자라 칭하면서 말 한 필을 구했다. 한간이 말을 그린 뒤 그것을 태웠다. 훗날 귀신의 관리를 보았는데 말을 타고 와서 감사의 말을 전했다. 그가 귀신과 감응하는 것이 이와 같았다.(韓幹, 大梁人. 王右丞維見其畫, 遂推獎之, 官至太府寺丞. 善寫貌人物, 尤工鞍馬. 初師曹霸, 後自獨擅. 杜甫曹霸畫馬歌曰, 弟子韓幹早入室, 亦能畫馬窮殊相. 幹惟畫肉不畫骨, 忍使驊騮氣凋喪. 彦遠以杜甫豈知畫者, 徒以幹馬肥大, 遂有畫肉之誚. … 時主好藝, 韓君間生, 遂命悉圖其駿, 則有玉花驄照夜白等. 時岐薛寧申王廐中皆有善馬. 幹並圖之. 遂爲古今獨步. 祿山之亂, 沛艾馬種遂絶. 韓君端居亡事. 忽有人詣門, 稱鬼使請馬一匹. 韓君畫馬焚之. 他日見鬼使, 乘馬來謝. 其感神如此.)

2 毫端(호단)-붓끝. 有神(유신)-신이 들린 듯하다.

3 驊騮(화류)-준마의 이름.
≪목천자전穆天子傳≫: 목천자의 여덟 마리 준마에는 화류와 녹이가 있다.(天子之八駿, 有驊騮駼耳.)

4 騕褭(요뇨)-준마의 이름.
≪두시상주≫: ≪서응도≫에서 "요뇨는 신령한 말인데 비토와 함께 명군에게 덕이 있으면 이른다."라고 하였다. ≪한서음의≫에서 "요뇨는 신령한 말인데 주둥이가 붉고 몸이 검다."라고 하였다.(瑞應圖, 騕褭者, 神馬也. 與飛兎同, 以明君有德則至. 漢書音義, 騕褭者, 神馬也. 赤啄黑身.)

5 魚目(어목)-준마의 이름. 瘦腦(수뇌)-머리가 작다.

6 龍文(용문)-준마의 이름.

[魚目 2구]
≪한서·서역전西域傳≫ 찬贊: (효무제 때) 포초, 용문, 어목, 한혈이라는 말이 궁궐에 가득했다.(蒲梢龍文魚目汗血之馬, 充於

黃門.)

7 蘭筋(난근)-말의 눈 위에 있는 근육의 이름. 이 근육이 곧으면 하루에 천 리를 달릴 수 있다고 한다.
≪두공부시집집주≫에 인용된 ≪상마경相馬經≫: 난근이 곧게 서 있으면 천리마이다. 근육 하나가 현중에서 나온 것을 난근이라고 한다. 현중은 눈 위에 '井'자 모양과 같은 흔적이다.(蘭筋竪者, 千里馬. 一筋從玄中出, 謂之蘭筋. 玄中者, 目上痕如井字.)

8 逸態(일태)-빼어난 자태. 蕭疏(소소)-아름다운 모양.

9 高驤(고양)-높이 뛰어오르다. 또는 머리를 높이 치키다. 縱恣(종자)-마음대로.

10 雷雹(뇌박)-우레와 우박. 준마가 세차게 달리는 소리를 비유한 것이다.

11 御者(어자)-말을 모는 사람. 閑敏(한민)-능숙하여 민첩하다.
≪두시상주≫: '한민'은 익숙하여 민첩하다는 말이다.(閑敏, 謂閑習敏捷也.)

12 云(운)-'去'로 된 판본도 있다. 難易(난이)-여기서는 어렵다는 뜻만 있다.

13 動(동)-걸핏하면. 顚躓(전지)-넘어지다.

14 瞻(첨)-보다. 駿骨(준골)-빼어난 골격.

15 龍媒(용매)-용의 매개. 좋은 말은 용을 불러온다고 해서 생긴 표현이다.
≪한서·예악지禮樂志≫ "天馬徠, 龍之媒" 안사고 주: 천마는 신령한 용과 같은 종류인데, 지금 천마가 이미 왔으니 이는 신룡이 반드시 이르게 될 징조임을 말한 것이다.(言天馬者乃神龍之類, 今天馬已來, 此龍必至之效也.)

16 漢歌(한가)-한나라의 노래. 위 주석에 인용된 <천마가天馬歌>를 말한다. 燕市(연시)-연나라 왕이 사다. 연나라 소왕昭王이 인재를 구했는데, 곽외郭隗가 오백금으로 죽은 천리마의 뼈를 사온 뒤 천리마를 구한 옛날 왕의 이야기를 하자, 황금대를 두어 천하

의 인재를 불러들인 이야기를 말한다.

≪전국책戰國策·연책燕策≫: 소왕이 말하기를, "과인이 장차 누구를 찾아가면 되겠는가?"라고 하니 곽외선생이 말하기를, "신이 이런 이야기를 들었습니다. 옛날의 왕 중에 천금으로 천리마를 구하는 자가 있었는데 삼 년이 지나도 못 얻었습니다. 환관이 임금에게 '제가 구하기를 청합니다.'라고 하니 임금이 그를 파견했습니다. 삼 개월이 지나 천리마를 찾았는데 말은 이미 죽었고 그 머리를 오백금으로 사서 돌아와 임금에게 보고했습니다. 임금이 크게 노하며 말하기를 '구하는 건 살아있는 말인데 어찌하여 죽은 말을 구하면서 오백금을 허비했는가?'라고 하니 환관이 말하기를, '죽은 말도 오백금을 주고 사는데 하물며 살아있는 말은 어떻겠습니까. 천하가 반드시 왕께서 말을 살 수 있다고 여길 터이니 말이 이제 오게 되었습니다.'라고 하였습니다. 이에 일 년이 되지 않아 천리마가 온 것이 세 마리였습니다. 지금 왕께서 진정 인재를 데려오시고자 한다면 먼저 저 곽외부터 시작하십시오. 곽외가 또 섬김을 당하는데 하물며 곽외보다 뛰어난 자는 어떻겠습니까? 어찌 천 리를 멀다고 여기겠습니까?"라고 하였다.(昭王曰, 寡人將誰朝而可. 郭隗先生曰, 臣聞古之君人有以千金求千里馬者. 三年不能得. 涓人言於君曰, 請求之. 君遣之. 三月得千里馬, 馬已死, 買其首五百金, 反以報君. 君大怒曰, 所求者生馬, 安事死馬而捐五百金. 涓人對曰, 死馬且買之五百金, 況生馬乎. 天下必以王爲能市馬. 馬今至矣. 於是不能期年, 千里之馬至者三. 今王誠欲致士, 先從隗始, 隗且見事, 況賢於隗者乎. 豈遠千里哉.)

17 已矣(이의)-끝났다. 茫哉(망재)-아득해지다. '茫'은 '亡'으로 된 판본도 있다.

18 駑駘(노태)-둔한 말.

19 良工(양공)-뛰어난 장인. 한간을 가리킨다. 惆悵(추창)-애달파하는 모양.

20 落筆(낙필)-붓을 대다. 그림을 그린다는 말이다.

#≪두시상주≫: 작품에서 모두 세 번 환운하였다. 처음에는 말 모습
이 매우 특별남을 말하였고, 다음으로 명마에는 반드시 좋은 마
부가 필요함을 말하였으며, 마지막에는 준마가 적고 평범한 말이
많음을 애달파하였다. 표현 중에 모두 감개를 담고 있다. 말 그림
에 대한 본래의 뜻은 처음과 끝에서 분명히 지적하였다.(篇中凡
三轉韻, 初言馬相之特殊, 次言名馬必須善馭, 末傷駿才少而凡馬
多, 語中皆含感慨. 畫馬本意, 在首尾點明.)

11

爲閬州王使君進論巴蜀安危表

낭주자사 왕씨를 대신하여 파촉의 안위를 논해 올리는 표

臣某言, 伏自陛下平山東, 收燕薊,[1] 洎海隅萬里,[2] 百姓
感動, 喜王業再康,[3] 瘡痏蘇息,[4] 陛下明聖, 社稷之靈, 以
至於此. 然河南河北, 貢賦未入,[5] 江淮轉輸,[6] 異於曩時.[7]
惟獨劍南,[8] 自用兵以來, 稅斂則殷,[9] 部領不絶,[10] 瓊林諸
庫,[11] 仰給最多.[12] 是蜀之土地膏腴,[13] 物産繁富, 足以供
王命也. 近者, 賊臣惡子,[14] 頻有亂常, 巴蜀之人, 橫被煩
費,[15] 猶自勸勉, 充備百役, 不敢怨嗟.[16] 吐蕃今下松維等
州,[17] 成都已不安矣. 楊琳師再脅普合,[18] 顒顒兩川,[19] 不
得相救, 百姓騷動,[20] 未知所裁.[21] 況臣本州, 山南所管,[22]
初置節度, 庶事草創,[23] 豈暇力及東西兩川矣.[24] 伏願陛下
聽政之餘, 料巴蜀之理亂,[25] 審救援之得失, 定兩川之異
同, 問分管之可否,[26] 度長計大,[27] 速以親賢出鎭,[28] 哀罷
人以安反仄.[29] 犬戎侵軼,[30] 羣盜窺伺,[31] 庶可遏矣.[32] 而三
蜀,[33] 大府也,[34] 徵取萬計,[35] 陛下忍坐見其狼狽哉.[36] 不卽
爲之, 臣竊恐蠻夷得恣屠割耳.[37] 實爲陛下有所痛惜, 必
以親王,[38] 委之節鉞,[39] 此古之維城磐石之義明矣.[40] 陛下

何疑哉.⁴¹ 在選擇親賢,⁴² 加以醇厚明哲之老爲之師傅,⁴³
則萬無覆敗之跡,⁴⁴ 又何疑焉. 其次付重臣舊德智略經久,
舉事允愜,⁴⁵ 不隕穫於蒼黃之際,⁴⁶ 臨危制變之明者, 觀其
樹勳庸於當時,⁴⁷ 扶泥塗於已隆,⁴⁸ 整頓理體, 竭露臣節,⁴⁹
必見方面小康也.⁵⁰ 今梁州旣置節度,⁵¹ 與成都足以久遠
相應矣. 東川更分管數州, 於內幕府取給,⁵² 破弊滋甚,⁵³
若兵馬悉付西川, 梁州益坦爲聲援,⁵⁴ 是重斂之下,⁵⁵ 免出
多門,⁵⁶ 西南之人,⁵⁷ 有活望矣. 必以戰伐未息, 勢資多軍,
應須遣朝廷任使舊人,⁵⁸ 授之使節留後之寄,⁵⁹ 綿歷歲時,
非所以塞衆望也.⁶⁰ 臣於所守封界,⁶¹ 連接梓州,⁶² 正可爲
成都東鄙,⁶³ 其中別作法度,⁶⁴ 亦不足成要害哉, 徒擾人
矣. 伏惟明主裁之, 敕天下徵收敕文,⁶⁵ 減省軍用外, 諸色
雜賦名目,⁶⁶ 伏願省之又省之,⁶⁷ 劍南諸州, 亦困而復振
矣.⁶⁸ 將相之任, 內外交遷,⁶⁹ 西川分閫,⁷⁰ 以仗賢俊, 愚臣
特望以親王總戎者,⁷¹ 意在根固流長, 國家萬代之利也,
敢輕易而言.⁷² 次請愼擇重臣, 亦願任使舊人, 鎮撫不
缺.⁷³ 借如犬戎伺擾,⁷⁴ 臣素知之. 臣之兄承訓, 自沒蕃以
來,⁷⁵ 長望生還, 僞親信於贊普,⁷⁶ 探其深意, 意者報復摩
彌青海之役決矣.⁷⁷ 同謀誓衆,⁷⁸ 於前後沒落之徒,⁷⁹ 曲成
翻動,⁸⁰ 陰合應接,⁸¹ 積有歲時.⁸² 每漢使回,⁸³ 蕃使至,⁸⁴ 帛
書隱語,⁸⁵ 累嘗懇論.⁸⁶ 臣皆封進,⁸⁷ 上聞屢達.⁸⁸ 臣兄承

訓, 憂國家緣邊之急,[89] 願亦勤矣.[90] 況臣本隨兄在蜀向二十年, 兄旣辱身蠻夷, 相見無日.[91] 臣比未忍離蜀者,[92] 望兄消息時通, 所以戮力邊隅,[93] 累踐班秩,[94] 補拙之分淺,[95] 待罪之日深,[96] 蜀之安危, 敢竭聞見. 臣子之義, 貴有所盡於君親.[97] 愚臣迂闊之說, 萬一少裨聖慮,[98] 遠人之福也, 愚臣之幸也. 昨竊聞諸道路云,[99] 吐蕃已來, 草竊岐隴,[100] 逼近咸陽.[101] 似是之間,[102] 憂憤隕迫,[103] 益增尸祿寄重之懼,[104] 寤寐報効之懇. 謹冒死具巴蜀成敗形勢,[105] 奉表以聞.

신 아무개가 말씀드립니다. 폐하께서 산동을 평정하고 연땅과 계주를 수복하시고부터 바닷가 만 리까지 백성이 감동하였고, 왕업이 다시 평안해지고 곤궁함에서 다시 살아났으며, 폐하께서 성명하시어 사직의 신령이 이로써 이에 이르렀음을 기뻐하였습니다. 하지만 하남과 하북에서는 공물과 세금이 아직 들어오지 않았고 장강과 회수의 공물 수송은 예전과 다릅니다. 오직 검남이 용병한 이래로 세금 납부가 많으며 통솔함이 끊어지지 않아 경림 등 여러 창고가 의지함이 가장 많습니다. 이 촉 지역의 땅은 기름지고 물산이 풍부하여 왕명에 맞춰 공급하기에 충분합니다. 근래 간신과 나쁜 놈들이 자주 상례를 어지럽혀 파촉의 사람이 마음대로 징수되었지만, 그래도 스스로 근면하여 온갖 부역을 충당하면서도 감히 원망하지 않았습니다. 토번이 지금 송주와 유주 등을 함락하여 성도가 이미 불안하게 되었으며 양자림의 군대가 다시 보주와 합주를 위협하지만, 갈망하고 있는 동천과 서천은 구원할 수 없으며 백성은 동요하여 처치할 바를 알지 못합니다. 하물며 신의 본주는 산남도의 관할인데 처음 절도사가 설치되었고 여러 일이 처음 하는 것이라 어찌 힘이 남아서 동천과 서천에 미칠 수 있겠습니까? 엎드려 원합니다. 폐하께서 정사를 돌보시는 여가에 파촉의 난리를 다스릴 바를 생각하시고, 구원의 득실을 헤아려 동천 서천의 같고 다름을 정하시어, 관할을 나눌지 여부를 물어보시고 장단과 대소를 판단하고 헤아려, 속히 친척인 현신을 내보내 진수하게 하여 피폐한 백성을 애달피 여기고 불안정함을 안정시켜 주십시오. 견융의 침범과 뭇 도적의 엿봄이 끝날 수 있게 되기를 바랍니다. 그런데 삼촉은 큰 부여서 징수의 명목이 만 가지인데도 폐하께서는 그 낭패를 참으며 좌시하고 계십니다. 즉시 그렇게 하지 않으신다면, 신은 외람되어 오랑캐가 마음대로 도륙할까 두려울 따름입니다. 실제 폐하께서 애달파하시는 바가 있다면 반드시 친왕에게 부절과 도끼를 맡겨주십시오. 이로써 황실의 종친으로 나라를 보위한다는 옛날의 뜻이 분명해질 것입니다. 폐하께서는 무엇을 주저하십니까? 친척인 현신을 선택함에 있어 게다가 순후하고 명석한 원로를 사부로 삼는다면 실패의 행적이 전혀 없을 것이니 또 무엇을 주저하십니까? 차선으로는 중신과 덕망 있는 노신 중에 지략의 경험이 오래되었고 일 처리가 타당하며 변화무쌍할 때에 의기를 잃어버리지 않고 위기에 임해 변란을 제어함이 분명한 자에게 맡기시면, 그가 때에 맞춰 공훈을 수립하고 이미 도탄에 빠진 백성을 구제할 것을 보게 될 것이니, 다스림의 요체가 정돈되고 신하의 절조를 다 드러내어 반드시 사방의 소강을 보일 것입니다. 지금 양주에 이미 절도사가 있어서 성도와 멀리서 서로 호응하기에 충분합니다. 동천은 다시 여러 주를 나눠 관할하고 있고 내부에서 막부의 필요 물자를 취해 조달하고 있는데 피해가 매우 심합니다. 만약 군대와 군마를 모두 서천에 맡긴다면 양주는 더욱 쉽게 원조할 것이니 이는 과중한 부세 아래에서 많은 호구가 면해 나오는 것이어서 서남의 사람들은 살아날 희망이 있게 됩니다. 필시 전쟁이 그치지 않아 형세상 많은 군대가 필요하니 응당 조정으로 하여금 노련한 이를 파견하게 하여 절도사 유후의 의탁을 접수해야 할진대, 시간이 오래 걸린다면 백성들의 바람을 만족시키는 것이 아닐 것입니다. 신이 지키고 있는 영역은 재주와 인접하여 바로 성도의 동쪽 고을이 될 수 있는데, 그 중간에 별도로 제도를 만들면 또한 요충지를 이루기에 충분하지 않고 공연히 사람을 혼란시킬 뿐입니다. 엎드려 생각건대 어진 주상께서 이를 처리하시어, 칙명으로 천하의 징수를 감면하는 문서를 내려 군사용 이외의 각종 잡다한 부세 명목을 줄여주십시오. 엎드려 원하옵나니 줄이고 또 줄여서 검남 여러 주 또한 곤궁에서 다시 떨쳐나게 해주십시오. 장수와 재상의 임무는 조정 안과 바깥에서 서로 바뀌는데 서천의 담당 장수는 빼어난 이에 의지해야 합니다. 이 어리석은 신하는 특히 친왕인 총수를 바라니, 뜻이 견고한 뿌리와 긴 흐름에 둔 것이라야 국가 만대의 이익이 될 것임을 감히 경솔하게 말씀드립니다. 차선으로는 중신을 신중히 택할 것을 청하며 또한 노련한 관원을 파견하여 진무에 하자가 없기를 원합니다. 견융이 난동을 부리는 것 같은 일은 신이 평소 알고 있습니다. 신의 형 왕승훈은 토번에 억류된 이래로 살아 돌아오기를 오래도록 바라면서, 찬보에게 거짓으로 친하며 신임을 받아 그 깊은 뜻을 살피고 있는데, 뜻하는 바는 마미와 청해의 결전에 보복하는 것입니다. 함께 도모하고 무리 앞에 맹약하여 전후로 억류된 무리 가운데서 다방면으로 반란을 이루고 몰래 지원한 것이 세월이 오래되었습니다. 매번 한나라 사신이 돌아가고 토번의 사신이 가면 비밀의 말로 서신을 보내고 누차 일찍이 간절히 고했습니다. 신이 모두 밀봉해서 바쳐 조정에 알리도록 누차 전달했습니다. 신의 형 왕승훈은 나라 변방의 위급함을 걱정하고 바람 또한 절실합니다. 하물며 신은 본래 형을 따라 촉에서 20년을 있었는데, 형은 이미 오랑캐에게 몸을 욕보였으며 서로 만날 기약이 없습니다. 신이 요즘 차마 촉을 떠나지 못하는 것은 형의 소식이 때마침 통해서 이로써 변경에서 힘을 합쳐 거듭 품계를 밟고 올라가는 것을 바라서인데, 졸박함을 보충할 재능이 적고 죄의 처분을 기다릴 날이 길어졌기에 촉의 안위에 관해 보고 들은 것을 감히 다 아룁니다. 신하의 의리는 군주에게 다하는 바가 있음을 귀하게 여기는 법입니다. 어리석은 신의 우활한 말이 만일 성군의 근심에 조금이라도 보탬이 된다면 먼 지방에 있는 이의 복이고 어리석은 신의 행복입니다. 일전에 길에서 몰래 듣기에 토번이 이미 와서 기산과 농산을 노략질하고 함양을 근처에서 위협한다고 합니다. 긴가민가하는 사이에 근심과 격분으로 몸이 상하고 급박하여, 공연히 봉록을 받지만 중임을 맡았다는 두려움과 자나 깨나 보답해야 하겠다는 간절함이 더욱 많아집니다. 삼가 죽음을 무릅쓰고 파촉 성패의 형세를 다 적어서 표를 받들어 아룁니다.

[해제]

이 글은 낭주자사 왕씨를 대신하여 당시 검남 지역의 형세를 논해 조정에 올린 표이다. 검남이 내외로 난리를 당해 불안한데, 줄곧 부세가 많은 지역이었기에 조정의 친왕이나 노련한 신하를 절도사로 보내 평정할 것을 요청하였으며, 낭주가 검남에 접해 있기에 도움을 줄 수 있음을 아뢰었다. 말미에는 토번에 잡혀 있는 형이 몰래 소통하며 당나라를 지원하고 있음을 말해 형의 안위와 이해를 같이 도모하였다. 대체로 광덕 원년 말 낭주에 있을 때 지은 것으로 추정한다.

≪두공부시집집주≫: 광덕 원년에 지은 것이다.(廣德元年作.)

임계중林繼中 <두문계년杜文繫年>: 본문에서 "동천은 다시 여러 주를 나눠 관할하고 있고 내부에서 막부의 필요 물자를 취해 조달하고 있는데 피해가 매우 심하다. 만약 군대와 군마를 모두 서천에 맡긴다면 양주는 더욱 쉽게 원조할 것이다."라고 하였으니, 글을 지었을 때 동천과 서천이 아직 합치지 않았음을 알 수 있다. ≪자치통감≫에서 동천과 서천이 합쳐서 하나의 도가 된 것은 광덕 2년 정월이라고 하였으니 본 문장을 지은 것은 마땅히 그 전일 것이다. … 또 본문에서 "일전에 길에서 몰래 듣기에 토번이 이미 와서 기산과 농산을 노략질하고 함양을 근처에서 위협한다고 한다."라고 하였는데, ≪자치통감≫을 살펴보고는 광덕 원년 10월 토번이 주질을 침범하고 장안으로 들어왔음을 알겠으니 본 문장을 지은 것은 응당 광덕 원년 10월 약간 이후일 것이다.(本文云, 東川更分管數州, 於內幕府取給, 破弊滋甚, 若兵馬悉付西川, 梁州益坦爲聲援. 知作文時東西川尙未合一. 資治通鑒謂, 兩川合爲一道在廣德二年正月, 則本文之作當在此前. … 又本文云, 昨竊聞諸道路云, 吐蕃已來, 草竊岐隴, 逼近咸陽. 檢資治通鑒, 知廣德元年十月, 吐蕃犯盩厔, 入長安. 則本文之作應在十月稍後.)

≪독서당두공부문집주해≫: 원주에서 "연보에서 '광덕 원년 공이 낭주에 있었다.'라고 하였다."라고 하였다. 살펴보건대 시집에 <낭주자사 왕씨의 잔치에서 열한번 째 외숙의 석별 시에 받들어 수답하다(王閬州筵奉酬十一舅惜別之作)>와 <왕 사군을 모시고 그믐날에 배를 띄워 황가정자에 가다 2수(陪王使君晦日泛江就黃家亭子二首)> 등 여러 시가 있다.(原註, 年譜云, 廣德元年, 公在閬州. 按集中有王閬州筵及陪王使君晦日泛江諸詩.)

[주석]

1 收燕薊(수연계)-연 땅과 계주를 수복하다. 안록산의 난을 평정한 것을 말한다. 보응 2년 정월 안록산의 난이 종식되었고 그해 7월 연호를 광덕으로 바꾸었다.

2 洎(기)-~까지. '自'로 된 판본도 있다.

3 康(강)-평안하다. '造'로 된 판본도 있다.

4 瘡痏(창유)-상처. 곤궁함을 말한다. 蘇息(소식)-다시 살아나다.

5 貢賦(공부)-공물과 세금.

6 轉輸(전수)-강을 통해 공물을 수송하는 것.

7 曩時(낭시)-예전.

8 劍南(검남)-당나라 행정구역의 이름으로 치소는 성도이다. 검문관劍門關 이남 지역이다.

9 稅斂(세렴)-세금 징수. 殷(은)-많다.

10 部領(부령)-통솔하다.

11 瓊林(경림)-당나라 때 궁궐 안에 있는 창고의 이름이다.

12 仰給(앙급)-의지하다.

13 膏腴(고유)-기름지다.

14 賊臣惡子(적신악자)-간신과 나쁜 놈. 당시 검남 지역에서 난리를 일으킨 이들로 단자장段子璋, 서지도徐知道 등의 무리를 가리키는 것으로 보인다. 상원 2년 4월 재주부사梓州副使 단자장이 반란을 일으키고 스스로 양왕梁王이라 칭했다. 보응 원년 7월 검남서천절도사 엄무嚴武가 성도를 떠나 장안으로 갔을 때 검남병마사 서지도가 반란을 일으켰다.

15 煩費(번비)-많은 비용을 사용하게 되다. 세금이나 공물을 많이 내게 되었다는 말이다.

16 怨嗟(원차)-원망하고 탄식하다.

17 下(하)-함락하다. 松維(송유)-송주와 유주. 서천의 서북부로 토번과 경계에 있었다.
《두공부시집집주》: 이 일은 광덕 원년에 있었다.(事在廣德元年.)

≪자치통감≫ 광덕 원년: 토번이 송주, 유주, 보주 등 세 주와 운산에 새로 쌓은 두 성을 함락하였는데, 서천절도사 고적은 구원할 수 없었으며 이에 검남과 서산의 여러 주가 또한 토번에 들어가게 되었다.(吐蕃陷松維保三州及雲山新築二城, 西川節度使高適不能救, 於是劍南西山諸州亦入於吐蕃矣.)

18 楊琳(양림)-양자림楊子琳을 가리킨다. 동천 동남쪽 끝에 있는 노주瀘州의 장군이다. 普合(보합)-보주와 합주. 모두 노주와 북쪽으로 인접해 있다. 동천과 산남서도의 경계에 있었는데, 시기에 따라 소속된 곳이 달랐다. 당시에는 동천에 속했던 것으로 보인다.

≪두공부시집집주≫: '양림'은 바로 양자림이다. ≪자치통감≫에 따르면, 영태 원년 노주의 아장 양자림이 병사를 일으켜 최간을 토벌했다. 여기서 "다시 보주와 합주를 위협했다"라고 하였는데 이 일은 자세하지 않다. ≪당서≫에 따르면 보주와 합주는 모두 검남도에 속했다.(楊琳, 卽楊子琳. 通鑑, 永泰元年, 瀘州牙將楊子琳舉兵討崔旰. 此云再脅普合, 其事未詳. 唐書, 普合二州, 俱屬劍南道.)

19 顒顒(옹옹)-갈망하고 있는 모양. '顆顆'로 된 판본도 있다. 兩川(양천)-동천과 서천을 가리킨다.

20 騷動(소동)-불안해 하다.

21 所裁(소재)-처치할 바.

22 山南所管(산남소관)-낭주는 동천에 속할 때도 있었고 산남서도에 속할 때도 있었는데, 당시에는 산남서도에 속했던 것으로 보인다.

≪두공부시집집주≫: 살펴보건대 낭주는 ≪구당서≫와 ≪통전≫의 지리지에는 모두 검남동도에 속했는데 ≪신당서≫에는 산남서도에 속했다. 이 글에서 "본주는 산남도의 관할이다"라고 하였으니 ≪신당서≫와 합치된다. ≪신당서·방진표≫에 따르면, 광덕 원년 산남서도방어수착사를 승진시켜 절도사로 하였다가 얼

마 후에 강등시켜 관찰사가 되었으며, 양주梁州, 양주洋州, 집주, 벽주 등 13개 주를 관할했으며 치소는 양주梁州였다.(按, 閬州, 舊書通典通志俱屬劍南東道, 新書屬山南西道. 此云本州山南所管, 與新書合. 唐書方鎭表, 廣德元年, 升山南西道防禦守捉使爲節度使, 尋降爲觀察使, 領梁洋集壁等十三州, 治梁州.)

23 庶事(서사)-여러 가지 업무. 草創(초창)-처음 시행하다.

24 暇力(가력)-힘에 여유가 있다. 여력.

25 巴蜀(파촉)-파 땅과 촉 땅. 검남 지역을 가리킨다. 理亂(이란)-난리를 다스리다. 또는 다스림과 난리.

26 分管(분관)-나누어 관할하다. 관할을 나누다. 동천과 서천이 각각 토번의 난과 양자림의 난을 다스리는 것을 가리키는 듯하다. 두보는 이와 달리 조정에서 친왕을 파견하여 한꺼번에 해결하는 방책을 제시하고 있다.

27 度長計大(탁장계대)-장점과 단점을 헤아리고 크고 작음을 계산하다.

28 親賢(친현)-원래는 천자의 친척과 어진 신하를 병칭하는 것인데, 여기서는 천자의 친척으로서 어진 신하를 가리킨다. 두보는 천자의 혈족이 절도사가 되어야 한다고 주장하고 있다.

29 哀罷人(애피인)-피곤한 사람을 애달피 여기다. 安反仄(안반측)-계속 동탕함을 안정시키다.

30 犬戎(견융)-옛날 중국 변방 이민족을 멸시하여 부르는 호칭이다. 여기서는 토번을 가리킨다. 侵軼(침질)-침범하다.

31 羣盜(군도)-양자림 등의 무리를 가리킨다. 窺伺(규사)-엿보다. 노리다.

32 庶(서)-바라다. 遏(알)-막다. 중단하다.

33 三蜀(삼촉)-한나라 때 촉 땅을 촉군蜀郡, 광한廣漢, 건위犍爲 세 군으로 나누었는데 이를 합쳐 삼촉이라고 불렀다.

34 大府(대부)-상급의 관부官府. '大'는 '天'으로 된 판본도 있다.

35 徵取(징취)-세금이나 공물로 징수하다. 萬計(만계)-만 가지 종목.

36 狼狽(낭패)-곤경에 처한 모양.

37 蠻夷(만이)-중국 사방의 이민족을 가리킨다. 恣(자)-마음대로.
屠割(도할)-도륙하다.

38 親王(친왕)-황제의 혈족 중에 왕으로 봉해진 자.

39 委(위)-맡기다. 節鉞(절월)-부절과 도끼. 천자가 절도사를 임명
할 때 하사하는 것이다.

40 維城(유성)-원래는 성을 연결하여 수도를 보위하는 것을 말하는
데, 이로써 황실의 친족을 가리키게 되었다. 磐石(반석)-크고 너
른 바위를 뜻하는데, 이로써 분봉한 종실을 비유하였다.
≪시경·대아·판板≫: 덕을 품어 평안하니 종실의 자손이 성을
연결하였다. 성이 무너지지 않게 하니 홀로 두려워할 일이 없다.
(懷德維寧, 宗子維城. 無俾城壞, 無獨斯畏.)
≪사기·효문본기孝文本紀≫: 고조가 왕의 아들과 동생을 봉하
면서 땅이 개의 이처럼 서로 엇갈려 견제하도록 하였는데, 이른
바 반석 같은 종실이다.(高帝封王子弟, 地犬牙相制, 所謂磐石之
宗也.)

41 疑(의)-의심하다. 주저하다.

42 選擇(선택)-선발하다. '選'은 '近'으로 된 판본도 있다.

43 醇厚(순후)-돈후하고 질박하다. 老(로)-원로. 師傅(사부)-여기
서는 절도사를 보좌하는 이를 가리킨다.

44 萬無(만무)-전혀 없다. 覆敗(복패)-패망하다.

45 允愜(윤협)-타당하다.

46 隕穫(운확)-의기를 손상하다. 蒼黃(창황)-항상 변화하여 불안
한 모양.

47 勳庸(훈용)-공훈. '庸'은 '猷'로 된 판본도 있다. 當時(당시)-때
에 맞추어. 적시에.

48 泥塗(이도)-어려운 지경.

[不隕 4구]
≪두공부시집집주≫: 지금 판본의 '지제' 이하 23글자가 뒤의

'진무불결' 구 아래로 잘못 놓여있다.(今本之際以下二十三字, 誤在後鎭撫不缺句之下.)

49 竭露(알로)-다 드러내다. 臣節(신절)-신하의 절개.

50 方面(방면)-사방. 小康(소강)-백성이 평안하고 화락한 상황을 말한다.

51 梁州(양주)-산남서도절도사의 치소가 있는 곳이다.

52 取給(취급)-필요한 물자를 공급하다.

53 破弊(파폐)-피해. 滋甚(자심)-매우 심하다.

54 益坦(익탄)-더욱 평탄하다. 더욱 쉽다는 뜻이다. 聲援(성원)-멀리서 돕다.

55 重斂(중렴)-과도한 세금 납부.

56 出(출)-'至'로 된 판본도 있다. 多門(다문)-많은 가구.

57 西南之人(서남지인)-검남 지역 백성을 가리킨다.

[今梁 11구]

　　≪두공부시집집주≫: 동천은 산남서도와 영역을 접하고 있는데 산남서도에 이미 절도사를 더했으니, 동천의 병마는 곧바로 서천에 아울러 맡길 수 있어서 막부의 번다한 경비를 줄일 수 있다. 고적이 "동천절도사를 폐하여 검남을 하나로 만들고 서산의 긴급하지 않은 성은 조금 삭감해 주십시오."라고 주청하였는데, 뜻이 또한 두보와 같다.(東川與山南接壤, 山南旣增節度, 東川兵馬便可幷付西川, 減省幕府繁費. 高適奏請罷東川節度, 以一劍南, 西山不急之城, 稍以減削, 意亦與公同也.)

58 應須(응수)-응당. 遣(견)-하게 하다. 任使(임사)-파견하다. 舊人(구인)-관직에 오래 있어 노련한 관원.

59 使節留後(사절유후)-절도사의 유후. 유후는 절도사가 부재할 때 대리하는 관원을 말한다. 당시 서천절도사는 고적이었고 동천절도사 유후는 재주자사梓州刺史 장이章彝였다.

　　≪두공부시집집주≫: 당시 재주자사 장이가 동천 유후였기에 이렇게 말하였다.(時章梓州彝爲東川留後, 故云.)

60 塞衆望(색중망)-백성의 바람을 충족시키다.

61 封界(봉계)-영역. '封'은 '分'으로 된 판본도 있다.

62 梓州(재주)-낭주와 남서쪽으로 인접한 고을로 동천절도사의 치소였다.

63 東鄙(동비)-동쪽 교외 고을.

64 法度(법도)-제도. 이 구는 서천과 동천으로 나뉘어서 산남서도가 검남 지역 특히 서천과 원활하게 협력하지 못하는 상황을 염두에 둔 말로 보인다.

65 敕(칙)-칙명을 내리다. '又'로 된 판본도 있다. 赦文(사문)-부세를 감면한다는 문서.

66 諸色(제색)-여러 종류.

67 省(성)-줄이다. 둘 다 '損'으로 된 판본도 있다.

68 困(곤)-'因'으로 된 판본도 있다.

69 內外交遷(내외교천)-안과 바깥에서 서로 바뀐다. 조정 안의 재상이 장수가 되어 지방으로 나가 다스리고, 또 그 반대로도 한다는 말이다.

70 分閫(분곤)-지방으로 나가 다스리는 장군. '閫'은 '壼'로 된 판본도 있다.

71 愚臣(우신)-신하가 자신을 겸손하게 칭하는 것이다. 總戎(총융)-총사령관. 여기서는 절도사를 가리킨다.

72 輕易(경이)-경솔하다.

73 鎭撫(진무)-난리를 맞은 백성을 진정시키고 달래다. 不缺(불결)-빠진 것이 없다.

74 借如(차여)-가령 ~와 같다. 俶擾(숙요)-소요를 일으키다.

75 沒蕃(몰번)-토번에 억류되다. 낭주자사 왕씨의 형인 왕승훈은 오랫동안 왕씨와 함께 검남 일대에서 관원으로 지낸 것으로 보인다. 천보 10년 남조南詔와 토번이 연합하여 서이하西洱河에서 검남절도사를 크게 물리쳤는데, 혹 이때 왕승훈이 포로로 잡혀갔을 수도 있다.

76 親信(친신)-가깝게 지내며 신임을 얻다. 贊普(찬보)-토번 군장 君長의 칭호.

77 摩彌(마미)-중국 서쪽 변방 이민족으로 토번에 속해 있었다. 靑海(청해)-중국 서쪽 변방의 호수. 당나라 때 이 지역을 차지하기 위해 토번과 자주 전쟁을 치렀다.
≪두공부시집집주≫: ≪당서≫ '업주'의 주에 "서월하를 건너 110리를 가면 다미국에 이른다."라고 하였는데, 마미는 아마도 바로 다미일 것이다.(唐書, 鄴州註, 度西月河一百十里, 至多彌國. 摩彌, 疑卽多彌.)

78 誓衆(서중)-무리 앞에서 다짐하다.

79 沒落之徒(몰락지도)-토번에 억류된 무리를 가리킨다.

80 曲成(곡성)-여러 방법으로 성과를 이루게 하다. 翻動(번동)-반란.

81 陰合(음합)-몰래 연합하다. 應接(응접)-지원하다.

82 積(적)-오래되다. 歲時(세시)-세월.

83 漢使回(한사회)-한나라 사신이 돌아가다. 여기서는 당나라 사신이 토번에 왔다가 장안으로 돌아가는 것을 말한다.

84 蕃使至(번사지)-토번의 사신이 당나라에 오는 것을 말한다.

85 帛書(백서)-편지. 隱語(은어)-남이 알아보지 못하는 비밀의 말.

86 懇論(간론)-간절하게 말하다.

87 封進(봉진)-밀봉해서 바치다.

88 上聞(상문)-조정에 전달하다.

89 緣邊(연변)-변방.

90 勤(근)-절실하다.

91 無日(무일)-기약이 없다.

92 比(비)-최근.

93 戮力(육력)-힘을 합치다. 邊隅(변우)-변방.

94 班秩(반질)-관원의 품계.

95 補拙之分(보졸지분)-졸렬함을 보완할 재능.

96 待罪(대죄)-죄의 처분을 기다리다.

97 君親(군친)-원래는 임금과 부모를 가리키는데 여기서는 임금을 뜻한다.

98 裨(비)-돕다.

99 云(운)-이 글자가 없는 판본도 있다.

100 草竊(초절)-노략질하다. 岐隴(기농)-기산과 농산. 모두 장안 서쪽에 있다.

101 逼近(핍근)-가까이에서 위협하다. 咸陽(함양)-장안을 가리킨다. ≪두공부시집집주≫: ≪당서≫에 따르면 광덕 원년 7월 토번이 대진관으로 들어왔고 8월 봉천과 무공을 침략했다.(唐書. 廣德元年七月, 吐蕃入大震關, 八月, 寇奉天武功.)

102 似是(사시)-그럴싸한 거짓과 진실.

103 隕迫(운박)-몸이 상하고 급박해지다.

104 尸祿(시록)-시위소찬尸位素餐. 하는 일 없이 봉록을 받는 것을 뜻한다.

105 形(형)-'之'로 된 판본도 있다.

爲虁府柏都督謝上表

기부도독 백무림을 대신하여 주상께 감사하며 올리는 표

臣某言, 伏見月日制,[1] 授臣某官, 祗拜休命,[2] 內顧隕越,[3] 策駑馬之力,[4] 冒累踐之寵,[5] 自數勳力,[6] 萬無一稱, 再三怵惕,[7] 流汗至踵,[8] 謹以某月日到任上訖.[9] 臣某, 誠戰誠懼,[10] 頓首頓首, 死罪死罪. 伏以陛下, 君父任使之久,[11] 掩臣子不逮之過,[12] 就其小效,[13] 復分深憂.[14] 察臣劍南區區,[15] 恐失臣節如彼,[16] 加臣頻煩階級,[17] 鎮守要衝如此.[18] 勉勵疲鈍,[19] 伏揚陛下之聖德, 愛惜陛下之百姓, 先之以簡易,[20] 閒之以樂業,[21] 均之以賦斂,[22] 終之以敦勸,[23] 然後畢禁將士之暴,[24] 弘洽主客之宜,[25] 示以刑典難犯之科,[26] 寬以困窮計無所出,[27] 哀今之人, 庶古之道.[28] 內救惸獨,[29] 外攘師寇.[30] 上報君父, 曲盡庸拙之分,[31] 下循臣子, 勤補失墜之目.[32] 灰粉骸骨, 以備守官.[33] 伏惟恩慈, 胡忍容易,[34] 愚臣之願也, 明主之望也. 限以所領,[35] 未遑謁對,[36] 無任兢灼之極,[37] 謹遣某官奉表陳謝以聞. 臣誠喜誠懼, 死罪死罪.

신 아무개가 아룁니다. 모월 모일의 조명을 엎드려 보니 신에게 모 관직을 주셨기에, 아름다운 명에 공손히 절을 하고는 제 자신을 돌아보니 황송하옵고, 노둔한 말의 힘을 채찍질하시어 누차 승진한 총애를 받았지만, 공훈과 역량을 스스로 헤아리니 만에 하나도 걸맞은 것이 없어서, 재삼 두려워 흘리는 땀이 발꿈치까지 닿는데, 삼가 모월 모일 부임지에 도착하는 일을 완수했습니다. 신 아무개는 진실로 두렵고 진실로 두려워, 머리를 조아리고 머리를 조아리니, 죽을죄를 짓고 죽을죄를 지었습니다. 엎드려 생각건대 폐하께서는 천자로서 신하를 파견한 지 오래되셨는데, 신하의 부족한 과실을 덮어주고 그 미력한 힘을 취하시어 다시 깊은 근심을 나누셨습니다. 신이 있는 검남의 미미함을 살피시고 저 사람처럼 신하의 절개를 잃을까 염려하시어, 신에게 빈번히 품계를 더해 이와 같은 요충지에 진수케 하셨습니다. 나약하고 노둔한 재주를 면려하여 폐하의 성덕을 엎드려 드날리고 폐하의 백성을 사랑하여 아끼며, 간명함을 우선시하고 즐기며 일함을 한가로이 여기며, 조세를 균등히 하고 힘써 권면함을 끝까지 하여, 연후에 장군과 병사의 난폭함을 모두 금지시키고 주인과 객의 마땅함을 널리 퍼트려서, 형벌 제도를 어기기 어렵다는 규범을 보이고 어렵고 군박하여 어쩔 도리가 없는 상황을 느슨하게 하여, 지금의 사람을 애달피 여기고 옛날의 도에 가까이 이르겠습니다. 안으로는 외롭고 쓸쓸한 이를 구원하고 밖으로는 무리 지은 도둑을 물리칠 것이며, 위로는 천자께 보답하여 용렬한 재능을 다하고, 아래로는 신하의 도리를 준수하여 실추된 조목을 힘껏 보완하겠으니, 백골이 가루가 되도록 모든 면에서 직분을 지키겠습니다. 은혜와 사랑을 엎드려 생각건대 어찌 경솔함을 참겠습니까? 어리석은 신하의 기원이 밝은 군주의 바람입니다. 관할하는 바에 제한되어 배알하여 대할 겨를이 없기에, 두려워 마음 졸이는 극한을 이길 수 없는데, 삼가 아무개 관원을 파견해 표를 받들어 감사의 뜻을 진술하여 아룁니다. 신은 진실로 기쁘고 진실로 두려워, 죽을죄를 짓고 죽을죄를 지었습니다.

[해제]

이 글은 두보가 기부 도독 백무림柏茂琳을 대신하여 천자께 올리는 사상표謝上表이다. 사상표는 지방 관직을 맡아 나간 이가 임지에 도착한 뒤 천자께 관직을 내려주어 감사하다는 뜻을 적어 올리는 글이다. 백무림은 촉군蜀郡 사람으로 이름이 무림茂林이라고도 한다. 후에 백정절柏貞節로 이름을 바꾸었다는 설과 별개의 인물이라는 설이 있다. 영태 2년 서산도지병마사西山都知兵馬事 최간崔旰이 검남절도사 곽영예郭英乂를 죽이자 공주병마사邛州兵馬使이던 백무림이 병사를 이끌고 가서 토벌하였다. 이후 여러 관직을 거쳐 어사중승 겸 기주 도독이 되었다. 두보는 기주에 있을 때 백무림의 도움을 많이 받았다. 대력 원년 기주에 도착했을 때 지은 것으로 추정한다.

[주석]

1 制(제)-황제의 조서를 가리킨다.
2 祗拜(지배)-공손히 절하다. 休命(휴명)-아름다운 명령. 황제의 명령을 가리킨다.
3 內顧(내고)-안으로 살펴보다. 자신을 돌아보다. 隕越(운월)-원래는 죽음을 뜻하는데, 황제에게 올리는 글에서 상투적으로 사용하는 겸어로 자신의 미천함을 가리킨다.
4 策(책)-채찍질하다. 駑馬(노마)-노둔한 말. 자신에 대한 겸칭이다.

5 冒(모)-입다. 받다. 累踐(누천)-거듭 승진하다. 백무림은 최간의 난을 평정한 이후로 지속적으로 승진하였다.

6 數(수)-헤아리다. 勳力(훈력)-공훈과 역량.

7 怵惕(출척)-두려워하다. 황공하다.

8 踵(종)-발꿈치. 이 구는 두려움에 온몸에 땀이 난다는 말이다.

9 任上(임상)-부임지. 訖(흘)-마치다.

10 戰(전)-두렵다.

11 君父(군부)-천자를 뜻한다. 任使(임사)-관원을 파견하다.

12 不逮之過(불체지과)-재능의 부족으로 인한 과오.

13 就(취)-~으로 나아가다. ~을 가지고서. 小效(소효)-적은 공로.

14 分深憂(분심우)-깊은 근심을 나누다. 황제가 신하와 나라 다스림의 근심을 나눈다는 말로, 지방 책임자로 삼았음을 말한다.

15 區區(구구)-미미한 모양.

16 如彼(여피)-저 사람과 같다. 여기서는 최간과 같은 이를 염두에 둔 말이다.

17 頻煩(빈번)-여러 번. '煩'은 '繁'으로 된 판본도 있다. 階級(계급)-관직의 품계.

18 此(차)-기주를 가리킨다.

19 疲鈍(피둔)-나약하고 둔하다.

20 簡易(간이)-행정을 단순하고 쉽게 처리하는 것을 말한다.

21 樂業(낙업)-즐거운 마음으로 종사하다.

22 賦斂(부렴)-세금 징수.

23 敦勸(돈권)-권면하다.

24 畢禁(필금)-완전히 금지하다.

25 弘洽(홍흡)-널리 퍼뜨리다.

26 刑典(형전)-형법. 科(과)-규범.

27 寬(관)-관대하게 하다. 困窮(곤궁)-융통성이 없는 것을 말한다. 計無所出(계무소출)-계책을 낼 수 없다. 어찌할 바를 모르는 상황을 말한다.

28 庶(서)-거의 이루다.

29 惸獨(경독)-외롭고 쓸쓸한 이. 원래 '경'은 형제가 없는 사람이고 '독'은 자식이 없는 사람이다.

30 攘(양)-물리치다. 師寇(사구)-무리를 지은 도적.

31 曲盡(곡진)-다하다. '盡'은 '蓋'로 된 판본도 있다. 庸拙之分(용졸지분)-형편없는 재능.

32 勤補(근보)-힘써 보완하다. 失墜之目(실추지목)-명분을 잃어버린 항목.

33 備(비)-완비하다. 모두 갖추다.

34 胡(호)-어찌. 容易(용이)-소홀히 하다. 경솔하다.

35 限(한)-제한이 되다. 이 구는 자신이 관할하고 있는 장소를 벗어나기 어렵다는 말이다.

36 未遑(미황)-겨를이 없다. 謁對(알대)-배알하여 대하다.

37 無任(무임)-감당할 수 없다. 兢灼(긍작)-두려워하며 마음을 졸이다.

13

爲補遺薦岑參狀

보유로 잠삼을 천거하는 장

宣議郞試大理評事攝監察御史賜緋魚袋岑參,[1] 右臣
等, 竊見岑參, 識度淸遠,[2] 議論雅正, 佳名早立,[3] 時輩所
仰.[4] 今諫諍之路大開, 獻替之官未備,[5] 恭惟近侍, 實藉
茂材.[6] 臣等謹詣閤門,[7] 奉狀陳薦以聞, 伏聽進止.[8]

至德二載六月十二日 左拾遺內供奉臣裴薦等狀[9]

左拾遺內供奉臣杜甫

左補闕臣韋少游[10]

右拾遺內供奉臣魏齊聃[11]

右拾遺內供奉臣孟昌浩[12]

선의랑 시대리평사 섭감찰어사 사비어대 잠삼, 위와 관련하여
아룁니다. 신 등이 잠삼을 살펴보니 식견과 기품이 맑고 고원하며
의론이 전아하고 반듯하여, 아름다운 이름이 일찍이 세워져 현재
유명한 인물들이 우러러보는 바입니다. 지금 간쟁의 길이 크게
열렸지만 간언할 수 있는 관원은 완전히 갖춰지지 않아서, 공손히
천자 곁에서 모심에 실로 뛰어난 재원에 의지해야 합니다. 신 등이

삼가 합문으로 가서 장을 받들어 추천함을 진설하여 아뢰오니,
엎드려 성지를 듣겠습니다.

지덕 2년 6월 12일 좌습유 내공봉 신 배천 등이 장을 올립니다
좌습유 내공봉 신 두보
좌보궐 신 위소유
우습유 내공봉 신 위제염
우습유 내공봉 신 맹창호

[해제]

이 글은 천자에게 잠삼을 우보궐에 추천하여 올리는 글이다. '補遺'
는 좌우보궐左右補闕과 좌우습유左右拾遺를 통칭한 말로 당나라 때는
각각 2명씩 총 8명이 정원이다. 하지만 당시 5명밖에 없어서 잠삼을
추천한 것으로 보인다. 보궐과 습유는 천자에게 잘못을 간언하는 일을
담당하였는데 보궐은 종칠품상이고 습유는 종팔품상이다. 잠삼은 형주
荊州 강릉江陵 사람으로 진사에 급제한 뒤 안서절도사 고선지高仙芝
의 막부에서 장서기掌書記를 했고 안서북정절도사 봉상청封常淸의
막부에서 판관判官을 역임한 뒤 우보궐, 기거사인, 고공원외랑 등을
지냈다. '狀'은 공문서의 형식으로 신하의 의견을 아뢰는 글이다. 이
글에서 잠삼의 품덕을 칭송한 뒤 부족한 간관에 충당할 적임자임을
말하여 추천하였다. 지덕 2년 숙종의 봉상 행재소에서 좌습유로 있을
때 지은 것이다.

[주석]

1 宣議郎(선의랑)-당나라의 산관散官으로 종칠품하이다. 산관은
직명만 있고 고정된 직무가 없는 관직이다. 試大理評事(시대리
평사)-'시'는 정식으로 임명되지 않은 채 관직을 수행하는 것이

다. '대리'는 구시九寺 중의 하나로 형법을 관장했으며 '평사'는
형옥을 판결하는 관직명으로 종팔품하이다. 攝監察御史(섭감찰
어사)-'섭'은 대리로 관직을 수행하는 것을 뜻한다. 감찰어사는
어사대 소속의 관원으로 규율과 감찰을 담당하며 정팔품상이다.
賜緋魚袋(사비어대)-붉은색 관복과 어부대魚符袋를 하사하다.
조회 관복의 복식으로 오품 이상의 관원에게 하사했다. '어부대'
는 물고기 모양의 부절을 넣는 주머니이다.

2 識度(식도)-식견과 기품.

3 立(립)-'上'으로 된 판본도 있다.

4 時輩(시배)-당시 유명한 인물.

5 獻替(헌체)-헌가체부獻可替否. 옳은 내용을 임금에게 아뢰고 옳
지 않은 것을 제거하는 것으로 임금에게 간언하는 것을 말한다.
≪좌전左傳·소공昭公 20년≫: "임금이 옳다고 말한 것 중에 옳
지 않은 것이 있으면 신하는 그 옳지 않은 것을 진헌하여 그
옳음을 이루고, 임금이 옳지 않다고 말한 것 중에 옳은 것이 있으
면 신하는 그 옳은 것을 진헌하여 그 옳지 않은 것을 제거한다.
(君所謂可而有否焉, 臣獻其否以成其可. 君所謂否而有可焉, 臣獻
其可以去其否.)

6 藉(자)-의지하다. 茂材(무재)-뛰어난 재능.

7 詣(예)-가다. 閤門(합문)-선정전宣政殿의 왼쪽 쪽문을 동상합
東上閤이라고 하고 오른쪽 쪽문을 서상합西上閤이라고 했는데
신하가 주청할 때 이 문에서 올렸다.

8 進止(진지)-황제의 명령을 뜻한다.

9 內供奉(내공봉)-당나라 때 전중시어사殿中侍御史 9명 중 3명을
내공봉이라고 하였는데 황제를 시봉하고 백관의 실례를 규찰하
였으며 종칠품상이다. 裴薦(배천)-하동 문희聞喜 사람으로, 좌
습유, 주객원외랑主客員外郎을 역임했다.

10 韋少游(위소유)-경조京兆 사람으로 좌보궐, 사봉원외랑司封員
外郎, 이부원외랑, 이부낭중吏部郎中을 역임했다.

11 魏齊呻(위제염)-생애가 알려져 있지 않다.

12 孟昌浩(맹창호)-생애가 알려져 있지 않다.

奉謝口敕放三司推問狀

삼사의 추문을 구두로 사면하셨음에 받들어 감사하는 장

　　右臣甫, 智識淺昧, 向所論事,¹ 涉近激訐,² 違忤聖旨,³ 既下有司, 具已擧劾,⁴ 甘從自棄,⁵ 就戮爲幸.⁶ 今日巳時, 中書侍郎平章事張鎬,⁷ 奉宣口敕, 宜放推問, 知臣愚戇,⁸ 赦臣萬死, 曲成恩造,⁹ 再賜骸骨. 臣甫誠頑誠蔽,¹⁰ 死罪死罪. 臣以陷身賊庭,¹¹ 憤惋成疾,¹² 實從間道,¹³ 獲謁龍顏,¹⁴ 猾逆未除,¹⁵ 愁痛難遏,¹⁶ 猥厠袞職,¹⁷ 願少裨補.¹⁸ 竊見房琯,¹⁹ 以宰相子, 少自樹立, 晚爲醇儒,²⁰ 有大臣體. 時論許琯,²¹ 必位至公輔,²² 康濟元元.²³ 陛下果委以樞密,²⁴ 衆望甚允.²⁵ 觀琯之深念主憂,²⁶ 義形於色, 況畫一保泰,²⁷ 其素所蓄積者已.²⁸ 而琯性失於簡,²⁹ 酷嗜鼓琴,³⁰ 董庭蘭今之琴工,³¹ 遊琯門下有日,³² 貧病之老, 依倚爲非,³³ 琯之愛惜人情, 一至於玷汙.³⁴ 臣不自度量,³⁵ 歎其功名未垂, 而志氣挫衄,³⁶ 覬望陛下棄細錄大,³⁷ 所以冒死稱述, 何思慮未竟,³⁸ 闕於再三.³⁹ 陛下貸以仁慈,⁴⁰ 憐其懇到,⁴¹ 不書狂狷之過,⁴² 復解網羅之急,⁴³ 是古之深容直臣,⁴⁴ 勸勉來者之意.⁴⁵ 天下幸甚, 天下幸甚. 豈小臣獨蒙全軀就

列,[46] 待罪而已.[47] 無任先懼後喜之至,[48] 謹詣閤門,[49] 進狀
奉謝以聞.

至德二載六月一日, 宣議郎行在左拾遺臣杜甫狀進[50]

위와 관련하여 아룁니다. 신 두보는 지식이 얕고 몽매하여 이전
에 일을 논한 바가 격앙에 가까웠기에 성지를 어기게 되어, 벌써
유사에게 내려져 모두 이미 죄과가 드러났으니, 스스로 버려짐을
달게 따르고 죽게 됨을 다행으로 여겼습니다. 금일 사시에 중서시
랑 평장사 장호가 받들어 구두로 사면을 선포하여 추문을 그만두
게 선언하였으니, 신의 어리석음을 알아서 만 번 죽어 마땅한 신을
용서하였기에, 다방면으로 이루어진 황제의 은혜로운 기르심을
해골이 된 저에게 다시 하사하셨습니다. 신 두보는 진실로 우둔하
고 진실로 우매하니 죽을죄를 짓고 죽을죄를 지었습니다. 신은
반군의 조정에 잡혀서 분함에 병이 되었는데, 실로 사잇길을 따라
와서 용안을 뵐 수 있었지만, 교활한 이가 아직 제거되지 않아
근심과 고통을 억누르기 어려웠는데, 황제를 보필하는 직위에 외
람되이 섞여서 조금이라도 보탬이 되길 원했습니다. 방관을 살펴
보니 재상의 아들로 젊어서는 스스로 뜻을 세웠고 늙어서는 순정
한 유자가 되었기에 대신의 풍모가 있었습니다. 당시 여론이 방관
을 칭송하여 반드시 지위는 재상에 올라 백성을 구제할 것이라고
했는데, 폐하께서 과연 중추 관직을 맡기시니 대중의 바람에 매우
부합했습니다. 보아하니 방관은 주상의 근심을 깊이 생각하여 그
뜻이 겉으로 드러났는데, 하물며 항상 태평함을 유지함은 그가

평소 마음에 늘 간직하고 있는 것이었습니다. 하지만 방관은 성품이 경솔하다는 단점이 있고 금 타기를 퍽 좋아합니다. 동정란은 오늘날의 금 장인입니다. 방관의 문하에서 노닌 지 오래되었는데, 가난하고 병든 늙은이가 그에 의지하다가 그릇된 일을 하였지만, 방관이 사람을 사랑하고 아끼는 인정 때문에 결국 오욕을 입게 되었습니다. 신은 스스로 도량을 헤아리지 못하고 그의 공명이 드리우지 못하고 기개가 꺾인 것을 탄식하고는, 폐하께서 사소한 것을 버리고 큰 것을 취하시기를 바랐기에 그래서 죽음을 무릅쓰고 그를 칭송하여 논한 것이었는데, 어찌나 생각이 두루 미치지 못한 것이었으며 두 번 세 번 생각하지 못한 일이었습니까? 폐하께서 인자하심을 베풀어 그 간절함을 기특하게 여기시어, 망령된 과오를 기록하지 않으시고 또 그물에 걸린 급박함을 풀어주시니, 이는 옛날에 강직한 신하를 깊이 받아주시고 후세를 권면하는 뜻입니다. 천하가 매우 행복하고 천하가 매우 행복합니다. 어찌 소신이 그저 몸을 온전히 해서 반열로 나아가는 은혜를 입겠습니까? 죄에 대한 벌을 기다릴 따름입니다. 먼저 두려워하다가 후에 기뻐하게 된 지극함을 감당할 수 없기에, 삼가 합문으로 가서 장을 바치면서 받들어 감사하여 아룁니다.

지덕 2년 6월 1일 선의랑 행재 좌습유 신 두보가 장을 올립니다.

[해제]

이 글은 두보가 방관을 옹호하는 내용의 상소를 하였다가 황제의 노여움을 사서 삼사에 추문되는 상황에 몰렸는데 이후 그 죄를 사면받는 조명이 내려왔기에 감사하는 뜻을 표현한 것이다. '口赦放'은 구두로 죄를 사면하는 명을 내린다는 뜻이다. '三司'는 형부刑部, 어사대御

史臺, 대리시大理寺로 형법을 관장하는 세 기관이다. '推問'은 심문한다는 뜻이다. '狀'은 공문서의 형식으로 신하의 의견을 아뢰는 글이다. 이 글에서 두보는 방관을 옹호한 상소를 올리게 된 사정을 기술하였고 죄를 사면해 준 것에 대해 감사하였다. 하지만 여전히 자신의 주장이 옳았다는 견해를 굽히지 않고 있다. 지덕 2년 숙종의 봉상 행재소에서 좌습유로 있을 때 지은 것이다.

≪두공부시집집주≫: 두보의 본전에서 "두보는 방관과 신분을 뛰어넘는 사귐을 하였다. 방관이 동정란을 객으로 받아들였다가 재상에서 파면되자, 두보가 상소하여 사소한 일로 벌을 주어 대신을 면직함은 마땅하지 않다고 말하였는데, 황제가 노하여 삼사의 추문을 명하였다. 재상 장호가 두보를 구제하여 풀려났다."라고 하였다. ≪당서≫를 살펴보건대, 위척이 어사대부에 제수되었는데, 마침 두보가 방관을 논한 글의 뜻이 오만하였기에 황제가 위척, 최광원, 안진경에게 명을 내려 조사하게 하였다. 위척이 두보의 말이 비록 망령되지만 간언하는 신하의 기풍은 잃지 않았다고 아뢨는데, 황제가 이로 말미암아 그를 멀리하였다. 이로 보건대 당시 두보를 구제하려 논한 이는 장호 한 사람만은 아니었다.(本傳, 甫與房琯爲布衣交, 琯以客董庭蘭罷宰相. 甫上疏言, 罪細不宜免大臣. 帝怒, 詔三司推問, 宰相張鎬救之, 得解. 按唐書, 韋陟除御史大夫, 會杜甫論房琯詞意迂慢, 帝令陟與崔光遠顔眞卿按之. 陟奏, 甫言雖狂, 不失諫臣體. 帝由是疏之. 觀此, 則當時論救者, 不獨一張鎬矣.)

[주석]

1 向(향)-일전에. 所論事(소론사)-일을 논했던 바. 방관을 변호한 일을 말한다.
2 涉(섭)-어떠한 상태가 되다. 激訐(격알)-격앙하다. 격렬하고 직접적으로 의견을 개진하다.
3 違忤(위오)-거스르다. 聖旨(성지)-황제의 뜻.
4 擧劾(거핵)-죄과를 거론하다.

5 甘從(감종)-달게 따르다. 自棄(자기)-자신을 버리다. 죽게 되는
것을 말한다.

6 就戮(취륙)-죽음으로 나아가다. 죽게 되다.

7 中書侍郎(중서시랑)-중서성의 실질적인 최고 책임자로 정사품
상이다. 平章事(평장사)-당나라 때 상서성, 문하성, 중서성 재상
의 칭호이다. 張鎬(장호)-박주博州 사람으로 양국충의 추천으
로 좌습유가 되었다. 안록산의 난에 현종을 호종하여 촉으로
갔으며 후에 봉상에 있는 숙종에게 가서 간의대부, 중서시랑
등을 역임했다.

8 愚戇(우당)-어리석다.

9 曲成(곡성)-여러 방면에서 이루다. 恩造(은조)-황제의 은덕으
로 길러주는 것을 말한다.

10 頑(완)-우둔하다. 蔽(폐)-우매하다.

11 臣(신)-뒤에 '比'가 더 있는 판본도 있다. 陷身(함신)-포로가 되
다. 賊庭(적정)-반군의 조정. 이 구는 두보가 안록산의 난에 장안
에 억류된 것을 말한다.

12 憤惋(분완)-분하고 탄식하다.

13 間道(간도)-사잇길.

14 謁(알)-배알하다. '面'으로 된 판본도 있다. 이 구는 두보가 장안
을 빠져나와 봉상으로 가서 숙종을 배알한 것을 말한다.

15 猾逆(활역)-교활하다. 안록산의 무리를 말한다.

16 遏(알)-억누르다.

17 猥厠(외측)-함부로 섞여 있다. 袞職(곤직)-황제를 보위하는 관
직. 이 구는 두보가 좌습유를 받은 것을 말한다.

18 裨補(비보)-돕다.

19 房琯(방관)-하남 구씨緱氏 사람으로 재상을 지낸 방융房融의 아
들이다. 홍문관 생도 출신으로 교서랑이 되었으며 안록산의 난에
현종을 호종하여 촉 땅으로 들어갔다가 숙종이 즉위한 뒤 봉상으
로 옮겼다. 하란진명賀蘭進明과 최원崔圓 등의 간언으로 숙종과

거리가 멀어지고 한담을 즐기다가 동정란董庭蘭의 일에 연루되어 태자소부太子少傅로 폄적되었으며, 장안 수복 후 지난한 관직 생활을 하였다.

≪두공부시집집주≫: 방관의 아버지는 방융으로 무후의 재상이었다. ≪당서·재상표≫에 따르면 장안 4년 10월 회주장사 방융이 정간대부 동봉각난대평장사가 되었다. 중종이 즉위한 뒤 제명되었고 고주로 유배되었다.(琯父融, 相武后. 唐書宰相表, 長安四年十月, 懷州長史房融爲正諫大夫, 同鳳閣鸞臺平章事. 中宗卽位, 除名, 流高州.)

20 醇儒(순유)-학식이 순정하고 고아한 유자.

21 時論(시론)-당시의 여론. 許(허)-허여하다. 칭송하다.

22 公輔(공보)-삼공三公과 사보四輔로 천자를 보좌하는 관직인데, 널리 재상을 가리킨다.

23 康濟(강제)-구제하다. 元元(원원)-백성.

24 果(과)-과연. 樞密(추밀)-국가의 중요 관직.

25 衆望(중망)-대중의 바람. 允(윤)-부합하다.

26 主憂(주우)-주상의 근심.

27 畫一(획일)-완전히. 온통. 保泰(보태)-평안함을 유지하다.

28 素(소)-평소. 蓄積(축적)-마음에 쌓아 두다. 항상 염두에 둔다는 말이다.

29 失於簡(실어간)-간명함의 실수가 있다. 경솔하게 일을 처리한다는 말이다.

30 酷嗜(혹기)-매우 좋아하다. 鼓琴(고금)-금을 연주하다.

31 董庭蘭(동정란)-농서隴西 출신으로 금琴을 잘 연주하였다. 琴工(금공)-금 연주자.

≪두공부시집집주≫: 당나라 유상의 <호가곡> 서에서 "채옹蔡邕은 금을 잘 연주하였으며 <이란>과 <별학> 곡조에 능했다. 후에 동정란이 금으로 호가의 소리를 묘사해서 18박을 만들었는데, 지금의 호농이 바로 그것이다."라고 하였다. 이조의 ≪국사보

≫에서 "동정란은 심가의 곡조와 축가의 곡조를 잘했는데, 대체로 대호가, 소호가라고 일컫는다."라고 하였다.(唐劉商, 胡笳曲序, 蔡文姬善琴, 能爲離鸞別鶴之操, 後董生以琴寫胡笳聲, 爲十八拍, 今胡弄是也. 李肇, 國史補, 董庭蘭, 善沉聲祝聲, 蓋大小胡笳云.)

≪두시전주≫: 주장문의 ≪금사≫에서 "동정란은 농서 사람이다. ≪당서≫에서 방관이 그를 좋아하였는데 (동정란이) 자주 뇌물을 받아 유사에게 심문당했고 방공은 이 때문에 파직되었다고 말하였다. 두보 또한 '동정란이 방관의 문하에서 노닌 지 오래였는데 가난하고 병든 늙은이가 그에 의지하다가 그릇된 일을 하였지만, 방관이 사람을 사랑하고 아끼는 인정 때문에 결국 오욕을 입게 되었다.'라고 하였다. 하지만 설이간은 다음과 같이 말하였다. '동정란이 왕후를 섬기지 않고 산발한 채 산림에 있은 것은 60년이다. 용모는 예스럽고 마음은 심원하며 뜻은 한가롭고 기품은 온화했으니 현을 튕겨서 음악을 연주하면 귀신을 감동시킬 수 있었다. 천보 연간에 급사중 방관은 예스러움을 좋아하는 군자이다. 동정란이 의리에 관한 소문을 듣고 왔는데 천 리를 멀다고 여기지 않았다.' 이러한 말로 인해 내가 또한 방공의 지나침을 볼 수 있고 그의 어짊을 알게 되었다. 방공이 급사중일 때 동정란이 이미 그 문하 출신이었는데 후에 재상이 되었을 때 어찌 갑자기 버릴 수 있었겠는가? 또 뇌물을 받은 일에 관해서 나는 방관을 모함하는 이가 꾸민 것으로 의심한다. 하지만 동정란이 늙고 피폐했으니 어찌 변별하여 해명할 수 있었겠는가? 마침내 악명을 입게 되었다. 방공이 광한으로 폄적되었을 때 동정란이 그를 찾아갔는데 방공은 화내는 기색이 없었다. 당나라 사람의 시에서 '칠현금 위 오음이 차가운데 이 음악을 알아줄 이 찾기가 예로부터 어려웠다. 오직 개원 때 방 태위가 시종 동정란을 머물게 할 수 있었다.'라고 하였다."라고 하였다. 살펴보건대 설이간은 금으로 대조한림을 하였는데 천보 연간에 살았으니 두보와 동시대

사람이라 그의 말은 반드시 믿을만 하다. 주장문(백원은 그의 자)의 ≪금사≫에서 천 년 후에 동정란을 위해 이러한 악명을 씻어주고 그 무거운 모함을 벗겨 주었으니 비단 당나라 사서의 오류를 바로잡았을 뿐만 아니라 아울러 두보가 빠트린 부분을 보완할 수 있다.(朱長文, 琴史云, 董庭蘭, 隴西人, 唐史謂其爲房琯所昵, 數通賕謝, 爲有司劾治, 而房公由此罷去. 杜子美亦云, 庭蘭遊琯門下有日, 貧病之老, 依倚爲非, 琯之愛惜人情, 一至於玷汙. 而薛易簡稱庭蘭不事王侯, 散髮林壑者六十載, 貌古心遠, 意閒體和, 撫弦韻聲, 可以感鬼神矣. 天寶中, 給事中房琯, 好古君子也, 庭蘭聞義而來, 不遠千里. 余因此說, 亦可以觀房公之過而知其仁矣. 當房公爲給事中也, 庭蘭已出其門. 後爲相, 豈能遽棄哉. 又賕謝之事, 吾疑譖琯者爲之, 而庭蘭朽耄, 豈能辯釋, 遂被惡名耳. 房公貶廣漢, 庭蘭詣之, 公無慍色. 唐人有詩云, 七條絃上五音寒, 此樂求知自古難. 惟有開元房太尉, 始終留得董庭蘭. 按薛易簡以琴待詔翰林, 在天寶中, 子美同時人也, 其言必信. 伯原, 琴史, 千載而下, 爲庭蘭雪此惡名, 白其厚誣, 不獨正唐史之繆, 兼可以補子美之闕矣.)

32 有日(유일)-오래되다.

33 依倚(의의)-의지하다. 爲非(위비)-나쁜 짓을 하다. 동정란이 뇌물을 받은 것을 말한다.

≪구당서·방관전≫: (방관이) 동정란의 금 연주를 즐겨 들었으며 금 연주자를 크게 불러들여 연회를 벌였다. 조정의 관원은 종종 동정란을 통해서 방관을 만났고, 이로부터 또한 많은 뇌물을 받아들여 불법 장물이 퍽 많았다. 안진경은 당시 어사대부였는데 이하기李何忌가 불효하다고 탄핵했다. 방관은 이미 이하기와 붕당을 맺고 있었는데, 이하기가 이에 의지하여 술에 취한 채로 입조했다가 폄적되어 서평군 사마가 되었다. 헌사가 또 동정란이 뇌물을 받았다고 상주하고 검거하자 방관이 입조하여 스스로 설명했지만 주상은 꾸짖으며 쫓아냈다. 그래서 자기 집으

로 돌아온 뒤 감히 다른 사람의 일에 관여하지 않았다. 간의대부
장호가 상소하여 "방관은 대신인데 문객이 뇌물 받은 일로 연루
되는 것은 마땅치 않습니다."라고 하였다. 지덕 2년 5월 방관은
태자소부로 폄적되었고 곧 장호가 방관을 대신하여 재상이 되었
다.(聽董庭蘭彈琴, 大招集琴客筵宴, 朝官往往因庭蘭以見琯, 自
是亦大招納貨賄, 姦贓頗甚. 顔眞卿時爲大夫, 彈何忌不孝, 琯旣
黨何忌, 遽託以酒醉入朝, 貶爲西平郡司馬. 憲司又奏彈董庭蘭招
納貨賄, 琯入朝自訴, 上叱出之, 因歸私第, 不敢關預人事. 諫議大
夫張鎬上疏, 言琯大臣, 門客受贓, 不宜見累. 二年五月, 貶爲太子
少師, 仍以鎬代琯爲宰相.)

34 玷汗(점오)-더럽혀지다. 오점이 되다.

35 度量(탁량)-역량을 헤아리다.

36 挫衄(좌뉵)-꺾이다. 좌절하다.

37 覬望(기망)-바라다. 棄細錄大(기세록대)-사소한 것을 무시하고
큰 것을 취하다. 방관에 대해 사소한 죄는 묻지 말고 큰 재능의
쓰임을 생각하라는 말이다.

38 未竟(미경)-다하지 못하다. 생각이 면밀하지 못하다는 뜻이다.
'未'는 '始'로 된 판본도 있다.

39 闕於再三(궐어재삼)-두 번 세 번 생각하는 것을 빠뜨리다. 여러
번 생각하지 않았다는 말이다.

40 貸(대)-펼치다. 시혜하다.

41 懇到(간도)-간절하다.

42 不書(불서)-기록하지 않다. 죄를 심문하지 않게 한 것을 말한다.
狂狷(광견)-이치에 맞지 않고 망령되다. 두보가 방관을 옹호하
며 상소한 행위를 형용한 말이다.

43 網羅之急(망라지급)-그물에 묶인 다급함. 두보가 삼사에 추문
당한 상태를 비유적으로 표현한 것이다.

44 深容(심용)-깊이 포용하다. 直臣(직신)-직언을 하는 신하.

45 來者(내자)-후세 사람.

46 全軀(전구)-몸을 온전히 하다. 就列(취렬)-반열로 나아가다. 두
보가 삼사의 추문을 사면받아 다시 복직한 것을 말한다.

47 待罪(대죄)-죄를 지은 뒤 벌 받을 것을 기다리다.

48 無任(무임)-감당하지 못하다. 先懼後喜(선구후희)-먼저 두려워
하다가 뒤에 기뻐하다. 두보가 삼사에 추문 당하게 되었다가 사
면받은 것을 말한다.

49 詣(예)-가다. 閤門(합문)-선정전宣政殿의 왼쪽 쪽문을 동상합
東上閤이라고 하고 오른쪽 쪽문을 서상합西上閤이라고 했는데
신하가 주청할 때 이 문에서 올렸다.

50 宣議郎(선의랑)-당나라의 산관散官으로 종칠품하이다. 산관은
직명만 있고 고정된 직무가 없는 관직이다. 行在(행재)-천자의
임시 거처인 행재소行在所. 당시 숙종은 봉상에 있었다. '在'가
없는 판본도 있는데 '行'은 겸직의 뜻이다. 左拾遺(좌습유)-간언
을 담당한 관직으로 종팔품상이다.

15

爲華州郭使君進滅殘寇形勢圖狀

화주자사 곽씨를 대신하여 남은 반군을 물리치는 형세의 책략을 올리는 장

　右臣竊以逆賊束身檻中,[1] 奔走無路, 尙假餘息, 蟻聚苟活之日久.[2] 陛下猶覬其匍匐相率,[3] 降款盡至,[4] 廣務寬大之本, 用明惡殺之德, 故大軍雲合,[5] 蔚然未進.[6] 上以稽王師有征無戰之義,[7] 下以成古先聖哲之用心.[8] 玆事玄遠,[9] 非愚臣所測. 臣聞易載隨時,[10] 不俟終日.[11] 先王之用刑也, 抑亦小者肆諸市朝,[12] 大者陳諸原野.[13] 今殘孽雖窮蹙日甚,[14] 自救不暇, 尙慮其逆帥望秋高馬肥之便,[15] 蓄突圍拒轍之謀,[16] 大軍不可空勤轉輸之粟,[17] 諸將宜窮犄角之進.[18] 頃者,[19] 河北初收數州, 思明降表繼至.[20] 實爲平盧兵馬在賊左脅,[21] 賊動靜乏利,[22] 制不由己,[23] 則降附可知.[24] 今大軍盡離河北, 逆黨意必寬縱,[25] 若萬一軼略河縣,[26] 草竊秋成,[27] 臣伏請平盧兵馬及許叔冀等軍,[28] 從鄆州西北渡河,[29] 先衝收魏,[30] 或近軍志避實擊虛之義也.[31] 伏惟陛下圖之,[32] 遣李銑殷仲卿孫靑漢等軍,[33] 邐迤渡河佐之,[34] 收其貝博.[35] 賊之精銳, 撮在相魏衛之州.[36] 賊用仰魏而給.[37] 賊若抽其銳卒, 渡河救魏博,[38] 臣則請朔方伊西北庭等軍,³⁹ 渡沁水,⁴⁰ 收相衛. 賊若廻戈距我兩軍,⁴¹
臣又請郭口祁縣等軍,⁴² 驀嵐風馳,⁴³ 屯據林慮縣界,⁴⁴ 候
其形勢漸進, 又遣季廣琛魯炅等軍,⁴⁵ 進渡河, 收黎陽臨
河等縣,⁴⁶ 相與出入犄角, 逐便撲滅,⁴⁷ 則慶緒之首, 可翹
足待之而已.⁴⁸ 是亦恭行天罰, 豈在王師必無戰哉.⁴⁹ 愚臣
聞見淺狹,⁵⁰ 承乏待罪,⁵¹ 未精愼固之守,⁵² 輕議擒縱之
術.⁵³ 抑臣之夢寐, 貴有裨補,⁵⁴ 謹進前件圖如狀,⁵⁵ 伏聽
進止.⁵⁶

乾元元年七月日某官臣狀進

위와 관련하여 아룁니다. 신이 외람되이 생각건대 역적이 울타
리 안에서 몸이 묶인 채 달아날 길도 없지만 여전히 남은 숨을
빌리고 있으면서 개미처럼 모여 구차하게 산 지 오래되었습니다.
폐하께서 여전히 줄줄이 엎어져서 항복하여 모두 다 이르면, 관대
함의 근본을 널리 힘쓰고 살생을 싫어하는 덕을 이로써 밝히기를
바라시기에, 그리하여 대군이 구름처럼 모였지만 성대한 채 나아
가지는 못하고 있습니다. 위로는 왕의 군대는 정벌은 하되 전쟁은
하지 않는다는 의로움이 있음을 헤아리시고, 아래로는 옛 성철의
마음 씀을 이루고자 하시는데, 이 일은 심원하니 우매한 신이 헤아
릴 바가 아닙니다. 신이 듣기에 ≪주역≫에 "때를 따른다", "해가
다할 때까지 기다리지 않는다"라고 하였습니다. 선왕의 형법은
사소한 경우는 시장에 시체를 내어 보이고 큰 경우는 넓은 들에

시체를 내어 보인다는 것입니다. 지금 남은 도적이 비록 궁박함이 날로 심해져 스스로 구할 겨를도 없지만, 그 반역군이 가을에 말이 살찔 때를 바라고 포위를 뚫어 수레에 대항할 계책을 쌓을 것을 여전히 근심합니다. 대군은 공연히 식량 수송에 부지런하기만 해서는 안되고 여러 장수는 마땅히 모두 협력하여 나아가야 합니다. 얼마 전에 하북에서 여러 주를 처음 수복하였고 사사명이 항복한다는 표가 연이어 이르렀습니다. 실제로 평로의 군대가 반군의 좌측에서 위협하여 반군은 움직이든 가만있든 유리한 점이 없고 스스로 제어하지 못하고 있어 항복하리라는 것을 알 수 있습니다. 지금 대군이 모두 하북을 떠난다면 반역의 무리가 반드시 느슨해질 것이라 생각하고는 만에 하나 황하 유역의 현을 침략하여 가을 수확물을 노략질할 것이니, 신은 엎드려 청하건대 평로의 병마와 허숙기 등의 군대가 운주 서북쪽으로 황하를 건너 먼저 쳐서 위주를 수복하신다면, 아마도 병법에서 말한 '실세를 피해 허점을 친다'라는 뜻에 가까울 것입니다. 엎드려 생각건대 폐하께서 이 일을 도모하시려면, 이선, 단중경, 손청한 등의 군대를 보내 이리저리 황하를 건너 그를 돕게 하여 패주와 박주를 수복하게 하십시오. 반군의 정예병이 상주, 위주魏州, 위주衛州에 모여 있고, 반군의 군수품은 위주魏州에서 공급합니다. 반군이 만약 그 정예병을 빼서 황하를 건너 위주魏州와 박주를 구한다면, 신은 곧장 청컨대 삭방, 이서북정 등의 군대가 심수를 건너서 상주와 위주衛州를 수복하게 하십시오. 적이 만약 군대를 돌려 우리 두 군대에 대항한다면 신은 또 청컨대 곽구, 기현 등의 군대가 남기를 뛰어넘고 바람처럼 달려 임려현을 차지하게 하십시오. 그 형세가 점차 나아지길 기다려서 또 계광침, 노경 등의 군대를 파견하여 진격해 황하를 건너 이양현, 임하현 등을 수복하게 하십시오. 서로 함께 협력하여 들고나서 기회를 틈타 박멸하면 안경서의 머리는 다리를 들어 올리는 시간 동안만 기다리면 올 것입니다. 이는 또한 하늘의 벌을 공손히 행하는 것이니 어찌 왕의 군대는 반드시 전쟁을 하지 말아야 한다는 것에 말미암겠습니까? 어리석은 신의 견문이 얕고 좁아서 비어 있던 직위를 차지한 채 죄의 벌을 기다리고 있습니다. 아직 신중하고 굳게 지켜야 함에 정통하지 못해 경솔하게 잡았다 풀어주는 계책을 의론했습니다. 하지만 신은 자나 깨나 국정에 보탬이 됨을 귀하게 여기기에, 삼가 앞에 말한 책략과 장을 바치니, 엎드려 황제의 뜻을 듣겠습니다.

건원 원년 7월 모일 아무개 관직 아무개가 장을 올립니다.

[해제]

이 글은 화주자사 곽씨를 대신하여 안록산의 아들 안경서가 이끄는 반군의 잔당을 물리치는 책략에 관해 의견을 개진한 것이다. 곽씨에 대해서는 자세하지 않다. '狀'은 공문서의 형식으로 신하의 의견을 아뢰는 글이다. 반군의 정예부대가 있는 위주魏州와 상주 지역을 상황에 따라 사방의 관군을 적절히 동원해 공격하여 물리칠 것을 건의하였다. 건원 원년 화주사공으로 재직할 때 지은 것이다.

[주석]

1 逆賊(역적)-사사명, 안경서 등을 가리킨다. 束身(속신)-몸을 묶다. 운신하기 힘들다는 뜻이다. 檻中(함중)-울타리 속. 이 구는 반군 무리가 포위당한 상태를 형용한 것이다.
2 蟻聚(의취)-개미처럼 모여있다. 苟活(구활)-구차하게 살다.

≪두공부시집집주≫: ≪자치통감≫에서 "지덕 2년 겨울 10월 광평왕이 동경(낙양)에 들어오자 안경서는 도망가 업군을 지켰고 제장 아사나승경 등이 흩어져 상산과 조군으로 들어갔다. 열흘 사이에 채희덕은 상당에서, 전승사는 영천에서, 무령순은 남양에서 각기 거느리던 병사를 인솔하여 그에게 돌아왔다. 또 하북의 여러 군에 있는 사람을 불러 모으니 무리가 6만에 달했으며 군대의 명성이 다시 떨쳐졌다."라고 하였다.(通鑑, 至德二載冬十月, 廣平王入東京, 安慶緒走保鄴郡, 諸將阿史那承慶等散投常山趙郡. 旬日間, 蔡希德自上黨, 田承嗣自潁川, 武令珣自南陽, 各帥所部兵歸之. 又召募河北諸郡人, 衆至六萬, 軍聲復振.)

3 覬(기)-바라다. 匍匐(포복)-엎어지다. 굴복하다. 相率(상솔)-서로 이어지다.

4 降款(항관)-항복하다.

5 雲合(운합)-운집하다.

6 蔚然(위연)-무리가 많은 모양.

7 稽(계)-헤아리다. 有征無戰(유정무전)-정벌하지만 전쟁을 벌이지는 않는다. 싸우지 않고 이기는 것을 말한다.

8 古先(고선)-옛날. 또는 선조.

9 玄遠(현원)-오묘하고 심원하다.

10 隨時(수시)-때를 따르다. 때를 놓치지 않는다는 뜻이다.
≪주역·수隨≫: 크게 형통하여 바르니 허물이 없어서 천하가 때를 따른다. 때를 따르는 의가 크다.(大亨貞, 無咎, 而天下隨時, 隨時之義大矣哉.)

11 不俟終日(불사종일)-날이 끝날 때까지 기다리지 않는다. 곧장 처리한다는 뜻이다.
≪주역·계사하繫辭下≫: 군자가 기미를 보고 일어나니 날이 끝나기를 기다리지 않는다.(君子見幾而作, 不俟終日.)

12 抑(억)-어조사. 肆諸市朝(사저시조)-죄인을 죽여 저자에 내보이다. '시조'는 원래 저자와 조정인데 여기서는 저자만 뜻한다.

≪논어·헌문憲問≫ "吾力猶能肆諸市朝" 정현 주: 죄가 있어 처형한 뒤 그 시체를 진열하는 것을 '사'라고 한다.(有罪旣刑, 陳其尸, 曰肆.)

13 陳(진)-진열해서 대중에게 보이다. 原野(원야)-넓은 들.

14 殘孼(잔얼)-잔당. 남은 무리. 窮蹙(궁척)-궁박하다.

15 秋高馬肥之便(추고마비지편)-가을하늘이 높아지고 말이 살찌는 편의. 북방 출신인 반군이 가을이 되어 다시 전력을 보충하는 것을 말한다.

16 突圍(돌위)-포위를 돌파하다. 拒轍(거철)-수레바퀴에 대항하다. 당랑거철螳螂拒轍의 뜻으로 자신의 역량을 헤아리지 않고 덤비는 것을 말한다.
≪장자莊子·인간세人間世≫: 너는 저 사마귀를 모르느냐? 화가 나서 그 다리로 수레바퀴에 맞서는데 그가 이기지 못할 것을 모른다.(汝不知夫螳蜋乎, 怒其臂以當車轍, 不知其不勝任也.)

17 轉輸(전수)-운반하다. 粟(속)-곡식.

18 犄角(의각)-발을 누르고 뿔을 잡다. 서로 협력해서 적을 공격하는 것을 비유적으로 표현한 것이다. '犄'는 '掎'와 통한다.
≪좌전·양공襄公 14년≫ "譬如捕鹿, 晉人角之, 諸戎掎之" 공영달 소: '각지'는 그 뿔을 잡는 것을 말하고, '의지'는 그 발을 누르는 것을 말한다.(角之, 謂執其角也. 掎之, 言戾其足也.)

19 頃者(경자)-근래에.

20 降表(항표)-항복의 뜻을 적은 표.
≪두공부시집집주≫: ≪자치통감≫에서 "지덕 2년 12월 사사명이 아사나승경 등을 가두고 그의 장수 두자앙을 파견하여 표를 받들어서 다스리던 13개 주와 병사 8만을 가지고 와서 항복하게 하고, 아울러 그의 하동절도사 고수암을 인솔하여 거느리던 것을 가지고서 와서 항복하게 하였다. 사사명은 그의 장수 설악으로 항주자사를 대리하게 하였고 아들 사조의로 기주자사를 대리하게 하였으며, 그의 장수 영호창으로 박주자사를 삼았다. 오승은

이 도착한 곳에서 조서의 뜻을 선포하자 창주, 영주, 안주, 심주, 덕주, 체주 등의 주가 모두 항복하였다. 비록 상주는 아직 함락되지 않았으나 하북은 대체로 당나라의 소유가 되었다."라고 하였다.(通鑑, 至德二載十二月, 史思明因阿史那承慶等, 遣其將竇子昂奉表, 以所部十三州及兵八萬來降. 并帥其河東節度使高秀巖以所部來降. 思明以其將薛蕚攝恒州刺史, 子朝義攝冀州刺史, 以其將令狐彰爲博州刺史, 烏承恩所至, 宣布詔旨, 滄瀛安深德棣等州皆降. 雖相州未下, 河北率爲唐所有矣.)

21 平盧(평로)-평로절도사는 반군의 근거지인 유주의 동북쪽 경계에 있었다.
≪두공부시집집주≫: ≪당서·방진표≫에 따르면, 개원 5년 영주에 평로군사를 두었고 개원 7년에 평로군절도로 승격했다. ≪자치통감≫에 따르면, 지덕 2년 안동도호부 왕현지와 평로 장수 후희일이 반군의 평로절도사 서귀도를 습격하여 죽였다. 또 병마사 동진을 파견하여 병사를 거느리고 갈대 뗏목으로 바다를 건너게 하고, 대장 전신공과 더불어 평원과 낙안을 쳐서 함락하였다. 평로는 유주와 연 땅의 동쪽에 있었기에 '좌측에서 위협한다'라고 하였다.(唐書, 方鎭表, 開元五年, 營州置平盧軍使. 七年, 升爲平盧軍節度. 通鑑, 至德二載, 安東都護王玄志與平盧將侯希逸, 襲殺僞平盧節度徐歸道. 又遣兵馬使董秦將兵, 以葦筏渡海, 與大將田神功擊平原樂安, 下之. 平盧, 在幽燕之東, 故曰左脅.)

22 動靜(동정)-이동하는 것과 가만히 있는 것. 乏利(핍리)-이익이 없다. '乏'은 '之'로 된 판본도 있다.

23 不由己(불유기)-자기 마음대로 할 수 없다.

24 降附(항부)-항복하다.

25 寬縱(관종)-경계가 느슨해지다.

26 軼略(질략)-침탈하다. 河縣(하현)-황하 유역의 고을.

27 草竊(초절)-노략질하다. 秋成(추성)-가을의 수확물.

28 許叔冀(허숙기)-당시 청등절도사였다. 청주와 등주 지역은 지금

의 산동성 지역으로 이 글에서 공격하고자 하는 위주魏州의 동쪽
에 있었다.

29 從(종)-원래는 없는 글자인데 ≪두시상주≫에서 삽입하였다. 鄆
州(운주)-당시 하남도에 속했으며 지금 공격하고자 하는 위주魏
州, 박주와 황하를 경계로 바로 남쪽에 있었다. 운주 서쪽에 복주
와 활주가 있다.

≪두시상주≫: 아래 세 단락에 따르면 각각 '등군'에서 쉼표가
찍히는데, 여기 '군'자 다음에 마땅히 '종'자가 있어야 한다.(據
下三段, 各以等軍爲句, 此處軍字下當有從字.)

≪두공부시집집주≫: ≪당서≫에 따르면, 운주는 수나라 동평군
의 수창현이었으며 하남도에 속했다. ≪자치통감≫에 따르면, 지
덕 2년 7월 영창태수 허숙기가 반군에 포위되었는데 구원병이
오지 않자 무리를 이끌고 팽성으로 도망쳤으며, 건원 원년 8월
청주, 등주 등 다섯 주를 거느린 절도사 허숙기를 활주, 복주
등 여섯 주를 거느린 절도사로 삼았다. 두보가 이 글을 작성할
때 허숙기는 아직 활주와 복주에 진수하지 않았기에 운주를 통해
가고자 하였다.(唐書, 鄆州, 隋東平郡之須昌縣, 屬河南道. 通鑑,
至德二載七月, 靈昌太守許叔冀爲賊所圍, 救兵不至, 拔衆奔彭城.
乾元元年八月, 以靑登等五州節度使許叔冀爲滑濮等六州節度使.
公作狀時, 叔冀尙未鎭滑濮, 故欲從鄆州也.)

30 收魏(수위)-위주魏州를 수복하다.

≪두공부시집집주≫: ≪당서≫에 따르면, 위주魏州는 한나라
위군 원성현의 땅으로 하북도에 속했으며 당시 안경서가 차지
하고 있었다.(唐書, 魏州, 漢魏郡元城縣地, 屬河北道, 時爲安慶
緒所據.)

31 軍志(군지)-병서兵書. 避實擊虛(피실격허)-실세를 피하고 허점
을 공격하다.

≪손자孫子·허실虛實≫: 물의 흐름은 높은 곳을 피해 아래쪽을
쫓고, 병사의 형세는 실세를 피하고 허점을 공격한다.(水之行,

避高而趨下. 兵之形, 避實而擊虛.)

32 圖之(도지)-그것을 도모하다.

33 李銑殷仲卿孫青漢(이선은중경손청한)-이선, 은중경, 손청한은
모두 당시 황하 남쪽 지역의 책임자였을 것이다.
≪두공부시집집주≫: 이선은 상원 연간 초에 회서절도부사를 겸
직했다. 은중경은 상원 연간 초에 청주자사를 하면서 치주, 기주,
창주, 덕주, 체주 등 주를 다스리는 절도사를 겸직했다. 손청한에
대해서는 고찰할 수 없다.(李銑, 上元初, 領淮西節度副使. 殷仲
卿, 上元初, 自青州刺史領淄沂滄德棣等州節度使. 孫青漢, 無考.)

34 邐迤(이이)-구불구불한 모양.

35 貝博(패박)-패주와 박주. 패주는 위주魏州 북쪽에 있었고 박주
는 위주魏州 동쪽 운주 북쪽에 있었다.
≪두공부시집집주≫: ≪당서≫에 따르면 패주는 수나라 청하군
이었고 박주는 수나라 무양군의 요성현이었는데 모두 하북도에
속했다.(唐書, 貝州, 隋清河郡. 博州, 隋武陽郡之聊城縣, 俱屬河
北道.)

36 撮(촬)-모이다. 相魏衛(상위위)-상주는 위주魏州 서쪽에 있었
고 위주衛州는 상주 남쪽에 있었다.
≪두공부시집집주≫: ≪당서≫에 따르면, 상주는 한나라 위군이
고 위주衛州는 수나라 급군이었는데 모두 하북도에 속했다.(唐
書, 相州, 漢魏郡. 衛州, 隋汲郡, 俱屬河北道.)

37 賊用(적용)-반군의 군수품. 仰魏(앙위)-위주에 의지하다.

38 渡河(도하)-황하를 건너다. 당시 반군의 정예병이 모두 황하 북
쪽에 있었기에 위주와 박주를 구하기 위해서는 황하를 건널 필요
가 없는데, 두보가 착각한 것으로 보인다.

39 朔方(삭방)-당시 삭방절도사는 곽자의郭子儀였으며 치소가 영
주靈州(지금의 영하자치구 영무靈武 남서쪽)에 있었다. 伊西北
庭(이서북정)-현종 때 설치한 것으로 치소는 북정도호부北庭都
護府에 있었고 그 절도사는 북정도호를 겸했다. 이주伊州, 서주

西州, 정주庭州 및 북정도호부 경내를 관할했다. 때때로 인근 절도사와 합치거나 나뉘기도 하였다.

≪두공부시집집주≫: ≪자치통감≫에 따르면, 건원 원년 8월 삭방절도사 곽자의가 행영으로 갔고 3월에 진서북정행영절도사 이사업이 하내에 주둔했다.(通鑑, 乾元元年八月, 朔方節度使郭子儀詣行營. 三月, 鎭西北庭行營節度使李嗣業屯河內.)

40 沁水(심수)-하동도河東道 택주澤州의 강인데, 택주는 위주衛州 서쪽에 있었다.

≪두공부시집집주≫: 심수는 택주에 있었다.(沁水, 在澤州.)

41 廻戈(회과)-창을 돌리다. 공격 방향을 바꾼다는 말이다. 距(거)-대항하다. 兩軍(양군)-심수를 건너 공격하는 두 관군을 가리킨다.

≪두공부시집집주≫: 곽자의와 이사업의 군대를 말한다.(謂郭子儀李嗣業之軍.)

42 郭口(곽구)-하동도 노주潞州 호관壺關의 지명으로 보인다. 노주는 상주 바로 서쪽에 있었다. '郭'은 '鄰'으로 된 판본도 있다. 祁縣(기현)-태원부太原府의 지명이다. 태원부는 노주 북쪽에 있었다.

≪두공부시집집주≫: ≪당서≫를 살펴보니 곽현은 대군도독부에 속했는데, 곽구는 아마도 그 경내에 있었을 것이다. ≪자치통감≫ 주에 "곽구는 낙주 한단현 서쪽에 있는데 아마도 호관의 험지일 것이다."라고 하였다. ≪구당서≫에 따르면, 곽구는 상주 서산에 있었으며 기현은 본래 한나라 현으로 병주 태원부에 속했다. 당시 이광필이 하동절도사가 되었고 왕사례가 택로절도사를 겸했는데, '곽구와 기현 등의 군대'는 마땅히 두 진의 병사를 가리킬 것이다.(按唐書, 鄰縣, 屬代郡都督府. 鄰口, 疑在其境. 通鑑注, 鄰口在洛州邯鄲縣西, 蓋卽壺關之險也. 舊書, 鄰口在相州西山. 祁縣, 本漢縣, 屬幷州太原府. 時李光弼爲河東節度使, 王思禮兼領澤潞節度使, 鄰口祁縣等軍, 當指二鎭之兵也.)

43 鶩嵐風馳(맥람풍치)-남기를 뛰어넘고 바람처럼 치달리다. '嵐'
을 지명으로 보는 설도 있는데, 남주嵐州는 태원부의 서북쪽에
있어서 지리상 타당하지 않다.
≪두시상주≫: 주학령은 "어떤 판본에는 '모람풍치'로 되어 있
다."라고 하였다. '맥람치'로 된 판본도 있고 '맥산풍치'로 된 판
본도 있다. 장진은 '맥람치둔'으로 구두하였다.(朱云, 或作暮嵐
風馳. 一作鶩嵐馳, 一作鶩山風馳. 張溍讀作鶩嵐馳屯.)

44 屯據(둔거)-주둔하여 차지하다. 林慮縣(임려현)-상주相州의 지
명으로 서쪽 경계에 있었다.
≪두공부시집집주≫: ≪당서≫에 따르면, 남주는 본래 수나라 누
번군의 남성현으로 하동도에 속했고, 임려는 바로 한나라 융려현
으로 상주에 속했다.(唐書, 嵐州, 本隋樓煩郡之嵐城縣, 屬河東道.
林慮, 卽漢隆慮縣, 屬相州.)

45 季廣琛(계광침)-당시 정채절도사鄭蔡節度使였다. 정채절도사
는 정주, 채주, 활주, 복주 등의 지역을 다스렸는데, 위주衛州,
상주와 황하를 사이에 두고 남쪽에 있었다. 魯炅(노경)-당시 회
서절도사淮西節度使였다. 회서절도사는 안록산의 남하를 저지
하기 위해 설치한 것으로 하남성 및 호북성 일대를 관할했다.
≪두공부시집집주≫: 당시 계광침이 정채절도사였고 노경이 회
서절도사였다.(時季廣琛爲鄭蔡節度使, 魯炅爲淮西節度使.)

46 黎陽(이양)-위주衛州의 지명이다. 臨河(임하)-상주의 지명이다.
≪두공부시집집주≫: ≪당서≫에 따르면 이양은 위주衛州에 속
했고 임하현은 이양을 쪼개서 둔 것으로 상주에 속했다.(唐書,
黎陽屬衛州, 臨河縣析黎陽置, 屬相州.)

47 逐便(축편)-편의를 따라서. 撲滅(박멸)-쳐서 무찌르다.

48 翹足(교족)-다리를 들다. 매우 짧은 시간을 말한다.

49 在(재)-이 뒤에 '於'가 더 있는 판본도 있다. 이 구는 지금 관용을
베풀어 반군이 투항하기를 기다리지 말고 공격하여 반군을 섬멸
해야 한다는 뜻이다.

50 淺狹(천협)-얕고 협소하다.

51 承乏(승핍)-비어 있는 관직을 이어 받다. 관직에 있는 것에 대한 겸사이다. 待罪(대죄)-죄에 대한 벌을 기다리다. 황제에게 행하는 자신의 행위에 대한 겸사이다.

52 精(정)-정통하다. 愼固之守(신고지수)-신중하고 견고하게 지키다. 방비만 하는 것을 말한다.

53 輕議(경의)-경솔하게 의론하다. 擒縱之術(금종지술)-붙잡았다 놓아주는 술책. 적군을 다루어 공격하는 책략을 뜻한다.

54 裨補(비보)-보좌하다.

55 如(여)-그리고.

56 進止(진지)-황제의 뜻.

#《두시상주》: 살펴보건대 두보의 작전계획은 정세를 완전히 다 알고 작성한 것이기에 이러한 글은 진정 앉아서 말하고 일어서서 행할 수 있는 것이다. 애초에 서생이 논병한 것은 우활하다고 비난했는데 한유가 회서를 논한 일과 함께 모두 나라 경영에 유용한 문장으로 추천한다.(按, 杜公借箸前籌, 洞悉情勢, 此等文字, 眞可坐而言起而行者, 初非書生談兵迂闊也. 與韓昌黎論淮西事宜, 俱推經國有用之文.)

乾元元年華州試進士策問五首

건원 원년 화주 진사 시험 책문 다섯 문항

問. 山林藪澤之地,[1] 各以肥磽多少爲差.[2] 故供甲兵士
徒之役,[3] 府庫賜予之用,[4] 給郊廟宗社之祀,[5] 奉養錄食之
出,[6] 辯乎名物,[7] 存乎有司,[8] 是謂公賦知歸,[9] 地著不撓者
已.[10] 今聖朝紹宣王中興之洪業於上,[11] 庶尹備山甫補袞
之能事於下,[12] 而東寇猶小梗,[13] 率土未甚關,[14] 總彼賦稅
之獲,[15] 盡瞻軍旅之用,[16] 是官御之舊典闕矣,[17] 人神之攸
序乖矣.[18] 欲使軍旅足食,[19] 則賦稅未能充備矣,[20] 欲將誅
求不時,[21] 則黎元轉罹疾苦矣.[22] 子等,[23] 以待問之實,[24] 知
新之明,[25] 觀志氣之所存, 於應對乎何有,[26] 佇渴救敝之道
術,[27] 願聞强學之所措,[28] 意蓋在此矣,[29] 得游說乎.[30]

묻는다. 산림과 소택의 땅은 각기 비옥함과 크기에 차이가 있기
에, 군대 병사의 군역과 창고 및 공급의 용품을 제공하고, 각종
제사의 예물과 봉양 및 봉록의 지출을 공급하는데, 물품의 명목을
변별하고 담당자를 두었으니, 이를 일러 "관부의 부세가 의지하는
바를 알고 한 지역에 정착함을 어지럽히지 않는다"라고 한다. 지
금 위에서는 성스러운 조정이 주나라 선왕이 중흥한 대업을 계승

하고 아래에서는 여러 관리가 중산보가 왕을 보좌한 재능을 갖추었지만, 동쪽의 도적은 여전히 좀 강경하고 영토가 아직 성대히 열리지 않았기에, 획득한 저 부세를 모두 모아서 군대의 용품으로 다 공급하였으니. 이에 관청과 조정의 옛 제도가 사라지게 되었고 사람과 영령의 순서가 어그러지게 되었다. 군대가 충분히 먹게 하려면 부세를 충분히 갖출 수 없고, 장차 강제 징수를 수시로 하려면 백성이 도리어 고통에 얽매이게 된다. 그대들은 자문을 기다리는 실정과 새로움을 알아가는 명석함으로 자신의 뜻이 있는 곳을 보고는 대책에 응함에 있어 어떤 견해가 있는가? 폐단을 구제할 도리를 갈망하여 석학의 조치를 듣고자 하니, 뜻은 대체로 이러한 것에 있는데 의견을 개진할 수 있는가?

[해제]

이 글은 두보가 화주에서 치르는 진사시의 책문을 출제한 것으로 모두 다섯 문항이다. 각각 전시 조세 충당 방안, 역참 경영 개선 방안, 황하 수리 사업 방안, 군영 재정 충당 방안, 화폐 제도 및 곡식 저장 제도 운용 방안 등에 관해 질문하는 내용이다. 건원 원년 화주사공참군으로 재직할 때 지은 것이다.

≪두공부시집집주≫: ≪당육전≫에서 "여러 주에서 매해 사람을 바치는데 그 진사는 소경(권수가 적은 경전) 한 권과 ≪노자≫에 대해 첩으로 시험하고, 잡문 2수를 짓게 하며, 당시 시국과 관련한 사무 5문항을 책문한다."라고 하였다. 당시 두보는 화주사공참군으로 폄적되었다.(唐六典, 諸州每歲貢人, 其進士帖一小經及老子, 試雜文兩首, 策時務五條. 時公貶華州司功參軍.)

[주석]

1 藪澤(수택)-소택沼澤. 늪지. 이 앞에 '古之'가 더 있는 판본도

있다.

2 肥磽(비교)-토지가 비옥한 것과 메마른 것. 多少(다소)-토지가 넓은 것과 좁은 것을 말한다.

3 甲兵(갑병)-갑옷을 입은 병사. 또는 갑옷과 무기. 士徒(사도)-병사.

4 府庫(부고)-창고. 물품을 비축하는 것이다. 賜予(사여)-평소 지급하는 물품 이외에 특별한 물품을 제공하다. 또는 그 물품.

5 郊廟宗社(교묘종사)-교묘는 황제가 교외에서 천지에 제사를 지내는 것과 종묘에서 조상에게 제사를 지내는 것이며, 종사는 종묘와 사직을 말한다. 여기서는 선왕과 천지산천에 제사 지내는 것을 아울러 말한 것이다. '郊社宗廟'로 된 판본도 있다. 祀(사)-제사.

6 奉養(봉양)-생활을 유지하다. 錄食(녹식)-봉록과 식읍.

7 名物(명물)-조세 물품에 대해 명단을 작성하는 것을 말한다.

8 有司(유사)-여기서는 조세 담당 관리를 가리킨다.

9 公賦知歸(공부지귀)-관부의 부세가 의지하는 바를 알다. 관청의 세금을 어디서 어떻게 수급해야 하는지를 안다는 뜻이다.

10 地著不撓(지착불뇨)-일정하게 거주하는 곳을 어지럽히지 않는다. 특정 지역에 특정 세금과 부역을 정해진 양만큼 부과해 그곳 주민들이 다른 곳으로 이탈하지 않도록 한다는 말이다.

11 紹(소)-잇다. 계승하다. 宣王(선왕)-주나라 선왕. 즉위 후 소목공召穆公, 주정공周定公, 윤길보尹吉甫, 중산보仲山甫 등을 기용하여 쇠락한 조정을 중흥하였다. 이를 선왕중흥이라고 한다. 洪業(홍업)-대업.

12 庶尹(서윤)-여러 관리. 備(비)-갖추다. 山甫(산보)-주나라 선왕 때의 어진 신하인 중산보. 補袞(보곤)-왕의 과실에 대해 규간하다. 能事(능사)-능히 일하다. 능히 섬기다.
≪시경·대아·증민烝民≫: 임금의 직무에 잘못이 있으면 중산보가 보완한다.(袞職有闕, 維仲山甫補之.)

13 東寇(동구)-동쪽의 도적. 안사 반군 무리를 가리킨다. 小梗(소
경)-좀 사납다.
≪두공부시집집주≫: 안경서의 말년을 말한다.(謂安慶緒末年.)

14 率土(솔토)-온 국토. 이 구는 아직 난리가 완전히 평정되지 않았
다는 말이다.

15 總(총)-모으다.

16 贍(섬)-공급하다. 충당하다. 軍旅之用(군려지용)-군대의 용품.
뒤에 '逮'가 더 있는 판본도 있다.
≪독서당두공부문집주해≫: 군대에 공급하는 것이 해가 됨은 지
금이나 예나 마찬가지다.(供兵爲害, 今古如一.)

17 官御(관어)-관청과 조정. 또는 관리. 闕(궐)-사라지다.

18 人神(인신)-사람과 영령. 또는 선조의 영령. 攸序(유서)-차례.
乖(괴)-어그러지다.

[是官 2구] 세금을 모두 군대에 사용하게 되면, 위에서 언급했던 관
청과 조정의 물품 조달, 선조와 천지산천에 대한 제사, 공직자의
생활과 봉록 등에 대한 재원이 마련되지 않아 이러한 일이 다
어긋나게 된다는 말이다.

19 足食(족식)-충분히 먹다.

20 充備(충비)-다 갖추다.

21 誅求(주구)-강제로 징수하다. 不時(불시)-때가 아니다. 시도 때
도 없이.

22 黎元(이원)-백성. 轉(전)-도리어. 罹(리)-걸리다. 어려움을 겪다.

23 子等(자등)-그대들. 진사시에 응시한 이들을 가리킨다.

24 待問之實(대문지실)-자문을 기다리는 실정.

25 知新(지신)-새로운 것을 알게 되다. 매일 늘어가는 지식을 말
한다.

26 應對(응대)-책문策問에 답하다.

27 佇渴(저갈)-갈망하다. 救敝(구폐)-폐단을 구제하다. 道術(도술)
-나라를 다스리는 방도. '道'는 '通'으로 된 판본도 있다.

28 强學(강학)-많이 배우다. 所措(소조)-조치하는 바.
29 蓋(개)-'道'로 된 판본도 있다.
30 游說(유세)-자신의 주장을 펼치다.

問. 國有軺車,¹ 廬有飮食,² 古之按風俗遣使臣,³ 在王
官之一守,⁴ 得馳傳而分命,⁵ 蓋地有要害,⁶ 郊有遠近, 供給
之比, 省費相懸.⁷ 今玆華惟襟帶,⁸ 關逼輦轂,⁹ 行人受辭於
朝夕,¹⁰ 使者相望於道路,¹¹ 屬年歲無蓄積之虞,¹² 職司有
愁痛之歎.¹³ 況軍書未絶, 王命急宣, 揷羽先翥於騰鷹,¹⁴
敝帷不供於埋馬,¹⁵ 豈芻粟之勤獨爾,¹⁶ 實駸駓之價闕
如.¹⁷ 人主之軫念,¹⁸ 屢及於玆, 邦伯之分憂,¹⁹ 何嘗敢怠.
乞恩難再,²⁰ 近日已降水衡之錢,²¹ 積骨頗多, 無暇更入燕
王之市.²² 欲使軺軒有喜,²³ 主客合宜,²⁴ 閭閻罷杼軸之
嗟,²⁵ 官吏得從容之計,²⁶ 側佇新語,²⁷ 當聞濟時.²⁸

묻는다. 나라에 사신이 타는 수레가 있고 관원 숙소에 음식이
있는데, 옛날 풍속을 안무하고 사신을 파견할 때 왕의 관리가 줄곧
지켰기에 역마를 치달려 명령을 전달할 수 있었다. 대체로 지역에
는 중요도가 다르고 교외에는 원근이 있어 공급의 비율에 있어
비용을 살펴보면 매우 다르다. 지금 이 화주는 옷깃과 띠와 같아서
관문이 황제의 수레와 가깝기에, 행인이 아침저녁으로 명령을 받
으며 사자가 도로에서 이어져서, 마침내 해마다 축적할 가망이
없게 되어 담당 관리에게 근심과 고통의 탄식이 있게 되었다. 하물

며 군대 문서가 끊이지 않고 왕의 명령이 시급히 선포되어 깃 꽂은 긴급문서가 치솟는 매보다 빨리 날아오지만, 해진 장막조차도 말을 묻는 데 공급되지 않고 있으니, 어찌 꼴과 곡식에만 힘을 쓸 것인가? 실로 말의 가격을 충당하려 해도 부족하다. 군주의 애달픈 생각이 누차 이러한 데에 미치니 지방 장관이 그 근심을 나누고서 어찌 감히 게을리한 적이 있었던가? 은혜를 바라기는 다시 하기 어려운데, 근래 이미 황실의 돈이 내려왔지만 쌓인 뼈가 자못 많아도 다시 연나라 왕의 구입에 들어갈 여유가 없다. 사신의 수레에 기쁨이 있게 하고 주객이 서로 마땅하게 하여, 여염집에 베 짜는 탄식을 그만두게 하고 관리가 느긋해지는 계책을 얻게 되도록 새로운 주장을 절실히 기다리니 마땅히 시대를 구제할 도리를 듣고자 한다.

[주석]

1 軺車(초거)-한 마리 말이 끄는 가벼운 수레로 대체로 사신이나 왕의 급한 명령을 전달하는 사자가 타는 수레를 가리킨다.
2 廬(려)-길가에 사신이나 빈객을 맞이하는 숙소이다.
3 按風俗(안풍속)-풍속을 안무하다. 백성의 실정을 살펴 위무하는 것을 말한다.
4 王官(왕관)-왕의 관리. 여기서는 역참을 관리하는 관원을 가리킨다.
5 馳傳(치전)-역참의 거마를 치달려 빨리 가다. 分命(분명)-명을 전달하다.
6 要害(요해)-요충지.
7 省費(성비)-비용을 살펴보다. 相懸(상현)-서로 현격하다.
8 華(화)-화주를 가리킨다. 襟帶(금대)-옷깃과 띠. 지형상 요충지임을 비유한다.

9 關(관)-관문. 여기서는 화주의 동관을 가리킨다. 輦轂(연곡)-황
제의 수레로 경성을 가리킨다.
≪두시상주≫: 동관이 화주에 있다.(潼關在華州.)

10 行人(행인)-사자使者의 통칭이다. 여기서는 조정의 명을 받아
각지로 파견되는 관리를 말한다. 受辭(수사)-명을 받다.

11 相望(상망)-서로 이어져 있다는 뜻으로 많다는 말이다.

12 屬(촉)-정말로. 蓄積之虞(축적지우)-재물을 축적할 수 있겠다
는 기대.

13 職司(직사)-담당하고 있는 관리. 歎(탄)-탄식. '色'으로 된 판본
도 있다.

14 插羽(삽우)-깃을 꽂아 긴급을 표시한 문서. 先翥(선저)-먼저 날
다. 더 빨리 도착한다는 말이다. 騰鷹(등응)-솟아오르는 매.

15 敝帷(폐유)-해진 장막. 이 구는 죽은 말을 매장하기 위해 해
진 장막도 없다는 말로 역참에 자금이 심히 부족함을 표현한
것이다.
≪예기·단궁하檀弓下≫: 공자가 기르던 개가 죽자 자공을 시
켜 묻게 하면서 말하기를, "내가 듣기에 해진 장막을 버리지
않는 것은 말을 매장하기 위한 것이고, 해진 덮개를 버리지 않는
것은 개를 매장하기 위한 것이라고 한다."라고 하였다.(仲尼之
畜狗死, 使子貢埋之. 曰, 吾聞之也, 敝帷不棄, 爲埋馬也. 敝蓋不
棄, 爲埋狗也.)

16 芻粟(추속)-꼴과 곡식. 말 먹이이다. 獨爾(독이)-이것만 한다는
말이다.

17 驂騑(참비)-원래는 수레를 끄는 네 마리 말 중 양쪽 끝의 말을
뜻하는데, 대체로 수레를 끄는 말을 가리킨다. 闕如(궐여)-없다.
[豈芻 2구] 말 먹이를 구하기 위해 힘쓰기만 해서는 안되며 말을
확충할 경비가 없는 실정을 타개해야 한다는 말이다.

18 人主(인주)-임금. 軫念(진념)-비통한 생각.

19 邦伯(방백)-지방 행정 책임자. 分憂(분우)-근심을 나누다. 임금

의 근심을 해결하기 위해 노력한다는 말이다.

20 乞恩(걸은)-황제의 은택을 요청하다. 難再(난재)-두 번 하기 어렵다.

21 水衡之錢(수형지전)-한나라 때 왕실에서 소장하던 화폐로 수형도위水衡都尉와 수형승水衡丞이 주조를 담당했다. 여기서는 당나라 황실의 화폐를 가리킨다.

22 燕王之市(연왕지시)-연나라 왕의 구입. 전국시대 연나라 소왕昭王에게 곽외郭隗가 인재 모집에 관해 유세한 내용을 말한다. ≪전국책戰國策·연책燕策≫: 소왕이 말하기를, "과인이 장차 누구를 찾아가면 되겠는가?"라고 하니 곽외선생이 말하기를, "신이 이런 이야기를 들었습니다. 옛날의 왕 중에 천금으로 천리마를 구하는 자가 있었는데 삼 년이 지나도 못 얻었습니다. 환관이 임금에게 '제가 구하기를 청합니다.'라고 하니 임금이 그를 파견했습니다. 삼 개월이 지나 천리마를 찾았는데 말은 이미 죽었고 그 머리를 오백금으로 사서 돌아와 임금에게 보고했습니다. 임금이 크게 노하며 말하기를 '구하는 건 살아있는 말인데 어찌하여 죽은 말을 구하면서 오백금을 허비했는가?'라고 하니 환관이 말하기를, '죽은 말도 오백금을 주고 사는데 하물며 살아있는 말은 어떻겠습니까. 천하가 반드시 왕께서 말을 살 수 있다고 여길 터이니 말이 이제 오게 되었습니다.'라고 하였습니다. 이에 일 년이 되지 않아 천리마가 온 것이 세 마리였습니다. 지금 왕께서 진정 인재를 데려오시고자 한다면 먼저 저 곽외부터 시작하십시오. 곽외가 또 섬김을 당하는데 하물며 곽외보다 뛰어난 자는 어떻겠습니까? 어찌 천 리를 멀다고 여기겠습니까?"라고 하였다.(昭王曰, 寡人將誰朝而可. 郭隗先生曰, 臣聞古之君人有以千金求千里馬者. 三年不能得. 涓人言於君曰, 請求之. 君遣之. 三月得千里馬, 馬已死, 買其首五百金, 反以報君. 君大怒曰, 所求者生馬, 安事死馬而捐五百金. 涓人對曰, 死馬且買之五百金, 況生馬乎. 天下必以王爲能市馬. 馬今至矣. 於是不能期年, 千里之馬至

者三. 今王誠欲致士, 先從隗始, 隗且見事, 況賢於隗者乎. 豈遠千里哉.)

[積骨 2구] 비록 황실에서 자금이 내려왔지만 말을 구입할 수는 없는 상황이라는 말이다.

23 輶軒(유헌)-사신이 타는 가벼운 수레. 여기서는 사신을 가리킨다.

24 主客(주객)-주인과 나그네. 역참을 관리하는 이와 이를 방문하는 사자를 가리킨다. 合宜(합의)-적합하다.

25 閭閻(여염)-일반 백성의 집을 가리킨다. 杼軸(저축)-베틀의 북과 바디. 북은 베 짜는 실을 좌우로 공급하는 도구이며, 바디는 북이 지나간 뒤 실을 쳐서 단단하게 밀착시키는 도구이다. 이 구는 역참 재정을 위한 세금 때문에 백성들이 근심하지 않게 한다는 말이다.

26 從容(종용)-느긋한 모양.

27 側佇(측저)-간절하게 기다리다. 新語(신어)-새로운 주장. '佳論'으로 된 판본도 있다.

28 濟時(제시)-시국을 구제하다. 여기서는 역참 재정 충당을 위한 방도를 가리킨다.

問. 通道陂澤,[1] 隨山濬川,[2] 經啓之理,[3] 疏奠之術,[4] 抑有可觀,[5] 其來尚矣.[6] 初聖人盡力溝洫,[7] 有國作爲隄防, 洎後代,[8] 控引淮海,[9] 漕通涇渭,[10] 因舟楫之利,[11] 達倉庾之儲.[12] 又賴此而殷,[13] 亦行之自久. 近者有司相土,[14] 決彼支渠,[15] 旣潰渭而亂河,[16] 竟功多而事寢.[17] 人實勞止,[18] 岸乃善崩.[19] 遂使委輸之勤,[20] 中道而棄. 今軍用蓋寡,[21] 國儲未贍,[22] 雖遠方之粟大來, 而助挽之車不給.[23] 是以國朝

仗彼天使,²⁴ 徵玆水工,²⁵ 議下淇園之竹,²⁶ 更鑿商顔之
井.²⁷ 又恐煩費居多,²⁸ 績用莫立,²⁹ 空荷成雲之插,³⁰ 復擁
填淤之泥.³¹ 若然,³² 則舟車之用,³³ 大小相妨矣, 軍國之
食, 轉致或闕矣.³⁴ 矧夫人煙尙稀,³⁵ 牛力不足者已.³⁶ 子
等, 飽隨時之要,³⁷ 挺賓王之資,³⁸ 副乎求賢,³⁹ 敷厥讜
議.⁴⁰

묻는다. 호수와 소택에 길을 내고 산세를 따라서 개천을 준설하
는 것이 길을 여는 이치이고 물길을 트는 기술인데, 생각건대 볼만
한 것이 있었던 그 유래는 오래되었다. 애초에 성인이 농지에 물
대기에 힘을 다했고 나라에서 제방을 만들었다. 후대에 이르러
회수와 바닷물을 끌어들이고 경수와 위수를 소통시켜, 배가 잘
다니도록 하여 창고의 저장품을 조달하였다. 또 이에 의지하여
번성하였으며 또한 그 길로 통행한 것이 절로 오래되었다. 근래에
담당자가 지형을 살펴보고는 그 지류를 텄더니 이미 위수가 붕괴
하고 황하가 어지러워졌는데, 결국 공력을 많이 쏟았지만 일은
중단되었다. 사람이 실로 수고로웠지만 강둑은 이내 잘 붕괴되었
기에, 마침내 물자 수송을 부지런히 하게 하였지만 중도에 포기하
였다. 지금 군수품이 대체로 부족하고 나라의 저장품이 아직 충분
치 않은데, 비록 먼 지방의 곡식이 많이 오더라도 수송을 도울
수레가 충분하지 않으니, 이 때문에 조정에서는 저 천자의 사신에
의지하고 이 수리사업을 이루려고, 기원의 대나무를 잘라 오고
또 상안의 우물을 팔 것을 논의했지만, 또 번다한 경비가 많고

효용이 나타나지 않으며 헛되이 구름같이 많은 삽을 매게 하고 또 진흙탕의 진흙을 모으게 될까 걱정하고 있다. 만약 그렇다면 배와 수레의 사용은 크고 작게 서로 방해가 될 것이고, 군대와 나라의 식량은 수송이 간혹 이루어지지 않을 것이니, 게다가 부인의 밥 짓는 연기는 오히려 드물어지고 소의 힘도 충분치 않게 될 것이다. 그대들은 때에 따르는 요구를 수행하기에 충분하고 왕의 빈객이 되는 자질을 드러내고 있으니, 어진 이를 구하는 데 부응하여 그 의론을 펼쳐보라.

[주석]

1 通道(통도)-길을 내다. 陂澤(피택)-저수지와 못. 이 구는 호수나 소택 등을 연결하여 물길을 낸다는 말이다.

2 隨山濬川(수산준천)-산의 지형을 따라서 개천을 준설하다.

3 經啓(경계)-길을 열어 통하게 하다. '啓關'으로 된 판본도 있다.

4 疏奠(소전)-길을 트다. '奠'은 '鑿'으로 된 판본도 있다.

5 抑(억)-생각건대. 可觀(가관)-볼만하다. 여기서는 수리 사업이 잘 된 사례를 말한다.

6 其來(기래)-그 유래. 尚(상)-오래되다.

7 聖人(성인)-여기서는 우임금을 가리킨다. 溝洫(구혁)-봇도랑에 물을 대다.
《논어·태백泰伯》: 공자가 말하기를 "우임금은 내가 비난할 수가 없다. 먹고 마시는 것은 간략히 하지만 귀신에는 효도를 극진히 하시며, 의복은 검소하지만 조복과 면류관에는 아름다움을 지극히 하시며, 궁실은 조촐하지만 전답의 물도랑에는 힘을 다하셨다."라고 하였다.(子曰, 禹吾無間然矣. 非飮食而致孝乎鬼神, 惡衣服而致美乎黻冕, 卑宮室而盡力乎溝洫.)

8 洎(기)-도달하다.

9 控引(공인)-끌어오다. 淮海(회해)-회수와 바닷물. 이 구는 회수
   와 바다까지 물길을 연결했다는 말이다.
10 漕通(조통)-물길이 통하다.
11 舟楫之利(주즙지리)-배가 잘 다니는 이로움. '즙'은 배를 젓는
   노이다.
12 達(달)-조달하다. 倉庾(창유)-식량 창고. 화주에 있었던 영풍창
   과 임위창 등의 식량 저장 창고를 말한다.
   ≪두공부시집집주≫: ≪당서≫에 따르면 화주 화음현에 운하가
   있었는데 원서로부터 위수를 끌어왔으며 돌로 만든 수로로 파수
   와 산수를 모았다. 광운담을 거쳐 현에 이르러서 위수로 들어갔
   다. 천보 3년 위견이 열었으며 또한 영풍창이 있고 임위창이 있
   다.(唐書, 華州華陰縣有漕渠, 自苑西引渭水, 因石渠, 會灞滻, 經
   廣運潭, 至縣入渭, 天寶三載韋堅開. 又有永豐倉, 有臨渭倉.)
13 殷(은)-번성하다.
14 相土(상토)-지형을 살피다.
15 決(결)-제방을 트다. 支渠(지거)-본류에서 지류로 들어가는 물
   길. 당시 이러한 사실에 대해서는 역사 기록이 자세하지 않다.
16 潰渭(궤위)-위수가 붕괴하다. 亂河(난하)-황하가 어지러워지다.
17 功多(공다)-허비한 공력이 많다. 事寢(사침)-일이 중단되다.
18 勞止(노지)-수고스럽다.
19 岸(안)-강둑. 善崩(선붕)-쉽사리 붕괴되다.
20 委輸(위수)-물품을 수송하다.
21 軍用(군용)-군대에서 사용하는 물품. 寡(과)-적다.
22 國儲(국저)-경사의 저장 물품. 贍(섬)-넉넉하다. '繕'으로 된 판
   본도 있다.
23 助挽之車(조만지거)-당기는 것을 돕는 수레. 수송을 지원하는
   수레를 말한다. 給(급)-충분하다.
24 是以(시이)-이 때문에. 國朝(국조)-조정. 仗(장)-의지하다. 天
   使(천사)-조정의 사신.

25 徵(징)-징발하다. 완성하다. 水工(수공)-수리 사업.

26 下(하)-투입하다. 淇園(기원)-위衛나라의 원림으로 대나무가 많이 났다. 지금의 하남성 기현 북서쪽에 있었다.

27 商顔(상안)-상산商山 꼭대기를 말한다.

[議下 2구] 조정에서 수리 사업을 위해 의론하고 있음을 말한다. ≪두공부시집집주≫: ≪한서 · 구혁지≫에서 "여러 신하와 속관으로 하여금 모두 나무를 지고 터진 황하를 메우게 했는데, 이때 동군에서 풀을 태웠기에 나뭇가지가 적었다. 이에 기원의 대나무를 투입하여 둑을 만들었다."라고 하였다. 진작이 말하기를, "기원은 위나라의 원림이다."라고 하였다. ≪한서 · 구혁지≫에서 "병졸 만 명을 선발하여 수로를 뚫게 하였는데 징 땅에서 낙수를 끌어 상안 아래까지 이르렀다. 수로의 둑이 쉽게 붕괴하였기에 우물을 팠는데 깊은 것은 사십여 장이었다. 우물 아래가 서로 통해 물이 흐르자 물이 붕괴시켜 상안을 끊었으며, 동쪽으로 산 고개까지 십여 리였다. 우물 수로가 생긴 것은 이때부터 시작했다. 뚫다가 용골을 얻었기에 용수거라고 이름하였다."라고 하였다. 안사고가 말하기를, "'徵'의 음은 '징'이고 바로 지금의 징성이다. '상안'은 상산의 꼭대기이다. '안'이라고 한 것은 사람의 이마에 비유한 것이다."라고 하였다.(漢溝洫志, 令群臣從官皆負薪寘決河, 是時東郡燒草, 以故薪柴少, 而下淇園之竹以爲楗. 晉灼曰, 淇園, 衛之苑也. 爲發卒萬人穿渠, 自徵引洛水至商顔下. 岸善崩, 乃鑿井, 深者四十餘丈, 井下相通行水, 水隤以絶商顔. 東至山領, 十餘里間, 井渠之生自此始. 穿得龍骨, 故名龍首渠. 師古曰, 徵音懲, 卽今澄城. 商顔, 商山之顔也. 謂之顔者, 譬人之顔額.)

28 煩費(번비)-번다한 경비. 居多(거다)-매우 많다.

29 績用(적용)-효능.

30 空(공)-헛되이. 成雲之揷(성운지삽)-구름을 이룰 정도로 많은 삽. 수리 사업에 동원된 인원이 많다는 의미이다.

31 擁(옹)-모으다. 塡淤(진어)-진흙탕. 이 구는 수리 사업을 하며

흙을 많이 운반하는 것을 말한다.

32 若然(약연)-만일 그러하다면. 수리 사업이 필요하지만 노동력과 비용에 비해 효과가 없을까 걱정하여 그대로 두는 것을 말한다.

33 舟車(주거)-배와 수레. 물자 운반 수단을 말한다.

34 轉致(전치)-물자 운반. 闕(궐)-없다.

35 矧(신)-또한. 夫人煙(부인연)-부인이 밥 짓는 연기를 말한다. 이 구는 물자 수송이 어려워지면 백성들의 식량도 부족해질 것이라는 말이다.

36 牛力(우력)-소의 힘. 가축이 농사에 사용하는 힘. 이 구는 물자 수송이 어려워지면 가축들도 제대로 먹지 못해 힘을 쓰지 못할 것이라는 말이다.

37 飽(포)-충족시키다. 만족시키다. 隨時之要(수시지요)-때에 따라 필요로 하는 요구. 여기서는 수운 사업에 대한 요구를 뜻한다.

38 挺(정)-빼어나다. 賓王之資(빈왕지자)-왕의 빈객이 될 자질. 왕을 보좌할 자질을 말한다.
≪주역·관觀≫: 나라의 성대함을 보고서 왕의 빈객이 되는 것이 이롭다.(觀國之光, 利用賓於王.)

39 副(부)-부합하다. 求賢(구현)-재능이 뛰어난 이를 찾다. 진사시를 보는 것을 말한다.

40 敷(부)-펼치다. 厥(궐)-그. 讜議(당의)-논의. 주장. '議'는 '論'으로 된 판본도 있다.

問. 足食足兵,¹ 先哲雅誥,² 蓋有兵無食, 是謂棄之. 致能掉鞅靡旌,³ 斯可用矣.⁴ 況寇猶作梗,⁵ 兵不可去,⁶ 日聞將軍之令, 親覩司馬之法.⁷ 關中之卒未息,⁸ 灞上之營何遠.⁹ 近者, 鄭南訓練,¹⁰ 城下屯集, 瞻彼三千之徒,¹¹ 有異什一而稅.¹² 竊見明發敎以戰鬪,¹³ 亭午放其庸保,¹⁴ 課乃

菽麥,¹⁵ 以爲尋常.¹⁶ 夫悅以使人,¹⁷ 是能用古,¹⁸ 伊歲則云
暮,¹⁹ 實慮休止,²⁰ 未卜及瓜之還,²¹ 交比翳桑之餓.²² 羣有
司自救不暇, 二三子謂之何哉.²³

　묻는다. 식량을 충분히 하고 군대를 충분히 한다는 것은 옛 성인
의 올바른 가르침이다. 대체로 군대는 있으나 식량이 없으면 이를
일러 '내버린다'라고 한다. 말 가슴걸이를 정돈하고 깃발을 휘날
리며 달려갈 수 있어야 병사를 운용할 수 있게 될 것이다. 하물며
반군이 여전히 난폭하니 군대를 거둘 수 없으며, 매일 장군의 명령
을 듣고 친히 사마의 병법을 보고 있음에랴. 관중의 군대가 아직
쉴 수 없고, 파상의 병영은 얼마나 먼가? 근래 정현 남쪽에서 훈련
하며 성 아래에 주둔하여 모였는데, 저 삼천 무리를 보아하니 십일
조의 세금과는 다름이 있었다. 몰래 보건대 동틀 무렵 전투 방법을
가르치고 정오에 잡역부를 풀어서 콩과 보리를 과세하였는데 이
를 상례로 여겼다. 대저 즐거움으로 사람을 부리는 것, 이것이
옛 도리를 이용할 수 있음인데, 이 해가 다 가기에 실로 그만둘
것을 생각해야 하지만, 아직 기한이 되어 돌아가기를 점치지도 못
하고 예상에서의 굶주림과 비견된다. 여러 담당자가 스스로 구제
하지만 겨를이 없는데, 그대들은 이에 대해 무엇을 말할 것인가?

[주석]

　1　足食足兵(족식족병)-식량을 풍족하게 하고 군대를 충분하게
　　　한다.
　　　≪논어·안연顔淵≫: 자공이 정치에 관해 물으니 공자가 말하기

를, "식량을 풍족하게 하고 군대를 충분하게 하며 백성이 신임하게 한다."라고 하였다.(子貢問政. 子曰, 足食足兵, 民信之矣.)

2 先哲(선철)-옛 성인. 여기서는 공자를 가리킨다. 雅誥(아고)-아정한 훈계.

3 掉鞅(도앙)-말의 가슴걸이 끈을 정돈하다. 여유 있음을 적에게 보여주는 행동이다. 靡旌(미정)-깃발이 넘어질 듯하다. 매우 빨리 달려 나가는 모습이다.
≪두공부시집집주≫: ≪좌전·선공宣公 12년≫에서 "초나라 허백이 말하기를, '내가 듣기에 전투를 부추기는 자는 수레를 몰아 깃발이 쓸릴 정도로 달려가서 적의 보루를 스치고서 돌아오는 것이라고 하였다.'라고 하니 악백이 말하기를, '내가 듣기에 전투를 부추기는 자는 수레를 몰아 (적의 진지 앞에) 내려서 말을 가다듬고 말 가슴걸이를 정돈한 뒤에 돌아오는 것이라고 하였다.'라고 하였다."라고 하였다. 주에서 '미정'은 빨리 달리는 것이고, '도'는 바로잡는 것이라고 하였다.(左傳, 楚許伯曰, 吾聞致師者, 御靡旌摩壘而還. 樂伯曰, 吾聞致師者, 御下兩馬掉鞅而還. 注, 靡旌, 驅疾也. 掉, 正也.)

4 斯(사)-이것. 여유 있고 힘이 넘치는 군대를 말한다.

5 寇(구)-도적. 안사의 반군을 가리킨다. 作梗(작경)-포악하다.

6 不可去(불가거)-제거할 수 없다. 병력을 철수할 수 없다는 말이다.

7 覩(도)-보다. 司馬之法(사마지법)-고대의 병법에 관한 저술인 ≪사마법≫으로 사마양저司馬穰苴가 지었다고 한다.

8 關中(관중)-장안 일대를 가리킨다.

9 灞上(파상)-장안 동쪽 파수灞水의 지명이다.

10 鄭南(정남)-정현鄭縣의 남쪽. 정현은 화주의 치소가 있는 곳이다.

11 瞻(첨)-바라보다. '膽'으로 된 판본도 있다. 三千之徒(삼천지도)-군대를 말한다.

12 什一而稅(십일이세)-조세제도의 하나로 생산의 10분의 1을 세

금으로 내는 것을 말한다.

≪춘추곡량전春秋穀梁傳·애공哀公 12년≫ "古者公田什一" 범영范甯 전傳: 옛날 다섯 장정의 집은 밭 백 무를 받았는데 관전이 십 무였다. 이로 인해 개인적으로 10을 얻으면 관청에 그 하나를 세금으로 내는데 그래서 '십일'이라고 하였다.(古者五口之家, 受田百畝, 爲官田十畝. 是爲私得其什, 而官稅其一, 故曰什一.)

13 明發(명발)-동틀 무렵을 가리킨다.

14 亭午(정오)-낮 12시. 放(방)-내몰다. 파견하다. 庸保(용보)-잡역을 하는 사람. '庸'은 '傭'으로 된 판본도 있다. 이 구는 정오가 되면 병사들을 파견해서 세금을 징수하게 한다는 말이다.

15 課(과)-징수하다. 菽麥(숙맥)-콩과 보리. 식량을 뜻한다.

16 尋常(심상)-일상적인 일.

17 悅以使人(열이사인)-기쁨으로 사람을 부리다. 백성을 고생시키지 않는다는 말이다.

18 用古(용고)-옛 법도를 사용하다.

19 伊歲(이세)-이 해.

20 休止(휴지)-그만두다. 기한이 되어 병역을 그만두는 것을 말한다. '止'는 '工'으로 된 판본도 있다.

21 卜(복)-점치다. 예상하다. 及瓜之還(급과지환)-외가 익을 무렵 돌아가다. 기한에 맞추어 병역을 끝내고 돌아가는 것을 말한다. ≪좌전·장공莊公 8년≫: 제후가 연칭과 관지보를 시켜 규구를 지키도록 보냈다. 외가 익을 때 가게 되었는데, 제후가 "내년 외가 익을 때가 되면 교대하겠다"라고 하였다.(齊侯使連稱管至父戌葵丘, 瓜時而往, 曰, 及瓜而代.)

22 交比(교비)-비견되다. 비슷하다. 翳桑之餓(예상지아)-예상에서의 굶주림. 영첩靈輒의 고사를 이용하여 매우 굶주린 것을 말한다. 예상은 무성한 뽕나무라는 뜻인데, 지명으로 본다. ≪좌전·선공宣公 2년≫: 애초에 선공이 수산에서 사냥을 하다가 예상에 머물렀다. 영첩이 굶주린 것을 보고는 그 병에 대해

물으니 "사흘 동안 못 먹었습니다."라고 하기에 그에게 먹을 것을 주었다.(初宣子田於首山, 舍於翳桑. 見靈輒餓, 問其病. 曰, 不食三日矣. 食之.)

23 二三子(이삼자)-그대들.

問. 昔唐堯之爲君也,[1] 則天之大,[2] 敬授人時,[3] 十六升自唐侯者已.[4] 昔舜帝之爲臣也, 舉禹之功, 克平水土,[5] 三十登爲天子者已.[6] 本之以文思聰明,[7] 加之以勞身焦思,[8] 旣睦九族,[9] 協和萬邦, 黜去四凶,[10] 舉十六相,[11] 故五帝之後,[12] 傳載唐虞之美,[13] 無得而稱焉.[14] 易曰, 君子終日乾乾.[15] 詩曰, 文王小心翼翼.[16] 竊觀古之聖哲,[17] 未有不以君倡於上,[18] 臣和於下, 致乎人和年豐,[19] 成乎無爲而理者也.[20] 主上,[21] 躬仁孝之聖,[22] 樹非常之功,[23] 內則拳拳然事親如有闕,[24] 外則悸悸然求賢如不及,[25] 伊百姓不知帝力,[26] 庶官但恭己而已.[27] 寇孼未平,[28] 咎徵之至數也,[29] 倉廩未實,[30] 物理之固然也.[31] 今大軍虎步,[32] 列國鶴立,[33] 山東之諸將雲合,[34] 淇上之捷書日至.[35] 二三子, 議論弘正, 詞氣高雅, 則遺褣盪滌之後,[36] 聖朝砥礪之辰.[37] 雖遭明主, 必致之於堯舜,[38] 降及元輔,[39] 必要之於稷卨.[40] 驅蒼生於仁壽之域,[41] 反淳樸於羲皇之上.[42] 自古哲王立極,[43] 大臣爲體, 眇然坦途,[44] 利往何順,[45] 子有說否. 庶復見子之志,[46] 豈徒瑣瑣射策,[47] 趨競一第哉.[48] 頃之問孝廉取備尋常之對, [49] 多忽經濟之體, [50] 考諸詞學, [51] 自有文章在, [52] 束以徵事, [53] 曷成凡例焉. [54] 今愚之粗徵, [55] 貴切時務而已. [56] 夫時患錢輕, [57] 以至於量資幣, [58] 權子母. [59] 代復改鑄, [60] 或行乎前楡莢後契刀. [61] 當此之際, 百姓蒙利厚薄, [62] 何人所制輕重. [63] 又穀者, 所以阜俗康時, [64] 聚人守位者也. [65] 下至十室之邑, [66] 必有千鐘之藏. [67] 苟凶穰以之, [68] 貴賤失度, [69] 雖封丞相而猶困, 侯大農而謂何. [70] 是亦繼絶表微, [71] 無或區分踰越, [72] 蒙實不敏, [73] 仁遠乎哉. [74]

묻는다. 옛날 당요가 임금이 되었을 때, 위대한 하늘을 본받아 삼가 사람에게 때를 알려주었는데, 16세에 당후에서 오르셨다. 옛날 순제가 신하가 되었을 때, 우의 공력을 천거하여 물과 땅을 평온하게 할 수 있었는데, 30세에 등극하여 천자가 되셨다. 본디 재덕이 총명하고 게다가 수고롭게 고심하셨으니, 이미 구족을 화목하게 하시고 만방을 협력하여 조화롭게 하셨으며 네 흉악한 이를 몰아내고 열여섯 재상을 천거하였기에, 오제 이후로 당요와 우순의 아름다움을 적어 전하게 되었고 어찌 칭송해야 할지 모를 정도이다. ≪주역・건괘≫에서 "군자는 종일 자강불식한다"라고 하였고 ≪시경・문왕≫에서 "문왕은 공경스럽고 조심스러웠다." 라고 하였다. 삼가 살펴보건대 옛날의 성현은 위에서 임금이 선도하고 아래에서 신하가 화답하여 백성이 화순하고 풍년이 들어 무위지치를 이루지 않은 적이 없었다. 주상께서 어짊과 효도의 성스러움을 친히 보이시고 평범하지 않은 공덕을 세우시니, 안으로는 정성껏 부모님을 섬김에 부족한 게 있을까 하시고 밖으로는 공손히 뛰어난 이를 구하심에 오지 않을까 하시지만, 이 백성들은 황제의 힘을 알아채지 못하고 평민과 관리는 그저 자신을 공손하게 할 따름이다. 남은 반군이 평정되지 않았기에 과실에 대한 징벌이 당연한 도리이고, 창고가 가득 차지 않았는데 사물의 이치상 진실로 그러하다. 지금 천자 군대의 호랑이와 같은 보무를 여러 지역에서 학수고대하고 있는데, 산동의 여러 장수가 구름같이 모였고 기수의 승전보가 매일 이르고 있다. 그대들은 의론이 넓고 바르며 글의 기운이 고아한데, 남은 사악한 기운을 완전히 쓸어버린 후에 성명한 조정이 면려하는 때에, 비록 현명한 군주를 만났지만 반드시 요순의 위치에 오르게 해야 하며, 아래로 중신에게 미쳐서는 반드시 설과 직의 재능을 갖추게 하여서, 백성을 어짊과 장수의 영역으로 내몰고 희황씨 이전의 순박함으로 돌아가야 한다. 예로부터 현철한 왕이 준칙을 세우고 대신이 몸체가 되면, 아득히 평평한 길이 뻗어서 편리하게 가는 것이 얼마나 순조로웠는가? 그대는 할 말이 있는가? 다시 그대의 뜻을 보고자 하니 어찌 그저 소소하게 대책을 맞추면서 일등을 쫓아 다투겠는가? 얼마 전에 효렴 응시생에게 물으면 상당히 긴 대답을 갖추었는데 대부분 경제의 본체를 무시하고 문장을 고려하였으니 절로 화려한 수식은 있었지만 고사를 인용함에 얽매였기에 어찌 모범이 되겠는가? 지금 나의 소략한 징험은 시사적 책무에 적절해야 함을 귀하게 여긴다. 대저 당시 화폐가 가벼워져 재물을 평가함에 작은 화폐 큰 화폐를 섞어 유통하게 되는 것을 걱정하여, 대신 다시 주전을 바꾸어서 혹 먼저 유협전을 유통하고 후에 계도전을 유통하기도 하였다. 이러한 때에 백성이 보는 이익의 크고 작음에 있어 어떤 이의 제도가 좋고 나쁜가? 또 곡식이라는 것은 풍속을 높이고 시절을 구제하며 사람을 모으고 지위를 지키는 것이다. 아래로는 열 가구의 고을에 이르기까지 반드시 천 종의 저장물이 있어야 한다고 하여, 만일 흉년이나 풍년에도 똑같이 하면 귀천에 법도를 잃게 되어, 비록 승상에 봉해진 이라도 여전히 곤란할 것이고 대사농에 임명된 이라도 무어라 말할 것인가? 이 또한 끊어진 것을 잇고 미미한 것을 드러내면서 혹 처리함에 뛰어넘는 것이 없어야 한다. 우매하여 진실로 불민하지만 어짊이 어찌 멀리 있겠는가?

[주석]

1 唐堯(당요)-요임금. 처음에 도陶에 봉해졌다가 후에 당唐에 봉해져서 도당씨陶唐氏라고 불린다.

2 則(칙)-본받다.

3 敬(경)-공손하다. 授人時(수인시)-사람에게 때를 주다. 인간이 시간을 알 수 있게 했다는 말이다.
   ≪서경・요전堯典≫: (요가) 이에 희씨와 화씨에게 명하여 큰 하늘을 공경하고 일월성신을 본떠 삼가 사람에게 때를 주도록 하였다.(乃命羲和, 欽若昊天, 厤象日月星辰, 敬授人時.)

4 升(승)-천자의 자리에 오르다.
   ≪서경・요전≫ "朕在位七十載" 공영달 전: 요는 16세에 당후로서 올라가 천자가 되었으며 70년간 재위했다.(堯年十六, 以唐侯升爲天子, 在位七十年.)

5 克(극)-할 수 있다. 平水土(평수토)-물과 땅을 평온하게 하다. 순임금이 우를 시켜 치수한 것을 말한다.

6 三十(삼십)-30세.
   ≪사기・오제본기五帝本紀≫: 순은 20세에 효성으로 소문이 났다. 30세에 요임금이 쓸만한 자를 묻자 사악이 모두 우순을 천거

하니 "허락한다"라고 하였다.(舜年二十以孝聞. 三十而帝堯問可
用者, 四嶽咸薦虞舜. 曰可.)

7 文思(문사)-재주와 도덕. 옛날 황제의 능력을 칭송하는 말이다.

8 勞身(노신)-몸을 수고롭게 하다. 육체적으로 노력하는 것이다.
   焦思(초사)-생각을 고달프게 하다. 정신적으로 노력하는 것
   이다.

9 睦九族(목구족)-구족을 화목하게 하다. 자신을 중심으로 고조까
   지 위로 4대와 현손까지 아래 4대를 아울러 부르는 말이다. 또는
   친족 4대, 외족 3대, 처족 2대를 아울러 말한다는 설도 있다.

10 黜去(출거)-쫓아내다. 四凶(사흉)-사방의 네 원흉. 두 가지 설이
   있는데, 각기 같은 인물이라는 설도 있다.
   《좌전·문공文公 18년》: 순이 요의 신하가 된 뒤에 사방의 문
   에서 어진 이를 빈례로 맞이하고, 네 원흉을 유배하여 혼돈, 궁기,
   도올, 도찬을 사방의 먼 변방으로 내쳐 사람을 해치는 괴물을
   막게 했다. 이로 인해 요가 돌아가신 뒤 천하 사람들이 한결같이
   한마음으로 순을 추대하여 천자로 삼았는데, 이는 순이 16인의
   재상을 등용하고 사흉을 제거하였기 때문이다.(舜臣堯, 賓於四
   門, 流四凶族, 渾敦窮奇檮杌饕餮投諸四裔, 以禦魑魅. 是以堯崩
   而天下如一, 同心戴舜以爲天子, 以其擧十六相, 去四凶也.)
   《서경·요전》: 공공을 유주로 유배 보내고 환두를 숭산으로
   내쫓고 삼묘를 삼위로 팽개치고 곤을 우산에서 죽였다.(流共工
   於幽洲, 放驩兜於崇山, 竄三苗於三危, 殛鯀於羽山.)

11 十六相(십륙상)-열여섯 명의 재상. 순이 재상으로 맞이한 이들
   이다.
   《좌전·문공 18년》: 옛날에 고양씨에게 재덕이 있는 아들 여덟
   이 있었는데, 창서, 퇴개, 도인, 대림, 방강, 정견, 중용, 숙달이었
   다. 이들은 마음가짐이 중정하고 모든 일에 통달하며 도량이 넓
   고 사려가 깊으며 사리에 밝고 신의가 있으며 후덕하고 성실하니
   천하의 백성들이 이들을 '팔개'라고 하였다. 고신씨에게 재덕이

있는 아들 여덟이 있었는데, 백분, 중감, 숙헌, 계중, 백호, 중웅, 숙표, 계리이다. 이들은 충직하고 경근하며 공손하고 아름다우며 사려가 주밀하고 인자하며 은혜롭고 온화하니, 천하의 백성들이 이들을 '팔원'이라고 하였다.(昔高陽氏有才子八人, 蒼舒隤凱檮戲大臨尨降庭堅仲容叔達. 齊聖廣淵明允篤誠, 天下之民謂之八愷. 高辛氏有才子八人, 伯奮仲堪叔獻季仲伯虎仲熊叔豹季狸. 忠肅共懿宣慈惠和, 天下之民謂之八元.)

12 五帝(오제)-여러 설이 있지만 이 글에서는 요순은 포함되지 않는 것으로 보고 있다. 그러면 태호太昊인 복희伏羲, 염제炎帝인 신농神農, 황제黃帝, 소호少昊인 지지擊, 전욱顓頊이 된다.

13 傳載(전재)-사서 같은 책에 기록하여 전하다. 唐虞(당우)-당요唐堯와 우순虞舜. 즉 요임금과 순임금.

14 無得而稱(무득이칭)-칭송할 수 있는 방법이 없다. 매우 존경스럽다는 말이다.

15 乾乾(건건)-자강불식自强不息하는 모양이다.

16 小心翼翼(소심익익)-공경하며 근신하는 모양이다.

17 竊觀(절관)-훔쳐보다. '절'은 겸손의 표현이다. 古之聖哲(고지성철)-옛날 재덕이 훌륭한 사람. 옛 황제를 가리키는 말이다. '古' 뒤에 '人'이 더 있는 판본도 있다.

18 倡(창)-인도하다.

19 年豐(연풍)-풍년이 들다.

20 無爲而理(무위이리)-무위지치無爲之治와 같다.

21 主上(주상)-숙종을 가리킨다.

22 躬(궁)-몸소 행하다. 仁孝(인효)-어짊과 효성. '仁'은 '純'으로 된 판본도 있다.

23 樹(수)-세우다. 非常之功(비상지공)-평범하지 않은 공덕.

24 拳拳然(권권연)-정성스러운 모양. 有闕(유궐)-없는 것이 있다. 빠진 것이 있다.

25 悸悸然(계계연)-조마조마한 모양. 不及(불급)-이르지 않다. 뒤

어난 인재가 오지 않는 것을 말한다.

26 伊(이)-이러한. 不知帝力(불지제력)-황제의 힘을 깨닫지 못하다. 무위지치를 해서 백성이 황제의 공덕을 미처 깨닫지 못한다는 말이다.

≪제왕세기帝王世紀≫; 제요는 도당씨이다. … 천하가 매우 화락하고 백성들은 일이 없었다. 어느 팔순 노인이 길에서 격양을 하고 있었는데, 구경하던 자가 감탄하며 말하기를, "위대하도다 황제의 덕이여."라고 하니, 노인이 말하기를, "나는 해가 뜨면 일어나고 해가 지면 쉬며, 우물을 파서 마시고 밭을 갈아서 먹는데, 황제가 내게 무슨 힘을 써주었는가?"라고 하였다.(帝堯, 陶唐氏. … 天下大和, 百姓無事. 有八十老人擊壤於道. 觀者歎曰, 大哉, 帝之德也. 老人曰, 吾日出而作, 日入而息, 鑿井而飮, 耕田而食. 帝何力於我哉.)

27 庶官(서관)-평민과 관리. 恭己(공기)-자신을 공손하게 하다. 원래 이는 임금이 무위지치를 하는 모습을 형용한 것인데, 이로인해 글자가 빠졌을 것이라는 설이 있다.

≪논어·위령공衛靈公≫: 무위지치하는 자는 아마도 순임금이리라. 무엇을 하였는가? 자신을 공손하게 하고 바르게 남쪽을 대하고 있었을 따름이다.(無爲而治者, 其舜也與. 夫何爲哉. 恭己正南面而已矣.)

≪독서당두공부문집주해≫: 이 글자(但) 다음에 한 글자가 빠진 듯하다. '공기'를 어떻게 '서관'에게 붙일 수 있는가?(此下恐遺一字, 恭己如何加之庶官.)

≪두시상주≫: '단'자 다음에 마땅히 '억'자가 있어야 한다.(但字下當有抑字.)

28 寇孽(구얼)-도적의 잔당. 안사 무리의 잔당을 말한다.

29 咎徵(구징)-죄과에 대해 징벌하다. 至數(지수)-지극한 도리나 이치. 또는 사물의 발전에 있어서 필연적인 결과.

30 倉廩(창름)-식량 창고.

31 物理(물리)-사물의 이치. 固然(고연)-진정 그러한 바. 이상 두 구는 전란으로 인해 나라와 지방의 경제사정이 악화된 것을 언급한 것으로, 뒤에 화폐와 곡식 저장에 관한 말을 위한 복선이다.

32 虎步(호보)-호랑이 같은 걸음걸이. 군대의 씩씩한 위용을 묘사한 것이다.

33 列國(열국)-여러 나라. 여기서는 지방의 여러 지역을 가리킨다. 鶴立(학립)-학이 서 있다. 몹시 바라는 모양이다.

34 山東之諸將(산동지제장)-산동의 여러 장수. 곽자의, 이광필 등의 장수를 가리킨다. 雲合(운합)-구름같이 모이다. 많다는 뜻이다.

34 淇上(기상)-기수. 황하의 지류이다. 捷書(첩서)-승전보. 日至(일지)-매일 도착하다.

[山東 2구]

두보 <세병행洗兵行>: 중흥을 이룬 장수들이 산동을 수복하니 승리 소식이 밤에 전달되고 낮에도 마찬가지이다. 황하가 넓어 일엽편주가 건너니 반군의 위태로운 운명이 파죽지세에 놓였다고 전해진다.(中興諸將收山東, 捷書夜報淸晝同. 河廣傳聞一葦過, 胡危命在破竹中.)

≪구가집주두시≫ <세병행> 조차공 주: '산동'은 지금의 하북이다. 대개 산동이니 산서니 하는 것은 태항산으로 구분한 것이지만, 지금 말하는 산동은 옛날에 제나라 지역이라고 했던 곳으로 태산을 기준으로 말하는 것이다. 안녹산이 반란을 일으켜 먼저 하북의 여러 군을 함락하였다. 장안과 낙양 두 도읍이 수복되고 안경서가 하북으로 도망친 뒤, 사사명이 항복하고 엄장이 항복하였으며 능원호가 항복하면서 하북의 여러 군이 점차 수복되었다. 그래서 '중흥을 이룬 장수들이 산동을 수복한다'고 한 것이다.(山東者, 今之河北也. 蓋謂之山東山西, 以太行山分之也. 今所謂山東, 乃昔言齊地, 則以泰山言之矣. 安祿山反, 先陷河北諸郡. 至二京已復, 慶緖奔于河北之後, 史思明降, 嚴莊降, 能元皓降, 而河

北諸郡漸復矣. 故曰, 中興諸將收山東.)

36 遺祲(유침)-남아있는 사악한 기운. 반군의 잔당을 말한다. 盪滌
(탕척)-깔끔하게 제거하다.

37 砥礪(지려)-숫돌에 갈다. 면려한다는 뜻이다.

38 致之於堯舜(치지어요순)-천자를 요순의 경지에 이르도록 하다.
두보 <봉증위좌승장이십이운奉贈韋左丞丈二十二韻>: 임금을
요순 위에 이르게 하고 또 풍속을 순후하게 하겠다.(致君堯舜上,
再使風俗淳.)

39 降及(항급)-'雖降'으로 된 판본도 있다. 元輔(원보)-중신. 대체
로 재상을 가리킨다.

40 要之於稷禼(요지어직설)-직와 설의 자질을 갖추도록 요구하
다. 직과 설은 요순시대의 현신이다. '稷禼'는 '夔皐'로 된 판본
도 있다.

41 驅蒼生(구창생)-백성을 내몰다. 백성들이 가도록 인도한다는 말
이다. 仁壽之域(인수지역)-어짊과 장수의 장소.
≪논어·옹야雍也≫: 지혜로운 자는 즐겁고 어진 자는 장수한
다.(知者樂, 仁者壽.)

42 反淳樸(반순박)-순박함으로 돌아가다. 羲皇之上(희황지상)-희
황보다 앞 시기. 상고시기로 태평성세를 누리던 시대를 가리킨
다. 희황은 복희씨伏羲氏이다.

42 哲王(철왕)-현명한 군주. '哲'은 '帝'로 된 판본도 있다. 立極(입
극)-규범을 세우다.

44 眇然(묘연)-아득한 모양. 坦途(탄도)-평평한 길.

45 利往何順(이왕하순)-편리하게 가는 것이 얼마나 순조로운가?
'何往不順'로 된 판본도 있다.

46 庶(서)-바라다. 이 구는 난리 이후 중흥하기 위한 방책으로 응시
생들이 어떤 생각을 가지고 있는지 묻는 것이다.

47 瑣瑣(쇄쇄)-사소한 모양. 射策(석책)-책문을 맞추다. 한나라 때
인재 선발 시험 중 하나이다. '책'은 문제를 적은 대나무 조각인

데, 서너 개의 책을 엎어놓은 뒤 응시생이 하나를 골라 거기에 적힌 물음에 답을 하는 것이다.

≪두시상주≫: ≪문심조룡≫에서 "석책이란 것은 일을 궁리하여 주장을 바치는 것인데, 말에 담긴 이치의 정확성을 과녁에 맞혀 적중하는 것에 비유한 것이다."라고 하였다. 이에 근거하면 '射'는 마땅히 음이 '석'이다. 두보 시의 주석에서 언급하지 못한 바를 보충할 만하다.(文心雕龍曰, 射策者, 探事而獻說也. 言中理準, 譬射侯中的. 依此, 射當從石音, 可補詩注所不及.)

48 一第(일제)-일등으로 급제하다.

49 頃之(경지)-얼마 전에. 孝廉(효렴)-인재 선발 방법 중의 하나로 효성과 청렴을 판단한다. '廉'은 '秀'로 된 판본도 있다. 取備(취비)-갖추다. 尋常之對(심상지대)-장문의 대답. '심'은 8척이고 '상'은 1장 6척인데 여기서는 길다는 뜻이다.
≪독서당두공부문집주해≫: 이는 예전의 대책 대답을 말한 것이다.(此謂舊時策對.)

50 經濟之體(경제지체)-나라를 경영하고 시국을 구제하는 것에 관한 요체.

51 考(고)-고려하다. 詞學(사학)-문장의 학문. 여기서는 문장의 수식을 연마하는 것을 말한다.

52 文章(문장)-화려한 모양. 문장의 화려한 수식이나 기교를 말한다.

53 束(속)-묶이다. 제약받다. 徵事(징사)-옛일을 인용하여 징험하는 것으로 책문 시험 방식 중의 하나이다.
송宋 왕당王讜 ≪당어림≫: 책문은 다섯 문제인데, 옛날의 예로는 세 문제가 사무책이고 한 문제가 방략이고 한 문제가 징사였다.(策問五道. 舊例, 三道爲事務策, 一道爲方略, 一道爲徵事.)

54 曷(갈)-어찌. 凡例(범례)-모범.

55 粗徵(조징)-거친 징험. 인재를 판단한다는 말을 겸손하게 표현한 것이다.

56 切時務(절시무)-당시의 일에 적절하다. 이 구는 현재 정국에 적합한 내용으로 인재를 평가해야 한다는 말이다.
≪독서당두공부문집주해≫: 이하에서 화폐 주조와 식량 저장을 아울러 언급하였다.(以下兼及鼓鑄積穀.)

57 錢輕(전경)-돈이 가볍다. 액면가보다 가치가 낮은 주전鑄錢을 말한다.

58 量資幣(양자폐)-재화의 가치를 측정하다.

59 權子母(권자모)-무거운 돈과 가벼운 돈을 같이 통용하는 것을 말한다.
≪두공부시집집주≫: ≪국어≫에서 "경왕이 장차 큰돈을 주조하도록 바꾸고자 하니, 단목공이 말하기를, '안됩니다. 옛날 하늘에게 재앙을 내리면 이에 재물의 가치를 평가하여 경중을 헤아린 뒤 백성을 구제했습니다. 백성이 가벼운 돈을 싫어하면 이를 위해 무거운 돈을 만들어 통용합니다. 이에 큰돈이 있고 작은돈을 변통하여 통용하니 백성이 모두 이롭습니다. 만약 무거운 돈을 감당하지 못하면 가벼운 돈을 많이 만들어 통용하면서 또한 무거운 돈을 폐지하지는 않습니다. 이에 작은돈이 있고 큰돈을 변통하니 큰돈 작은돈 모두 이롭습니다.'라고 하였다."라고 하였다. 응소가 말하기를, "'모'는 무거운 돈으로 그 크기가 두 배이다. 그러므로 '모'라고 하였다. '자'는 가벼운 것으로 그 가볍기가 절반으로 적다. 그래서 '자'라고 하였다."라고 하였다.(國語, 景王將更鑄大錢, 單穆公曰, 不可. 古者天降災戾, 於是乎量資幣, 權輕重, 以救民. 民患輕, 則爲之作重幣以行之, 於是乎有母權子而行, 民皆得焉. 若不堪重, 則多作輕而行之, 亦不廢重, 於是乎有子權母而行, 大小利之. 應劭曰, 母, 重也, 其大倍, 故爲母. 子, 輕也, 其輕小半, 故爲子.)

60 改鑄(개주)-새로운 돈을 주조하다.

61 行(행)-화폐를 유통하는 것을 말한다. 楡莢(유협)-한나라 때 다소 가벼웠던 화폐의 이름. 契刀(계도)-왕망 때 만든 화폐의 이름.

≪두공부시집집주≫: ≪한서·식화지≫에서 "한나라가 건국한
뒤 진나라의 화폐가 무거웠기에 사용하기 어려워서, 백성들에게
협전을 주조하도록 명을 바꾸었다."라고 하였다. 여순이 말하기
를, "느릅나무 꼬투리와 같다."라고 하였다. ≪한서·식화지≫에
서 "왕망이 또 계도와 착도를 만들었다. 계도는 그 손잡이 고리가
큰돈과 같았다. 몸체는 칼과 같았고 길이가 2촌이었으며 '계도오
백'이라고 쓰여있었다."라고 하였다.(漢食貨志, 漢興, 以秦錢重
難用, 更令民鑄莢錢. 如淳曰, 如楡莢也. 王莽又造契刀錯刀. 契刀,
其環如大錢, 身形如刀, 長二寸, 文曰契刀五百.)

62 蒙利(몽리)-이익을 얻다. 厚薄(후박)-이익이 많고 적음을 말
한다.

63 輕重(경중)-좋고 나쁨을 뜻한다.
≪독서당두공부문집주해≫: 어떤 사람의 제도가 좋으냐고 물은
것이다. '경중'은 우열을 말하는 것과 같다.(問何人所制爲善. 輕
重, 猶言優劣也.)
≪두보전집교주≫: ≪구당서·숙종기≫에서 "(건원 원년 7월) 병
술일에 처음 새 돈을 주조했는데 '건원중보'라고 새겼다. 1전이
10전에 해당하며 개원통보와 함께 사용하였다."라고 하였다.
≪자치통감≫ 숙종 건원 원년 조목에서 "가을 7월 병술일에 처음
10배에 해당하는 큰돈을 주조했는데 '건원중보'라고 새겼다. 어
사중승 제오기의 책략에 따른 것이다."라고 하였다. 호삼성의
주에서 "건원전은 지름이 한 치이고 매 꿰미의 무게가 10근이었
으며 개원통보와 함께 유통했다."라고 하였다. 두보의 이 질문은
마땅히 이에 대해서 한 것이리라.(舊唐書, 肅宗紀, 丙戌, 初鑄新
錢, 文曰, 乾元重寶, 用一當十, 與開元通寶同行用. 資治通鑑, 肅
宗乾元元年, 秋七月丙戌, 初鑄當十大錢, 文曰, 乾元重寶, 從御史
中丞第五琦之謨也. 胡三省注, 乾元錢, 徑一寸, 每緡重十斤, 與開
元通寶竝行. 杜甫此問, 當對此而發.)

64 阜俗(부속)-풍속을 높이다. 백성 생활의 질을 높인다는 말이다.

康時(강시)-시국을 평안하게 하다. '康'은 '匡'으로 된 판본도
있다.

65 守位(수위)-지위를 지키다.

66 十室之邑(십실지읍)-열 가구의 마을. 작은 규모의 마을을 뜻
한다.

67 千鐘之藏(천종지장)-천 종의 저장품. '종'은 용량 단위로 10곡
斛이라는 설과 6곡 4두斗라는 설이 있다.
≪한서·식화지≫: 만 가구의 고을로 하여금 반드시 만 종의 저
장품이 있게 하고 천만 꿰미의 돈을 저장하게 하며, 천 가구의
고을로 하여금 반드시 천 종의 저장품이 있게 하고 백만 꿰미의
돈을 저장하게 한다.(使萬室之邑, 必有萬鐘之藏, 藏繦千萬. 千室
之邑, 必有千鐘之藏, 藏繦百萬.)

68 苟(구)-만약. 凶穰(흉양)-흉년과 풍년. 以之(이지)-이러한 것으
로 하다. 열 가구의 마을에 천 종의 저장품을 갖추도록 한다는
말이다.

69 失度(실도)-법도를 잃게 되다.

70 侯(후)-여기서는 관직을 맡게 된다는 뜻이다. 大農(대농)-한나
라 때 화폐와 곡식을 담당한 대사농大司農이다.

[雖封 2구] 한나라의 차천추나 상홍양이라도 이러한 어려움을 해결
할 수 없을 것이라는 말이다.
≪두공부시집집주≫: ≪한서·차천추전≫에서 "전천추가 유굴
모를 대신하여 승상이 되었고 부민후에 봉해졌다."라고 하였다.
≪한서·식화지≫에서 "상홍양이 치속도위가 되어서 대농을 겸
했는데 공근을 대신하여 천하의 소금과 화폐를 관리했고 좌서장
작위를 하사했다."라고 하였다.(漢書列傳, 田千秋代劉屈氂爲丞
相, 封富民侯. 食貨志, 桑弘羊爲治粟都尉, 領大農, 代孔僅, 幹天
下鹽鐵, 賜爵左庶長.)

71 亦(역)-'以'로 된 판본도 있다. 繼絶表微(계절표미)-끊어진 것
을 잇고 미미해진 것을 드러낸다. 옛날의 훌륭한 일을 계승한다

는 말이다.

≪한서・예악지禮樂志≫: 마땅히 아악을 모으도록 하여 끊어진 것을 잊고 미미해진 것을 드러내야 한다.(宜領屬雅樂, 以繼絶表微.)

72 區分(구분)-처리하다. 踰越(유월)-뛰어넘다. 규범을 무시하거나 빠트리는 것을 말한다.

73 蒙(몽)-몽매하다. 삼국시대 오나라의 장군 여몽呂蒙으로 그가 원래 무지몽매했던 전고를 사용한 것이라는 설도 있다.

≪독서당두공부문집주해≫: '몽'은 오나라 아몽의 전고를 사용한 것이다.(蒙用吳下阿蒙事.)

74 仁遠乎哉(인원호재)-어짊이 어찌 멀리 있겠는가?

≪논어・술이述而≫: 공자가 말하기를, "어짊이 어찌 멀리 있겠는가. 내가 어질고자 하면 곧 어짊이 이르게 될 것이다."라고 하였다.(子曰, 仁遠乎哉. 我欲仁, 斯仁至矣.)

唐興縣客館記

당흥현 객관에 관해 지은 글

　中興之四年,[1] 王潛爲唐興宰,[2] 修厥政事.[3] 始自鰥寡惸獨,[4] 而和其封內,[5] 非俙循循,[6] 不畏險膚,[7] 而行而一.[8] 咨於官屬於羣吏於衆庶曰,[9] 邑中之政, 庶幾繕完矣.[10] 惟賓館上漏下濕,[11] 吾人猶不堪其居,[12] 以容四方賓,[13] 賓其謂我何. 改之重勞,[14] 我其謂人何.[15] 咸曰, 誕事至濟,[16] 厥載,[17] 則達觀於大壯.[18] 作之閈閎,[19] 作之堂構,[20] 以永圖崇高廣大,[21] 踰越傳舍,[22] 通梁直走,[23] 嵬將墜壓,[24] 素柱上承,[25] 安若泰山, 兩旁序開,[26] 發洩霜露,[27] 潛靚深矣.[28] 步櫩複霤,[29] 萬瓦在後,[30] 匪丹臒爲,[31] 實疏達爲.[32] 迴廊南注,[33] 又爲覆廊,[34] 以容介行人,[35] 亦如正館,[36] 制度小劣.[37] 直左階而東,[38] 封殖修竹茂樹,[39] 挾石階而南, 環廊又注,[40] 亦可以行步風雨. 不易謀而集事,[41] 邑無妨工,[42] 亦無匱財,[43] 人不待子來,[44] 定不待方中矣.[45] 宿息井樹,[46] 或相爲賓,[47] 或與之毛.[48] 天子之使至, 則曰邑有人焉, 某無以栗階.[49] 州長之使至, 則曰某非敢賓也, 子無所用俎.[50] 四方之使至, 則曰子覷某多矣,[51] 敢辭贄.[52] 或曰, 明府君之侈也,[53] 何以爲人. 皆曰, 我公之爲人也, 何以侈. 子徒見賓館之近夫厚,[54] 不知其私室之甚薄,[55] 器物未備, 力取諸私室,[56] 人民不知賦歛.[57] 乃至於館之醴醴闕,[58] 出於私厨, 使之乘馹闕,[59] 辦於私廏.[60] 君豈爲亭長乎.[61] 是躬親也.[62] 若館宇不修,[63] 而觀臺榭自好,[64] 賓至無所納其車,[65] 我浩蕩無所措手足,[66] 獲高枕乎.[67] 其誰不病吾人矣.[68] 疵瑕忽生,[69] 何以爲之,[70] 是道也,[71] 施舍不幾乎先覺矣.[72] 杜之朋友歎曰,[73] 美哉, 是館也成, 人不知,[74] 人不怒,[75] 廨署之福也,[76] 府君之德也. 府君曰, 古有之也, 非吾有也, 余何能爲. 是亦前州府君崔公之命也,[77] 余何能爲. 是日辛丑歲秋分,[78] 大餘二,[79] 小餘二千一百八十八,[80] 杜氏之老記.

중흥을 이룬 지 4년 왕잠이 당흥현령이 되어 그 정사를 수행했다. 처음에는 외롭고 의지할 데 없는 이로부터 시작하여 그 관할지역을 조화롭게 하였으며, 질서정연함을 경시하지 않고 중상모략을 두려워하지 않아 업무 수행을 오롯이 하였다. 속관에게, 여러 아전에게, 뭇 백성에게 자문하여 말하기를, "고을의 정치는 대체로 정비하였는데 오직 손님을 모시는 객관이 위에는 비가 새고 아래는 축축하여 이 사람도 오히려 감히 머물려 하지 않을 정도이니, 만일 사방의 손님을 받아들인다면 그 손님이 내게 뭐라 말할 것인가? 그것을 고치자니 노고가 많이 들 터이니 내가 사람들에게 뭐라 말할 것인가?"라고 하니, 모두 말하기를, "일을 시작해서 성취에 이르러서 그것이 시행되려면 크고 장중함을 두루 보아야 합니다. 대문을 만들고 건물을 만들 때 높고 넓은 것을 오래도록 도모하여, 객사를 뛰어넘어야 합니다. 대들보를 통해 곧장 내달려 높다랗게 하고 늘어뜨려 압도하고, 흰 기둥으로 위를 받쳐 태산과 같이 안정하게 만들며, 양쪽으로 곁방을 열어, 서리와 이슬 속에 드러내면 조용하고 깊은 곳에 잠길 것입니다. 걸어다니는 복도와 겹으로 된 물받이에는 만 장의 기와가 그 뒤에 있다면 안료를 칠하지 않더라도 실로 탁 트여 환할 것입니다. 회랑을 남쪽으로 길게 짓고 또 이중 회랑을 만들어서 행인을 수용하면 또한 본 건물과 같지만 규모는 조금 적을 것입니다. 왼쪽 계단에서 동쪽으로 긴 대나무와 무성한 나무를 심고 오른쪽 계단을 끼고 남쪽으로 동그란 회랑을 또 길게 지으면 또한 비바람이 칠 때도 걸어 다닐 수 있습니다. 계획을 바꾸지 않고 일을 끝내도 고을에서는 업무에 방해될 것이 없고 또한 재물이 동나지 않을 것이며, 사람들은 자식처럼 오는 것을 기다릴 필요가 없고 정성이라는 별이 중앙에 오는 것을 기다릴 필요가 없습니다. 묵으며 쉴 수 있고 우물과 나무가 있으니 간혹 서로 조회하며 빈객이 되고 간혹 노인에게 제공할 수도 있을 것입니다. 천자의 사자가 오면 '고을에 사람이 있는데 나는 율계를 하지 않겠다.'라고 할 것이고, 자사의 사신이 오면 '나는 감히 손님이 될 수 없으니, 그대는 도마를 사용하지 마라.'라고 할 것이며, 사방의 사신이 오면 '그대는 내게 많이 주지 말라, 감히 후한 예를 사양한다.'라고 할 것입니다."라고 하였다. 혹자가 말하기를, "현령의 사치가 분명하니 그 사람됨은 어떠한가?"라고 하면, 모두 말하기를, "우리 나리의 사람됨이 어찌 사치스럽나? 그대는 그저 객관이 화려함에 가까운 것만 볼뿐 그 개인이 사는 집이 매우 소박한 것은 모르는구나. 객관의 기물이 갖춰지지 않았으면 힘써 개인 집에서 가져오니 백성은 세금을 걷는 줄도 모른다. 심지어 객관의 초와 젓갈이 없으면 개인 주방에서 내오고, 사신이 탈 말이 없으면 개인 마구간에서 처리한다. 그가 어찌 객관의 담당자이겠냐만 진실로 친히 몸소 처리하신다. 만약 객관이 지어지지 않았는데 누관과 누대만 절로 좋아서, 손님이 와도 그 수레를 들여놓을 곳이 없으면 우리는 당황하여 손발을 놀릴 바가 없을 것이니 높은 베개를 벨 수 있겠는가? 아마도 누가 우리를 걱정하지 않겠는가만 결함이 갑자기 생기면 무엇으로 이를 처리하겠는가? 이 방법은 객사에 있어 먼저 깨친 것에 가깝다."라고 하였다. 두보의 벗이 감탄하며 말하기를, "아름답도다. 이 객관이 완성된 것이. 사람들은 알지도 못하고 사람들은 화내지도 않는구나. 관서의 복이고 현령의 덕이다."라고 하였다. 현령이 말하기를, "예로부터 이런 것이 있었던 것이지, 내가 만들어서 생긴 것이 아니다. 내가 어찌 할 수 있었겠는가? 이는 또한 선임 현령 최공의 명령이니 내가 어찌 할 수 있었겠는가?"라고 하였다. 이날은 신축년 추분으로 대여가 2일이고 소여가 2188분이며 두씨 노인이 쓰다.

[해제]

이 글은 당홍현 객관에 지은 기記이다. '기'는 건물을 새로 짓거나 중건했을 때 그 건축 경과나 의의를 적은 글이다. 여기서는 왕잠王潛 현령이 검소하지만 객관을 크고 화려하게 지은 것에 대해서 여러 인물을 가상하여 직접 진술하는 형식으로 설명하였다. 실상 현령 본인은 검소하지만 객관을 크고 화려하게 지은 것은 그곳에 머무는 이들의 편의를 제공하기 위함이며, 객관 운영에 필요한 경비는 사적으로 조달하여 백성들에게 부담이 전혀 되지 않음을 말하였다. 당홍현은 당시

촉주蜀州에 속해 있었다. 왕잠 현령에 대해서는 자세하지 않고 두보의 시 중에 <왕 명부에게 삼가 편지를 보내다(敬簡王明府)>가 있다. 상원 2년 두보가 성도초당에 살고 있을 때 지은 것이다.

≪두시상주≫에 인용된 원주原注: 이 글은 상원 2년 성도에 있을 때 지은 것이다. 천보 초 당흥을 봉주로 바꾸었는데 여기서는 그 옛 이름을 여전히 사용하였다.(此上元二年在成都作. 天寶初改唐興爲蓬州, 此仍其舊名耳.)

[주석]

1 　中興之四年(중흥지사년)-중흥을 이룬 지 4년째 되는 해. 여기서는 상원 2년인데 이로 미루어보면 중흥은 지덕 2년 6월 장안을 수복하고 10월 낙양을 수복한 뒤 이듬해 연호를 바꾼 건원 원년을 말한다.
2 　宰(재)-현령을 뜻한다.
3 　修(수)-펼치다. 厥(궐)-그.
4 　始自(시자)-~로부터 시작하다. 鰥寡惸獨(환과경독)-외롭고 의지할 데 없는 사람을 뜻한다. '환'은 홀아비, '과'는 과부, '경'은 형제가 없는 이, '고'는 늙어서 자손이 없는 이이다.
5 　和(화)-화락하게 하다. 封內(봉내)-담당 지역.
6 　侮(모)-업신여기다. 깔보다. 循循(순순)-규범을 준수하는 모양.
7 　險膚(험부)-중량모략하는 말.
　　≪두시상주≫: ≪서경·반경盤庚≫에서 "일어나 늘어놓는 말이 험악하고 얄팍하다."라고 하였다. 이 구는 험악하고 사악하며 천박한 말을 피하지 않는다는 말이다.(書, 起信險膚. 此謂不避險陂膚淺之言.)
8 　而行而一(이행이일)-오롯이 자기 일에 전념하여 직책을 수행했다는 말이다.
　　≪두시상주≫: 행실이 전일하다는 말이다. '행지일'은 ≪중용≫에 근본했다.(而行之專一也. 行之一, 本中庸.)

≪중용≫: 천하에 공통된 도는 다섯이고 이것을 행하게 하는 것은 셋이다. 임금과 신하, 부모와 자식, 남편과 아내, 형과 아우, 친구의 사귐 이 다섯 가지가 천하에 공통된 도이고, 지혜, 어짊, 용감함 이 세 가지가 천하의 공통된 덕인데 이것을 행하게 하는 것은 하나이다.(天下之達道五, 所以行之者三, 曰君臣也, 父子也, 夫婦也, 昆弟也, 朋友之交也. 五者, 天下之達道也. 知仁勇三者, 天下之達德也, 所以行之者一也.)

9 咨(자)-자문하다. 官屬(관속)-부하 관원. 羣吏(군리)-여러 아전. 衆庶(중서)-백성.

10 庶幾(서기)-거의. 아마도. 繕完(선완)-원래는 담장을 수선하다는 뜻인데, 여기서는 부임 후 정사를 전체적으로 마무리한 것을 말한다.

11 上漏下濕(상루하습)-지붕에 물이 새고 아래는 습하다.

12 吾人(오인)-나. 우리. 猶(유)-오히려. 여전히.

13 容(용)-받아들이다. 수용하다. '客'으로 된 판본도 있다.

14 改之(개지)-객관을 개축하는 것을 말한다. 重勞(중로)-수고를 더하다. 백성들의 노역을 많이 동원해야 한다는 말이다.

15 其(기)-마땅히. 人(인)-당흥의 백성을 가리킨다. 이 구는 객관을 개축하기 위해 백성의 노역을 징발하겠다고 차마 백성들에게 말하지 못한다는 말이다.

16 誕事(탄사)-일을 시작하다. 至濟(지제)-성취함에 이르다. 완성한다는 말이다.

17 厥載(궐재)-그것이 시행되다. 객사가 완공되어 손님에게 제공되는 것을 말한다.

18 達觀(달관)-두루 보다. 다방면으로 고려한다는 말이다. 大壯(대장)-크고 장엄하다. 원래는 ≪주역≫의 괘명으로 상진하건上震下乾인데, 이는 위에 비를 내리는 우레가 있고 아래에 그것을 막아주는 하늘이 있어서 비바람을 피하게 하는 건물 축조의 전고로 사용한다.

≪주역·계사하繫辭下≫: 상고시대에는 동굴에 살고 들에 거처하였는데, 후세의 성인이 궁실로 바꾸어서 위에는 들보가 있고 아래에는 처마가 있어서 비와 바람을 대비하였으니 이는 <대장>괘에서 취하였다.(上古, 穴居而野處, 後世聖人, 易之以宮室, 上棟下宇, 以待風雨, 蓋取大壯.)

19 閈閎(한굉)-대문.

20 堂構(당구)-건물.

21 永圖(영도)-오래도록 고려하다. 崇高廣大(숭고광대)-높고 넓다.

22 踰越(유월)-뛰어넘다. 傳舍(전사)-행인에게 숙식을 제공하는 장소. 이 구는 지금 지으려는 객관이 일반적인 전사보다는 규모 면에서 훨씬 넘어서야 한다는 말이다.

23 通梁直走(통량직주)-대들보를 크게 가로지르게 만든다는 뜻으로 보인다.

24 嵬將(외장)-높다란 모양. '將'은 '牂'으로 된 판본도 있다. 墜壓(추압)-늘어뜨리고 누르다. 건물의 압도적인 모습을 형용한 것으로 보인다.

25 素柱(소주)-흰색 기둥. 또는 수식하지 않은 소박한 기둥. 上承(상승)-위로 받들다.

26 序(서)-본당의 동서쪽 벽을 말하는데, 대체로 이곳에 방이나 회랑을 만든다.
≪두시상주≫: ≪설문해자≫에서 "'서'는 동쪽과 서쪽의 담장이다. 서를 가지고 안과 밖을 구분한다."라고 하였다.(說文, 序, 東西墻也, 所以序別內外也.)

27 發洩(발설)-드러나다. 노출하다. 이 구는 이슬과 서리에 노출된다는 뜻인데, 결국 사람이 건물 속에서 이슬과 서리를 피하게 해준다는 말이다.

28 潛(잠)-잠기다. 그 속에 가만히 머물 수 있다는 말이다. 靚深(정심)-조용하고 깊다.

29 步櫚(보염)-처마 아래에 사람이 걸어 다닐 수 있는 통로이다.

複霤(복유)-겹으로 된 물받이. '유'는 지붕 끝에 빗물을 받는 구조물이다. '複'은 '復'으로 된 판본도 있다.

30 萬瓦在後(만와재후)-만 개의 기와가 뒤에 있다. 보염과 복유 뒤의 처마와 지붕에 많은 기와를 올린다는 말이다.

31 丹膜(단확)-붉은색 안료.

32 疏達(소달)-탁 트인 모양. 이상 두 구는 굳이 건물에 안료를 칠하지 않아도 건물의 경관이 시원시원할 것이라는 말이다.

33 迴廊(회랑)-구불구불한 통로. 注(주)-여기서는 회랑이 길게 이어지는 것을 말한다.

34 覆廊(복랑)-겹으로 된 회랑.

35 容介(용개)-수용하여 머물게 하다.

36 正館(정관)-객관의 본당을 말한다.

37 制度(제도)-여기서는 건물의 규모를 말한다. 小劣(소렬)-조금 작다. 회랑과 복랑의 규모가 본당과 비슷하지만 그래도 조금 작게 한다는 말이다.

38 直(직)-대면하다. 당하다.

39 封殖(봉식)-흙을 북돋우고 나무를 심다. 修竹(수죽)-긴 대나무.

40 環廊(환랑)-둥글게 휘감는 모양의 통로.

41 易謀(역모)-계획을 바꾸다. 集事(집사)-일을 마치다. 원래의 계획대로 대규모로 객관을 완성한다는 말이다.

42 無妨工(무방공)-다른 업무에 방해될 것이 없다.

43 賈財(궤재)-재물을 다하다.

44 子來(자래)-민심이 따르면 마치 자녀가 부모를 섬기듯이 오라고 부르지 않아도 성심성의를 다한다는 말이다. 이 구는 굳이 백성들이 자발적으로 노역에 응할 것을 기다릴 필요도 없다는 말로, 객사 건축이 손쉬움을 표현한 것이다.
≪시경·대아·영대靈臺≫: 영대를 짓기 시작하여 계획하고 구성하고, 백성이 힘써 일하니 오래지 않아 완성되네, 짓기 시작할 때 빨리하라 않아도 백성이 자식처럼 와서 일하네.(經始靈臺, 經

之營之. 庶民攻之, 不日成之. 經始勿亟, 庶民子來.)

45 定(정)-별의 이름으로 영실성營室星이라고도 한다. 方中(방중)
－하늘 한가운데에 오다. 이 구는 객사 건축에 시일이 얼마 걸리
지 않을 것이라는 말이다.
≪시경·용풍鄘風·정지방중定之方中≫: 정성定星이 하늘 가운
데에 오면 초궁을 짓는다.(定之方中, 作于楚宮.)

46 宿息(숙식)-묵으며 쉬다. 井樹(정수)-우물과 나무. 객관의 손님
에게 마실 물과 안전한 쉼터를 제공하는 것이다.

47 相爲賓(상위빈)-제후가 서로 조회하며 빈객이 되다.

48 與之毛(여지모)-그것을 노인에게 제공하다. '모'는 머리카락의
색으로 나이에 따라 자리를 정하는 것을 말한다.
≪주례·추관秋官·대의大儀≫: 왕이 연회를 베풀면 제후는 머
리카락의 색에 따라 자리를 정하고, 무릇 여러 공은 서로 조회하
며 빈객이 된다.(王燕則諸侯毛, 凡諸公相爲賓.)
≪주례·추관·대의≫ 정현 주: 머리카락에 따라 앉는 것을 말한
다. 조회하는 일은 존귀하니 상등의 작위를 존중하고, 연회를
하면 친하게 되는데 나이가 많은 이를 친하게 여긴다. 정사농을
말하기를, "늙은 자가 윗자리에 있다는 말이다. 늙은 자는 머리가
희끗하니 '모'라고 하였다."라고 하였다. ('相'은) 서로 조회한다
는 말이다.(謂以須髮坐也. 朝事尊, 尊上爵. 燕則親, 親上齒. 鄭司
農云, 謂老者在上也. 老者二毛, 故曰毛. 謂相朝也.)

49 某(모)-아무개. 화자 자신을 가리키는데 여기서는 천자의 사신
이다. 栗階(율계)-계단을 올라갈 때 좌우 다리를 번갈아 가며
한 계단씩 빨리 올라가는 것이다. 통례는 한 계단 올라간 뒤 발을
모으고 다시 올라가는 방법으로 연보連步라고 한다. 율계는 왕명
에 의해서 급히 올라가는 것이다. 이 구는 천자에게 행하는 율계
와 같은 예의를 차리지 않는다는 말로, 객관이 마치 천자의 궁궐
처럼 좋지만 그에 맞는 예의는 차릴 필요가 없는 곳임을 말해
객관이 훌륭함을 반어적으로 표현한 것이다. ≪두시상주≫의 설은

타당하지 않다.

≪주례·연례燕禮≫ "栗階升聽命" 정현 주: '율계'는 임금의 명을 쫓아 오히려 빨리 가며 연보하지 않는 것이다.(栗階, 趨君命尙疾, 不連步.)

≪두시상주≫: ≪주례·연례≫에서 "계단을 빨리 올라간다."라고 하였고 정현의 주에서 "'율'은 촉급하다는 뜻이다."라고 하였다. 이 구는 계단이 평탄하여 걸음이 촉급하지 않다는 말이다.(儀禮, 栗階升. 注云, 栗, 蹙也. 謂越等急趨君命也. 此言階坦平而步無促迫也.)

50 子(자)-그대. 사신을 객관에서 대접하는 관원을 말한다. 用俎(용조)-도마를 사용하다. '조'는 제사나 연회에서 음식을 올릴 때 받치는 기물이다. 이 구는 객관이 제례나 연회를 베푸는 장소처럼 훌륭하지만 그에 맞는 예우를 차릴 필요는 없다는 말이다.

51 貺(황)-주다.

52 辭贄(사지)-예물을 사양하다.

53 明(명)-분명하다. 府君(부군)-부의 책임자. 원래는 한나라 태수의 존칭이었는데 여기서는 현령을 가리킨다. 侈(치)-사치.

54 厚(후)-여기서는 화려함을 뜻한다.

55 私室(사실)-개인적인 건물. 여기서는 왕잠 현령이 사는 개인 집을 가리킨다. 薄(박)-누추함을 뜻한다.

56 諸(저)-之於의 축약형이다.

57 賦斂(부렴)-세금을 거두다. 이 구는 객관 운영의 경비를 왕잠 현령이 개인적으로 부담하기에 백성들은 세금을 내지 않는다는 말이다.

58 醯醢(혜해)-식초와 젓갈. 闕(궐)-없다.

59 乘駟(승사)-타는 말.

60 辦(판)-처리하다. 갖추다. 私廐(사구)-개인적으로 사용하는 마구간.

61 君(군)-부군府君을 가리킨다. 亭長(정장)-객관을 관장하는 관리.

62 是(시)-진실로. 躬親(궁친)-몸소 처리하다.

63 館宇(관우)-객관을 말한다.

64 觀臺榭(관대사)-세 글자 모두 누각의 종류이다. 여기서는 실제
효용이 있는 객관과 달리 그저 주위 경관을 보며 즐길 수 있는
건축물을 가리킨다.

65 納(납)-들여놓다.

66 浩蕩(호탕)-혼란스러워 갈피를 못 잡는 모양이다. 措手足(조수
족)-손발을 두다. 조치를 취하다.

67 獲高枕(획고침)-높은 베개를 얻다. 편히 쉴 수 있다는 말이다.

68 病(병)-걱정하다. 吾人(오인)-나. 우리.

69 疵瑕(자하)-하자. 여기서는 객관에 경비가 드는 일이 발생하는
것을 말한다.

70 何以爲之(하이위지)-어떻게 처리할까?

71 是道(시도)-이 방법. 왕잠 현령이 객관 유지에 드는 물품과 비용
을 개인적으로 부담하는 방식을 말한다.

72 施舍(시사)-객관. 不幾乎(불기호)-가깝지 않겠는가? 거의 그렇
다는 말이다. 이 구는 현령이 이런 일을 다 미리 알고 그런 식으로
조치했다는 말이다.

73 杜(두)-두보 자신을 가리킨다. 歎(탄)-감탄하다.
≪두시상주≫: '두'자는 어떤 판본에는 '장'으로 되어 있다. 장진
이 말하기를, "대체로 늙은 친구 중에 지팡이에 기댄 자를 가리킨
다."라고 하였다. 지금 살펴보건대 다음에 '두씨지로'라는 말이
있으니 '두우'라고 하는 것 또한 옳다.(杜或作杖. 張溍曰, 蓋指老
友之扶杖者. 今按, 下有杜氏之老, 作杜友亦是.)

74 人不知(인불지)-백성들은 모른다. 현령이 모든 일을 다 알아서
처리하기에 백성들은 세금이나 노역에 대해 걱정할 필요가 없다
는 말이다.

75 人不怒(인불노)-백성들은 분노하지 않는다. 객관 건설과 운영에
필요한 경비나 노역 때문에 백성이 화를 내지 않는다는 말이다.

76 廨署(해서)-관청. 이하 두 구 다음에 "府君之德也, 廨署之福也." 가 더 있는 판본도 있다.

77 崔公(최공)-왕잠 이전의 당흥현령인데 자세한 사항은 알려져 있지 않다.

78 辛丑歲秋分(신축세추분)-상원 2년 음력 8월 14일 병인丙寅일이다.

79 大餘(대여)-중국 고대 역법에서 한나라 태초력太初曆을 사용한 태초 원년(기원전 104)으로부터 날짜 수를 계산하여 한 갑자인 60으로 나눈 나머지를 가리킨다. 여기서는 2이므로 세 번째 갑자인 병인일이 된다. 상원 연간에는 <지덕력至德曆>을 사용하였는데, 두보의 계산에 따르면 개원 연간에 반포된 <대연력大衍曆>을 사용한 것으로 보인다. 기존 주석은 모두 모호하거나 적합하지 않으며, 시에스웨이謝思煒의 <두보의 수학지식(杜甫的數學知識)>(≪문학사화文學史話≫, 2013년)에 정확한 계산 방법이 기록되어 있다.

80 小餘(소여)-<대연력>에서는 하루를 3040분分으로 나누었고 일년을 365와 743/3040일로 보았다. 태초 원년으로부터 분을 계산하고 그 결과를 3040으로 나누어서 해당 일에서 하루를 채우지 못하고 남는 분을 소여라고 한다. 이날의 소여는 2188이 맞다. 二(이)-'一'로 된 판본도 있다.

雜述

이런저런 생각을 적은 글

　杜子曰, 凡今之代, 用力爲賢乎,[1] 進賢爲賢乎.[2] 進賢爲賢, 則魯之張叔卿孔巢父.[3] 二才士者, 聰明深察, 博辯閎大,[4] 固必能伸於知己,[5] 令問不已,[6] 任重致遠,[7] 速於風飇也.[8] 是何面目黧黑,[9] 常不得飽飯喫,[10] 曾未如富家奴, 玆敢望縞衣乘軒乎,[11] 豈東之諸侯深拒於汝乎.[12] 豈新令尹之人未汝之知也.[13] 由天乎, 有命乎.[14] 雖岑子薛子,[15] 引知名之士,[16] 月數十百, 塡爾逆旅,[17] 請誦詩, 浮名耳.[18] 勉之哉, 勉之哉. 夫古之君子, 知天下之不可蓋也,[19] 故下之.[20] 又知衆人之不可先也, 故後之.[21] 嗟乎叔卿. 遣辭工於猛健放蕩,[22] 似不能安排者,[23] 以我爲聞人而已,[24] 以我爲益友而已.[25] 叔卿靜而思之. 嗟乎巢父. 執雌守常,[26] 吾無所贈若矣.[27] 泰山冥冥崒以高,[28] 泗水潾潾瀰以淸,[29] 悠悠友生,[30] 復何時會於王鎬之京.[31] 載飮我濁酒,[32] 載呼我爲兄.

두자가 말한다. 무릇 지금 시대는 재능을 펼치는 것을 뛰어나다고 여기는가? 뛰어난 이를 추천하는 것을 뛰어나다고 여기는가? 뛰어난 이를 추천하는 것을 뛰어나다고 여긴다면 바로 노 땅의 장숙경과 공소보를 말해야 한다. 이 두 재사는 총명하고 성찰이 깊으며 널리 논변하여 광범위하니, 진실로 반드시 지기에게 믿음을 줄 수 있기에 아름다운 명성이 끝이 없으며 중대한 임무를 맡아 먼 곳으로 감에 거센 바람보다 빠르다. 그런데 어찌하여 얼굴이 새카매져서 늘 밥도 배불리 먹지 못하고 줄곧 부잣집 하인만도 못했으니 게다가 감히 흰옷에 수레 타는 일을 바랄 수 있었겠는가? 아마도 동쪽의 제후가 그대들을 심히 거절한 것인가? 아마도 새로 온 영윤이 아직 그대들을 알지 못해서인가? 하늘 때문인가? 운명 때문인가? 비록 잠자와 설자가 이름이 알려진 선비를 이끈지 수십 수백 개월이 되어서 그 객관을 가득 채우고 시 읊조리길 청하지만 헛된 명성이구나. 힘쓰게나 힘쓰게나. 옛날의 군자는 천하 사람들을 능가할 수 없음을 알아서 아래에 처했으며, 또 뭇사람들을 앞설 수 없음을 알아서 뒤로 물러섰다. 안타깝구나, 숙경이여. 문장 구사가 빼어나지만 웅건하고 호탕함에 있어 마치 순리에 맞을 수 없는 것 같으며, 나를 명성이 난 사람으로 여길 따름이고 나를 유익한 벗으로 여길 따름이니, 숙경은 조용히 생각해보라. 안타깝구나, 소보여. 유약함을 쥐고 변치 않는 도리를 지키고 있으니 내게는 그대에게 줄 것이 없다. 태산은 아득히 험하게 높고 사수는 깨끗이 깊으며 맑다네. 근심스러운 벗들이여, 다시 언제 왕의 도읍에서 만나서 나에게 탁주를 마시게 하고 나를 형이라고 부를까?

이 글은 장숙경과 공소보의 인물됨을 평하면서 그들의 사정을 말하고 재능을 칭송한 것으로, 당시 명망가들이 이들을 천거하지 않아서 회재불우하고 있음을 안타까워하면서 장안에서 다시 만나기를 바라는 마음을 표현하였다. '술'은 문체의 하나로 대체로 인물의 언행에 관해 적었으며 앞부분은 산문이고 뒷부분은 운문이다. 개원 연간에 산동지역을 노닐 때 지은 것이라는 설과 <공소보가 병으로 관직을 사양하고 돌아가 강동에서 노닐려고 하는 것을 전송하며 아울러 이백에게 바치다(送孔巢父謝病歸遊江東兼呈李白)>와 비슷한 시기에 지었을 것이라는 설 등이 있다. 공소보를 전송하며 지은 시의 작시시기에 관해서는 천보 5년, 천보 13년, 지덕 2년 등 설이 구구하다.

≪두시상주≫: 한단순이 <위수명술>을 지었고 후에 독고급에게 <금강경보응술>이 있고 피일휴에게 <구풍계술>이 있으니 모두 앞부분은 산문이고 뒷부분은 운을 맞추었다. 당나라 사람에게 본디 이런 형식이 있었다.(邯鄲淳作魏受命述, 後獨孤及有金剛經報應述, 皮日休有九諷系述, 皆前散文, 後拈韻, 唐人固有此一體也.)

[주석]

1 用力(용력)-재능을 펼치다.

2 進賢(진현)-뛰어난 이를 천거하다.

≪주례·춘관春官·대사마大司馬≫ "進賢興功" 가공언賈公彦 소疏: '진현'은 여러 신하가 오래 직위에 있으면서 덕행이 있는 자가 또한 재야에서 덕행이 있지만 작위를 받지 못한 자가 있으면 그를 추천하여 재능에 걸맞게 임용하는 것이다.(進賢, 諸臣舊在位有德行者並草萊有德行未遇爵命者, 進之使稱才仕用.)

≪공자가어·현군賢君≫: 공자가 말하기를, "사야, 너는 그저 하나만 알고 둘은 모르는구나. 네가 듣기에 재능을 펼치는 것이 뛰어나냐? 뛰어난 자를 추천하는 것이 뛰어나냐?"라고 하니, 자공이 말하기를, "뛰어난 자를 추천하는 것이 뛰어납니다."라고

하였다.(子曰, 賜, 汝徒知其一, 未知其二也. 汝聞用力爲賢乎, 進賢爲賢乎. 子貢曰, 進賢賢哉.)

3 魯(노)-노 땅. 지금의 산동성 일대이다. 張叔卿(장숙경)-노군魯郡(지금의 산동성 연주兗州) 사람으로 두보가 성도에 있을 때 지은 시 <광주판관 장숙경의 편지를 받고서 심부름꾼이 돌아가는 길에 시로써 마음을 대신하다(得廣州張判官叔卿書使還以詩代意)>에 나온 장숙경일 것이다. 당시 장숙경은 영남절도판관이었고 후에 계주桂州로 폄적되었다. 죽계육일의 한 명인 장숙명과 동일인물이라는 설이 있으나 확실치 않다. 孔巢父(공소보)-자는 약옹弱翁이고 기주冀州(지금의 하북성 기주) 사람이다. 개원 연간에 이백 등과 함께 조래산에 은거하면서 죽계육일로 불렸다. 두보는 <공소보가 병으로 관직을 사양하고 돌아가 강동에서 노닐려고 하는 것을 전송하며 아울러 이백에게 바치다(送孔巢父謝病歸遊江東兼呈李白)>를 지은 적이 있다.

≪두공부시집집주≫: 사서를 살펴보니 공소보는 젊어서 한준, 이백, 배정, 장숙명, 도면과 함께 조래산에 은거하면서 죽계육일이라고 불렸다고 한다. 여기서 말한 장숙경은 아마 바로 장숙명일 것이다.(按史, 孔巢父少與韓準李白裴政張叔明陶沔隱於徂徠山, 號竹溪六逸. 此云張叔卿, 豈卽張叔明耶.)

≪구당서·공소보전≫: 공소보는 기주 사람으로 자가 약옹이다. …… 공소보는 일찍이 문장과 역사를 열심히 익혔고, 젊어서 한준, 이백, 배정, 장숙명, 도면과 함께 조래산에 은거하여 당시 죽계육일이라 불렸다. 영왕 이린이 장강과 회수淮水 지역에서 병사를 일으켰는데, 그가 현명하다는 것을 듣고는 종사의 직위로 그를 불렀다. 공소보는 그가 반드시 패할 것이라는 것을 알고는 몸을 돌려 숨어버리니, 이로써 이름이 알려졌다. 광덕 연간에 이계경이 강회선무사가 되어 그를 천거하여 좌위병조참군에 제수되었다.(孔巢父, 冀州人, 字弱翁. …… 巢父早勤文史, 少時與韓準李白裴政張叔明陶沔隱於徂來山, 時號竹溪六逸. 永王璘起兵

江淮, 聞其賢, 以從事辟之. 巢父知其必敗, 側身潛遁, 由是知名. 廣德中, 李季卿爲江淮宣撫使, 薦巢父, 授左衛兵曹參軍.)

4 博辯(박변)-두루 논변하다. 閎大(굉대)-박식하다.

5 固(고)-진실로. 伸(신)-믿음을 주다. '신信'과 통한다.

6 令問(영문)-훌륭한 명성.

7 任重(임중)-중요한 직책을 맡다. 致遠(치원)-먼 지방까지 가다.

8 風飈(풍표)-세찬 바람.

9 面目(면목)-얼굴. 黧黑(여흑)-새카맣다. 고생하여 얼굴이 까맣게 된 것이다.

10 飽飯喫(포반끽)-밥을 배불리 먹다. '飽喫飯'로 된 판본도 있다.

11 玆(자)-게다가. 縞衣乘軒(호의승헌)-흰 비단옷을 입고 수레를 타다. 생활이 부귀한 모습이다.
≪열자·황제黃帝≫: 자화의 문도는 모두 세족으로 흰 비단옷을 입고 화려한 수레를 탔으며 느긋하게 걷고 사방을 거만하게 보았는데, 상구개가 늙고 약하며 얼굴이 새카맣고 의관이 제멋대로인 것을 돌아보고는 누구도 경시하지 않은 자가 없었다.(子華之門徒, 皆世族也. 縞衣乘軒, 緩步闊視, 顧見商丘開年老力弱, 面目黎黑, 衣冠不檢, 莫不眲之.)

12 豈(기)-아마도. 深拒(심거)-심히 거절하다.

13 令尹(영윤)-춘추전국시대 때 초나라 집정관의 명칭으로 재상에 해당한다. 未汝之知(미여지지)-그대에 대해서 알지 못하다.

14 有命(유명)-운명에 따라 주재하다.

15 岑子薛子(잠자설자)-잠삼岑參과 설거薛據를 가리킨다는 설이 있다. 잠삼은 형주荊州 사람으로 천보 3년 진사에 급제하였다. 두차례 지방 막부에서 일했으며 가주자사嘉州刺史를 역임했다. 설거는 하동河東 분음汾陰 사람으로 개원 19년에 진사에 급제하였다. 두보는 천보 말년에 설거, 고적高適, 잠삼 등과 함께 장안의 자은사 탑에 올라 <여러 공이 자은사 탑에 올라 지은 시에 화답하다(同諸公登慈恩寺塔)>를 지었으며, <진주에서 조칙 명

단을 보니 설삼거는 사의랑에 임명되고 필사요는 감찰에 임명되
었는데 두 사람과 연고가 있으므로 멀리서 승진을 기뻐하고, 쓸
쓸히 지냄을 서술한 삼십운의 시(秦州見救目薛三璩授司議郎畢
四曜除監察與二子有故遠喜遷官兼述索居凡三十韻)>에서는 자
신을 이끌어주기를 바라는 뜻을 전했다.

≪두공부시집집주≫: 잠삼과 설거이다.(岑參薛據.)

16 知名之士(지명지사)-이름이 알려진 선비.

17 塡(전)-가득 채우다. 逆旅(역려)-객사

18 浮名(부명)-헛된 명성. 잠자와 설자가 비록 오랫동안 유명한 선
    비를 모으고 있지만 정작 장숙경과 공소보를 이끌어주고 있지
    않으니 헛된 명성이라는 것이다.

19 蓋(개)-능가하다.

20 下之(하지)-다른 사람의 아래에 처하다.

21 後之(후지)-다른 사람의 뒷자리에 처하다.

[夫古 5구]

≪설원說苑·경신敬愼≫: 군자는 천하 사람들을 능가할 수 없음
을 알기에 그래서 뒤로 물러나고 아래에 처하며 사람들로 하여금
사모하게 하는데, 유약함을 붙들고 아래의 지위를 유지하니 누구
도 그와 다툴 수가 없다.(君子知天下之不可蓋也, 故後之, 下之,
使人慕之, 執雌持下, 莫能與之爭者.)

≪공자가어孔子家語·관주觀周≫: 군자는 천하 사람의 윗자리
에 있을 수 없음을 알아서 아래에 처하고, 뭇 사람들보다 앞서지
못할 것을 알아서 뒷자리에 처한다. 온순하고 공손하며 삼가고
덕이 있어서 사람들로 하여금 사모하게 하는데, 유약함을 붙들고
아래의 지위를 유지하니 사람이 누구도 그를 뛰어넘지 못한다.
(君子知天下之不可上也, 故下之. 知衆人之不可先也, 故後之. 溫
恭愼德, 使人慕之, 執雌持下, 人莫踰之.)

22 遣辭(견사)-문장을 구사하다. 工(공)-빼어나다. 猛健放蕩(맹건
    호탕)-기세가 거세고 거침이 없다.

23 安排(안배)-순리에 맞게 조절하고 배치하다. 이 구는 그의 문사
　　가 웅건하고 호탕함을 극단적으로 표현한 것이다.
　　≪독서당두공부문집주해≫: 순리에 따라 조화로 들어갈 수 없음
　　을 말한다.(謂不能順序入化.)
24 聞人(문인)-명성이 난 사람.
25 益友(익우)-도움이 되는 친구. 이상 두 구는 호탕한 장숙경이
　　두보 자신을 좋게 여기고 있다는 말로, 장숙경이 자신의 뛰어난
　　능력에도 불구하고 미천한 자신을 인정해주는 것을 칭송하기
　　위한 언급이다.
　　≪논어·계씨季氏≫: 도움이 되는 세 종류의 친구(益者三友)
26 執雌(집자)-유순함의 도를 견지하다. 守常(수상)-항상 일정한
　　법도를 지키다.
27 若(약)-그대.
28 冥冥(명명)-아득한 모양. 崒(줄)-산이 높다.
29 泗水(사수)-산동성 지역을 흐르는 강. 潾潾(인린)-맑은 모양. 瀰
　　(미)-물이 넓다.
30 悠悠(유유)-근심스러운 모양. 友生(우생)-친구. 장숙경과 공소
　　보를 가리킨다.
31 王鎬之京(왕호지경)-왕이 사는 호경鎬京. 호경은 원래 서주西周
　　의 수도인데, 여기서는 장안을 가리킨다.
32 載(재)-뜻이 없는 어조사이다.

#≪독서당두공부문집주해≫: 장숙경에게는 겸양으로 진작시키고
　　공소보에게는 광달함으로 경계하니 두보가 진정한 '익우'이다.
　　(進叔卿以謙退, 規巢父以闊大, 公眞益友.)

秋述

가을에 감회를 읊은 글

　秋, 杜子臥病長安旅次,[1] 多雨生魚,[2] 靑苔及榻,[3] 常時
車馬之客,[4] 舊雨來,[5] 今雨不來. 昔襄陽龐德公,[6] 至老不入
州府,[7] 而揚子雲草玄寂寞,[8] 多爲後輩所藝,[9] 近似之矣. 嗚
呼, 冠冕之窟,[10] 名利卒卒,[11] 雖朱門之塗泥,[12] 士子不見
其泥,[13] 矧抱疾窮巷之多泥乎.[14] 子魏子獨踽踽然來,[15] 汗
漫其僕夫,[16] 夫又不假蓋,[17] 不見我病色, 適與我神會.[18]
我, 棄物也, 四十無位, 子不以官遇我,[19] 知我處順故也.[20]
子, 挺生者也,[21] 無矜色,[22] 無邪氣, 必見用,[23] 則風后力牧
是已.[24] 於文章,[25] 則子游子夏是已,[26] 無邪氣故也, 得正
始故也.[27] 噫,[28] 所不至於道者,[29] 時或賦詩如曹劉,[30] 談話
及衛霍,[31] 豈少年壯志未息俊邁之機乎.[32] 子魏子, 今年以
進士調選,[33] 名隷東天官,[34] 告余將行, 旣縫裳,[35] 旣聚
糧,[36] 東人怳惕,[37] 筆札無敵,[38] 謙謙君子,[39] 若不得已.[40] 知
祿仕此始,[41] 吾黨惡乎無述而止.[42]

　가을, 두자가 장안의 객사에 병들어 누웠는데 물고기가 생겨날 정도로 비가 많이 와서 푸른 이끼가 걸상에까지 생겨난다. 평소 수레와 말을 탄 손님이 옛날 비에는 왔건만 지금의 비에는 오지 않는구나. 예전에 양양 방덕공은 늙도록 관청에 들어가지 않았고 양자운은 ≪태현경≫을 지으며 쓸쓸해서 젊은 사람들의 경시를 많이 받았는데, 이들과 비슷한 신세가 되었다. 오호, 벼슬아치의 집에는 명리에 급박해서 비록 붉은 대문에 진흙이 있어도 선비들이 그 진흙을 개의치 않지만, 하물며 병들고 진흙이 많은 궁벽한 골목까지 오겠는가? 위자가 홀로 외로이 왔는데 한만이 그 마부인 듯하고 또 수레 덮개를 빌리지도 않았으며, 내 병색을 개의치 않고 마침 나와 정신적으로 통했다. 나는 버려진 물건이라 마흔이 되어도 직위가 없는데, 그대가 관직으로 나를 대하지 않았으니 내가 순리에 따라 처하는 것을 알았기 때문이었다. 그대는 걸출한 자이라, 교만한 기색도 없고 사악한 기운도 없어 반드시 기용되는 것으로는 풍후와 역목이 그랬고 문장에 있어서는 자유와 자하가 그랬으니, 사악한 기운이 없기 때문이고 처음의 도리에 적합함을 얻었기 때문이다. 아아, 도에 이르지 못한 바라 할지라도 때로 혹 시는 조식과 유정과 같고 이야기를 나누면 위청과 곽거병에 이르니, 아마도 젊었을 때의 씩씩한 뜻이 웅건하고 호방한 성령을 사라지지 않게 했기 때문이리라. 위자는 올해 진사로서 직무 조정을 하게 되어 이름이 동천관에 올랐기에, 장차 가게 되어 옷을 꿰매고 식량을 모았음을 내게 알렸는데, 동쪽 사람들이 두려워할 것이고 문장에서는 적이 없을 것이지만, 공손한 군자는 부득이한 듯하구나. 봉록 받는 관직이 이제 시작될 것임을 알겠으니 우리가 어찌 글을 짓지 않고 그만두겠는가?

[해제]

이 글은 가을장마가 질 때 위자가 찾아왔는데 그에 대한 감회를 적은 것이다. '술'은 문체의 한 형식으로 대체로 인물에 대한 품평을 위주로 한다. 장안에서 관직을 못한 채 실의하고 있는 감개를 적은 뒤에 위자의 인품과 학식을 칭송하고 이제 진사에 급제하여 관직을 얻게 된 것을 축하하는 마음을 표현하였다. 대체로 천보 10년 장안에서 객거하고 있을 때 지은 것으로 추정한다. 한편 시집에서는 <병을 앓은 뒤 왕의에게 들러 술을 마시고 드리는 노래(病後過王倚飮贈歌)>를 편년하면서 이 문장과 같은 시기에 지었을 것이라고 추정하고는 천보 13년이라고 하였는데 틀렸다.

《두공부시집집주》: 연보에서 "천보 10년 두보는 나이가 마흔이었다."라고 하였고 이 글에서 "마흔이 되어도 직위가 없다."라고 하였으니 마땅히 그때 지은 것이다.(年譜, 天寶十載, 公年四十. 此云四十無位, 當作於其時.)

[주석]

1 旅次(여차)-객사.
2 生魚(생어)-물고기가 생기다. 비가 많이 온 것을 과장하여 표현한 것이다.
3 榻(탑)-걸상. 이 구 역시 비가 많이 온 것을 표현한 것이다. 아울러 손님이 찾아오지 않는 것에 대한 복선이기도 하다.
4 常時(당시)-평소.
5 舊雨(구우)-예전에 내린 비.
[舊雨 2구] 예전에 비가 내릴 때는 손님이 찾아왔는데 지금 비가 내릴 때는 손님이 오지 않는다는 말이다. 이와 달리 "오래 사귄 사람은 비가 와도 오는데 지금 사귄 사람은 비가 오면 오지 않는다."라고 풀이할 수도 있다.
6 龐德公(방덕공)-한나라 때의 은자로 늙도록 관직을 하지 않았다. 《후한서·일민전逸民傳》: 방덕공은 남군 양양 사람으로 현산

의 남쪽에 살았는데, 성안에 들어간 적이 없었으며 부인과는 서로 빈객처럼 공경하였다. 형주자사 유표가 자주 초빙하였으나 몸을 굽히지 않았다. … 후에 마침내 그 처자를 거느리고 녹문산에 올라가 약초를 캐면서 돌아오지 않았다.(龐公者, 南郡襄陽人也, 居峴山之南, 未嘗入城府, 夫妻相敬如賓. 荊州刺史劉表數延請, 不能屈. … 後遂携其妻子登鹿門山, 因採藥不返.)

7 州府(주부)-주의 관청.

8 揚子雲(양자운)-한나라의 양웅揚雄. '자운'은 그의 자이다. 草玄(초현)-≪태현太玄≫을 짓다. ≪태현≫은 양웅이 ≪주역≫을 본떠 지은 저작이다. 寂寞(적막)-쓸쓸하다.
   양웅 <해조解嘲> 서: 애제 시기에 정명丁明, 부안傅晏, 동현董賢 등이 권력을 잡게 되자, 그들에게 붙은 여러 사람이 벼슬하여 관직이 이천석에 이르렀지만, 당시 나 양웅은 막 ≪태현≫을 지어 이로써 스스로를 지키며 담담하게 있었다.(袁帝時丁傅董賢用事, 諸附離之者起家至二千石. 時雄方草創太玄, 有以自守, 泊如也.)

9 後輩(후배)-젊고 학식이 얕은 사람. 褻(설)-무례하다. 경시하다.

10 冠冕(관면)-관과 면류관. 관직을 비유한다. 窟(굴)-거처를 가리킨다.

11 卒卒(졸졸)-급박한 모양.

12 朱門(주문)-붉은 대문. 권세가의 집을 가리킨다. 塗泥(도니)-진흙탕.

13 士子(사자)-선비. 不見(불견)-보지 않다. 개의치 않는다는 뜻이다.

14 矧(신)-하물며. 하지만. 抱疾(포질)-병이 들다. 窮巷(궁항)-궁벽한 골목. 가난한 처지를 비유한다.

15 子魏子(자위자)-성이 위씨인 자를 가리킨다. 앞의 '자'는 경칭이다. 천보 10년 진사에 급제한 위최魏璀라는 설이 있지만 확실치는 않다. 踽踽然(우우연)-혼자 있는 모양.
   ≪두공부시집집주≫: 그 사람에 대해서는 자세하지 않다.(未詳

其人.)

16 汗漫(한만)-원래는 광활한 모양을 뜻하는데 여기서는 그런 경지를 노니는 신선의 이름으로 보인다. 僕夫(복부)-수레나 말을 모는 하인. 이 구는 한만의 고사를 암용하여 그의 흉회가 드넓음을 표현한 것이다. 이와 달리 '한만'을 '횡한 모양'으로 보아 하인도 없이 홀로 다니는 신세를 표현한 것으로 볼 수도 있다.

≪두시상주≫: '복부'는 앞의 문장에 속한다. 장진은 '부부'로 구두하여 뒷 문장에 연결하고는 ≪예기·단궁≫의 '부부(그 사람)'를 인용하여 증거로 삼았는데, 그렇지 않다.(僕夫屬上句. 張氏將夫夫連下句, 引檀弓夫夫爲證, 未然.)

≪두시상주≫ <봉송왕신주음북귀奉送王信州崟北歸>에 인용된 ≪회남자淮南子≫: 약사가 노오에게 말하기를, "나는 한만과 구해의 바깥에서 노닐기로 했다."라고 하였다.(若士謂盧敖曰, 吾與汗漫遊於九垓之外.)

17 不假蓋(불가개)-수레 덮개를 빌리지 않다. 공자의 전고를 암용하여 그의 인품을 표현하면서 덮개도 없이 비를 맞으며 수레를 타고 온 모습을 묘사한 것이다.

≪설원說苑·잡언雜言≫: 공자가 길을 가려고 하는데 수레 덮개가 없었다. 제자가 말하기를, "자하에게 수레 덮개가 있으니 그것을 빌리면 갈 수 있습니다."라고 하였다. 공자가 말하기를 "자하의 사람 됨됨이는 재물에 매우 인색한 단점이 있다. 내가 듣기에 사람과 교제하는 자는 그의 장점을 드러내고 그의 단점을 피해야 오래도록 사귈 수 있다고 하였다."라고 하였다.(孔子將行, 無蓋. 弟子曰, 子夏有蓋, 可以行. 孔子曰, 商之爲人也, 甚短於財. 吾聞與人交者, 推其長者, 違其短者, 故能久長矣.)

18 適(적)-마침. 神會(신회)-정신적으로 통하다.

19 不以官遇我(불이관우아)-관직에 따라 나를 대우하지 않다. 관직 고하에 관계없이 날 대우했다는 말이다.

20 處順(처순)-자연의 순리에 따라 처신하다.

≪장자莊子·대종사大宗師≫: 또 대저 얻는 것도 때에 맞춰서 해야 하고 잃는 것도 순리에 맞춰서 해야 하는 것이니, 때에 따른 변화를 편안하게 여기고 순리대로 처신하면 슬픔과 즐거움이 끼어들 수 없다.(且夫得者時也, 失者順也, 安時而處順, 哀樂不能 入也.)

21 挺生(정생)-걸출하다.

22 矜色(긍색)-오만한 모습.

23 見用(견용)-관직에 기용되다.

24 風后力牧(풍후역목)-풍후와 역목은 모두 황제黃帝의 뛰어난 신 하였다.
   ≪사기史記·오제본기五帝本紀≫: 황제가 풍후, 역목, 상선, 대홍을 선발하여 백성을 다스렸다.(黃帝擧風后力牧常先大鴻 以治民.)

25 於(어)-이 글자가 없는 판본도 있다.

26 子游子夏(자유자하)-자유와 자하는 모두 공자의 제자로 경학과 박학함으로 뛰어났다.
   ≪논어·선진先進≫: 덕행으로는 안연, 민자건, 염백우, 중궁이 고, 언어로는 재아와 자공이며, 정사로는 염유와 계로이고 경학 과 박학함으로는 자유와 자하이다.(德行, 顏淵閔子騫冉伯牛仲 弓. 言語, 宰我子貢. 政事, 冉有季路. 文學, 子游子夏.)

27 正始(정시)-애초의 예의와 법도에 맞다.

28 噫(희)-감탄하는 소리.

29 不至於道(불지어도)-최고 수준에 도달하지 못한 것을 말한다.

30 時或(시혹)-때때로. 賦詩(부시)-시를 짓다. 曹劉(조유)-위나라 건안 시기 문인인 조식曹植과 유정劉楨을 가리킨다.

31 衛霍(위곽)-한나라의 장군인 위청衛靑과 곽거병霍去病. 이 구는 담화를 하다 보면 옛 명장에 관해 언급하게 된다는 말이다.

32 豈(기)-아마도. 未息(미식)-없애지 않다. 俊邁之機(준매지기)- 웅건하고 호방한 성품.

33 調選(조선)-선발된 관리를 평가하여 관직에 배치하다. 일반적으로는 기존 관원의 고과를 평가하거나 다시 시험을 봐서 다른 관직을 부여하는 것이다. 여기서는 진사에 급제한 이에게 적합한 관직을 부여하는 것을 가리킨다.

34 隸(례)-이름을 올리다. 등재되다. 東天官(동천관)-동도東都 낙양의 이부吏部. 당나라 때는 장안과 낙양에서 조선調選을 시행하였다.
≪두시상주≫: 당나라 때 동경 낙양에서 선발하는 일이 있었다. (唐有東京選.)

35 縫裳(봉상)-옷을 꿰매다. 먼 길을 가기 위해 복장을 점검한 것이다.

36 聚糧(취량)-곡식을 모으다. 먼 길 가는 준비를 한 것이다.

37 東人(동인)-동쪽 사람. 낙양에서의 선발 평가와 관련된 사람을 가리킨다. 怵惕(출척)-두려워하다. 이 구는 위자가 낙양에 가면 그곳 사람들이 모두 위자의 실력에 놀랄 것이라는 말이다.

38 筆札(필찰)-붓과 종이. 여기서는 문장을 가리킨다.

39 謙謙(겸겸)-겸손하여 공손한 모양.

40 若不得已(약불득이)-부득이한 것과 같다. 위자가 낙양에 가서 평가받아 관직을 받는 것은 부득이해서 가는 것이라는 말로 그가 관직에는 뜻을 두지 않은 군자임을 말한 것이다.

41 祿仕(녹임)-관직에 나아가 봉록을 받다.

42 吾黨(오당)-우리 무리. 惡乎(오호)-어찌.

說旱

가뭄에 관해 펼친 주장

　周禮司巫, 若國大旱, 則率巫而舞雩.[1] 傳曰, 龍見而雩.[2] 謂建巳之月,[3] 蒼龍宿之體, 昏見東方, 萬物待雨盛大,[4] 故祭天遠爲百穀祈膏雨也.[5] 今蜀自十月不雨, 抵建卯,[6] 非雩之時, 奈久旱何.[7] 得非獄吏只知禁繫,[8] 不知疏決,[9] 怨氣積, 寃氣盛,[10] 亦能致旱, 是何川澤之乾也, 塵霧之塞也,[11] 行路皆菜色也,[12] 田家其愁痛也, 自中丞下車之初,[13] 軍郡之政,[14] 罷弊之俗,[15] 已下手開濟矣.[16] 百事冗長者,[17] 又已革削矣.[18] 獨獄囚未聞處分, 豈次第未到,[19] 爲獄無濫繫者乎.[20] 穀者, 百姓之本, 百役是出,[21] 況冬麥黃枯, 春種不入,[22] 公誠能暫輟諸務,[23] 親問囚徒,[24] 除合死者之外,[25] 下筆盡放,[26] 使囹圄一空,[27] 必甘雨大降. 但怨氣消, 則和氣應矣. 躬自疏決,[28] 請以兩縣及府繫爲始,[29] 管內東西兩川各遣一使, 兼委刺史縣令, 對巡使同疏決,[30] 如兩縣及府等囚例處分,[31] 衆人之望也, 隨時之義也. 昔貞觀中, 歲大旱, 文皇帝親臨長安萬年二赤縣決獄,[32] 膏雨滂足.[33] 卽嶽鎭方面歲荒札,[34] 皆連帥大臣之務也,[35] 不可忽. 凡今徵求無名數,³⁶ 又耆老合侍者兩川侍丁,³⁷ 得異常丁乎.³⁸ 不殊常丁賦斂,³⁹ 是老男及老女死日短促也. 國有養老, 公遽遣吏存問其疾苦,⁴⁰ 亦和氣合應之義也, 時雨可降之徵也. 愚以爲至仁之人,⁴¹ 常以正道應物,⁴² 天道遠,⁴³ 去人不遠.⁴⁴

《주례·춘관·사무》에서 "만약 나라에 큰 가뭄이 들면 무당을 이끌고 춤추며 기우제를 지낸다."라고 하였습니다. 《좌전》에서 "창룡 별자리가 나타나면 기우제를 지낸다."라고 하였는데, 건사월에 창룡 별자리 전체가 저녁에 동방에 보이면 만물이 비에 의지하여 성대해지니 하늘에 제사를 지내 멀리 백곡을 위해 단비를 기원한다는 말입니다. 지금 촉 땅은 10월부터 비가 오지 않는데, 건묘월이라 기우제를 지낼 때가 아니니 오랜 가뭄을 어찌하겠습니까? 어찌 옥리가 그저 가둬둘 줄만 알고 판결할 줄을 몰라서 원망의 기운이 쌓이고 억울한 기운이 무성해서 진정 가뭄이 들게 한 것이 아니겠습니까? 이에 어찌 강물이 마르고 먼지가 안개처럼 올라 사방이 막히며, 길 가는 이는 모두 굶주린 기색이고 농가에서는 근심하며 고통스러워합니까? 어사중승께서 부임하신 처음에는 군대와 군의 정치와 피폐한 풍속이 이미 손을 써서 구제되었으며, 온갖 쓸데없는 일이 또 이미 철폐되었지만, 유독 감옥에 갇힌 사람들만 처분을 듣지 않았는데, 어찌 순서가 오지 않아 옥살이하며 억울하게 감금된 자가 없겠습니까? 곡식은 백성의 근본이고 모든 부역이 이로부터 나옵니다. 하물며 겨울보리가 누렇게 말라가고 봄 파종도 하지 않았으니 어떠하겠습니까? 공이 진실로 잠시 여러 업무를 그만두고 친히 죄수를 심문하여 마땅히 죽어야 할 자를 제외하고는 서명하여 모두 석방시켜 감옥을 한 번 비게 할 수 있다면 반드시 단비가 크게 내릴 것입니다. 그저 원망의 기운이 사라지면 조화의 기운이 응하게 될 것입니다. 몸소 판결하는 것은 청컨대 두 현과 부에 갇힌 사람부터 시작하십시오. 관내 동천과 서천에는 각기 관원 한 명을 파견하고 아울러 자사와 현령에게 맡겨 순사를 상대하며 함께 판결하여 두 현과 부 등의 죄수와 같은 사례로 처분하는 것이 백성들이 바라는 바이고 때를 따르는 뜻입니다. 옛날 정관 연간에 크게 가물었을 때 문황제께서 친히 장안현과 만년현에 가서 형옥을 심판하니 단비가 충분히 내렸습니다. 그러니 악진과 방면에게 해마다 흉년이 들고 역병이 들면 모두 연수와 같은 큰 신하의 책무이니 소홀히 할 수 없습니다. 무릇 지금 세금을 징수함에 정해진 명목과 액수가 없는데, 또 노인 중 시봉이 합당한 자에 대한 동천과 서천의 시봉 장정의 혜택을 상례의 장정에 대한 세금 징수와 다르게 할 수 있습니까? 상례의 장정에 대한 세금 징수와 다르지 않으니 이는 남녀 노인의 죽을 날을 단축시키는 것입니다. 나라에는 부양할 노인이 있으니 공께서 신속히 관리를 보내 그 질병과 고통을 물어보신다면 또한 화락의 기운이 합쳐 상응하는 뜻이고 때에 맞춘 비가 내릴 징조일 것입니다. 어리석은 저는 이를 어짊이 지극한 사람이 항상 도를 바로하고 사물에 응하게 하는 방법이라고 생각합니다. 하늘의 도는 유원하지만 사람으로부터 멀지 않습니다.

[해제]

이 글은 촉 땅에 가뭄이 오래 들자 그 해결책을 주장한 것으로 당시 검남절도사인 엄무에게 아뢰는 것이다. '설'은 문체의 일종으로 자신의 주장을 논설한 것이다. 오랫동안 가물었지만 기우제를 지낼 때가 되지 않았기에 이에 대신하여 죄수를 심판하여 사면하고 노인 봉양에 대한 세금 혜택을 주는 등 선정을 베풀면 이에 감응하며 하늘이 비를 내릴 것이라고 주장하였다. 대체로 보응 원년 엄무의 막부에 있을 때 지은 것으로 추정한다.

≪두공부시집집주≫: 원주에서 "당초 어사중승 엄공이 검남절도사로 있을 때 이 글을 바쳤다."라고 하였다. 보응 원년에 지었다.(原注, 初中丞嚴公節制劍南日, 奉此說. 寶應元年作.)

[주석]

1 舞雩(무우)-악무를 곁들여 기우제를 지내다.

2 龍見而雩(용견이우)-동방의 별자리인 창룡蒼龍 별자리가 나타나면 기우제를 지낸다. 이 내용은 ≪좌전·환공桓公 5년≫에 보인다.

3 謂(위)-이 글자가 없는 판본도 있다. 建巳之月(건사지월)-하력夏曆 4월이다. 이하 다섯 구는 좌전의 두예 주에 보인다.

4 待雨盛大(대우성대)-비가 내리면 성대해진다.

5 祈(기)-기원하다. 膏雨(고우)-곡식을 기름지게 하는 비.

6 抵建卯(저건묘)-건묘월이 되다. 건묘월은 하력 2월이다. 이 앞에 '月'이 더 있는 판본도 있다.

7 奈何(내하)-어찌하겠는가?

8 得非(득비)-어찌 아니겠는가? 禁繫(금계)-죄수를 구금하다.

9 疏決(소결)-죄를 판결하다.

10 冤氣(원기)-억울한 기운.

11 塵霧(진무)-날이 건조해서 먼지가 안개처럼 일어나는 것을 말한다.

12 行路(행로)-길 가는 사람을 가리킨다. 菜色(채색)-사람이 굶주려 영양상태가 불량한 얼굴빛을 가리킨다.

≪예기禮記·왕제王制≫ "民無菜色" 정현 주: '채색'은 채소를 먹은 얼굴빛이다. 백성에게 채소를 먹어 굶주린 얼굴빛이 없다는 말이다.(菜色, 食菜之色. 民無食菜之飢色.)

13　中丞(중승)-어사중승. 업무를 가리킨다. 下車(하거)-부임하다.

14　軍郡(군군)-군대와 관할 지역.

15　罷弊(피폐)-피로하고 곤혹스럽다.

16　下手(하수)-조치를 취하다. 開濟(개제)-개창하여 구제하다.

17　冗長(용장)-쓸데없다.

18　革削(혁삭)-제거하다.

19　次第(차제)-순서.

20　濫繫(남계)-쓸데없이 구금되다. 이상 두 구는 아직 감옥에 갇힌 이들 중에 판결을 받지 못한 채 억울하게 옥살이하고 있는 자들이 있다는 말이다.

21　百役是出(백역시출)-모든 부역이 이로부터 나오다. 모든 세금이나 부역이 곡식의 생산량에 근거한다는 말이다.

22　春種(춘종)-봄 파종.

23　誠(성)-진실로. 輟(철)-그만두다.

24　親問(친문)-친히 심문하다. 囚徒(수도)-감옥에 갇힌 사람.

25　除(제)-제외하다. 合死者(합사자)-사형에 합당한 자.

26　下筆(하필)-문서를 작성하다. 盡放(진방)-모두 석방하다.

27　囹圄(영어)-감옥.

28　躬自(궁자)-몸소.

29　兩縣(양현)-성도成都와 화양華陽을 가리킨다. 府繫(부계)-성도부에 구금된 자를 가리킨다.

30　巡使(순사)-관직명으로 관원을 살펴 과오를 바로잡는 일을 한다. 여기서는 백성들의 죄를 심판하는 이를 가리킨다.

31　例(예)-사례.

32　文皇帝(문황제)-당나라 태종의 시호로 원래는 문무대성대광효황제文武大聖大廣孝皇帝이다. 赤縣(적현)-경사 직할의 현으로

장안에는 장안현과 만년현이 있었다. 決獄(결옥)-죄수의 형벌을 결정하다.

≪구당서·태종기太宗紀≫: (정관 13년) 지난해 겨울부터 비가 오지 않자 5월이 되어 갑인일에 정전을 떠나 오품이상 관원으로 하여금 밀봉한 상주문을 올리게 하고는 음식을 줄이고 노역을 멈추었으며 관리를 파견해 진휼하고 억울한 옥사를 심리하니 비가 내렸다.(自去冬不雨, 至于五月. 甲寅避正殿, 令五品以上上封事, 減膳罷役, 分使賑恤, 申理寃屈, 乃雨.)

33 滂足(방족)-비가 충분히 많이 오다.

34 嶽鎮(악진)-봉강대리封疆大吏로 지역에 분봉 받은 제후를 가리킨다. 方面(방면)-지역의 군정軍政 요직이나 지역 장관을 가리킨다. 여기서는 둘 다 자사나 현령과 같은 지역 행정 책임자를 가리킨다. 荒札(황찰)-흉년이 들고 역병이 돌다.

35 連帥(연수)-원래 열 개의 나라를 통치하는 제후를 가리켰는데 여기서는 여러 지역을 통괄하는 절도사를 가리킨다. 이상 두 구는 주와 현의 농사와 옥사 처리에 대해 절도사에게도 책임이 있다는 말이다.

36 徵求(징구)-세금을 징수하다. 無名數(무명수)-정해진 명목과 금액이 없다. 세금징수에 체계가 없다는 말이다.

37 耆老(기로)-노인. 合侍者(합시자)-시봉侍奉이 필요한 자. 侍丁(시정)-노인을 봉양하기 위해 가족 중에서 충당된 장정壯丁을 가리킨다. 이들은 다른 노역이나 세금이 면제된다.

≪구당서·직관지職官志≫: 무릇 백성 중 나이 팔십에 중병이 있으면 시정 한 명을 주고, 나이 구십이면 두 명을 주며, 백 세이면 세 명을 준다.(凡庶人年八十及篤疾給侍丁一人, 九十給二人, 百歲三人.)

≪신당서·식화지食貨志≫: 조서를 내려 장정 10명 이상이면 장정 2명을 면제하고 장정 5명 이상이면 장정 1명을 면제하며, 노인을 모시거나 거상 중인 자는 요역을 면제하도록 하였다.(詔十

丁以上免二丁, 五丁以上免一丁, 侍丁孝假者免傜役.)

38 常丁(상정)-여기서는 일반 장정에 대한 세금 징수를 말한다. 이
    구는 노인 봉양을 하는 장정에 대한 혜택이 일반 장정에 대한
    세금 징수와 다르게 할 수 있겠냐는 말로, 현재는 노인 봉양에
    대해 혜택을 주는 선정을 베풀지 못하는 상황임을 뜻한다.

38 不殊(불수)-다르지 않다. 賦斂(부렴)-세금 징수.

40 遽(거)-신속히. 存問(존문)-안부를 묻다.

41 愚(우)-어리석다. 자신에 대한 겸칭이다.

42 常(상)-'當'으로 된 판본도 있다. 正道應物(정도응물)-도를 바
    로하고 사물에 응하다.

43 天道遠(천도원)-하늘의 도는 심원하다. '天道奚近'으로 된 판본
    도 있다.
    ≪좌전·소공昭公 18년≫: 자산이 말하기를, "하늘의 도는 유
    원하고 사람의 도는 친근하여 미칠 바가 아니니 어찌 그것을
    알겠는가?"라고 하였다.(子産曰, 天道遠, 人道邇, 非所及也, 何
    以知之.)

44 去人不遠(거인불원)-사람으로부터 멀지 않다. 이상 두 구는 ≪
    좌전≫의 말을 반용한 것으로 하늘의 도가 심원하기는 하지만
    인간 세상의 도리를 다하면 그에 감응하여 인간에게 미친다는
    말이다.

21

東西兩川說

동천과 서천에 관해 펼친 주장

聞西山漢兵,[1] 食糧者四千人,[2] 皆關輔山東勁卒,[3] 多經
河隴幽朔敎習,[4] 慣於戰守, 人人可用. 兼差堪戰子弟向二
萬人,[5] 實足以備邊守險.[6] 脫南蠻侵掠,[7] 邛雅子弟不能獨
制,[8] 但分漢勁卒助之[9], 不足撲滅,[10] 是吐蕃憑陵,[11] 本自
足支也.[12]

推量西山邛雅兵馬,[13] 卒畔援形勝明矣.[14] 頃三城失
守,[15] 罪在職司,[16] 非兵之過也, 糧不足故也. 今此輩見闕
兵馬使,[17] 八州素歸心於其世襲刺史,[18] 獨漢卒自屬裨將
主之.[19] 竊恐備吐蕃在羌,[20] 漢兵小昵,[21] 而釁郤隨之矣.[22]
況軍需不足,[23] 姦吏減剝未已哉.[24] 愚以爲宜速擇偏裨主
之,[25] 主之勢, 明其號令, 一其刑罰,[26] 申其哀恤,[27] 致其歡
欣,[28] 宜先自羌子弟始, 自漢兒易解人意,[29] 而優勸旬月,[30]
大浹洽矣.[31]

仍使兵羌各繫其部落,[32] 刺史得自敎閱,[33] 都受統於兵
馬使,[34] 更不得使八州都管,[35] 或在一羌王,[36] 或都關一世
襲刺史,[37] 是羌之豪族, 發源有遠近, 世封有豪家,[38] 紛然

聚落落之議於中，[39] 肆予奪之權於外已．[40] 然則備守之根危矣，[41] 又何以藉其爲本，[42] 式遏雪嶺之西哉．[43] 比羌俗封王者，[44] 初以拔城之功得，[45] 今城失矣，襲王如故，[46] 總統未已，[47] 奈諸董攘臂何，[48] 王尹之獄是已．[49] 由策嗣羌王，[50] 關王氏舊親，[51] 西董族最高，[52] 怨望之勢然矣．[53] 誠於此時便宜聞上，[54] 使各自統領，[55] 不須王區分易置，[56] 然後都靜聽取別於兵馬使，[57] 不益元戎氣壯，[58] 部落無語哉．[59] 縱一部落怨，[60] 獲群部落喜矣．無爽如此處分，[61] 豈惟邛南不足憂，[62] 八州之人，願賈勇復取三城不日矣．[63] 幸急擇公所素諳明于將者，[64] 正色遣之．[65]

獠賊內編屬自久，[66] 數擾背亦自久，[67] 徒惱人耳，[68] 憂慮蓋不至大．昨聞受鐵券，[69] 爵祿隨之，今聞已小動，[70] 爲之奈何．若不先招諭也，[71] 穀貴人愁，[72] 春事又起，[73] 緣邊耕種，[74] 卽發精卒討之甚易，[75] 恐賊星散於窮谷深林，[76] 節度兵馬，[77] 但驚動緣邊之人，[78] 供給之外，[79] 未免見劫掠而還貰其地，[80] 豪俗兼有其地而轉富．[81] 蜀之土肥，[82] 無耕之地，流冗之輩，[83] 近者交互其鄉村而已，[84] 遠者漂寓諸州縣而已，[85] 實不離蜀也．大抵祇與兼并豪家力田耳，[86] 但均畝薄斂，[87] 則田不荒，[88] 以此上供王命，[89] 下安疲人，[90] 可矣．

豪族轉安，是否非蜀，[91] 仍禁豪族受貰罷人田，[92] 管內最大，誅求宜約，[93] 富家辦而貧家創痍已深矣．[94] 今富兒非不

緣子弟職掌,[95] 盡在節度衙府州縣官長手下哉.[96] 村正雖
見面,[97] 不敢示文書取索,[98] 非不知其家處, 獨知貧兒家
處. 兩川縣令刺史, 有權攝者,[99] 須盡罷免, 苟得賢良,[100]
不在正授權,[101] 在進退聞上而已.

　듣건대 서산 한족 군대에 군량미를 먹는 자가 4천 명으로 모두
관중, 삼보, 산동 지역의 거센 군사인데 대부분 하서, 농우, 유주,
삭방의 훈련을 받아 전쟁과 방비에 숙련되어 사람마다 쓸 만하며,
겸직으로 전투할 만한 지역 장정으로는 2만 명에 가깝다고 하니
실로 변방을 대비하고 험난한 곳을 지키기에 충분합니다. 만약
남방 오랑캐가 침략하여 공주와 아주의 지역 장정이 독자적으로
제지하지 못하면 그저 한족의 거센 군사를 나누어 도와주면 되는
데, 박멸하기에는 부족하지만 무릇 토번이 침범하면 본시 스스로
지탱하기에는 충분합니다.
　서산과 공주 아주의 군대를 평가하면 끝내 험준한 요충지에서
때로는 배반하고 때로는 구원하였음이 분명해집니다. 최근 세 성
이 빼앗겼는데 그 죄는 담당자에게 있지 병사의 과오가 아니며
식량이 부족했기 때문입니다. 지금 이 무리가 병마사가 없고 여덟
주가 평소 그 세습 자사에게 마음을 귀의하고 있으며 오직 한족
병사만 스스로 비장에게 속해서 주도하고 있는 것을 알고 있으니,
저는 내심 토번 대비를 강족에게만 맡기고 한족 군대가 친근히
대하지 않는다면 균열이 이로 인해 생길까 걱정입니다. 하물며
군수품이 부족하고 간사한 관리의 약탈이 그치지 않았습니다. 어
리석은 저는 마땅히 편장과 비장을 신속히 선발해 주도하게 해야

하고, 주도하는 세력이 그 호령을 분명히 하고 그 형벌을 통일하며 그 구휼을 펼치고 그 즐거움을 이루도록 해야 한다고 생각합니다. 마땅히 먼저 강족의 지역 장정으로부터 시작하고 한족 병사부터 그들의 마음을 쉽게 풀어주어 한 달 정도 우대하고 권면하면 크게 융합될 것입니다.

이에 강족 병사로 하여금 그 부락에 묶어두고 자사가 스스로 훈련시키고 병마사에게 모두 통제받게 합니다. 또 여덟 주로 하여금 관리하게 하지 못하면 혹은 한 명의 강족 왕에게 맡기든지 혹은 모두 한 명의 세습 자사가 관여하게 해야 하는데, 이 강족의 호족은 발원에 멀고 가까움이 있고 대대로 봉해진 부귀한 가문인데 분연히 안에서는 변방의 모의를 위해 모이고 밖으로는 여탈권을 위해 힘을 다하기에, 그렇게 하면 수비의 근본이 위태로워지니 또 무엇으로 그 근본에 의지하여 설령의 서쪽을 방비하겠습니까? 최근 강족 백성 중 왕에 봉해진 자는 애초에 성을 공격해 취한 공으로 얻은 것인데 지금 그 성을 잃어버렸지만 왕을 세습하는 것은 여전하고 총괄하여 통치하는 것도 그만두지 않았으니 여러 동씨가 팔을 걷어붙인 것을 어찌하겠습니까? 왕윤이 잡혀간 것은 이 때문이었습니다. 사강왕을 책봉한 것이 왕씨가 오래 친한 것과 관련이 있었음에 말미암아, 서동 종족이 가장 높기에 원망의 형세가 그렇게 되었습니다. 진실로 이때 시의적절하게 주상께 알려서 각자 통치하여 거느리게 하고 반드시 강족 왕이 처리하여 바꾸어 두도록 하지 않으며 이후에 모두 병마사에게서 명령을 조용히 따라 떠나게 하면 원융의 기세를 씩씩하게 더하지 않더라도 여러 부락은 말이 없을 것이며, 설령 한 부락이 원망하더라도 여러 부락의 기쁨을 얻게 될 것입니다. 차질없이 이처럼 처분하시면 어찌 그저 공주

남쪽이 근심할 필요가 없을 따름이겠습니까? 여덟 주의 사람들이 용기를 더해 다시 세 성을 취하길 원하는 것이 오래 걸리지 않게 될 것입니다. 공께서 평소 장군 중에서 잘 알고 있는 자를 급히 선택하여 안색을 엄숙히 하고 파견하면 다행이겠습니다.

요족 도적이 안으로 편속된 것이 오래되었고 자주 소요를 일으키며 배반한 것 또한 오래되었지만 그저 사람을 성가시게 할 뿐 근심 걱정은 대체로 지극히 크지는 않았습니다. 지난날 듣기에 철권을 받아서 작록이 그에 따랐다고 하였는데 지금 듣기에 이미 작은 움직임이 있다고 하니 이를 어찌하겠습니까? 만약 먼저 불러서 깨우치게 하지 않는다면 곡식이 귀해져서 백성들이 근심할 것인데, 봄 농사를 또 시작하고 변방에서 밭 갈고 씨뿌리는 일은 정예병을 파견해 토벌하면 심히 쉬워질 것이며, 아마 도적은 궁벽한 골짜기와 깊은 숲으로 별처럼 흩어질 것입니다. 군대를 지휘하게 되면 그저 변방의 사람들을 놀라게 할 뿐이고 군수품을 공급하는 것 이외에도 노략질 당해 그 땅을 다시 임대하는 일을 면할수 없어서 호족이 그 땅을 아울러 소유하여 더욱 부유해질 것입니다. 촉 땅의 토지는 비옥하지만 경작할 땅이 없는데, 흩어져 떠돌던 무리가 가까운 곳으로는 그 향촌을 서로 바꾸고 있을 따름이고 먼 곳으로는 여러 주현을 떠돌며 부쳐 살고 있을 따름이라 실로 촉 땅을 떠나지 않고 있습니다. 대저 그저 겸병한 호족과 함께 밭을 일굴 뿐인데 하지만 균전제를 실시하고 세금을 낮춘다면 밭은 황폐해지지 않을 것이고 이로써 위로는 왕의 명령에 부응하고 아래로는 피폐한 백성을 편안히 하는 것이 가능하게 될 것입니다.

호족이 점차 안정되는 것의 옳고 그름은 촉 땅만의 일이 아닙니다. 여전히 호족이 임대료를 받아 사람과 농사일을 피곤하게 하는 것을 금지하는 일은 관내에서 가장 중대하고 강제징수는 마땅히 제약해야 하는데, 부유한 집이 성공하고 가난한 집의 상처는 이미 깊어졌습니다. 지금 부자의 자식들은 지역 장정의 관직과 관련이 없지 않은데 모두 절도사의 관부와 주현의 장관 휘하에 있습니다. 촌장이 비록 얼굴을 보더라도 감히 세금을 가져가겠다는 문서를 보여주지 않으며, 그 집이 있는 곳을 알지 못하는 것은 아니지만 그저 가난한 아이들의 집이 있는 곳만 알 따름입니다. 동천 서천의 현령과 자사 중 잠시 대리하고 있는 자는 반드시 모두 파면할 것이며, 그저 뛰어난 이를 얻는 일은 정식으로 권한을 주는 것에 달려 있지 않고 진퇴에 관해 주상에게 알리는 것에 달려 있을 따름입니다.

[해제]

이 글은 동천과 서천의 정세에 관해 주장을 펼친 것으로 당시 검남절도사로 있던 엄무에게 바친 것이다. 서천에 강족이 있는 지역에서는 강족 출신의 관료나 왕으로 책봉된 자가 다스리게 하면 변방수비가 제대로 되지 않으니 각기 자기 부락만 다스리게 하고 시급히 병마사를 파견하여 총괄하게 해야 한다고 하였고, 동천에 요족이 있는 지역에서는 요족 도적을 잡는 것도 중요하지만 호족의 폐해를 없애는 것이 더욱 중요하니 정식 관원을 파견하여 다스릴 것을 건의하였다. 동천과 서천은 촉 땅을 동서로 나눈 지명이다. 광덕 2년에 지은 것으로 추정한다. ≪두공부시집집주≫: 광덕 2년 엄무의 막부에서 지은 것이다.(廣德二年嚴武幕中作.)

[주석]

1 西山(서산)-지금의 사천성 북부의 산으로 민산岷山을 주봉으로 하고 설령雪嶺이라고도 불린다. 당시 서천에 속해 있었으며 토번과의 경계에 있어 매우 중요한 지역이었다. 漢兵(한병)-한족 병

사. 토착 이민족 병사와 구분하여 언급한 것이다.

2 食糧者(식량자)-양식을 먹는 군인으로 타지에서 파견되어 둔전을 경작하지 않고 전투업무만을 수행하는 군인을 가리킨다.

3 關輔山東(관보산동)-관중關中, 삼보三輔, 산동 지역. 관중은 섬서성 일대이고 삼보는 경기京畿 일대 지역을 가리킨다. 산동은 화산華山 동쪽 지역이다. 勁卒(경졸)-굳센 병사. 정예병.

4 經(경)-경험하다. 河隴幽朔(하롱유삭)-하서河西절도사, 농우隴右절도사, 유주幽州절도사, 삭방朔方절도사를 가리킨다. 대체로 북쪽과 서쪽 변방 지역으로 이민족과의 전쟁이 많아 군사의 훈련이 잘 되어 있었다. 敎習(교습)-군사훈련을 말한다.

5 兼差(겸차)-겸직하다. 여기서는 본업이 있으면서 군대에 충당되는 군사를 말한다. '差'는 '羌'으로 된 판본도 있다. 子弟(자제)-장정. 向(향)-가깝다. 근접하다.

6 備邊守險(비변수험)-변방을 방비하고 험난한 곳을 지키다. 토번과의 변경지역을 수비한다는 말이다.

7 脫(탈)-만약. 南蠻(남만)-남쪽 변방의 이민족을 가리킨다. 侵掠(침략)-침입하여 노략질하다.
≪두공부시집집주≫: ≪당서·남만전≫에 따르면 남조는 본래 애뢰족의 후예로 오만의 별종이다. 영창과 요주 사이, 철교의 남쪽에 살며 북서쪽으로 토번과 닿아있다. 천보 연간 후에는 토번에 신하로 지냈다.(唐書南蠻傳, 南詔, 本哀牢夷後, 烏蠻別種也, 居永昌姚州之間, 鐵橋之南, 西北與吐蕃接, 天寶後臣吐蕃.)

8 邛雅(공아)-공주와 아주. 성도부 서남쪽에 있었으며 서천에 속했다. 獨制(독제)-독자적으로 제압하다.
≪두공부시집집주≫: ≪당서≫에 따르면 공주와 아주는 모두 검남도에 속했으며 아주는 하도독부였다.(唐書, 邛雅二州, 俱屬劍南道, 雅州爲下都督府.)

9 但(단)-그저. 漢勁卒(한경졸)-서산 지역에 있는 한족 정예병을 말한다.

10 撲滅(박멸)-쳐서 모조리 없애다.

11 憑陵(빙릉)-침범하다.

12 自足支(자족지)-스스로 지탱하기에 충분하다. 서산의 병력만으로 토번을 방비하기에 충분하다는 말이다.

#≪두시상주≫: 처음부터 여기까지가 첫 번째 단락이다. 촉 땅의 한족 병사와 토착민 병사가 본래 서융을 방비했음을 말하였다.(自開首至此爲第一段. 言蜀中漢兵土兵, 本是控禦西戎.)

13 推量(최량)-미루어 헤아리다. 평가하다.

14 卒(졸)-끝내. 畔援(반원)-배반하거나 지원하다. 발호하다는 뜻으로 볼 수도 있다. 形勝(형승)-지형이 험난한 요충지. 촉 지역의 요충지를 가리킨다.

≪두시상주≫; '반원'은 모시에 보인다. 여기서는 험준한 요충지에서 때로는 반란을 일으키고 때로는 구원했음을 말한다.(畔援, 見毛詩, 此言或畔或援於形勝之地.)

≪시경·황의皇矣≫ "無然畔援" 정현 전: '반원'은 발호한다는 말과 같다.(畔援, 猶跋扈也.)

15 頃(경)-최근. 三城(삼성)-송주松州, 유주維州, 보주保州를 말한다. 失守(실수)-함락되다.

≪자치통감≫ 대종 광덕 원년: 토번이 송주, 유주, 보주 세 주와 운산에 새로 지은 두 성을 함락했는데 서천절도사 고적이 구할 수 없었으며 이에 검남 서산의 여러 주가 또한 토번에 들어가게 되었다.(吐蕃陷松維保三州及雲山新築二城, 西川節度使高適不能救, 於是劍南西山諸州亦入於吐蕃矣.)

16 職司(직사)-일을 맡은 담당자. 여기서는 고적을 가리킨다.

17 此輩(차배)-서산 지역 이민족 무리를 가리킨다. 闕(궐)-결원.

18 八州(팔주)-검남 서쪽에 이민족이 다스리는 주를 가리키는 듯하다. 素(소)-평소. 世襲刺史(세습자사)-당 왕조가 토착 이민족 인물을 변방 지역의 자사로 임명하였으며 그 직을 세습한 것을 말한다.

≪두공부시집집주≫: ≪구당서·지리지≫에 따르면, 검남절도사는 서쪽으로 토번을 막고 남쪽으로 남방의 요족을 위무하며, 단결영(토착민으로 구성된 군대)과 송주, 유주, 봉주, 공주, 아주, 여주, 요주, 실주 등 여덟 주의 군대를 총괄한다. 아주는 19개 주를 거느리며 강족 및 요족 출신의 기미주(소수민족으로 구성된 주)를 아우르는데, 천보 연간 이전에는 세시에 공물을 바쳤다. 또 여주가 통제하는 기미주는 55개인데 모두 변경 바깥의 요족 출신이다. 송주가 총괄하는 기미주는 25개인데 모두 귀순한 강족 출신이었다. 여기서 말하는 '세습자사'는 마땅히 기미주일 것이니 지금의 토관(토착민 출신의 관원)과 같다.(舊書地理志, 劍南節度使西抗吐蕃, 南撫蠻獠, 統團結營及松維蓬恭雅黎姚悉等八州兵馬. 雅州都督一十九州, 並生羌生獠羈縻州, 天寶已前歲時貢奉. 又黎州統制羈縻五十五州, 皆徼外生獠. 松州都督羈縻二十五州, 皆招撫生羌. 此云世襲刺史, 當卽羈縻州, 如今之土官也.)

19 自屬(자속)-스스로 속하다. '偏'으로 된 판본도 있다. 裨將(비장)-장군을 보좌하는 부장副將.

20 竊(절)-몰래. 겸사이다. 備吐蕃在羌(비토번재강)-토번의 방비를 강족에게 맡겨둔다는 말이다.

21 漢兵小昵(한병소닐)-한족 병사가 친근하게 대하지 않다. 한족 병사가 지역 병사들과 친하게 지내지 못한다는 말이다.

22 釁郤(흔극)-틈. 한족 병사와 이민족 병사가 융합하지 못하고 사이가 멀어지는 것을 말한다. 隨之(수지)-그에 따라서 초래되다. ≪두시상주≫: 한족 병사를 편들어 위하는 것이 부당함을 말하였다.(言不當偏爲漢兵.)

23 軍需不足(군수불족)-군수품이 부족하다. '需不'가 없는 판본도 있다.

24 減剝(감박)-약탈하다.

25 愚(우)-어리석다. 겸사이다. 爲宜(위의)-이 두 글자가 없는 판본도 있다. 偏裨(편비)-편장과 비장. 모두 장군의 보좌관이다.

26 一(일)-통일하다. 전일專一하다.

27 申(신)-펴다. 시행하다. 哀恤(애휼)-애달파하면서 위무하다.

28 歡欣(환흔)-기쁨.

29 解人意(해인의)-사람의 마음을 풀어주다.

30 優勸(우권)-우대하고 권면하다. '勸'은 '勤'으로 된 판본도 있다.
旬月(순월)-한 달.

31 浹洽(협흡)-융합하다.

#≪두시상주≫; '최량'부터 여기까지가 두 번째 단락이다. 당시 병마
사가 궐석이었기에 먼저 비장으로 하여금 강족과 한족의 병사를
다스리게 하여 공주와 아주의 지역 장정들만 변방 수비에 충당하
게 해서는 안된다고 하였다.(自摧量至此爲第二段. 當時兵馬使闕
人, 先令裨將撫馭羌漢之兵, 無使邛雅子弟偏充邊備.)

32 繫其部落(계기부락)-그 부락에 묶어두다. 강족 각각으로 하여금
자신의 부락 바깥으로 힘을 행사하지 못하게 한다는 말이다.

33 敎閱(교열)-훈련하다.

34 都(도)-모두. 受統(수통)-통제를 받다.

35 都管(도관)-총괄하다.

36 在一羌王(재일강왕)-한 명의 강왕에게 맡기다. 강족 각각을 자
신의 부락에 묶어두고 자사와 병마사가 통제하는 것이 불가능하
여 강족의 왕을 택하여 그들을 총괄하게 하는 것을 말한다.

37 都關(도관)-모두 관여하게 하다. 이 구는 한 명의 세습자사가
그들을 총괄하게 한다는 말이다. 이 두 가지 모두 두보가 원치
않는 상황이다.

38 世封(세봉)-대대로 봉해지다. 豪家(호가)-부귀와 권세가 있는
집안.

39 藩落之議(번락지의)-변방의 일을 도모하는 논의. 中(중)-강족
내부를 말한다.

40 肆(사)-힘을 다하다. 마음대로 하다. 予奪之權(여탈지권)-주거
나 뺏는 권한. 상대방을 마음대로 할 수 있는 능력을 말한다.

41 然則(연즉)-그러하면. 한 명의 강왕에게 맡기거나 한 명의 세습
   자사에게 맡기는 경우를 말한다.

42 藉其爲本(자기위본)-그 근본이 됨에 의지하다. 병마사를 두어
   이민족을 통제하는 것을 말한다.

43 式遏(식알)-제지하다. 雪嶺(설령)-서산을 가리킨다.

44 比(비)-최근. 羌俗封王者(강속봉왕자)-강족의 백성으로 왕에
   봉해진 자. 여기서 구체적으로 누구를 말하는지는 알 수 없다.
   ≪두공부시집집주≫에서는 보주자사로 임명된 동가준董嘉俊이
   라고 하였는데 확실치 않다.

45 拔城(발성)-성을 함락하다.

46 襲王(습왕)-왕을 세습하다. 如故(여고)-여전하다.

47 總統(총통)-총괄하여 다스리다.

48 奈何(내하)-어찌하겠는가? 도리가 없다는 말이다. '奈'는 '余'로
   된 판본도 있다. 諸董(제동)-여러 동씨. 강족의 여러 부족을 말한
   다. 攘臂(양비)-발을 걷어붙이다. 격분한 모습이다.
   ≪독서당두공부문집주해≫: ('제동'은) 강족 무리이다.(羌黨.)
   ≪독서당두공부문집주해≫: 생각건대 강족 사람 동씨와 왕씨가
   왕에 봉해지려고 서로 다투었던 것 같다.(想羌人董王相爭封王.)

49 王尹之獄(왕윤지옥)-왕윤이 옥에 갇힌 것을 말한다. '윤'은 고대
   관원의 통칭이다. ≪두공부시집집주≫에서는 토번에 포로로 잡
   힌 왕승훈王承訓이라고 하였고 ≪독서당두공부문집주해≫에서
   는 동씨와 더불어 왕에 봉해지려고 다툰 이를 가리킨다고 하였는
   데, 본문 내용에 근거하면 왕씨는 한족 관리인 것으로 보인다.

50 策(책)-책봉하다. 嗣羌王(사강왕)-강족의 왕을 세습한 왕.

51 關(관)-관계있다. 舊親(구친)-오래도록 친하게 지내다.

[策嗣 2구]
   ≪두공부시집집주≫: ≪구당서≫에 따르면 정관 3년 좌상봉의
   강족 출신 수령 동굴점 등이 일족을 거느리고 귀순하자 다시
   유주를 설치하였고, 함형 2년 자사 동농이 강족 출신을 위무하면

서 소봉현을 설치하였다. 또 정관 15년 서강의 수령 동주정이 귀화하자 철주를 설치하였다. 또 정관 20년 송주의 수령 동화나봉이 송주의 관부를 굳게 지켰기에 특별히 당주를 설치하고 동화나봉을 자사로 삼았으며 아들 동굴녕이 세습하였다. 또 현경 원년 강족 출신 수령 동계비가 귀순하자 바로 실주를 설치하고 동계비를 자사로 삼았다. 또 개원 28년 유주를 나눠 봉주를 설치했으며 동안립을 자사로 삼았다. 천보 원년 운산군으로 바꾸고 또 천보군으로 바꾸었다. 건원 원년 2월 서산 지역 장정 출신 병마사 사귀성왕 동가준이 귀순하자 이에 보주를 세웠으며 동가준을 자사로 삼았다. 여기서 말한 '사강왕'은 아마도 동가준일 것이다. 당시 토번이 송주, 유주, 보주 세 주와 운산에 새로 쌓은 두 성을 함락하였는데 위에서 말한 "지금 성은 잃어버렸지만 왕위를 세습하는 것은 여전하다"라는 것이다. 이로써 그가 동가준임을 알 수 있다. '왕씨'는 아마도 왕승훈일 것이다. 당시 토번에 억류되었는데 <낭주자사 왕씨를 대신하여 파촉의 안위를 논해 올리는 표(爲閬州王使君進論巴蜀安危表)>에 보인다.(舊唐書, 貞觀元(三의 오류)年, 左上封生羌酋董屈占等擧族內附, 復置維州. 咸亨二年, 刺史董弄招慰生羌, 置小封縣. 又貞觀十五年, 西羌首領董周貞歸化, 置徹州. 又貞觀二十年, 松州首領董和那蓬, 固守松府, 特置當州, 以蓬爲刺史, 子屈甯襲. 又顯慶元年, 生羌首領董係比內附, 乃置悉州, 以係比爲刺史. 又開元二十八年, 析維州置奉州, 以董宴立爲刺史. 天寶元年, 改爲雲山郡, 又改爲天保郡. 乾元元年二月, 西山子弟兵馬使嗣羌成王董嘉俊歸附, 乃立保州, 以嘉俊爲刺史. 此云嗣羌王, 疑卽嘉俊也. 時吐蕃陷松維保三州及雲山新築二城, 上云今城失矣, 襲王如故, 以此知其爲嘉俊也. 王氏, 疑卽王承訓, 時没吐蕃, 見巴蜀安危表.)

52 西董(서동)-강족의 일족일 것이다.
《두시상주》: 주학령의 주에서 "여러 동씨 중에서 서동이 제일 높다는 말인데, 서동이 누구인지는 자세하지 않다."라고 하였다.(朱注, 諸董之中, 西董最高. 西董未詳爲誰.)

53 怨望之勢(원망지세)-원망하는 기세. 왕씨와의 오랜 친분으로 강
족 중에서 특정 종족을 사강왕에 책봉하자 이에 서동이 왕씨를
원망하여 왕윤을 옥에 가둔 것을 말한다.

[由策 4구]

≪두시상주≫: '유책사강왕' 4구는 위의 '왕윤지옥'을 다시 말한
것이다.(由策嗣羌王四句, 申上王尹之獄.)

54 誠(성)-진실로. 便宜(편의)-시의적절하다. 聞上(문상)-주상에
게 아뢰다.

55 各自統領(각자통령)-각자 통솔하게 하다. 강족 각각을 자기 부
락에 묶어 두고 자사가 책임지고 다스리는 것을 말한다.

56 王(왕)-강족의 왕을 가리킨다. 區分(구분)-처리하다. 易置(역
치)-바꾸어서 설치하다. 제도를 마음대로 하는 것을 말한다.

57 靜聽(정청)-조용히 듣다. 고분고분 명령에 따르는 것을 말한다.
取別(취별)-떠나가다. 자기 부락으로 돌아가는 것을 말한다.

58 元戎(원융)-총사령관. 검남절도사인 업무를 가리킨다. 이 구는
검남절도사가 별도로 무위를 보이지 않아도 된다는 말이다.

59 哉(재)-'或'으로 된 판본도 있는데, 이 경우 뒤 문장에 연결된다.

60 縱(종)-설령.

61 無爽(무상)-차질 없이.

62 邛南(공남)-공주의 남쪽. 남방의 이민족을 가리킨다.

63 賈勇(고용)-용기를 사다. 용기를 낸다는 말이다. 不日(불일)-오
래 걸리지 않다.

64 諳明(암명)-잘 알다. 于(우)-'了'로 된 판본도 있다.

65 正色(정색)-안색을 바로하다. 안색을 엄숙하게 하다.

#≪두시상주≫: '내사'부터 여기까지가 세 번째 단락이다. 병마사가
온 뒤에는 마땅히 여덟 주의 군대로 하여금 모두 그 통제를 받게
해야 하며 강족 부락이 권한을 전담하게 해서는 안된다고 하였
다.(自仍使至此爲第三段. 待兵馬使旣至, 則當使八州兵馬皆受其

節制, 無使羌酋部落專擅威權.)

66 獠賊(요적)-반란을 일으킨 요족. 요족은 중국 남방 이민족이다. 여기서는 동천 지역에 있던 남평료南平獠를 가리키는 듯하다. 編屬(편속)-당나라에 귀순하여 편재된 것을 말한다.

67 數(삭)-자주. 擾背(요배)-소란을 일으키며 배신하다. ≪구당서·고적전高適傳≫: (동천의) 가릉 지역이 최근 요족에게 함락되었다가 지금은 비록 조금 진정되었지만 그 상처는 아직 낫지 않았다.(嘉陵比爲夷獠所陷, 今雖小定, 瘡痍未平.)

68 徒(도)-다만. 惱人(뇌인)-사람을 번거롭게 하다. 성가시게 하다. 이하 두 구는 요족이 비록 자주 배신하여 약탈하지만 성가시기만 할 뿐 큰 해악거리가 되지는 않는다는 말이다.

69 鐵券(철권)-고대 황제가 신하에게 대대로 특전을 누릴 수 있도록 하며 하사한 증표이다.

70 小動(소동)-작은 난리.

71 招諭(초유)-불러서 깨우쳐 주다.

72 穀貴(곡귀)-곡식이 비싸지다.

73 春事(춘사)-봄 농사.

74 緣邊(연변)-변방. 耕種(경종)-밭을 갈고 씨를 뿌리다.

75 精卒(정졸)-정예병.

76 星散(성산)-별같이 흩어지다. 도적이 흩어지는 것을 비유적으로 표현한 것이다. 窮谷(궁곡)-궁벽한 골짜기. 이상 두 구는 정예병만 일부 보내면 요족의 반란은 쉽게 진압될 것이고 봄농사는 걱정이 없을 것이라는 말이다.

77 節度(절도)-지휘하다. 이 구는 위의 정예병을 동원해 토벌하는 것과 대립하는 말로 절도사가 대규모 병사를 동원한다는 의미이다.

78 驚動(경동)-놀라게 하다. 여기서는 동원한 대규모 관군으로 인해 변방의 백성들이 피해를 입게 된다는 말이다.

79 供給(공급)-군대의 보급품을 가리킨다.

免見(면견)-'見免'으로 된 판본도 있다. '見'은 피동을 나타낸다. 劫掠(겁략)-노략질하다. 賃(임)-임대하다. '任'으로 된 판본도 있다. 이 구는 백성들이 관군의 노략질로 인한 피해를 충당하기 위해 지방 호족의 땅을 빌리게 된다는 말이다.
≪독서당두공부문집주해≫: 종래 변방 병사의 폐해가 이로 말미암았는데 두보가 이미 다 말했다.(從來邊兵之弊坐此, 公已道盡.)

81 豪俗(호속)-지방 호족. 兼有(겸유)-독점하다. 轉富(전부)-점차 부유해지다.

82 肥(비)-비옥하다.

83 流冗(유용)-흩어져 떠돌다. 백성이 난리로 인해 집을 떠난 것을 말한다.

84 近者(근자)-고향에서 가까운 곳을 가리킨다. 交互(교호)-서로 바꾸다.

85 遠者(원자)-고향에서 먼 곳을 가리킨다. 漂寓(표우)-떠돌다.

86 兼并(겸병)-토지를 독점하다. 力田(역전)-밭을 일구다. 이 구는 촉 땅이 살기 어렵지만 주민들이 먼 곳으로 떠나지 않고 근처에 있으면서 결국은 호족의 땅을 빌려 농사를 짓고 있다는 말이다.

87 但(단)-'促'으로 된 판본도 있다. 均畝(균무)-농지를 고르게 분배하다. 장정 수에 따라 토지를 분배하는 균전제를 실시한다는 말이다. 薄斂(박렴)-세금을 조금만 걷다.

88 田不荒(전불황)-밭이 황폐해지지 않다. 많은 세금으로 백성이 타지로 떠나지 않고 고향에 거주하면서 토지를 경작한다는 말이다.

89 供王命(공왕명)-왕명에 부응하다.

90 疲人(피인)-피폐한 백성.
#≪두시상주≫: '요족'부터 여기까지가 네 번째 단락이다. 남방의 요족을 불러 깨우치도록 하고 떠도는 이를 위무해야 함을 말하였다.(自獠賊至此爲第四段. 言當招諭獠蠻, 撫恤流冗.)

91 是否(시부)-옳고 그름. 非蜀(비촉)-촉 땅만의 일은 아니다. 이상

두 구는 호족 문제는 전국적인 문제라는 말이다. 이에 대해 ≪두시상주≫에서는 강족과 촉 땅 모두에 대한 이야기라고 하였는데, 문맥상 강족과 관련된 이야기가 아니다.

≪두시상주≫: 이는 강족과 촉 땅 사람을 아울러 말한 것이다.(此兼羌蜀人言.)

92 受賃(수임)-임대료를 받다. 罷人田(피인전)-사람과 밭을 피로하게 하다. 임대료를 지나치게 많이 받는 것을 말하는 듯하다. '豪族受賃罷人田管內最'가 없는 판본도 있다.

93 誅求(주구)-세금을 강제로 징수하다. 約(약)-제약하다. 또는 줄이다.

94 辦(판)-성공하다. 부유해진다는 말이다. 創痍(창이)-상처.
≪독서당두공부문집주해≫: 바야흐로 호족을 안정시키고자 하면 또 가난한 집을 힘들게 할까 걱정된다는 말인데, 말의 뜻이 얽혀있어서 즉각 이해하기 힘들다.(方欲安豪族, 又恐病貧家, 語意纏綿, 難卽解.)

95 富兒(부아)-호족의 자식을 가리킨다. 子弟職掌(자제직장)-지방 병사의 관직. 이 구는 호족의 자식이 대부분 지방 병사로 있다는 말로 뒤의 내용과 관련하여 호족이 이들의 권세로 부를 부당하게 축적하면서도 제지받지 않는 상황을 말한다.

96 衙府(아부)-관아. 州(주)-이 글자가 없는 판본도 있다.

97 村正(촌정)-촌장. 마을의 행정책임자. 見面(견면)-얼굴을 보다. 세금을 걷기 위해 호족을 만나는 것을 말한다. '面'은 '田'으로 된 판본도 있다.

98 示文書(시문서)-문서를 보여주다. 세금 징수 서류를 보여주는 것이다. 取索(취색)-세금을 찾아서 거두다.
[非不 2구] 촌장이 세금을 걷기 위해 호족은 찾아가지 않고 가난한 집만 찾아간다는 말이다.

99 權攝(권섭)-직책을 대리하다.

100 苟(구)-그저. 賢良(현량)-우수한 인재. 현령과 자사를 가리킨다.

101 授權(수권) - 권한을 주다. '授'는 '受'로 된 판본도 있다. 이하 두 구는 호족을 다스리기 위해서는 현재 대리하고 있는 현령과 자사에게 정식으로 권한을 주는 것이 아니라 조정의 판단에 따라 새로 우수한 관원을 임명해야 한다는 말이다.

#≪두시상주≫: '호족'부터 여기까지가 다섯 번째 단락이다. 마땅히 부역을 고르게 하고 별도로 수령을 선발해야 함을 말하였다.(自豪族至末爲第五段. 言當均平賦役, 別擇守令.)

前殿中侍御史柳公紫微仙閣畫太乙天尊圖文

전 전중시어사 유공이 자미선각에 그린 〈태을천존도〉에 지은 글

石鷩老,[1] 放神乎始清之天,[2] 遊目乎浩劫之家,[3] 泠泠然御乎風,[4] 熙熙然登乎臺,[5] 進而俯乎寒林,[6] 退而極乎延閣,[7] 見龍虎日月之君,[8] 亙於疎梁,[9] 塞於高壁,[10] 骨者鬣者,[11] 皙者黝者,[12] 視遇之間, 若嚴寇敵者已.[13] 伊四司五帝天之徒,[14] 靑節崇然,[15] 綠輿駢然,[16] 仙官洎鬼官,[17] 無央數衆.[18] 陽者近, 陰者遠, 俱浮空不定, 目所向如一. 蓋知北闕帝君之尊,[19] 端拱侍衛之內,[20] 於天上最貴矣.[21]

已而左玄之屬吏,[22] 三洞弟子某,[23] 進曰, 經始續事,[24] 前柱下史河東柳涉,[25] 職是樹善,[26] 損於而家,[27] 憂於而國, 剝私室之匱,[28] 渴蒸人之安,[29] 志所至也. 請梗概帝君救護之慈朝拜之功曰,[30] 若人存思我主籙生之根死之門,[31] 我則制伏妖之興毒之騰.[32] 凡今之人, 反側未濟.[33] 柳氏, 柱史也, 立乎老君之後,[34] 獲隱黙乎,[35] 忍塗炭乎.[36] 先生與道而遊,[37] 與學而遊, 可上以昭太乙之威神於下, 下以昭柱史之告訴於上, 玉京之用事也,[38] 率土之發祥也,[39] 惡乎寢而,[40] 庸詎仰而.[41]

先生藐然若往,[42] 頹然而止曰,[43] 噫,[44] 夫鳥亂於雲, 魚亂於水,[45] 獸亂於山.[46] 是罥弋鈎罜削格之智生,[47] 是機變繳射攫拾之智極,[48] 故自黃帝已下, 干戈崢嶸,[49] 流血不乾, 骨蔽平原, 乖氣橫放,[50] 淳風不返.[51] 雖書載蠻夷率服,[52] 詩稱徐方大來,[53] 許其慕中華與.[54] 夫容成氏中央氏尊盧氏,[55] 結繩而已,[56] 百姓至死不相往來, 玆茂德困矣.[57] 矧賢主趣之而不及,[58] 庸主聞之而不曉,[59] 浩穡崩麾,[60] 數千古哉. 至使世之仁者, 蒿目而憂世之患,[61] 有是夫.[62] 今聖主誅干紀,[63] 康大業,[64] 物尙疵癘,[65] 戰爭未息, 必揆當世之變,[66] 日愼一日, 衆之所惡與之惡,[67] 衆之所善與之善, 敕有司寬政去禁,[68] 問疾薄斂,[69] 修其土田, 險其走集.[70] 以此馭賊臣惡子,[71] 自然百祥攻百異有漸.[72] 天下洶洶,[73] 何其撓哉.[74] 已登乎種種之民,[75] 舍夫啍啍之意,[76] 是巍巍乎北闕帝君者,[77] 肯不乘道腴,[78] 卷黑簿,[79] 詔北斗削死,[80] 南斗注生.[81] 與夫圓首方足,[82] 施及乎蠢蠕之蟲,[83] 肖翹之物,[84] 盡驅之更始,[85] 何病乎不得如昔在太宗之時哉.[86]

石匱老辭畢, 三洞弟子某又某, 靜如得, 動如失, 久而却走, 不敢貳問.[87]

석별의 노인은 시청의 하늘에서 정신을 두루 노닐고 큰 계단의 집에서 눈을 노닐었으며, 살랑살랑 바람을 타고 다니고 즐겁게 돈대에 올랐는데, 나아가서는 차가운 숲을 내려다보고 물러나서는 긴 각도 끝까지 다하였다. 용호일월군을 보니 화려한 대들보를 휘감고 높은 벽을 가득 채웠는데, 뼈와 갈기는 밝고 검었으며 보고 만나는 사이에 마치 적군에게 엄정한 것과 같았다. 이 사사 오제천의 무리는 푸른 깃발이 높다랗고 녹색 수레가 나란한데, 선관과 귀관의 수많은 무리가 양은 가깝고 음은 멀리 있어 모두 공중에 뜬 채 일정치는 않지만 눈이 향하는 곳은 하나같았다. 대체로 북궐 제군의 존엄함을 알아서 안에서 공손한 태도로 모시고 있으니 천상에서 가장 존귀하도다.

얼마 후에 좌현의 속관 삼동제자 아무개가 나아와서 말하기를, "그림 그리는 일을 시작함에 전 주하사 하동 사람 유섭이 직책을 잘 수행하여, 그의 집에는 손해가 가도 그의 나라에는 근심을 하여 개인 집의 재물상자를 털어서 백성들의 안위를 갈망하였으니 뜻이 지극하였기 때문이다."라고 하였다. (또 다른 삼동제자 아무개가) 제군이 구호한 자비로움과 배례한 공덕을 개괄하길 청하고 말하기를, "이분은 우리의 주록이 삶의 뿌리이고 죽음의 문이며 우리가 바로 발흥하는 사악함과 치솟는 독을 제압할 것을 깊이 생각하고 있다. 무릇 지금 사람들은 전전반측하며 구제되지 않고 있는데, 유씨는 주하사로서 노군의 후임이 되어 어찌 숨어 조용히 있을 수 있을 것이며 도탄에 빠졌음을 참고 있겠는가? 선생은 도와 함께 노닐고 배움과 함께 노닐기에, 위로는 태을의 위엄있는 신령을 아래에 빛낼 수 있고 아래로는 주하사의 알림을 위에 빛낼 수 있으니 옥경에서 제사를 지낼 수 있고 온 나라에 상스러움을 드러낼 수 있는데, 오호 감추고 있으니 어찌 우러러볼 것인가?"라고 하였다.

선생이 무시하고 갈 듯하다가 공손하게 멈추고는 말하기를, "아, 대저 구름에서 새가 어지럽고 물에서 물고기가 어지러우며 산에서 짐승이 어지러우니, 이는 새그물, 주살, 낚싯바늘, 그물, 포획틀의 지혜가 생겨났기 때문이고 이는 기계장치 모략, 주살과 화살, 빼앗아 취함의 지혜가 극에 달했기 때문인데, 그러므로 황제 이래로 방패와 창이 높이 솟아 흐르는 피가 마르지 않고 뼈가 너른 들을 뒤덮었으며, 사악한 기운이 마구 퍼지고 순박한 풍습은 돌아오지 않았다. 비록 《서경》에서는 '오랑캐가 순종한다'라고 하였고 《시경》에서는 '서나라가 크게 항복한다'라고 하여 그들이 중화를 사모하게 허여하였지만, 대저 용성씨, 중앙씨, 존로씨가 결승만 사용할 뿐이어서 백성들이 죽을 때까지 서로 왕래하지 않았고 이 무성한 덕이 깊어졌다. 하물며 어진 군주가 그것을 좇고자 하여도 이를 수 없고 용렬한 군주가 그 말을 들어도 깨닫지 못해 많은 것이 붕괴된 것이 수천 년이 되었는데, 세상의 어진 이로 하여금 눈을 한껏 멀리 보며 세상의 우환을 근심하게 하여 이 사람이 있게 되었다. 지금 성스런 군주가 법도를 어기는 자를 죽이고 대업을 칭송하고 있지만 만물은 여전히 재해와 역병에 시달리고 전쟁은 끝나지 않으니, 반드시 현재의 변고를 헤아려서 날로 신중하여, 무리가 싫어하는 바는 그들이 싫어하게 하고 무리가 좋아하는 바는 그들이 좋아하게 하며, 유사에게 칙령을 내려 정치를 관대하게 하고 금지하는 바를 없애며 병든 자를 탐문하고 세금을 적게 거두며 그 토지를 개선하고 그 변방 요새를 험준하게 해야 한다. 이로써 사악한 신하와 나쁜 놈들을 제어하면 자연히 온갖 상서로움이 온갖 요사함을 점차 물리치게 될 것이다. 천하가 흉흉해도 어찌 그것이 어지럽힐 수 있겠는가? 이미 순박한 백성을 짓밟고 간절히 인도하려는 뜻을 버렸으니, 이에 높디높은 북궐제군이 어찌 도의 정수를 타고 죄를 적은 검은 장부를 말고서 북두에게 죽음을 제거하게 하고 남두에게 삶을 불어넣게 하지 않는가? 저 둥근 머리와 모난 발을 가진 인간에게 허여하고 꿈틀거리는 벌레와 조그만 날벌레에까지 베풀어서 모두 다시 시작하도록 내몰면 어찌 옛날 태종의 때에서와 같음을 얻지 못하는 병폐가 있으리오.”라고 하였다.

석별의 노인이 말을 마치자 삼동제자 아무개와 아무개는 깨친 듯이 조용하다가 잃어버린 듯이 움직이더니 한참 후에 뒤로 도망가서는 감히 두 번 다시 묻지 않았다.

[해제]

이 글은 예전에 전중시어사를 지낸 유섭이라는 자가 종남산 석별곡에 있는 자미선각에 태을천존도를 그려놓은 것을 보고 지은 것이다. 태을천존은 도교에서 가장 높은 신의 이름이다. 석별로와 삼동제자의 대화를 가설하여 혼란에 빠진 세상을 구하는 실질적인 방도에 대해 논설하였다. 건원 초 장안으로 돌아갔을 때 지은 것이라는 설이 있다.

≪두공부시집집주≫: ≪위서·석로지≫에서 “도가의 근원은 노자에서 나왔는데 위로 옥경에 있으면서 신왕의 으뜸이 되고 아래로 자미에 있으면서 비선의 주인이 된다.”라고 하였다. ≪장안지≫에서 “나한사는 만년현 남쪽 60리에 있다. 종남산 석별곡에 나한석동 세 개가 있다. 옛 도경에서 말하기를, ‘본래 당나라의 자미궁인데 천우 연간 초에 절이 되었다.’라고 하였다.”라고 하였다. 지금 ‘자미선각’이라고 하였는데 아마도 바로 자미궁일 것이다. ≪수서·경적지≫에서 “기타 여러 경전에 대해 혹자가 말하길 신인神人이 전했다고 하는데 권수가 많다. 스스로 천존이라고 하는 이는 성이 악이고 이름이 정신인데 그러한

예가 모두 천속하여 세상 사람들이 모두 의심한다."라고 하였다.(魏書
釋老志, 道家之源出於老子. 上處玉京, 爲神王之宗, 下在紫微, 爲飛仙
之主. 長安志, 羅漢寺, 在萬年縣南六十里. 終南山石鱉谷有羅漢石洞三.
舊圖經曰, 本唐紫微宮, 天祐初爲寺. 今云紫微仙閣, 殆卽紫微宮也. 隋
書, 衆經或言傳之神人, 篇卷非一, 自云天尊, 姓樂名靜信, 例皆淺俗, 故
世共疑之.)

[주석]

1. 石鱉老(석별로)-석별곡의 노인. 자미선각이 있는 석별곡에 사는
   도인道人인 것으로 보이는데, 두보가 가상한 인물로 보인다.
   ≪두공부시집집주≫: ≪장안지≫에서 "석별곡은 만년현 서남쪽
   55리에 있다."라고 하였다. 장례의 <유성남기>에서 "백 개의 탑
   이 편재곡 입구에 있으며 탑 동쪽이 석별곡이다."라고 하였다.
   (長安志, 石鱉谷, 在萬年縣西南五十五里. 張禮, 遊城南記, 百塔在
   楩梓谷口, 塔東石鱉谷.)

2. 放神(방신)-마음과 정신이 마음껏 노닐다. 始淸之天(시청지천)
   -도교에서 말하는 하늘의 일종이다.
   ≪두공부시집집주≫: ≪운급칠첨≫에서 "삼천이라는 것은 청미
   천, 우여천, 대적천이 바로 그것이다. 천보군이 옥청 영역을 다스
   리는데 바로 청미천이며 그 기운은 시청이다. 영보군이 상청 영
   역을 다스리는데 바로 우여천이며 그 기운은 원황이다. 신보군이
   태청의 영역을 다스리는데 바로 대적천이며 그 기운은 현백이
   다."라고 하였다. ≪동현본행경≫에서 "오령현로군은 북방 진인
   인 현황의 후예이고 태청의 후사인데 시청의 하늘에서 태어났
   다."라고 하였다.(雲笈七籤, 三天者, 淸微天禹餘天大赤天, 是也.
   天寶君治玉淸境, 卽淸微天也, 其氣始靑. 靈寶君治上淸境, 卽禹
   餘天也, 其氣元黃. 神寶君治太淸境, 卽大赤天也, 其氣玄白. 洞玄
   本行經, 五靈玄老君者, 玄皇之胤, 太淸之胄, 生於始靑天中.)

3. 遊目(유목)-마음대로 본다는 말이다. 浩劫之家(호겁지가)-큰

계단의 집. 또는 오랜 세월을 보낸 집. 자미선각을 가리키는 것으로 보인다.

≪두시상주≫ <옥대관玉臺觀> "浩劫因王造"의 주: 주학령 주에서는 "호겁은 끝이 없는 시간으로 '누세'라는 말과 같다"라고 하였다. 한편 ≪광운≫에서는 "호겁은 궁전의 큰 계단이다"라고 하였고, 두전은 "속세에서는 탑의 계단을 '겁'이라고 한다. 그래서 두보가 <악록산도림이사행嶽麓山道林二寺行>에서 '탑의 계단과 절의 담장이 웅장하고 화려함을 겨룬다'라고 한 것이다"라고 하였다.(朱注, 浩劫, 無窮之劫, 猶言累世也. 廣韻, 浩劫, 宮殿大階級也. 杜田云, 俗謂塔級爲劫, 故嶽麓行曰, 塔劫宮牆壯麗敵.)

4 冷冷然(영령연)-가벼운 모양. 御乎風(어호풍)-바람을 타다.
   ≪장자·소요유逍遙游≫ "夫列子御風而行, 泠然善也." 곽상郭象 주: '영연'은 가벼운 미묘한 모양이다.(泠然, 輕妙之貌.)

5 熙熙然(희희연)-즐거운 모양.
   ≪노자≫: 여러 사람이 즐거워하니 제사에서 태뢰를 바치는 듯하고 봄에 돈대에 오른 듯하다.(衆人熙熙, 如享太牢, 如春登臺.)

6 寒林(한림)-차가운 숲. 가을과 겨울의 숲을 가리키는데 죽음을 상징하기도 한다.
   진晉 육기陸機 <탄서부嘆逝賦>: 차가운 숲을 걷노라니 처량해지고 봄날 무성한 초목을 보노라니 그리움이 생긴다.(步寒林以悽惻, 翫春翹而有思.)

7 延閣(연각)-긴 복도. 한나라 궁중의 장서를 보관한 곳이기도 하다. 여기서는 자미선각의 누각을 가리키는 것으로 보인다.
   ≪독서당두공부문집주해≫: ('연각'은) 누각의 이름이다.(閣名.)

8 龍虎日月之君(용호일월지군)-도교에서 지위가 높은 자의 명칭으로 보인다. 용호군과 일월군일 수도 있다.
   ≪두공부시집집주≫에 인용된 ≪모군내전茅君內傳≫: 구곡산에 신령한 지초 다섯 종류가 있는데 그것을 먹으면 태청용호선군에 배수된다.(句曲山有神芝五種, 服之, 拜太淸龍虎仙君.)

9 亘(긍)-휘감다. 疎梁(소량)-조각으로 장식한 대들보.

10 塞(색)-가득 채우다.

11 骨(골)-골격. 鬣(만)-갈기.

12 晳(석)-빛나다. 黝(유)-검푸르다.

13 嚴寇敵(엄구적)-도적에게 엄격하다.

14 伊(이)-이것. 그림에 그려진 여러 인물을 가리킨다. 四司(사사)-
   귀관鬼官의 우두머리라는 설도 있고 도교 천제의 궁궐이라는
   설도 있다. 五帝天(오제천)-오방五方의 천제.

15 靑節(청절)-도교의 푸른 깃발. 崇然(숭연)-높은 모양.
   ≪두공부시집집주≫에 인용된 ≪청령진인배군전淸靈眞人裴君
   傳≫: 야크 털 장식 푸른 깃발을 들고 구궁을 두루 다녔다.(仗靑
   旄之節, 以周流九宮.)

16 綠輿(녹여)-푸른색 수레. 도교의 관원이 타는 수레이다. 駢然(변
   연)-서로 이어진 모양.
   ≪두공부시집집주≫에 인용된 ≪운급칠첨≫: ≪삼도비언≫에 따
   르면, 태극진군이 현경의 녹여를 타고 위로 자미궁에 이르렀다.
   (三道秘言, 太極眞君乘玄景綠輿, 上詣紫微宮.)

17 洎(기)-~와.
   ≪두공부시집집주≫: ≪유양잡조≫에서 "귀관은 75품이 있고 선
   관은 24000품이 있다."라고 하였다. ≪진령위업도≫에 따르면
   귀관에 초엄공, 조간자 등이 있으며 75개 직함이 보인다.(酉陽雜
   俎, 鬼官有七十五品, 仙官二萬四千. 眞靈位業圖, 鬼官楚嚴公趙
   簡子等, 見有七十五職.)

18 無央(무앙)-끝이 없다. 많다는 뜻이다.

19 北闕帝君(북궐제군)-그림 속의 태을지존을 가리킨다. 노자를 가
   리킨다는 설도 있는데 같은 존재일 수도 있다.
   ≪독서당두공부문집주해≫: 북궐제군은 노자이다.(北闕帝君,
   老君.)

20 端拱(단공)-단정하게 손을 모으다. 공경을 표하며 윗사람을 모

시는 자세이다.

21 貴(귀)-'尊'으로 된 판본도 있다.

#≪두시상주≫: 이는 첫 번째 단락으로 일을 서술하면서 시작하였다.(此第一段, 記事起.)

22 已而(이이)-얼마 후에. 左玄(좌현)-좌현군左玄君. ≪설부說郛≫에 수록된 도홍경陶弘景의 ≪진령위업도眞靈位業圖≫에 따르면 제사중위第四中位의 맨 앞에 태청태상노군太淸太上老君이 있으며, 좌위左位의 맨 앞에 정일진인삼천법사장도릉正一眞人三天法師張道陵이 있다. 아마도 좌현군은 좌위의 선두를 지칭하는 호칭인 것으로 보인다. 이와 달리 도교에서 양생술을 수련하는 의식에서 도열해있는 좌현진인이라고 보는 설도 있다. 屬吏(속리)-부하 관원.
≪운급칠첨雲笈七籤·조진의朝眞儀≫: 좌현진인은 왼쪽에 있고 우현진인은 오른쪽에 있다.(左玄眞人在左, 右玄眞人在右.)
≪독서당두공부문집주해≫: 좌현군은 그(장도릉)의 제자와 속관이다.(左玄君, 其弟子屬官也.)

23 三洞(삼동)-도교 경전을 세 부류로 나눈 것으로 동진洞眞, 동현洞玄, 동신洞神이 있다.
≪두공부시집집주≫: ≪운급칠첨≫에서 "'삼동'에서 '동'은 통한다는 말이다. 그 부류가 세 가지이기에 '삼동'이라고 하였으며, 첫 번째는 동진이고 두 번째는 동현이며 세 번째는 동신이다. 천보군은 동진교주이고 영보군은 동현교주이며 신보군은 동신교주이다."라고 하였다. ≪영보경목≫ 서에서 "원가 14년 삼동제자 육수정이 여러 도교 부류를 공손히 보여주었다."라고 하였다.(雲笈七籤, 三洞者, 洞言通也. 其統有三, 故曰三洞. 第一洞眞, 第二洞玄, 第三洞神, 天寶君爲洞眞敎主, 靈寶君爲洞玄敎主, 神寶君爲洞神敎主. 靈寶經目序, 元嘉十四年, 三洞弟子陸修靜, 敬示諸道流云云.)
≪독서당두공부문집주해≫: (삼동제자는) 천사 장도릉의 제자이

다.(天師弟子.)

24 經始(경시)-처음 일을 시작하다. 繢事(회사)-그림 그리는 일.
   <태을천존도>를 그리는 것을 말한다.

25 柱下史(주하사)-원래는 주나라와 진나라 때의 관직명으로 궁궐
   의 기둥 아래서 왕을 모시는 일을 담당했다. 노자가 이 관직을
   역임한 적이 있다. 이후로 시어사侍御史를 가리키게 되었고 여기
   서는 이 그림을 그린 유섭의 관직인 전중시어사를 말한다.

26 樹善(수선)-잘 수행하다.

27 損(손)-손해가 가다. 而家(이가)-너의 집.

28 剝(박)-경감시키다. 匵(궤)-상자. 재물을 넣어둔 상자이다.

29 渴(갈)-갈망하다. '竭'로 된 판본도 있다. 蒸人(증인)-백성.

30 梗槪(경개)-개괄하다. 救護(구호)-구제하다. 朝拜(조배)-신하
   가 제왕에게 배례拜禮하다. 이 구는 제군과 자신들의 공덕을 개
   괄하여 말하겠다는 말인데, 아래 내용에서는 유씨는 그림을 그려
   자신의 일을 하였다고 칭찬한 반면 석별로는 그렇지 않다고 타박
   하였다.

31 若人(약인)-이 사람. 북궐제군(노자)를 가리킨다. 그림을 그린
   유씨를 가리킨다는 설이 있지만 취하지 않는다. 存思(존사)-깊
   이 생각하다. 我(아)-삼동제자와 같은 무리를 가리킨다. 북궐제
   군(노자)을 가리킨다는 설도 있지만 결국 같은 말이다. 主籙(주
   록)-도교 관직 중의 하나로 부록符籙과 도서를 관장한다.
   당唐 곡신자谷神子 ≪박이기博異記·음은객陰隱客≫: 70만 일
   을 수행하면 제천 혹은 옥경, 봉래, 곤랑, 고야에 도달할 수 있으
   며 그러면 바야흐로 주록, 주부, 주인, 주의 등의 선관 직위를
   얻어서 자유자재로 날아다닌다.(修行七十萬日, 然後得至諸天
   或玉京蓬萊崑閬姑射. 然方得仙官職位主籙主符主印主衣, 飛行
   自在.)
   ≪운급칠첨≫: 태일은 부록을 관장하고 제군은 명을 평가하며
   주록은 서적을 편찬하고 사명은 산가지를 정한다.(太一執符, 帝

君品命, 主錄勒籍, 司命定筭.)

≪독서당두공부문집주해≫: ('약인'은) 노자를 말한다. '아'자는 노자의 어투를 쓴 것인데 두보는 종종 이와 같은 수법을 사용한다.(謂老子. 我字作老子語氣, 公往往如此用.)

32 制伏(제복)-제압하다. 妖之興(요지흥)-사악함이 발흥하다. 毒之騰(독지등)-독이 발호하다.

[若人 2구]

≪두시상주≫: 이 몇 구는 바로 도사가 제군을 대신하여 말한 것인데 '약인'은 류씨를 가리키고 '아'는 제군이 자신을 말한 것이다. ≪운급칠첨≫에 따르면 노군에게 <존사도>가 있다.(此數句, 乃道士代爲帝君語. 若人指柳氏, 我則帝君自謂也. 雲笈七籤, 老君有存思圖.)

33 反側(반측)-몸을 뒤척거리다. 두려워 불안한 모습이다. 未濟(미제)-구제되지 않다.

34 老君之後(노군지후)-노자의 후임.

≪두공부시집집주≫: 노군이 일찍이 주나라 주하사였고 유씨가 지금 그 후임을 계승했다는 말이다.(謂老君嘗爲周柱下史, 柳氏今繼其後也.)

35 獲(획)-할 수 있다. 隱黙(은묵)-숨어서 침묵하다.

36 塗炭(도탄)-진흙과 석탄재. 곤궁한 처지에 빠진 것을 비유하는 말이다.

37 先生(선생)-석별로를 가리킨다.

≪독서당두공부문집주해≫: (선생은) 바로 석별로이다.(卽石鼈老.)

38 玉京(옥경)-도교의 천제가 사는 곳. 用事(용사)-제사를 지내다.

39 率土(솔토)-온 나라. 發祥(발상)-상서로움이 드러나다.

40 惡乎(오호)-오호. 탄식하는 말이다. 寢(침)-감추다. 태을의 신령함을 드러내지 않는다는 말이다. 而(이)-문장 끝에서 감탄이나 탄식의 어기를 나타낸다.

≪시경·제풍齊風·저著≫: 나를 문간에서 기다리는데 귀막이
는 흰 실로 했고 꽃 새긴 옥돌을 달았다.(俟我於著乎而, 充耳以素
乎而, 尙之以瓊華乎而.)

41 庸詎(용거)-어찌하면. 이 구는 태을의 신령함을 드러내 사람들
로 하여금 앙모하게 해야 한다는 말이다.

#≪두시상주≫: 이는 두 번째 단락인데 질문을 설정한 말이다. 두
구 끝에 각각 '이'자를 사용한 것은 ≪시경≫을 모방한 구법이
다.(此第二段, 作設問之詞. 兩句尾各用而字, 效毛詩句法.)

42 藐然(막연)-경시하는 모양. 若(약)-'而'로 된 판본도 있다.

43 頹然(퇴연)-공손한 모양. 또는 제멋대로인 모양. 止(지)-멈추다.

44 噫(희)-탄식하는 소리.

45 水(수)-'河'로 된 판본도 있다.

46 獸亂於山(수란어산)-이 구가 없는 판본도 있다.

47 畢弋(필익)-새나 토끼를 잡는 그물과 새를 잡는 주살. 鈎罟(구
고)-물고기를 잡는 낚싯바늘과 그물. 削格(삭격)-기관 장치를
장착하여 짐승을 포획하는 틀.

48 機變(기변)-기계장치를 사용하는 모략. 繳射(작사)-주살과 화
살. 攫拾(확습)-짐승을 잡아 취하는 것을 말한다.

[夫鳥 5구]

≪장자·거협胠篋≫: 무릇 활과 쇠뇌, 새그물과 주살 기계장치
모략을 이용하는 지혜가 많아지면 새들은 하늘에서 어지러워지
고, 낚싯바늘과 미끼, 크고 작은 그물, 삼태그물과 통발을 이용하
는 지혜가 많아지면 물고기들은 물속에서 어지러워지고, 목책과
새 잡는 그물, 토끼그물, 짐승 잡는 그물을 이용하는 지혜가 많아
지면 짐승들이 늪에서 어지워지고, 남을 속이는 못된 지혜, 매끄
러운 말재주와 견백론 따위의 그릇된 언변과 동이의 궤변이 많아
지면 세속의 사람들이 이 같은 말다툼에 미혹된다.(夫弓弩畢弋
機變之知多則鳥亂於上矣,　鈎餌罔罟罾笱之知多則魚亂於水矣,
削格羅落罝罘之知多則獸亂於澤矣,　知詐漸毒頡滑堅白解垢同異

之變多則俗惑於辯矣.)

49 干戈(간과)-방패와 창. 崢嶸(쟁영)-높이 솟은 모양.

50 乖氣(괴기)-사악한 기운. 橫放(횡방)-이리저리 만연하다.

51 淳風(순풍)-순박한 풍습. 인간이 도구의 지혜가 많아지기 전의 순박함을 말한다.

52 載(재)-수록하다. 蠻夷率服(만이솔복)-변방 이민족이 중화에 복종하며 따르다.
≪서경・요전舜典≫: 먼 곳은 달래고 가까운 곳은 도와주며 덕을 두터이 하고 어진 자를 믿으며 간악한 자를 멀리하면 오랑캐들도 복종하며 따를 것이다.(柔遠能邇, 惇德允元, 而難任人, 蠻夷率服.)

53 徐方大來(서방대래)-서나라가 크게 오다. 서나라는 동쪽 이민족 중에서 강국이었다. '대래'는 주나라에 완전히 복종했다는 뜻이다.
≪시경・대아・상무常武≫: 왕의 계책은 진실로 빈틈없으니 서나라가 이미 와서 복종했다. 서나라가 이미 함께하니 천자의 공로이다. 사방은 이미 평정되었고 서나라도 와서 조정에서 조회한다. 서나라가 어기지 않으니, 왕이 이르기를 '돌아가자'라 하신다.(王猶允塞, 徐方旣來. 徐方旣同, 天子之功. 四方旣平, 徐方來庭. 徐方不回, 王曰還歸.)

54 中華(중화)-중국. 與(여)-추측의 어기사.

55 容成氏(용성씨)-황제黃帝의 신하로 역법을 발명했다고 한다. 中央氏(중앙씨)-상고시대 제왕 중 한 명이다. 尊盧氏(존로씨)-고대 제왕의 한 명이다. 이 세 글자가 없는 판본도 있다.

56 結繩(결승)-상고시대 문자가 없을 때 줄에 매듭을 지어 일을 기록한 것을 말한다. 여기서는 사람이 기계장치와 같은 지모를 사용하기 이전의 상황을 말한다.
≪장자・거협≫: 옛날에 용성씨, 대정씨, 백황씨, 중앙씨, 율륙씨, 여축씨, 헌원씨, 혁필씨, 존로씨, 축융씨, 복희씨, 신농씨가 이때

에 이르러 백성이 결승을 사용하게 했다.(昔者容成氏大庭氏伯皇
氏中央氏栗陸氏驪畜氏軒轅氏赫胥氏尊盧氏祝融氏伏犧氏神農
氏, 當是時也, 民結繩而用之.)

≪노자≫: 나라를 작게 하고 백성을 적게 하면 사람의 기물을
열 배 백 배로 있게 하더라도 사용하지 않게 되고, 백성으로 하여
금 죽음을 중시하게 하여 멀리 떠나지 않게 하면 비록 배와 수레
가 있더라도 탈 이유가 없게 되고 비록 갑옷과 병기가 있더라도
진을 칠 이유가 없게 되며, 백성으로 하여금 다시 결승을 사용하
게 하여 음식을 달게 여기고 의복을 아름답게 여기며 거처를
편안하게 여기고 풍속을 즐기게 한다면 이웃나라가 보이는 곳에
있어 닭 소리 개 소리가 서로 들릴지라도 백성이 늙어 죽도록
서로 왕래하지 않을 것이다.(小國寡民, 使有什佰人之器而不用,
使民重死而不遠徙, 雖有舟輿, 無所乘之, 雖有甲兵, 無所陳之, 使
民復結繩而用之, 甘其食, 美其服, 安其居, 樂其俗, 鄰國相望, 雞
犬之聲相聞, 民至老死, 不相往來.)

57 茂德(무덕)-성대한 덕. 囦(연)-깊다. '淵'과 통한다. '困'으로 된
판본도 있다.

≪두시상주≫: 옛 판본에는 '곤'으로 되어 있었다. 주학령이 말하
기를, "'연'자로 고쳤는데 바로 '연淵'의 옛 글자이다."라고 하였
다.(舊作困, 朱言改作囦, 卽古淵字.)

[夫容 4구] 옛날 기심이 없이 다스릴 때 통치의 덕이 위대했다는
뜻이다. 이와 달리 '困'으로 된 판본을 채택하여 그러한 덕이
현재는 본받을 수 없음을 말한 것이라는 설도 있다.

≪독서당두공부문집주해≫: 이 단락은 상고시대 소박한 다스림
을 본받을 수 없음을 말하였다.(此段言上古樸野之治不可法.)

58 矧(신)-하물며. 趣之(취지)-그것을 좇아 추구하다.

59 庸主(용주)-용렬한 군주. 曉(효)-깨닫다.

60 浩穰(호양)-많다. 崩蹙(붕축)-무너지다.

61 蒿目(호목)-눈을 크게 뜨고 멀리 보다.

≪장자·변무騈拇≫: 지금 세상의 어진 이가 눈을 멀리 보면서 세상의 우환을 근심한다.(今世之仁人, 蒿目而憂世之患.)

62 是夫(시부)-이 사람. 유섭을 가리킨다.

[至使 3구]

≪두시상주≫: 어진 이가 세상을 근심한다는 것은 유섭을 가리킨다.(仁者憂世, 指柳涉.)

63 誅(주)-죽이다. 干紀(간기)-법도를 어기다.

64 康(강)-칭송하다. 풍족하게 하다.

65 疵癘(자려)-재해와 역병.

66 揆(규)-헤아리다. 變(변)-'患'으로 된 판본도 있다.

67 與(여)-허여하다.

68 寬政(관정)-정사를 관대하게 하다. 去禁(거금)-금하게 한 일을 풀어주다.

69 問疾(문질)-병든 자를 위문하다. 薄斂(박렴)-세금을 적게 거두다.

70 險(험)-험준하게 하다. 적이 침범하기 어렵게 하는 것이다. 走集(주집)-변경의 요새.

≪좌전·소공昭公 23년≫: 변경을 바로 구획하고 토지를 정비하며 변경 요새를 험준하게 하고 백성과 친하게 한다.(正其疆場, 修其土田, 險其走集, 親其民人.)

≪좌전·소공 23년≫ "險其走集" 두예 주: '주집'은 변경의 보루이다.(走集, 邊竟之壘壁.)

71 馭(어)-제어하다. 다스리다. 賊臣(적신)-사악한 신하. 惡子(악자)-나쁜 놈. '惡'은 '愚'로 된 판본도 있다.

72 攻(공)-물리치다. 百異(백이)-갖가지 괴이한 것. 有漸(유점)-점차 이루어지다.

≪두시상주≫: 상서로움으로 재앙을 쳐서 제거한다는 말이다.(謂以祥瑞而攻去災異.)

73 洶洶(흉흉)-난리로 평안치 않은 모양.

74 撓(뇨)-어지럽다.

75 登(등)-올라타다. 짓밟다. 種種(종종)-순박한 모양.
≪장자・거협≫ "舍夫種種之民" 왕선겸王先謙 집해: 이이가 말
하기를 "'종종'은 순후하고 순박한 모양이다."라고 하였다.(李頤
曰, 種種, 謹慤貌.)

76 舍(사)-버리다. 啍啍(준준)-간절하게 인도하는 모양.
≪장자・거협≫ "悅夫啍啍之意" 곽상郭象 주: '준준'은 자기로
써 다른 사람을 깨우치는 것이다.(啍啍, 以己誨人也.)

77 巍巍(외외)-높은 모양.

78 道腴(도유)-도의 정수.

79 卷(권)-책을 말다. 黑簿(흑부)-검은 책. 도교에서 인간의 죄를
적어놓은 명부인 것으로 보인다.
≪독서당두공부문집주해≫: '흑부'는 죄를 적은 장부이다.(黑簿,
罪簿也.)
≪두시상주≫: ≪유양잡조≫에 "죄를 적은 명부에는 검은색, 녹
색, 흰색 장부, 붉은 책이 있다."라고 하였다. ≪진선통감≫에서
"노자가 장도릉에게 옥함에 담긴 도교서적 3권을 주었는데 제목
이 '삼팔사죄멸흑부'라고 되어 있었다. 초도현조 장진인이 두
번 절하고 그것을 받았다."라고 하였다. ≪갈선공전≫에 "칠품재
법이 있는데 그 중 하나가 팔절재이다. 노자에게 자신의 죄를
사죄하여 검은 장부를 없애는 법이다."라고 하였다.(酉陽雜俎,
罪簿有黑綠白簿, 赤丹編簡. 眞仙通鑑, 老君授張道陵以玉函素書
三卷, 題曰三八謝罪滅黑簿, 超度玄祖章眞人, 再拜受之. 葛仙公
傳, 有七品齋法, 一曰八節齋. 謝玄祖及己身之罪, 滅黑簿之法也.)

80 北斗(북두)-북두성군北斗星君으로 사람의 죽음을 주관한다고
한다. 削死(삭사)-죽음을 깎다. 죽음으로부터 멀리 있게 한다는
말이다.

81 南斗(남두)-남두성군으로 사람의 삶을 주관한다고 한다. 注生
(주생)-삶을 주관하다.

[北斗 2구]

《두공부시집집주》에 인용된 《수신기搜神記》: 북쪽 끝에 앉은 사람은 북두성군이고 남쪽 끝에 앉은 사람은 남두성군이다. 남두성군은 삶을 주관하고 북두성군은 죽음을 주관한다. 무릇 사람이 수태하면 모두 남두성군을 따르며 북두성군은 지나치는데, 바라는 것이 있으면 모두 북두성군에게 향한다.(北邊坐人是北斗, 南邊坐人是南斗. 南斗注生, 北斗注死. 凡人受胎皆從南斗過北斗, 所有祈求皆向北斗.)

82 圓首方足(원수방족)-머리가 둥글고 발이 네모나다. 사람을 가리킨다.

《회남자·정신훈精神訓》: 머리가 둥근 것은 하늘을 본뜬 것이고 발이 네모난 것은 땅을 본뜬 것이다.(頭之圓也像天, 足之方也像地.)

83 蠢蠕(준연)-꿈틀거리다.

84 肖翹(초교)-작은 날벌레.

85 更始(갱시)-다시 시작하다. 구폐를 제거하고 새로움을 펼치다.

86 病(병)-병폐가 되다. 太宗之時(태종지시)-당 태종의 정관지치貞觀之治를 가리킨다.

#《두시상주》: 이는 세 번째 단락으로 응답의 말이다.(此第三段, 作答應之語.)

87 貳問(이문)-두 번 묻다. 재차 묻다.

#《두시상주》: 여전히 사실 기술로써 총괄적으로 마무리하였다.(仍用記敍, 作總收.)

##《두시상주》: 내가 살펴보건대 석별선생은 두보가 대체로 이름을 가설하여 자신을 기탁한 것이다. 첫 번째 단락은 자미선각 안의 그림 모습을 서술하였고 두 번째 단락은 시어가 도를 받드는 정성을 기술하였으며, 세 번째 단락은 재해를 없애고 상서로움을 내려달라는 뜻을 축원하였다. 문장의 '간기', '전쟁' 등의

말을 생각해보니 마땅히 건원 초 경사로 돌아간 후에 지은 것이
리라.(鼇按, 石鼇先生, 杜公蓋設名以自寓也. 首段叙閣中圖像, 次
段記侍御奉道之誠, 三段祝弭災降祥之意. 翫篇中干紀戰爭諸語,
當是乾元初回京後所作者.)

祭遠祖當陽君文

선조 당양군 제문

維開元二十九年歲次辛巳月日, 十三葉孫甫, 謹以寒食
之奠,[1] 敢昭告于先祖晉駙馬都尉鎭南大將軍當陽成侯之
靈.[2] 初陶唐氏,[3] 出自伊祁,[4] 聖人之後,[5] 世食舊德.[6] 降及
武庫,[7] 應乎虬精.[8] 恭聞淵深,[9] 罕得窺測,[10] 勇功是立, 智
名克彰.[11] 繕甲江陵,[12] 祓淸東吳,[13] 邦于南土,[14] 建侯于
荊.[15] 河水活活,[16] 造舟爲梁.[17] 洪濤奔汜,[18] 未始騰毒,[19] 春
秋主解,[20] 稿隷躬親.[21] 嗚呼筆跡, 流宕何人.[22] 蒼蒼孤
墳,[23] 獨出高頂, 靜思骨肉,[24] 悲憤心胸. 峻極於天,[25] 神有
所降.[26] 不毛之地, 儉乃孔昭,[27] 取象邢山.[28] 全模祭仲,[29]
多藏之戒,[30] 焯序前文.[31] 小子築室,[32] 首陽之下,[33] 不敢忘
本, 不敢違仁. 庶刻豐石,[34] 樹此大道.[35] 論次昭穆,[36] 載揚
顯號.[37] 于以采蘩,[38] 于彼中園. 誰其尸之,[39] 有齊列孫.[40]
嗚呼, 敢告玆辰,[41] 以永薄祭,[42] 尚饗.[43]

개원 29년 신사년 모월 모일 십삼 세손 두보가 삼가 한식의 제례
품으로 감히 선조이신 진나라 부마도위 진남대장군 당양성후의 영

령께 분명히 아룁니다. 태초에 도당씨로 이기에서 나왔으며 성인의 후손으로 대대로 옛 덕에 의지하여 살았는데, 아래로 무고 두예에 이르렀고 용의 정기에 응했습니다. 심원함을 공손히 들었는데 거의 엿보아 헤아릴 수 없었고 용맹한 공업이 이에 세워져서 지략과 명성을 드러낼 수 있었으니, 강릉에서 병사를 다스려 동오에서 사악한 기운을 싹 없애서 남쪽 땅에 봉해지고 형 땅에 작위를 세우시고는, 황하 물이 콸콸 흐르는데 배를 만들어 다리를 놓으시니, 큰 파도가 강안에 들이쳐도 큰 해악이 되지 못했습니다. ≪춘추≫ 주해를 주관하여 원고 작성 일을 친히 하셨는데 오호 그 필적이 누구에게 전해졌습니까? 푸르른 외로운 무덤이 높은 산꼭대기에 홀로 솟았는데, 골육을 조용히 생각하시어 마음을 애달파하셨으니, 하늘에 끝까지 우뚝해 신이 복을 내려주시게 되었습니다. 불모의 땅에 검소함이 이에 뚜렷이 드러나서 형산의 모습을 취하셨는데, 모두 제중을 본뜬 것이며 순장하지 말라는 경계는 예전 글에 분명히 기록하였던 것이었고, 소자가 집을 지은 곳은 수양산 아래이니 감히 근본을 잊지 않고 감히 어짊을 어기지 않겠습니다. 커다란 바위에 새겨서 이러한 큰 도리를 세우고자 하니 소목의 차례를 논해 존귀한 명위를 드날리겠습니다. 어디에서 다북쑥을 캘까요? 저 뜰 가운데에서 캡니다. 누가 제사를 모실까요? 정숙한 여러 자손이 있습니다. 오호 감히 이때를 아뢰어 누추한 제사를 오래 이어가리니 흠향하시길 바랍니다.

[해제]

이 글은 두보의 십삼대 조부인 두예杜預의 제문이다. 두예는 당양현후當陽縣侯에 봉해졌다. 두예의 업적과 명성을 두루 기록하고 그 뜻을 어기지 않고 본받겠다는 다짐을 적었다. 개원 29년 낙양에 있을 때 지은 것이다.

[주석]

1 奠(전)-제수품.

2 昭告(소고)-분명히 아뢰다. 先祖(선조)-두보의 13세조인 두예를 가리킨다. 駙馬都尉(부마도위)-왕의 사위에게 하사한 관직. 當陽(당양)-지금의 호북성 의창宜昌이다. 成(성)-두예의 시호이다.

≪두공부시집집주≫에 인용된 ≪진서晉書≫: 두예는 자가 원개이고 경조 두릉 사람이다. 문제의 여동생 고륙공주에게 장가들었으며 조부의 작위인 풍락정후를 이어받았다. 양호가 죽자 진남대장군 도독 형주제군사에 배수되었다. 손호가 평정되고 그 공으로 작위가 당양현후로 올랐다. 나이 62세에 죽었으며 정남대장군 개부의동삼사가 추증되었고 시호는 성이다.(杜預, 字元凱, 京兆杜陵人, 尙文帝妹高陸公主, 襲祖爵豐樂亭侯. 羊祜卒, 拜鎭南大將軍都督荊州諸軍事. 孫皓平, 以功進爵當陽縣侯. 年六十二卒, 追贈征南大將軍開府儀同三司, 謚曰成.)

3 陶唐氏(도당씨)-옛 종족 이름으로 당요唐堯가 다스렸다. 요임금은 처음에 도 땅에 봉해졌고 이후에 당 땅에 봉해졌다.

4 伊祁(이기)-요임금의 성이다.

≪두공부시집집주≫에 인용된 ≪사기색은史記索隱≫: 요임금은 성이 이기씨이다.(帝堯, 姓伊祁氏.)

5 聖人之後(성인지후)-성인의 후손. 두씨가 도당씨에서 나왔음을 말한다.

≪신당서・재상세계표宰相世系表≫: 두씨는 기성에서 나왔는데 요임금의 먼 후손인 유루의 후예이다. 주나라 때는 당두씨였는데 성왕이 당나라를 멸망시킨 뒤 동생 숙오를 그 땅에 봉하고, 당씨의 자손을 두성에 고쳐서 봉하였으니 경조 두릉현이 바로 그곳이

다.(杜氏出自祁姓, 帝堯裔孫劉累之後. 在周爲唐杜氏, 成王滅唐, 以封弟叔虞, 改封唐氏子孫於杜城, 京兆杜陵縣, 是也.)

6 世食舊德(세식구덕)-대대로 오랜 은덕으로 식읍을 얻다.

7 武庫(무고)-두예를 가리킨다. 박학다식하여 모든 무기가 다 있는 무기고에 비유한 것이다.

8 虯精(규정)-용의 정령. 두예의 전설과 관련한 것이다.

[降及 2구]

≪두공부시집집주≫에 인용된 ≪진서≫: 두예가 조정에 7년 동안 있으면서 황제의 정무를 덜어 처리하였는데 온 나라에서 그 훌륭함을 칭송하며 '두무고'라고 불렀다. 두예가 형주에 있을 때 연회모임 때문에 취해 방안에 누워 있었는데, 바깥에 있는 사람이 구토 소리를 듣고는 문으로 몰래 훔쳐보니 바로 한 마리 큰 뱀이 머리를 숙이고 토하는 것을 보았으며 이 일을 들은 자는 기이하게 여겼다.(預在內七年, 損益萬機, 朝野稱美, 號曰杜武庫. 預在荊州, 因燕集醉臥齋中, 外人聞嘔吐聲, 竊窺于戶, 正見一大蛇垂頭而吐, 聞者異之.)

9 淵深(연심)-깊다. 두예의 학식을 가리킨다.

10 罕(한)-드물다. 여기서는 거의 하지 못한다는 뜻이다. 窺測(규측)-엿보아 헤아리다. 짐작하다.

11 智名(지명)-지혜와 명성. 克彰(극창)-드러낼 수 있다.

≪두공부시집집주≫에 인용된 ≪진서≫: 양양의 동요에서 "후세에 반란이 없는 것은 두옹(두예) 때문일 터인데, 누가 지혜와 명성 및 용감한 공업을 알리오."라고 하였다.(襄陽謠曰, 後世無叛由杜翁, 孰識智名與勇功.)

12 繕甲(선갑)-병사를 정비하다.

13 祲淸(침청)-사악한 기운이 말끔히 사라지다.

[繕甲 2구]

≪두공부시집집주≫에 인용된 ≪진서≫: 태강 원년 두예가 강릉으로 진격해서 승리했다. 완수와 상수 이남으로 교지와 광동에

이르기까지 오나라의 주군이 모두 앙망하며 귀순하였다. 여러
장수를 지휘하여 곧장 말릉으로 진격했는데 지나가는 성읍은
손을 묶은 채 항복하지 않은 곳이 없었다.(太康元年, 預進攻江陵,
克之. 沅湘以南, 至于交廣, 吳之州郡, 皆望風歸命. 指授羣帥, 徑
進秣陵, 所過城邑, 莫不束手.)

14 邦(방)-봉지를 받다. 南土(남토)-남쪽 지역. 두예가 당양현후가
되었음을 말한다. 당양현은 지금의 호북성에 있으며 형주荊州에
속했다.

15 建侯(건후)-제후에 봉해지다. 이 구와 앞 구가 순서가 바뀐 판본
도 있다.

16 活活(괄괄)-물이 흘러가는 소리.

17 造舟爲梁(조주위량)-배를 건조하여 다리를 만들다. 주교舟橋를
만들었다는 말이다.
≪두공부시집집주≫: ≪수경주≫에서 "맹진孟津은 또한 맹진盟
津이라고도 한다."라고 하였다. ≪진양추≫에서 "두예가 부평진
에서 다리를 만들었다"라고 하였는데 이 글에서 말한 "배를 만들
어 다리를 놓는다"라는 것이다.(水經注, 孟津亦曰盟津. 晉陽秋
曰, 杜預造橋於富平津, 所謂造舟爲梁也.)
≪진서・두예전≫: 두예가 또 맹진 나루터가 험하여 배가 전복되
어 침몰하는 우환이 있었기에 부평진에 하교를 건설하자고 청하
였다. 의론하는 자들은 은나라와 주나라가 도읍을 정하였지만
역대의 성현이 다리를 건설하지 않은 것은 반드시 세울 수 없었
기 때문일 것이라고 하였다. 두예가 말하기를, "(≪시경・대명大
明≫에서) '배를 만들어 다리를 놓는다'라고 하였으니 하교를
말한 것이다."라고 하였다. 다리가 완성되자 황제가 백관과 함께
가서 모여서는 술잔을 들고 두예에게 따라주며 말하기를, "그대
가 아니면 이 다리는 세울 수 없었다."라고 하였다.(預又以孟津
渡險有覆沒之患, 請建河橋于富平津. 議者以爲殷周所都, 歷聖賢
而不作者, 必不可立故也. 預曰, 造舟爲梁, 則河橋之謂也. 及橋成,

帝從百僚臨會, 擧觴屬預曰, 非君此橋不立也.)

18 洪濤(홍도)-큰 물결. 奔汜(분사)-물가에 들이치다.

19 騰毒(등독)-큰 해악.

20 主解(주해)-주해注解하는 일을 주관하다.
   ≪두공부시집집주≫에 인용된 ≪진서≫: 두예는 전적에 깊이 빠
   져서 ≪춘추좌씨경전집해≫를 지었고 또 여러 집안의 족보 등을
   참고하여 ≪석례≫를 만들었으며, 또 ≪맹회도≫와 ≪춘추장력≫
   을 지었다.(預忱思典籍, 爲春秋左氏經傳集解, 又參考衆家譜第,
   爲之釋例. 又作盟會圖春秋長曆.)

21 稿隷(고례)-원고를 작성하는 일. 躬親(궁친)-직접 하다.

22 流宕(유탕)-전해지다.
   ≪독서당두공부문집주해≫: 두예의 필적이 유전되어 후세에 누
   가 거두었는지 모르기에 '유탕하인'이라고 하였다.(杜預筆跡, 不
   知流宕後世何人收之, 故曰流宕何人)

23 蒼蒼(창창)-푸릇푸릇한 모양. 孤墳(고분)-외로운 무덤. 두예의
   무덤을 가리킨다.
   ≪두공부시집집주≫에 인용된 ≪진서≫: 두예가 앞서 유언을 하
   여 말하기를, "내가 전에 대랑이었을 때 일찍이 밀현의 형산을
   지나갔다. 산 위에 무덤이 있기에 농부에게 물어보니 말하기를,
   '이는 정나라 대부 제중의 무덤인데 혹자는 자산의 무덤이라고
   도 합니다.'라고 하였다. 무덤은 산꼭대기에 있었고 사방으로 두
   루 멀리까지 보였는데 이어진 산이 똑바로 남북으로 뻗어있었고
   무덤은 동북쪽으로 약간 치우쳐 신정성을 향하고 있었으니 근본
   을 잊지 않겠다는 뜻이었다. 묘도는 그 뒤를 막고 그 앞을 비게
   하였으니 진귀한 보물을 소장하지 않음을 보여주고 있었다. 산에
   아름다운 돌이 많았으나 사용하지 않았고 반드시 유수의 자연석
   을 모아서 무덤을 채웠으니 공교로움에 수고하지 않음을 귀하게
   여겼기 때문이다. 내가 지난봄에 입조하여 스스로 표를 올려 낙
   양성 동쪽 수양 남쪽에 장래의 묘지를 만들고자 하였다. 그곳에

작은 산이 있고 그 위에는 오래된 무덤이 없었다. 비록 형산에 비할 수는 없지만 동쪽으로 동효산東崤山과 서효산西崤山을 바라보고 서쪽으로 궁궐을 볼 수 있으며 남쪽으로 이수와 낙수를 보고 북쪽으로 백이와 숙제를 바라볼 수 있어 마음이 편안한 곳이었다. 그래서 마침내 묘도를 열어 남쪽으로 향하게 하고 형식은 정나라 대부의 묘에서 법을 취하여 검소함으로써 스스로 완성하고자 하였다. 관과 소렴은 모두 이에 어울리게 하여라."라고 하니 자손이 그대로 이를 따랐다.(預先爲遺令曰, 吾往爲臺郞, 嘗過密縣之邢山. 山上有冢, 問耕夫, 云, 是鄭大夫祭仲, 或云子産之冢也. 冢居山之頂, 四望周遠, 連山體南北之正而邪東北, 向新鄭城, 意不忘本也. 隧道惟塞其後而空其前, 示藏無珍寶也. 山多美石不用, 必集洧水自然之石以爲冢藏, 貴不勞工巧也. 吾去春入朝, 自表營洛陽城東首陽之南爲將來兆域. 地中有小山, 上無舊冢. 雖不比邢山, 然東望二陵, 西瞻宮闕, 南觀伊洛, 北望夷齊, 情之所安也. 故遂開隧道南向, 儀制取法於鄭大夫, 欲以儉自完耳. 棺器小斂之事, 皆稱此. 子孫一以遵之.)

24 靜思(정사)-조용히 생각하다. 骨肉(골육)-육친. 후손을 가리킨다. 이하 두 구는 두예의 영령이 후손을 염려한다는 말이다. 이와 달리 두보가 두예의 영령을 생각하며 애달파한다는 뜻으로 볼 수도 있다.

25 峻極於天(준극어천)-높아서 하늘에 닿다. 무덤이 높은 곳에 있음을 표현한 것이다.

26 神有所降(신유소강)-두예의 신령이 복을 내려주신다는 말이다. 또는 두예의 신령이 강림한다는 말로 볼 수도 있다.

27 孔昭(공소)-크게 드러내다.

28 取象(취상)-모습을 본뜨다. 邢山(형산)-지금의 하남성 신정新鄭에 있는 산으로 산 정상에 묘가 있는데 춘추시대 정나라 대부 자산의 묘라고도 하고 제중의 묘라고도 한다.

29 全模(전모)-모든 것을 본뜨다. 祭仲(제중)-춘추시대 정나라 사

람으로 정백鄭伯을 따라 주나라의 군대를 물리쳤고 장공莊公 때 경卿이 되었다.

30 多藏(다장)-무덤에 부장품을 많이 넣는 것을 말한다.

31 焯序(작서)-분명히 서술하다. 前文(전문)-두예가 남긴 유언을 말한다.

32 小子(소자)-두보 자신을 말한다.

33 首陽(수양)-지금의 하남성 언사偃師에 있는 산으로 이 산 아래에 두루촌杜樓村이 있으며, 두예의 무덤뿐만 아니라 두보의 증조부 두의예杜依藝와 조부 두심언杜審言의 무덤도 있다.

34 庶(서)-바라다. 豐石(풍석)-큰 바위.

35 樹(수)-세우다.

36 論次(논차)-차례를 논하다. 昭穆(소목)-종묘에 신주를 배열하는 순서로 중앙에 시조의 신주가 있고 왼쪽과 오른쪽에 번갈아 가며 후손의 신주를 배열하는데 왼쪽을 '소'라고 하고 오른쪽을 '목'이라고 한다.

37 載揚(재양)-드날리다. '재'는 뜻 없는 어조사이다. 顯號(현호)-높은 이름.

38 于以(우이)-어디에서. 采蘩(채번)-다북쑥을 캐다. 다북쑥은 제물이다.
≪시경·소남·채번采蘩≫: 어디에서 다북쑥을 캐나, 연못가에서 물가에서. 어디다 쓰려나, 공후의 제사에. 어디에서 다북쑥을 캐나, 계곡물 가운데에서. 어디에서 쓰려나, 공후의 사당에.(于以采蘩, 于沼于沚. 于以用之, 公侯之事. 于以采蘩, 于澗之中. 于以用之, 公侯之宮.)

39 尸(시)-제사를 모시다.
≪시경·소남·채빈采蘋≫: 누가 제사를 모시나? 정숙한 막내딸이 있다.(誰其尸之, 有齊季女.)

40 齊(제)-정숙하다. 제례를 올리기 전에 재계하여 공손한 마음을 가지는 것을 말한다. 列孫(열손)-여러 자손. 여기서는 두보 자신

을 가리킨다.

41 玆辰(자신)-이때. 제문을 지은 한식날을 가리킨다.

41 永(영)-오래도록 지속하다. 薄祭(박제)-소박한 제사.

42 尙饗(상향)-제문 마지막에 쓰는 의례적인 말로 영령이 제사를
흠향하기 바란다는 뜻이다.

祭外祖祖母文

외조부모 제문

維年月日, 外孫滎陽鄭宏之京兆杜甫,[1] 謹以寒食庶羞之奠,[2] 敢昭告于外王父母之靈.[3] 嗚呼, 外氏當房,[4] 祭祀無主.[5] 伯道何罪,[6] 陽元誰撫.[7] 緬惟夙昔,[8] 追思艱虞.[9] 當太后秉柄,[10] 內宗如縷.[11] 紀國則夫人之門,[12] 舒國則府君之外父.[13] 聿以生居貴戚,[14] 釁結狂豎.[15] 雌伏單棲,[16] 雄鳴折羽.[17] 憂心惙惙,[18] 獨行踽踽.[19] 悲夫逝景分飛,[20] 忽間於鳳凰,[21] 咄彼讒人有詞,[22] 何異於鸚鵡.[23] 初, 我父王之遘禍,[24] 我母妃之下室.[25] 深狴殊塗,[26] 酷吏同律.[27] 夫人於是布裙屛屨,[28] 提飼潛出.[29] 昊天不傭,[30] 退藏於密.[31] 久成凋瘵,[32] 溢至終畢.[33] 蓋乃事存於義陽之誄,[34] 名播於燕公之筆.[35] 嗚呼哀哉, 宏之等從母昆弟,[36] 兩家因依. 弱歲俱苦,[37] 慈顔永違.[38] 豈無世親,[39] 不如所愛,[40] 豈無舅氏,[41] 不知所歸. 誓以偏往,[42] 惻戀光輝.[43] 漸漬相勗,[44] 居諸造微.[45] 幸遇聖主,[46] 願發淸機.[47] 以顯內外,[48] 何當奮飛.[49] 洛城之北,[50] 邙山之曲,[51] 列樹風烟, 寒泉珠玉.[52] 千秋古道, 王孫去兮不歸,[53] 三月淸天,[54] 春草萋兮增綠.[55] 頃物將牽

累,[56] 事未遂欲,[57] 使淚流頓盡,[58] 血下相續者矣. 撫奠遲
廻,[59] 炯心依屬.[60] 庶多載之灑掃,[61] 循玆辰之軌躅.[62]

모년 모월 모일 외손 형양 사람 정굉지와 경조 사람 두보가 삼가
한식일의 여러 음식을 제수로 마련하여 감히 외조부모님의 영령
에 분명히 아룁니다. 오호, 외가의 본가에는 제사 지낼 제주가
없습니다. 등유에게 무슨 죄가 있었으며 위서는 누가 보살펴주었
습니까? 지난날을 멀리 생각해보며 빈곤했음을 추억해봅니다. 태
후가 집권했을 때 황가의 종실은 실낱같았으니, 기국은 부인의
가문이었고 서국은 부군의 외조부이셨는데, 제왕의 친족으로 나
고 살았지만 죄가 망령된 어린 녀석에 의해 걸려 암컷처럼 엎드려
홀로 살게 되었고 수컷이 울면서 날개가 꺾인 것과 같았습니다.
근심의 마음이 애통스럽고 홀로 가는 길이 터덜거렸습니다. 저
흘러가는 세월 속에 흩어져 날아 홀연 봉황을 갈라놓은 것을 슬퍼
하고, 저 참언하는 사람들의 말이 앵무새와 무엇이 다를까 탄식합
니다. "애초에 우리 아버지가 화를 당하고 우리 어머니가 감옥에
갇혀, 깊은 감옥에서 길을 달리했는데 가혹한 관리는 같은 법률로
다루었구나."라고 하시고, 부인은 이에 삼베 치마에 짚신으로 음
식을 들고 몰래 나갔는데, 높은 하늘은 공평하지 않았기에 은밀한
곳으로 물러나서 숨어지내며, 오래도록 궁핍하다가 갑자기 때가
되어 결국 돌아가셨습니다. 대체로 의양왕의 애도문에 일이 기록
되어 있고 연국공의 붓에 의해 이름이 퍼졌습니다. 오호 슬프도다,
정굉지 등의 이종형제여, 두 집안은 의지하며 어릴 적에 모두 고생
했는데 인자한 얼굴을 영원히 여의었으니, 어찌하여 대대로 친척

이 없겠냐만 외조모의 사랑을 받는 것만 못하며, 어찌하여 외숙부가 없어서 돌아갈 곳을 모르게 되었습니까? 두루 왕래할 것을 맹세하여 그 빛남을 애달피 흠모하다 보니 점차 감화되어 서로 돕지만 해와 달은 쇠미함으로 나아갔습니다. 다행히 성스러운 군주를 만나 깨끗한 심계를 발휘하여 안팎으로 드러나기를 바라니 언제나 떨쳐 날 수 있겠습니까? 낙양성의 북쪽 북망산의 굽이에 바람 안개 속에 나무가 늘어서 있고 차가운 샘에는 옥구슬이 걸렸습니다. 천추의 옛길에 왕손이 떠나 돌아오지 않고 춘삼월 맑은 하늘에 봄풀이 무성히 푸르름을 더했습니다. 근래 외물은 얽매고 일은 바라는 대로 되지 않아 눈물이 흐르다 다하였고 피가 흘러 잇고 있습니다. 제수품을 어루만지며 머뭇거리노라니 환해진 마음이 생겨납니다. 오랫동안 물 뿌리고 청소하면서 이때의 수레바퀴 자국을 따르기를 바랍니다.

[해제]

이 글은 두보의 외조부모의 제문이다. 외조부모의 자식이 없었기에 이종사촌인 정굉지와 더불어 한식날 제사를 올리게 되었는데, 외조모의 부모님이 왕족이었지만 환란을 당해 고생하고 있을 때 효성껏 모셨음을 칭송하고는 정굉지와 함께 그들의 뜻을 본받아 재능을 발휘할 수 있기를 바란다고 다짐하였다. 정굉지가 천보 연간에 관직에 나아갔기에 그 이전에 지은 것으로 추정한다.

[주석]

1 鄭宏之(정굉지)-두보의 이종사촌이다. 천보 연간에 감찰어사, 전중시어사, 영주자사寧州刺史, 정주자사定州刺史 등을 역임했다.

2 庶羞(서수)-여러 음식. 奠(전)-제수품.

3 昭告(소고)-분명히 아뢰다. 外王父母(외왕부모)-외조부와 외조모.

4 外氏(외씨)-외가. 當房(당방)-본가本家. '房'은 가문의 일파를 뜻한다. '房'은 '亡'으로 된 판본도 있다.

5 無主(무주)-주관하는 자가 없다. 아마 당시 외조부모의 적자가 없었던 듯하다.

6 伯道(백도)-진晉나라 등유鄧攸의 자. 난리 때 조카를 구하기 위해 자기 아들을 버렸고 결국 후사를 잇지 못했다. 여기서는 후사가 끊어진 외조부모를 가리킨다.

≪진서晉書·등유전≫: (등유가 전란 중에) 걸어가면서 그의 자식과 동생의 자식 등수를 업었는데 둘 다 온전히 할 수 없음을 알고는 그의 부인에게 말하기를, "내 동생은 일찍 죽고 오직 한 명의 자식만 있는데 이치상 대를 끊을 수 없으니 그저 응당 우리의 아이를 스스로 버립시다. 다행히 내가 살아남으면 후에 마땅히 자식이 생길 것이오."라고 하였다. 부인은 울면서 그를 따랐고 마침내 자식을 버렸다. …… 등유가 자식을 버린 뒤에 부인은 임신을 할 수 없었다. 장강을 건너 첩을 맞이하여 매우 총애했는데 그의 집안을 물어보니 북방 사람인데 난리를 만났다고 하였다. 부모의 성명을 기억해내었는데 바로 등유의 생질이었다. 등유는 평소 덕행이 있었는데 이 이야기를 듣고 매우 한스러워하였으며 마침내 다시는 첩을 두지 않았고 끝내 후사가 없었다. 당시 사람들이 그를 의롭게 여기면서도 슬퍼하였기에 이 때문에 "하늘의 도가 무지하여 등유로 하여금 자식이 없게 하였구나"라고 하였다.(步走擔其兒及其弟子綏, 度不能兩全, 乃謂其妻曰, 吾弟早亡, 唯有一息, 理不可絶, 止應自棄我兒耳. 幸而得存我, 後當有子. 妻泣而從之, 乃棄之. …… 攸棄子之後, 妻不復孕. 過江納妾, 甚寵之, 訊其家屬, 說是北人遭亂, 憶父母姓名, 乃攸之甥. 攸素有德行, 聞之感恨, 遂不復畜妾, 卒以無嗣. 時人義而哀之, 爲之語曰,

天道無知, 使鄧伯道無兒.)

7 陽元(양원)-진나라 위서魏舒의 자이다. 어려서 외가에서 양육되어 높은 관직까지 올랐다. 여기서는 두보와 정굉지를 가리킨다. ≪진서·위서전≫: 위서는 자가 양원이고 임성 번 땅 사람이다. 어려서 아버지를 잃어 외가인 영씨에 의해 양육되었다. 영씨가 집을 세우자, 가상家相을 보는 이가 "분명 귀한 생질을 배출하겠군요"라고 말하니, 외조모는 위씨 생질이 어리지만 지혜롭다고 여겨 속으로 그것에 응할 것이라고 생각했다. 위서는 "의당 외가를 위해 이 집의 상相을 달성해야 하겠습니다"라 대답하였다. 나이 마흔이 넘어 상서랑이 되었다.(魏舒, 字陽元, 任城樊人也. 少孤, 爲外家寧氏所養. 寧氏起宅, 相宅者云, 當出貴甥, 外祖母以魏氏甥小而慧, 意謂應之, 舒曰, 當爲外氏成此宅相. 年四十餘爲尙書郎.)

8 緬惟(면유)-먼 옛날을 생각하다. 夙昔(숙석)-옛날.

9 艱窶(간구)-곤궁하다.

10 太后(태후)-무측천을 가리킨다. 秉柄(병병)-집권하다.

11 內宗(내종)-황제의 일족. 如縷(여루)-실낱같다. 위태로운 상황임을 비유한다. 무측천이 집권하고 이씨 황족을 대량학살한 것을 말한다.

12 紀國(기국)-당 태종의 열 번째 아들 이신李愼이 봉해진 곳이다. 이신은 두보의 외조모의 조부이다. ≪전주두시≫: ≪구당서≫에 따르면 기왕 이신은 태종의 열 번째 아들이다. 월왕 이정이 패하자 이신 또한 하옥되었다. 성을 훼씨로 바꾼 뒤 영남으로 유배되었는데 가다가 포주에 이르러 죽었다. 이신의 둘째 아들인 기주자사 의양왕 이종 등 다섯 사람은 수홍 연간에 함께 화를 당했다가 중홍 연간 초에 관작이 예전대로 회복되었다. 연국공燕國公 장열張說의 <진주자사에 추증된 의양왕 신도비(贈陳州刺史義陽王神道碑)>에서 "애초 영창 연간의 난리 때 의양왕은 하남의 옥에 갇혔고 부인은 사농시에 이름

이 올려졌다. 오직 최씨 집안에 시집간 딸이 있어 짚신에 베옷을 입고 왕래하며 음식을 제공했는데, 걸어 다니고 안색이 초췌했기에 사람들을 가슴 아프게 하였으며, 조정 안팎에서 찬탄하면서 '삼가 효성스럽다'고 평가하였다."라고 하였다. 비문을 살펴보건대 두보의 외조모는 기왕의 손녀이며 의양왕의 딸이다. 그래서 "기국은 부인의 가문이다"라고 하였고 또 "연국공의 붓에 의해 이름이 퍼졌다"라고 하였다. 두보의 어머니가 최씨인 것이 여기서 분명하다. <당나라 고 범양태군 노씨 묘지(唐故范陽太君盧氏墓誌)>에서 '총부 노씨'라고 칭한 것은 아마도 옮겨 쓰는 과정의 오류임이 틀림없을 것이다. 연국공의 비문에서 또 기록하기를, 의양왕의 두 아들이 수주로 유배되었는데 장남은 이행원으로 관례를 올렸기에 죽게 되었고 둘째는 이행방으로 어린아이여서 마땅히 사면하게 되었다. 이행방이 울면서 이행원을 끌어안고 형의 목숨을 대신하기를 빌었지만 허락되지 않았으며, 끝내 같이 죽고자 하였기에 서남 지역의 사람들이 이를 가슴 아파하였고 '형제가 같은 날 죽으려는 우애가 있다'라고 칭송했다. 막내 아들 이행휴는 피눈물을 흘리며 윗사람에게 청하여 먼 지역으로 망자를 운구하였는데, 지극한 효성은 몰래 통하고 정령이 밝게 호응하였다. ≪신당서≫에서 또 기록한 바에 따르면, 기국의 딸이 태자사의랑 배중장에게 시집갔는데 왕이 죽자 피를 몇 되나 토했으며 이십 년간 머리 단장을 하지 않았고 왕의 운구가 돌아가 장례를 지내자 한 번 통곡하고는 죽었다. 중종이 큰 소리로 통곡하며 애도하고는 훌륭한 가문이라 표창하고 아래에 조서를 내려 칭송하고 표양하도록 하였다. 삼가 효성스럽고 효애스러움이 한 집안에 모여 있음이 아직 기국의 성대함과 같은 것이 없었다. 나는 이 때문에 상세히 이를 기록한다.(舊書. 紀王愼, 太宗第十子. 越王貞敗, 愼亦下獄, 改姓虺氏, 配流嶺表, 道至蒲州而卒. 愼次子沂州刺史義陽王悰等五人, 垂拱中並遇害. 中興初, 追復官爵. 張燕公義陽王碑曰, 初永昌之難, 王下河南獄, 妃錄司農寺. 惟有崔氏

女, 屛屨布衣, 往來供饋, 徒行領色, 傷動人倫, 中外咨嗟, 目爲勤
孝. 按碑則公之外母, 紀王之孫, 義陽之女也, 故曰紀國則夫人之
門, 又曰名播於燕公之筆也. 公母崔氏, 此有明徵. 范陽太君誌稱
冢婦盧氏, 其爲傳寫之誤無疑矣. 燕公碑又載義陽二子, 配在巂州,
長曰行遠, 以冠就戮, 次曰行芳, 以童當捨, 芳啼號抱行遠, 乞代兄
命, 旣不見聽, 固求同盡, 西南傷之, 稱爲死悌. 季子行休, 泣血上
請, 迎喪遠裔, 至孝潛通, 精魄昭應. 新書又載紀國之女, 適太子司
議郎裴仲將, 王死嘔血數升, 絶膏沐者二十年. 王旣歸葬, 一慟而
卒, 中宗擧哀, 章善門, 下詔褒揚. 勤孝孝悌, 萃於一門, 未有如紀
國之盛者也. 余是以詳著之.)

13 舒國(서국)-고조의 18번째 아들인 이원명李元名이 봉해진 곳이
다. 이원명은 두보의 외조부의 외조부이다. 府君(부군)-돌아가
신 분에 대한 존칭으로 여기서는 두보의 외조부 최씨를 가리킨
다. 外父(외부)-원래는 장인인데 여기서는 외조부를 뜻한다.
≪전주두시≫: 서왕 이원명은 고조의 열여덟 번째 아들이다. 영
창 연간에 아들 이단과 함께 모두 구신적에 의해 모함받아 옥에
갇혔다. 이원명은 연좌되어 이주로 옮겼으며 곧 피살되었다. 신
룡 연간 초에 조서로 관작이 회복되었으며 사도가 추증되었다.
'부군지외부'라고 말한 것은 아마도 서국이 부군의 외조부이기
때문일 것이다. 이의에게 주는 시(<이의와 이별하다(別李義)>)
에서 고찰할 수 있다.(舒王元名, 高祖第十八子, 永昌年, 與子宣俱
爲丘神勣繫詔獄, 元名坐遷利州, 尋被殺. 神龍初, 詔復官爵, 贈司
徒. 曰府君之外父者, 蓋舒國爲府君外王父也, 於贈李義詩可考.)

14 聿(율)-뜻 없는 어조사이다. 生居(생거)-나고 살다. 貴戚(귀척)
-존귀한 친척. 황족을 뜻한다.

15 釁(흔)-죄과. 狂豎(광수)-미쳐 날뛰는 어린아이. 당시 이씨 황족
을 참살하던 무리를 가리킨다.

16 雌伏(자복)-암컷처럼 엎드려 있다. 낮은 지위에 굴복하여 아무
것도 하지 않는 신세를 비유적으로 표현한 것이다.

17 折羽(절우)-날개가 꺾이다. '折'은 '析'으로 된 판본도 있다. 이상 두 구는 외조부모 양쪽의 가문이 황족이었는데 난리를 당했음을 비유적으로 표현한 것이다.

18 惙惙(철철)-애달픈 모양.

19 踽踽(우우)-홀로 걸어가는 모양.

20 逝景(서경)-흘러가는 세월. '逝'가 없는 판본도 있다. 分飛(분비)-헤어져 날다. 외조모의 부모가 헤어지게 된 것을 말한다.

21 間(간)-떨어뜨려 놓다. 鳳凰(봉황)-전설의 새인데 봉은 수컷이고 황은 암컷이다. 여기서는 외조모의 부모를 비유한다.

22 咄(돌)-탄식하다. 讒人(참인)-참언하는 사람.

23 何(하)-이 글자가 없는 판본도 있다. 鸚鵡(앵무)-사람 말을 할 줄 아는 새이다. 자신의 주장이 없이 다른 이의 말을 반복하는 이를 폄하하여 비유한 것이다.

24 我(아)-여기서는 두보의 외조모를 가리킨다. 父王(부왕)-외조모의 아버지인 의양왕義陽王 이종李琮을 가리킨다. 遘禍(구화)-재앙을 만나다.

25 母妃(모비)-외조모의 어머니이자 의양왕의 왕비를 가리킨다. 下室(하실)-감옥에 갇히다. 장열의 신도비문에 따르면 사농시司農寺에 적을 두었다고 했는데 관노가 된 것이다.
≪두공부시집집주≫: 청실(죄가 있는 관리를 가두는 감옥)에 갇힌 것을 말한다.(謂下請室也.)

26 深狴(심폐)-깊은 감옥. 殊塗(수도)-길을 달리하다. 헤어져 있다는 말이다.

27 酷吏(혹리)-잔혹한 관리. 同律(동률)-같은 법률로 처리하다.

28 夫人(부인)-두보의 외조모를 가리킨다. 是(시)-이 글자가 없는 판본도 있다. 布裙(포군)-삼베 치마. 평민의 복장이다. 屝屨(비구)-짚신.

29 提餉(제향)-먹을 것을 들고 가다. 潛出(잠출)-몰래 나가다.
≪독서당두공부문집주해≫: 두보의 외가는 무측천 때 부모가 참

소로 해를 당해 하옥되었고, 외조모가 효를 다하였다. 이 일을 적은 것은 절로 충분히 전할 만하기 때문이다.(公外家當天后時, 父母以讒害下獄, 以外王母能盡孝. 紀此一事, 自足以傳.)

30 昊天(호천)-높은 하늘. 不傭(불용)-공평하지 않다.
≪시경・소아・절남산節南山≫: 높은 하늘이 공평하지 않아 이러한 무거운 재난을 내렸다. 높은 하늘이 은혜롭지 않아 이러한 큰 환란을 내렸다.(昊天不傭, 降此鞠訩. 昊天不惠, 降此大戾.)

31 退藏(퇴장)-물러나서 숨다. 密(밀)-은밀한 곳.

32 凋瘵(조채)-궁핍하다.

33 溘至(합지)-갑자기 이르다. 강엄江淹의 <한부恨賦>에서 유래한 말로 죽음이 갑자기 닥쳐온 것을 말한다. 終畢(종필)-죽다. 강엄 <한부>: 아침 이슬이 갑자기 이르렀는데 손을 잡고 무엇을 말할까?(朝露溘至, 握手何言.)

34 事存(사존)-일이 기록되다. 義陽之誄(의양지뢰)-의양왕에 대한 애도문. 연국공燕國公 장열張說이 지은 <진주자사에 추증된 의양왕 신도비(贈陳州刺史義陽王神道碑)>를 말한다. 의양왕은 두보의 외조모의 부친이다.

35 名播(명파)-이름이 퍼지다.

36 從母昆弟(종모곤제)-이종사촌.

36 弱歲(약세)-어릴 때.

38 慈顔(자안)-인자한 얼굴. 여기서는 외조모를 가리킨다. 永違(영위)-영원히 헤어지다.

39 世親(세친)-여러 대에 걸친 친척 관계.

40 所愛(소애)-여기서는 외조모의 사랑을 뜻한다.

41 舅氏(구씨)-외숙부. 글의 첫머리에서 현재 외조부모의 제례를 담당할 사람이 없다고 하였으니 외숙부가 없는 것이다.

42 偏往(편왕)-두루 왕래하다. 줄곧 교제하다.

43 惻戀(측련)-슬퍼하며 사모하다. 光輝(광휘)-외조부모의 품덕을 상징한다.

44 漸漬(점지)-점차 물들다. 훈육됨을 말한다. '漬'는 '積'으로 된 판본도 있다. 相勖(상욱)-서로 돕다.

45 居諸(거저)-원래는 둘 다 뜻 없는 어조사인데 ≪시경≫의 구절에서 유래하여 해와 달을 가리키며 세월을 뜻한다. 造微(조미)- 쇠미함으로 나아가다. 이와 달리 '정미함으로 나아간다'는 뜻으로 풀이할 수도 있다.
   ≪시경·패풍邶風·백주柏舟≫: 해여 달이여 어찌하여 번갈아 가며 쇠미해지는가? 마음의 근심이여, 마치 옷을 빨지 않은 듯하구나. 조용히 생각해봐도 떨쳐 날아오를 수가 없구나.(日居月諸, 胡迭而微. 心之憂矣, 如匪澣衣. 靜言思之, 不能奮飛.)
   ≪독서당두공부문집주해≫: 바로 '쇠미하다'는 뜻이다.(卽式微意.)

46 聖主(성주)-현종을 가리킨다.

47 淸機(청기)-맑은 심계心計.

48 內外(내외)-궁중의 안팎. 온 나라.

49 何當(하당)-언제나. 奮飛(분비)-떨쳐 날아오르다. 관직에 올라 재능을 떨친다는 말이다.

50 洛城(낙성)-낙양.

51 邙山(망산)-낙양 북쪽의 북망산. 무덤이 많은 곳이다.

52 寒泉(한천)-차가운 샘. ≪시경≫의 시로 인해서 자녀가 어머니를 공경하는 전고로 사용된다. 珠玉(주옥)-구슬과 옥. 뛰어난 이를 비유한다. 여기서는 두보의 외조부모를 가리킨다.
   ≪시경·패풍·개풍凱風≫: 이에 차가운 샘이 있는데 준읍의 아래에 있다. 자식이 일곱이라 어머니가 고생하신다.(爰有寒泉, 在浚之下. 有子七人, 母氏勞苦.)

53 王孫(왕손)-왕의 자손. 또는 상대방에 대한 존칭.

54 凄(청)-'晴'으로 된 판본도 있다.

55 萋(처)-무성하다.

56 頃(경)-근래. 牽累(견루)-걸리다. 얽매다.

57 遂欲(수욕)-바라던 바를 이루다.

58 頓盡(둔진)-다 흘러내리다.

59 遲廻(지회)-서성이다. 머뭇거리다.

60 炯心(형심)-환한 마음. 정성스러운 마음. 依屬(의촉)-의지하다.
    인하여 생겨나다.

61 庶(서)-바라다. 多載(다재)-여러 해. 灑掃(쇄소)-물 뿌리고 쓸
    다. 여기서는 성묘하는 것을 말한다.

62 循(순)-따르다. 玆辰(자신)-이때. 한식날 제사 지내는 때를 말한
    다. 軌躅(궤탁)-수레 바퀴 자국. 외조부모의 생애를 비유한다.

祭故相國淸河房公文

고 재상 청하군공 방공의 제문

維唐廣德元年歲次癸卯, 九月辛丑朔, 二十二日壬戌, 京兆杜甫, 敬以醴酒茶藕蒪鯽之奠,[1] 奉祭故相國淸河房公之靈曰, 嗚呼, 純樸旣散, 聖人又没. 苟非大賢, 孰奉天秩. 唐始受命, 群公間出. 君臣和同,[2] 德敎充溢.[3] 魏杜行之,[4] 夫何畫一.[5] 蘷宋繼之,[6] 不墜故實.[7] 百餘年間, 見有輔弼. 及公入相,[8] 紀綱已失. 將帥干紀,[9] 煙塵犯闕.[10] 王風寢頓,[11] 神器圮裂.[12] 關輔蕭條,[13] 乘輿播越.[14] 太子卽位,[15] 揖讓倉卒.[16] 小臣用權,[17] 尊貴倏忽.[18] 公實匡救,[19] 忘餐奮發.[20] 累抗直詞,[21] 空聞泣血.[22] 時遭禒渗,[23] 國有征伐. 車駕還京, 朝廷就列.[24] 盜本乘弊,[25] 誅終不滅. 高義沉埋, 赤心蕩折.[26] 貶官厭路,[27] 讒口到骨.[28] 致君之誠,[29] 在困彌切.[30]

天道闊遠,[31] 元精茫昧.[32] 偶生賢達, 不必際會.[33] 明明我公, 可去時代.[34] 賈誼慟哭,[35] 雖多顚沛.[36] 仲尼旅人,[37] 自有遺愛.[38] 二聖崩日,[39] 長號荒外.[40] 後事所委,[41] 不在卧內.[42] 因循寢疾,[43] 顝頓無悔.[44] 矢死泉塗,[45] 激揚風槪.[46] 天

柱既折,[47] 安仰翼戴.[48] 地維則絶,[49] 安放夾載.[50]

豈無群彦,[51] 我心忉忉.[52] 不見君子,[53] 逝水滔滔.[54] 泄涕
寒谷,[55] 吞聲賊壕.[56] 有車爰送,[57] 有紼爰操.[58] 撫墳日落,
脫劍秋高.[59] 我公戒子,[60] 無作爾勞.[61] 殮以素帛,[62] 付諸蓬
蒿.[63] 身瘞萬里,[64] 家無一毫.[65] 數子哀過,[66] 他人鬱陶.[67] 水
漿不入,[68] 日月其慆.[69]

州府救喪,[70] 一二而已. 自古所嘆, 罕聞知己. 曩者書
札,[71] 望公再起. 今來禮數,[72] 爲態至此. 先帝松柏,[73] 故鄉
枌梓.[74] 靈之忠孝,[75] 氣則依倚.[76] 拾遺補闕,[77] 視君所履.[78]
公初罷印,[79] 人實切齒.[80] 甫也備位此官,[81] 蓋薄劣耳.[82] 見
時危急, 敢愛生死.[83] 君何不聞, 刑欲加矣.[84] 伏奏無成, 終
身愧恥.[85]

乾坤慘慘,[86] 豺虎紛紛.[87] 蒼生破碎,[88] 諸將功勳.[89] 城邑
自守, 鼙鼓相聞.[90] 山東雖定, 灞上多軍.[91] 憂恨展轉,[92] 傷
痛氤氳.[93] 玄豈正色,[94] 白亦不分. 培塿滿地,[95] 崑崙無
群.[96] 致祭者酒, 陳情者文. 何當旅櫬,[97] 得出江雲.[98] 嗚呼
哀哉, 尙饗.[99]

당나라 광덕 원년 계묘년 9월 신축일이 초하루인데 22일 임술
일 경조 사람 두보가 공손히 단술, 술, 차, 연뿌리, 순채, 붕어 등
제수품으로 고 재상 청하군공 방공의 영령에 제사를 받들며 아뢰
옵니다. 오호 순박함이 이미 흩어졌고 성인이 또 사라졌습니다.

만일 크게 어진 이가 아니라면 누가 하늘의 질서를 받들겠습니까? 당나라가 처음 천명을 받았을 때 여러 공이 중간에 나와서, 임금과 신하가 조화를 이루어 덕의 교화가 가득 찼기에, 위징과 두여회가 이를 행하여 어찌나 하나같았으며, 누사덕과 송경이 이를 이어 옛 실질을 실추시키지 않았습니다. 백여 년간 보필함이 있음을 보여주었지만, 공께서 재상으로 입조할 때에는 기강이 이미 사라져서, 장수들이 규범을 어기고 전쟁의 연기와 먼지가 궁궐을 침범해, 제왕의 기풍은 쇠퇴하고 신령한 기물은 망가졌으며, 관중과 삼보 지역은 황량해지고 천자의 수레는 도망갔습니다. 태자가 즉위하여 갑자기 선양 받으시고, 하찮은 신하가 변통으로 갑자기 존귀해졌습니다. 공은 실로 나라를 바로잡고 구제함에 식사도 잊고 발분하시면서, 누차 곧은 언사로 대항하면서 공연히 피눈물 소리를 들었습니다. 당시 사악한 기운을 만나 나라에서 정벌이 있었으며, 황제의 수레가 경사로 돌아오자 조정도 대열을 맞추었습니다. 도적은 본래 폐단을 타는 법이라 죽여도 끝내 사라지지 않고, 높은 의로움은 묻혀버리고 붉은 마음은 꺾였습니다. 관직에서 폄적되어 유배길에 질리고 참언의 입은 뼛속까지 이르렀지만, 성군을 이루겠다는 정성은 곤궁함에도 더욱 절실했습니다.

하늘의 도는 요원하고 천지의 정기는 희미하여, 현달함은 우연히 생겨나고 반드시 때를 만날 필요는 없는데, 밝고 밝은 우리 공은 어찌 시절을 떠날 수 있었겠습니까? 가의가 통곡하여 비록 여러 번 엎어졌지만 중니는 떠돌았어도 절로 사랑을 받았습니다. 두 성군이 돌아가신 날 황량한 외지에서 길게 통곡하였고, 후사를 맡기는 일은 침전에 있지 않았습니다. 그로 인해 병들어 누워 초췌해졌지만 후회는 없었으며, 황천에서도 죽음을 맹세하면서 풍도와 기개를 드날리셨습니다. 하늘의 기둥이 꺾이니 어찌 우러르며 받들 것이며, 땅의 벼리가 끊어졌으니 어찌 의지하며 보좌할 수 있겠습니까?

어찌 많은 인재가 없겠습니까만 제 마음은 근심스럽고, 군자가 보이지 않는데 흘러가는 물은 도도합니다. 차가운 골짜기에서 눈물을 흘리고 도적의 참호에서 소리를 삼켰으며, 상여 수레를 보내면서 상여끈을 부여잡았으며, 해가 지는데 무덤을 어루만지고 높은 가을하늘에 검을 풀었습니다. 우리 공께서 자식을 경계하여 그들더러 수고하지 말라고 하시니, 염은 흰 천으로 하고 쑥대로 받치게 하셨습니다. 몸은 만 리 먼 곳에 묻히고 집에는 털 오라기 하나 없었으며, 여러 자식이 과도하게 슬퍼하여 다른 이들이 걱정하였으니, 물도 먹지 않은 채 세월을 보냈기 때문입니다.

주의 관청에 상례를 도운 이는 한둘뿐이었는데, 자고로 탄식한 것은 지기를 들음이 적다는 것이었습니다. 예전의 글은 공께서 다시 일어나길 바란 것이었는데, 오늘날의 예식 규모는 모습이 이러합니다. 돌아가신 황제 무덤의 소나무 측백나무와 고향의 느릅나무 가래나무, 영령은 충성스럽고 효성스러워 그 기운이 그곳에 의지하려 하십니다. 습유와 보궐은 임금이 행하는 바를 잘 살펴야 하는데, 공께서 처음 관직을 그만두었을 때 사람들은 실로 절치부심하였고, 저는 이 관직에서 자리나 채우면서 대개 용렬하였지만, 당시 위급함을 보고는 어찌 감히 목숨을 아꼈겠습니까? 임금께서 어찌하여 간언을 듣지 않으시고는 형벌을 내리려고 하셨으며, 엎드려 주청해도 성과가 없었기에 죽을 때까지 부끄럽습니다.

하늘과 땅은 어둑하고 승냥이와 호랑이가 많으니, 백성들은 피폐해지고 여러 장수만 공을 세웠습니다. 성읍을 스스로 지키며 북소리 서로 들리는데, 산동은 비록 안정되었지만 파상에는 군대가 많습니다. 근심과 원한으로 전전반측하고 애달픔과 고통이 가득 차 있으니, 검은색이 어찌 올바른 색일 것이며 흰색 또한 구분되지 않고, 작은 언덕은 땅을 가득 채우고 있지만 곤륜산은 짝이 없습니다. 제사를 올리는 자는 술을 따르고 정을 펼치는 자는 글을 짓는데, 언제나 이역의 운구가 강가의 구름을 벗어날 수 있겠습니까? 오호 슬프도다. 흠향하시길 바랍니다.

[해제]

이 문장은 방관의 제문이다. 방관은 자가 차율次律이다. 안록산의 난에 현종이 촉 땅으로 피신했을 때 재상이 되었다. 숙종이 영무에서 즉위하자 반군을 평정하기를 자청했는데 진도사陳濤斜에서 패배하였다. 지덕 2년에 재상에서 파면되어 태자소부로 좌천되었다. 당시 두보가 좌습유로 있으면서 그를 변호했지만 도리어 숙종의 화를 얻어 삼사에서 추문받게 되었다. 방관은 그해 12월에 사면받아 청하군공淸河郡公에 봉해졌다. 건원 원년 6월에 빈주자사邠州刺史로 폄적되었다가 진주晉州와 한주漢州의 자사가 되었다. 보응 2년 4월 형부상서에 배수되어 경사로 돌아오던 도중 병이 났으며, 광덕 원년 8월 낭주閬州에서 죽어서 가매장되었다. 당시 낭주에 있던 두보가 평소 흠모하던 방관의 죽음을 애도하며 이 제문을 지었다. 방관의 주요행적을 기술하면서 그의 충정을 칭송하였으며, 그의 죽음에 대한 애달픔을 표현하였다. 저작시기는 광덕 원년 9월이다.

≪두시상주≫에 인용된 황학의 설: ≪구당서≫를 살펴보니 방관은 광덕 원년 8월 4일 낭주의 승방에서 죽었으며 그곳에 임시로 매장했다. 당시 두보는 낭주에 있으며 제문을 썼고 이듬해 늦봄 방공의 묘를 떠나가며 지은 시(<방태위의 묘소를 떠나가다(別房太尉墓)>)가 있다. 또 그 이듬해는 영태 원년인데 방공을 영구하여 돌아갔다. 당시 공이

운안에 있었기에 동도로 운구가 돌아간다는 소식을 받들어 듣고 지은 시(<고 상공 방관의 영구가 낭주에서 출빈하여 동도로 돌아가 묻는다는 소식을 받들어 듣고 짓다 2수(承聞故房相公靈櫬自閬州啓殯歸葬東都有作二首)>)가 있다.(考舊史, 房琯以廣德元年八月四日卒於閬州僧舍, 而權瘞於彼. 時杜公在閬州, 有祭文. 明年春晚, 有別房公墓詩. 又明年爲永泰元年, 房公啓殯而歸, 時公在雲安, 故有承聞歸葬東都之作.)

[주석]

1 醴(례)-단술. 藕(우)-연근. 蓴(순)-순채. 鯽(즉)-붕어. 奠(전)-제수품.

2 和同(화동)-조화롭다.

3 允溢(충일)-충만하다.

4 魏杜(위두)-위징魏徵과 두여회杜如晦. 둘 다 태종 때 이름난 신하이다.
   ≪두시상주≫: 위징과 두여회이다.(魏徵, 杜如晦.)

5 畫一(획일)-하나같다. 모두 왕의 뜻과 조화되어 있었다는 말이다.

6 婁宋(누송)-누사덕婁師德과 송경宋璟. 누사덕은 무측천 때의 재상이고 송경은 현종 개원 연간의 재상이다.
   ≪두시상주≫: 누사덕과 송경이다.(婁師德, 宋璟.)

7 故實(고실)-옛날의 실질. 위징과 두여회가 태종을 잘 보필한 것을 가리킨다.

8 公(공)-방관을 가리킨다. 入相(입상)-조정으로 들어와 재상이 되다.

9 干紀(간기)-규율을 어기다.

10 煙塵(연진)-연기와 먼지. 전쟁을 상징한다. 여기서는 안록산의 난을 가리킨다. 犯闕(범궐)-궁궐을 침범하다.

11 王風(왕풍)-왕의 기풍. 왕의 교화. 寢頓(침돈)-쇠퇴하다.

12 神器(신기)-신령한 기물. 왕권을 상징하는 기물을 가리킨다. 玘

裂(비렬)-깨지다.

13 關輔(관보)-관중關中과 삼보三輔 지역으로 장안 부근 지역을 가리킨다. 蕭條(소조)-황량한 모양.

14 乘輿(승여)-천자가 타는 수레. 播越(파월)-도망가다.

15 太子(태자)-숙종을 가리킨다. 현종이 양위하여 숙종이 영무에서 즉위하였다.

16 揖讓(읍양)-왕위를 선양하다. 倉卒(창졸)-갑자기.

17 小臣(소신)-하찮은 신하. 用權(용권)-권도를 이용하다. 자격이 되지 않은데 임시방편으로 되었다는 말이다. 이 구는 이보국李輔國 등의 신하가 득세한 것을 뜻한다. 이와 달리 두보가 좌습유 벼슬을 받은 것을 뜻하는 것으로 볼 수도 있다.
≪두공부시집집주≫에 인용된 조차공의 설: '소신' 2구는 대체로 이보국을 말한 것이다.(小臣二語, 蓋謂李輔國也.)

18 倏忽(숙홀)-갑자기.

19 匡救(광구)-바로잡고 구제하다.

20 忘餐(망찬)-식사를 잊다. 奮發(분발)-열심히 노력하다.

21 累(루)-누차. 抗(항)-대항하다. '挫'로 된 판본도 있다. 直詞(직사)-직언.

22 泣血(읍혈)-피눈물을 흘리다.
≪두시상주≫: ≪신당서·방관전≫에 따르면, 방관이 영무에서 책명을 받들어 숙종을 알현하고 당시의 이해에 관해 말했는데 언사가 유창하였기에 황제가 각별하게 대하였으며 그와 더불어 중요한 업무를 함께 결정하였다. 또 제오기가 세금을 많이 걷어 원망을 사는 것이 양국충과 같다고 간언했는데 말이 모두 간절하고 솔직했다.(新書, 琯奉册靈武, 見肅宗, 道當時利病, 辭吐華暢. 帝傾意待之, 與參決機務, 又諫第五琦聚斂産怨, 如楊國忠. 語皆切直.)

23 祲沴(침려)-사악한 기운.

24 就列(취렬)-대열로 나아가다. 신하들이 궁궐에서 정비하여 도열

한 것을 말한다. 이상 두 구는 숙종이 장안을 수복하여 돌아온 것을 말한다.

25 乘弊(승폐)-폐단의 기회를 이용하다.

26 蕩折(탕절)-꺾이다.

27 貶官(폄관)-폄직되다. 방관은 재상으로 있다가 태자소부로 좌천되었으며 이후 빈주邠州, 진주晉州, 한주漢州의 자사로 폄적되었다. 厭路(염로)-지방 폄적의 행로에 질리다.

28 讒口(참구)-참언하는 말. 到骨(도골)-뼈에 사무치다.
≪두공부시집집주≫: '참구'는 숙종이 하란진명의 참언을 듣고 방관을 미워하며 폄적한 것을 말한다.(讒口, 謂肅宗入賀蘭進明之譖, 惡琯, 貶之.)

29 致君(치군)-임금을 요순의 경지가 되게 보좌하는 것을 말한다. 두보 <위 좌승 어르신께 받들어 들이는 이십운의 시(奉贈韋左丞丈二十二韻)>: 임금을 요순 위에 두고 다시 풍속이 순하게 한다.(致君堯舜上, 再使風俗淳.)

30 在困彌切(재곤미절)-힘든 처지에 있을 때 더욱 절실해지다.
#≪두시상주≫: 이 단락은 조정에 들어가 재상이 되었을 때 충직하였지만 비방을 받은 일을 기술하였다.(此段, 敍入相時, 忠而被謗.)

31 闊遠(활원)-요원하다.

32 元精(원정)-천지의 정기. 茫昧(망매)-희미한 모양.

33 際會(제회)-기회. 때. '際'가 '濟'로 된 판본도 있다.

[偶生 2구] 혼란한 상황에서 현달한 신하가 반드시 영명한 군주를 만날 필요는 없다는 말이다.
≪두보전집교주≫에 인용된 당원횡唐元竑 설: 그를 위해 극도로 분통해한 것이다. 방관이 비록 부패한 유자는 아니지만 대략 공융이나 장준張浚의 부류로 명성이 그 실질을 뛰어넘은 자이다. 만약 영명한 군주를 만나 그를 부려서 단점을 없애고 장점을 취해 그 부족한 점을 보좌하게 했다면 완전히 우뚝하게 서서 천추를 비추었을 것이다. 그런데 도리어 밖으로는 헛된 명성을

숭상하게 하고 안으로는 환관에게 곤욕을 당해 올바로 쓰이지 못해서 패전하기에 이르렀으니 원한을 가중하였다. 자고로 창업한 임금에게는 반드시 뛰어난 신하가 많았는데 그 공명이 혁혁한 자는 절반도 좋은 죽음을 가질 수 없었으니 어찌 반드시 모두 재주를 온전히 발휘할 수 있었겠는가? 그저 잘 기용되었다는 이유로 스스로 자신을 드러낼 수 있었을 따름이다. 이것이 두보가 "현달함은 우연히 생겨나고 반드시 때를 만날 필요는 없다."라고 말한 이유이다.(爲之憤懣極矣. 琯雖非腐儒, 大約孔文擧張魏公之流, 名過其實者. 使得英主駕馭之, 捨短取長, 佐其不逮, 儘可卓然建豎, 照暎千秋. 而顧令外崇虛譽, 內困中官, 用之失宜, 以至於敗, 可重惋也. 自古創業之君, 必多哲輔. 其功名赫然者, 半不能令終, 豈必皆全才哉. 祇因善用之故, 得自表見耳. 此公所謂偶生賢達, 不必際會也.)

34 可去時代(하거시대)－어찌 시대를 떠나겠는가? 시절을 저버릴 수 없다는 말이다.

≪두시상주≫: 조정을 마땅히 떠날 수 없다는 말이다.(言朝廷不當去之.)

≪독서당두공부문집주해≫: 시대를 떠날 수 없다는 말이다.(言不可去時代也.)

35 賈誼(가의)－한나라 문제 때의 중신으로 <치안책治安策>을 올려 당시의 일을 진술하였는데, 나라를 근심하고 시대를 아파하는 마음을 표현하였다. 여기서는 방관을 비유한다.

가의 <치안책>: 신이 외람되이 정황을 생각해보니 통곡할 만한 것이 한 가지이고 눈물을 흘릴 만한 것이 두 가지이며 장탄식을 할 만한 것이 여섯 가지입니다.(臣竊惟事勢, 可爲痛哭者一, 可爲流涕者二, 可爲長太息者六.)

36 顚沛(전패)－넘어지다. 득의하지 못했다는 뜻이다.

37 旅人(여인)－떠도는 사람.

38 遺愛(견애)－사랑을 받다. 이상 두 구는 천하를 주유한 공자가

절로 사람들의 경애를 받았다는 말인데, 방관이 그와 같았다고
칭송하는 말일 수도 있고 방관은 그와 달랐음을 애달파하는 말일
수도 있다.

39 二聖(이성)-두 성군. 현종과 숙종을 가리킨다. 두 임금은 보응
원년 4월에 다 죽었다. 崩日(붕일)-임금이 죽은 날.
《두시상주》; '이성'은 현종과 숙종이다.(二聖, 玄肅兩宗.)

40 荒外(황외)-황량한 외지. 당시 방관은 촉 땅의 한주에 있었다.

41 後事(후사)-죽은 뒤의 일. 대체로 태자에 대한 당부를 뜻한다.

42 臥內(와내)-침전寢殿.
《독서당두공부문집주해》: 숙종을 위해 남겨진 태자를 부탁한
다는 명을 받지 못했다는 말이다.(言未得爲肅宗託孤.)

43 因循(인순)-때문에. 寢疾(침질)-병들어 눕다.

44 顦顇(초췌)-야윈 모양.

45 矢死(시사)-죽음을 맹세하다. 泉塗(천도)-황천.

46 風槩(풍개)-풍도와 기개.

47 天柱(천주)-하늘을 받치는 기둥.

48 安(안)-어찌. 翼戴(익대)-보좌하며 받들다.

49 地維(지유)-땅의 벼리.

50 放(방)-의지하다. 夾載(협재)-보좌하며 담당하다. '夾'은 '挾'으
로 된 판본도 있다.

[天柱 4구] 방관이 죽었기에 두보가 더이상 그에 의지하며 보좌할
수 없다는 말이다.
《예기·단궁상檀弓上》: 공자가 일찍 일어나 뒷짐 지고 지팡이
를 끌며 문 앞에서 서성이며 노래하기를, "태산이 무너지려나,
대들보가 부러지려나, 명철한 이가 시드려나."라고 하였다. 노래
한 뒤 들어가서 문을 바라보며 앉았다. 자공이 이를 듣고 말하기
를, "태산이 무너지면 내가 장차 어디를 우러를 것이며, 대들보가
부러지고 명철한 이가 시들면 내가 장차 어디에 의지할 것인가?
선생님께서 아마 장차 병이 드시겠구나."라고 하였다.(孔子蚤作,

負手曳杖, 消搖於門, 歌曰, 泰山其頹乎, 梁木其壞乎, 哲人其萎乎. 既歌而入, 當戶而坐. 子貢聞之曰, 泰山其頹, 則吾將安仰. 梁木其壞, 哲人其萎, 則吾將安放. 夫子殆將病也.)

#≪두시상주≫: 이 단락은 폄적된 후 중도에 죽었음을 서술하였다. '안앙'과 '안방'은 ≪예기·단궁≫에 보인다.(此段, 敍謫官後中道殂殂. 安仰安放, 見檀弓.)

51 群彦(군언)-많은 인재. 조정의 뛰어난 여러 신하를 가리킨다.

52 忉忉(도도)-근심하는 모양.

53 君子(군자)-방관을 가리킨다.

54 逝水(서수)-흘러가는 물. 다시는 돌아오지 않음을 상징한다. 滔滔(도도)-물이 유장하게 흘러가는 모양.

55 泄涕(설체)-눈물을 흘리다. 寒(한)-'塞'로 된 판본도 있다.

56 吞聲(탄성)-소리를 삼키다. 소리 없이 우는 모습이다. 賊壕(적호)-적의 참호. 여기서는 적을 방비하기 위한 참호이다. 당시 두보는 낭주閬州에 있었으며 검남병마사 서지도徐知道의 난이 종식된 지 얼마 되지 않았다.

57 車(거)-여기서는 방관의 상여를 가리킨다. 爰(원)-이에.

58 紼(불)-관을 끌어당기는 줄.

59 脫劍(탈검)-검을 풀다. 춘추시대 오나라의 계찰季札이 사신을 가다가 서徐나라를 들렀는데 서나라 임금이 계찰의 검을 좋아했지만 상국上國에서의 공무에 필요해서 주지 못했다. 후에 돌아오던 중 서나라에 다시 들렀는데 서나라의 임금은 죽어버렸으며 그의 무덤 나뭇가지에 자신의 검을 풀어 걸어두고 왔다. 여기서는 두보 자신을 계찰에 비유하여 방관이 죽은 뒤에도 그를 잊지 못하는 마음을 표현하였다.
두보 <방태위의 묘소를 떠나가다(別房太尉墓)>: 바둑을 마주하여 사태부를 모셨더니 검을 잡고서 서나라 임금을 찾아왔다.(對碁陪謝傅, 把劍覓徐君.)

60 戒子(계자)-아들에게 경계하다. 방관에게 아들이 세 명 있었다.

맏아들은 방종언房宗偃으로 선부원외랑膳部員外郎, 이부낭중
吏部郎中, 어사중승御史中丞, 동도유수東都留守를 역임했으며
영남으로 폄적되었다가 죽었다. 둘째 아들은 방승房乘으로 비서
소감秘書少監을 역임했다. 막내아들은 방유복房孺復으로 서자
출신인데 회남절도사淮南節度使 진소유陳少遊와 절서절도사浙
西節度使 한황韓滉의 막부에 있다가 항주자사杭州刺史, 진주자
사辰州刺史, 용주자사容州刺史 등을 역임했다.

61 勞(로)-수고롭게 하다. 여기서는 장례를 성대하게 치르는 것을
말한다.

62 殮(렴)-시신에 옷을 입혀 관에 넣는 것을 말한다. 素帛(소백)-흰
비단.

63 付(부)-지탱하다. 蓬蒿(봉호)-쑥대.

64 瘞(예)-묻다.

65 家無一毫(가무일호)-집안에는 아무것도 없다. 청렴했음을 말
한다.

66 哀過(애과)-과도하게 슬퍼하다.

67 鬱陶(울도)-근심이 쌓이는 모양.

68 水漿(수장)-물과 음료.

69 慆(도)-경과하다.

#≪두시상주≫: 이 단락은 죽은 뒤 운구할 때의 처량함을 서술하였
다.(此段, 敍身歿後旅殯荒涼.)

70 州府(주부)-주의 관청. 낭주를 가리킨다. 救喪(구상)-상례를
돕다.

71 曩者(낭자)-예전에. 書札(서찰)-파면당한 방관을 구하기 위해
올린 상주문을 말한다.

72 禮數(예수)-예식의 규모.

73 先帝(선제)-돌아가신 황제. 현종과 숙종을 가리킨다. 松柏(송백)
-소나무와 측백나무. 무덤에 많이 심는다.

74 故鄕(고향)-방관의 고향을 말한다. 枌梓(분재)-느릅나무와 가

래나무. 고향을 상징하는 나무이다.

75 靈(령)-방관의 영령을 가리킨다.

76 依倚(의의)-의지하다.

77 拾遺(습유)-문하성과 중서성에 각각 좌습유와 우습유를 두었는데 종팔품상이며 간언을 주로 담당하였다. 補闕(보궐)-문하성과 중서성에 각각 좌보궐과 우보궐을 두었는데 종칠품상이며 간언을 주로 담당하였다.

78 視(시)-관찰하다. 감시하다. 所履(소리)-행동하는 바. 시행하는 바.

79 罷印(파인)-관인官印을 그만두다. 방관이 재상직을 그만둔 것을 말한다.

80 切齒(절치)-분개하다.

81 備位(비위)-직위를 채우다. 재임하는 것을 겸손하게 표현한 것이다. 此官(차관)-당시 두보는 좌습유였다.

82 薄劣(박렬)-용렬하다. 재주가 비천하다.

83 敢(감)-어찌 감히. 愛生死(애생사)-목숨을 아끼다.

84 刑(형)-두보가 방관을 옹호하며 상주하자 숙종은 삼사三司에서 추문할 것을 명령했다.

85 愧恥(괴치)-부끄럽다.

#≪두시상주≫: 이 단락은 은혜에 감사하고 방관을 구제하려고 상소한 뜻을 스스로 기술하였다.(此段, 自述感恩疏救之意.)

86 慘慘(참참)-구슬픈 모양.

87 豺虎(시호)-승냥이와 호랑이. 나쁜 무리를 비유한다.

88 蒼生(창생)-백성. 破碎(파쇄)-부서지다. 피폐하다는 말이다.

89 功勳(공훈)-공적을 세우다.
두보 <마음을 달래며 지은 시 3수(遣興三首)> 제2수: 노약자는 길에서 울면서 전쟁이 끝났다는 소식 듣기를 바라는데, 업중의 전투에 패하여 죽은 사람이 구릉처럼 쌓였다. 여러 장수는 이미 왕후에 봉해졌으니 군마를 몰아가는 일을 누구와 더불어 꾀할

까?(老弱哭道路, 願聞甲兵休. 鄴中事反覆, 死人積如丘. 諸將已茅
土, 載驅誰與謀.)

90 鼙鼓(비고)-작은 북과 큰 북. 군대에서 쓰는 것으로 전쟁을 상징
한다.

91 灞上(파상)-파수 동쪽의 고원지대로 지금의 섬서성 서안 파교灞
橋 동쪽이다. 이상 두 구는 당시 안록산의 난은 진정이 되었지만
토번의 침입으로 여전히 장안은 경계하고 있다는 말이다.

92 展轉(전전)-잠 못 들고 뒤척이는 모양.

93 氤氳(인온)-기운이 성한 모양.

94 玄(현)-검은색. 正色(정색)-순정한 색. 푸른색, 붉은색, 누런색,
흰색, 검은색을 가리킨다.

[玄豈 2구]
≪독서당두공부문집주해≫: 흑백을 구분하지 못한다는 말인데
몇 마디 말로 상벌이 분명치 않음을 다 말하였다.(謂不分黑白.
數語說盡賞罰不明.)

95 培塿(배루)-낮은 언덕. 소인배를 비유한다.

96 崑崙(곤륜)-서쪽의 높은 산으로 훌륭한 이를 비유하고 여기서는
방관을 가리킨다. 無群(무군)-함께 할 비슷한 이가 없다.

97 何當(하당)-언제나. 旅櫬(여츤)-이역에 있는 널. 방관이 낭주에
가매장된 상황을 말한다.

98 出江雲(출강운)-강의 구름을 벗어나다. 가릉강이 있는 낭주를
떠나 고향으로 운구되는 것을 말한다. 이로부터 2년 후인 영태
원년에 방관의 운구가 낙양으로 돌아갔다.

99 尙饗(상향)-제문에 마지막으로 사용하는 의례적인 표현으로 흠
향하기를 바란다는 뜻이다.

#≪두시상주≫: 이 단락은 올바른 신하가 죽어 세상일을 개탄하게
된다는 내용이다.(此段, 正臣卒而有慨世事也.)

唐故德儀贈淑妃皇甫氏神道碑

당나라 고 숙비에 추증된 덕의 황보씨 신도비

　后妃之制古矣, 而軒轅氏帝嚳氏次妃之跡,[1] 最有可稱, 傳乎舊史,[2] 然則其義隱,[3] 其文略. 周禮王者內職大備,[4] 而陰教宣.[5] 詩人關雎風化之始,[6] 樂得淑女. 蓋所以敎本古訓, 發皇婦道.[7] 居具燕寢之儀,[8] 動有環珮之節,[9] 進賢才以輔佐君子,[10] 不淫色以取媚閨房.[11] 雖彤管之地,[12] 功過必紀,[13] 而金屋之寵,[14] 流宕一揆.[15] 稽女史之華實,[16] 嗣嬪則之淸高,[17] 亦時有其人,[18] 偉夫精選.

　淑妃諱瑛,[19] 字淑玉,[20] 姓皇甫氏, 其先安定人也.[21] 惟髙封商,[22] 於赫有光.[23] 伊玄祖樹德,[24] 於今不忘. 必宋之子,[25] 莫之與比. 伊淸風繼代,[26] 惠此餘美.[27] 夫其系緒蕃衍,[28] 紱冕所興,[29] 列爲公侯, 古有皇父充石,[30] 則其宗可知已.[31] 夫其體元消息,[32] 經術之美, 刊正帝圖,[33] 中有玄晏先生,[34] 則其家可知已. 嗟乎, 我有奕葉,[35] 承權輿矣.[36] 我有徽猷,[37] 展肅雍矣.[38] 積群玉之氣,[39] 自對白虹之天,[40] 生五色之毛,[41] 不離丹鳳之穴.[42]

　曾祖烜,[43] 皇朝宋州刺史.[44] 祖粹,[45] 皇朝越州刺史都督諸軍事.[46] 父日休,[47] 皇朝左監門衛副率.[48] 妃則副率府君之元女也.[49] 粵在襁褓,[50] 體如冰雪. 氣象受於天和,[51] 詩禮傳於胎教.[52] 故列我開元神武之嬪御者,[53] 豈易其容止法度哉.[54] 今上昔在春宮之日,[55] 詔詣良家女,[56] 擇視可否, 充備淑哲.[57] 太妃以內秉純一,[58] 外資沉靜,[59] 明珠在蚌,[60] 水月鮮白,[61] 美玉處石,[62] 雲崖津潤,[63] 結褵而金印相輝,[64] 同輦而翠旗交影.[65] 由是恩加婉順,[66] 品列德儀.[67] 雖掖庭三千,[68] 爵秩十四,[69] 掩六宮以取俊,[70] 超群女以見賢.

豈渥澤之不流,[71] 曾是不敢以露才揚己,[72] 卑以自牧而已.[73] 夫如是, 言足以厚人倫化風俗,[74] 彌縫坤載之失,[75] 夾輔元亨之求.[76] 嗚呼, 彼蒼也常與善,[77] 何有初也不久好,[78] 奈何.[79] 況妃亦既遘疾,[80] 怙如慮往.[81] 上以服事最舊,[82] 佳人難得, 送藥必經於御手,[83] 見寢始迴乎天步.[84] 月氏使者,[85] 空說返魂之香,[86] 漢帝夫人,[87] 終痛歸來之像.[88] 以開元二十三年歲次乙亥十月癸未朔, 薨於東京某宮院,[89] 春秋四十有二.

嗚呼哀哉, 望景向夕, 澄華微陰,[90] 風驚碧樹, 霧重青岑. 天子悼履綦之蕪絕,[91] 惜脂粉之凝冷.[92] 下麟鳳之銀牀,[93] 到梧桐之金井.[94] 嗚呼哀哉, 厥初權殯於崇政里之公宅,[95] 後詔以某月二十七日己酉, 卜葬於河南縣龍門之西北原,[96] 禮也. 制曰, 故德儀皇甫氏, 贊道中壼,[97] 肅事後庭.[98] 孰云疾疢,[99] 奄見凋落.[100] 永言懿範,[101] 用愴於懷.[102] 宜登四妃之列,[103] 式旌六行之美,[104] 可冊贈淑妃.[105] 喪事所需,[106] 並宜官供. 河南尹李適之,[107] 充使監護.[108] 非夫清門華胄,[109] 積行累功,[110] 序於王者之有始有卒,[111] 介於嬪御之不僭不濫,[112] 是何存榮沒哀,[113] 視有遇之多也.[114]

有子曰鄂王,[115] 諱瑤, 兼太子太保,[116] 使持節幽州大都督事,[117] 有故在疚而卒.[118] 豈無樂國, 今也則亡, 匪降自天,[119] 云何吁矣.[120] 有女曰臨晉公主,[121] 出降代國長公主子榮陽鄭潛耀,[122] 官曰光祿卿,[123] 爵曰駙馬都尉.[124] 昔王儉以公主恩,[125] 尚帝女爲榮,[126] 何晏兼關內侯,[127] 是亦晉朝歸美.[128]

公主禮承於訓,[129] 孝自於心, 霜露之感形於顏色,[130] 享祀之數闕於灑掃,[131] 嘗戚然謂左右曰,[132] 自我之西,[133] 歲陽載紀.[134] 彼都之外,[135] 道里遐絕,[136] 聖慈有蓬萊之深,[137] 異縣有松櫃之阻.[138] 思欲輕舉,[139] 安得黃鵠,[140] 未議巡豫,[141] 徒瞻白雲.[142] 望關塞之風烟,[143] 尋常涕泗,[144] 懷伊川之陵谷,[145] 恐懼遷移.[146] 於是下敎邑司,[147] 爰度碑版.[148] 甫忝鄭莊之賓客,[149] 遊竇主之園林.[150] 以白頭之秏阮,[151] 豈獨步於崔蔡.[152] 而野老何知,[153] 斯文見託,[154] 公子汎愛,[155] 壯心未已. 不論官閥,[156] 游夏入文學之科,[157] 兼敍哀傷, 顏謝有后妃之誅.[158] 銘曰,

積氣之淸, 積陰之靈. 漢曲迴月,[159] 高堂麗星.[160] 驚濤
洶洶,[161] 過雨冥冥.[162] 洗滌蒼翠,[163] 誕生娉婷.[164]

婉彼柔惠,[165] 迥然開爽.[166] 綢繆之故,[167] 昔在明兩.[168]
恩渥未渝,[169] 康哉大往.[170] 展如之媛,[171] 孰與爭長.[172]

珩珮是加,[173] 翬褕克備.[174] 先德後色,[175] 累功居位.[176]
壺儀孔修,[177] 宮敎咸遂.[178] 王子獎飾,[179] 禮亦尊異.[180]

小苑春深, 離宮夜逼.[181] 池畔臨風, 花間度月.[182] 同輦
未歸, 焚香不息. 嗚呼變化, 惠好終極.[184]

馮相視祲,[184] 太史書氛.[185] 藏舟晦色,[186] 逝水寒文.[187]
翠幄成彩,[188] 金爐罷燻.[189] 燕趙一馬,[190] 瀟湘片雲.[191]

恍惚餘跡,[192] 蒼茫具美.[193] 王子國除,[194] 匪他之耻.[195]
公主愁思,[196] 永懷於彼.[197] 日居月諸,[198] 丘隴荊杞.[199]

巖巖禹鑿,[200] 瀰瀰伊川.[201] 列樹拱矣,[202] 豐碑闕然.[203]
爰謀述作,[204] 欻就雕鑴.[205] 金石照地,[206] 蛟龍下天.[207]

少室東立,[208] 繚垣西走.[209] 佛寺在前, 宮橋在後. 維山
有麓,[210] 與碑不朽.[211] 維水有源, 與詞永久.

황후 비빈의 제도는 오래되었으니 헌원씨와 제곡씨가 차비를
둔 행적은 가장 언급할 만하여 옛 사서에 전해지지만, 그 뜻이
은미하고 그 글은 소략합니다. ≪주례≫에 왕이 된 자의 내직이
크게 갖추어졌으며 음교가 펼쳐져 있습니다. 시인의 <관저>는
풍화의 시작인데 정숙한 여인을 얻은 것을 즐거워했습니다. 대체

로 이로써 옛 가르침의 근본으로 삼았고 부녀자의 도를 크게 드러내었습니다. 머물 때 연침의 의례를 갖추고 움직일 때 환패의 절조를 있게 하며, 어진 인재를 추천하여 군자를 보좌하고 미색을 어지럽게 하지 않으며 규방을 아름답게 하였습니다. 비록 동관의 지위에서 잘잘못이 반드시 기록되어도 금옥의 총애가 한가지로 방탕하였지만, 여사의 화려함과 질박함을 고찰하고 비빈 규범의 맑고 고아함을 계승하여 진실로 때로 합당한 사람이 있어야 위대한 지아비가 정밀하게 선발하였습니다.

숙비의 휘는 영이고 자는 숙옥이며 성은 황보씨인데 그 선조는 안정 사람입니다. 설이 상 땅에 봉해져서 아아 빛이 났고, 저 먼 선조가 덕을 심어 지금도 잊지 않고 있습니다. 반드시 송나라의 딸이어야 했으니 누구도 비할 자가 없었습니다. 저 맑은 기풍이 대대로 이어지고 이러한 넘치는 아름다움을 베푸셨습니다. 대저 그 가문은 번성하여 높은 관원이 일어났고 줄줄이 공후가 되어 옛날에 황보충석이 있었으니 그 종실을 알 만합니다. 대저 그 천지의 원기가 사라졌다 살아나는 것에 관해 경술이 아름다웠기에 제왕 제도의 올바름을 간행하였는데 중간에 현면선생이 있었으니 그 집안을 알 만합니다. 아아, "우리는 대대로 처음을 이어받았고 우리는 아름다운 도가 있어서 장엄함과 화목함을 펼쳤다."라고 하시니, 군옥산의 기운을 쌓아 흰 무지개의 하늘을 절로 대하고, 오색의 새끼를 낳아 붉은 봉황의 둥지를 떠나지 않았습니다.

증조부 황보훤은 황조의 송주자사였고 조부 황보수는 황조의 월주자사 도독제군사였으며 부친 황보일휴는 황조의 좌감문위부율이었으니, 숙비는 부율 부군의 장녀입니다. 아, 강보에 있을 때 몸은 얼음이나 눈과 같아 하얗고 매끄러웠고 기상은 조화로운 하늘에서 받았으며, 《시》와 《예》를 태교로 전해받았기에, 우리 개원신무황제의 비빈 대열에 들었는데 어찌 그 행동거지와 법도를 바꾸었겠습니까? 지금의 주상께서 예전에 춘궁에 있을 적에 양가집 여인에게 조서를 내려 가부를 살펴 간택하시어 정숙하고 현명한 이를 고르셨습니다. 태비께서는 안으로는 순일함을 잡고 밖으로는 평정함을 갖추셨으니 밝은 구슬이 방합안에 있는 듯 물에 비친 달처럼 곱고 하였으며, 아름다운 옥이 돌 속에 있는 듯 구름 속 벼랑처럼 윤택하고 촉촉하였습니다. 허리띠를 엮었으니 금 인장이 서로 빛나고 가마를 같이 타니 푸른 깃발이 엇갈려 비쳤습니다. 이에 은혜가 온순한 이에게 더해져 품계는 덕의에 들었습니다. 비록 액정이 삼천이고 관질이 열넷이었지만 육궁을 압도하여 뛰어남을 가지시고 여러 여인을 뛰어넘어 **빼어남을** 보이셨습니다.

어찌 은택이 흐르지 않았겠습니까만 일찍이 감히 재주를 드러내며 자신을 드날리지 않으시고 낮추어 자신을 함양할 따름이었습니다. 대저 이와 같았으니 인륜을 두텁게 하고 풍속을 교화시켰으며 땅이 사물을 실음에서의 실수를 미봉하고 큰 형통함을 구함에 보필했다고 말하기에 충분합니다. 오호, 저 푸른 하늘은 항상 선함과 함께 하는데 어찌하여 처음의 좋음이 오래가지 않았습니까, 무엇 때문이었습니까? 하물며 숙비께서는 또한 이미 병에 걸렸지만 모든 근심이 사라진 듯 평안하셨습니다. 주상께서는 섬김이 가장 오래되었고 훌륭한 이는 얻기 어렵다고 여기시고는 약을 보낼 때는 반드시 황제의 손으로 직접 하셨고 침소를 보시고야 비로소 천자의 걸음을 돌리셨습니다. 월지의 사자가 혼백을 돌아오게 하는 향에 대해 허투루 말한 셈이어서 한나라 황제의 부인이 되돌아온 모습에 끝내 애통해 하였습니다. 개원 23년 을해년 10월 계미일 초하루에 동경 낙양의 아무개 궁원에서 돌아가셨으니 춘추는 42세였습니다.

오호 슬픕니다, 저녁에 경물을 바라보니 깨끗한 꽃에 미약한 음기가 닥치고, 바람이 푸른 나무에 거세며 안개가 푸른 봉우리에 겹겹이었습니다. 천자께서는 발자국이 끊어졌음을 슬퍼하고 연지가 차갑게 굳은 것을 애석해하시며, 기린과 봉황으로 장식된 은빛 침상에서 내려와서 오동나무가 있는 우물에 이르렀습니다. 오호 슬픕니다. 그 처음에 숭정리의 공택에 임시로 매장했다가 후에 조서를 내려 모월 27일 기유일에 하남현 용문의 북서쪽 평원에 장지를 정했으니, 예에 맞게 행하였습니다. 황제의 명령에서 말하기를, "죽은 덕의 황보씨는 궁중에서 정사를 도왔고 후정에서 일을 엄숙히 처리했다. 누군가 '병환으로 갑자기 시들어졌는데 오래도록 아름다운 모범을 말하노라니 가슴에 애통함이 생긴다.' 라고 한다. 마땅히 사비의 반열에 오를 것이며 육행의 아름다움을 표양하리니 숙비를 추증해 책봉할 만하다. 상례에 필요한 물품은 모두 마땅히 관청에서 제공하고, 하남윤 이적지가 장례를 감독하도록 충당한다."라고 하였습니다. 대저 좋은 가문의 훌륭한 후예로 좋은 행실과 공덕을 쌓은 것은 아니지만 왕이 된 자에게 비빈에 대해 처음이 있게 하고 끝이 있게 하도록 담당했으며, 비빈들이 참람하지 않고 함부로 하지 않도록 개입했으니, 이 어찌 영광을 남기며 슬퍼하지 않을 수 있었겠습니까? 보아하니 대우를 받은 것이 많았습니다.

악왕이라 불리는 아들은 휘가 요이고 태자태보를 겸했으며 유주절도사 대도독이었는데 변고가 있어서 병을 앓다가 죽었습니다. 어찌 즐거운 나라가 없겠습니까만 지금은 죽어버렸으며, 하늘에서 재앙이 내린 것이 아닌데 어찌하여 탄식을 하게 되었습니까? 임진공주라 불리는 딸은 대나라 장공주의 아들 형양군공 정잠요에게 시집갔는데 그의 관직은 광록경이었고 관작은 부마도위였습니다. 옛날 왕검은 공주의 은혜로 황제의 딸에게 장가든 것을 영예로 생각했으며, 하안은 관내후를 겸했는데 이 또한 진나라 왕조에서 찬미했습니다.

공주께서는 그 가르침을 예로 받들어 효성이 마음에서 생겼으니, 서리와 이슬에 대한 느낌이 안색에 드러났는데 제사의 예법이 성묘에서 빠진 것이 있어 일찍이 구슬프게 좌우에 말하기를, "내가 서쪽으로 온 지 십 년이 되었는데 저 도성의 바깥으로 길이 너무 멀어서, 성스러운 자애로움은 봉래산 깊은 곳에 있는 듯하고 다른 고을에서 소나무와 개오동나무가 멀리 떨어져 있게 되었다. 생각으로는 가볍게 갈까 하지만 어찌 누런 고니를 얻을 것인가? 아직 갈 일에 대해 의론하지 못하고 그저 흰 구름만 쳐다본다. 변새의 바람 안개를 바라보며 늘 콧물 눈물을 흘리고 이천의 구릉과 골짜기를 생각하노라니 옮겨졌을까 두렵다."라고 하셨습니다. 이에 고을의 담당자에게 하교하여 비석을 계획하셨다. 두보는 외람되이 정씨의 장원에서 빈객으로 있으면서 두태주의 원림을 노닐었는데, 흰 머리의 혜강과 완적으로서 어찌 최인과 채옹만큼 독보적이겠으며 야로가 무엇을 알겠습니까만 이 글을 부탁받았으니, 공자께서 씩씩한 마음이 아직 다하지 않았음을 널리 사랑해 주셨기 때문입니다. 직급을 따지지 않으시고 자유와 자하처럼 문학의 과목에 들어가게 하셨으며, 아울러 애상함을 서술함에 안연지와 사조처럼 후비의 애도문을 짓게 하셨습니다. 명문은 다음과 같습니다.

하늘의 기운을 쌓아 이룬 맑음과 음기를 쌓아 이룬 영령, 은하수 굽이를 휘도는 달과 높은 당에 나란한 별. 거친 파도는 사납고 지나가는 비는 어둑한데, 푸르름을 깨끗이 씻고 아름다운 모습이 탄생하셨습니다.

저 부드럽고 온순함이 아름다워 우뚝이 시원스러운데, 마음이 간절한 이유는 예전 태자 때에 있었습니다. 은혜의 물결은 바뀌지 않았고 편안하게도 크게 왕래하였으니, 진정 아름다운 이라 누가 더불어 훌륭함을 다투었겠습니까?

패옥이 이에 더해지고 날개 겉옷을 갖추기에 충분했으며, 덕망을 우선시하고 미색을 뒤로하여 공적을 많이 쌓아 걸맞은 지위에 올랐습니다. 내궁의 예의가 잘 다스려지고 황궁의 예교가 모두 이루어졌으며, 왕자가 장식되어 칭송되고 예 또한 존엄하고 남달랐습니다.

작은 궁원에 봄이 깊고 이궁에 밤이 다가오자, 못가에는 바람이 불어오고 꽃 사이로 달이 지나갔습니다. 수레를 같이 타고는 돌아오지 않았으며 향을 사르는 일이 그치지 않았으나, 오호 변화하였기에 은혜가 끝내 다하였습니다.

풍상씨가 사악한 기운을 보고 태사가 재앙을 기록하니, 어둠 속에 배를 감추고 차가운 물결을 일으키며 물은 흘러갔습니다. 푸른 장막이 모습을 이루었고 금빛 향로가 연기를 멈추었으니, 연 땅과 조 땅에는 말 한 마리뿐이고 소상에는 조각구름이 있을 뿐입니다.

남은 자취는 희미해지고 완전한 아름다움은 아득해져서, 왕자가 봉국을 빼앗겼으니 형제의 부끄러움이었습니다. 공주는 그리워하면서 저곳을 항상 그리워하였으니, 해와 달이 갈마들면서 무덤은 가시나무에 황폐해졌습니다.

우임금이 터놓으신 곳이 우뚝하고 이수에 물이 가득한데, 늘어선 나무는 한 아름이 되었지만 높다란 비석이 없습니다. 이에 새로 비문을 짓기로 하여 신속하게 조각을 이루었으니, 비석의 글이 땅에 비치고 교룡이 하늘에서 내려왔습니다.

소실산이 동쪽에 서 있고 휘감은 담장은 서쪽으로 내달리며, 불사가 앞에 있고 궁과 다리가 뒤에 있습니다. 산자락이 비석과 함께 영원할 것이고, 물의 근원이 비문과 함께 영원히 오래 갈 것입니다.

[해제]

이 글은 현종의 비인 황보영의 신도비이다. 현종이 태자일 때 결혼하였으며 현종이 즉위한 뒤 덕의에 봉해졌고 악왕鄂王 이요李瑤와 임진공주臨晉公主를 낳았다. 무혜비武惠妃가 총애를 받자 소원해졌으며 병에 걸려 개원 23년에 죽었다. 이 글에서는 먼저 후비의 제도에 대해 개략하고 황보씨 가문의 내력과 선조를 소개한 뒤 그녀의 품덕을 칭송하였다. 그녀가 현종이 태자일 때부터 총애를 받다가 죽었음을 서술한 뒤 황보영의 딸인 임진공주가 무덤에 비가 없음을 애달프게 여겼기에 사위인 정잠요의 부탁으로 두보가 신도비를 짓게 되었음을 마지막에 기술하였다. 명문에도 여덟 번 환운하면서 이와 비슷한 내용을 요약하였다. 덕의와 숙비는 모두 당나라 비빈의 관직명으로 덕의는 정이품이고 숙비는 정일품이다. 저작시기는 황보영이 죽었을 때인 개원 23년으로 보는 설과 죽은 지 10년이 되었을 때인 천보 4년으로 보는 설이 있다. ≪두보전집교주≫에서는 본문의 내용에 의거하여 임진공주가 장안으로 시집온 지 10년 뒤인 천보 9년으로 보고 있는데 옳은 것으로 보인다.

≪두공부시집집주≫에 인용된 황학 설: 비문에서 "내가 서쪽으로 온 지 십 년이 되었다"라고 하였다. ≪이아≫를 살펴보니 천간天干의 갑에서 계까지가 세양歲陽이다. 숙비는 개원 23년 을해년에 죽었으니 천보 4년 을유년이 한 천간이 지나간 때이다. 비문은 마땅히 이해에 세워졌을 것이다. ≪동관여론≫에 있는 동군의 <신서>에서 두보가 숙비의 비문을 지은 것은 개원 23년이며 가장 어릴 때의 작품이라고 하였다. 내가 살펴보건대 이 해는 두보가 겨우 24세였다. 비문 마지막에서 이러이러하게 말했는데, 만약 장례를 치른 해에 지은 것이라면 어찌 "흰 머리의 혜강과 완적", "야로가 어찌 알겠는가"라고 말할 수 있겠는가? 그리고 명문에서 "해와 달이 갈마들면서 무덤은 가시나무에 황폐해졌다", "늘어선 나무가 한 아름이 되었지만 큰 비석이 없다"라고 하였으니 비석을 세운 것은 아마도 장례 후 10년이 지난 때이지 황보씨를 장례 지낼 때 지은 것이 아니다. 동군은 비를 세운 해를 고찰하지 않고 그저 장례를 지낸 해에 근거해서 말했기에 틀렸다.(碑云自我之西, 歲陽載紀. 按爾雅, 自甲至癸, 爲歲之陽. 妃以開元二十三年乙亥薨, 至天寶四載乙酉, 爲歲陽載紀矣, 碑當立於是年也. 東觀餘論, 董君新序, 稱甫爲淑妃碑在開元二十三年, 最少作也. 予按是年, 甫才二十四歲. 碑末云云, 若其葬年所作, 豈得稱白頭嵇阮與野老何知哉. 又其銘曰, 日居月諸, 丘隴荊杞. 列樹拱矣, 豐碑闕然. 則其立碑蓋在葬後十年, 非皇甫葬時作也. 董君不考立碑之年, 但據其葬年而云, 故誤耳.)

≪독서당두공부문집주해≫: 황학이 말하기를, "… 천보 4년 을유년이 한 천간이 지나간 때이다. 비는 마땅히 이해에 세워졌을 것이다."라고 하였는데, 하지만 이 해석은 끝내 매우 옳은 것은 아니다. (鶴云, … 至天寶四載乙酉, 爲歲陽載紀矣, 碑當以立是年作也. 然此釋終未甚明.)

[주석]

1 軒轅氏(헌원씨)-전설의 오제五帝 중 한 명인 황제黃帝. 帝嚳氏(제곡씨)-황제黃帝의 아들 현효玄囂의 후예로 고신씨高辛氏라

고도 한다. 次妃(차비)-첫 번째 왕비를 원비元妃라고 하고 그다음의 왕비를 차비라고 한다.

≪두공부시집집주≫: ≪제왕세기≫에 따르면, 황제는 비가 네 명이고 낳은 아들이 25명이었으며, 제곡은 비가 네 명이고 직, 요, 설을 낳았다.(帝王世紀, 黃帝四妃, 生子二十有五人. 帝嚳四妃, 生稷及堯及契.)

≪사기색은史記索隱≫: 황제는 네 명의 비를 세웠는데 후비 별자리의 네 별을 본떴다. 황보밀이 말하기를, "원비는 서릉씨의 딸로 누조라고 하고 창의를 낳았고, 차비는 방뢰씨의 딸로 여절이라고 하며 청양을 낳았으며, 다음 차비는 동어씨의 딸로 이고를 낳았고 창림이라고도 하며, 그 다음 차비는 모모로 등급은 세 사람의 아래였다."라고 하였다.(黃帝立四妃, 象后妃四星. 皇甫謐云, 元妃西陵氏女, 曰累祖, 生昌意. 次妃方雷氏女, 曰女節, 生靑陽. 次妃肜魚氏女, 生夷鼓, 一名蒼林. 次妃嫫母, 班在三人之下.)

≪대대례기大戴禮記·제계帝系≫: 제곡이 그 네 왕비의 자식을 점지했는데 모두 천하를 가지게 되었다. 상비는 유태씨의 딸로 강원씨라고 하며 후직을 낳았고, 차비는 유융씨의 딸로 간적씨라고 하며 설을 낳았다. 다음 차비는 진풍씨라고 하며 요임금을 낳았고 그다음 차비는 추자씨라고 하며 지임금을 낳았다.(帝嚳卜其四妃之子, 而皆有天下. 上妃, 有邰氏之女也, 曰姜嫄氏, 産后稷. 次妃, 有娀氏之女也, 曰簡狄氏, 産契. 次妃, 曰陳豐氏, 産帝堯. 次妃, 曰娵訾氏, 産帝摯.)

2 傳(전)-'存'으로 된 판본도 있다. 舊史(구사)-옛 사서,

3 義隱(의은)-뜻이 은미하다.

4 內職(내직)-비빈 등 궁중 여인의 관직을 말한다. 大備(대비)-모두 갖추다.

5 陰敎(음교)-여성의 도리에 대한 교육.

≪주례·천관天官·내재內宰≫: 음례로 육궁을 가르치고 음례

로 구빈을 가르친다.(以陰禮敎六宮, 以陰禮敎九嬪.)

6 關雎(관저)-≪시경≫ 국풍의 첫 번째 작품이다.
≪두시상주≫: ≪시경≫ 모시 서에서 "<관저>는 후비의 덕을 읊은 것으로 풍의 시작이다."라고 하였고 또 "정숙한 여인을 얻어 군자의 짝이 된 것을 즐거워 하였는데, 뛰어난 이를 천거함을 근심하며 그 미색을 음란하게 하지 않는다."라고 하였다.(詩序關雎, 后妃之德也. 風之始也. 又曰, 樂得淑女以配君子, 憂在進賢, 不淫其色.)

7 發皇(발황)-크게 드러내다.

8 其(구)-갖추다. 燕寢(연침)-제왕의 처소.
≪후한서·후기后紀≫: 세부는 상례, 제례, 빈객접대를 주관하고 여어는 왕의 침실을 담당한다. … 여사는 붉은 붓으로 후비의 잘잘못을 기록한다. 머물 때는 교양 있는 집안의 여성에 대한 가르침을 따르고 움직일 때는 패물이 울리는 소리가 있다. 뛰어난 인재를 추천하여 군자를 보좌하고 정숙한 여인을 애달피 여기지만 그 미색을 음란하게 하지 않는다. 이로써 부녀자에 대한 교화를 펼쳐 기술하고 부녀자가 지켜야 할 원칙을 정리하여 완성한다.(世婦主喪祭賓客, 女御序于王之燕寢. … 女史彤管, 記功書過, 居有保阿之訓, 動有環珮之響. 進賢才以輔佐君子, 哀窈窕而不淫其色, 所以能宣述陰化, 修成內則.)

9 環珮(환패)-여인들이 허리에 차는 패옥. 節(절)-절조. 걸어갈 때 패옥에서 나는 소리를 가리킨다.

10 進賢才(진현재)-뛰어난 인재를 추천하다.

11 淫色(음색)-미색을 음란하게 하다. 미색으로 혼란하게 하다. 取媚(취미)-아름다움을 취하다. 閨房(규방)-여인이 거처하는 방.

12 彤管(동관)-붓대를 붉게 칠한 붓. 여사女史가 사용하던 붓으로 이를 빌려 여사를 지칭한다.

13 功過(공과)-잘한 일과 잘못한 일. 紀(기)-기록하다.

14 金屋之寵(금옥지총)-금옥의 총애. 원래는 한나라 무제武帝가 금

으로 만든 집으로 아교阿嬌를 부인으로 삼은 것을 말하는데, 후에 부인이나 첩을 받아들인다는 뜻으로 사용되었다.

《한무고사漢武故事》: 무제가 을유년 7월 7일 의란전에서 태어났다. 네 살 때 교동왕이 되었다. 몇 년 후 장공주 유표가 무제를 안아 무릎에 두고는 "네가 부인을 얻고 싶으냐?"라고 물으니 교동왕이 말하기를 "부인을 얻고 싶습니다."라고 답하였다. 장공주가 좌우 여궁 백여 명을 가리키니 모두 싫다고 말하였고 마지막에 그 여인을 가리키며 묻기를 "아교가 좋으냐?"라고 하니 이에 웃으며 대답하기를, "좋습니다. 만약 아교를 얻어 부인으로 삼는다면 마땅히 금으로 된 집을 만들어 그 안에 두겠습니다."라고 하였다.(帝以乙酉年七月七日生於猗蘭殿. 年四歲, 立爲膠東王. 數歲, 長公主嫖抱置膝上, 問曰, 兒欲得婦不. 膠東王曰, 欲得婦. 長主指左右長御百餘人, 皆云不用. 末指其女問曰, 阿嬌好不. 於是乃笑對曰, 好, 若得阿嬌作婦, 當作金屋貯之也.)

15 流宕(유탕)-방탕하다. 규범에 얽매이지 않다. 一揆(일규)-한가지이다. 똑같다는 말이다.
《독서당두공부문집주해》: 총애를 받는 비빈 중에 정숙하고 올바른 이가 적다는 말이다.(言寵妃靜正者少.)

16 稽(계)-고찰하다. 女史(여사)-고대 여자 관원의 관직명으로 왕후의 예의에 관한 일을 담당했다. 때로는 세부世婦의 관속으로 문서 작성을 담당했다. 華實(화실)-화려함과 질박함.

17 嗣(사)-계승하다. 嬪則(빈칙)-비빈의 규범.

18 其人(기인)-적합한 사람.

19 諱(휘)-죽은 이의 이름을 뜻한다. 瑛(영)-여러 판본에는 이 글자가 빈칸으로 있거나 빠져 있는데, 문연각 사고전서본의 《두시상주》에 있는 글자로 보충하였다.

20 淑玉(숙옥)-여러 판본에는 이 글자가 빈칸으로 있거나 빠져 있는데, 문연각 사고전서본의 《두시상주》에 있는 글자로 보충하였다.

21 安定(안정)-지금의 감숙성 경주涇州 일대이다.

22 㴕(설)-'설契'로도 쓴다. 제곡帝嚳의 아들이며 상나라의 선조이
다. 순임금 때 우임금을 보좌하여 치수하였으며 그 공으로 사도
司徒가 되었고 상 땅에 봉해졌으며 자子씨 성을 하사받았다. 황
보씨는 자씨 성에서 나왔다.

23 於赫(오혁)-감탄사.

24 伊(이)-이. 지시사이다. 玄祖(현조)-먼 조상. 은나라의 시조인
탕임금을 말한다는 설이 있다. 樹德(수덕)-덕을 세우다.
≪독서당두공부문집주해≫: 탕임금을 말한다.(謂湯.)

25 必宋之子(필송지자)-반드시 송나라의 딸이어야 한다. ≪시경≫
의 표현을 빌려온 것으로 송나라 여인이 매우 정숙함을 표현한
말인데, 송나라의 자씨 성에서 황보씨가 나왔기에 송나라로 황보
씨의 가문을 칭송하였다.
≪시경・진풍陳風・형문衡門≫: 어찌 물고기를 먹는데 반드시
황하의 잉어여야 하고, 어찌 처를 취하는데 반드시 송나라의 딸
이어야 하는가?(豈其食魚, 必河之鯉. 豈其取妻, 必宋之子.)
≪시경≫ "必宋之子" 공영달 소: 송나라는 은나라의 후예이고
설의 후손이다. ≪사기・은본기≫에 따르면 순이 상 땅에 설을
봉하고 성을 하사하여 '자'라고 했는데, 이것이 제나라의 강씨
성이고 송나라의 자씨 성이다.(宋者, 殷之苗裔, 契之後也. 殷本紀
云, 舜封契於商, 賜姓曰子, 是齊姜姓, 宋子姓也.)

26 繼代(계대)-대대로.

27 惠(혜)-베풀다.

28 系緖(계서)-가세家世. 가문. 蕃衍(번연)-번창하다.

29 紱冕(불면)-인끈과 면류관. 고위관원을 상징한다.

30 皇父充石(황보충석)-송나라 대공戴公의 아들로 무공武公 때 사
도司徒를 역임했다. 원래 성은 자씨이고 '황보'는 그의 자字인데,
후손들이 그의 자를 가지고 성으로 삼았다.
≪좌전・문공文公 11년≫: 송나라 무공 시대에 수문이 송나라를

침공했는데 사도 황보가 군대를 이끌고 막았으며 이반이 황보충 석의 수레를 몰았다.(宋武公之世, 鄭瞞伐宋, 司徒皇父帥師禦之, 皞班御皇父充石)

31 宗(종)-종실. 가문.

32 體元(체원)-천지의 원기. 消息(소식)-소멸되었다가 다시 살아 나다. 이 구는 제왕이 대를 이어 즉위하는 것을 비유적으로 표현 한 것이다.

33 刊正(간정)-올바름을 간행하다. 帝圖(제도)-황제의 제도. 이 구 는 황보밀皇甫謐이 ≪제왕세기帝王世紀≫ 등을 편찬한 것을 말 한 것이다.

≪두공부시집집주≫: 장영서의 ≪진서≫에 따르면 황보밀은 자 가 사안이고 안정 조나 사람이다. 스무살에 처음 교육을 받았는 데 풍질 병에 걸렸지만 손에서 책을 놓지 않았다. 효렴에 천거되 었지만 나가지 않았으며 또 저작 관직에 불렸지만 응하지 않았 다. 스스로 현면선생이라 칭했으며 후에 집에서 죽었다. 살펴보 건대 황보밀은 ≪제왕세기≫ 10권, ≪연력≫ 6권을 지었는데, 그 래서 "제왕 제도의 올바름을 간행했다."라고 하였다.(臧榮緖晉 書, 皇甫謐, 字士安, 安定朝那人也. 年二十始受書, 得風痺疾, 猶 手不輟卷, 舉孝廉不行, 又辟著作不應, 自稱玄晏先生, 後卒於家. 按謐撰帝王世紀十卷年歷六卷, 故曰刊正帝圖也.)

34 玄晏先生(현면선생)-진晉나라 사람 황보밀의 자호이다.

35 我(아)-여기서는 황보씨 집안 사람을 대신하여 표현한 것이다. 奕葉(혁엽)-대대로 내려온 가문.

36 權輿(권여)-처음.

≪시경·진풍秦風·권여權輿≫: 내게 큰 집이 넓더니 지금은 매 식사마다 남음이 없네. 아아, 처음을 계속 이어주질 못하는구나. (於我乎, 夏屋渠渠, 今也每食無餘. 于嗟乎, 不承權輿.)

37 徽猷(휘유)-아름다운 도.

≪시경·소아·각궁角弓≫: 군자에게 아름다운 도가 있으면 소

인이 함께 붙는다.(君子有徽猷, 小人與屬.)

38 肅雍(숙옹)-장엄함과 화목함. 부인의 덕을 칭송하는 말이다.
≪시경·소남召南·하피농의何彼襛矣≫: 어찌 엄숙하고 온화하
지 않으리, 공주님의 수레가.(曷不肅雝, 王姬之車.)

39 群玉(군옥)-서왕모가 산다는 산의 이름이다. 아울러 옥이 많음
을 뜻하고 있다.

40 白虹(백홍)-흰 무지개. 이상 두 구는 덕 있는 군자가 있는 좋은
가문임을 말하였다.
≪예기·빙의聘義≫: 대저 옛날에 군자는 옥에 덕을 비유했다.
… 기운이 흰 무지개와 같으니 하늘이다.(夫昔者君子比德於玉
焉. … 氣如白虹, 天也.)

41 五色之毛(오색지모)-오색찬란한 깃털을 가진 새. 훌륭한 자손을
비유한다.

42 丹鳳之穴(단봉지혈)-붉은 봉황이 사는 둥지. 걸출한 인재가 있
는 집안을 비유한다.

43 烜(훤)-숙비의 증조부 황보훤. 그에 대해서는 상세하지 않다.

44 皇朝(황조)-당나라를 가리킨다. 宋州(송주)-지금의 하남성 상
구商丘 남쪽이다.

45 粹(수)-숙비의 조부 황보수. 그에 대해서는 자세하지 않다.

46 越州(월주)-지금의 절강성 소흥紹興. 都督諸軍事(도독제군사)-
관직명으로 출정할 때 군사업무를 관장하였다.

47 日休(일휴)-숙비의 아버지 황보일휴. 그에 대해서는 자세하지
않다.

48 左監門衛副率(좌감문위부율)-궁궐 경비대의 관직명이다.

49 妃(비)-숙비 황보영을 가리킨다. 府君(부군)-죽은 이에 대한 존
칭이다. 元女(원녀)-맏딸.

50 粵(월)-감탄을 뜻하는 발어사이다. 襁褓(강보)-아이를 업거나
안을 때 사용하는 긴 천.

51 天和(천화)-조화로운 하늘의 이치.

52 詩禮(시례)-≪시경≫과 ≪삼례三禮≫로 유가경전을 두루 가리
킨다. 胎敎(태교)-태아에 대한 교육.
≪열녀전列女傳≫: (태임太任이) 임신하자 눈은 나쁜 색을 보지
않고 귀는 음란한 소리를 듣지 않았으며 입은 오만한 말을 내지
않았으니 이로써 태교할 수 있었다. 화장실에서 대소변을 보다가
문왕을 낳았다. 문왕은 태어나자 명석했는데 태임이 하나를 가르
치면 백을 알았으니 군자가 태임더러 태교를 할 줄 안다고 말하
였다.(及其有娠, 目不視惡色, 耳不聽淫聲, 口不出敖言, 能以胎敎,
溲於豕牢而生文王. 文王生而明聖, 太任敎之以一而識百, 君子謂
太任爲能胎敎.)

53 開元神武(개원신무)-현종의 존호. 嬪御(빈어)-황제의 비빈과
궁녀를 두루 가리킨다.
≪두공부시집집주≫: ≪구당서·현종기≫에 따르면 개원 원년
11월 여러 신하가 개원신무황제라는 존호를 바쳤고 개원 27년
2월에 여러 신하가 개원성문신무황제라는 존호를 바쳤다.(玄宗
紀, 開元元年十一月, 群臣上尊號曰開元神武皇帝. 二十七年二月,
群臣上尊號曰開元聖文神武皇帝.)

54 容止(용지)-얼굴 모습과 행동거지.

55 今上(금상)-지금의 주상. 현종을 가리킨다. 春宮(춘궁)-동궁. 태
자가 머무는 궁. '春'은 '靑'으로 된 판본도 있다.
≪독서당두공부문집주해≫: ('금상'은) 현종이다.(玄宗.)

56 詔誥(조고)-황제나 황후가 내리는 명령.

57 充備(충비)-갖추다. 선발하다. 淑哲(숙철)-정숙하고 뛰어나다.

58 太妃(태비)-황보씨를 가리킨다.

59 資(자)-갖추다.

60 蚌(방)-방합조개.

61 水月(수월)-물에 비친 달. 순수하고 깨끗함을 상징한다. 鮮白(선
백)-아름답고 희다.

62 處石(처석)-돌과 함께 있다. 채굴되지 않고 산에 있는 것을

말한다.

63 雲崖(운애)-구름 낀 벼랑. 津潤(진윤)-물기가 촉촉하다.

[明珠 4구]

≪두시상주≫: ≪손경자≫에서 말하기를, "옥이 산에 있으면 나무가 윤택하고 구슬이 연못에서 나면 벼랑이 마르지 않는다."라고 하였다. 반고의 <답빈희>에서 "화씨의 벽은 형산의 돌 속에 감춰져 있었고 수후의 구슬은 방합조개안에 숨어 있었다."라고 하였다. 육기의 <문부>에서 "바위 속에 옥이 숨어 있기에 산이 빛나고 물이 구슬을 품고 있기에 하천이 아름답다."라고 하였다.(孫卿子曰, 玉在山而木潤, 珠生淵而崖不枯. 答賓戱, 和氏之璧韞於荊石, 隋侯之珠藏於蚌蛤. 文賦, 石韞玉而山輝, 水懷珠而川媚.)

64 結褵(결리)-허리띠를 엮다. 여성이 시집갈 때의 의식으로 신부의 어머니가 허리띠를 엮어서 신부에게 매어준다. 이로써 시집가서 시댁 식구를 잘 모실 것을 표시하였다. 金印(금인)-금으로 만든 인장.

≪후한서·후기≫: 광무제의 중흥에 이르러 화려함을 잘라내고 소박하게 만들었는데, 육궁의 칭호는 오직 황후와 귀인뿐이었다. 귀인은 금인장에 자색 인끈을 찼다.(及光武中興斲雕爲朴, 六宮稱號, 惟皇后貴人, 貴人金印紫綬.)

65 同輦(동련)-천자의 수레를 함께 타다. 翠旗(취기)-물총새 깃털로 장식한 깃발.

≪한관구의漢官舊儀≫: 황후와 첩여는 연을 타고 나머지는 모두 인을 타는데 네 명이면 여를 타고 간다.(皇后婕妤乘輦, 餘皆以茵, 四人輿以行.)

66 婉順(원순)-온순하다.

67 品(품)-품계. 德儀(덕의)-당나라 비빈의 관직명으로 정이품이다.

≪두공부시집집주≫: ≪자치통감≫에 따르면 주상(현종)이 임치

왕이었을 때, 여비 조씨, 덕의 황보씨, 재인 류씨가 모두 총애를 받았다고 하였고, 주에서 황제는 육의를 두는데 덕의가 그중 하나이다고 하였다. 두우杜佑의 ≪통전≫에서 "당나라 내관 중에 덕의 6명이 있었고 정이품이다."라고 하였다.(通鑑, 上爲臨淄王也, 趙麗妃皇甫德儀劉才人皆有寵. 注, 帝置六儀, 德儀其一也. 杜氏通典, 唐內官有德儀六人, 正二品.)

68 掖庭(액정)-비빈이 거주하는 처소.
≪후한서·후기≫: 무제와 원제 이후로 대대로 낭비하는 지출이 많아져서 비빈의 처소가 삼천 곳이 되었고 비빈의 품계는 14개가 증가되기에 이르렀다.(武元之後, 世增淫費, 至乃掖庭三千, 增級十四.)

69 爵秩(작질)-작록.

70 掩(엄)-통괄하다. 六宮(육궁)-황후의 침전으로 정침正寢이 하나이고 연침燕寢이 다섯이다. 取俊(취준)-뛰어난 이를 취하다.

71 渥澤(악택)-황제의 은택.

72 露才揚己(노재양기)-재주를 드러내고 자신을 드날리다.

73 卑以自牧(비이자목)-자신을 낮추고 스스로를 수양하다.
≪주역·겸謙≫ 상象: 자신을 낮추어 스스로를 기른다.(卑以自牧也.)

74 厚人倫(후인륜)-인륜을 두텁게 하다. 化風俗(화풍속)-풍속을 교화시키다.
≪시경≫ 대서大序: 이로써 부부 사이의 도리로 삼고 효성과 공경을 이루며, 인륜을 두텁게 하고 교화를 아름답게 하며 풍속을 올바르게 옮긴다.(以是經夫婦, 成孝敬, 厚人倫, 美敎化, 移風俗.)

75 彌縫(미봉)-보완하다. 坤載之失(곤재지실)-땅이 사물을 실음에 있어서의 실수. '곤'은 여성이나 모친을 상징하며 '곤재'는 황후의 큰 공덕을 비유하기도 한다.
≪주역·곤坤≫: 군자는 두터운 덕으로 사물을 싣는다.(君子以厚德載物.)

76 夾輔(협보)-보좌하다. 元亨之求(원형지구)-크게 형통함을 구하다.

≪주역·곤≫: 크게 형통하니 암말의 곧음에 이롭다.(元亨, 利牝馬之貞.)

[彌縫 2구] 황보씨가 현종과 황후를 잘 보필했다는 말인 것으로 보인다.

77 彼蒼(피창)-푸른 하늘을 가리킨다.

≪시경·진풍秦風·황조黃鳥≫: 저 푸른 것은 하늘인데 우리 어진 사람을 죽였구나.(彼蒼者天, 殲我良人.)

78 有初(유초)-처음에는 모든 것이 좋았다는 말이다. 不久好(불구호)-오랫동안 좋지 않다. 이 구는 처음의 좋음이 끝까지 오래 가지 않았다는 말이다.

≪두시상주≫: 그 의미는 숙비가 처음에는 좋았으나 단명하였음을 애달파한다는 것이다.(其意則哀妃之有初而鮮終耳.)

79 奈何(내하)-어찌하겠는가?

≪두공부시집집주≫: 이곳에 빠진 글자나 잘못된 글자가 있는 것 같다.(此處疑有脫誤.)

80 遘疾(구질)-병에 걸리다.

81 怗(첩)-편안하다. 慮往(여왕)-근심이 가다.

≪독서당두공부문집주해≫: 온갖 근심이 모두 사라졌다는 말이다.(謂百慮俱去.)

≪두시상주≫: 세상을 떠나가는 것을 달게 여기고 받아들인다는 말과 같다.(猶言甘心逝世也.)

82 服事(복사)-모시다. 最舊(최구)-가장 오래되다.

83 經(경)-거치다. 御手(어수)-황제의 손.

84 始(시)-비로소. 天步(천보)-천자의 걸음.

85 月氏(월지)-고대 서쪽 변방 유목민의 국가이다.

86 空說(공설)-헛되이 말하다. 쓸모없었다는 말이다. 返魂之香(반혼지향)-죽은 자를 되살리는 향.

≪두공부시집집주≫: ≪십주기≫의 기록이다. 취굴주는 서해에 있다. 물섬에 큰 나무가 있는데 단풍나무와 비슷하며 그 향기가 수백 리 밖에서도 나고 이름이 반혼이다. 그 나무를 두드리면 나무가 저절로 소리를 낼 수 있는데 그 소리가 마치 여러 소가 우는 것 같다. 그 뿌리 중심부를 잘라서 옥솥에 넣고 쪄서 즙을 만든 뒤 다시 미열로 졸여서 엿같이 되면 환으로 만들 수 있는데 이를 경정향이라고 하고 또는 진령환, 반생향이라고 한다. ≪박물지≫의 기록이다. 한나라 무제 때 월지국의 왕이 사신을 파견하여 향 4량을 바쳤는데 크기가 참새알만 했으며 검기는 오디와 같았다. 사신이 말하기를 요절하여 죽은 이를 살릴 수 있다고 하였다. 시원 원년 경성에 큰 역병이 들어 과반이 죽었는데 황제가 월지국의 신령한 향을 가져다가 사르니 죽은 지 3일이 안된 자는 모두 살아났으며 향기가 석 달이 지나도 사라지지 않았다. 이에 남은 향을 비밀리에 저장하였는데 어느 날 사라졌다. 이 향은 취굴주 인조산에서 난다. 산에 나무가 많은데 단풍나무와 비슷하고 향기가 수 리 밖에서도 나며 이름은 반혼수이다.(十洲記, 聚窟洲, 在西海中, 洲上有大樹, 與楓木相似, 香聞數百里, 名爲返魂. 叩其樹, 樹能自聲, 聲如群牛吼. 伐其根心, 玉金中煮取汁, 更微火熟煎之如飴, 令可丸, 名曰驚精香, 或名振靈丸, 或名返生香. 博物志, 武帝時, 月支國王遣使獻香四兩, 大如雀卵, 黑如桑椹, 云能起夭殘之死. 始元元年, 京城大疫, 死者過半, 帝取月支神香燒之, 死未三日者皆活. 香氣經三月不歇, 乃秘錄餘香, 一旦失去. 此香出聚窟洲人鳥山, 山多樹, 與楓樹相似, 而香聞數里, 名爲返魂樹.)

87 漢帝夫人(한제부인)-여기서는 한나라 무제의 이부인을 가리킨다.

88 終痛(종통)-끝내 비통해하다.
≪두공부시집집주≫: ≪한서·교사지≫의 기록이다. 제나라 사람 소옹이 방술로 주상을 알현하였다. 주상이 총애한 이부인이

죽자 소옹은 방술로 밤에 부인과 조왕신의 모습을 불러냈으며
천자가 장막 안에서 그들을 보았다. 환담 ≪신론≫의 기록이다.
무제가 이부인을 끝없이 그리워하자 제나라 사람인 방사 이소옹
이 부인의 혼령을 불러올 수 있다고 말했다. 밤이 되자 등불을
장막에 설치하고 무제는 다른 장막에 있도록 하였다. 멀리서 이
부인의 모습을 바라보았는데 살아 있을 때처럼 아름다웠다.(漢
郊祀志, 齊人少翁, 以方見上, 上所幸李夫人卒, 少翁以方夜致夫
人及竈鬼之貌, 天子自帷中望見焉. 桓譚新論, 武帝思念李夫人不
已, 有方士齊人李少翁, 言能致夫人之魂, 及夜設燈燭於幄帷, 令
帝居他帳中, 遙望見李夫人之貌, 婉若生時.)

[月氏 4구] 황보씨가 결국 죽었으며 그녀를 되살리는 노력은 모두
허사가 되었다는 말이다.

89 薨(훙)-죽다. 東京(동경)-낙양을 가리킨다.

90 澄華(징화)-깨끗하게 빛나는 꽃. 微陰(미음)-미약한 음기. 죽은
때가 초겨울인 음력 10월이었다.

91 履綦(이기)-발자국. 蕪絶(무절)-끊어지다. 사라지다.

92 脂粉(지분)-연지와 분. 여인의 화장품이다. 凝冷(응랭)-엉기고
차갑다. 화장을 하지 않아 화장품이 방치되어 있다는 말이다.

93 麟鳳之銀牀(인봉지은상)-기린과 봉황으로 장식한 은빛 침대. 황
제와 황보씨가 같이 쓰던 침상을 가리킨다.

94 梧桐之金井(오동지금정)-오동나무가 심어져 있고 금속으로 장
식한 난간이 있는 우물. 궁중의 우물을 가리킨다.

95 厥初(궐초)-그 처음. 황보씨가 갓 죽었을 때를 말한다. 權殯(권빈)
-임시로 매장하다. 崇政里(숭정리)-낙양의 방리坊里 이름이다.

96 卜葬(복장)-장례를 치를 장소를 정하다. 龍門(용문)-낙양 남쪽
이수伊水 양안에 서 있는 산의 이름.

97 贊道(찬도)-정사를 보좌하다. 中壼(중호)-궁중의 안길. 황후의
거처를 가리킨다.

98 肅事(숙사)-일을 엄숙히 처리하다. 後庭(후정)-후궁.

99 疾疢(질진)-병환.

100 奄(엄)-갑자기. 見(견)-피동을 나타낸다. 凋落(조락)-시들다. 죽다.

101 永言(영언)-오래도록 이야기하다. 懿範(의범)-모범.

102 愴(창)-애달파하다.

103 四妃(사비)-당나라 때 비의 네 등급. 황보씨는 사후에 숙비에 추증되었다.
≪두공부시집집주≫: ≪당서≫에 따르면 당나라 제도에서 황후 아래에는 귀비, 숙비, 덕비, 현비가 있었으니 이들이 부인이다. (唐書, 唐制皇后而下, 有貴妃淑妃德妃賢妃, 是爲夫人.)

104 式(식)-뜻 없는 어조사이다. 旌(정)-표창하다. 표양하다. 六行 (육행)-원래는 대사도大司徒가 갖추어야 하는 여섯 가지 덕목을 가리키는데, 여기서는 부녀자가 갖추어야 하는 여섯 가지 행실을 가리킨다.
≪주례周禮·지관地官·대사도大司徒≫: 육행은 효성, 우애, 화목, 친척간의 화목, 신임, 구휼이다.(六行, 孝友睦姻任恤.)
≪독서당두공부문집주해≫: '육행'은 부녀자의 덕행이다.(六行, 婦德.)

105 册贈(책증)-추증해서 책봉하다.

106 所需(소수)-필요한 물품.

107 李適之(이적지)-태종의 맏아들 이승건李承乾의 손자로 진주도 독秦州都督, 섬주자사陝州刺史, 하남윤河南尹, 어사대부御史大 夫 등을 역임했다.

108 監護(감호)-장례를 감독하는 것을 말한다.

109 淸門(청문)-존귀한 가문. 華胄(화주)-빼어난 후손.

110 積行(적행)-좋은 행실을 쌓다.

111 序(서)-순서에 따라 안배하다. 有始有卒(유시유졸)-처음과 끝 이 있다. 여기서는 비빈과 궁녀들 간의 서열을 엄격히 하는 것을 말하는 듯하다.

112 介(개)-개입하다. 嬪御(빈어)-궁중에 있는 여인들로 비빈과 궁녀 등을 가리킨다. 不僭(불참)-권한을 넘어서는 일을 하지 않다. 不濫(불람)-권한을 남용하지 않다.

113 存榮(존영)-영광을 남기다. 沒哀(몰애)-슬픔이 없다.

114 遇(우)-적절하게 대우받는 것을 말한다.
≪독서당두공부문집주해≫: 받은 은혜가 유독 많았다는 말이다.(謂遇恩獨多.)

115 鄂王(악왕)-현종과 황보씨의 아들인 이요李瑤이다. 역모를 꾸민다는 모함을 받고 현종이 폐위한 뒤 죽임을 내렸다.
≪두공부시집집주≫: ≪구당서≫의 기록이다. 악왕 이요의 어머니는 덕의 황보씨였고 광왕 이거의 어머니는 재인 유씨였는데 모두 현종이 임치의 저택에 있을 때 미모로 총애를 받았으며 낳은 아들이 빼어나서 어머니가 더욱 사랑을 받았다. 혜비가 은총을 받게 되자 악왕과 광왕의 어머니 또한 점차 소원해졌으며 태자 이영과 악왕, 광왕 등이 어머니가 직함을 잃었다고 말하며 늘 원망하였다. 개원 25년 악왕과 광왕은 벌을 받아 폐위되었다. ≪자치통감≫의 기록이다. 양회가 태자 이영이 이요, 이거와 함께 역모를 몰래 꾸미고 있다고 상주하니 폐위하여 서인이 되도록 조서를 내렸으며, 얼마 후 성 동쪽 역참에서 죽임을 내렸다. 이요와 이거는 학문을 좋아하여 재능과 학식이 있었는데 죄도 없이 죽었기에 사람들이 모두 애석해하였다.(舊唐書, 鄂王瑤母皇甫德儀, 光王琚母劉才人, 皆玄宗在臨淄邸以容色見顧, 出子朗秀而母加愛焉. 及惠妃承恩, 鄂光之母亦漸疏薄, 太子瑛鄂光王等謂母氏失職, 嘗有怨望. 開元二十五年, 鄂王光王得罪廢. 通鑑, 楊洄奏太子瑛與瑤琚潛搆異謀, 宣制廢爲庶人, 尋賜死城東驛, 瑤琚好學有才識, 死不以罪, 人皆惜之.)

116 太子太保(태자태보)-태자를 보좌하고 인도하는 관직이다. 대체로 명예직이다.

117 使持節(사지절)-관직명으로 절도사에 상응한다. 幽州(유주)-지

금의 북경시 일대이다.

118 有故(유고)-변고가 있다. 疢(구)-병환. 실제로는 폐위되어 죽임
을 당했는데, 이를 꺼려 다르게 진술한 것으로 보인다.

119 降自天(강자천)-하늘에서 내려오다. 재앙을 내리는 것을 말한
다.

120 吁(우)-탄식하다.

121 臨晉公主(임진공주)-현종과 황보씨의 딸이다.
≪두공부시집집주≫: 임진공주는 현종의 딸로 숙비 황보씨가 낳
았으며 정잠요에게 시집갔고 대력 연간에 죽었다.(臨晉公主, 玄
宗女, 皇甫淑妃所生, 下嫁鄭潛耀, 卒大歷時.)

122 降(강)-공주가 시집가는 것을 말한다. 代國(대국)-지금의 산
서성 북부에 있던 나라이다. 長公主(장공주)-맏이인 공주. 滎
陽(형양)-지금의 하남시 정주鄭州이다. 정잠요가 세습받은 봉토
이다. 鄭潛耀(정잠요)-황보씨의 사위이다. '耀'는 '曜'로 된 판본
도 있다.
≪두공부시집집주≫: ≪당서・공주전≫에 따르면 대나라 공주는
예종의 딸로 이름이 이화이고 자는 화원이며 유황후가 낳았고
정만조에게 시집갔다. … ≪당서・효우전≫에 따르면, 개원 연간
에 대나라 장공주가 병에 걸렸는데 정잠요가 곁에서 모셨으며
석 달동안 세수를 하지 않았다. 임진장공주에게 장가들어 태복광
록경을 역임했다. 독고급의 <정부마효행기>에서 "공은 우수하
고 민첩하여 문재文才가 있었으며 태어나면서 순정함과 효성을
알고 있었다. 개원 28년 현종의 12번째 딸 임진장공주에게 장가
갔고 형양군공을 이어받았으며 금인을 차고 긴 창을 문 앞에
의장으로 늘어놓은 것이 삼십 년 가까이 되었다."라고 하였다.
(唐書, 公主傳, 代國公主, 睿宗女, 名華, 字華婉, 劉皇后所生, 下嫁
鄭萬鈞. … 孝友傳, 開元中, 代國長公主寢疾, 潛耀侍左右, 累三月
不靧面, 尙臨晉長公主, 歷太僕光祿卿. 獨孤及鄭駙馬孝行紀, 公
膚敏而文, 生知純孝, 開元二十八年, 尙玄宗第十二女臨晉長公主,

嗣滎陽郡公, 佩金印列長戟, 垂三十載.)

123 光祿卿(광록경)-구시九寺 중의 하나인 광록시光祿寺의 최고책임자로 정삼품이다.

124 駙馬都尉(부마도위)-공주의 남편이 받는 훈관勳官이다.

125 王儉(왕검)-남조 제나라 사람으로 양선공주와 결혼하여 부마도위가 되었다.
≪두공부시집집주≫: ≪남제서≫에 따르면 왕검의 아버지는 왕승탁이고 어머니는 무강공주였는데, 단양윤 원찬이 왕검의 명성을 듣고 명제에게 말하여 양선공주에게 장가들었으며 부마도위에 배수되었다.(齊書, 王儉父僧綽, 嫡母武康公主. 丹陽尹袁粲聞儉名, 言之於明帝. 尙陽羡公主, 拜駙馬都尉.)

126 尙(상)-공주와 결혼하다.

127 何晏(하안)-위나라 사람으로 금향공주와 결혼하여 열후列侯가 되었다. 關內侯(관내후)-작위의 이름으로 원래는 윤후倫侯이다. 진한 때는 20등급의 작위 중 19번째였는데 위진 이래로 명목만 남아 있는 작위로 존재했다. 하안이 관내후가 되었다는 기록은 찾기 힘든데, 아마 위진 시기 작위의 일반적인 명칭이 되었던 열후와 혼동된 듯하다.
≪두공부시집집주≫: ≪삼국지·위지≫의 기록이다. 하안은 대장군 하진의 손자인데 궁중에서 자랐으며 금향공주에게 장가들어 열후 작위를 받았다. 하안은 하후현과 당시 이름이 높았는데 사마사가 또한 이에 포함되었다. 사마사는 바로 진나라 경황제이다.(魏志, 何晏, 大將軍進孫, 長於宮省, 尙金鄉公主, 得賜爵爲列侯. 晏與夏侯玄名盛於時, 司馬師亦預焉. 師卽晉景皇帝也.)

128 歸美(귀미)-아름다움을 귀착시키다. 찬미한다는 말이다.

129 公主(공주)-황보씨의 딸인 임진공주를 가리킨다. 訓(훈)-어머니 황보씨의 가르침을 말한다.

130 霜露之感(상로지감)-서리와 이슬에 대한 감개. 부모와 선조에 대한 그리움을 상징한다. 形(형)-드러나다.

≪예기·제의祭義≫: 서리와 이슬이 내린 뒤 군자가 이를 밟으면 반드시 처량한 마음이 있게 되는데 그 추위를 말한 것은 아니다. (霜露旣降, 君子履之, 必有悽愴之心, 非其寒之謂也.)

≪예기·제의≫ 정현 주: "그 추위를 말한 것이 아니다"라는 것은 처량함과 구슬픔이 모두 때를 느끼며 부모를 생각하기 때문이라는 말이다.(非其寒之謂, 謂悽愴及怵惕, 皆爲感時念親也.)

131 享祀之數(향사지수)-제사의 예수禮數, 규모. 灑掃(쇄소)-물을 뿌리고 비로 쓸다. 여기서는 성묘하는 것을 뜻한다.

132 戚然(척연)-슬퍼하는 모양.

133 之西(지서)-서쪽으로 가다. 임진공주가 낙양에 있다가 결혼하여 장안으로 온 것을 말한다.

≪두공부시집집주≫: 동도 낙양에서 서도 장안으로 온 것이다. (自東都歸西都.)

134 歲陽(세양)-십간十干를 말한다. 載紀(재기)-기록하다. 이 구는 십간이 한 번 돌았다는 뜻으로 10년이 지났다는 말이다.

≪이아爾雅·석천釋天≫: 태세(목성)가 갑에 해당하면 알봉이라고 하고 을에 해당하면 전몽이라고 하며, 병에 해당하면 유조라고 하고 정에 해당하면 강어라고 하며, 무에 해당하면 저옹이라고 하고 기에 해당하며 도유라고 하며, 경에 해당하면 상장이라고 하고 신에 해당하면 중광이라고 하며, 임에 해당하면 현익이라고 하고 계에 해당하면 소양이라고 하는데, 이것이 세양이다. (太歲在甲曰閼逢, 在乙曰旃蒙, 在丙曰柔兆, 在丁曰強圉, 在戊曰著雍, 在己曰屠維, 在庚曰上章, 在辛曰重光, 在壬曰玄黓, 在癸曰昭陽, 歲陽.)

135 彼都(피도)-저 도읍. 장안을 가리킨다.

136 道里(도리)-길. 逈絶(하절)-아주 멀다.

137 聖慈(성자)-성스러운 자애로움. 어머니의 사랑을 뜻한다. 蓬萊(봉래)-동해에 있다는 신선들의 산이다. 이 구는 어머니의 무덤이 봉래산만큼 멀리 떨어져 있어 찾아가기 힘들다는 말이다.

138 異縣(이현)-다른 고장. 松檟(송가)-소나무와 개오동나무. 무덤 앞에 많이 심기에 무덤을 상징한다. 阻(조)-멀다. 이 구는 자신이 있는 장안이 어머니의 무덤이 있는 하남현과 멀리 떨어져 있다는 말이다.

139 輕擧(경거)-훌쩍 그곳으로 간다는 뜻이다.

140 安(안)-어찌. 黃鵠(황혹)-누런 고니. 고향으로 돌아가고자 하는 새이다.

≪한서・서역전西域傳・오손국烏孫國≫: 한나라 원봉 연간에 강도왕 유건劉建의 딸 유세군劉細君을 공주로 삼아서 그(오손국의 왕 곤막)의 부인이 되게 하였다. … 곤막이 늙고 말이 통하지 않았기에 공주가 슬퍼하면서 스스로 노래를 지었으니 "우리 집이 나를 하늘 한쪽 끝으로 시집보내 낯선 나라의 오손왕에게 멀리 의탁하게 되었네. 천막을 집으로 삼고 깃발을 담장으로 삼으며 고기를 주식으로 하고 타락을 음료수로 하였네. 머물면서 늘 고향 땅을 그리워하니 마음속이 애달픈데 누른 고니가 되어서 고향으로 돌아갔으면."라고 하였다.(漢元封中遣江都王建女細君爲公主以妻焉. … 昆莫年老, 語言不通, 公主悲愁, 自爲作歌曰, 吾家嫁我兮天一方, 遠託異國兮烏孫王. 穹廬爲室兮旃爲牆, 以肉爲食兮酪爲漿. 居常土思兮心內傷, 願爲黃鵠兮歸故鄕.)

141 巡豫(순예)-가서 상황을 돌아보다.

142 瞻(첨)-바라보다.

143 闕塞(궐새)-변새의 궐문. 여기서는 낙양의 이궐伊闕, 즉 용문을 가리킨다.

≪두공부시집집주≫: '궐새'는 바로 이궐이다.(闕塞, 卽伊闕.)

144 尋常(심상)-평소. 늘. 涕泗(체사)-콧물과 눈물을 흘리다.

145 伊川(이천)-낙양을 흐르는 강물. 陵谷(능곡)-구릉과 골짜기.

≪두시상주≫: 이천은 낙양에 있다.(伊川在洛陽.)

146 恐懼(공구)-두렵다. 遷移(천이)-옮겨가다.

[懷伊 2구] ≪시경≫의 구절을 인용하여 오랜 시간이 지나 지형이

바뀌었을까 걱정한다는 말을 한 것인데, 어머니의 무덤이 무사한지 걱정한다는 뜻이다.

≪시경·소아·십월지교十月之交≫: 높은 언덕은 골짜기가 되고 깊은 골짜기는 구릉이 되었다.(高岸爲谷, 深谷爲陵.)

북주北周 유신庾信 <북주 대장군 사마예 신도비(周大將軍司馬裔神道碑>: 이로써 이 큰 비석을 새겼지만 구릉과 골짜기의 변화를 따를까 걱정하고 소나무와 측백나무를 심었지만 시들어버릴까 견딜 수 없다.(是以勒此豐碑, 懼從陵谷, 植之松柏, 不忍凋枯.)

≪진서晉書·두예전杜預傳≫: 두예는 후세에도 이름을 남기기를 좋아했는데, 항상 "높은 언덕은 골짜기가 되고 깊은 골짜기는 구릉이 되었다."라고 말하고는 돌을 새겨 비석 두 개를 만들어 자신의 공적을 기록한 뒤 하나는 만산의 아래에 묻고 하나는 현산 위에 세우고 "이후에 골짜기와 구릉이 변하지 않을지 어찌 알겠는가?"라고 하였다.(預好爲後世名, 常言高岸爲谷, 深谷爲陵. 刻石爲二碑, 紀其勳績, 一沉萬山之下, 一立峴山之上, 曰焉知此後不爲陵谷乎.)

147 下敎(하교)-아랫사람에게 명령하다. 邑司(읍사)-고을에서 일을 담당하는 관리. 여기서는 황보씨의 무덤을 관리하는 관원을 가리킨다.

148 爰(원)-이에. 度(탁)-헤아리다. 계획하다. 碑版(비판)-비석.

149 忝(첨)-외람되이. 겸사이다. 鄭莊(정장)-정씨의 장원. 아마도 장안에 있는 정잠요의 연화동蓮花洞 장원을 가리키는 것으로 보인다. 두보의 시에 <정부마의 집 동혈에서 잔치하다(鄭駙馬宅宴洞中)>, <위곡에서 정부마를 받들어 모시다 2수(奉陪鄭駙馬韋曲二首)>가 있다. 이와 달리 두보의 친구이자 정잠요의 숙부인 정건鄭虔의 장원으로 보는 설도 있다.

150 竇主(두주)-한나라 무제의 고모인 두태주竇太主. 여기서는 임진공주를 비유한다.
≪두공부시집집주≫: ≪한서·동방삭전≫의 기록이다. 애초에

황제의 고모 관도공주는 두태주라고 불렸는데, 원숙이 동언에게 공주더러 장문원을 황제에게 바치라고 말하라고 하였다. 주상은 크게 기뻐하였으며 공주는 그로 인해 주상이 산림에 오도록 청하였다. 응소가 말하기를, "공주는 원림에 산이 있었기에 겸손하게 감히 저택이라고 말하지 않았고 그래서 산림이라는 표현에 의탁한 것이다."라고 하였다.(漢東方朔傳, 初, 帝姑館陶公主號竇太主, 爰叔說董偃白主獻長門園. 上大悅, 主因請上臨山林. 應劭曰, 公主園中有山, 謙不敢稱第, 故託山林也.)

151 嵇阮(혜완)-죽림칠현에 속했던 혜강嵇康과 완적阮籍. 여기서는 두보를 비유한다.

≪두시상주≫: 혜강과 완적이다.(嵇康阮籍)

152 崔蔡(최채)-최인崔駰과 채옹蔡邕으로 두 사람 모두 비문과 애도문을 많이 지었다. 이 구는 두보에게 최인과 채옹처럼 비문을 잘 지을 재능이 없다는 겸손의 말이다.

≪두공부시집집주≫: 최인과 채옹이다. 채옹의 문집에 비문과 뇌문이 많으며 세상에 전한다.(崔駰蔡邕. 邕集多碑誄, 傳於世.)

153 野老(야로)-두보 자신을 가리킨다.

154 斯文(사문)-이 글. 황보씨의 신도비를 가리킨다.

155 公子(공자)-정잠요를 가리킨다.

≪독서당두공부문집주해≫: 공자는 정잠요를 말한다.(公子謂潛曜.)

156 官閥(관벌)-관원의 품계. 당시 두보는 관직이 없었다.

157 游夏(유하)-공자의 제자인 자유와 자하로 경학과 박학함으로 뛰어났다. 이 구는 정잠요가 두보의 문장 능력을 인정했다는 말이다.

≪논어·선진先進≫: 덕행으로는 안연, 민자건, 염백우, 중궁이고, 언어로는 재아와 자공이며, 정사로는 염유와 계로이고 경학과 박학함으로는 자유와 자하이다.(德行, 顔淵閔子騫冉伯牛仲弓. 言語, 宰我子貢. 政事, 冉有季路. 文學, 子游子夏.)

≪후한서·정현전鄭玄傳≫: 공자의 문하에서는 네 과목을 고찰

하였는데 안회와 자하 무리는 관직을 칭하지 않았다.(仲尼之門,
考以四科, 回賜之徒, 不稱官閥.)

158 顔謝(안사)-안연지顔延之와 사장謝莊. 또는 안연지와 사조謝朓.
사조는 <제경황후애책문齊敬皇后哀册文>을 지었다. 誄(뢰)-추
도문.
≪두공부시집집주≫: 안연지에게 <송문원황후애책문>이 있고
사장에게 <송효무선귀비뢰>가 있다. ≪남사≫에서 "경황후를
옮겨 명제明帝의 능과 합장했는데 사조가 애책문을 지었다. 제나
라 시대에 이에 미치는 자가 없었다."라고 하였다.(顔延之有宋文
元皇后哀册文, 謝莊有宋孝武宣貴妃誄. 南史, 敬皇后遷祔山陵,
謝朓撰哀册文, 齊世莫及.)

159 漢曲(한곡)-은하수 굽이. 이와 달리 한수로 보고 황보씨가 남방
출신이라고 하는 설도 있다. 하지만 이 글에서 황보씨의 가문은
안정 사람이라고 하였는데, 안정은 지금의 감숙성으로 북방이다.

160 麗星(여성)-짝을 이룬 별.

161 洶洶(흉흉)-물이 솟구치는 모양.

162 冥冥(명명)-어둑한 모양.

163 洗滌(세척)-씻다. 蒼翠(창취)-푸르다. 여기서는 산의 녹음을 가
리킨다.

164 娉婷(빙정)-여인이 아리따운 모양.

[積氣 8구]
≪두시상주≫: 첫 번째는 숙비의 탄생에 유래가 있음을 말하였
다. 이는 맑은 영령의 기운을 모으고 별과 달의 상스러움에 감응
한 것인데 비바람이 치는 때에 탄생했다. … 앞에서는 한수 굽이
의 거친 파도를 말하고 뒤에서는 소상강의 조각구름을 말했으니
숙비는 대체로 초 땅 출생이다.(其一, 言妃生有自來. 此鍾淸靈之
氣, 感星月之祥, 當風雨之辰而降生也. … 先言漢曲驚濤, 後言瀟
湘片雲, 妃蓋楚産耶.)

165 婉(완)-아름다운 모양. 柔惠(유혜)-온순하고 유화롭다.

166 迥然(형연)-우뚝한 모양. 開爽(개상)-탁트여 밝다.

167 綢繆(주무)-정이 은근한 모양.

168 明兩(명량)-밝음이 둘 있다는 뜻으로 황제 이외에 태자가 있는 것을 말한다. 이상 두 구는 현종이 태자일 때 황보씨를 부인으로 맞아들였다는 말이다.

≪두시상주≫: ≪주역·리離≫ 상象에서 "밝음의 괘가 두 개 모여서 리괘를 이루는데, 대인이 밝음을 계승하여 사방에 비친다."라고 하였다. 황위 계승이 확정된 자가 제위를 계승하였기에 '명량'이라고 하였다.(明兩作離, 大人以繼明照於四方. 儲君繼體, 故云明兩.)

169 恩渥(은악)-은혜의 물결. 은택. 渝(유)-바뀌다. 사라지다.

170 康(강)-평안하다. 大往(대왕)-크게 왕래하다. 두 사람의 사이가 돈독하였음을 표현한 것으로 보인다.

171 展如(전여)-진정. 신실한 모양. 媛(원)-미인.

172 孰(숙)-누가. 爭長(쟁장)-훌륭함을 다투다.

[婉彼 8구]

≪두시상주≫: 두 번째는 동궁 때부터 들어가 모셨음을 말하였다.(其二, 言自東宮入侍.)

173 珩珮(형패)-패옥.

174 翬褕(휘유)-후비后妃의 예복. 克備(극비)-갖출 수 있다. 갖추기에 충분하다.

≪두시상주≫: 왕후의 옷에 닭과 꿩을 그린 것을 '휘유'라고 한다. (畫雞雉于王后之服曰翬褕.)

175 先德後色(선덕후색)-덕을 우선시하고 용모를 뒤로 하다.

≪두시상주≫: ≪주례≫에서 "부녀의 덕을 우선시하고 부녀의 용모를 뒤로 한다."라고 하였는데 여기서 말한 '선덕후색'의 뜻이다.(周禮先婦德而後婦容, 所謂先德後色也.)

176 居位(거위)-알맞은 지위를 차지하다.

177 壼儀(곤의)-대궐 안길에서의 예의. 내궁에서 지켜야 할 예법을

말한다. 孔修(공수)-잘 다스리다.

178 宮敎(궁교)-궁궐 내 여인들에 대한 가르침. 咸遂(함수)-모두 이
루어지다.

179 子(자)-'于'로 된 판본도 있는데 ≪독서당두공부문집주해≫에
서는 틀렸다고 하면서 '子' 자로 바꾸었으며 ≪두시상주≫도 이
를 따랐다. 獎飾(장식)-기리다. 칭송하다.
≪독서당두공부문집주해≫: 주학령의 판본에는 '우'로 되어 있
는데 옳지 않다.(朱作于, 未是.)

180 尊異(존이)-존엄하고 남다르다.

[珩珮 8구]
≪두시상주≫: 세 번째는 은혜와 돌아보심을 입어 악왕을 낳았음
을 말하였다.(其三, 言承恩眷而生鄂王.)

181 離宮(이궁)-제왕이 궁을 떠나서 머무는 궁실.

182 度月(도월)-달이 지나가다.

[同輦 2구] 현종과 황보씨가 밤새 함께 행복한 시간을 보내고 있다는
말이다.

183 惠好(혜호)-은혜. 終極(종극)-끝내 다하다. 황보씨가 죽을 것을
암시한다.

[小苑 8구]
≪두시상주≫: 네 번째는 총애가 많았지만 끝내는 사라졌음을
적었다. 무림 사람 왕석이 말하기를, "'바람이 불어온다'는 '봄'
을 받고 '달이 지나간다'는 '밤'을 받으며, '수레를 같이 탄다'는
'궁원'을 받고 '향을 사른다'는 '궁'을 받으니 맥락이 정연하다.
옛 판본에는 '꽃 사이로 달이 지나가는데 수레를 같이 타고는
돌아오지 않았고, 못가에는 바람이 부는데 향을 사르는 일이 그
치지 않았다.'라고 되어 있는데 판각의 잘못임이 틀림없다."라고
하였다. 주학령은 '미귀'를 '미식'으로 고쳤는데 뜻이 또한 완전
치 않다. ≪시경·패풍·북풍北風≫에서 "은혜롭게도 나를 좋아
한다."라고 하였다.(其四, 記寵盛而終衰也. 武林王錫曰, 臨風承

春, 度月承夜, 同輦承苑, 焚香承宮, 脉理井然. 舊本作花間度月, 同輦未歸, 池畔臨風, 焚香不息, 刊誤無疑. 朱氏改未歸爲未飾, 義亦未安. 詩, 惠而好我.)

184 馮相(풍상)-주나라 관직명으로 천문을 관장했다. 祲祲(시침)- 사악한 기운을 보다.

≪문선≫ 장형張衡 <동경부東京賦> "馮相觀祲" 이선李善 주: ≪주례≫에서 "춘관 종백 풍상씨는 매해 일월성신의 자리를 관장하는데 그 길흉의 징조를 판별하여 이것으로 계절의 변화로 삼는다."라고 하였다. 정현이 주에서 "'풍'은 오른다는 뜻이고, '상'은 살핀다는 뜻이다."라고 하였다. '침'은 음기와 양기가 서로 침범하여 점차 재앙이 되는 것을 말한다.(周禮曰, 春官宗伯馮相氏, 掌歲日月星辰之位, 辨其災祥, 以爲時候. 鄭玄曰, 馮, 乘也. 相, 視也. 祲謂陰陽氣相浸, 漸以成災也.)

185 太史(태사)-관직명으로 서주와 춘추시대 때 역사를 기록하고 국가 전적과 천문 역법을 관장했다. 書氛(서분)-재앙을 기록하다.

186 藏舟(장주)-배를 감추다. ≪장자≫의 고사를 인용하여 사물이 부단히 변화함을 비유한다. 이와 달리 황보씨가 죽어 현종이 더 이상 뱃놀이를 하지 않는다고 보기도 한다. 晦色(회색)-어둠. ≪장자·대종사大宗師≫: 대저 산골짜기에 배를 감추며 연못 속에 산을 감추고서 단단히 간직하였다고 말하지만, 밤중에 힘이 센 자가 그것을 등에 지고 도망치면 잠자는 사람은 알지 못한다. 작은 것과 큰 것을 감추는 데는 각기 마땅한 곳이 있으나 그래도 훔쳐서 도주할 곳이 있다. 하지만 천하를 천하에 감추면 훔쳐서 도주할 수가 없다. 이것이 항상 일정한 만물의 큰 진실인데 그저 사람의 형체를 훔쳐서 오히려 기뻐한다. 사람의 형체와 같은 것은 만 번 변화하는 것으로 처음부터 다함이 없다.(夫藏舟於壑, 藏山於澤, 謂之固矣. 然而夜半, 有力者, 負之而走, 昧者不知也. 藏小大有宜, 猶有所遯, 若夫藏天下於天下, 而不得所遯, 是恆物之大情也, 特犯人之形, 而猶喜之. 若人之形者, 萬化而未

始有極也.)

187 逝水(서수)-흘러가는 물. 다시 오지 않는 세월, 되돌릴 수 없는
삶을 상징한다. 寒文(한문)-차가운 파문.

188 翠幄(취악)-비췻빛 장막. 궁중의 장막인데, 여기서는 장례를 치
르는 장막인 것으로 보인다. 成彩(성채)-채색을 이루다. 여기서
는 장막을 쳤다는 뜻이다. ≪두시상주≫에서는 '成'이 '滅'의 잘
못일 것이라고 하였는데, 쓸쓸한 장례 분위기를 묘사하는 것으로
보고자 했던 것으로 보인다.

189 金爐(금로)-금 향로. 罷燻(파훈)-연기 내는 것을 멈추다.

190 燕趙(연조)-연 땅과 조 땅은 중원의 북쪽이며 좋은 말이 많이
난다.

191 瀟湘(소상)-중국 남방에 있는 강 이름이다. 순임금의 두 비인
아황蛾皇과 여영女英이 순임금이 죽자 슬퍼하며 상강에 빠져
죽은 것과 관련이 있을 수도 있다.

[燕趙 2구] 남쪽과 북쪽의 홀로 있는 경물을 묘사하여 황보씨의 죽음
의 쓸쓸함을 비유적으로 표현한 것으로 보인다. 이와 달리 황보
씨의 영령이 북방에서 고향인 남방으로 갔다고 보는 설도 있으나
취하지 않는다.

[馮相 8구]
≪두시상주≫: 다섯 번째는 육신은 죽고 영혼은 떠돌아다님을
애달파하였다. '배를 감추었다'는 것은 다시 궁원을 노닐지 못하
는 것이고 '푸른 장막'은 궁중에서 상례를 치르는 것이다. '연
땅과 조 땅'과 '소상'은 혼백이 북쪽에서 남쪽으로 갔다는 것이
다.(其五, 傷身卒而神遊也. 藏舟, 不復遊苑. 翠幄, 喪在宮中. 燕趙
瀟湘, 魂氣自北而南.)

192 恍惚(황홀)-희미하여 모호한 모양.

193 蒼茫(창망)-아득한 모양. 具美(구미)-모든 것을 갖춘 아름다움.

194 王子(왕자)-황보씨의 아들 악왕 이요를 가리킨다. 모함으로 폐
위되어 서인이 되었으며 결국 현종으로부터 죽임을 받았다. 國除

(국제)-봉호로 받은 나라를 박탈당하다.

195 匪他(비타)-다른 사람이 아닌 바로 형제라는 뜻이다. 이 구에
대해 악왕의 이복형제로 악왕과 같이 연루되어 폐위되고 죽임을
받은 광왕 이거를 언급한 것이라는 의견과 그의 죄가 아니라고
풀이하는 의견이 있는데, 그 의미가 확실치 않다.
≪시경·소아·규변頍弁≫: 어찌 이 사람이 다른 사람일까, 형제
이지 타인이 아니다.(豈伊異人, 兄弟匪他.)
≪독서당두공부문집주해≫: 그의 죄가 아니라는 말이다.(言非
其罪.)

196 公主(공주)-임진공주를 가리킨다.

197 永懷(영회)-오래도록 생각하다. 彼(피)-저곳. 하남현에 있는 어
머니 황보씨의 무덤을 가리킨다.

198 日居月諸(일거월저)-≪시경≫의 구절인데 세월이 흘러감을 뜻
한다. '거'와 '저'는 뜻없는 어조사이다.
≪시경·패풍邶風·백주柏舟≫: 해여 달이여 어찌하여 번갈아
가며 쇠미해지는가? 마음의 근심이여, 마치 옷을 빨지 않은 듯하
구나. 조용히 생각해봐도 떨쳐 날아오를 수가 없구나.(日居月諸,
胡迭而微. 心之憂矣, 如匪澣衣. 靜言思之, 不能奮飛.)

199 丘隴(구롱)-무덤. 荊杞(형기)-가시나무와 구기자나무. 황폐함
을 상징한다.

[恍惚 8구]
≪두시상주≫: 여섯 번째는 죽은 뒤의 황량한 모습을 적었다.(其
六, 誌歿後荒凉之狀.)

200 巖巖(암암)-우뚝한 모양. 禹鑿(우착)-우임금이 뚫다. 낙양 이천
에 있는 용문을 가리킨다.

201 瀰瀰(미미)-물이 가득한 모양.

[巖巖 2구]
≪두시상주≫: 용문과 이수는 모두 동도 낙양에 있다. ≪사기≫
에서 우임금이 용문을 뚫었다고 하였다.(龍門伊水, 皆東都也. 史

記, 禹鑿龍門.)

202 列樹(열수)-늘어선 나무. 황보씨 무덤에 심은 나무를 가리킨다.
拱矣(홍의)-한 아름이 되다. 무덤을 조성한 지 오래되었다는 말
이다.

203 豐碑(풍비)-큰 비석. 闕(궐)-없다. 빠지다. '缺'로 된 판본도 있
다.

204 述作(술작)-짓다. 비문을 짓는 것을 말한다.

205 歘(홀)-갑자기. 순식간에. 雕鐫(조전)-새기다. 비문을 새기는 것
을 말한다.

206 金石(금석)-비문을 가리킨다.

207 蛟龍(교룡)-비석의 용 조각을 가리키는 듯하다.
《독서당두공부문집주해》: '교룡'은 비석 옆에 조각된 용 무늬
를 가리킨다.(蛟龍, 指碑傍所刻之龍文.)

[巖巖 8구]
《두시상주》: 일곱 번째는 오래 지나서 묘비를 짓기로 했음을
서술하였다.(其七, 敍歷久而作墓碑.)

208 少室(소실)-낙양 동쪽에 있는 산의 이름이다.

209 繚垣(요원)-휘감은 담장. 무덤 주위를 두른 담장을 가리킨다.

210 麓(록)-산자락.

211 不朽(불후)-사라지지 않다.

[少室 8구]
《두시상주》: 여덟 번째는 비문이 후세에 드리울 것이라고 말하
였다. '소실'은 산 이름이고 '요원'은 묘의 담장이다.(其八, 言勒
銘以垂後世. 少室, 山名. 繚垣, 墓墻.)

唐故萬年縣君京兆杜氏墓誌

당나라 고 만년현군 경조 두씨 묘지

甫以世之錄行跡示將來者多矣,[1] 大抵家人賄賂,[2] 詞客阿諛,[3] 眞僞百端,[4] 波瀾一揆.[5] 夫載筆光芒於金石,[6] 作程通達於神明,[7] 立德不孤, 揚名歸實,[8] 可以發皇內則,[9] 標格女史,[10] 竊見於萬年縣君得之矣. 其先系統於伊祁,[11] 分姓於唐杜,[12] 吾祖也,[13] 吾知之. 遠自周室, 迄於聖代,[14] 傳之以仁義禮智信, 列之以公侯伯子男.[15] 春秋傳云, 穆叔謂之世錄,[16] 其在玆乎.[17] 曾祖某,[18] 隋河內郡司功獲嘉縣令.[19] 王父某,[20] 皇朝監察御史洛州鞏縣令.[21] 前朝咸以士林取貴,[22] 宰邑成名.[23] 考某,[24] 修文館學士尙書膳部員外郎,[25] 天下之人, 謂之才子.[26] 兄升,[27] 國史有傳,[28] 縉紳之士,[29] 誄爲孝童.[30] 故美玉多出於崑山,[31] 明珠必傳於滄海. 蓋縣君受中和之氣,[32] 成蕭雍之德,[33] 其來尙矣.[34] 作配君子,[35] 實爲好仇.[36] 河東裴君諱榮期,[37] 見任濟王府錄事參軍,[38] 入在淸通,[39] 同行領袖,[40] 素髮相敬,[41] 朱紱有光.[42] 縣君旣早習於家風, 以陰敎爲己任,[43] 執婦道而純一,[44] 與禮法而終始,[45] 可得聞也.[46] 昔舅没姑老,[47] 承順顔色,[48] 侍歷

年之寢疾,⁴⁹ 力不暇於須臾.⁵⁰ 苟便於人,⁵¹ 皆在於手，淚
積而形骸奪氣,⁵² 憂深而巾櫛生塵.⁵³ 尊卑之道然,⁵⁴ 固出
自於天性,⁵⁵ 孝養哀送,⁵⁶ 名流稱仰,⁵⁷ 允所謂能循法度,⁵⁸
則可以承先祖供給祭祀矣.⁵⁹ 惟其矜莊門戶,⁶⁰ 節制差
服,⁶¹ 功成則運,⁶² 有若四時,⁶³ 物或猶乖,⁶⁴ 匪躬終日.⁶⁵ 繡
畫組就之事,⁶⁶ 割烹煎和之宜,⁶⁷ 規矩數及於親姻,⁶⁸ 脫落
頗盈於歲序.⁶⁹ 若其先人後己,⁷⁰ 上下敦睦,⁷¹ 縣罄知歸,⁷²
揖讓惟久,⁷³ 在嫂叔則有謝氏光小郎之才,⁷⁴ 於姊姒則有
鍾琰洽介婦之德,⁷⁵ 周給不礙於親疏,⁷⁶ 汎愛無擇於良
賤.⁷⁷ 至如星霜伏臘,⁷⁸ 軒騎歸寧,⁷⁹ 慈母每謂於飛來，幼
童亦生乎感悅.⁸⁰ 加以詩書潤業,⁸¹ 導誘為心,⁸² 遏悔吝於
未萌,⁸³ 驗是非於往事,⁸⁴ 內則置諸子於無過之地,⁸⁵ 外則
使他人見賢而思齊.⁸⁶ 爰自十載已還,⁸⁷ 默契一乘之理.⁸⁸
絕葷血於禪味,⁸⁹ 混出處於度門.⁹⁰ 喻筏之文字不遺,⁹¹ 開
卷而音義皆達.⁹² 母儀用事,⁹³ 家相遵行矣.⁹⁴ 至於膳食滑
甘之美,⁹⁵ 紕結縫線之難.⁹⁶ 展轉忽微,⁹⁷ 欲參謀而縣解.⁹⁸
指麾補合,⁹⁹ 猶取則於垂成.¹⁰⁰ 其積行累功,¹⁰¹ 不為熏修
所住著,¹⁰² 有如此者. 靈山鎮地,¹⁰³ 長吐煙雲， 德水連
天,¹⁰⁴ 自浮聖象.¹⁰⁵ 則其著心定慧,¹⁰⁶ 豈近於揚榷者哉.¹⁰⁷
天寶元年某月八日，終於東京仁風里,¹⁰⁸ 春秋若干,¹⁰⁹ 示
諸生滅相.¹¹⁰ 越六月二十九日， 遷殯於河南縣平樂鄉之

原,[111] 禮也. 嗚呼哀哉. 琴瑟罷聲,[112] 蘋蘩晦色,[113] 骨肉號兮天地感,[114] 中外痛兮鬼神惻.[115] 有子, 長曰朝列, 次朝英, 北海郡壽光尉,[116] 次朝牧. 女, 長適獨孤氏,[117] 次閻氏, 皆稟自胎教,[118] 成於妙年.[119] 厥初寢疾也,[120] 惟長女在, 列英牧或以遊以宦,[121] 莫獲同曾氏之元申,[122] 號而不哭,[123] 傷斷鄰里,[124] 悠哉少女,[125] 未始聞哀,[126] 又是酸鼻.[127] 嗚呼, 縣君有語曰, 可以褐衣歛我,[128] 起塔而葬.[129] 裴公自以從大夫之後,[130] 成縣君之榮,[131] 愛禮實深,[132] 遺意蓋闕.[133] 但褐衣在歛, 而幽隧爰封,[134] 其所廕飾,[135] 咸遵儉素.[136] 眷茲邑號,[137] 未降天書,[138] 各有司存,[139] 成之不日.[140] 嗚呼哀哉. 有兄子曰甫, 制服於斯,[141] 紀德於斯,[142] 刻石於斯.[143] 或曰, 豈孝童之猶子與,[144] 奚孝義之勤若此.[145] 甫泣而對曰, 非敢當是也, 亦爲報也. 甫昔臥病於我諸姑,[146] 姑之子又病, 問女巫, 巫曰, 處楹之東南隅者吉. 姑遂易子之地以安我. 我用是存,[147] 而姑之子卒, 後乃知之於走使.[148] 甫嘗有說於人, 客將出涕, 感者久之, 相與定諡曰義.[149] 君子以爲魯義姑者,[150] 遇暴客於郊,[151] 抱其所攜, 棄其所抱, 以割私愛,[152] 縣君有焉. 是以舉茲一隅, 昭彼百行,[153] 銘而不韻,[154] 蓋情至無文.[155] 其詞曰, 嗚呼, 有唐義姑,[156] 京兆杜氏之墓.

두보가 생각건대 세상에 행적을 적어서 후대에 보여주는 것이 많은데 대체로 집안사람이 뇌물을 주면 문인이 아첨하여 각종의 거짓이 있음에 여러 종류이기는 하지만 한 가지입니다. 대저 붓을 휘둘러 비석에 빛나며 법도를 이루어 신명에 통해 도달하면 세운 덕이 외롭지 않고 드날린 명성이 실질로 귀결되는데, 이로써 선양한 내칙과 모범이 되는 여인을 만년현군에게서 얻었음을 삼가 볼 수 있게 되었습니다. 그 선조는 이기씨에 계통을 두고 당두씨에서 성을 나누었으니, 우리 조상의 일은 제가 알고 있습니다. 멀리 주나라 왕실에서부터 성스러운 당나라에 이르기까지 인의예지신을 전하였고 공후백자남에 열입되었으니, 《춘추전》에서 목숙이 말한 '대대로 받은 작록'이 아마도 여기에 있었습니다. 증조부 아무개는 수나라 하내군 사공과 획가현령을 지냈고 조부 아무개는 당나라 감찰어사와 낙주 공현령을 지냈는데 앞 조대에서 모두 사림으로 귀함을 얻었고 지방장관으로 이름을 이루었다고 여겼습니다. 부친 아무개는 수문관학사와 상서 선부원외랑을 역임하셨는데, 천하의 사람들이 그를 재능 있는 자라 일컬었습니다. 오라버니 두승은 나라의 사서에 전이 있는데, 진신의 선비가 뇌문을 지어 효성스런 아이라고 하였습니다. 그러므로 아름다운 옥이 곤산에서 많이 나오고 밝은 구슬이 반드시 창해에 전해졌으니, 대체로 현군이 중화의 기운을 받고 숙옹의 덕을 이룬 것은 그 유래가 오래였습니다. 군자의 배필이 되었으니 실로 좋은 짝이었습니다. 하동 배군의 이름은 영기인데 제왕부 녹사참군에 임용되어, 들어가서는 청렴함과 정통함에 있어 동료들의 모범이 되었고, 백발이 되도록 서로 공경하여 붉은 인끈에 빛이 났습니다. 현군은 이미 가풍을 일찍이 익혀 음교를 자신의 임무로 여겼으며, 부녀자의 도를 붙잡아 순박하였고 예법과 함께 시종일관하였기에 명성이 널리 알려질 수 있었습니다. 예전에 시아버지가 돌아가시고 시어머니가 노쇠하셨을 때 안색을 공손히 받들어 몇 년간의 병상을 모시면서 힘을 잠시도 쉬지 않으셨습니다. 만일 사람에게 좋다면 모두 손에 넣으셨는데, 눈물이 쌓여 모습에서 기운이 빼앗겼고 근심이 깊어 수건과 빗에 먼지가 생겼습니다. 윗사람 아랫사람에 관한 도가 그러함은 진실로 천성에서 나오는데, 효성으로 봉양하고 애달픔으로 임종하니 이름난 이들이 칭송하고 우러렀습니다. 진실로 이른바 법도를 따를 수 있다면 선조를 받들어 제사를 모실 수 있다는 것이었습니다. 집안을 엄숙하고 장중하게 하고 예의규범으로 차등지워 복종하여, 공적이 이루어지고 법도가 운영됨이 마치 사계절이 운행하는 듯하였으니, 일에 혹 그래도 어긋나더라도 하루를 넘기지 않았습니다. 수놓은 그림이나 면류관 끈 만드는 일과 썰고 삶고 지지고 양념하는 마땅함에 있어서 그 법도가 친인척 사이에 자주 미쳤고 빠졌던 것이 세월이 지남에 따라 제법 가득 찼습니다. 타인을 우선시하고 자신을 뒤로 하니 위아래가 돈독하고 화목하며, 빈 그릇을 걸어놓은 가난한 이들에 대해 돌아갈 바를 알았기에 읍을 하며 양보한 것이 오래되었습니다. 형수와 숙부에 있어서는 사씨가 소랑의 재주를 빛낸 것 같음이 있고, 언니와 동서에 있어서는 종담이 개부의 덕에 부합하였던 것 같음이 있었으니, 두루 공급함에 친소에 구애받지 않았고 널리 사랑함에 귀천을 가리지 않았습니다. 한편 세월이 흘러 여름과 겨울의 절기가 되면 수레 몰고 친정으로 돌아가 문안하였는데, 자애로운 어머니는 매번 날 듯이 오라 말씀하시고 어린아이는 또한 즐거움에 감동하며 자랐습니다. 게다가 ≪시경≫과 ≪서경≫으로 가업을 윤택하게 하였으며 이끌어 주고 깨우쳐 줌을 마음으로 삼았으니, 아직 일이 발생하기 전에 재앙을 막았으며 지난 일로 시비를 징험하시어, 안으로는 과오가 없는 땅에 여러 자식을 두셨고 밖으로는 다른 사람으로 하여금 어짊을 보면 같게 됨을 생각하도록 하셨습니다. 십 년 동안 일승의 이치를 묵묵히 깨치시어, 참선의 맛에 들어 훈채와 육식을 끊고 도문에서 나고 듦을 한가지로 보게 되었으며, 뗏목에 비유한 불경을 빠짐없이 보아 책을 열면 음과 뜻이 모두 통달하셨습니다. 어머니의 도리로 일을 처리하시니 집안의 노복들이 따르며 실행하게 되었는데, 음식의 매끄럽고 달콤한 맛과 활도지개 매듭 봉재의 어려움에 있어서는 반복하고 세밀하여서 논의에 참여하여 해결하고자 하였고, 지휘하고 보조하여서 여전히 법칙을 얻어 성숙함에 접근하셨으니, 그 쌓은 행적과 공적이 정심으로 수행함에 집착하지만은 않았기에 이와 같음이 있었습니다. 신령한 산이 땅을 진압하며 안개와 구름을 오래도록 토해내고, 덕스러운 물이 하늘에 연결되어 절로 성스러운 모습을 띄웠으니, 선정과 지혜에 마음을 둔 것이 어찌 그 대강을 얻었음에 가깝지 않았겠습니까? 천보 원년 모월 8일 동경 낙양 인풍리에서 삶을 마치셨는데 연세는 여러 세였고 여러 중생에게 멸상을 보이셨습니다. 6월 29일이 지나 하남현 평락향의 들로 초빈을 옮겼는데, 예에 맞았습니다. 아아 슬프도다. 금과 슬은 소리를 내지 않고 네가래와 산흰쑥은 빛이 어두워졌으며, 골육이 소리쳐 천지가 감동하고 여러 친척이 애통하여 귀신이 슬퍼합니다. 아들이 있어 맏이는 배조열이고 둘째는 배조영으로 북해군 수광위이며, 그다음은 배조목입니다. 딸로는 맏이는 독고씨에게 시집갔고 둘째는 염씨에게 시집갔습니다. 모두 태교에서 재능을 받았고 젊은 나이에 집안을 이루었습니다. 그가 처음 병들어 누웠을 때 오직 장녀가 있었는데, 조열, 조영, 조목은 혹 외지를 떠돌거나 벼슬살이하느라 증자의 아들인 증원과 증신처럼 하지는 못하였습니다. 소리를 지르되 곡을 하지 않았으니 마을 사람들을 애끓듯 마음 아프게 하였고, 한가로운 어린 딸은 아직 슬픔을 알지는 못했기에 또 코를 시큰거리게 하였습니다. 아아, 현군께서 말씀하시길, "베옷으로 나를 염하고 탑을 세우고 매장하면 된다."라고 하셨습니다. 배공은 스스로 어사대부의 후예임을 따라 현군의 영예를 이루었으니, 예를 사랑함이 실로 깊어 남긴 뜻은 없는 듯이 하셨습니다. 하지만 베옷이 염할 때 있었고 무덤이 이에 높이 솟았으며, 그 진열한 복식은 모두 검소함을 존숭하였습니다. 이 읍호를 돌아보지만 조정의 글이 아직 내려오지 않았는데, 각기 맡은 직분이 있으니 오래지 않아 이루어질 것입니다. 아아 슬프도다. 오라버니의 아들은 두보인데 여기서 상복을 입고 여기서 덕을 기려 여기서 돌에 새깁니다. 혹자가 말하기를, "아마 효성스런 아이의 조카이리라, 어찌하여 효성의 뜻이 신실함이 이와 같은가?"라고 하니, 저 두보가 울면서 대답하여 말하기를, "감히 감당하지 못하겠습니다. 또한 보답을 하는 것입니다. 제가 예전에 우리 여러 고모 곁에서 병들어 누웠는데 고모의 아들 역시 병이 들었습니다. 무당에게 물으니 무당이 말하기를, '기둥의 남동쪽 모퉁이에 두면 좋다.'라 하니 고모가 마침내 아들의 자리를 바꾸어 저를 안돈시켰는데, 제가 이 때문에 살아남고 고모의 아들은 죽었습니다. 후에 하인들이 알려주었습니다."라고 하였습니다. 제가 일찍이 다른 사람에게 이 이야기를 하면 객들이 눈물을 흘렸고 감동한 것이 오래였기에, 서로 더불어 시호를 '의'로 정하였습니다. 군자는 노나라의 의로운 고모가 교외에서 도적을 만났다가 데리고 가던 아이를 품에 안고 품에 안은 아이를 버려 사사로운 사랑을 떼어낸 것이 현군에게도 있었다고 여겼습니다. 이로써 이 한 모퉁이를 들어 저 백 가지 행실을 밝힙니다. 명을 지음에 운을 하지 않았으니 대체로 정이 지극하면 수식은 없기 때문입니다. 그 명문은 다음과 같습니다. 아아, 당나라의 의로운 고모가 있으니 경조 사람 두씨의 묘이다.

[해제]

이 글은 두보의 고모의 묘지墓誌이다. 두씨 가문의 연원과 증조부 이하 조상과 가족의 연혁을 말하고는, 그녀의 인품과 재능에 대해 상세하게 기술하여 칭송하였다. 특히 집안일을 잘 처리하였음을 소상하게 말하였으며 불교에 빠지기는 하였지만 그의 업적은 모두 그의 성정에서 비롯되었다고 하였다. 마지막에는 자신의 아들 대신 두보를 살려준 은혜를 말하면서 그녀의 인품을 단적으로 드러내어 칭송하였으며, 그녀에 대한 은혜에 감사하는 마음을 표현하였다. 만년현군은 두씨의 봉호인데 만년현은 장안에 있었으며 현군은 오품 관원의 부인이 받았다. 경조는 장안을 말한다. 두보가 하남에 있을 때인 천보 9년에 지었다는 설이 있으나 글의 내용에 따라 초빈을 옮겼을 때인 천보 원년에 지었다는 설이 타당해 보인다.

≪독서당두공부문집주해≫: 원주에서 "≪연보≫에서 '천보 9년 두보가 하남에 있었는데 만년현군 경조 두씨 묘의 지를 썼다.'라고 하였다."라고 하였다. 살펴보건대 '현군'은 두보의 고모이다. 또 살펴보건대 두보의 <당나라 고 범양사람 태군 노씨 묘지(唐故范陽太君盧氏墓誌)>에서 현군은 하동 사람 배영기에게 시집갔다고 하였으며 배영기는 일찍이 제왕부 녹사참군사였다.(原註, 年譜云, 天寶九年, 公在河南, 誌萬年縣君京兆杜氏墓. 按, 縣君, 公之姑也. 又按, 公范陽太君墓誌云, 縣君適河東裴榮期, 榮期嘗爲濟王府錄事.)

≪두보전집교주≫: 천보 원년 두보의 둘째 고모가 낙양 인풍리에서

세상을 떠났고 6월에 하남현 평락향으로 초빈을 옮겼는데, 두보가 이에 이 묘지를 지었다.(天寶元年, 杜甫二姑於洛陽仁風里去世, 六月遷殯於河南縣平樂鄉, 杜甫乃作此墓誌.)

[주석]

1 錄行跡示將來(녹행적시장래)-행적을 적어서 후세에 보여주다. 여기서는 묘지墓誌를 짓는 것을 말한다.

2 賄賂(회뢰)-뇌물을 주다.

3 詞客(사객)-문인. 阿諛(아유)-아첨하다. 고인의 행적을 과장하여 좋게 써주는 것을 말한다.

4 眞僞(진위)-원래는 참과 거짓인데, 여기서는 거짓만 뜻한다. 百端(백단)-온갖 종류.

5 波瀾(파란)-기복. 여러 종류가 있다는 말이다. 一揆(일규)-한 가지이다. 마찬가지이다.

[大抵 4구]
≪독서당두공부문집주해≫: 후세 묘지의 폐단을 다 말하였다.(說盡後世石誌之弊.)

6 載筆(재필)-붓을 휘두르다. 문장을 짓는다는 말이다. 光芒(광망)-빛이 나다. 金石(금석)-비석을 말한다.

7 作程(작정)-모범이 되다. 규범을 세우다. 通達(통달)-통해서 도달하다. 神明(신명)-여기서는 죽은 자의 신령을 말한다.

8 歸實(귀실)-실질로 귀결되다. 묘지에 쓴 내용이 실질과 부합한다는 말이다.

9 發皇(발황)-크게 드날리다. 內則(내칙)-부녀자가 가져야 할 도리.

10 標格(표격)-모범이 되다. 女史(여사)-문사에 대한 지식이 있는 여인을 가리킨다.

11 先(선)-선조. 伊祁(이기)-요임금의 성인데, 그 먼 후손이 두씨의 선조이다.

≪신당서·재상세계표宰相世系表≫: 두씨는 기성에서 나왔는데 요임금의 먼 후손인 유루의 후예이다. 주나라 때는 당두씨였는데 성왕이 당나라를 멸망시킨 뒤 동생 숙오를 그 땅에 봉하고, 당씨의 자손을 두성에 고쳐서 봉하였으니 경조 두릉현이 바로 그곳이다.(杜氏出自祁姓, 帝堯裔孫劉累之後. 在周爲唐杜氏, 成王滅唐, 以封弟叔虞, 改封唐氏子孫於杜城, 京兆杜陵縣, 是也.)

12 唐杜(당두)-주나라 때의 성씨로 당씨와 두씨로 나누어졌다.

≪좌전·양공襄公 24년≫: 노나라 목숙이 진나라로 갔는데 범선자가 맞이하였다. 그에게 물어 말하기를, "옛사람이 말하기를 '죽어도 사라지지 않는다'라고 하였는데 무엇을 말한 것입니까?"라고 하니 목숙이 대답하지 않았다. 범선자가 "옛날 우리(개句는 범선자의 이름) 선조는 순임금 이전에는 도당씨였고 하나라 때는 어룡씨였으며 상나라 때는 시위씨였고 주나라 때는 당두씨였으며 진나라가 중원 결맹의 주인일 때는 범씨였으니 아마도 이것을 말하는 것이겠지요?"라고 하였다. 목숙이 말하기를, "제(표豹는 목숙의 이름)가 듣기에 이것은 '세록'이라고 하는 것인데 사라지지 않는 것이 아닙니다."라고 하였다.(穆叔如晉, 范宣子逆之, 問焉曰, 古人有言曰, 死而不朽, 何謂也. 穆叔未對. 宣子曰, 昔句之祖, 自虞以上爲陶唐氏, 在夏爲御龍氏, 在商爲豕韋氏, 在周爲唐杜氏, 晉主夏盟爲范氏, 其是之謂乎. 穆叔曰, 以豹所聞, 此之謂世祿, 非不朽也.)

두보 <친척 아우인 당씨 사군에게 삼가 부치다(敬寄族弟唐十八使君)>: 그대와는 도당씨로 성대한 일족에 훌륭한 이가 많았다.(與君陶唐氏, 盛族多其人.)

13 吾祖(오조)-우리 조상.

[吾祖 2구]

≪좌전·소공昭公 17년≫: 담자가 와서 조회하자 소공이 그에게 연회를 베풀었다. 소공이 물어 말하기를, "소호씨는 새 이름으로 관직의 명칭을 붙였는데 무엇 때문이었습니까?"라고 하니, 담자

가 말하기를, "우리 조상이니 제가 알고 있습니다."라고 하였다. (郯子來朝, 公與之宴. 昭子問焉, 曰, 少昊氏以鳥名官, 何故也. 郯子曰, 吾祖也, 吾知之.)

14 迄(흘)-~까지. 聖代(성대)-당나라를 가리킨다.

15 列(렬)-대열에 함께 하다. 公侯伯子男(공후백자남)-봉작의 다섯 등급이다.

16 世錄(세록)-대대로 받는 봉록.

17 玆(자)-여기. 두씨 일족을 가리킨다.

18 曾祖某(증조모)-증조부 아무개. 소정蘇頲의 <북주 고 경조 사람 남자 두병 묘지명(大周故京兆男子杜幷墓誌銘)>에 따르면 두어석杜魚石이며 회주懷州 사공을 역임했다.
   ≪두공부시집집주≫: 이름은 고찰할 수 없다.(名無考.)
   소정 <북주 고 경조 사람 남자 두병 묘지명>: 증조부는 두어석으로 수나라 회주사공과 획가현령이었다.(曾祖魚石, 隋懷州司功, 獲嘉縣令.)

19 河內郡(하내군)-지금의 하남성 심양沁陽이며 수당 때는 회주였다. 司功(사공)-관직명으로 토목 등을 관장했으며 수당 때는 정일품이었다. 獲嘉縣(획가현)-지금의 하남성 획가. 令(령)-지방 장관의 관직명.

20 王父(왕부)-조부. 두의예이다.
   ≪두공부시집집주≫: 이름은 의예이다.(名依藝.)
   소정 <북주 고 경조 사람 남자 두병 묘지명>: 조부는 두의예로 당나라 옹주사법참군과 낙주 공현령이었다.(祖依藝, 唐雍州司法, 洛州鞏縣令.)

21 監察御史(감찰어사)-어사대의 관직명으로 정팔품상이다. 鞏縣(공현)-지금의 하남성 정주鄭州 공현이다.

22 前朝(전조)-수나라를 가리킨다. 士林(사림)-문인 사대부. 取貴(취귀)-중시되다.

23 宰邑(재읍)-고을을 다스리다. 지방 장관을 말한다. 成名(성명)-

명성을 이루다.

24 考(고)-부친. 두심언이다.

≪두공부시집집주≫: 이름은 심언이다.(名審言.)

25 修文館學士(수문관학사)-수문관은 당나라 문하성의 관서 이름
으로 도서를 관장하고 오품 이상 관원의 자제를 교육하였다. 이
후 홍문관弘文館, 소문관昭文館으로 바꾸었다. 오품 이상의 관
원을 학사라고 불렀다. 膳部(선부)-예부의 관서로 제기나 의례
품을 담당하였다. 원외랑은 종육품상이었다.

26 才子(재자)-재덕을 겸비한 이를 부르는 말이다.

27 兄升(형승)-두씨의 오라버니 두승. ≪당서≫ 등 여러 기록에는
'승'이 '병幷'으로 되어 있다. 두심언의 둘째 아들이며 두보의
숙부이다.

≪신당서·두심언전≫: (두심언이) 관직을 몇 번 옮겨 낙양승이
되었는데 일에 연루되어 길주사호참군으로 폄적되었다. 사마 주
계중과 사호 곽약눌이 그의 죄를 꾸며서 감옥에 가두고는 장차
죽이려고 하였다. 주계중 등이 술에 취했을 때 두심언의 아들
두병이 나이가 열셋이었는데 칼을 소매에 감추었다가 자리에서
주계중을 찔렀으며 좌우의 사람들이 두병을 죽였다. 주계중이
죽기 전에 말하기를, "두심언에게 효자가 있었는데 내가 몰랐구
나. 곽약눌이 짐짓 날 잘못되게 하였구나."라고 하였다. 두심언
은 면직되어 동도 낙양으로 돌아갔다. 소정이 두병의 효성과 맹
렬함을 가슴 아파하면서 묘지명을 지었다.(累遷洛陽丞, 坐事貶
吉州司戶參軍. 司馬周季重司戶郭若訥構其罪, 繫獄, 將殺之. 季
重等酒酣, 審言子幷, 年十三, 袖刀刺季重於坐, 左右殺幷. 季重將
死曰, 審言有孝子, 吾不知. 若訥故誤我. 審言免官, 還東都. 蘇頲
傷幷孝烈, 誌其墓)

28 國史有傳(국사유전)-나라에서 편찬한 사서에 전이 있다. 지금
전하는 ≪당서≫에 두병의 전이 전해지지는 않는다.

29 縉紳之士(진신지사)-예복의 큰 띠에 홀을 꽂은 선비. 사대부를

가리킨다.

30 誄(뢰)-애도문의 일종이다.

31 崑山(곤산)-곤륜산. 아름다운 옥이 많이 난다고 한다.
[美玉 2구] 두씨 가문에 훌륭한 자손이 많이 나왔음을 비유적으로
표현한 것이다.

32 縣君(현군)-두보의 고모인 만년현군을 가리킨다. 中和(중화)-
중용와 조화.

33 肅雍(숙옹)-장엄하고 온화하다.

34 其來(기래)-그 내력. 尙(상)-오래되다. 이 구는 만년현군과 같
이 훌륭한 이가 나오게 된 두씨 집안의 내력이 오래되었다는
말이다.

35 作配(작배)-배필이 되다.

36 好仇(호구)-좋은 짝.
≪시경·관저關雎≫: 얌전하고 단정한 여인은 군자의 좋은 짝이
다.(窈窕淑女, 君子好逑.)
≪예기禮記·치의緇衣≫ "君子好仇" 공영달 소: 이는 ≪시경·
주남·관저≫의 시로 시의 뜻은 "얌전하고 단정한 여인은 군자
의 좋은 짝이다."인데, 여기서는 단장취의하여 군자가 좋은 사람
으로 배필을 삼는다는 말이다.(此周南關雎之篇, 詩意云, 窈窕淑
女, 君子好仇. 此則斷章云君子之人以好人爲匹也.)

37 諱(휘)-죽은 사람의 이름을 가리킨다. 榮期(영기)-두보의 두 번
째 고모부인 배영기裴榮期이다. 천보 원년부터 3년까지 제왕부
濟王府 녹사참군이었다. 그 외 행적은 알려진 바가 없다.

38 濟王(제왕)-현종의 22번째 아들인 이괴李璀이다. 원래 이름은
이일李溢이다. 개원 13년 제왕에 봉해졌고 개원 23년에 개부의
동삼사開府儀同三司가 되었으며 이때 개명하였다. 錄事參軍(녹
사참군)-지방 막료의 부관으로 정오품상에 해당한다.

39 入(입)-부임하다. 淸通(청통)-청렴하고 정통하다.

40 同行(동항)-동료. 領袖(영수)-모범.

41 素髮(소발)-흰 머리.

42 朱紱(주불)-붉은 인끈. 관원의 복식이다.

43 陰敎(음교)-여자의 교화. 己任(기임)-자신의 소임.

44 婦道(부도)-아녀자의 도리. 純一(순일)-순박하다.

45 終始(종시)-시종일관하다.

46 得聞(득문)-명성이 알려지다.

47 舅没(구몰)-시아버지가 죽다. 姑老(고로)-시어머니가 늙다.

48 承順(승순)-온순하게 받들다. 공손히 모신다는 말이다.

49 歷年(역년)-여러 해. 寢疾(침질)-병들어 눕다.

50 不暇(불가)-쉴 겨를이 없다. 須臾(수유)-잠깐.

51 苟(구)-만일. 便於人(편어인)-사람에게 좋다.

[苟便 2구] 병든 시어머니의 몸에 좋은 것이라면 모두 구하였다는
말이다.

52 淚積(누적)-눈물이 쌓이다. 눈물을 많이 흘린다는 말이다. 形骸
(형해)-몸. 奪氣(탈기)-기운을 빼앗다.

53 巾櫛(건즐)-수건과 빗. 이 구는 근심이 많아 단장하지 않았다는
말이다.
≪독서당두공부문집주해≫: 씻고 머리 감을 시간이 없었다는 말
이다.(不暇盥沐也.)

54 尊卑之道(존비지도)-윗사람과 아랫사람의 관계에 대한 도리. 여
기서는 효성을 뜻한다.

55 固(고)-진실로.

56 孝養(효양)-효성으로 공양하다. 哀送(애송)-슬픔으로 애도하며
죽은 이를 보내다.

57 名流(명류)-당시 이름난 이들. 稱仰(칭앙)-칭송하며 우러르다.

58 允(윤)-진실로. 循法度(순법도)-법도를 따르다.

59 供給祭祀(공급제사)-제사를 받들어 모시다.

60 矜莊(긍장)-엄숙하고 장중하다. 門戶(문호)-집안을 뜻한다.

61 節制(절제)-예의규범. 差服(차복)-차등을 두어 복종하다. 서열

에 맞게 복종한다는 말이다.

《독서당두공부문집주해》: 가족 관계의 가깝고 멂에 대한 예를 단속한다는 말이다.(制裁親疏之禮.)

62 功成(공성)-공적이 이루어지다. 則運(칙운)-법도가 운영되다.

63 若四時(약사시)-사계절이 운행되는 것과 같다. 순조롭게 운영된다는 말이다.

64 乖(괴)-어긋나다.

65 匪踰(비유)-넘지 않는다. 終日(종일)-하루. 이 구는 금방 해결된다는 말이다.

66 黼畫(보화)-예복에 그림을 수놓는 것을 말한다. 組就(조취)-면류관에 매다는 끈. 대체로 구슬 등을 꿰어 장식한다.

《주례·천관天官·전사典絲》: 무릇 제사에 수놓은 그림과 면류관 끈 등의 물건을 공급한다.(凡祭祀, 供黼畫組就之物.)

67 割烹煎和(할팽전화)-음식물을 썰고 삶고 지지고 조미하다.

68 規矩(규구)-원을 그리는 그림쇠와 직각을 표시하는 곱자. 법도를 뜻한다. 數及(삭급)-자주 영향을 미치다. 親姻(친인)-혈연과 결혼으로 맺은 친척.

69 脫落(탈락)-빠트리다. 부족하다. 歲序(세서)-세월의 순서. 세월을 뜻한다. 이 구는 집안에 빠진 것이 있으면 세월이 지나감에 제법 충족되었다는 말이다. 이와 달리 '탈락'을 쇄탈灑脫의 뜻으로 보는 설도 있다.

《독서당두공부문집주해》: 구차하게 따지며 헤아리지 않는다는 말이다.(不拘拘較量也.)

《두보전집교주》: '탈락'은 쇄탈하다는 뜻이다.(脫落, 灑脫也.)

70 若其(약기)-접속사로 화제의 전환을 나타낸다. 先人後己(선인후기)-타인을 우선시하고 자신을 뒤로 돌리다.

71 上下(상하)-윗사람과 아랫사람. 敦睦(돈목)-돈독하고 화목하다.

72 縣磬(현경)-빈 그릇을 걸어놓다. 몹시 가난한 상황을 말한다.

知歸(지귀)-돌아갈 바를 알다. 지향하고 해야 할 일을 안다는 말이다.

《독서당두공부문집주해》: 가난을 구휼한다는 말이다.(卹窮.)

73 揖讓(읍양)-읍을 하며 사양하다. 원래 주인과 손님 사이에서 서로 양보하는 예의인데, 여기서는 자신의 것을 가난한 이에게 양보한다는 말이다.

74 嫂叔(수숙)-형수와 숙부. 謝氏(사씨)-진晉나라 왕응지의 처인 사씨를 가리킨다. 小郞(소랑)-남편의 동생을 뜻한다. 사씨는 왕헌지의 형수였다.

《두공부시집집주》에 인용된 《진서晉書·열녀전列女傳》: 왕응지王凝之의 처는 사씨이며 자는 도온이다. 왕응지의 동생 왕헌지王獻之가 손님과 이야기를 나누는데 말의 논리가 굴복하게 되었다. 사도온이 여종을 보내 왕헌지에게 말하기를, "소랑이 곤경에서 벗어나게 하길 원합니다."라고 하고는 푸른 깁을 치고 보장으로 자신을 가리고는 왕헌지가 하던 논의를 이어서 논하니 손님이 그녀를 굴복시킬 수 없었다.(王凝之妻謝氏, 字道韞, 獻之與客談, 詞理將屈, 道韞遣婢白獻之曰, 欲與小郞解圍. 乃施青紗步障自蔽, 論獻之前義, 客不能屈.)

75 姊姒(자사)-언니와 동서. 鍾琰(종담)-진나라 왕혼王渾의 부인으로 동서와 잘 지냈다. 洽(흡)-부합하다. 介婦(개부)-적장자가 아닌 동생들의 부인.

《진서·열녀전》: 왕혼의 처는 종씨로 자는 담이다. … 총명하고 고아하였으며 서적을 두루 읽어 암기하였으며 용모와 행동거지가 아름다웠고 노래를 잘하였다. 예의 법도가 여러 친척의 모범이 되었다. 왕혼에게 시집을 가서 왕제를 낳았다. … 왕혼의 동생 왕담의 처는 학씨인데 또한 덕행을 갖추었다. 종담은 비록 고귀한 가문의 출신이었지만 학씨와 평소 서로 친근하고 존중하였기에 학씨는 빈천함으로써 종담에게 굽신거리지 않았고 종담은 고귀함으로써 학씨를 능멸하지 않았다. 당시 사람들은 "종부인의 예, 학부인의 법”이라고 칭송하였다.(王渾妻鍾氏, 字琰, … 聰慧弘雅, 博覽記籍, 美容止, 善嘯咏, 禮儀法度爲中表所則, 旣 適渾, 生濟. … 渾弟湛妻郝氏, 亦有德行, 琰雖貴門, 與郝雅相親 重, 郝不以賤下琰, 琰不以貴凌郝, 時人稱鍾夫人之禮, 郝夫人之 法云.)

76 周給(주급)-두루 공급히다. 不礙(불애)-구애받지 않다. 親疎(친 소)-가족 관계의 가까움과 멂.

77 汎愛(범애)-두루 사랑하다. 良賤(양천)-귀함과 천함.

78 至如(지여)-한편. 새로운 화제를 제시할 때 사용한다. 星霜(성 상)-세월. 伏臘(복랍)-음력 6월의 복일과 12월인 납월에 지내는 제사인데 널리 절기를 가리킨다.

79 軒騎(헌기)-거마車馬. 歸寧(귀녕)-부모의 안부를 묻기 위해 집 으로 가다.

80 亦(역)-‘方’으로 된 판본도 있다. 感悅(감열)-감동하여 즐거워 하다.

81 潤業(윤업)-가업을 윤택하게 하다.

82 導誘(도유)-이끌어 깨우쳐주다. 爲心(위심)-마음으로 삼다. 자 신의 본분으로 여기다.

83 遏(알)-막다. 悔吝(회린)-재앙. 재난. 未萌(미맹)-아직 싹트지 않다.

84 驗是非(험시비)-옳고 그름을 징험하다. 이 구는 옛 선인의 일에 비추어 현재의 시비를 가린다는 말이다.

85 無過之地(무과지지)-과오가 없는 경지.
≪예기・예운禮運≫: 그러므로 하늘이 사시를 낳고 땅이 재화를 낳으며, 사람은 그 부모가 낳고 스승이 교육한다. 이 네 가지를 임금이 올바름으로 이용한다면 임금된 자는 과오가 없는 경지에 설 것이다.(故天生時而地生財, 人其父生而師敎之, 四者, 君以正 用之, 故君者立於無過之地也.)

86 見賢而思齊(견현이사제)-어진 이를 보면 그와 같게 되기를 생각

하다.

≪논어·이인里仁≫: 어진 이를 보면 그와 같게 되기를 생각하고 어질지 않은 이를 보면 안으로 자신을 반성한다.(見賢思齊, 見不賢而內自省也.)

87 爰(원)-뜻없는 어조사이다. 自(자)-~로부터. 十載(십재)-십 년. 已還(이환)-이래로.

88 黙契(묵계)-침묵 속에 깨치다. 一乘(일승)-불교 용어로 모든 중생을 인도하고 교화하여 성불하게 하는 유일한 방법이나 길을 말한다.

≪법화경法華經≫: 시방 불토에 오직 일승법만 있으며 이도 없고 삼도 없다. 이를 제외한 다른 불법은 모두 방편을 도모하는 설이다.(十方佛土中, 惟有一乘法, 無二亦無三, 除佛方便說.)

89 絶葷血(절훈혈)-매운맛이 나는 채소와 피가 나는 고기 음식을 끊다.

90 混出處(혼출처)-나고 듦을 하나로 여기다. 度門(도문)-법문法門과 같은 말로 수행하여 불법으로 들어가는 방법을 말한다.

≪두공부시집집주≫: ≪화엄소초≫에서 "≪현겁경≫에서 말하기를, '부처에게는 팔만사천 제도법문이 있고 보살이 다닐 때는 제도법문에 통달할 수 있다.'라고 하였다."라고 하였다.(華嚴疏鈔, 賢劫經中說, 佛有八萬四千諸度法門, 菩薩行時, 便能通達諸度法門.)

91 喻筏之文字(유벌지문자)-뗏목에 비유한 문자. 불경을 가리킨다. 열반의 피안에 닿기 위해서는 비록 정법正法이라도 뗏목을 버리듯이 버려야 한다고 하였다.

≪금강경≫: 여래가 항상 말하기를, "너희들 비구는 내 설법이 뗏목의 비유와 같은 것임을 알아야 할지니, 정법이라도 여전히 응당 버려야 하는데 하물며 정법이 아닌 것은 어떠하겠는가."라고 하셨다.(如來常說, 汝等比丘, 知我說法如筏喻者, 法尚應捨, 何況非法.)

92 開卷(개권)-책을 펴다. 여기서는 불경을 읽는 것을 말한다.

93 母儀(모의)-어머니의 도리. 어머니의 모범. 用事(용사)-일을 처리하다. 이 구는 불교에 탐닉하기는 했지만 여전히 어머니의 모범으로 집안일을 처리했다는 말이다.

94 家相(가상)-원래는 경대부경卿大夫 집안의 집사를 뜻하는데 여기서는 집안의 하인을 널리 가리킨다. 遵行(준행)-따르며 실행하다.

95 膳食(선식)-음식. 滑甘(활감)-음식이 매끄럽고 달다. 맛있음을 뜻한다.

96 䪅結(비결)-활도지개의 매듭. 도지개는 비틀린 활을 바로잡는 틀이다. 縫線(봉선)-재봉. 바느질.

97 展轉(전전)-반복하다. 忽微(홀미)-아주 세미하다. 이 구는 '비결봉선'의 어려움에 대해 반복적으로 연습하고 세밀한 부분까지 신경 쓴다는 의미이다.

98 參謀(참모)-모의에 참여하다. 縣解(현해)-원래는 해탈함을 뜻하는데, 여기서는 해결한다는 의미인 듯하다.

99 指麾(지휘)-지휘하다. 통솔하다. 補合(보합)-보조하고 합치다.

100 取則(취칙)-법칙을 취하다. 垂成(수성)-완성함에 도달하다.

101 積行(적행)-좋은 행실을 쌓다.

102 熏修(훈수)-불교 용어로 마음을 깨끗이 하여 수행하는 것을 말한다. 住著(주착)-집착하다. 이 구는 두씨가 집안일을 잘한 것은 불법 수행에만 집착한 것은 아니었기 때문이라는 말이다. ≪독서당두공부문집주해≫: 그가 불교에 빠지지 않았다는 말이다.(謂其不溺於佛教也.)

103 靈山(영산)-신령한 산. 인도에 있는 불교의 성지인 영취산靈鷲山을 가리킬 수도 있다. 鎭地(진지)-땅을 진압하다. 산이 매우 높고 영험함을 뜻한다.

104 德水(덕수)-덕스러운 물. 불교에서 서방 극락세계에 있는 팔공덕수八功德水를 가리킬 수도 있다.

105 聖象(성상)-성스러운 모습. 부처의 상을 말하는 듯하다.

[靈山 4구] 대체로 심원한 불법의 세계를 묘사한 것으로 보인다.

106 著心(착심)-마음을 두다. 定慧(정혜)-불교 용어로 선정禪定과
지혜를 뜻한다.

107 近(근)-'遙'로 된 판본도 있다. 揚搉(양각)-대강을 들어서 알다.
요체를 파악했다는 말이다.

[著心 2구] 두씨가 선정과 불교의 지혜에 마음을 두면서 불법의 요체
를 파악하였다는 말로, 그 결과 불교에 탐닉하지 않고 집안일에
서도 큰 업적을 이룰 수 있었음을 말하고자 한 것이다.
≪독서당두공부문집주해≫: 수식에 상관하지 않았다는 말이다.
(言非關獎飾.)
≪두공부시집집주≫: 이 두 구는 오늘날 판본에는 빠져 있다.(二
句今本訛缺.)

108 東京(동경)-낙양을 가리킨다.

109 春秋(춘추)-나이.

110 諸生(제생)-중생. 滅相(멸상)-유위사상有爲四相의 하나로 생멸
변화하는 색심色心 제법諸法 가운데 현재의 상태가 쇠멸하여
과거의 상태로 돌아가는 것을 말한다. 또는 진여삼상眞如三相의
하나로 진여가 적멸하여 두 종류의 생사(분단생사分段生死와 변
역생사變易生死)가 없는 것을 말한다. 이 구는 두씨가 죽었음을
말한다.

111 遷殯(천빈)-처음에 가매장하였던 것을 옮기다.

112 琴瑟(금슬)-금과 슬. 부부의 돈독함을 상징한다. 罷聲(파성)-연
주를 그만두다.

113 蘋蘩(빈번)-네가래와 산흰쑥. 제례에 사용되는 풀이다. 晦色(회
색)-빛이 어두워지다. 이 구는 조상에 대한 제사를 담당하였던
두씨가 죽었음을 말한 것이다.

114 骨肉(골육)-친척.

115 中外(중외)-일가 안팎의 사람들. 또는 친가와 외가, 친가와 고모
집안을 병칭한다.

116 北海郡(북해군)-지금의 산동성 청주靑州. 尉(위)-현령의 속관 으로 종구품이다.

117 適(적)-시집가다.

118 稟(품)-받다. 自(자)-~로부터.

119 成(성)-집안을 이루다. 妙年(묘년)-젊은 나이.

120 厥初(궐초)-그 처음에.

121 列英牧(열영목)-각각 세 아들의 이름 글자이다. '列'이 '側'으로 된 판본도 있는데, 이 경우는 앞 구절에 붙는다. 宦(환)-벼슬살이 를 하다.

122 曾氏之元申(증씨지원신)-증자의 아들인 증원曾元과 증신曾申. 이들은 증자가 와병하고 있을 때 곁에서 간병하였다.
≪예기·단궁상檀弓上≫: 증자가 병들어 누웠을 때 제자인 악정 자춘은 침상 아래에 앉았고 아들인 증원과 증신은 발치에 앉았으 며 동자는 모퉁이에 앉아서 등불을 쥐고 있었다.(曾子寢疾病, 樂 正子春坐於牀下, 曾元曾申坐於足, 童子隅坐而執燭.)

123 號而不哭(호이불곡)-울부짖으면서 곡을 하지는 않다.

124 傷斷(상단)-매우 가슴아프다. 鄰里(인리)-같은 마을의 사람.

125 悠哉(유재)-여유롭다. 여기서는 아직 어려서 슬픈 줄 모르는 모 양을 표현한 것이다. 少女(소녀)-어린 딸.

126 聞哀(문애)-슬픔을 알다.

127 酸鼻(산비)-코를 시큰거리게 하다. 가슴을 아프게 한다는 말이 다. 이상 두 구는 "始聞哀酸鼻"로 된 판본도 있다.

128 褐衣(갈의)-거친 베옷. 斂(렴)-죽은 사람의 몸에 옷을 입혀 관에 넣는 것.

129 起塔(기탑)-탑을 세우다. 불교식 장례 의식이다.
≪독서당두공부문집주해≫: 탑을 세운다는 것은 불교를 따르는 것이다.(起塔, 從佛敎也.)

130 大夫之後(대부지후)-대부의 후손. 두씨는 한나라 어사대부御史 大夫 두주杜周의 후손이다.

소정의 <북주 고 경조 사람 남자 두병 묘지명>: (두병은) 한나라 어사대부 두주와 진나라 당양후 두예의 후손이다.(漢御史大夫 周, 晉當陽侯預之後.)

131 成縣君之榮(성현군지영)-현군의 영예를 이루다. 어사대부의 후 예다운 장례를 치루었다는 뜻으로 이면에는 불교식으로 장례를 치르라는 유언을 따르지 않았음을 말한다.

132 愛禮(애례)-예를 아끼다. 예를 중시하다.
≪논어·팔일八佾≫: 자공이 고삭(이듬해 책력을 사용하기 전에 조상에 올리는 제례) 제례에 사용하는 양을 사용하지 않으려고 하자 공자가 말하기를 "사야, 너는 그 양을 아끼지만 나는 그 예를 아낀다."라고 하였다.(子貢欲去告朔之餼羊, 子曰, 賜也, 爾 愛其羊, 我愛其禮.)

133 遺意(유의)-남긴 뜻. 蓋闕(개궐)-없는 듯이 하다. 이 구는 두씨 가 죽으며 불교식으로 장례를 치르라고 한 것에 대해 남편인 배영기는 그것에 대해 모르는 것으로 하여 따르지 않았다는 말 이다.
≪논어·자로子路≫: 군자는 모르는 바에 대해서는 없는 듯이 한다.(君子於其所不知, 蓋闕如也.)

134 幽隧(유수)-묘도墓道. 여기서는 무덤을 뜻한다. 爰(원)-이에. 封 (봉)-흙을 높이 쌓다. 봉분을 높이 만든 것을 말한다.

135 厰飾(흠식)-진열한 복식服飾.
≪설문해자≫: '흠'은 마당에 수레와 관복을 진열하는 것이다. (厰, 陳輿服於庭也.)

136 咸(함)-모두. 이 구는 탑을 세우는 것 이외에는 모두 두씨의 뜻대 로 소박하게 장례를 치뤘다는 말이다.
≪독서당두공부문집주해≫: 배공이 예로써 장례를 지내면서 탑 을 세우라는 유언을 따르지 않았다는 말이다.(謂裵公以禮葬之, 不遵起塔.)

137 眷(권)-돌아보다. 玆邑號(자읍호)-이 읍호. 두씨가 가지고 있는

만년현군의 작위를 말한다. '읍호'는 육품 이상 관리의 부인에게 내리는 봉호이다.

138 天書(천서)-천자의 조서. 여기서는 두씨의 사후에 그 작위를 높인다는 조서를 가리킨다.

139 司存(사존)-맡은 바 직무. 또는 담당 관리. 여기서는 작위를 높이는 일을 담당하는 관리를 말한다.

140 成之(성지)-그것을 이루다. 작위가 높아지는 것을 말한다. 不日(불일)-오래 걸리지 않다.

141 制服(제복)-상복을 입다.

142 紀德(기덕)-덕을 기리다.

143 刻石(각석)-묘비를 새기다. 이 묘지명을 쓰는 것을 말한다.

144 孝童(효동)-효성스러운 아이. 두씨의 동생인 두병을 가리킨다. 아버지를 억울하게 옥에 가둔 이를 칼로 찌르고는 죽임을 당했다. 猶子(유자)-조카. 두보는 두병의 조카이다. 與(여)-추측을 나타내는 어기사.

145 奚(해)-어찌하여.

146 諸姑(제고)-여러 고모. 여기서는 특히 두씨를 가리킨다.
≪두공부시집집주≫: 황학이 말하기를, "내 여러 고모 곁에서 병들어 누웠다."라고 하였으니 아마도 두보의 어머니가 일찍 죽어 고모에 의해 길러졌기 때문일 것이다.(黃鶴曰, 臥病於我諸姑, 意公之母早亡而育於姑也.)

147 用是(용시)-이 때문에. '自用'으로 된 판본도 있다.

148 走使(주사)-하인.

149 定諡(정시)-시호를 정하다. 시호는 사후에 그의 행적을 평가하여 기리며 짓는 칭호이다.

150 魯義姑(노의고)-노나라의 의로운 고모.
≪두공부시집집주≫에 인용된 유향劉向 ≪열녀전烈女傳≫: 제나라가 노나라를 공격하며 교외에 이르러서는 멀리 한 부인을 보았는데 한 아이는 데리고 가고 한 아이는 안고 있었다. 군대가

가까이 오자 곧장 안고 있던 아이를 버리고 데리고 가던 아이를
안았다. 활을 쏘려고 하다가 마침내 멈추고는 물어 말하기를,
"안고 있는 아이는 누구의 자식인가?"라고 하니 부인이 대답하
여 말하기를, "오라버니의 자식입니다."라고 하였다. "버린 아이
는 누구인가?"라고 물으니 대답하기를, "제 자식입니다."라고
하였다. 군인이 말하기를, "어찌하여 자기가 낳은 아이를 버리고
오라버니의 자식을 안았느냐?"라고 하니, 대답하여 말하기를,
"어미에게 자식은 사사로운 사랑이고 고모에게 조카는 공적인
의로움입니다. 공적인 것을 어기고 사사로움을 행하는 일은 전
하지 않습니다."라고 하였다. 제나라 군인이 말하기를, "노나라
교외에 부인이 있어 여전히 절개 있는 행동을 유지하고 있는데
하물며 조정은 어떠하겠는가?"라고 하고는 마침내 군대를 돌리
고 정벌하지 않았다. 노나라 임금이 이 말을 듣고는 비단 한 다발
을 하사하였으며 '의로운 고모'라고 불렀다.(齊攻魯, 至郊, 遙見
一婦人携一兒, 抱一子, 及軍至, 乃棄抱者而抱携者, 將欲射之, 遂
止而問曰, 所抱者誰之子. 對曰, 兄之子. 所棄者誰, 曰, 己之子也.
軍曰, 何棄所生而抱兄子. 對曰, 子之與母, 私愛也. 姪之於姑, 公
義也. 背公向私, 妾不爲也. 齊軍曰, 魯郊有婦人, 猶持節行, 況朝
廷乎. 遂回軍不伐. 魯君聞之, 賜一束帛, 號曰義姑.)

151 暴客(폭객)-도적. 여기서는 노나라 군대를 가리킨다.

152 割私愛(할사애)-사사로운 사랑을 떼어내다. 친자식을 버린 것을
말한다.

153 昭(소)-밝히다.

[擧玆 2구] 하나의 사실을 거론하여 다른 모든 행실을 미루어 짐작하
게 한다는 말이다. 두씨가 자신의 자식을 죽이고 대신 두보 자신
을 살려준 행실 하나를 기록하여 두씨의 모든 행적이 의로웠음을
말한다는 뜻이다.

154 不韻(불운)-압운하지 않다. 원래 명문銘文은 사언구로 격구 압
운을 한다.

155 情至無文(정지무문)-감정이 지극하면 문장에 수식을 하지 않는다. 두씨에 대한 두보의 마음이 지극하여 명문銘文에 별도의 수식을 할 필요가 없다는 말이다.

≪효경孝經·상친喪親≫: 효자가 어버이 상을 당하였을 때는 곡을 해도 길게 늘이지 않고 예를 행하여도 의용을 갖추지 않으며 말을 해도 꾸미지 않으며, 아름다운 옷을 입어도 편안하지 않고 음악을 들어도 즐겁지 않으며 맛있는 음식을 먹어도 달지 않으니, 이것이 부모의 죽음을 애달파하는 마음이다.(孝子之喪親也, 哭不偯, 禮無容, 言不文, 服美不安, 聞樂不樂, 食旨不甘, 此哀戚之情也.)

156 唐義姑(당의고)-'노의고魯義姑'의 호칭을 본뜬 것으로 두씨를 가리킨다.

28

唐故范陽太君盧氏墓誌

당나라 고 범양사람 태군 노씨 묘지

　　五代祖柔, 隋吏部尙書容城侯.[1] 大父元懿,[2] 是渭南尉.[3]
父元哲, 是盧州愼縣丞.[4] 維天寶三載五月五日, 故修文館
學士著作郞京兆杜府君諱某之繼室,[5]　范陽縣太君盧氏,
卒於陳留郡之私第,[6] 春秋六十有九. 嗚呼, 以其載八月旬
有一日發引,[7] 歸葬於河南之偃師.[8]　以是月三十日庚申,
將入著作之大塋,[9] 在縣首陽之東原.[10] 我太君用甲之穴,[11]
禮也.　墳南去大道百二十步奇三尺,[12]　北去首陽山二里.
凡塗車芻靈設熬置銘之名物,[13]　加庶人一等,[14]　蓋遵儉素
之遺意. 塋內, 西北去府君墓二十四步, 則壬甲可知矣.[15]
遣奠之祭畢,[16]　一二家相進曰,[17]　斯至止,[18]　將欲啓府君之
墓門,[19]　安靈櫬於其右,[20]　豈廞飾未具,[21]　時不練與.[22]　前夫
人薛氏之合葬也, 初太君令之, 諸子受之, 流俗難之,[23]　太
君易之.　今玆順壬取甲,[24]　又遺意焉. 嗚呼孝哉. 孤子登,
號如嬰兒,[25]　視無人色.[26]　且左右僕妾,[27]　洎厮役之賤,[28]　皆
蓬首灰心,[29]　嗚呼流涕, 寧或一哀所感,[30]　片善不忘而已
哉.[31]　實惟太君, 積德以常, 臨下以恕,[32]　如地之厚, 從天之

和,[33] 運陰教之名數,[34] 秉女儀之標格.[35] 嗚呼, 得非太公之後,[36] 必齊之姜乎.[37] 薛氏所生子, 適日某,[38] 故朝議大夫兗州司馬.[39] 次日升,[40] 幼卒, 報復父讐, 國史有傳.[41] 次日專, 歷開封尉,[42] 先是不祿.[43] 息女,[44] 長適鉅鹿魏上瑜,[45] 蜀縣丞.[46] 次適河東裴榮期, 濟王府錄事.[47] 次適范陽盧正鈞, 平陽郡司倉參軍.[48] 嗚呼, 三家之女, 又皆前卒, 而某等夙遭內艱,[49] 有長自太君之手者, 至於昏姻之禮, 則盡是太君主之. 慈恩穆如,[50] 人或不知者, 咸以爲盧氏之腹生也.[51] 然則某等, 亦不無平津孝謹之名於當世矣.[52] 登即太君所生, 前任武康尉.[53] 二女, 日適京兆王佑, 任硤石尉,[54] 日適會稽賀撝, 卒常熟主簿.[55] 其往也,[56] 既哭成位,[57] 有若冢婦同郡盧氏介婦滎陽鄭氏鉅鹿魏氏京兆王氏,[58] 女通諸孫三十人,[59] 內宗外宗寢以疎闊者,[60] 或玄纁玉帛,[61] 自他日互有所至. 若以杜氏之葬,[62] 近於禮而可觀, 而家人亦不敢以時繼年.[63] 式志之金石,[64] 銘日, 太君之子,[65] 朝議所尊. 貴因長子, 澤就私門.[66] 亳邑之都,[67] 終天之地.[68] 享年不久, 殁而猶視.[69]

오대조 노유는 수나라 이부상서 용성후였고 조부 노원의는 위남위였으며 부친 노원철은 노주 신현승이었습니다. 천보 3년 5월 5일 고 수문관학사 저작랑 경조 사람 두 부군 아무개의 계실 범양현 태군 노씨께서 진류군의 사택에서 돌아가셨으니 춘추는 69세였습니다. 아아 그해 8월 11일 발인하여 하남 언사현으로 돌아갔고, 같은 달 30일 경신일에 저작랑의 큰 무덤으로 들어갔는데 언사현 수양산 동쪽 언덕에서 우리 태군은 갑혈을 사용하였으니 예에 맞았습니다. 무덤은 남쪽으로 큰길에서 120보 3척 떨어져 있었으며 북쪽으로 수양산에서 2리 떨어져 있었습니다. 무릇 진흙 수레와 풀 인형과 볶은 곡식과 명문 등의 명물이 서인보다 한 등급 높이 더해졌으니 대체로 검소하게 하라는 유지를 따른 것이었습니다. 무덤 내부는 서북쪽으로 부군의 묘와 24보 떨어져 있으니 임혈과 갑혈임을 알 수 있습니다. 매장하기 전의 제례를 마치고는 한두 집사가 나아와서 말하기를, "이쯤에서 마치고 장차 부군의 묘문을 열어 그 오른쪽에 영친을 안돈하고자 하는데 어찌하여 진설할 복식이 아직 갖춰지지 않았고 시간도 정하지 않았습니까?"라고 하였습니다. 전부인 설씨의 합장은 애초 태군이 명한 것이고 여러 아들이 받아들인 것인데, 풍속에서는 어렵다고 여겼지만 태군은 쉽게 여겼습니다. 지금 이렇게 임혈을 따르고 갑혈을 취한 것 또한 남기신 뜻이었습니다. 아아 효성스럽도다. 외아들 두등은 소리 지르는 것이 어린아이와 같고 보아하니 사람 형색이 아니었습니다. 또 좌우의 하인들은 허드렛일을 하는 노비들까지 모두 쑥대머리에 잿빛 가슴이었습니다. 아아 눈물을 흘리는 것이 어찌 한 번의 슬픔으로 느낀 것이겠습니까? 조그만 선행도 잊지 못하여 그리할 따름입니다. 실로 태군을 생각해보면 늘 덕행을 쌓고 용서로 아랫사람을 굽어보셨으니, 두터운 땅과 같고 온화한 하늘의 도리를 따랐으며, 음교의 명목을 운영하고 여성 위의의 모범을 쥐고 계셨습니다. 아아, 진정으로 태공의 후예로 분명코 제나라의 강씨였습니다. 설씨가 낳은 아들 중 맏이는 아무개로 고 조의대부 연주사마이고, 다음은 두승으로 어릴 때 죽었는데 부친의 원수를 갚아 나라의 사서에 전이 있으며, 다음은 두전으로 개봉위를 역임하였는데 이에 앞서 돌아가셨습니다. 낳은 딸 중 맏이는 촉현승인 거록 사람 위상유에게 시집갔고 다음은 제왕부 녹사참군사인 하동 사람 배영기에게 시집갔으며 다음은 평양군 사창참군인 범양 사람 노정균에게 시집갔습니다. 아아, 세 집안의 딸 또한 모두 이미 죽었고 아무개 등은 일찍이 어머니를 여위어서 태군의 손에서 자랐으며 혼인의 예에 이르기까지 모두 태군이 주관하셨습니다. 자상하고 은혜롭고 화목하였기에 사람이 혹 모르는 자이면 모두 노씨의 친자식인 줄 알았으니, 아무개 등에게 또한 당시 효성스럽고 근실했던 평진후의 이름이 없지 않았습니다. 두등은 바로 태군이 낳은 자식인데 전에 무강위에 임명되었습니다. 두 딸은 협석위에 임명된 경조 사람 왕우에게 시집갔고, 상숙주부로 있다가 죽은 회계 사람 하휘에게 시집갔습니다. 그가 떠나감에 이미 자리가 정해졌음을 곡하였습니다. 한편 총부 동향사람 노씨와 개부 형양사람 정씨, 거록사람 위씨, 경조사람 왕씨와 여식을 합친 손주 30명, 내종과 외종으로 관계가 먼 친척들이 혹 검은색과 분홍색 비단 및 옥과 비단을 가지고 스스로 다른 날 이르렀기에, 마치 두씨의 장례와 같아서 예에 가까웠고 볼만 하였으며 집안사람 역시 감히 계절로 장례를 치를 뿐 한 해를 계속하지는 않았습니다. 비석에 새길 명문은 다음과 같습니다. 태군의 아들은 조의대부로 존중받는 이인데, 맏아들로 귀해졌기에 은택이 우리 가문에 이르렀습니다. 박읍의 고을은 천명을 다하는 땅인데, 누린 세월이 길진 않았지만 죽어서도 여전히 보고 계시는 듯합니다.

이 글은 두보가 아버지인 두한을 대신하여 지은 할머니 노씨의 묘지
명이다. 노씨는 천보 3년 진류군에서 죽었으며 같은 해 8월에 하남
언사에 있는 남편 두심언의 무덤 옆에 안장되었는데, 이때 이 글을
지었다. 대체로 합장하지 않고 남편의 무덤 옆에 안장되는 경과와 이유
를 설명하면서 그의 품덕을 칭송하였으며 후손에 대해 기록한 뒤 성대
하게 장례가 치루어졌음을 말하였다. 범양태군은 두씨의 봉호封號인
데, 태군은 오품 관원의 어머니에게 내리는 것이다. 두한이 조의대부
였는데 정오품하였으며, 노씨는 두한의 계모였다.

[주석]

1 尙書(상서)-육부六部의 최고책임자로 정삼품이다. 容城(용성)-
지금의 하북성 보정保定이다.
2 大父(대부)-조부.
3 渭南(위남)-지금의 섬서성 위남이다. 尉(위)-현령의 속관으로
종구품이다.
4 廬州(노주)-지금의 안휘성 합비合肥이다. 丞(승)-현령의 속관
으로 대체로 정구품이다.
[大父 4구] 조부와 부친의 이름에 '원'자가 같이 있다는 점을 들어
틀린 글자나 잘못된 내용이 있을 것으로 추측하는 설이 있다.
≪두보전집교주≫에 인용된 유개양劉開揚의 설: 두 '원' 자에 아
마 오류가 있을 것 같다. 두 '시' 자는 아마 '당' 자의 잘못이리라.
(兩元字或有誤, 兩是字或唐字之訛歟.)
5 修文館學士(수문관학사)-수문관은 당나라 문하성의 관서 이름
으로 도서를 관장하고 오품 이상 관원의 자제를 교육하였다. 이
후 홍문관弘文館, 소문관昭文館으로 바꾸었다. 오품 이상의 관
원을 학사라고 불렀다. 著作郎(저작랑)-궁중의 문헌을 담당하는
관서인 저작국著作局의 최고책임자로 종오품상이다. 京兆(경

조)-지금의 섬서성 서안西安이다. 府君(부군)-제례에서 돌아
가신 분에 대한 존칭이다. 諱(휘)-죽은 사람의 이름. 某(모)-두
보의 조부인 두심언杜審言이다. 繼室(계실)-본처가 죽은 뒤 얻
은 첩을 말한다.

6 陳留(진류)-지금의 하남성 개봉開封이다. 私第(사제)-관원이
개인적으로 구입한 집.

7 旬有一日(순유일일)-11일. 發引(발인)-상례를 마치고 운구하는
것을 말한다.

8 歸葬(귀장)-고향으로 돌아가서 장례를 치르다. 偃師(언사)-하
남성의 지명으로 당시 두씨 선영이 있는 곳이다.

9 著作之大塋(저작지대영)-저작랑의 큰 무덤. 두심언의 무덤을 가
리킨다.

10 首陽(수양)-언사에 있는 산의 이름.

11 甲之穴(갑지혈)-당시 유행하던 육갑팔괘총장법六甲八卦冢葬法
에 따른 무덤의 위치 중 하나로 동쪽에 위치한다. 묘지 영역을
가로세로 7등분하여 49개로 구획한 뒤, 한가운데 1개가 명당明
堂이고 그 주위 8개가 천혈天穴로 제왕이 사용하고, 그다음 주위
16개가 지혈地穴로 제후가 사용하며, 그다음 주위 24개가 인혈
人穴로 경대부 이하가 사용한다. 그중 갑甲, 병丙, 경庚, 임壬의
방위에 있는 것만 길혈吉穴인데, 동쪽에 있는 것을 갑혈이라고
한다.

12 奇(기)-나머지.

13 塗車(도거)-진흙으로 만든 수레. 장례용품이다. 芻靈(추령)-풀
로 엮은 사람과 말 모형. 장례용품이다. 設熬(설오)-볶은 곡식을
두다. 장례 지낼 때 관 아래에 두어서 벌레가 관을 상하게 하지
않게 한다. 置銘(치명)-명정銘旌을 두다. 명정은 죽은 자의 직함
과 이름을 적은 깃발로 운구할 때 영구 앞에 세웠다가 장례 할
때는 관 위에 덮는다. 名物(명물)-이름과 물건. 죽은 자의 관함官
銜과 이름을 적은 깃발과 여러 장례용품을 말한다. '물'을 깃발의

일종으로 보는 설도 있다.

≪두공부시집집주≫: ≪예기≫에서 "사인의 경우 쌀과 볶은 곡식을 제공한다."라고 하였고 주에서 "'오'는 곡식을 볶는 것이다. 그것으로 관 옆에 채워 넣어서 개미를 현혹시켜 관에 가지 못하게 한다."라고 하였다. ≪의례·사상례≫에서 "명정을 만드는데 각기 평소의 깃발로 한다."라고 하였다.(禮記, 舍人共飯米熬穀. 注, 熬者, 煎穀也. 將塗設於棺旁, 所以惑蚍蜉不至棺也. 儀禮士喪禮, 爲銘各以其物.)

14 加庶人一等(가서인일등)-평민보다 한 등급을 더하다. 장례의 등급을 평민보다 한 단계 더 높여서 하였다는 말로 태군의 신분에 비하면 검소하게 하였다는 말이다.

15 壬甲(임갑)-임혈과 갑혈. 임혈은 북쪽의 묘터인데 여기서는 두심언의 묘터이고, 갑혈은 동쪽의 묘터인데 여기서는 노씨의 묘터이다. 노씨의 묘터에서 보면 두심언의 묘터가 서북쪽에 있다.

16 遣奠(견전)-관을 묘터에 넣기 전에 치르는 제례. 畢(필)-마치다.

17 家相(가상)-경대부 집에서 가산이나 일상 업무를 관장하는 하인을 말한다.

18 斯至止(사지지)-여기에서 멈추다. 견전을 마무리하자는 말로 이제 묘혈에 관을 넣자는 뜻이다.

19 啓(계)-열다. 府君(부군)-두심언을 가리킨다.

20 靈櫬(영친)-영구. 당시 부부를 합장하는 것이 상례였는데 정실은 남편의 왼쪽에 묻고 계실은 오른쪽에 묻었다.

21 廞飾(흠식)-진열한 복식服飾. 未具(미구)-아직 갖추지 않다. ≪설문해자≫: '흠'은 마당에 수레와 관복을 진열하는 것이다. (廞, 陳輿服於庭也.)

22 時(시)-여기서는 합장하려고 두심언의 묘를 개장하는 시기를 말한다. 練(련)-선택하다. '간揀'과 통한다. 與(여)-문장 끝에서 반문이나 추측의 어기를 나타낸다.

[將欲 4구] 상례에 따라 노씨를 두심언과 합장해야 하는데 왜 그런

준비가 되지 않았냐고 의구심을 드러내는 말이다.

23 流俗(유속)-풍속.

24 順壬取甲(순임취갑)-임혈에 순종하며 갑혈을 취하다. 전부인인 설씨는 두심언의 임혈에 합장하고 노씨 자신은 합장하지 않고 갑혈에 따로 매장되는 것을 말한다.

25 號(호)-여기서는 상례와 장례를 치르며 슬퍼 소리치는 것을 말한다.

26 無人色(무인색)-사람 형색이 없다. 슬픔으로 몰골이 초췌하여 사람 같지 않다는 말이다.

27 僕妾(복첩)-원래는 잉첩媵妾을 뜻하는데 여기서는 하인과 비첩 婢妾을 아울러 가리킨다.

28 洎(기)-~까지. 厮役(시역)-허드렛일을 하는 하인.

29 蓬首(봉수)-쑥대머리. 헝클어진 머리카락. 灰心(회심)-재같이 차가워진 마음. 상심한 마음.

30 寧(녕)-어찌.

31 片善(편선)-조그만 선행.

32 臨下(임하)-아랫사람을 대하다.

33 從(종)-'敬'으로 된 판본도 있다.

34 陰教(음교)-여자의 교화. 名數(명수)-명목.

35 女儀(여의)-여자의 위의威儀. 標格(표격)-모범.

36 得非(득비)-어찌 아니겠는가? 太公之後(태공지후)-강태공의 후예. 노씨는 강씨에서 나왔다.
≪고금운회거요古今韻會擧要≫: 강씨가 노 땅에 봉해졌는데 나라 이름으로 씨를 삼았다. 범양에서 나왔다.(姜氏封於盧, 以國爲氏. 出范陽.)

37 齊之姜(제지강)-강태공은 제나라에 봉해졌다. 또한 제나라의 강씨 여인은 예로부터 훌륭한 여인으로 일컬어졌다.
≪시경·진풍陳風·형문衡門≫: 어찌 그 부인을 취하는데 반드시 제나라의 강씨여야 하는가?(豈其取妻, 必齊之姜.)

38 適(적)-맏이를 뜻한다. 某(모)-두보의 아버지인 두한이다.

39 故(고)-죽었다는 뜻이다. 이와 달리 당시 두한은 살아 있었으며 '고'는 이전의 관직이라는 뜻으로 사용된 것이라는 설도 있다. 朝議大夫(조의대부)-문산관文散官으로 정오품하이다. 兗州(연주)-지금의 산동성 제녕齊寧이다. 司馬(사마)-지방 장관인 자사刺史의 속관인데 연주는 상주上州였고 상주의 사마는 종오품하였다.

≪두보전집교주≫에 인용된 홍업洪業 설: 두한의 관직은 연주사마로 끝났고 천보 원년 연주가 노군으로 바뀌기 전에 죽었다.(杜閑官終兗州司馬, 死在天寶元年兗州未改魯郡之先.)

≪두보전집교주≫: 두한의 임관 품계와 차례에 관해서 진문화는 그 차례가 응당 무공위, 봉천령, 연주사마, 조의대부여야 한다고 여겼다.(關於杜閑之任官品階和次序, 陳文華則認爲依次應是武功尉奉天令兗州司馬朝議大夫.)

≪두시상주≫에 인용된 전겸익 전箋: 이 묘지는 두보의 아버지 두한을 대신하여 지은 것이다. 설씨가 낳은 아들은 두한, 두승, 두전이고 태군 노씨가 낳은 아들은 두등이다. 묘지에서 "아무개 등이 일찍이 어머니를 여위어서 태군의 손에서 자랐다"라고 하였으니 그가 아버지를 대신하여 지었음을 알 수 있다. 또 "두승은 어려서 죽었고 두전은 이에 앞서서 죽었다"라고 하였으니 두한은 아직 무고함을 알 수 있다. 황학은 두등을 대신하여 지었다고 여겼고 또 두한은 아마 이미 죽었을 거라 생각하였는데, 어찌하여 살펴보지 않은 것이 이리 심하였는가? 두한의 묘지에서는 두한이 봉천령이었다고 하였는데, 이때는 아직 연주사마였다. 두한이 죽은 것은 대체로 천보 연간이었을 터인데 그 연도는 고찰할 수 없다.(此誌, 代其父閑作也. 薛氏所生子, 曰閑, 曰升, 曰專. 太君所生, 曰登. 誌云, 某等宿遭內艱, 長自太君之手者, 知其代父作也. 又曰, 升幼卒, 專先是不祿, 則知閑尙無恙也. 黃鶴以爲代登作, 又疑閑已卒, 何不考之甚也. 元誌云, 閑爲奉天令, 是時尙爲兗

州司馬. 閑之卒, 蓋在天寶間, 而其年不可考矣.)

《두공부시집집주》: 살펴보건대 묘지에서 '고 조의대부연주사마'라고 한 것은 《한서 · 이광전》에서 말한 '전직 이장군'과 같으니 이미 죽은 것을 말한 것이 아니다. 옛 연보에서는 아마도 '고' 자 때문에 틀렸을 것이다. 다만 두한이 당시 연주사마였는데 묘지와 사서의 전에서는 모두 봉천령으로 죽었다고 하였다. 고찰해보니 봉천은 차적현이고 당나라 제도에서 경현의 현령은 정오품상이다. 두한은 연주사마에서 봉천령을 제수받았는데 대체로 종오품에서 정오품으로 승진한 것이다. 두보가 동군에서 아버지와 같이 있은 이후에 두한은 바로 태군의 죽음을 당하였으니 반드시 복상이 끝나고서 이 관직에 보임되었을 따름이다.(按誌云故朝儀大夫兗州司馬, 猶漢書李廣傳所云故李將軍, 非謂已沒也. 舊譜殆因故字誤. 但閑時爲兗州司馬, 而誌傳俱云終奉天令. 考奉天爲次赤縣, 唐制京縣令正五品上階. 閑自兗州司馬授奉天令, 蓋從五品陞正五品也. 公東郡趨庭之後, 閑卽丁太君憂, 必服闋補此官耳.)

40 升(승)-《당서》 등의 문헌에는 '병幷'으로 되어 있다.

《신당서 · 두심언전》: (두심언이) 관직을 몇 번 옮겨 낙양승이 되었는데 일에 연루되어 길주사호참군으로 폄적되었다. 사마 주계중과 사호 곽약눌이 그의 죄를 꾸며서 감옥에 가두고는 장차 죽이려고 하였다. 주계중 등이 술에 취했을 때 두심언의 아들 두병이 나이가 열셋이었는데 칼을 소매에 감추었다가 자리에서 주계중을 찔렀으며 좌우의 사람들이 두병을 죽였다. 주계중이 죽기 전에 말하기를, "두심언에게 효자가 있었는데 내가 몰랐구나. 곽약눌이 짐짓 날 잘못되게 하였구나."라고 하였다. 두심언은 면직되어 동도 낙양으로 돌아갔다. 소정이 두병의 효성과 맹렬함을 가슴 아파하면서 묘지명을 지었다.(累遷洛陽丞, 坐事貶吉州司戶參軍. 司馬周季重司戶郭若訥構其罪, 繫獄, 將殺之. 季重等酒酣, 審言子幷, 年十三, 袖刃刺季重於坐, 左右殺幷. 季重將

死曰, 審言有孝子, 吾不知. 若訥故誤我. 審言免官, 還東都. 蘇頲
傷并孝烈, 誌其墓)

41 國史有傳(국사유전)-나라에서 편찬한 사서에 전이 있다. 지금
전하는 ≪당서≫에 두병의 전이 전해지지는 않는다.

42 開封(개봉)-지금의 하남성 개봉.

43 先是(선시)-이보다 앞서. 노씨가 죽기 전이라는 말이다. 不祿(불
록)-사士가 죽은 것을 말한다.
≪예기·곡례하曲禮下≫: 천자가 죽는 것을 '붕'이라 하고 제후
가 죽는 것을 '훙'이라 하며 대부가 죽는 것을 '졸'이라고 하고
사가 죽는 것을 '불록'이라고 한다.(天子曰崩, 諸侯曰薨, 大夫曰
卒, 士曰不祿.)

44 息女(식녀)-딸.

45 適(적)-시집가다. 鉅鹿(거록)-지금의 하북성 거록.

46 蜀縣(촉현)-지금의 사천성 성도 하양河陽이다. 丞(승)-현령의
속관으로 대략 팔품에 해당한다.

47 濟王(제왕)-현종의 22번째 아들인 이괴李璀이다. 원래 이름은
이일李溢이다. 개원 13년 제왕에 봉해졌고 개원 23년에 개부의동
삼사開府儀同三司가 되었으며 이때 개명하였다. 錄事(녹사)-지
방 막료의 부관인 녹사참군錄事參軍으로 정오품상에 해당한다.

48 平陽郡(평양군)-지금의 산서성 임분臨汾. 司倉參軍(사창참군)-
주州의 창고를 관리하는 관원으로 사창참군사司倉參軍事라고도
한다. 대략 팔품에 해당한다.

49 某等(모등)-아무개 등. 두한 등 설씨에게서 난 형제자매를 가리
킨다. 夙(숙)-예전에. 內艱(내간)-모친상을 말한다.

50 慈恩(자은)-자애로운 은혜. 대체로 아랫사람에 대한 윗사람의
사랑을 뜻한다. 穆如(목여)-화목하다.

51 腹生(복생)-친자식을 뜻한다.

52 平津(평진)-평진후平津侯에 봉해진 한나라의 공손홍公孫弘이
다. 孝謹(효근)-효성스럽고 근실하다.

≪두공부시집집주≫: ≪한서≫에 따르면, 공손홍은 계모를 효성과 공경으로 섬겼는데 계모가 죽자 3년간 복상하였다. 원삭 연간에 승상이 되었고 평진후에 봉해졌다.(漢書, 公孫弘養後母孝敬, 後母卒, 服喪三年, 元朔中爲丞相, 封平津侯.)

53 武康(무강)-지금의 절강성 덕청德淸.

54 硤石(협석)-지금의 하남성 협석.

55 常熟(상숙)-지금의 강소성 상숙. 主簿(주부)-현령의 속관으로 구품에 해당한다.

56 其往(기왕)-그가 가다. 노씨가 죽은 것을 말한다.

57 成位(성위)-자리를 이루다. 묘터에 안장되는 것을 말한다.

58 冢婦(총부)-맏며느리. 同郡盧氏(동군노씨)-범양태군과 같은 군 출신의 노씨로 두보의 어머니이다. '청하최씨淸河崔氏'의 잘못이라는 설이 있으나 틀렸다. <당나라 고 만년현군 경조 두씨 묘지(唐故萬年縣君京兆杜氏墓誌)>에 따르면 두보가 어렸을 때 고모에 의해 양육되었다고 하였는데, 아마도 생모인 최씨가 일찍 죽고 이후 두한이 노씨와 결혼하였을 것이다. 介婦(개부)-맏며느리 이외의 며느리. 이하 세 명이 기록되어 있는데, 아마 두승, 두전, 두등의 부인일 것이다. 두승이 13세에 죽었는데 미혼으로 죽었다면 두전과 두등 중 한 명은 부인이 두 명이었을 것이다. ≪두공부시집집주≫: ('동군노씨'는) 마땅히 '청하최씨'로 되어야 한다.(當作淸河崔氏.)
≪두시상주≫에 인용된 전겸익 전: 두보의 어머니는 최씨인데 여기서는 '총부 노씨'라고 하였으니 틀렸다. <외조부 외조모 제문>과 장연공의 <의양왕비>로 고찰해보면 심히 분명하다. 그런데 연보를 만든 이는 곡해하여 이 때문에 말하기를 "선생의 어머니는 출신이 미천하여 일부러 빠트리고 쓰지 않았다."라고 하였고 혹자는 <세계>에 큰 글씨로 "어머니는 노씨이고 생모는 최씨이다."라고 하였으니 감히 망령됨이 이와 같았다.(公母崔氏, 此云冢婦盧氏, 誤. 以祭外祖祖母文及張燕公義陽王碑考之, 甚明,

而作年譜者曲爲之說曰, 先生之母微, 故没而不書. 或又大書於世系曰, 母盧氏, 生母崔氏. 其敢爲誕妄如此.)

≪두공부시집집주≫: 노씨는 최씨의 잘못이라는 것은 무척 근거 있는 주장이다. 다만 최씨의 고향은 청하인데 여기서는 '동군'(범양을 가리킴)이라고 하였으니 모두 잘못인 것 같다.(盧氏乃崔氏之訛, 極有據. 但崔之郡望爲清河, 此曰同郡, 疑併誤.)

59 女通諸孫(여통제손)-여식을 포함한 손주.

60 內宗(내종)-처가 일족을 가리킨다. 外宗(외종)-고모, 자매 등 동성 여인이 결혼한 일족을 가리킨다. 寢(침)-관계가 있음을 뜻한다. 疎闊(소활)-관계가 멀다는 뜻이다.

61 玄纁(현훈)-검은색과 분홍색. 여기서는 그런 색의 비단을 뜻한다. 玉帛(옥백)-옥과 비단.

62 若以杜氏之葬(약이두씨지장)-두씨의 장례와 같다. 노씨의 장례인데 두씨로 조문한 사람이 많았다는 말이다.

63 不敢以時繼年(불감이시계년)-감히 계절로서 일 년을 계속하지 않다. 본래 대부의 상례는 석 달만 하는데 이에 맞추어서 끝내고 더 길게 하지 않았다는 말이다.

≪두시상주≫: ≪예기≫에 따르면 대부는 석달이면 장례를 지내고 감히 한 철을 넘기지 않는다.(禮, 大夫三月而葬, 故不敢踰時.)

64 式(식)-~로서. 志(지)-묘지墓誌. 金石(금석)-비석을 가리킨다.

65 太君之子(태군지자)-두한을 가리킨다.

66 澤(택)-황제의 은택을 가리킨다. 就(취)-이르다. 私門(사문)-우리 가문. 이 구는 두한이 조의대부였기에 노씨에게 태군의 봉호가 내려졌다는 말이다.

67 亳邑(박읍)-범양의 옛 이름이다.

68 終天(종천)-천명을 마치다.

69 歿(몰)-죽다. 이 구는 노씨의 영령이 후손을 지켜보고 있는 듯하다는 말이다.

29

越人獻馴象賦

월 땅 사람이 조련된 코끼리를 바친 것을 읊은 부

倬彼馴象,[1] 毛群所推.[2] 特稟靈於荒徼,[3] 思入貢於昌期.[4] 豈不以獻我令辰,[5] 自林邑而來者. 稽之舊史,[6] 在成康而紀之.[7] 一則識王者之無外,[8] 一則見遐方之不遺.[9] 苟形壤之足偉,[10] 孰路遠之云辭.[11] 於是出豐草,[12] 去長林. 殊狒狒之被格,[13] 異猩猩之就擒.[14] 厲其容也,[15] 故獸伏我力, 和其性也, 故人知我心. 作蠻方之貢,[16] 爲上國之琛.[17] 萬國標奇,[18] 名已馳於魏闕,[19] 千年表慶,[20] 價實越於南金.[21] 況乘之便習,[22] 或訛或立.[23] 動高足以巍峨,[24] 引修鼻而噓吸.[25] 塵隨蹤而忽起, 水將飲而回入. 牙櫛比而攙攙,[26] 眼星翻而熠熠.[27] 中黃雖勇,[28] 力不能加, 蒼舒信奇,[29] 知之莫及. 服我后之皁棧,[30] 光有唐之城邑. 驅之則百獸風馳, 玩之則萬夫雲集. 故其威容足尚, 筋力殊壯. 輪困而重若旄丘,[31] 贔屭而高如巨防.[32] 執燧奔戰,[33] 牽鉤委貺.[34] 遇之者, 或驚駭而反行,[35] 覘之者,[36] 或披靡而遙望.[37] 何斯象之剛克,[38] 兼美義之不忒.[39] 懼有齒而焚軀,[40] 故全身而利國. 縱使牛能任重,[41] 馬有報德. 徒久困於輪轅,[42] 又每傷

於銜勒.⁴³ 豈如我邀自遠藩,⁴⁴ 來朝至尊.⁴⁵ 辭桂林之小
郡,⁴⁶ 入閶闔之通門.⁴⁷ 負名聞之藉藉,⁴⁸ 守馴擾以存誠.⁴⁹
幸投之於芻藁,⁵⁰ 豈敢昧於君恩.

　우뚝한 저 조련된 코끼리는 털 난 짐승 중에서 추중되는 것인데,
특히 머나먼 변방에서 신령한 기운을 부여받았기에 창명한 시기
에 공물로 바쳐질 걸 생각하였으니, 어찌 우리의 길일에 바치려고
임읍에서 온 것이 아니겠는가. 옛 사서를 살펴보니 주나라 성왕과
강왕 때 기록된 바가 있는데, 하나는 왕이 된 자가 변방을 차별하
지 않음을 알아서이고 또 하나는 먼 변방을 빠트리지 않고 고려하
고 있음을 보여주는 것이었다. 비록 덩치가 커서 충분히 거대하다
고 해서 어찌 길이 멀어 마다하겠다 말하겠는가. 이에 무성한 풀을
벗어나 기나긴 숲을 떠나왔으니, 때려잡은 비비와 다르고 사로잡
은 성성이와는 달랐다. 그 외모를 가다듬었기에 짐승이 우리의
힘에 복종하고, 그 본성을 온화하게 하였기에 사람들이 우리의
마음을 안다. 남방의 공물이 되어 상국의 보물이 되었으니, 만국
에서 기이한 것을 드러내어 그 이름이 위궐에서 이미 치달리고
천 년 동안 경하를 표시하여 가치가 실로 남방의 구리를 능가한다.
하물며 사람을 태우는 데 익숙해져서 혹은 움직이고 혹은 가만히
서 있음에랴. 높은 발을 움직이면 우뚝하고 긴 코를 당겨서 호흡을
하니, 먼지가 발걸음을 따라 홀연 일어나고 물이 마실 때마다 말려
들어간다. 상아가 참빗처럼 나란히 기다랗고 눈이 별처럼 움직이
면 번쩍거린다. 중황백이 비록 용맹하지만 힘이 이보다 더할 수
없고 창서가 진실로 뛰어나지만 지혜가 이에 미치지 못한다. 우리

제왕의 마구간에서 복종하여 당나라 성읍을 빛내는데, 달리게 하면 온갖 짐승들이 바람처럼 치달리고 장난치게 하면 수많은 사람이 구름처럼 몰려든다. 그래서 위용은 숭상할 만하고 근력은 특히 씩씩하여, 커다랗고 무거워 높은 산과 같고 장중하고 높아서 거대한 제방과 같다. 불을 붙여 전쟁터에 달려가게 하고 갈고리를 끌어서 선물을 맡기게 하면, 맞닥뜨린 자는 혹 놀라서 뒤돌아 가고 정탐하는 자는 혹 풀숲에 엎드려서 멀리서 바라보리라. 어찌하여 이 코끼리는 강력해서 이길 수 있는 데다 의심할 바 없는 아름다운 의로움도 겸비하였는가. 상아가 있어서 몸이 불태워지는 것을 두려워하니 몸을 온전히 하면서 나라를 이롭게 할 수 있다. 설령 소가 무거운 것을 감당할 수 있고 말이 은덕에 보답하지만, 공연히 오랫동안 수레바퀴와 끌채에 힘들어하고 또 매번 재갈과 굴레에 아파한다. 어찌 아득히 먼 변방에서 와서 지존에게 조회하는 것과 같겠는가. 계림의 작은 군을 떠나 창합의 큰 문으로 들어왔는데, 자자한 명성을 짊어지고 성심으로 순종함을 지켜서, 행복하게 건초에 몸을 맡길지니 어찌 감히 임금의 은혜를 모르겠는가.

[해제]

이 부는 개원 23년(735) 지금의 베트남 지역에 있던 임읍林邑에서 훈련된 코끼리를 공물로 바친 것을 읊은 것이다. 먼 곳에서 큰 짐승을 보내와 당나라의 덕치에 보답하였는데 코끼리가 힘이 좋을 뿐만 아니라 의로움도 갖추고 있어 소나 말에 비견되지 않는다고 하였다. 이 작품은 원래 두보의 문집에는 포함되어 있지 않고 ≪문원영화文苑英華≫ 권131 조수鳥獸 조목에 두보의 <천구부天狗賦> 다음에 수록되어 있다. 같은 제목으로 두 편이 수록되어 있는데 첫 작품에는 작자의 이름이 없고 뒤의 작품에는 작자가 두설杜洩로 되어 있다. 그리고 청나

라 계림부통판桂林府通判 왕삼汪森이 ≪월서문재粵西文載≫를 편찬
하면서 이 작품을 수록하고 작자를 두보라고 명기하였다. ≪문원영화
≫에 작자의 이름이 빠져 있으면 대체로 앞 작품에 명기된 작자의 작품
이지만 실수로 작자의 이름이 빠져 있는 경우도 많아 논란이 되기도
하는데, 이 작품 역시 그러하다. ≪문원영화≫의 두 작품은 "辭林邑望
國門(임읍을 떠나 경사의 성문을 바라보다)"라는 문장의 각 글자를
차례로 운자로 하고 있기에 과거시험 답안 또는 과거 연습용 답안일
가능성이 높다. 두보의 작품인지에 대해서는 단정할 수 없다.

송宋 왕흠약王欽若 ≪책부원귀册府元龜≫: (개원 23년 8월) 임읍국
에서 사신을 파견해 조련된 코끼리를 바쳤다.(林邑國遣使獻馴象.)

[주석]

1 倬(탁)-크다. 馴象(순상)-훈련된 코끼리.
2 毛群(모군)-털이 난 짐승. 所推(소추)-추앙하는 바.
3 稟靈(품령)-신령한 기운을 받다. 荒徼(황요)-먼 변방.
4 入貢(입공)-조공으로 바치다. 昌期(창기)-창명한 시대.
5 令辰(영진)-좋은 시기.
6 稽(계)-고찰하다.
7 成康(성강)-주나라의 두 번째 임금인 성왕과 세 번째 임금인 강
   왕으로 태평성세였다. 紀(기)-기록하다.
8 無外(무외)-천하를 하나로 여기다. 도외시하는 곳이 없다는 말
   이다.
9 遐方(하방)-먼 지역. 不遺(불유)-빠트리지 않다. 모두 다 신경을
   쓴다는 말이다.
10 形瓌(형괴)-형상이 크다.
11 孰(숙)-어찌. 云辭(운사)-사양한다고 말하다. 공물로 바치지 않
   는다는 말이다.
12 豐草(풍초)-무성한 풀. 밀림을 말한다.
13 殊(수)-다르다. 狒狒(비비)-개코원숭이. 被格(피격)-덮어씌워

서 때리다.

14 猩猩(성성)-오랑우탄. 就擒(취금)-달려들어 생포하다.

15 厲(려)-조련하다. 다듬다.

16 蠻方(만방)-남쪽 변방.

17 上國(상국)-변방의 제후국이 조정을 부르는 말이다. 琛(침)-
보배.

18 標奇(표기)-기이함을 드러내다.

19 魏闕(위궐)-궁궐 바깥에 양쪽에 높이 솟은 궐문. 궁궐을 가리킨다.

20 表慶(표경)-경하함을 드러내다.

21 南金(남금)-남방에서 나는 구리. 고귀한 공물을 가리킨다.

22 便習(편습)-익숙하다.

23 訛(와)-움직이다. '와吪'와 통한다.

24 巍峨(외아·위아)-우뚝한 모양.

25 修鼻(수비)-긴 코. 噓吸(허흡)-내쉬고 들이마시다.

26 櫛比(즐비)-참빗처럼 빽빽하다. 상아가 난 모습을 형용한 것이
다. 橡橡(삼삼)-긴 모양.

27 星翻(성번)-별이 날아가다. 눈동자가 굴러가는 모습을 형용한
것이다. 熠熠(습습)-번쩍이는 모양.

28 中黃(중황)-고대의 장사인 중황백中黃伯.

29 蒼舒(창서)-고대 고양씨高陽氏의 뛰어난 아들 중의 한 명이다.

30 服(복)-복종하다. 后(후)-황제. 皀棧(조잔)-마구간.

31 輪囷(윤균)-커다란 모양. 旄丘(모구)-앞쪽은 높고 뒤쪽은 낮
은 산.

32 贔屓(비희)-크고 무거운 모양. 巨防(거방)-큰 제방.

33 執燧(집수)-횃불을 들다. 여기서는 코끼리 꼬리에 불을 붙여 돌
진하게 하는 것을 말한다. 奔戰(분전)-전쟁터를 돌진하다.
《좌전左傳·정공定公 4년》: 오나라가 초나라를 침공할 때 침
윤고가 왕과 같은 배를 탔는데, 왕은 코끼리 꼬리에 불을 붙여
오나라 군대로 돌진하게 하였다.(吳伐楚, 鍼尹固與王同舟, 王使

執燧象, 以奔吳師.)

34 牽鉤(견구)-갈고리를 끌다. 委貺(위황)-선물을 맡기다. 이 구는 코끼리에 갈고리를 걸어서 상대방에게 물건을 전달하게 하는 모습으로 보인다.

35 驚駭(경해)-놀라다. 反行(반행)-뒤돌아 가다.

36 覘(첨)-엿보다. 관찰하다.

37 披靡(피미)-초목에 몸을 숨기고 엎드리다.

38 剛克(강극)-강하여 적을 이길 수 있다.

39 不忒(불특)-의심치 않다. 확실하다는 말이다.

40 有齒而焚軀(유치이분구)-상아가 있어서 몸이 불태워지다. 좋은 것을 가지고 있어서 자신을 해치게 된다는 말이다. 이하 두 구는 코끼리의 통설과는 반대로 이 코끼리는 신중하여 자신의 몸을 보전할 뿐만 아니라 나라에도 이익이 된다는 말이다.
    ≪좌전·양공襄公 24년≫: 코끼리는 상아가 있어서 그 몸이 불타는데, 이는 그것이 가치가 있기 때문이다.(象有齒而焚其身, 賄也.)

41 縱使(종사)-설령.

42 輪轅(윤원)-수레바퀴와 수레의 끌채.

43 銜勒(함륵)-재갈과 고삐.

44 我(아)-연자衍字로 보인다. 邈(막)-아득하다. 遠藩(원번)-먼 번국藩國.

45 至尊(지존)-황제. 여기서는 현종을 가리킨다.

46 桂林(계림)-지금의 광서자치구의 지명인데, 널리 남방 지역을 가리킨다.

47 閶闔(창합)-하늘의 문. 여기서는 궁궐 문을 가리킨다. 通門(통문)-통행하는 큰 문.

48 名聞(명문)-명성. 藉藉(자자)-명성이 널리 퍼진 모양.

49 馴擾(순요)-길들다. 훈련되다. 存誠(존성)-정성을 간직하다. 운자가 맞지 않는데 '誠存'의 잘못일 수도 있다.

50 投(투)-몸을 기탁하다. 芻藁(추고)-마른 풀. 코끼리의 먹이이다.

역해자

임도현林道鉉

서울대학교 금속공학과와 영남대학교 중어중문학과를 졸업하고 서울대
학교 중어중문학과에서 박사학위를 취득했다. 이화여자대학교 중어중문
학과에서 박사후연구원을 역임했으며 현재 영남대 인문과학연구소 학술
교수로 재직 중이다.
주요 저역서로 ≪쫓겨난 신선 이백의 눈물≫, ≪시의 신선 이백 글을 짓
다-이태백 문집≫(공역), ≪이태백시집(7권)≫(공역), ≪한유시전집(상,
하)≫(공역), ≪두보 초기시역해 1, 2≫(공역), ≪두보 기주시기시역해 1, 2,
3, 4≫(공역), ≪하늘이 내린 내 재주 반드시 쓰일 것이니-이백의 시와
해설≫, ≪한유시선-고래와 봉새를 타고 돌아오리라≫, ≪협주명현십초
시≫(공역), ≪사령운 사혜련 시≫(공역), ≪진자앙 시≫(공역), ≪악부시
집 청상곡사 1, 2≫(공역), ≪이제현사집≫(공역), ≪유원총보 역주 7, 8,
9, 10, 11, 12≫(공역), ≪건재한시집, 오리는 잘못이 없다≫ 등이 있다.

시의 성인 두보 글을 짓다
두보문집杜甫文集

초 판 인 쇄	2024년 09월 02일	
초 판 발 행	2024년 09월 10일	

저　　　자	두보	
역 해 자	임도현	
발 행 인	윤석현	
발 행 처	박문사	
책 임 편 집	최인노	
등 록 번 호	제2009-11호	

우 편 주 소	서울시 도봉구 우이천로 353
대 표 전 화	02) 992 / 3253
전　　　송	02) 991 / 1285
홈 페 이 지	http://jncbms.co.kr
전 자 우 편	bakmunsa@hanmail.net

ⓒ 임도현 2024 Printed in KOREA.

ISBN 979-11-92365-69-5　93820　　　　　정가 34,000원